破云
II
淮上
著
江苏凤凰文艺出版社
JIANGSU PHOENIX LITERATURE AND ART PUBLISHING, LTD

破云

谢谢你带我

回到这人世间

目录

CONTENTS

“我曾经有很多兄弟，但他们都在三年前离我而去了。

“但你是不一样的，严崊。哪怕有一天我死了，我都会在天上看着你，我会一直看着你好好地活下去。”

停云霭霭，时雨濛濛

八表同昏，平陆成江

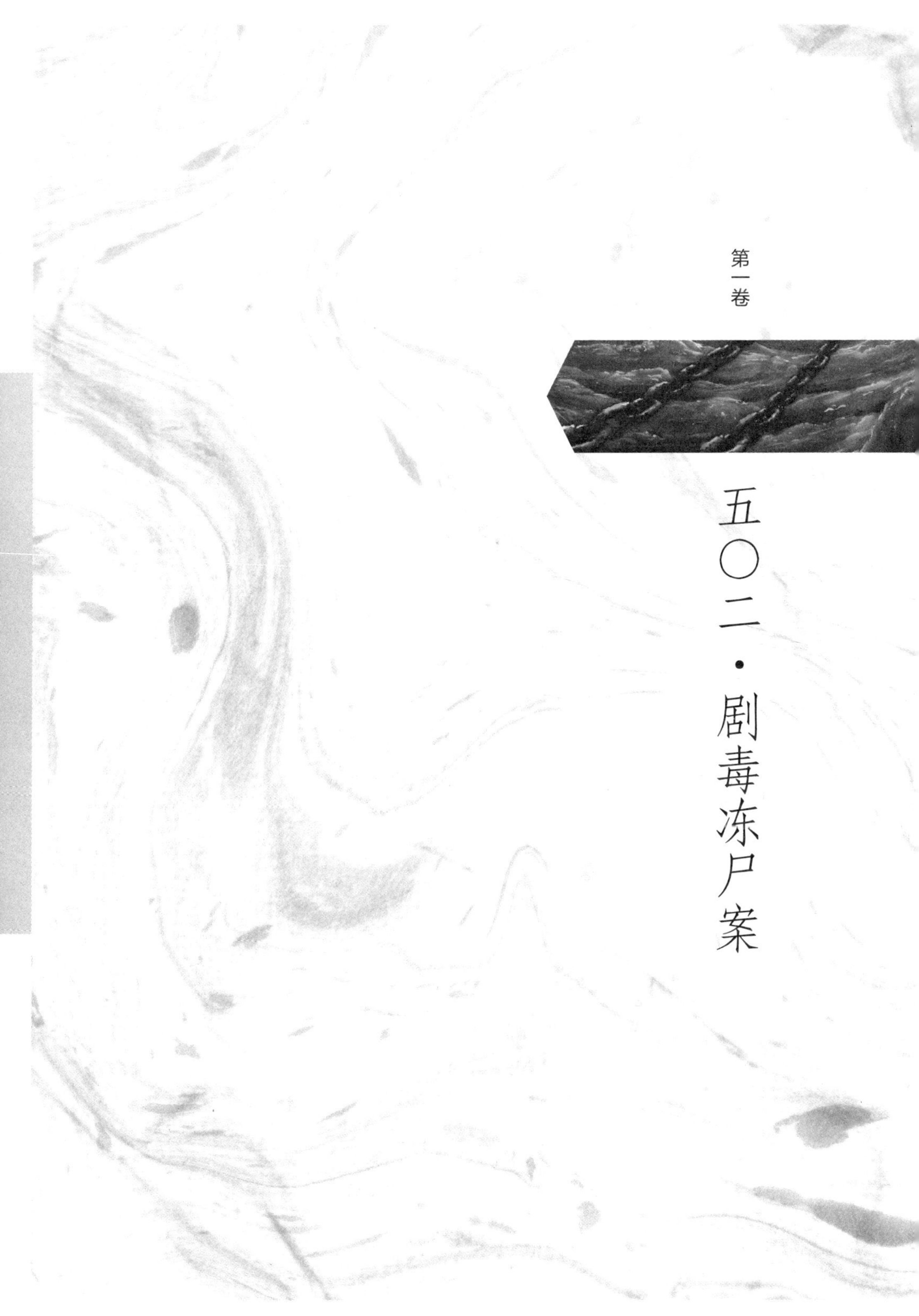

第一卷

五〇二·剧毒冻尸案

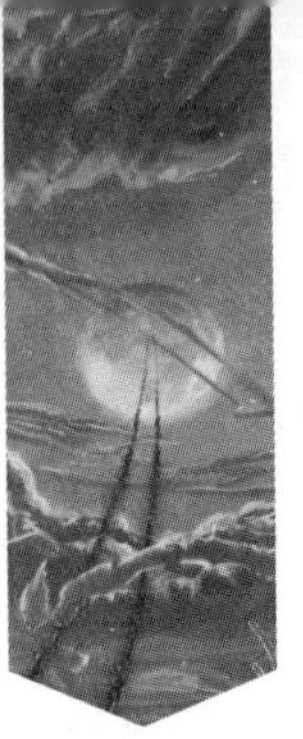

第 43 章

本来就很宽敞的局长办公室突然变得异常空旷，只有吕局和严峫两人，一站一坐，互相对视，安静到令人油然生出一种压迫感的地步。

终于，严峫动了。

他伸手拉开办公桌后的椅子，提起裤脚随意一坐，笑道：“哟，可我听说这个人已经死了啊。三年前的救援行动？救援谁？”

吕局那张似乎永远都非常和善的脸上看不出任何质问或谴责，语气也不温不火，缓缓道：“确实，那场爆炸后，上边很多人认定他已经死了，但也有人觉得他没有。”

严峫脸上认真聆听的表情毫无异常，但他知道自己掌心正微微渗出一丝湿意来：“谁？”

“恭州前副市长兼公安厅长——岳广平。”

吕局打开保温杯喝了口茶，细细咽了下去，然后在严峫的注视中将保温杯放回桌面，发出轻轻一声。

“这件事在公安系统内罕有人知，甚至包括老魏，都只听说了爆炸的那部分。但实际上在爆炸后，恭州市公安厅成立过一个专案小组，专门调查这起行动失败的原因以及对相关人员进行追责。专案组牵头人之一，当时刚退休的副市长岳广平，提出了江停可能还没死，而是被毒贩劫持了这一说法。”

“……”严峫迎着吕局的目光短暂地笑了笑，“确实也不是没可能。”

吕局明显没有在意他怎么回答：“专案组决定采纳岳广平的意见。”

“当时的首要之急，是设法营救失联的警方卧底‘铆钉’，据分析他有很大可能性被关押在恭州与建宁交界处的一座废弃宅院里，随时有被毒贩杀害的危险。不久后，专案组终于确定了铆钉被关押的具体位置，决定立刻采取行动，联合建宁及恭州两地警力实施突击，却为时已晚——

“仿佛知道警方会来似的，那栋废弃宅院在警车抵达前燃起了熊熊大火。火焰被扑灭后，警方在废墟中挖出了江停的配枪和铆钉的尸体，一颗正中眉心的子弹要了他的命。”

吕局突然停住了，偌大办公室里只听见严峫微微的呼吸声。

“弹道分析结果与推测相匹配，江停的枪柄上，发现了他自己的新鲜指纹。”

明明声音不大，虚空中却仿佛有某种令人窒息的东西沉沉压了下来。

“单从这一点来看，江停杀害铆钉的可能性确实非常大。”良久后严峫终于开口道。

如果细究的话，他这句回答其实很有弹性，看似附和，实际又没咬死，甚至还有些怀疑的暗示，但吕局没有跟他刨根究底。

“那是江停最后一次在人前现出踪迹，从此他就消失了，公安系统内作牺牲处理，没有授予烈士称号。”吕局淡淡道，“但我个人认为，如果他再出现的话，那将是巨大危险再次来临的先兆。”

他伸手拉回电脑显示器，严峫怔怔看着那张眉目冷淡俊秀的脸随着屏幕转了过去。

“吕局……”

“嗯？”

严峫张了张口，终于听见了自己的声音：“您觉得江支队长是个怎样的人？”

吕局收拾着桌面上那堆散乱的材料，没吭声，像是在沉思什么。许久后他终于开口吐出几个字，说：“年轻，果敢，智商高，可怕的高。”顿了顿，他又道，“这点让我个人感到很不舒服。”

很不舒服。

这是严峫在短短一个小时内第二次听见相同的形容，一丝异样感从心底油然而起。

“你回去吧，”吕局摆了摆手，“这几天刑侦的同志们都辛苦了，到案卷移送后，保证给所有参与行动的人员都放大假。啊，你告诉大家，再坚持坚持。”

严峫应了声“是”，起身向门口走去。

身后窸窸窣窣的动静是吕局在整理案卷，严峫的手触到门把手，突然又顿住了。他几乎是强迫自己转过身再次面向吕局，深吸一口气，仿佛借由这个动作准备好了什么：“您就没有其他什么想要问我的了吗？”

“什么？”吕局一掀眼皮，“没有了。”

“……”

吕局的口气波澜不惊："你是老魏看着长大的，现在的刑侦副支，以后的处级正支。不论你做什么事都代表建宁市公安局，我们不信任你，还能信任谁？去吧。"

吕局胖墩墩的身体倚在办公桌后，严峫默然许久，向他欠了欠身，转身走了出去。

黄兴竟然跟上来了，正忐忑不安地等在电梯口，打眼看见严峫，立刻三步并作两步迎上前："严队……"

严峫好整以暇地瞅着他，一步迈进电梯。

黄兴搓着手跟了进来："那天你让我定位芯片，本来就是个小事，我也没打算告诉别人。但吕局从现场回市局后，跟未卜先知似的亲自过来问我了，还去技侦处调取了定位记录，所以我真的是……"

严峫："嗯？"

黄兴其实摸不准到底发生了什么，只隐约猜到严峫要求定位跟现场发现的那件小孩血衣有关。但因为本省技术有限，血衣是跟公安部打报告后送到北京的顶级物证实验室进行检验的，结果也直接呈给了吕局，其他人并不清楚内幕。

从黄兴打听到的只言片语来看，DNA 检验结果跟几年前封存的案子有关，严峫八成是擅自行动卷了进去，才被吕局叫去骂了。

"你说我哪儿能预料到这些呢？我还以为要么是有人借你家钱跑了，要么是你女朋友跑了，要么是你妈叫你盯梢你爸……"

严峫说："呸，钱都是我妈的，我爸敢出轨就净身出户了！"

黄兴立马大力夸赞顺毛拍马屁，心虚地打听："吕局没骂你吧？"

电梯门打开了，严峫抱着手臂，冷哼着上下扫视黄兴一番，直到后者赔笑赔得脸上肌肉都酸了，才抽出手来慢悠悠地拍了他两下："骂不骂的，反正呢，本来打算请你的那顿五星级天顶泳池自助烤肉大概是没戏了。"

黄兴："……"

严峫甩甩袖子扬长而去，黄主任目瞪口呆地望着他的背影，半晌悲怆地发出一声："……你咋不早说有烤肉？！"

黄主任追悔莫及，心狠手辣的严峫却没理会，径直进了刑侦支队的办公层，迎面只见众多刑警正人手一杯奶茶分吃零食，蛋糕、巧克力、比萨、牛肉干摊了满桌，边上还垒了两箱个个有拇指那么大的嫣红的樱桃。

“呦，给我来点儿。”严峫顺手掏了几个樱桃，随便拿手蹭蹭就吃了，扬声问，“谁买的单？待会儿支队财务报销。马翔，回头提醒我记成线人费！”

马翔吃着比萨含混不清道：“不用那么麻烦，是受害人慰问咱们来了，喏。”

严峫顺着他的目光往外一看，一名年轻人正站在大办公室外的走廊上，不知道正往远处看什么——是楚慈。

“吃！就知道吃！”严峫立刻拍了马翔一巴掌，“你们把人家半个月的实习工资吃完了！”

马翔两行热泪奔涌而出：“严哥，你不懂。咱们建宁第一大江湖门派行走多年，头一次碰上受害人不是带锦旗而是实实在在带零食的，我控制不了我自己！……”

严峫吐了樱桃核，好险没把手蹭在自己五位数的裤子上，忙抽出纸巾擦了擦，走出门去。

楚慈侧对着他，神情发沉，正望向另一个方向的长廊尽头。严峫站住脚步望过去，只见两个民警正押着丁当，远远向这边走来，准备提往看守所。

丁当看起来和初见时的清纯柔弱以及行动现场那天的阴狠疯狂都不同了。严峫从警十多年，亲手送进看守所的犯罪嫌疑人加起来可以坐满半火车，对嫌疑人认罪后各种各样的表现也都习以为常，绝望、疯狂、不甘、心如死灰甚至大仇得报的快意，这些都不稀奇。但丁当现在的表现和他见过的都不一样，她死死盯着楚慈，眼神似乎满是恨意，但走近后仔细观察的话，仿佛在恨毒之后又有些更复杂难以形容的东西。

楚慈静静回视她，两人就这么擦肩而过，突然丁当挣扎着站住了脚步。

“别停下！”民警立刻出声呵斥，被严峫眼神阻止了。

“那天晚上在工厂，警察闯进来之前，你说我是主谋。”丁当看着楚慈，咬着牙一字一句地问，“你是怎么知道的？”

楚慈似乎早就预料到她会这么问，反应很平淡：“因为你说五月二日那天晚上冯宇光约你出去唱歌，这句话是在撒谎。”

不仅丁当，连严峫都霎时生出了“他竟然知道”的诧异感。

“你……你竟然，你早就知道……”

丁当难以置信地苍白着脸，楚慈似乎想说什么，但瞬间又咽了回去，笑了笑。

外人很难发现，那笑意中隐藏着一丝伤感。

“当然了，”他说，“那天冯宇光出门前在包里装了几本复习书。谁约会的时候还带书？”

走廊上回荡着丁当歇斯底里的喊声，随即踉踉跄跄被民警带走了，渐渐消失在楼梯尽头。

“咳咳！”严峫清清嗓子，打了个圆场，“来就来了，还这么破费。”

楚慈这才收回目送她离开的视线，回头把自己手上的塑料袋递给严峫，似乎有些不好意思：“也没买什么好东西，那天多亏你们救了我的命……”

那塑料袋里是两条云烟硬珍品。

严峫“哎哟”了声，推辞两下后还是接到手里，笑道：“我这儿正好闹饥荒呢，谢谢谢谢。但其实真没必要，不是我们救了你，是你救了我们——人质要有个三长两短，咱整个局里都得跟着吃挂落，报告、检讨、奖金、晋升，指不定多少人回家要挨老婆打呢。”

楚慈笑了起来。

“怎么着，高才生？”严峫调侃道，“还实习吗？回北京还是回老家？”

楚慈说：“本来订的车票是三天前回北京，正好今早去车站接我妈跟我弟弟，他们从老家来旅游。但医生说爆炸的时候撞到了头，提前出院风险很大，所以改到今天下午走了。”

“那可来不及请你吃饭了。回去就准备念博士啦？”

严峫以为他会说“是”，但出乎意料的是，楚慈伸了个懒腰，眼底笑意微微加深，回答道：“念个锤子。”

严峫：“……”

“早不想念了。大学毕业的时候就想去找工作，我妈非让我保研，说多读点书好。”楚慈说，“好什么好？我弟连两万块择校费都交不起，早两年工作的话就把他弄重点初中去了。”

严峫不知道该回答什么，半晌憋出一句：“那确实挺困难的。”

“没事，有个研究所让我准备去面试了，以后会越来越好的。”

严峫点点头，楚慈看了眼时间：“那不耽误你们工作，我先走了。”

“哎，等等！”

严峫叫住他，想了想，招手随便叫来个实习警员，摸出车钥匙抛了过去：“你去楼下把我的车开出来，待会儿送受害人去火车站，请吃顿饭再回来。”

楚慈刚要推辞，只见实习警员如同中了大奖般喜出望外：“哎哟！严哥，我早想开你的车了，你可真是我亲哥！”话音未落，人已飙出去了老远。

“送完早点儿回来！你个兔崽子！”严峫冲着他的背影吼道，继而无奈地摇了摇头，“油不跑完估计是回不来了。得了，高才生，我送你下楼吧。”

五月中，夏意渐浓，市公安局楼下的树荫里断断续续响起了蝉声，金灿灿的阳光泼泼洒洒，在马路、房顶和远处来往的车辆顶盖上抹出耀眼的反光。

严峫把楚慈送到大门口台阶上，说："那你好好面试，争取一次过，找到工作报个喜讯哈。"

楚慈郑重地应了。

二十出头未毕业的学生，就算多年泡在实验室里，养成了沉默文静的性子，眉眼间也不会完全退去年轻人的跳脱和神采。严峫摆着手臂观察他片刻，好似突然想起了什么，向周围扫了眼："喂，高才生。"

"欸。"

"有个事我心里有点好奇，你都快走了，我就多问一句。那个芬太尼新型化合物的分子式，你现在知道多少？"

"您是想问我能不能做出来吧。"

严峫："哎呀，你这人这么直接多伤感情……"

"不一定能，再钻研钻研或许可以。"楚慈说，"但我不会的，放心。"

"那可是很多很多钱哪——"严峫拖长语调，似笑非笑，"你含辛茹苦攒钱北漂，别人灯红酒绿一掷千金，公平吗？"

楚慈站在市公安局大门口台阶上，背对着远处楼顶那枚遥遥悬挂的警徽，似乎陷入了思索。良久后他好像想清楚了什么，摇头道："确实不公平。但这世上本来也就没有绝对公平的事吧。"

严峫没吭声。

"保送通知下来那阵子，整个学校都轰动了，其他年级的学生都跑来堵在我们教室门口。我在座位上把书竖起来挡住脸，我的同桌说：'楚慈，人生真不公平，我念书学习比你还刻苦，凭什么我就考不上北京的大学？'

"你看，如果连我都觉得这世界不公平，那些比我更没有门路、没有出路的人会怎么想？至少我还可以凭自己的力量考出来，给家人带来更好的生活，这种满足并不比富豪们一掷千金所获得的幸福感少。"

楚慈仰头望向建宁夏天万里湛蓝的天穹，神情带着微微的惬意，旋即转向严峫笑道："所以我踏踏实实地穷着就很好，那些沾着人血的钱财，犯法杀头的事情，我看就算了吧。"

他笑着挥挥手，洒脱而爽朗，大步走下台阶，背着阳光向市局大门走去。

在他身后，严峫拆开云烟，点上一根慢慢抽了口，若有所思地眯起了眼睛。

他突然想起自己两天前跟江停打电话征询意见，问要不要把丁当的杀人动机告诉楚慈。江停告诉他就按流程走，不要做多余的事情，也不要简略任何该有的办案步骤。

还是算了吧，严峫想，人家学霸也不容易。

何况他连问都没问，也许，根本没有再费心告诉他一遍的必要呢。

“还挺好抽的，”严峫喃喃自语道，顺手一弹烟灰，掏出手机转身向市局大楼走去。

“喂，江警花，没事儿，你那第三碗鸡汤喝了没啊？我就告诉你那学霸今天来送吃的，晚上等我顺路给你捎两斤樱桃去……”

万里天穹一碧如洗，夏风掠过鳞次栉比的高楼，越过摩肩接踵的商业街，打着旋儿穿过车和行人；它摇摆着长街两侧茂密的凤凰木，呼啸着冲上天穹。

繁华的建宁市上空，流云渐渐汇聚，阳光炙热明亮，映照在市公安局大楼顶端沉默的银色警徽上。

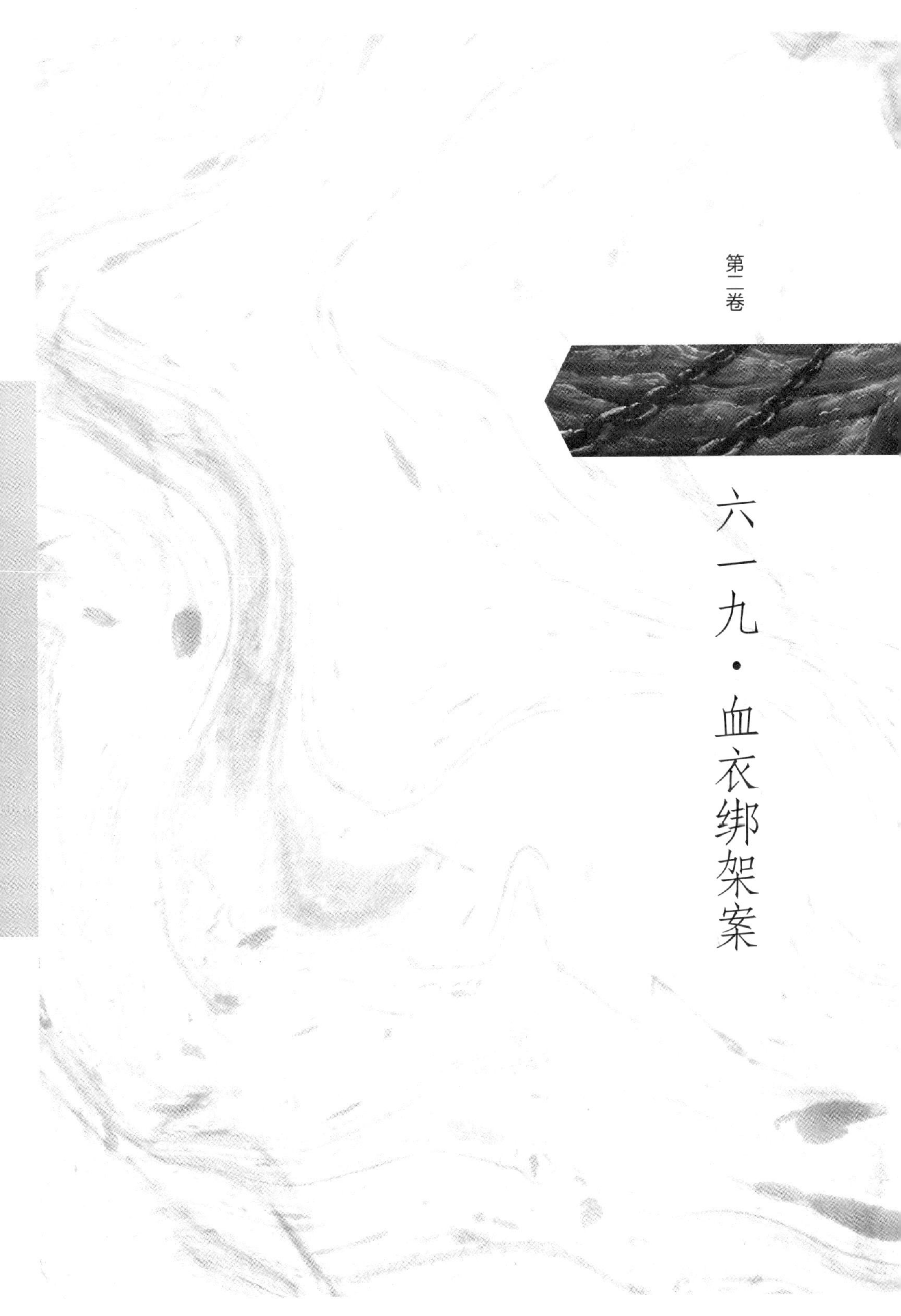

第二卷

六一九·血衣绑架案

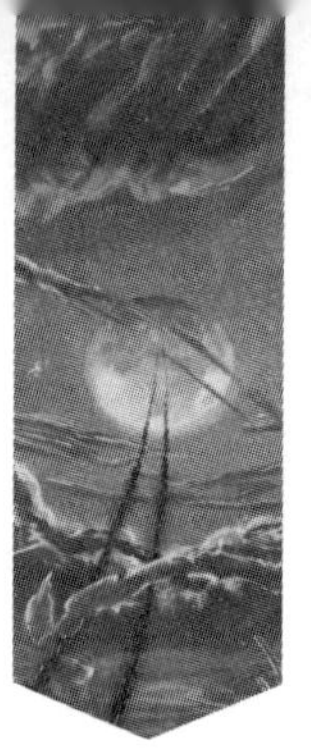

第 1 章

闹铃在第十八次响起时，终于被鸭绒被里伸出的一只结实有力、骨骼分明的手啪地狠狠拍断了。

上午十点半，严峫从大床上翻身坐起，揉按着宿醉后晕晕沉沉的头，足足过了十分钟才恍惚回忆起昨晚市局庆功会上的片段：

五〇二冻尸案移送检察院，省厅拟定对不明狙击手进行追查，新型芬太尼化合物被上报至公安部，特警大队长康树强成功脱离危险期……

在响如雷动的掌声中，魏副局宣布这次行动人员每人可轮休三天，所有警察都乐疯了，秦川、苟利那俩玩意儿逮着严峫就往死里灌。在昏昏沉沉被架回去的路上，他好像接到了他妈的电话，提醒他别忘了今天要……

今天要……

严峫如醍醐灌顶，整个人瞬间清醒过来，抓起手机打开微信。

“儿子，今天中午十二点在咱家的天顶花园西餐厅，跟房地产集团老总闺女见面，记得捯饬得漂亮点！敷个面膜！你妈。”

“……”严峫放下手机，转过头，镜子里映出一张头顶鸟窝、胡子拉碴的脸。

“又到了出台卖身的日子。”他喃喃道。

严峫的变身过程总是像美少女战士一样神奇。半个小时后，他洗完澡，刮好胡子，自己拿剪刀对着头顶咔嚓咔嚓，喷上啫喱水定好型；又随便找了瓶男士香水喷了两下，对镜左右观察片刻，俨然又是一张下海挂牌五万起的脸了。

然后他肩上搭着条毛巾，赤身裸体走出浴室，刚准备去衣帽间琢磨一下今天以怎样的姿态和造型去收人生中第一百零八张“你是个好人”“我们可以当朋友”“我还太小妈妈不让我谈恋爱”卡，突然又改变了主意，想去泡壶茶解解宿醉后的口渴。

于是严副支队走出卧室，穿过客厅，一推茶水间的门。

严峫：“……”

江停：“……”

空气突然陷入安静，江停维持着那个打开茶叶盒的动作，与严峫面面相觑，彼此表情都十分空白。

“你……怎么……”

严峫的第一反应是“你怎么在这里”，随即反应过来是自己把房门钥匙强塞给人家的；第二个反应是“你竟然真的肯来”，话没出口又被硬生生咽了回去。他的眼珠在江停悬在半空的手和打开的茶叶盒之间转了几个来回，恍然大悟，仿佛当场抓到了小蟊贼：“你又喝我家媳妇茶！”

江停双手背到身后：“没有。”

“水都烧好了！”

“真的没有。”

“上次带去现场说是特意给我泡的，实际你全喝了！”

“误会。”

严峫箭步上前，抽出紫檀木盒下层，理直气壮地把那仿佛被狗啃了似的半块茶饼伸到江停鼻子前：“那你说这是谁喝的？！”

江停：“韩小梅。”

严峫一寸寸缓缓逼近，江停不得不向后仰身。

“看着我的眼睛再说一次，”两人鼻端相距不过咫尺，严峫紧紧盯着江停的眼睛，声音低沉，充满压力，“到底是谁喝的？韩小梅，还是你？”

“……”江停抬起手，往下指了指，冷静到几乎漠然的面具终于裂开了一丝细缝，“你能先把裤子穿起来吗？”

严峫低头一看，正常男性早晨及沐浴后的现象清晰明显，一览无余，脸有点不易察觉地红，嚣张道：“这叫雄性资本，明白不？！”

江停满脸欲语还休，严峫重重哼了声，宛如得胜的将军般转身出门，一脱离江停的视线，立刻前后捂着溜回了卧室。

分针再次走过大半圈，严峫犹如一名出身豪门的年轻精英般穿着高定衬衣长裤、普通人要排队等半年才能拿一双的定制皮鞋，戴着顶级腕表，低调奢华有内涵地开了辆跟表差不多价格的车，对着侧视镜审视了下自己，果然跟早上那个刚起床的“遛鸟侠”判若两人了。

严峫微微得意地瞟向副驾："怎么样？"

江停捧着《红书》，翻过一页。

"问你话呢！"

江停置若罔闻。

严峫一把抽出书："你看得懂吗？装大尾巴狼！"说着不满地把书扔向后座。

"……"江停扶额长长叹了口气，"看不懂。"

然后他望向严峫，终于说了实话："但我需要借助一些哲学方面的东西来强行清空记忆，尤其是有关你的某个画面。"

严峫："……"

江停坦诚道："冲击力挺大的。"

绿灯亮起，车流缓缓前移，车厢内一片安静。

几分钟后，严峫终于忍不住想找场子了："我说那啥难道就那么让你不爽？上大学的时候你没跟兄弟一起进过澡堂，还是你进的女澡堂？"

江停含蓄道："男澡堂里大家都比较正常。"

"我不正常？！"

看起来江停是很想点头的，但他忍住了，用一种比较有涵养的方式问："你出门相亲非叫我去，是需要我在女方面前旁敲侧击地暗示一下你……吗？"

"……啊？"

"如果你确实需要的话，我也可以试试。"

严峫换线超车，周遭顿时响起无数抗议，此起彼伏的喇叭声中响起他的怒吼："老子不需要暗示这个！老子凭脸就能征服女人！"

江停象征性地鼓了鼓掌："去征服一个。"

"……"严峫不说话了。

前方红灯亮起，S450随着缓缓停止的车流减速，后视镜中映出严峫阴云密布的脸。大概是感觉到车内空气太凝重，不像去相亲反倒像去参加葬礼，江停终于清了清嗓子，决定缓和一下僵硬的气氛，说："有个问题我一直比较好奇，既然现在没有别人，那我就问了，你别介意。"

严峫眼底顿时闪过一丝杀气。

根据他自己的谈话风格，"我很好奇，你别介意"后面跟的通常都是不太友好的问题，比方说："案发当晚你的不在场证明有假，解释一下！"或"被害人身上验出了 DNA，要不你先给我们抽几滴血比对比对？”

果然江停问：“为什么你相亲总是不成功呢？”

严峫：“……”

“虽然确实职业方面不占优势，但毕竟你非常有钱，综合衡量的话……”

“我的相亲对象基本来自两种渠道，”严峫冷冷道，“父母介绍，以及同事帮忙牵线。”

江停认真颔首，示意他继续。

“前者通常来自差不多的家庭，又分两种情况：第一种，名校海归，独立自强，各方面都非常优秀，会要求我辞职，继承家业，好好赚钱，所以基本没戏；第二种刁蛮霸道，性格娇气，本身就不可能跟我相处得来，所以也没戏。”

江停默默地：“哦——”

严峫余光忍不住往副驾驶上瞟，加强语气补充：“我最讨厌娇气的人了！”

江停：“嗯嗯。”

然后严峫亲眼看见江停把手伸向车门内侧杂物匣，拿出他出门时就准备好的一瓶新鲜牛奶，开始小口小口地喝了起来。

他那总是自然下落、极少扬起弧度的嘴角，带着浅浅的奶沫，似乎连浅红色都比平常稍微深了些。喝几口后，他稍微停下了，舌头一扫唇角，望向马路前方。

严峫喉咙紧得说不出来话，过了很久，才憋出来一句：“你能别这么喝牛奶吗？！”

“医生要求每天补钙，其实我不喜欢这玩意儿。”江停冷漠道，“你继续，同事牵线的相亲又为什么不成？”

严峫的内心此刻没有任何语言能形容。他机械地踩油门，踩刹车，打灯变道，因为紧紧咬着后槽牙，脸颊显出极其紧绷的线条。

“严副队？”

“……”严峫从齿缝中道，“同事介绍的要么我对女方没感觉，要么是女方批评我太凶，还有就是要求登记前财产先分一半的……这都什么跟什么！别喝了！”

江停正好喝完最后一口，莫名其妙地把空牛奶瓶丢进了杂物匣。

S450 拐进停车场，刺啦一声稳稳停住。严峫放下手刹熄了火，人却端坐在方向盘后没有动，吐出几个字：“你先下去。”

江停狐疑地瞅着他，观察了下面部微表情，觉得他大概是相亲前太紧张，于是体贴地下了车关上门。

嘭!

严峫像被激活了似的，迅速从后座抓起《红书》，开始认真阅读。

足足三分钟后，严峫终于结束了在知识海洋中的短暂遨游，感觉整个灵魂都得到了净化。他合上书，从心底里发出一声由衷的感叹：“真不愧是大师啊！”

然后他终于可以毫无异状地整装下车，脚刚触及地面，突然整个人都不对了：“你怎么在这儿？！”

杨媚穿着香槟色丝绒裙，珍珠耳坠点缀得她明眸皓齿，裸色系带红底高跟鞋让她看上去凭空拔高了十厘米，气势足以压倒众生，一个眼神就碾轧了目瞪口呆的严峫：“来、吃、饭。”

“谁让你来的？”

江停说：“我。”

严峫差点儿没控制住自己的面部表情：“那谁陪我相亲？”

杨媚给了他一个娇俏妩媚的笑容。

“你控制一下。”江停在他耳边低声说，伸出两根手指，“我欠你这个数。”然后比出一个九，“而你欠她这个数。”

严峫：“根本不是一个数量级！而且胡说八道，我什么时候……”

“她那辆车彻底修不了了。”

严峫仿佛被一键静音。

“我请她吃顿饭，你俩的账平了，市局再从办案经费中拿点做补偿。”江停双手交叉一画，那是拳击台上裁判示意回合终止的手势，“有问题？”

杨媚微笑：“我没问题。”

严峫额角暴出青筋：“我也……没问题。”

“很好。”江停有些欣慰，“现在我们可以离开停车场了。”

这座集酒店、商场和花园餐厅于一体的大厦有两座观光电梯直通顶层，叮的一声，两扇门同时打开，江停在严峫“？！”的目光中耸肩表示了一下“祝你好运”，然后跟着杨媚进了另一扇门。

电梯疾速上升，江停目视前方，脚下的街道和车辆越来越远，倏而只听杨媚在身边试探性地咳了一声：“江哥……”

“你为什么总跟严峫过不去？”

杨媚稍愣，旋即立刻撇清：“这个真没有，主要是严副队这个人在某些观念上比较……”

“直男癌。”江停接口道，“那实习生背后是这么骂的。”

杨媚心说，是是是，韩小梅用词太精准了，姓严的这辈子想婚姻幸福的话只能去越南花钱买个媳妇!

“他有时确实比较严厉，但其实不是那种人。”江停似乎看透了杨媚的想法，说，“你跟严峫年纪都不小了，有什么话应该摊开来说，直截了当面对自己的内心，回避和绕圈子只是在耽误你们彼此的时间。”

杨媚：“啊……嗯？”

“如果有一天我离开了。”江停顿了顿，抬手示意杨媚不要打断，“很难说你会不会被牵扯进某些人的报复里，那是我不愿意看到的。严峫是个值得托付的人。”

杨媚：“嗯？！”

电梯升到顶层，缓缓打开，江停整整衣襟走出了门。

他没看见的是在自己身后，杨媚双眼圆瞪，险些把那个相当于韩小梅半年实习工资的包给砸到地上去。

天顶餐厅整层旋转，设有观景露台、悬浮泳池和高空花园。玻璃穹顶下的室内呈现出现代豪华设计风，以吧台为中心，向四面八方铺陈扩散。

严峫躬身藏在吧台后，神情肃厉、眉宇紧锁，要是手里握把枪就是活生生的警方埋伏行动了。餐厅总经理站在他身后，满脸欲哭无泪，几次欲言又止，终于还是忍不住提醒：“少东家，你到底想怎么着？第一百〇八号未来少东太太已经在那边等你半天了，再抵触相亲，你也不能躲在吧台底下不出去吧！大家都是成年人了，勇敢点！”

“嘘……”严峫一拽总经理，指着从餐厅入口处走进来的两个人，“就他俩，给我看好了。”

总经理：“？”

顺着严峫的食指看去，江停在侍应生的引导下进入座位，顺手帮杨媚拉开了座椅。

“这两人要是敢在我家餐厅里亲嘴摸手、伤风败俗，你就立刻赶来告诉我。还有，待会儿他俩付账的时候只收一个人的钱，切记收一个人的！”

总经理隐隐感觉自己发现了什么不得了的秘密：“……为什么？”

“因为另一个我不想请。”严峫冷冷道，转身拂袖而去。

总经理满心震撼地站在原地，用难以言喻的目光望着杨媚，脑海内瞬间演绎出了五百集“我爱的人不是我的爱人”系列韩剧。随即他又看向杨媚对面那个神情冷淡、俊秀苍白的年轻男子，横竖打量了整整五分钟，同仇敌忾的愤怒以及对少东家的怜爱从内心油然而生。

“经理，”领班小声问，“经理，你干啥呢？”

总经理踮脚张望了下虽然很不情愿，但还是向美貌千金大小姐走去的严峫，又唰地转过身，阴恻恻地瞅着江停，含恨道：“我要给老板娘打小报告。”

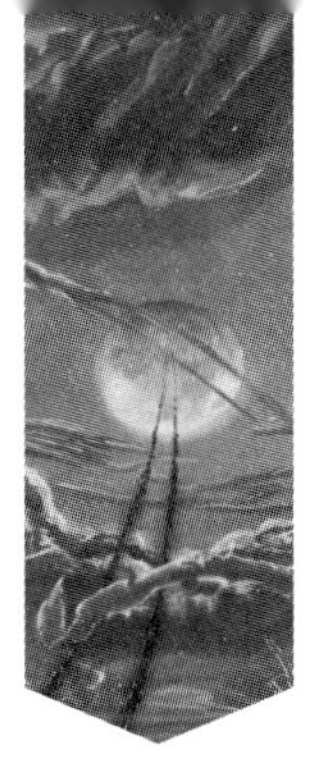

第2章

“您业余时间都有哪些兴趣爱好？”姑娘切开一块鱼肉，优雅地微笑着问。

食物精致新鲜，钢琴旋律款款，侍应生来去轻巧，不带起一丝声响。严峫的视线越过对面，直勾勾望向餐厅的另一个角落，直到姑娘脾气很好地加重语气：“业余时间您都有哪些兴趣爱好呢？”

“嗯？”严峫回过神来，“没什么业余时间。市局加班一个月两次，一次半个月。”

“……那您放假的时候会看书、旅行，或者去听音乐会吗？”

“音乐吗？”严峫兴味索然道，“开车的时候会放个凤凰传奇啥的。”

“……”这姑娘真是修养相当好才能硬生生控制住了面部表情，甚至灵机一动想出了新的话题，“既然您工作那么忙，应该遇到过很多案子吧。”

严峫：“啊，那倒是！”

“太好了，从小我就最崇拜警察了！您可以将新奇的案件告诉我吗？”

不远处餐厅窗前，杨媚不知道在说什么，连盘子里的东西都不怎么吃，一个劲地跟江停喋喋不休。江停的吃相还是那么有条不紊又细嚼慢咽，偶尔从鼻腔中发出个单音，既不点头也不摇头。

严峫第八次收回堂而皇之的窥探视线，心不在焉道：“新奇？没什么新奇的，都差不多。”

姑娘看看严峫的脸，决定冲着颜值再给这个男人最后一次机会。

“要说新鲜的话，最近倒确实有几个。”仿佛上天听到了她的心声，严峫想了想，终于勉为其难地开了尊口，说，“前几天高速公路上有个犯罪嫌疑人被毁尸灭迹，货车来回碾轧了二三十遍，哎哟，那个尸体就跟你盘子里的肉酱差不多，我们警察拿着铁钳捡了几个小时才整出两塑料袋来。还有上个月，就是你这么大的姑娘协助运毒，拿保鲜膜包了塞进私处，那恶心得事后我们女警几天都没吃下饭……”

不该给他任何机会的，姑娘木然地心想。

“……所以我说像你这个年纪的姑娘就不该太晚出门，走夜路提高警惕，穿衣服也注意保守点。不是说我们男权主义指责受害女性什么的，问题是有些禽兽就不是人，指责了也没用。哪怕把他们抓起来在监狱里享受一万遍菊花变向日葵的快感，受害人本身的创伤也很难被抹去，所以要从概率上……哎，服务员！”

暗中观察的总经理立刻快步上前：“少东家。”

严峫指着远处正起身往观景台走的江停和杨媚：“他们这是去干吗？”

总经理满脸同情：“他们吃完了，想去吹吹风。”

严峫：“……”

严峫犹如现场抓奸了的正房，从他的表情来看，那两人可能不是去观景台，而是手拉手去民政局领证。

“咳咳！”相亲姑娘放下刀叉，用餐巾擦了擦嘴角，提起包微笑道，“真高兴今天和您见面，严先生，我差不多该回去了，咱俩就别交换联系方式了吧。”

“？”严峫这才再次回过神来，“怎么了？这不聊得挺好吗？”

总经理惨不忍睹地捂住了眼睛。

千金大小姐这会儿真是用尽了毕生的家教和修养，笑吟吟道：“不呢，严先生。”

严先生：“……”

“我能冒昧问一句吗？您刚才一直在看的那对男女是情侣还是夫妻？”

——夫妻？

严峫斩钉截铁道：“兄妹！……不，姐弟！”

姑娘眼底写满了热情和鼓励：“既然不是情侣、夫妻，那想追就去追吧！用武力踏平一切阻碍！最好现在就打起来！我先走了，拜拜哟。”

严峫说：“啊？”

姑娘给了他一个“快上啊”的眼神，尽管看上去很像翻白眼，然后抓起爱马仕鳄鱼小手包，头也不回地走了。

“……尽管你很可怜，”总经理拍拍严峫的肩，沉痛而公平，“但这确实是你的错。”

严峫满脸蒙，似乎整个人还游离在状况外，甚至有点委屈：“我就看了两眼！”

严峫三下五除二把盘子里剩的牛排吃了，一抹嘴站起来，揣着烟盒直奔观景台。玻璃穹宇内繁花似锦，茉莉雪白芬芳，凤凰木郁郁葱葱，玫瑰藤环绕着大理石柱弯曲向上；江停背对着他，双手插在裤袋里，只见杨媚的头正以每秒半厘米的速度缓缓倾斜，准备神不知鬼不觉地靠在他肩上。

严峫：“咳咳！！”

杨媚：“！！”

杨媚回头怒视，严峫则露出一个跟刚才停车场内的她别无二致的笑容：“我刚接到市局的电话。”

江停敏感地回过头。

“关于新型芬太尼化合物流通的紧急预警……”严峫满含深意地顿了顿。

果然，江停不负重望：“杨媚先回去吧，我跟严副队商量些事情。”

杨媚简直出离愤怒了，她就好像被人硬生生往喉咙里塞了个鸡蛋，呼哧呼哧喘了会儿气，猛一甩头，小高跟噔噔噔，经过严峫身边时狠狠瞪了他一眼，眼底明明白白写着“老娘要手撕了你”这几个大字。

严峫谦逊颔首。从杨媚的后续反应来看，她大概是把自己的高跟鞋当成严峫的尸体了。

“新型毒品怎么着？”江停淡淡道。

严峫没回答，走上前站在他身侧，点起一根烟。

“……”江停抬头看了眼不远处明晃晃的“此处禁止吸烟”牌，沉思片刻，抬手勾了勾食指。

严峫于是从善如流地给他摸了根软中华，点着了，两人分别转向巨大的落地玻璃墙，同时长长吐了口烟。

脚下远处繁华的都市被淹没在白雾里，随即烟消云散。

“这次是因为什么？”江停问。

严峫说：“不知道，莫名其妙的。女人心，海底针哪。”

江停微微侧过头，杨媚的身影已经消失在餐厅里了。他弹了弹烟灰，对严峫说：“可能你还没认清自己内心真正期待的另一半。”

严峫特别错愕地瞅了他一眼，大有我没想到“你竟是这么文艺的江支队”的意思。

江停说：“我也没什么经验，只是从理性的角度出发给你点建议罢了。”

严峫眨巴着眼睛，突然手肘撞了他两下：“喂，前辈。”

“干吗？”

“你也是这个岁数了，就没相过亲？”

“组织给介绍过。”

“结果呢？”

江停说：“你不是看到了吗？”

严峫上下打量他，揶揄道：“哟，没想到前辈也曾经折戟沉沙……”

“基本都是我拒绝人。”

“啊？”

江停抽了口烟，说：“当一线警察的，既然没有做好保护家小的准备，就不要轻易拖人下水。心里有了羁绊，很多时候会瞻前顾后，不仅害了别人，更是害了自己。当然，相亲之后我没什么太大兴趣也是重要原因之一。”

“噢——”严峫拖长语调，若有所思地撇嘴点头，突然好像咂摸出了哪点不对，“没兴趣？”

“嗯。”

严峫的眼皮快速眨巴了几下：“你……交过女朋友吗？上学时期无疾而终的青涩初恋不算的话。”

“那没有。”

严峫重复道：“……没兴趣？”

江停说：“一个月加班两次，每次加班半个月，我这个年纪还没得心梗算不错了，哪儿来那么多兴趣？”

咔嚓！

恍若一道闪电劈中灵魂，严峫脑海中久久回响——没兴趣！

他对交女朋友没兴趣！！

那他对什么有兴趣，难道是我？！

等等，等等，假设真是这样的话那一切行为逻辑都有解释了，从早年他力排众议把二等功归还给我，到如今他陪我破制毒杀人案，再到今早他坐在我车里喝牛奶……

严峫表面毫无异常，内心天崩地裂。

江停顺口问：“你怎么了？”

严峫恍惚地抽了口烟，灵魂仿佛在悬崖边缘摇摇欲坠。如果再回车里看几分钟心理学大师著作的话，说不定马上他就要立地飞升了。

“喂，”江停眉心微蹙，大概觉得严峫正沉浸在相亲失败的痛苦中不能自拔，于是主动拍了下他的背，“想开点，缘分这东西很难说，也许明天转角就遇见了。”

严峫猝不及防，被拍得一个趔趄，手一软差点儿把烟头丢了。

“……”江停终于发现不对，“你没事吧？”

严峫茫然地看向他，目光久久停留在江停形状漂亮的嘴唇和雪白整齐的齿端上，除了一开一合的动作之外，什么都听不见，脑子里嗡嗡作响。

“严峫！”江停在周遭几名游客怪异的视线中压低声音呵斥道，“你手机在响！”

“啊？”严峫一个激灵，下意识摸出手机，果真是市局来电。

市局来电通常不是什么好事，尤其是在轮休假的第一天，但又不得不接。严峫刚想找个僻静无人的地方，突然又回头对江停匆匆道：“你在这儿等我，别乱跑！”随即拿着手机，大步流星地走了。

“喂，大苟！”严峫在吧台后随便拉了把椅子坐下，示意亦步亦趋的总经理离自己远点，语气中暗藏火星，“怎么着？有案子？”

“叫苟主任！”苟利倨傲地道，“你这乌鸦嘴，就不能盼点好的吗？就不能是老魏体谅大家辛苦，主动给每人多发两袋米、两瓶油，或者是请大家今晚聚餐吃烤肉吗？”

“哎哟，那敢情好，正好我们家新开了个烤肉餐厅……”

“我瞎说的，”苟利微笑道，“有案子了。”

严峫周遭空气顿时凝固，温度瞬间掉到了零下二十度。

“十分钟前分局刚把情况汇报上来，一对夫妻收到勒索短信，他们刚高考完的儿子跟同学出去野营被绑架了，绑匪勒索两个亿。”苟利说，“啥都别说了，赶紧让刑侦支队的人都回来吧，咱们命里八字就跟放假没有缘。”

严峫却觉得不对：“两个亿？”

“嗯，数额特别巨大，所以第一时间就被市局接手立案了。”

“根据我对建宁市富豪阶层的了解，能短时间从流动资金中抽出两个亿的不超过五个家庭，唯一家里有儿子且儿子在国内的现在正跟你通话，我确定我没被绑架。”严峫狐疑道，“失踪者父母是干什么的？你确定是绑架不是恶作剧？”

“这我哪儿能知道？据说夫妻俩开了个小公司，跟普通人比家境还算殷实，但两亿是别想了。”苟利说，“不过呢，我个人觉得这案子非常诡异。”

“怎么？”

“绑匪随短信发来的照片，是一件浸透了鲜血的T恤。”法医室里，苟利顿了顿，颈窝夹着话筒，盯着眼前的高清放大图，拧起了眉头，“照这个出血量来看，失踪者还活着的可能性不大。”

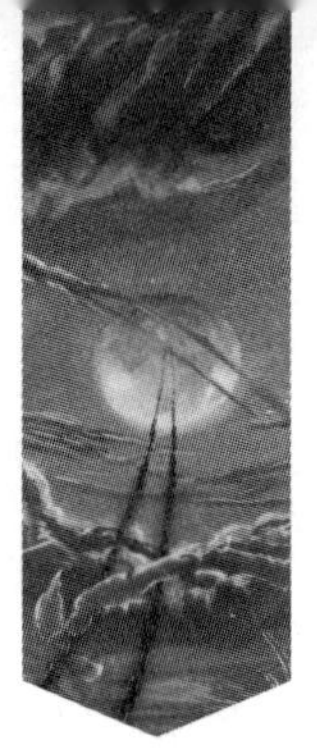

第 3 章

两辆交警摩托在前鸣笛开道，S450 随后风驰电掣，以 F1 赛车的气势连闯十余个红灯，一路引发路人拍照无数。

“开稳点！”江停在沿途无数闪光灯中喝道，“两亿赎金，不太像绑架，别那么着急！”

严峫嗖的一声穿过闹市区紧急避让出的十字路口：“不能慢！万一就是有那傻 × 真敢要两亿呢？！”

引擎轰鸣就像野兽低吼，喇叭里刺啦刺啦全是路况广播。江停起身凑在严峫耳边，一字一句大声道：“那也不会拿动物血来吓人，不可能！”

刺啦……S450 蹿进市局缓缓拉开的安全门，恍若化身蓝色闪电，紧接着在刑侦大楼前猛然静止。

江停上半身向前猛冲，所幸在被安全带勒死之前就被严峫伸手一把勾住了。

“你光看图就知道是动物血？”严峫紧紧盯着他。

“……”江停总算缓出了那口气，说，“只是行为逻辑推测，暂时没有实据。”

严峫从副驾杂物匣里抽出帽子，反手扣江停头上，又打开一袋防霾口罩，亲手给他罩在脸上，两边耳朵分别挂好。

“你，去我办公室等着，零食点心在左边最下层那个抽屉里。”严峫低声警告，“没事别往外跑，万一被人看见，我可救不了你。”

说完严峫转身下车，干净利落甩上车门。

嘭！

“……”江停喃喃道，“就不能让我回去吗？”

“严队好！”

“严哥！”

严峫大步穿过走廊，马翔迎面飞奔而来，脚步还没停稳，嘴里就跟连珠炮似的“嗒嗒嗒”上了：“报警人是一对夫妇，男，申德，四十三岁；女，印金蝶，四十二岁。失踪者是两人独子申晓奇，今年十八岁，高中毕业，刚高考完跟同学出去郊游，昨晚最后一次跟父母联系。今天中午十二点，申家夫妇接到绑匪匿名电话，称申晓奇在他手里，索要两亿赎金。”

马翔也是临时赶来市局的，穿着涂鸦T恤、破洞牛仔裤，脖子上还戴着几个发黑的银制骷髅头十字架。严峫边走边忍不住瞥他，问：“你这是要去干吗？”

“虽然你不知道我要去干吗，但我知道你刚才干了什么。”马翔呵呵一笑，“恭喜集齐第一百零八张‘我只把你当哥哥’卡，严哥，今晚你就可以召唤神龙了。”

“别开玩笑！”严峫低声呵斥，“手机号码定位了吗？”

“甭提了，网络拨号，黄主任正亲自带人追查IP定位服务器呢。”

“有没有绑匪电话录音？”

“按失踪者父母的原话说，接到绑匪电话时还以为是诈骗，事后回过神来差点儿当场心肌梗死，谁能想起来录音哪？”

这倒也是人之常情，严峫语气微微发沉：“确定不是有人跟失踪者父母搞恶作剧，或是什么新的诈骗集团？”

“诈骗不诈骗的，这个太难说了。”马翔撇着嘴摇头，“根据申德的说法，接到勒索电话后他立刻打给了儿子，但申晓奇的手机一直关机，到现在都没消息。”

“两个亿。”严峫低声道，不知是在对马翔说还是自言自语，“绑匪来电话，恰好失踪者关机。”

“严队！严队！”一名技侦警察从远处狂奔而至，气喘吁吁道，“黄主任的结果出来了，失踪者申晓奇手机呈开机使用状态！正在通话！”

严峫脚步一顿。

“啊？”马翔脱口而出，“正在通话？”

“刚才没电了？什么没电了？为什么不带充电器？！你知道爸爸妈妈多着急吗？你知道这年头的人有多坏吗？啊？！……”

刑侦支队，临时匆忙赶来的各位刑警面面相觑，大会议室紧闭的门都挡不住申家父亲声嘶力竭的怒吼。

手机那边传来申晓奇委屈的声音：“你们怎么不去问问我同学啊？我们都在一块儿，什么时候被绑架了？爸，勒索两亿你也能当真，咱家可是连两亿的二十分之一都拿不出来，要绑也绑不到我头上啊！”

"你随便关机，还跟我犟嘴？！"申父咆哮道。

申家母亲简直喜极而泣，一边拭泪一边拉着魏副局的手解释："孩子说高考完了，大家组织郊游，我们就说去呗！我们平时生意忙，跟他同学都不熟悉，只想着赶紧来报警……"

"不要紧不要紧，哎别哭了别哭了。"魏副局穿着沙滩裤、人字拖，会议室拐角堆着他的钓具。这老头内心大概正有一万头神兽在奔腾，但表面上仍然和蔼可亲又不失端庄："群众信任我们人民公安，第一时间想着报警，这是对我们工作信任的体现！来，你们几个，扶这位女士去办公室做个笔录，签个字就没事了……"

两个警察带着余怒未消的申父和不住感谢的申母出去了，门刚关上，所有人都同时松了口气。

"两个亿，绑架杀人。"魏副局长叹一口气，不胜唏嘘，"我还以为今年的集体一等功稳了呢。"

气氛活跃起来，众人纷纷放松调侃，互相开着玩笑。只有严峫一只手捏着自己的下巴，从踏进市局开始，紧皱的眉头就没有放松。

"怎么了你，"魏副局拍拍他肩膀，显然心情很好，"看这人模狗样、花枝招展的。"

严峫说："我还是觉得不对。"

"哪儿不对？"

"……说不上来，但感觉处处都透着诡异。你们刚才亲眼看见那个申德给他儿子打电话的？"

魏副局"嘿"了一声："那还能有假吗？我搞刑侦都那么多年了，这点心机用你这臭小子教我？"

严峫的疑惑似乎并没有减轻，喃喃道："……两个亿呢。"

"我看你长得就跟两个亿似的！"魏副局不跟他啰嗦，挥手示意众人都散了，然后吭哧吭哧去办公室门口抱起他的钓具，"没案子是好事，别那么神经过敏。我老婆说刑警工作就这点不好，办案办久了，走路上见到猫狗打架都要琢磨半天，瞧着谁都像是通缉犯……哦对了，我听老方说你上个月行动那天晚上突然擅自行动，从现场一路狂奔飙车飙了几十公里，还跟犯罪分子短兵相接了？"

方正弘，隔壁禁毒支队长，秦川的顶头上司。

严峫猛地从思绪中回过神来，有点不满："方支队怎么老打我小报告！看我不顺眼还是怎么着？"

魏副局没有多解释，随口敷衍骂道："就你那整天搔首弄姿的样儿，没事还往身上喷个香水，谁看得顺眼！"

他们两人并肩出了大会议室，严峫边走边闻闻左右袖口，对自己蒙受的无端指责感到有点冤枉："我正准备相亲去呢，市局一个电话打过来，得了，本来聊得好好的房地产老总闺女顺利吹了。您还说我喷香水，我都没抱怨市局毁了我难能可贵的脱单机会……"

话音未落，魏副局抬脚一踹，严峫差点儿口喷鲜血扑地。

"臭小子，以为你玩得过我们老年人？"魏副局摸出手机，打开微信，往严峫眼前一亮。

逢案必破魏老尧："弟妹，市局紧急大案，我得把小严叫回来了啊。"

年老貌美曾翠翠："叫吧！今天相亲的房地产集团大闺女又把他拒了，没用的玩意儿，我跟老严决定把这废物儿子回馈给社会了！"

逢案必破魏老尧："[赞][赞][赞]"

"你妈真是亲妈啊！"魏副局由衷地感叹道，背着他心爱的钓鱼竿拍拍屁股走了。

今天轮休的刑警们从四面八方火速奔赴市局，又一窝蜂作鸟兽散，走廊上刚才还如临大敌的紧绷气氛很快就消失了。

严峫满心怀着愤怒，正打算找人一诉衷肠，刚推开办公室的门就愣了下："嚯！"

江停坐在大办公桌后的转椅里，桌面堆满了各种零食，严峫打发人去楼下小卖部采购备用的饼干、话梅、纸杯蛋糕和膨化食品等，可惜基本都没拆袋，只有一包奥利奥草莓夹心饼干被吃了半块，剩下的全搁那儿了。

"你在我这儿喝下午茶呢？"严峫顺手把剩下半块草莓饼干塞嘴里，含混不清道，"太挑嘴了吧，看来连建宁市公安局小卖部的最高接客水准都满足不了你，啧啧。"

江停径自刷手机，连头都没抬："绑架案怎么样了？"

"不知道是谁在那儿装神弄鬼。"严峫把事情经过简单陈述了一遍，没好气道，"案子已经退回分局了，让分局技侦继续追查勒索电话的 IP 和血衣图片来源，看能不能抓到那孙子，关俩月给大家伙解解恨。"

江停的手指顿了顿，突然道："这事有点怪异。"

严峫站在办公桌后，看着他乌黑的头发顶，眼底微微有异："……你跟我说说哪儿怪？"

“如果是诈骗，首先赎金太高，其次申晓奇很快就重新和家人联系上了，诈骗手段未免太容易被揭穿。但如果只是恶作剧的话，感觉又过分精巧。”

江停终于把手机放到桌面上，向后靠在椅背上：“即便你被绑架，赎金最多也就两千万，再多的话第一很难带走，第二家属肯定会报案。像申晓奇这种自己开公司做生意的家庭，勒索两百万是个比较容易拿到手的数字，只要确保人质安全，他父母选择交付赎金而不是报警的可能性几乎是百分之百。”

严峫抱起手臂：“所以你的感觉是？”

江停双手指尖有规律地轻轻碰撞，过了很久才缓缓道：“两个亿……倒有点像故意引起警方注意似的。”

他刚才的分析都是严峫脑子里已经过了一遍的，只是不想在江停面前把心里的赞同表露出来，因此只哼笑而不语，但最后一句倒真有点意外：“引起警方的注意？为什么？”

“心理推测而已，我又不是绑匪。”江停懒洋洋道，从桌上拿起手机。

严峫：“……”

突然，严峫鹰隼似的视力捕捉到了什么，一把抓住江停手腕：“等等！你在刷什么？”

江停从来都是自然放松下垂的唇角，突然摆脱了地心引力，显出一丝几乎不可见的微妙上扬：“微博。”

“这明明是……”

“恭喜，”江停反手将手机屏幕亮给他看，“你红了。”

实时热搜——惊爆！建宁街头交警为豪车开道，闹市飙车，连闯十余红灯！

热点评论：“建宁富豪牛 × 了。”

“这是哪家的小衙内，救火车都没它开得快吧？”

“有钱开什么破大奔哪，开个布加迪威龙飙多好！”

严峫：“……”

“别理他们，你的车不破，”江停安慰他，施施然收回手机，打开了他没事就好下两局的线上象棋，突然又想起了什么，“你不会真有布加迪吧？”

“……”严峫木然道，“你要吗？可以啊。”

江停跳马打车，聚精会神：“把钱留着撤热搜吧。”

“欸，欸，行，行，回头找人给你撤了。这么大的人了做事莽莽撞撞，完全不为自己的安全考虑，生你还不如生一块叉烧……”

严母——年老貌美曾翠翠挂上电话，赶紧找人托关系，忙乎半天才闲下来，长长叹了口气，万般感慨从心底油然而生："真不如一块叉烧，叉烧好歹还能切了吃肉，浇上鸡蛋还能做芙蓉饭！"

严家餐桌上，气氛异常沉重，严父推着老花镜合上了面前的小报告，欣慰中又有点不满："开 KTV 的……"

严母冷冷道："按你儿子以前的口味，腮帮削得跟蛇精似的他都能闭着眼说人没整容，腿 P 成两米他都一口咬定那就是基因，审美天生低，怪你还是怪我？再说开 KTV 怎么了？人家那叫职业女强人！看看人家的打扮品位，下一代基因改良就靠儿媳妇了！"

严父无法为儿子挽尊，只虚弱地辩解了一句："餐厅经理说这姑娘名花有主了……"

"名花虽有主，我来松松土嘛。"严母伸手拿过小报告，看着服务员偷拍的杨媚，满眼洋溢着慈爱，"一看这姑娘就没削过腮帮骨，没打过隆胸针，没填过鼻梁根。这儿媳妇真是太让人满意了，咱儿子要是决定去松土，我支持他一把 24K 镀金铁锹！"

"我还是觉得今天他相亲的那个房地产集团姑娘好，知根知底……"严父在老婆的瞪视下声音越来越低。

"老严！"严母冷冰冰道。

严父举手投降："是，是。"

"你儿子十八岁时，我觉得他配公主都绰绰有余。二十五岁时，我觉得他找个好人家姑娘差不多就过日子了。到了三十岁时，我可怜的要求已经降到了女的，活的，年纪比我小就行。"

严母脑海中浮现出儿子以前在相亲战争中的种种丰功伟绩，犹如上演了一整部可歌可泣的登陆诺曼底，痛心疾首道："你说我除了支持他镀金铁锹外，还能干啥？！"

严父表示："说得好！"然后啪啪啪为老婆鼓掌。

严母悻悻哼了声。

"一碗甜粥、俩奶黄包，拿好——呦，这不严队吗？今儿亲自来啦！"

夕阳西下，市局门口，严峫接过包子店老板手里热气腾腾的塑料袋，从嗓子眼里呵呵了两声。

“您的惯例不是四个肉包、两碟小菜吗？怎么今儿口味变了？想尝尝新口味，还是帮别人带呀？”

“……帮别人带。”

“哎哟！”包子店老板敏锐嗅到了八卦的味道，贼兮兮地凑近了点，“谁能劳动严老大你？是女人吧？”

严峫干巴巴地道：“差不多。”

“长得好看吗？”

老板一副“只要你透露两句，包子我就免费送了”的表情，可惜下一刻被严峫抽出钞票拍在了胸口，皮笑肉不笑道：“特、别、好、看，刑警霸王花。”

老板嘴立刻张成了圆圆的“O”形，还没来得及继续追问，严峫已经转身走了。

几年来亲自光临包子铺不超过十次的严副支队长，拎着一袋黏不拉儿的甜粥、两个娘兮兮的奶黄包，黑着脸进了市局大门，刚要抬脚上台阶，突然身后传来急切的呼唤：“警察同志，警察同志！”

严峫一回头，只见收发室门口站着一对夫妻，赫然是中午才见过的申父申母，申父手里还捧着个小纸箱。

严峫心说送吃的吗？这年头不兴给警察送锦旗，改送淘宝零食了？这么想着，他摆手示意门卫不用拦，上前随意扬了扬下巴：“您二位这是……”

“警察同志，”不知为何，申父脸色异常青白，把纸箱递到严峫面前，声音明显发着抖，“这是……这是有人放在我们公司门口的，我们也不知道……您您您……您看看。”

严峫狐疑地打量夫妻俩几眼，打开了虚掩的纸箱盖，一股浓烈的血腥味扑面而来。

箱子里方方正正叠着一件浸透了鲜血的T恤。

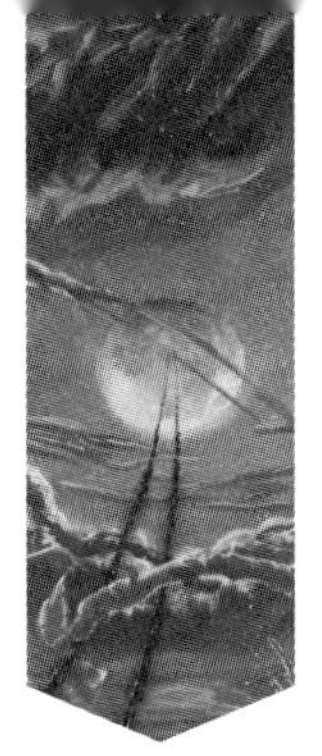

第 4 章

“血衣、纸箱、封箱胶带一样不准动，全部送去提取指纹加理化鉴定；把申晓奇的手机号给技侦，叫黄主任再做一次三角定位，我要知道这孩子到底在哪儿；来个人去给经文保处打电话，叫他们联系申晓奇的学校老师，要来这次郊游的所有同学名单和监护人信息，立刻！”

严峫的吼声响彻走廊，留在市局的所有值班警察应声而动，所有人同时忙碌了起来。

“严哥，”高盼青急匆匆奔上前，低声问，“要不要给魏局打电话？”

严峫没有立刻回答，而是向申父望去。

申父一遍遍拨打儿子的电话，手机中一遍遍传来用户不在服务区的提示音，光看表情就知道这对夫妻饱受折磨的神经简直要绷断了。

“老魏那边再等等，”严峫对高盼青轻声道，“打电话把马翔他们叫回来。”

高盼青点头应“是”，飞快地去了。

“怎么老不在服务区，您孩子是上哪儿去郊游了来着？”严峫出声问。

“天纵山。”申母大概看到严峫莫名其妙的脸色，十分忐忑不安，“开始我也没听过这名字，后来才知道是东南边开发的新景区——昨天早上他们到了以后，那手机通话就断断续续的，说是进山里了信号不好。”

严峫向理化实验室那边扬了扬下巴：“那纸箱是在什么时候，什么地点，具体如何发现的？”

“下午我们回去以后，跟孩子打了会儿电话，晚上从公司出来就……就……他信号本来也不好……”

申母急得结结巴巴连话都很难说清楚。严峫不由得皱起眉，想告诉她什么，但看周围走廊上那么多人就有些顾忌。思忖片刻后他打了个手势，说：“先跟我来。”

申母不明所以，拉着申父一起，尾随严峫进了间小会议室。

“这话我提前说出来是违规的，”严峫关上门，开门见山道，“但看您这么慌，我就先交个底。那血衣闻起来味道跟人血有点差别，您儿子已经遭遇不测的可能性比较小。”

申母如获新生，激动得差点儿咬到舌头：“啊？”

严峫点头。

“这也能闻出来？！”

严峫心说，我闻过的新鲜的、腐败的、变质的、凝固的各种人血比我这辈子吃过的毛血旺都多，怎么可能闻不出来？可怕的是有个姓江的连闻都不用闻，看两眼就知道是动物血了……

但他没把这句话说出口，只简单道：“目前还只是推测，具体要看理化那边的鉴定结果。纸箱是您晚上在公司门口发现的？”

申母总算能稍微镇定下来，尽管尾音还是有点不稳：“是，是，我们今晚本来有个特别重要的饭局要赶，从公司出来的时候……”

申晓奇是个家境殷实的少年，他父母开了家服装公司。就像江停说的那样，如果绑匪只要二百万，可能警方根本就不会接到报案，现在钱都已经到手了。

下午从警局回去的路上，备受惊吓的申父申母又给儿子打了个电话，让他别郊游了，赶紧回家。但申晓奇说，他跟同学约好了晚上“有活动”，就算提前回来，最早也得明天上午才能起程，而且晚上手机信号可能不会太好。

申家父母让儿子再三保证会老老实实待在农家乐里，就算出去也跟同学一起集体活动、绝不单独分开之后，才满怀忧虑地挂了电话，回到公司。

晚上下班后，夫妻俩有个特别重要的合同等着在饭局上签，所以特意提早出发，谁料刚出门就看见地上端端正正地放着这只装了血衣的纸箱。

申家公司的仓库远在工业区，办公室却设立在自家小区楼下，图的是方便省事，周边根本不像正规写字楼那样设有完善的摄像头。如果有人特意把血衣装进纸箱放在那里，再神不知鬼不觉地避开监控溜走，从技术上来说，是完全可以办到的事情。

但可怕的地方在于，为什么对方知道申家父母的办公地点，而且恰好能抓到申晓奇手机失联的当口？

如果说下午这件事还有可能是电信诈骗的话，那么现在，作案目标就变得非常具体、有针对性了。

“嘟——嘟——”

对方不在服务区的提示音突然消失，所有人同时精神一振。申父整个人剧烈发抖，差点儿把手机滑出去，果然，几秒钟后只听电话那边传来：“喂，爸！”

申母顿时腿一软，要不是严峫及时扶住，就会当场跌坐在地。

就在这时，身后咔嗒一声，江停推门而入。

“……”严峫在申父对着电话飞飙而出的咆哮声中冲向门口，一把虚掩上门，低声问，“你怎么来了？”

“不是你说你们吕局和魏局都不在吗？”江停平平淡淡的，似乎完全不在意，“包子呢？”

严峫这才发现自己手中空空如也，包子早不知道被丢到哪个角落去了。

“你这人怎么这么娇气！得了，我再帮你叫一份……”

江停望着又急又气的申父，突然抬手止住严峫，走上前。

“你不知道爸爸妈妈多着急吗？别去那犄角旮旯手机没信号的地方了，就好好待在旅馆里！活动？什么活动？人家今天把一件带血的衣服都送到家门口来了！……”

“申先生？”江停开口确认。

申父一边对儿子吼着一边抬头“啊”了声。

江停指指手机：“开视频。”

申父如梦初醒，心说，还是人家警察同志脑子动得快，立马要求儿子挂断重打。

从申晓奇的反应来看，他大概有点不乐意，但又拗不过神经备受摧残的父母，于是几秒钟后接通了视频，只见背景中闪现出一名少年英气勃勃的脸：“喂，爸，现在可以了吧？”

江停拇指撑在自己下颌上，单手握拳掩住了小半边脸，牙齿轻轻贴着食指根部，这是他思考时的习惯动作。

严峫走到他身侧，发现他棒球帽檐下露出的一双眼睛，正紧紧盯着手机屏幕。

“我跟你妈现在就去把你接回来，太危险了！什么都别说了！”

“哎呀爸，那都是人家搞恶作剧，你们都报两次警了……”

“你怎么不在旅馆？你同学呢？怎么一个人在外面？！”

申晓奇叫苦不迭：“晚上篝火晚会，我这不在捡木头吗？明早保证起程回家，一大早就走！”

……

“怎么样？”严峫轻声问。

江停的视线没有离开手机屏幕：“你觉得呢？”

“这个年纪的男孩子，刚考完试，迫不及待想在外面过集体生活是正常的，倒看不出什么来。”

江停点点头，突然俯在严峫耳边，轻轻道：“看这孩子的眼睛。”

温热的气流与其说是拂过，倒不如说是冲击着严峫的耳膜和血管，咣咣咣撼动着每一根神经。有好几秒钟的时间，严峫表情和脑海都完全空白，心跳如擂鼓般巨响，江停的每个字都听在了耳朵里，其意义却久久没有传递到大脑。

“严峫？”

“……”

江停拉远点距离：“你怎么了？”

“……”严峫的目光直勾勾落在江停嘴唇上，似乎有点飘忽，然后转向手机屏幕，“……嗯嗯。”

嗯嗯？

江停眉头一皱，但还没说出什么，突然小会议室的门咚咚咚被敲了几下，紧接着被黄兴推开了：“老严！”

严峫如蒙大赦，连申父结束通话挂断了视频都没来得及回应，匆匆向夫妻俩一摆手，问黄兴：“结果出来了？”

“嗯，这是申晓奇手机信号所在地的经纬度，这是附近地图。”黄主任瞥见一身便装的江停，但因为今天市局里穿便装的警察太多了，他也就没过多注意，匆匆把定位结果指给严峫，“喏，建宁市东南郊区天纵山，今年年初刚开发成旅游景点，这张表上是景区内已经登记注册过的农家乐和家庭旅馆等。天纵山据说原始风貌保存得非常好，但因为还没开始宣传，暂时还没成为本地小清新们的打卡胜地，虽然我猜快了。”

严峫接过定位资料，翻了几页，喃喃道：“不对啊。”

黄兴问：“哪儿不对？”

“还没开始宣传的新开发景区，几个刚高中毕业的孩子，为什么会想到要去那里？”

申父申母面面相觑，都说不出个所以然来。

“也很好理解吧，”黄兴家里有个天天被老师找去谈话的儿子，比较有心得体会，“青少年叛逆期嘛，总想显得与众不同，专门往那彰显独特品味的地方跑，勉强说得过去。”

严峫“嘶”地轻轻吸了口气，面上狐疑之色更重了。

突然几个人身后传来一道声音：“说不过去。”

严峫回过头。

江停维持着刚才那个单手掩住下半张脸的姿势，从他自然下落的视线、放松的面部肌肉来看，脸上现在大概正是他标志性的表情——也就是没有表情。

“怎么说，警察同志？”申父急忙请教，又一拍脑门儿，“哎呀，您看我，还没请教您的称呼？”

江停天生就有那种特别淡定、稳当的老干部气质，以至于申父以为他级别比严峫还高，少说也得是个支队一把手。

“我是他朋友。”江停迎着黄兴疑惑的目光，若无其事地向严峫示意了下。

明明是不想跟我只做朋友，严峫哼哼着心道。

“青春期少年虽然叛逆居多，但炫耀心理也是比较强的。从来没出过家门的孩子，第一站往往会选择网络宣传热度大、知名度高的旅游景点，而且会发很多朋友圈来吸引眼光。选择天纵山，第一来回不便，第二无从炫耀，成为初次远足的选择可能性较小。”

江停揉了揉眉心，似乎思忖了片刻，话锋陡转：“不过也可能是另一种情况。”

“什么？”

“有人特别想去，并且这个人是小团体的领袖。”

申父申母都下意识摇头，但紧接着又犹豫起来，申母扭扭捏捏说：“我们家孩子……打篮球啊游泳啊，好像在同学中是挺活跃的……”

申父也说：“我们也给零花钱，让他偶尔请同学吃个饭、喝个水……”

大概是看到几名警察微妙的神色，申父赶紧又找补了一句：“但那小子性格很好的，从不跟人闹矛盾，更别说欺负班里其他同学了！被我们知道要被打死的！”

“你们想想申晓奇为什么要去天纵山吧。”江停显然懒得留意空气中涌动的对校园暴力问题的关心，淡淡道，“能挑中这个时段出手，说明对你们家的情况并不是一无所知，也就是说，基本排除普通电信诈骗的可能了。”

可怜申家父母刚刚放松的神经再次绷了起来，夫妻俩仓皇对视，开始低声盘算自家在生意场上得罪过什么人，有没有露富扎过谁的心，可能招惹了哪些小人。

“喂，我警花，”严峫偏过头低声问，“你刚才让我看什么？”

“眼睛。”

“眼睛怎么了？”

“……”江停轻声说，“你忽高忽低的专业水平有时真让我惊诧。视频背景中树冠明显低矮茂密，不像生长在人迹很多的地方，不过天纵山景区可能就是这种环境。我更加注意的是，这孩子眼神闪烁，若有若无地避开与父亲对视，同时在说话途中回了两次头，似乎在刻意留心什么东西。”

严峫属于刑警的那根神经瞬间被触动了：“他在避开什么？”

“不好说，我觉得这孩子似乎处于一种兴奋状态。”江停思忖片刻，说，“但也可能是我观察过细。”

“老严！喂！”黄主任挂断一通电话，招手道，“我跟你说，那件血衣的理化鉴定结果出来了！”

不仅严峫，连申父申母都立刻被吸引了注意力：“怎么样警官？”

“纸箱上暂时没提取出有效指纹，胶带内侧的话还需要进一步鉴定。至于血衣，”黄兴顿了顿，似乎有点费解，但还是说，“不是人血，而是一种……禽类。”

申家父母立刻松了口气，眼底流露出庆幸之色。

这是自然而然的，虽然夫妻俩怀疑自家被变态盯上了，但至少没变态到用人血泡衣服的地步，可算是不幸中的万幸。

不过严峫没有这么想：“我看你这反应，禽类指的不是鸡鸭吧？”

黄主任迟疑了下：“不，是鹰科。有可能……是白尾海雕。”

所有人都流露出疑惑的表情，申母下意识冲出来一句：“什么雕？”

“白尾海雕，大型鹰科猛禽，上个世纪曾经在世界范围内濒危，后来数量恢复了，但其亚种在我国境内仍然是一级保护动物。”黄兴解释道，“市局的技术只能鉴定出是禽类，但我们想进一步获得详细信息，正好陈处回省厅，就请他带去关照了一下，所以刚才省厅理化分析室出了结果。”

严峫向江停看去，后者轻微地摇了摇头，示意自己也想不出什么来。

“先给林业局打个电话吧，”严峫只得道，“这得杀了多少只鹰啊。”

黄兴点点头，刚抬脚要走，突然身后传来了手机铃声。

严峫下意识一摸自己裤袋，随即循声望去——众人视线纷纷回转，只见申父刚才放在桌上的手机响了。

来电显示是一串无序数字。

“就是它，就是它！”申父指着手机，咬牙切齿，“上午那个勒索电话也是这样的！就是这变态孙子！”

“接起来，尽量拖延时间讨价还价，别让对方挂断。”严峫当机立断，“大黄！架机器开始追踪，快！”

话音未落，黄主任已经火烧屁股似的蹿了出去，严峫拿起手机按下接听，递给申父，给了个鼓励的眼神。

“……”申父深吸了口气，调整好情绪，“喂——”

下一秒他被电话那边冷酷的电子合成音打断了：“你报警了吧？”

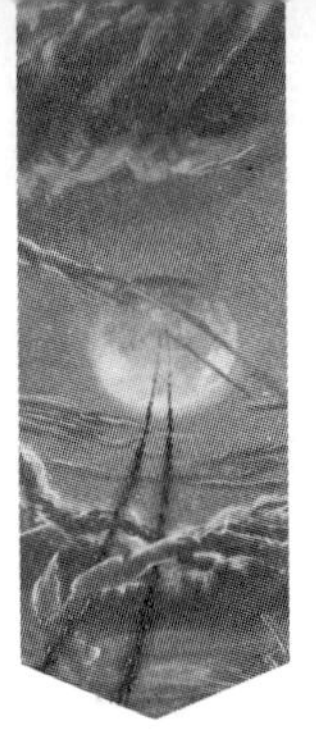

第5章

“你报警了吧？”

申父一愣，投来求助的目光，严峫轻轻点了点头。

“报，当然报了！不然怎么办？我们普通人家上哪儿去弄来两个亿给你？！”

手机那边传来电子合成的冰冷的声音：“很好。”

申父卡了壳，一时没搭上话，小会议室内陷入了令人窒息的安静。

严峫摸出手机飞快打了几个字，反手一亮。申父仔细眯着眼睛，磕磕巴巴地跟着严峫的指示鹦鹉学舌：“我们，我们还是想儿子回来的，你开个价！只要我们家能承受，砸锅卖铁都给你！”

“两个亿，”对方说，“一分钱都不能少。”

“你绑架勒索也得说个实际点的数字吧？几百万大不了我们卖房卖车给你凑，两个亿你不是想活活逼着人死吗？！”

黄兴从走廊那边探出头，遥遥打了个手势，示意技术人员正在追踪。

严峫颔首，示意知道了。

申父生意场上锻炼出的讨价还价功夫终于在此刻发挥了作用：“你要钱，我要人，本来可以和平解决的事情，为什么要搞得两败俱伤呢？两亿我是绝对拿不出来的，要么你降降价，要么我就只能当没生过这个儿子了！”

啪的一声，申父被申母结结实实的一巴掌拍得趔趄了几步。

明明只是做戏！申父用口型愤怒地辩解，紧接着被申母同样用口型顶了回去：做戏也不行！

严峫耳朵动了动，突然听见手机那边传来不明显的声响，像是嘲弄的嗤笑声，立刻上前一把拉开了夫妻二人。

果然只听那电子音再次响起，像是没有感情的电脑程序似的，硬邦邦重复道：“两个亿，一分钱都不能少。”

"妈的！"申父勃然大怒，"傻 ×，别跟我装神弄鬼了，我儿子根本不在你手里！我儿子好得很！学人搞诈骗也不掂量掂量自己几斤几两，拿件沾了鸟血的衣服就以为能吓住老子了？狗屁！有本事光明正大地来，我申德这辈子什么都不怕，什么都……"

叮！

仿佛某个程序被启动，申父的怒斥下意识止住，所有人都紧紧盯着手机。

"距离行刑时间，48 个小时 24 分钟。"

电话被挂断了。

会议室被茫然的气氛笼罩着，过了半晌，申父才迷惘地蹦出一句："……这是什么玩意儿啊？"

严峫没顾得上他，快步走进技侦处："找到了吗大黄？"

"这是利用某个国外付费服务打出的网络拨号，应该是事先给收费方充好后，再单独架设平台打出电话或编辑短信，号码则是系统自动生成的。跟国内很多垃圾订阅短信差不多，但区别在于这个服务器架设在境外，而且非常低级，追踪起来有点难度。"

严峫问："但打这个电话的人应该在境内对吧？"

黄兴肯定地道："那必须是啊。"

"这年头电视台刑侦剧放得犯罪分子一个个都学会反侦查了。"严峫嘟囔了句，突然想起几个小时前江停的评价，心中微微一凛——"如果是恶作剧的话，手段未免太精巧了。"

确实，如果是电信诈骗，犯罪分子不可能开口就要两亿且对申家的情况那么了解；如果是恶作剧，那手段也精巧得过分了，超出了正常的行为逻辑。

那么唯一的解释是，绑架是真实的。

这并不是一个下作的玩笑。

"怎么样？"

严峫斜睨过去，只见江停正站在身侧，抱着手臂。

江队的面部表情还是标志性的平淡放松，腰身精瘦纤细，肩宽而腿长，仿佛商店橱窗里的模特儿。看着他那模样，不知怎么的，严峫内心微微一动，像是有颗石子被丢进湖面，荡起一圈圈难以平息的涟漪。

"网络拨号。"严峫摸摸鼻子，借此稍微掩饰了下不自然的表情，三言两句把技侦的追查结果说了，又问，"你怎么看，霸王花？"

江停莫名其妙瞥了他一眼。

“你那是什么眼神哪？”

江停问：“……不是说元芳吗？”

严峫一愣，紧接着差点儿喷出来，急忙板起脸：“嗯嗯，元芳？”

“不好说。”江停摇了摇头，“可能确实有蹊跷，也可能只是申家做生意得罪了人，蓄意整整他们。但不论如何，以防万一是必要的，如果我是你的话，现在就……”

江停话说到一半，突然被身后的敲门声打断了。

“严哥！”一名实习警员把头探进来，“楼下包子店老王说你帮一名漂亮女警点了餐，送不送进来啊？”

严峫：“……”

江停：“？”

“老高！”严峫勃然大怒，“你怎么带实习生的？能不能学会说话？！什么漂亮女警什么乱七八糟的！天天脑子里想的是上班还是来谈恋爱！！老高呢？把高盼青给我拎过来！！”

无辜的高盼青正在隔壁整理卷宗，闻声火速赶来，抄起懵懵懂懂的实习警员往胳肢窝下一夹，飞一般溜走了。

严峫犹如一头喷火怪，气咻咻地冲出门去接外卖，果然只见包子店老板满面笑容地拎着塑料袋站在楼梯口，伸着脖子往走廊上望，看见严峫立刻笑开了花。

“看看看，看啥呢？”严峫余怒未消，“我说你在市局门口卖多少年包子了，连我哄你都分不出来，我们局里哪儿来的漂亮女警？”

“我看那夫妻俩呢，”老板笑呵呵地指着严峫身后，“我儿子的同学家长，怎么？犯什么事了？”

严峫一回头，隔着十多米距离，申父申母正站在小会议室门口，急急忙忙地拉着后勤警问着什么。

“……申晓奇？”严峫确认。

老板点头：“体育课代表嘛，组织大家伙儿一起去郊游来着，每人凑了二百块钱。”

严峫怔愣几秒，诧异道：“你儿子也去了天纵山？”

“干吗不去啊？”老板突然回过味来，“难道是郊游出了什么事？！”

老板脸色唰地剧变，看样子心跳瞬间蹿上了一百八。严峫急忙跟他摆手说没事，又把申晓奇的父母叫了过来。几个大人一碰面，都说实在巧，果然彼此都在学校家长会上见过。申母迫不及待说了勒索电话和血衣的事，吓得包子店老板直抽凉气。

“这年头还有这种事？！别担心，没关系的！”他急忙安慰申父申母，“我在市公安局门口卖了这么多年的包子稀饭，什么绑架没见过？就俩月前这些警察成功解救了一名富二代，除了少半截手指之外啥事都没有，富二代爹妈还开跑车来送了锦旗呢！这帮警察都厉害得很！”

申母：“……”

申父：“……”

严峫哭笑不得：“赶紧别提那半截手指了，打个电话给你儿子，确认下申晓奇确实跟同学在一起。”

老板满口答应，完全没磨蹭，立刻给自家孩子打了个电话。

他家儿子王科可算是这帮刑警看着长大的，打小就在市局门口帮忙看店。上小学时王科被混混儿勒索零花钱，头破血流哭着回来，还是刑侦支队亲自出马摆平的——抓住小混混儿暴打一顿，送派出所拘留了整十天。那几个非主流小青年至今都不明白为什么自己只抢二十块钱就招来了市公安局，从此附近方圆百里的小学都非常太平。

王科不像申晓奇，铃响几下就立刻接了电话，诧异道：“啊？爸，你说什么？”

“申晓奇！”包子店老板加重语气重复了一遍，“他跟你们在一块儿吗？”

“……不在欸。”

申父申母立刻紧张起来：“什么？不在？”

“……他捡木头去了，马上就回来。”王科补充了句，“我们要开篝火晚会，大家都捡木头去了。”

申家父母这才松了口气，确认自家儿子并没有撒谎，再三向严峫和包子店老板道谢。

一出闹剧几经波折，仿佛终于在此刻落下了帷幕，同班同学王科的确认让所有人都吃了颗定心丸。申家父母又对着手机跟王科叮咛了好几句，交代要注意安全防火防盗云云，三个家长最终都放下了心。

“这几天注意锁门锁窗，孩子上下学最好也接送一下。”严峫把他们送到楼梯口，说，“如果血衣的事有调查进展，我们会再联系你的。”

申父边掏烟边笑呵呵地保证：“明白！明白！警察同志辛苦了！”

严峫摆摆手，把他的烟推了回去，转身上楼。

“我本来应该舒舒服服在家打游戏，或者出去打球的。”严峫边上楼边心想，

"这是怎样乱七八糟的一天啊。"

这时已经是晚上八点多，没有大案、要案，刑侦支队的人都走得差不多了。严峫登上最后一级台阶，双手插在裤兜里，隐约感觉自己好像忘了点什么，但又想不出个所以然来，便揉了揉隐隐作痛的眉心。

早年喝得昏天黑地，第二天照样爬起来出现场，精神抖擞，一点事儿没有，现在不行了。可见他妈说得对，人到三十以后果然要注意身体，今晚还是早点儿回家睡觉吧。

"警花！"严峫随口道，"回家了，走！"

"……"

"警花？"

严峫一转身，险些迎面撞上："嚯，你怎么啦？"

江停双手抱胸，倚在办公室门框上，华灯初上，越过市局走廊尽头的玻璃窗，为他侧脸镀上一层恍若温柔的微光。

他冷静而清晰地，一字一顿问："漂亮女警的包子呢？"

严峫："……"

严副支队两手空空，刚才一阵混乱忙碌，第二次送来的包子又不知道搁哪儿去了。

江停摇摇头，似乎有点揶揄，摸出手机打开外卖 APP，紧接着被严峫劈手按住了。

严峫就像一头没有完成捕食任务、没能喂饱家小的雄兽，脸色忽青忽红，半晌憋出一句："回家。回家我补偿你吃好的。"

江停彬彬有礼地挑起了半边眉梢。

市局门口的包子店果然已经关门了，江停半信半疑地跟着严峫上了那辆 S450，路上却没见他往超市或者菜场地方开，只发了几条短信后便一脚油门踩回了家。

严太子最近不知道出于什么心理，没临幸他位于市中心的双层复式大行宫，而是住在江停留宿过的那套高档小区公寓里，终于把冰冷华美的样板房住出了浓郁的……雄性荷尔蒙味儿。S450 轻车熟路地拐进车库停好，江停刚下地，紧接着被严峫照肩膀一揽，踌躇满志地上楼开门，灯还没亮，就听里面传出悠扬的小提琴声。

啪！严峫打开大吊灯。

江停：“？”

餐厅里，刚做好的双人五道式高低依次盛放在餐架上，分别盖着银制餐盖，红酒、高脚杯、锃亮的刀叉整齐摆放，枝状蜡烛台绽放出幽幽华光。

“……”江停两根手指捏起一只餐盖，活像捏着嗞嗞作响的炸药引线。

爱马仕手绘瓷器餐盘上，摆盘精致的龙虾意面正散发出浓香。

“我可以请问一下吗？”江停终于道。

“是的。”严峫脱下外套，以刚才江停挑眉相同程度的彬彬有礼回答，“有钱就是可以为所欲为。”

“嗯，我是说能不能把音乐关了，不是很好听。”

严峫：“……”

严峫默默关掉音响，终于自己也承认了：“其实我也觉得在家吃饭放《圣母颂》容易消化不良，但那群厨师每次过来都要放，可能是想要好评吧。”

龙虾鲜嫩无比，意面浓郁入味，烧鱼幼滑多汁，甚至连作为餐后点心的提拉米苏都非常正宗。唯一美中不足的是餐桌上气氛有点尴尬，江停始终没有开口，从他那边只传来刀叉碰撞盘子的轻微叮当声。

两个男的面对面坐着吃烛光晚餐会不会有点怪？严峫心想，要不我把蜡烛给熄了？

我其实只想请他在家好好吃个饭而已啊，谁知道那几个厨师搞了这么大阵仗……

严峫揉了揉额角，突然咳了声，试探性地问：“江队。”

“嗯？”

“如果以后有机会，你会想调来建宁工作吗？”

江停愣了下，似乎完全没想到这个问题，半晌才说：“都无所谓吧。”

他愿意！严峫肯定地想。

“谢谢。”江停终于吃完了最后一小口提拉米苏，用雪白餐巾抹了抹嘴，抬头郑重道。

严峫正沉浸在自己的思绪中，茫然地“啊”了一声：“谢什么？”

出乎他的意料，江停说：“不知道。”

江停靠上宽大的椅背，伸了个懒腰。这是他第一次在严峫面前做出这么惬意又不设防的动作，好似在冰天雪地中得到了某种温暖的猫科动物，秀气的眼睛都眯了起来，随即“呼”地出了口气，微笑道：“你总能让身边的人感到很安全。”

严峫愣住了。

“洗碗吗？”江停问。

“……哦，不，放那儿，明天叫钟点工。”

江停起身松了松肩膀，说：“我来洗吧，活动活动。”

严峫的阻止卡在喉咙里，江停已经收拾起残羹剩炙，端着一摞瓷盘走进了厨房，少顷，传来哗哗的水声。

蜡烛噼啪燃烧，食物温热的气味还缭绕在餐厅里，洗碗的声响让人有点恍惚。严峫呆坐了片刻，起身跟进厨房，顺手从消毒柜中拿起擦碗布，站在江停身侧，开始擦铁架上尚带水珠的餐盘。

他们就这样，江停洗完一个盘子便递过来，严峫接到手里擦干净，再轻轻放进碗碟柜。两人没有交谈，却肩并着肩，安静的夜晚里只有这些家务琐碎的声响。

直到最后几把刀叉洗净放进抽屉，江停从严峫手里接过软巾，擦了擦手。

严峫站在他面前，出于身高差的缘故微微低着头，看见那双修长又布满细微伤痕的手在雪白的软巾上来回擦干，指甲泛着微微的粉色。

“我扣不下扳机了。”严峫脑海中突然浮现出这样一句话。

但这只手扣动扳机时一定很漂亮吧。

江停将软巾放回严峫手里，定定望着他，唇边浮起微笑的弧度：“晚安。”

暖橘色明亮的灯光里，严峫想说什么又没能说出来，只在喉咙里低沉地“嗯”了声。

江停绕过他，走出了厨房。

那天晚上，严峫翻来覆去，很久都没睡着，仿佛有某种火热的液体在中枢神经上来回流淌。过了很久他才迷迷糊糊地陷入梦境中去，破碎、火热、混乱的片段在意识深处交织，构成一幕幕隐秘模糊又光怪陆离的画面。

不知道过了几个小时，床头手机铃划破夜色，尖锐地响了起来。

“……”

严峫一个激灵坐起来，猛地甩了甩头，条件反射地接了电话，开口声音沙哑得自己都听不出来："喂，谁？"

"严哥，出事了。"电话那边马翔的声音也满是倦意，"那个申家夫妇三更半夜开车去天纵山接儿子回家，发现申晓奇是真失踪了，根本没跟同学在一起。"

严峫沉浸在某种暧昧梦境被打断的愤怒中，一股邪火直冲脑顶："这他妈的还有完没完了？！"

"你听我说，这次是真的。"马翔大概已经出离了愤怒，正处于超脱虚无的冷静状态，"申家夫妇接到了匿名电话，里面是申晓奇撕心裂肺的惨叫和求救声，同时绑匪说，离行刑时间还有 38 个小时 52 分钟。"

严峫皱眉道："什么？"同时下意识地看了眼时间。

床头闹钟上，数字在黑暗中跳跃，散发出幽幽绿光——凌晨五点三十五分。

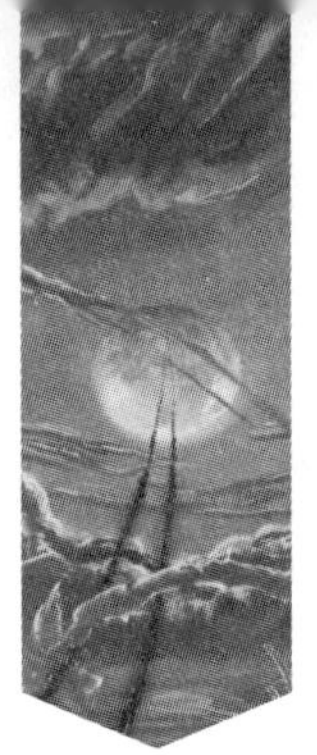

第6章

半小时后，凌晨空旷的马路上。

辉腾闪电般飞驰，犹如晨昏交际中耀眼的流星，瞬间消失在长街尽头，只留下尾气缓缓飘散。

“总体经过就是这样。”车内蓝牙接着严峫的手机，马翔说，“队里警车已经开到天纵山了，我也正往那儿赶，咱们到地方再见吧。”

“行，安抚好被绑者父母的情绪，别让他们太激动影响问话。”随即严峫挂断了通信。

“申晓奇的父母晚上到家后，还是不放心，就决定连夜开车去景区接儿子回家。因为顾忌青春期少年强烈的叛逆心理，怕强行接人会引发任何不可预知的后果，所以没有提前打招呼。凌晨三点多，夫妻俩偷偷开车到达农家乐旅馆后，竟然发现儿子并没有跟同学在一起，甚至整夜都没回来睡觉。于是焦急之下，夫妻俩开始询问同学，但这帮孩子都非常不配合。”

江停倚在副驾座上闭目养神，脸色有些苍白：“不配合？”

“都说不知道。申父申母问儿子是参加篝火晚会之前还是之后离开的，有同学说之前，有同学说之后。”

“就是都在撒谎的意思了。”

“差不多。”严峫唏嘘道，“但一群撒谎的孩子，总比刻意撒谎的犯罪嫌疑人好对付。”

“那如果孩子就是嫌疑人呢？”江停突然反问。

严峫把着方向盘瞥去，江停正微微抬起眼皮，两人视线在昏暗中互相对撞，一触即分。

“凌晨五点十七分，”严峫若无其事地转回视线，“家长再次接到绑匪的电话。这次是长达十多秒的申晓奇的惨叫和呼救，随即声音被掐断。绑匪只给崩溃的申家夫妇留下了一句话，距离行刑时间还有 38 个小时 52 分钟。”

38 小时，52 分钟。

这么有零有整。

“……十多秒的惨叫，加绑匪一句警告，这通电话卡在 60 秒以内。”江停双手抱臂，沉吟道，“预告的行刑时间是明天晚上八点零九。”

“对，姑且算八点十分。但为什么？”

车辆在路面飞速行驶，将城市中心和高楼大厦远远抛在身后，远方的地平线尽头，郊区田野连绵不尽，晨霭渐渐被染上透光的鱼肚白。

“你不能少算那一分钟，”突然江停开口道，“绑匪的时间观念很强，几次打电话应该都掐好了秒表，报时更是精确到了分钟。如果不是在故意透露线索，或恶意捉弄警方和父母，那就只有一种解释了。”

严峫拧起眉头：“晚上八点零九，这个时间对他来说是有特定意义的？”

“对。”

“不能啊，”严峫狐疑道，“这时间前不着村、后不着店的，能有什么意义呢？”

这次江停顶了严峫一句：“这我哪儿知道？我又不是绑匪。”

他再次闭上眼睛，手里还抱着他心爱的保温杯——如果里面是枸杞茶的话，他就是个活脱脱的老干部了，但实际上里面是严峫为了吸引他凌晨出门，而在穿衣服的间隙里争分夺秒亲手泡好的老同兴普洱茶。

这里不是指严峫自己穿衣服，而是给江停穿。江停身体不好，精神弱，如果半夜睡得好，凌晨根本醒不来，严峫拍门 30 秒无果，干脆闯进屋去，把他从宽大松软的双人床上捞起来，随便从衣橱里抓了几件衣服裹好，就像打扮手办娃娃似的，扛出了卧室。

以上所有细节，都充分展现了严峫身为屋主的霸权。

“喂，”严峫教训道，“办案呢，你那是什么态度，还在对早上的事耿耿于怀？”

江停连眼都没睁：“我这叫暴力抗争无果之后的消极抵抗。”

严峫：“……”

上午八点半，天纵山景区。

辉腾费劲地颠上山坡，不知道剐了多少树枝，终于轰然停在了草丛中。

远处农家乐大院门口，马翔从人群中抬头望见他，立刻三步并作两步赶上前：“严哥！哎哟，这不是陆……”

严峫一把揽过马翔：“老魏跟老吕都不在吧？”

“不在，”马翔莫名其妙道，“魏二老板在市局远程指挥现场呢。”

严峫放了心，回头招招手：“你可以下来了。”

“陆顾问”在清新的山林间戴着防霾口罩，面无表情，慢悠悠地下了车。

三人一块儿向石子路尽头的大院走去，市公安局的警车已经把现场围起来了。林间晨雾未散，民警们披挂着满身露水穿梭来去，远远就听见申母歇斯底里的痛哭。

“怎么样？”严峫问。

“刚给学生做完笔录，两男两女，一共四个。”马翔骂了句脏话，“小屁孩一个个不知道天高地厚，以为自己那点小聪明能瞒得过警察，言语上的破绽都够做一打破洞牛仔裤了。有人说申晓奇捡木头之后根本没回来，整个晚上不见踪影；有人说昨晚篝火晚会后就直接回去睡觉了，没注意到他在不在；有人说在晚会上好像看到了申晓奇，但夜里没看清楚……”

严峫打断了他：“王科怎么说？”

王科——包子店老板家独生子，目前最有可能被警方策反的小屁孩之一。

“就是他说申晓奇捡木头之后人根本就没回来，这也是我们现在最倾向的说法了。”

严峫眯起了眼睛：“那是谁说在晚会上看见了申晓奇的？”

三个人走进大院，严峫一马当先，马翔紧随身侧，江停走得最慢，被严峫不时回头拉扯下胳膊，犹如竖着耳朵的警犬时时注意以防弄丢了归自己看管的猫。

刚进院门，申母的哭诉清晰起来，远远只见一名齐耳短发的女生背对着他们细声安慰：“阿姨别担心了，不可能有事的，阿姨，您先放宽心……”

“就是她，”马翔扬了扬头，“谭爽。”

严峫站住脚步，观察谭爽半晌，从马翔手中接过了问话笔录。这时江停正悠然站在树荫下呼吸新鲜空气，倏地被严峫按着后脑勺柔软的黑发，强行扭过头，非让他跟自己一块儿看，两人脸挨着脸站在草丛间。

少顷，严峫看完了，把笔录本往江停怀里一塞：“谭爽！”

女生回过头，露出一张清秀干净，但带着浓浓提防的脸。

严峫眯着眼睛打量她片刻，招招手，从裤兜摸出证件一亮：“警察。”

谭爽迟疑几秒，又回头轻声安慰了申母几句，才慢慢走过来，双手警惕地抱在身前，来回打量眼前这个又帅又高但满身煞气，一看就很不好惹的警察。

严峫全身“双十一”淘宝特价款，手腕间却戴着块精钢蓝盘鹦鹉螺——他没有更便宜的表了，就大大方方站在那儿任她打量，随意道：“怎么，安慰同学家长呢？”

谭爽看他笑嘻嘻的，也摸不清这名警察的底细，小声答了句：“嗯。”

“没事儿，我就看你挺会安慰人的。你怎么知道申晓奇肯定不会有事？”

谭爽愣了下，但随即反应很快：“因为来了很多警察叔叔，所以我才相信，不管发生什么，申晓奇都一定会安全回来的。”

马翔登时满脸“哟嚯”的表情。

这时江停看完了笔录，轻声道：“我去附近转转。”

“行，”严峫表示自己批准了，“马翔跟着你陆顾问，小心伺候。”

马翔立刻：“嗻！”

江停：“……”

严峫转过身面对谭爽，双手放松地插在裤兜里，同时向农家乐旅馆巨大的天井大院中走去：“套话不用说了，别紧张，我随便问问。你知道申晓奇被绑架了吗？”

“……听说了。”

“申晓奇平时在学校里有仇家没？打过架、吵过嘴，给老师打过小报告的都算。”

谭爽不太情愿地跟在他身后：“没有。”

“你跟申晓奇关系如何？”

“他是我弟！”

严峫回了下头：“认的弟弟？”

不出所料，这个年纪的小孩喜欢认亲的爱好多少年都没变过，谭爽硬邦邦甩出两个字：“是的。”

严峫感觉很有趣地笑了起来，突然瞥见不远处，整排房间尽头有个人影一闪，随即大半个身体隐入拐角，只露出半个头，焦急地往这边望来。

是王科。

严峫刹那间就认了出来，但他面上不动声色，似乎什么都没看见。

“认的也没什么，我上学时不仅认了一帮大哥小弟，还因为跟他们一块儿抄板砖打群架而进过十多次派出所。”严峫仿佛没看到谭爽怀疑的表情，轻轻松松转移了话题，“这儿空气不错，谁提议来的？”

谭爽立刻回答："申晓奇。"

"你们从哪儿知道天纵山这个景区的？"

"申晓奇说这里好，安静，与世隔绝，所以我们就来了。"

严峫嗤笑道："半大孩子还知道什么叫与世隔绝了。"

谭爽在他身后隐蔽地翻了个白眼。

"申晓奇在失踪前有没有任何异状？近段时间有没有说过被人威胁、跟踪、尾随？"

谭爽矢口否认："没有，都没有。"

严峫有一搭没一搭，问的都是笔录里起码已经问过三次的废话，但谭爽又不得不亦步亦趋地跟在后面，一一回答，内心感到非常憋屈。

这个显然比别人级别都高点的警察虽然走在自己前面，只偶尔回头瞥两眼，但每次他目光投来的时候，笑吟吟的眼神里似乎都藏着雪亮刀锋，能轻而易举劈开任何掩饰和伪装，哪怕只是一丁点儿。

"你们一行几个男生、几个女生哪？"严峫突然问。

"我跟彤彤是女生，还有申晓奇、王科和吴子祥三个男生。"谭爽忍不住撑了一句，"你们警察不都已经看过旅馆登记簿了吗？"

话虽如此，但实际上农家乐的登记簿形同虚设，只有申晓奇作为组织者来预订房间时留下了他的名字，至于实际最后住多少人，农家乐管理方是懒得关心的。

严峫不以为意，说："我看你们五个人开了三间房，难道有一个人落单？"

谭爽一撇嘴："吴子祥晚上睡觉打呼噜，连男生都不愿意跟他住，所以只好自己睡了，有什么问题吗？"

"没问题，"严峫说，突然站定脚步笑看着她，"就奇怪你这小丫头，怎么对警察叔叔这么反感。"

谭爽骤然撞上他居高临下的目光，霎时仿佛被刀捅进了胸窝里似的，心脏都漏跳了半拍。

"你……你们警察，"谭爽脸色微微发白，自以为很镇定地咽了口唾沫，"你们警察把我们当嫌疑人似的，问了一遍又一遍，我们不爽难道很奇怪吗？明明我们什么都不知道，莫名其妙就被扣起来了，你们警察到底知不知道尊重我们的人身自由？！"

这话说得实在天真，严峫倏地挑起半边嘴角，露出一个充满了邪气的笑容。

"你笑什么笑，有什么……"

"你的手受伤了。"

谭爽打了个激灵，条件反射地把手捂住，盖住了手掌内侧两道隐蔽的平行伤痕："那只是喂猫的时候……"

严峫打断了她，不容拒绝道："把你的手机给我。"

哗啦！

江停打开旅馆房间的浴室抽屉，伸手进去翻了翻，毫不在意地把女孩子们的浴帽、头巾和发卡等零碎物品拨到一边。

马翔看着眼前这位陆顾问，内心感觉非常迷茫，感觉他简直是在旅馆各个房间里漫无目的地东翻西翻，除了被学生们锁好的行李箱，连衣柜、抽屉和卫生间都没放过。更要命的是他还在女生屋里花了尤其多的时间，且不说这种未经许可的搜查行为本来就是违规的，单说行为本身，简直就像个心理变态的偷窥狂。

不过普通偷窥狂不会像他表情那么冷淡，眼光那么锐利，周身气场如此理所当然且冷静专业，以至于马翔几次想劝阻都没好意思说出口。

"那个……陆顾问，"马翔小心翼翼道，"要不咱们去买点吃的——早餐？"

江停没回答，突然从抽屉深处取出一件东西，电线稀里哗啦带翻了不少零碎物品。

马翔好奇地探头，只见那是个有点像警棍似的粉红色陶瓷圆棒，带着一个短柄和一个橡胶手柄，貌似还有几个开关："这是啥？"

"你不知道？"

"不知道啊。"

江停顺口说："你严哥肯定知道。"

"？？？"马翔头上仿佛整齐地冒出三个问号，紧接着听到"严哥"二字，再看那圆棒的形状，思维突然发散到了某个不可说的异次元中，唰！瞬间闹了个面红耳赤。

"欸，我……哎呀，陆顾问，您可真是……"

江停莫名其妙地瞥了支支吾吾的马翔一眼，完全不知道他在想什么。但江停不是个好奇心旺盛的人，只伸手打开浴室灯，蹲在地上开始仔细搜索起来。

"果然跟严哥你说的一样。"与此同时，屋外，高盼青跟着严峫跨上台阶，佩服地道，"我们按你说的那样查了所有学生的手机，果然没发现他们任何一个人给家长打电话。通常遇到这种情况，学生们早联系父母来撑警察了，但这帮孩子怕归怕，竟然都不敢通知爹妈……”

“人的恐惧分很多种，这四个学生恐惧的对象不是近在身边的绑匪，也不是生死未卜的同学，而是警察。”严峫淡淡道，“你从谭爽的反应中可以清楚地看出来，她和其他几个学生的希望是一致的：只要熬到申晓奇回来，警察就会撤走，这件越闹越大的事情就算结束了；只要坚持住不告诉家长和老师，他们就不会被骂。”

高盼青猛地站住脚步：“你的意思是，申晓奇的失踪是这几个学生的杰作？”

严峫说：“他自己是主谋的可能性最大，不排除那个谭爽从旁协助，其他几个同学拨火架桥。”

“但……为什么呢？”高盼青愕然道，“我以为这种青春期少年离家出走伪装被绑，用高额赎金来证明自己在父母心中地位的桥段只可能出现在电视剧里……”

“不，不至于。申家夫妇半夜三更偷偷开几个小时车跑来天纵山，对儿子显然是很关心的。再说如果是自导自演，被白尾海雕血浸透的上衣无法解释。”

严峫说完这些，顺着旅馆走廊继续向前走去，丈二和尚摸不着头脑的高盼青赶紧跟上前：“那难道跟国家一级保护动物有关？熊孩子偷摸鸟蛋，被这附近的佐罗情结主义者绑了？”

“你在写小说吗？”严峫失笑道，“大黄提出血衣有可能来自白尾海雕后我就专门去查了资料，首先，这块景区根本就不是海雕的栖息地；其次，你知不知道白尾海雕有多凶猛？这几个熊孩子绑一块儿都未必是对手，真敢偷摸鸟蛋的话现在骨灰都快凉了。”

这起绑架案处处都透着诡异，高盼青只觉平生没遇见过如此云里雾里的案情，两手一摊没辙了：“那严哥你说，到底是怎么回事？”

这时他们走到敞开的房门前，严峫站定脚步，从高盼青手上接过塑料袋，一笑：“这我哪儿知道？我又不是绑匪。”

高盼青：“……”

严峫把早上被江停顶回来的话原封不动扔给了别人，登时感觉到一种难言的精神满足，转身进屋：“陆顾问！给你送吃的来了，有发现没？”

旅馆屋内，马翔早被江停赶出来了，红着脸搓着手站在外间。而浴室里江停正戴着手套，用镊子从地上捡起几根头发，对着灯光仔细观察。

“呦，干啥呢？”严峫迎面看见这一幕，登时敏感地站住了，“这是现场？

要穿鞋套不？”

“不用。”江停全神贯注道，“有什么吃的？”

严峫抽出豆浆杯，插好吸管，顺手把温热的塑料袋搁在外间桌上：“这可是我百忙之中不辞辛苦、亲自去买的豆沙包、甜豆浆，专门慰劳我们干白工的陆顾问……”

江停视线没离开那几根头发，就着他的手吸了口豆浆，头也不抬地回答：“要是你能放着只剩三十多个小时的绑架案不管，先跑去买什么豆浆包子，这副支队的位置恐怕也就坐不长了。”

说着他一抬眼，两人在浴室中近距离站着，彼此对视。

“我百忙之中，不辞辛苦，亲自吩咐老高手下的实习生去买的包子。”严峫彬彬有礼道，“拿着喝吧，别那么多废话。”

江停接过豆浆杯，眼底滑过微许不明显的笑意。

“怎么样？”严峫多少有点不自然地撇开视线，小心地接过镊子，“你发现证物了？”

“不算证物，只是疑点，主要是我发现了那个。”江停双手捧着热豆浆，冲那个让纯情少年马翔至今无法平息脸红的粉色陶瓷圆棒努了努嘴。

严峫顺手拿起来：“毛发对不上？”

“你自己看嘛。”

马翔眼睛立刻就瞪直了，只见严峫果真拿起圆棒，对着光观察了半晌。

“……果真如此。”好半天后，安静的屋里只听严峫喃喃道，“果然对不上……我知道这几个小孩到底在隐瞒什么了。这年头的学生胆子真是……”

江停咬着吸管，含混不清地说：“男生屋里有另一个细节，我建议你来看一眼，或许会有更多推断。”

严峫点头赞同，率先钻出浴室，把粉色陶瓷圆棒连着电线顺手交给马翔，转身往外走。

突然他留意到什么，见鬼似的站住了：“小马怎么了？不舒服？”

众人望去，只见马翔脸红得像能烫熟鸡蛋，那表情活像手里捧着个正倒计时的炸弹：“我不是，我没有，我我我……”

严峫和江停对视一眼，后者耸耸肩示意自己完全不知情。

“你有毛病吗？”严峫莫名其妙道，“这个陶瓷卷发棒有什么问题？”

马翔：“啊？”

这辈子连女生小手都没拉过的马翔，单身、大龄、直男，在周遭疑惑的注视中陷入了沉默。

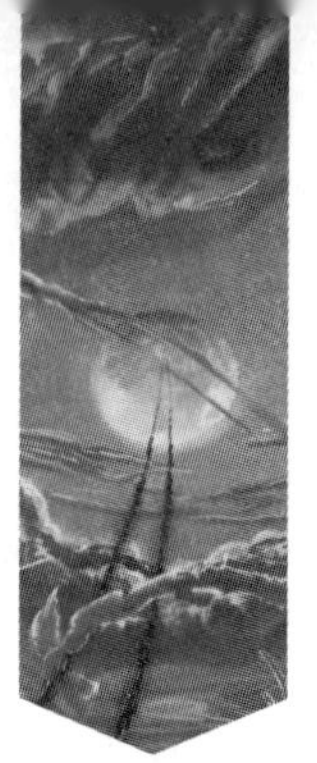

第7章

旅馆早餐室。

闻讯赶来的农家乐老板夫妇以及四名男女生被统一安置在大厅里，成双成对坐在三张圆桌边。几名刑警守着出入口，面无表情、气场生冷，锐利的眼光从每个人忐忑不安的脸上扫过。

谭爽偷偷抬起眼睛，望向不远处坐在另一张桌边的王科，后者正向她投来关切的注视。

“……”谭爽向大厅前方的刑警们瞟了眼，微微摇头。

王科小心地收回了目光。

“谭爽……”甄彤彤细声细气唤了句，“我害怕……”

安静到令人窒息的房间里，她细微的声音格外令人心惊肉跳。谭爽立马抓住她冰凉的手，几乎强迫性地阻止了她继续发声，紧接着摸出手机匆匆打了几个字：“别怕，不会有事的！”

甄彤彤眼里含着两包泪。

谭爽在她委屈的注视中继续打字：“这都是申晓奇的错，等他回来后，一定要敲他顿好的！”

甄彤彤感觉自己的手被更加握紧了。她抿抿嘴唇，冲闺蜜点点头，旋即小心望向身侧。

王科身边另一名男生——吴子祥，正冲她投来安慰又鼓励的目光。

就在大厅里暗潮汹涌的当口，门外传来说话和脚步声，所有人不约而同地焦急看去——守在大门口的刑警立刻纷纷转身：“严副！”

严峫左手插在裤子口袋里，提着塑料袋的右手随意摆了摆，随即勾着江停的肩走进了屋。

“哎，这位警官！”

“领导领导！”

他还没来得及开口说话，老板夫妇已经站了起来，之前被刑警们硬生生堵回喉咙口的满肚子冤屈终于找到了发泄口：“我们什么都不知道啊！”“真的，我们只是做民宿的，什么学生什么绑架，跟我们真的没关系！”

“警官，请相信我们！……”

严峫黑黢黢的眼珠盯着他们的眼睛，单手往下一压。

那个动作充满了干净利落、不容拒绝的力道，老板夫妇的争辩声越来越小，很快不情愿地闭上嘴了。

“住宿信息登记不全，消防不达标，监控镜头缺失。”严峫的声调毫无起伏，“工商局会找你们谈话的。”

老板夫妇顿时急了，一个劲地喊冤叫屈，现场掏烟就要强行塞给严峫，被两名刑警赶紧半请半拉地“扶”了出去。

争论和求情声渐渐远去，早餐厅里恢复了死寂，四名少男少女彼此交换着不安的眼神，突然只听严峫淡淡道：“看什么呢，你们？”

几个学生立刻垂下眼睛，没人吭声。

只有王科偷偷摸摸往上瞟了眼，正撞见严峫锐利的目光，登时触电般低下了头。

“谭爽。”严峫缓缓道。

谭爽身形微僵。

“王科。”

王科忐忑不安。

“吴子祥。”

王科身边另一个高高的男生不敢吱声。

“甄彤彤。”

挂着泪水的少女登时一哆嗦，险些惊跳起来。

在周遭绷紧到极限的静默中，严峫就像闯进了兔子窝的狼，欣赏够了少男少女们的惊恐，才慢悠悠道：“这里还少一个人。”

“申晓奇会回来的……”圆桌旁，谭爽用发着抖的声音顶了一句。

“是吗？”严峫冷淡道，抛下了一颗重磅炸弹，“那么，被申晓奇带走的那个女生呢？”

轰！

巨响在安静的空气中爆炸，所有人心脏停跳，谭爽的冷汗登时就唰地淌了下来！

严峫仿佛对他们煞白的面孔毫无觉察，咕咚一声，把手里的塑料袋扔上桌面，抽出袋里那把粉红色卷发棒，冷冷地晃了晃："谭爽、甄彤彤，你们俩前天晚上睡的根本不是同一间屋吧？"

甄彤彤脸上血色尽失，条件反射地望向吴子祥！

她这一反应快到根本来不及掩饰，紧接着所有人都知道完了。

"看来咱们这儿有一对小情侣，"严峫顿了顿，意有所指地转向王科和谭爽，"或者，其实是两对。"

"你别胡说八道！"

"严叔叔，求求你别告诉我爸！"

谭爽和王科的声音同时响起，尖锐与哀求对比鲜明，极具讽刺喜剧效果。

严峫备感无奈又不由得微微失笑，自己也不知怎么的，下意识扭头看向江停，正巧江停也叹了口气望过来，两人彼此对视，似乎都听见对方在心里说：现在这些小崽子……

严峫不知道这是不是就叫作心意相通，但耳朵微微一热，咳了声转过头。

"我们根本没有什么，你别胡说！"谭爽气鼓鼓地瞪着王科和严峫，捏着自己的手几乎用力得要断了，"我们好好的，什么也没有，你们警察就了不起了吗？警察就可以血口喷人了吗？！我们根本只是……"

"你俩没睡一屋，可能还抵赖得掉，他俩估计是不行了。"严峫向吴子祥一扬下巴，调侃道，"男子汉大丈夫敢做敢当，睡了不认账可不算男人，你说呢？"

旁边的甄彤彤摇摇欲坠简直要昏过去了。吴子祥满面通红，说不出话来，半晌才挤出一句："……你是怎么知道的？"

这就是承认了。

严峫打开那个卷发棒，从夹角缝隙中抽出一根卷曲长发，轮流示意给谭爽和甄彤彤看："你俩一个齐耳短发，一个直发马尾，就算用卷发棒，尾端也不至于因为重复多次烫染而焦得那么厉害。何况女生房间地板、浴室和床上明显有三种不同的头发，其中一种与这根长发特征相同，说明卷发棒的主人起码在这间双人房里住过一夜。

"而你的房间枕头上有几处不明显的唇膏印，另外还找到了几根中端有皮筋捆绑导致压印的黑直发，想必是小女朋友的。"严峫转向吴子祥，挑起了半边眉梢，“唯一值得表扬的是根据我亲手掏了半天垃圾桶的结果观察，至少你们安全措施比较到位，毕竟这个年纪……”

吴子祥面红耳赤：“别说了！”

严峫从鼻腔里哼笑了声。

早餐厅陷入安静，只有男生们的喘气和女生轻轻的啜泣，除此之外再无其他动静。

“哭什么呢？”严峫抱着手臂，语气中带着一丝玩味，“怕学校知道、家长知道？没事，这么大的孩子你情我愿，只要别耽误学习就行，等到了三十多岁还找不到对象才比较值得我担心。今天警察叔叔来呢，是为了调查绑架案，只要申晓奇和另外一个女生安全回来，市公安局的警车立刻撤走，谁也不会知道你们前天晚上谁睡在了哪张床上。”

啜泣声渐渐停了，严峫挨个儿打量几名学生迟疑不定的脸，加重语气：“现在可以说了吧？”

在良久死寂中，终于一个又细又弱的声音破冰似的渗了出来：“步薇她……”

紧接着甄彤彤的嗫嚅被谭爽生硬地打断了：“步薇捡柴火的时候走失了，申晓奇去找她，所以才整晚没回来。”

这话一出，周遭再次陷入安静，甄彤彤似乎受到了极大惊吓般匆匆垂下头不敢言语，王科则欲言又止地咽了口唾沫。

“哦？”严峫冷冰冰地望向谭爽的手，还没说出下面的话，突然被身后一道清晰冷静的声音打断了：“你手背内侧的那几道抓痕，可能残留步薇的DNA，敢不敢去市局做个鉴定？”

啪！谭爽一把捂住手，神情如遭雷殛。

严峫立刻瞪着江停，满眼写着抗议：我先发现的！

江停向他露出了貌似茫然又无辜的表情。

“我没有害她，你们胡说……”谭爽的声音已经开始抖了，“我没有，真的没有……”

“我猜猜当时是怎么回事。”

严峫走上前，随手拉开一把椅子坐在谭爽对面，双臂环抱在胸前，两条结实的长腿自然分开。

“两对小情侣带着另一对孤男寡女出来旅游，有很大概率是想撮合这俩。申晓奇可能是单恋步薇，或者两人彼此有意而没说明白，所以你许诺要借这次旅行的机会帮助他，给他和步薇创造两人独处的机会。”

谭爽眼珠子像是僵住了似的，连转都不转。

“让我猜猜你手上的伤是怎么形成的。”严峫饶有兴味地盯着她，语调中带着毫不掩饰的恶意，“听说你们昨晚举行了篝火晚会，那么应该是在捡柴火的时候，你引诱步薇来到山林间的隐蔽处，打晕了她，再让申晓奇实施犯罪……”

“我没有！”谭爽歇斯底里，“没有，不是这样！”

“只要满了十四岁，故意杀人、故意伤害致人重伤或者死亡、强奸、抢劫、贩毒、爆炸、投毒，全都要负相对刑事责任。也就是说，如果步薇这个小姑娘出了任何事……”

“胡说八道！这都是污蔑！胡说八道！！”谭爽完全疯了，抄起水杯往严峫脸上泼过去，“你闭嘴！”

啪的一声脆响，她的手被人当空抓住，半杯水哗啦泼在了桌面上。

严峫抬起头——是江停。

江停的手指修长，骨节分明。顺着手臂向上看去，他肤色雪白而眉眼乌黑，眼睫鸦翅似的垂落下来，那弧度让严峫心中倏然一荡。

“谭爽，”跟面色涨红的小姑娘相比，江停显得异常柔和冷静，“你也许没想这么多，但如果申晓奇热血上脑，或哪怕申晓奇和步薇情投意合，事后你都算犯了罪，明白吗？”

谭爽用力挣扎，但眼前这个俊秀的年轻人的手指异常稳定有力，令她无论如何都没法挣脱半分，少顷，终于“哇”的一声委屈地哭了出来：“我没有，我没有犯罪……”

“你确实不想，但法律上的强奸罪是非常偏向受害者的。只要女性愿意指认，生物检材又能形成完整的证据链，就算事情发生时女性其实愿意，都会因为主观意愿无法证明，而较为容易地将男性定罪。”

江停略微一顿，从高处往下，俯视着谭爽茫然无措又湿漉漉的眼睛：“也许此刻完全不知道外面发生了什么事的申晓奇和步薇是你情我愿的，但当他们回来，步薇发现事情被搞得满城风雨，连市公安局都被惊动了的时候，面对校方、家长、亲戚、朋友、同学……她会怎么说？

“所有人都在逼她当受害者，只要她说出‘我是被迫的’这五个字，申晓奇和你就都完了。”江停语气轻柔，但每个字都清楚而冷酷，“你手上有伤，又极度抗拒我们调查，我们不会放过你。”

江停把水杯从她手里抽出来，没有再放回桌面，轻轻交给了严峫。

“……”谭爽刚才红到要滴血的脸，已经完全变成了煞白，嘴唇翕动了下，却只发出了连自己都听不到的声音，“我……我没有犯罪……”

突然，不远处的王科站起身：“谭爽！”

谭爽无措地向他望去，仿佛找到了主心骨。

“你没错的，说出来吧！”王科大声道，“你配合调查不会有事的！”

江停和严峫一个对视，只见眼前这女生的心理防线以肉眼可见的速度崩溃了。她嗷的一声大哭起来，哭了快半分钟，才哽咽着展开手掌，露出两道抓伤：“我……我才没有害她……我是想救她的啊！”

警车在山林间颠簸，初夏时节茂密的树丛擦剐着玻璃，不断发出噼里啪啦的声音。

“出个探组带技侦去申家拿电脑，恢复QQ聊天记录、网页浏览及搜索记录；过去三个月内的电话单全部调出来，一个号码一个号码地给我查，微信、淘宝、支付宝是重点中的重点；申晓奇到底是什么时候、通过什么方式、租了什么样的车，两个小时内必须告诉我详细信息，动作快！”

严峫挂了电话，向副驾驶看去，正撞上江停的视线。

“？”严峫微挑起眉。

江停向后座微微示意，意思很明显：你相信她？

严峫思忖片刻，点了点头。

根据谭爽抽抽噎噎的交代和王科等人的补充，事情的经过差不多可以总结为：这帮胆大包天的少男少女，为了帮助申晓奇追求心爱的女孩子，策划了一个哪怕在警方看来都极其大胆的活动。

首先，申晓奇出面组织了这次野营，之所以选择天纵山，是因为景区人少、农家乐旅馆登记不严，比较方便实施后续行动。随后按照原计划，在抵达第二天傍晚，学生们故意分散出去为篝火晚会做准备，由谭爽带着一无所知的步薇自告奋勇去捡木头。

当然，大家都心照不宣的是，申晓奇偷偷跟在了她们后面。

谭爽在前面七钻八钻，本来是打算把步薇引到迷宫般的山林深处，然后趁其不备偷偷溜走的。迷路的步薇眼看天色越来越晚、周围越来越黑，叫天天不应，叫地地不灵，自然会非常惊慌恐惧；等到她吓得不行的时候，申晓奇再从树林中打着手电筒钻出来，假装经过了千辛万苦的跋涉才找到她，就像神兵天降的骑士一般，肯定轻而易举就能收获公主的感激和芳心。

为了顺利实施这一计划，申晓奇甚至还事先订了花束礼物和车等在景区外。他偷偷告诉王科他们，如果能跟步薇顺利表白的话，当天夜里就直接带她下山走人，否则回农家乐“八成要被谭爽她们笑话”“步薇生气就不理我了”；至于后续是去附近小旅馆享受二人世界，还是俩小屁孩找个网吧过夜，就随机应变了。

理想很丰满，进展得似乎也很顺利，只出了个无伤大雅的小岔子——谭爽把步薇引到山林深处，还没来得及溜走，突然唰的一声，步薇掉进了树沟，谭爽手上的抓伤就是在挣扎拉她的时候造成的。

“你先待在这儿别怕，我去叫男生来救你！”

步薇心惊胆战地瞅着满地虫蚁：“那你快点儿啊！”

谭爽赶紧跑回树林，找到申晓奇。

申晓奇一听这情况，觉得“那简直是天助我也”，立马就带着手电雄赳赳、气昂昂地出发了。而不放心的谭爽尾随他，直到确定申晓奇顺利把步薇拉上来，整颗心才落回肚子里，顺着申晓奇留下的记号一路回到了农家乐。

他们丝毫没想到这件事暴露的可能性，所以当半夜申家父母找上门来的时候，他们的第一反应就是抵赖。甚至第二天市公安局驾到，几个胆大包天的学生都很讲义气地拒绝招供，还以为申晓奇正和步薇舒舒服服地窝在哪个网吧，而所谓绑架只是普通电信诈骗或大人们耍的花招。

严峫对他们惊人的天真、愚蠢和行动力表示震惊，问他们知不知道这种原始风貌的深山老林潜藏着多少危险，半夜有多少蛇鼠毒虫和野生动物出没，两个半大孩子有多少种花式送命的可能性？

几朵温室小花一问三不知，纷纷瞪着无辜的大眼睛一个劲摇头。

至于江停提出的犯罪，几个学生都大声叫冤——按谭爽的说法，步薇早在她面前透露过几次对申晓奇有好感了，只不过因为少女天生的害羞，才不敢捅破那层窗户纸而已。如果不是为了帮助他俩，几个高考刚过恨不能满世界乱跑的青春期少年，干吗要大老远跑来这鸟不生蛋的鬼地方？

严峫一只手开车，另一只手抽出水杯递向副驾：“喝吗？”

江停摇头示意不渴，随即接来拧开盖，递还给严峫。

“呦，这么体贴。”严峫嘟囔了句，拿着水杯喝了几口，江停再拧紧瓶盖放回了杂物匣。

车后座传来王科的低声安慰和谭爽不停的“嘤嘤嘤”，这泼辣姑娘仿佛瞬间变成了水做的骨肉，已经“嘤”了大半个小时没停。

“严叔叔，”王科小心翼翼地探过头，“有水吗？”

严峫哼了声，抽出一瓶没开过的矿泉水递过去。

王科赶紧道谢接了，喂他严重失水的小女朋友喝了几口，心虚地问：“严叔叔……”

严峫不理他。

“……你们会告诉我爸吗？”王科到底还是鼓足勇气问了。

“告诉他什么？赶紧攒钱给未来儿媳妇下聘礼？”

王科不敢吱声。

严峫翻了个不加掩饰的白眼：“老子上高中时连毛片都不敢看，你们倒好，奶味没干就敢玩这么大。”说着悻悻然打方向盘猛踩刹车，前方豁然开朗，大切在坑洼不平的路面上轰然停止。

眼前不远处，指挥车停在空地中央，十多名刑警带着警犬在树林间穿梭来去。

步薇掉下去的那个树坑找到了。

“严哥！”马翔从指挥车上冲下来，满脸通红，连汗都顾不得擦，“我们通知了学校，其他几个学生家长正往天纵山这边赶！步薇这小姑娘的户籍资料也找到了，从小父母双亡，监护人是她叔叔，我们正在尝试联系！”

严峫钻出大切：“这是什么？”

“步薇的资料。”马翔终于喘了口气，晃晃平板电脑，“要我说，怪不得申晓奇敢玩那么大。凭我干了这么几年警察看过的户籍照而言，这小姑娘可真是……”

他没想出形容词，于是摇着头用一句话做了简单陈述：“不去当明星可惜了。”

严峫从马翔手里接过电脑，第一眼的感觉是：确实美。

但也异乎寻常地死板。

确实证件照大多千篇一律，但步薇的头像比常人更呆滞平板、不带神采。如果要打比方的话，就像淡蓝背景上用工笔描绘了一幅美人像，五官、脸型都标致得令人震撼，远远超过现在曝光出的很多明星证件照，然而半点生气也没有。

严峫打量片刻，斜眼偷窥身侧。

江停正从车里慢慢下来，按着自己脆弱的颈椎，眯着眼睛扭了扭头。随着这个动作，树荫间漏下的阳光在他乌黑的鬓发间流动，焕发出点点细碎金芒。

严峫刹那间闪过了一个不合时宜的念头：还是警花好看。

“怎么了？”江停懒洋洋地问。

“……”严峫立刻收回目光，嗓子眼里敷衍地咕噜了一声，假装认真打量户籍资料。

电脑屏幕上，少女直勾勾瞪着严峫，眼珠像是墨笔滴进凤眼里的两个圆点。严峫不由自主盯着她多看了会儿，不知是不是心理作用，突然感觉到一丝古怪。

他闭上眼睛，几秒钟后再次睁开，确定不是错觉。

这个美貌惊人的小姑娘，仅仅是张相片，就给了他一种无法用言语形容的怪异感。

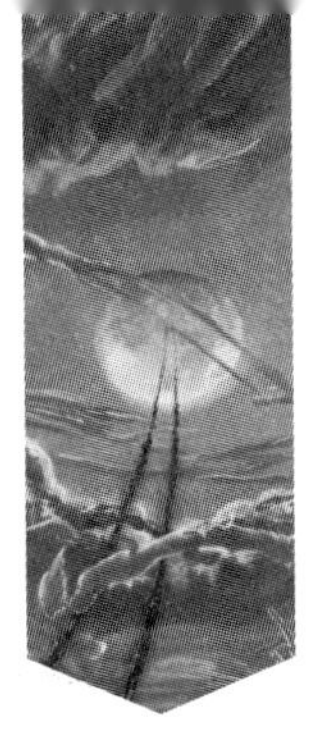

第8章

越往山林深处走，树木的姿态就越千奇百怪。半空中，被无数条气生根绞死的大树犹如腐败的巨人，颓然站立着遮蔽了阳光；地面上，纵横交错的地生根盘旋虬结，布满了滑腻的苔藓和地衣，逼得人每走一步都要小心扶稳，稍不留神便会滑倒。

“嘶。”

身后抽气声刚落，严峫立刻站住了：“怎么回事？”

江停用力揉按掌心，只见他刚扶上去的树干上赫然爬着一长溜大蚂蚁。

“叫你乱扶，被咬了吧。”严峫用力抓着江停的胳膊，强迫他把重心倾斜到自己身上来，同时低声训斥，“叫你别跟来你还不听，待会儿滑一跤怎么办？还得赶紧把你送医院……娇气得。”

江停皱眉道：“没那么多事，又不是小姑娘。”

“哎哟，小姑娘都没你身娇肉贵！”

“你怎么这么多话啊？”

“我说的那都是无数血泪教训总结出的实情……”

两人就这么斗着嘴，深一脚浅一脚地往前走。不远处，刑警牵着警犬在密林间开路，头顶传来断断续续的蝉鸣。

“严副支队！”民警从前方小跑上前，大声道，“我们已经到了警犬能追踪到的极限范围，再往前就没法确定了！”

严峫站定脚步，把身娇肉贵、不能摔不能碰，还要谨防被蚂蚁欺负的江队安置在平坦松软的落叶层上，随即环顾四周。

这里是真前不着村、后不着店，周围全是大同小异的参天大树和植被木丛，普通手机信号已经没了。既然警犬无法再往下追踪，想必申晓奇和步薇并没有在此地停留，也就没有在树丛间或石块上留下特别浓厚的气味。

警犬呼哧呼哧地跑过来，被严峫顺手薅了几把，从口袋里掏出个牛肉粒剥开想喂，然而被乖乖薅毛的警犬却头一扭，不肯吃。

“呦，训得不错嘛。”严峫随口夸了句，把牛肉粒扔给训练员。

训练员笑着再喂，警犬果然吃了。

“俩小屁孩怎么会转到这鬼地方？”严峫墨镜后的眼睛眯了起来，若有所思道，“这可不是下山的路啊。”

“何止不是，简直离下山的必经之路差了十万八千里！”马翔从大树后转出来，举着林区地图，“瞧瞧，他们一直在往山林更深处走，算半大孩子正常步速的话，走到这儿都天黑了，他们不怕吗？”

“前面有没有村落河流之类的？”

“有个鬼嘞，有狼或狐狸我倒信。”

训练员半抱着不住摇尾巴的警犬，蹲在地上瞅着警察们，看得出他竭力想帮忙：“会不会是彻底迷失方向，或已经被人劫持了？”

严峫不言语，绕着附近走了会儿，才停下脚步：“都有可能。你说呢，警花？”

江停正抱着手臂，侧身避开到处都是的蚂蚁，闻言“嗯”了声：“确实目前很难推测，两种可能性都有。”

马翔忍不住问：“这话怎么说，警……陆顾问？”

严峫立刻瞪了他一眼，大有“警花只有我叫得你叫不得”的意思，把无辜的马翔瞪得一缩头。

“如果是被劫持，绑匪是从何时开始盯上他们的，为什么要往树林深处而不是机动性更强的公路走，这两点说不通。如果是迷路，这一路走来方向非常直，没有太多兜圈子的迹象，也不符合野外迷路的正常行踪轨迹。”江停拍掉爬到身上的蚂蚁，话锋一转，“但以上这两种可能性又无法排除，可能绑匪故意要带两个孩子往人迹罕至的地方去，这也很难说。”

马翔不解：“可为什么绑匪要那么做呢？”

江停不答反问：“步薇的叔叔有钱吗？”

“呃……看资料是常年在外地做画廊中介生意的……”

“有钱到能拿出两个亿？”

“那肯定没有哇，”马翔挤眉弄眼地用手肘捣捣严峫，“唯一能掏出两个亿的主儿在咱们这儿呢。”

严峫立刻敏感地说：“去！干啥呢动手动脚的。”

江停对他们的小动作视若无睹，说：“那就对了。如果绑匪开价一千万甚至两千万，都可以说是为了钱，而出天价赎金又不留任何还价余地，只能说明他的目的从最开始就是两个孩子本身，也就代表了所有事态预测中，最坏的那一种。”

尽管心中早有预感，但说出这两个字的时候马翔还是禁不住一激灵：“撕票？”

江停说：“行刑。”

他们身后，更多陆续跟上的警察开始向周边扩散、搜寻，试图寻找脚印等蛛丝马迹。严峫目送一道道穿着深蓝制服的背影没入灌木丛中，突然喃喃地把这两个字重复了一遍：“行刑。”

他回过头，从墨镜后直勾勾地看着江停：“行刑是对已判定罪名实施惩罚的行为，也就是说，得先犯了罪才有惩罚——申家的罪名是什么？”

“哎哎！”马翔抢先举起手，“白尾海雕？”

不能怪这帮刑警总是提白尾海雕，确实这种国家一级保护动物的血对他们刺激太大了，让人有事没事地就老往那方面去想。

“我说你怎么老提……”严峫浓密的眉毛一皱，还没来得及说完，就被江停几乎没有任何犹豫地打断了：“不，跟申晓奇的父母没关系。”

“啊？”

“如果我是绑匪，要对申家夫妇的某种行为做出惩罚，我会怎么做？”江停在马翔困惑的目光中顿了顿，“我会先把孩子绑走，索要一个能让申家倾家荡产但又不至于直接放弃的数目，比方说，八百万。等申家砸锅卖铁凑齐八百万后，我砍断申晓奇的手指送来，再加码到一千二百万——申晓奇还有爷爷奶奶、外公外婆、七大姑八大姨……等所有人都倾家荡产凑齐一千二百万后，我再砍断他一只耳朵，加码要一千五百万。

“所谓温水煮青蛙，就是要让青蛙看着我往火堆里一把把添柴才可怕。你还想让孩子活吗？想活就不停加码。八百万，一千二百万，一千五百万，两千万……申家夫妇被渐渐逼到无比疯狂、绝望和悲痛的地步，但他们永远不知道下次凑齐赎金后到底是会接回孩子，还是继续收到孩子身上的某个部位。”

严峫说：“心理凌迟。”

“对，”江停赞同道，“如果绑匪用了心理凌迟的手段，那么我们能确定行刑的目标是大人，但现在显然是另外一种情况。”

“……”马翔憋了半天，终于挤出来一句，“陆顾问，你太可怕了……”

江停失笑：“实际是不会有这种案例的。不过至少你可以确定绑匪不是我了。”

“那么假设绑匪惩罚的对象是申晓奇本人，包括步薇。”严峫的思维换了个角度，“两个刚刚高考完的学生，刚拿到身份证，社会参与度非常有限，又有可能犯下什么值得被行刑的罪呢？”

这个问题算问到点子上了。

几个人都没说话，警犬训练员眨巴着眼睛，试探道：“你们刚才不是说那个小姑娘父母双亡，被叔叔收养……会不会是小姑娘的社会关系比较复杂，跟情杀有关？”

严峫和江停互相对视，彼此都从对方眼底看出了迟疑。

线索太少，时间又紧迫，即便福尔摩斯再世都很难不一筹莫展。

“虽然在同学描述中步薇是个循规蹈矩的乖乖女，但不能排除这种可能性，毕竟她的长相在人群中属于较为罕见的那一类。”江停跺脚把蚂蚁震落，抬头问，“步薇的监护人还没联系上吗？”

严峫两手一摊，回头大吼：“老高！”

高盼青远远地在指挥车上：“欸！”

“你们刑侦人员真太不容易了，”警犬训练员佩服地来回瞅着他俩，“瞧这脑子费的，天天都跟参加最强大脑似的。”

江停不以为意：“我不是刑侦人员，我只负责薅有钱阶级的羊毛。”

训练员：“啊？”

“严哥！”高盼青从指挥车里探出头，“市局找到了步薇的监护人，正用警车把她叔叔往农家乐送！还有黄主任把申晓奇的电脑搜索记录发过来了！”

至少技侦那边的工作稍有进展，众人精神都是一振。

“得，咱们的专业不是搜救，在这儿也是添乱，回车上去吧。”严峫说，“瞧你们陆顾问快被蚂蚁淹没了。”

江停不悦：“都是你早上买的那豆沙包子……”

“你少来两句吧，”严峫一边强行勾着他肩膀一边嗤笑，“整天吃甜食，就是招蜂引蝶，跟我有什么关系？”

下午两点半，指挥车在林间跌跌撞撞，犹如喝大了的壮汉，把所有人都颠得苦不堪言。

“手机通信、微信打款、社交软件聊天、网页浏览器搜索等所有记录全都在这儿。本来这文件有几百兆，幸亏救苦救难的黄主任给咱们画了重点。”

高盼青打开压缩文件包，把笔记本递给严峫。

果然满屏幕密密麻麻的数据资料，申晓奇电脑中的所有隐秘全都摊开在阳光下，仿佛一具尸体被仔细解剖，不管是心肝肺肾等五脏六腑，还是难以启齿的隐秘部位，全都放在了解剖台上任人观赏。

马翔从后座探过头，跟着严峫看了几页，唏嘘道：“这就是我当警察以后内心最大的隐忧了。”

市局司机在前头开车，严峫全神贯注地浏览着搜索引擎记录，江停身体弱，容易晕车，正仰头坐在副驾驶上通风假寐。整辆车上只有高盼青搭理了马翔一句：“哟，就你还有隐忧？”

“老高，你这就忒瞧不起人了，我看上去就那么不像内心纤细的少年吗？”

高盼青说：“行吧，那少年你到底担忧什么？哥们儿帮你排解排解。”

“排解就不用了，你们答应帮我这个忙就行。”马翔咳了声，声情并茂道，“做咱们这行的，祸福相依，生死难料。万一哪天我为打击犯罪和保护人民而英勇牺牲了，请各位技侦同僚高抬贵手，千万别动我那台省吃俭用攒下来的外星人电脑，尤其放过我的 DEFGH 盘，以及几个 TB 的各类资源……”

“……”高盼青从眼角斜睨他半晌，“那给你烧了？”

马翔双手捂胸，眼角含泪，思索良久后郑重道：“烧之前可以给隔壁秦副拷一份，毕竟大家是多年开黑的老队友，不为这个社会留下点精神遗产我内心过不去。”

高盼青满脸“哎哟厉害”的表情不住点头，半晌转过头，喃喃道：“……玩个恋爱游戏你们还开黑。”

“老高，这搜索记录不会因为开启隐私模式或即时清除而遗漏一部分吧？”突然严峫扬声问。

“黄主任说不会。怎么啦？”

“那就有点奇怪了。”

马翔跟高盼青好奇地凑过去，只见严峫指着满屏密密麻麻记录中的某一行：“五月九日，申晓奇第一次以‘天纵山攻略’为关键词进行搜索，在此之前没有任何关于旅游方面的搜索记录，连‘避暑胜地’‘建宁周边景点’‘便宜自由行’之类的关键词都没有。他在微博没关注任何像是建宁风景、建宁头条、美丽建宁之类的账号，网页微博搜索记录无法恢复，但浏览记录也没找到任何与天纵山相关的内容；感觉这孩子像是突然冒出了‘我要去天纵山’这个念头，其他选项都没存在过，一点都不带犹豫似的。”

“嗯……”网瘾青年马翔很有经验地说，“现在的孩子基本都是用手机吧。”

高盼青也赞同：“万一是看了微信朋友圈推荐呢？”

严峫摇了摇头，还没来得及说什么，前排江停头也不回道：“建宁是著名旅游城市，周边景点丰富。就算是看了推荐，也不至于在规划行程时完全不考虑其他选项，除非他对天纵山有某种执念。”

严峫跷起二郎腿，冲马翔、高盼青使了个眼色，低声道：“跟人家学学。”

马翔用同样小的音量回答：“秀恩爱死得快，别秀了。”

高盼青则比较正直：“执念？可能是什么情况呢，陆顾问？”

江停保持着双目微合，稍仰下颌，头靠在椅背上的姿势一动不动。

“陆顾问！”

“……”

众人目光灼灼，视线尽头，陆顾问柔弱的话音缓缓传来：“情况分很多种，或许同学间流传着天纵山的某种说法，或许重要的亲戚朋友去过，再或者……”

他突然呼的一声，打开了车窗。

众人：“？？？”

严峫狐疑顿起，刚要上前查看，突然却见江停闪电般把头伸出窗外，紧接着：“呕——”

所有人：“……”

一向风度儒雅、气质从容的陆顾问，终于被晕车惨烈击倒了。

农家乐大院，早餐大厅改成的临时行动办公室。

“我真的什么都不知道，你确定我侄女被绑架了？”

一名西装革履的胖子坐在两名警察面前，满脸都是热出来的汗，跟文化人似的拿着块手绢不停抹，然而越抹越多：“不能啊，我根本没收到勒索短信啊——是，我确实从前天起就没见过她，但我平时在外地，每周跟这孩子最多打个电话，我又不是她亲爸！什么？你说绑匪要两个亿？！这可真敢要，两百万我都没有！没有！——撕票？不是，警官，你们不了解，我不是她法定监护人，平时给掏学费已经算我很有良心了……”

吱呀——

突然门被推开，两名警察立刻站起身，只见马翔一迭声地进了屋：“水呢？水呢？快把冰水拿来！快快快！”

马翔在前开道，高盼青尾随扇风，严峫亲自搀扶着脸色苍白的陆顾问，那架势活像几个人在回程半路上捡了只野生大熊猫，众星捧月地把江停扶到椅子上坐下了。

“怎么不够冰？”马翔接过民警忙不迭递上的水，转身交给严峫。只见公安系统内天不怕地不怕的刺儿头、著名富二代严副支队，赶紧把袖子左右一撸，亲自端水伺候江停喝了。

民警小心打听：“怎么了这是？”

“晕车。”马翔掩着半边口小声解释，“严队私人顾问，本案智商担当，案情分析到一半哑火了，到现在都愣没能把后半句话说完。”

“哦……”民警一副不明觉厉的表情。

江停有气无力地摆摆手，示意自己不喝了，疲倦地揉着眉心。

严峫这才拧好矿泉水瓶盖，示意马翔把立式电风扇抬来对着江停可劲吹，吹到陆顾问可以满血复活以一打十顷刻间把绑匪从茫茫山林间抓出来为止。然后他终于有空起身问民警：“怎么样了？”

“严副！”民警啪地敬了个礼，指着那西服笔挺的胖子，“这是被绑架女生步薇的叔叔——汪兴业，刚才市局派车送来的。”

换言之，除了哭哭啼啼的申家父母之外，本案终于又到了个关键家属。

严峫客套两句，刚伸手要握，突然只见那个叫汪兴业的胖子表情不对。

——他的手僵在半空，视线越过严峫，直勾勾地盯着不远处的江停。有那么一瞬间，他的眼神仿佛是活生生见到了鬼。

猝不及防地，严峫的心微微往下一沉，随即加大力道握住了汪兴业的手：“汪先生！”

“啊……啊？警官？”

严峫不动声色地盯着他，半晌轻轻问：“您在看什么呢？”

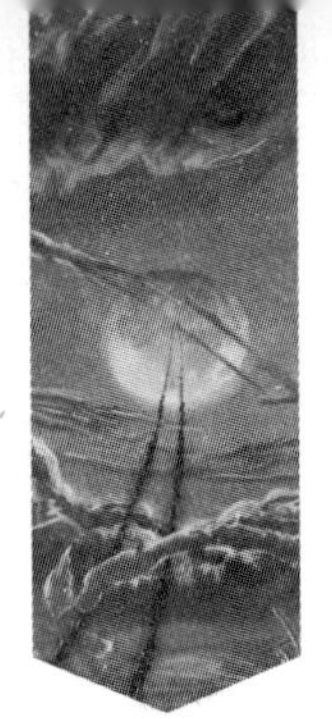

第9章

“您在看什么呢？”

严峫的声音堪称轻柔，但话音刚落，汪兴业的表情就像偷东西现场被抓似的，堪称仓皇地收回了目光。

“没有没有，我看错了，瞧我这眼神……”

“看错了？”

“是是是。”汪兴业双手紧握严峫的手，“你们刚才说，我侄女儿被绑架了，我怎么听着那么糊涂呢？”

严峫笑起来，拍拍他的肩，略微使力，这姓汪的胖子就不得不跟着他往早餐厅东侧的边门走去。

本来这生意冷清的民宿就没多少住客，隔着一条小小的转角过道，是已经被警察清空了的厨房。严峫随便拉了把椅子坐下，示意汪兴业也坐，然后摸出烟盒抽了根软中华递了过去。

汪兴业忧心忡忡：“严支队，您看我侄女儿的事……”

“您刚才看错什么了？”

汪兴业一愣。

严峫笔直浓密的剑眉下，一双眼睛似笑非笑地盯着他，慢慢地问：“您刚才把咱们警方的顾问，看成谁了？”

汪兴业那张胖脸上的肉止不住地哆嗦起来，面色忽而青，忽而红，豆大的汗珠又顺着脸滑了下来。

“没事，这里只有你跟我。”严峫微微地笑着，每个字却都咬得极其清晰，“有什么说什么，没关系，我们警察可是什么都查得出来的。”

“……”汪兴业反复揉搓手里那根软中华，张开口又闭上，张开口又闭上。

他就这么反复了好几次，才颤颤巍巍地扯出了个比哭还难看的笑容：“其实……也没什么，就是这事儿……都过去好几年了……”

严峫微笑不变，眼底却沉了下来。

“我这不是做画廊中介生意吗？以前手里有俩钱，有点关系资源，认识的那些女画家就——”汪兴业满脸涨得通红，哆哆嗦嗦道，“酒店长期包了个房，谁知道那阵子扫黄打非，警察直接踹门就往里冲……”

严峫面色微僵。

“严支队，您也是男人，您懂的。关键时刻受了惊吓，那情景简直这辈子都……”汪兴业满脸欲言又止。

严峫沉默半晌，突然问：“你是在哪儿嫖娼被抓的？”

“哎，广东！”汪兴业一拍大腿，“当然不可能是同一个警察，但刚才打眼看去，还真有几分像，所以我才跟见了鬼似的！”

有这么巧的事？

严峫微微眯起眼睛，不带任何情绪地打量眼前这个胖子。汪兴业看起来余悸未消，把那根被揉得不成样子的软中华叼在嘴里，手抖了半天才点上火，立刻迫不及待地深深吸了一口。

“……”严峫按下思绪，也点了根烟。

禁毒处副处级的一线刑警，照片是不会到处公布的，遑论随便抛头露面了。即便牺牲后，也不是随便谁都能登录公安内网去查资料，得是有相当高的级别的职权才行。

也就是说江停的身份没那么容易泄露，更别提还有昏迷三年后容貌、体形和周身气场上的明显变化了。

“——您别介意，我们是刑侦支队，嫖娼扫黄这事儿都不管。”严峫突然一笑，转变了话题，“您侄女的事，您都知道了？”

胖子对嫖娼这事终于揭过而松了口气：“是是是，我昨天还在南边跑一个画廊展……”

“步薇是您的亲侄女？”

“唉，既然您是警察，我也就直说了，那孩子还真不是——我只是在她学校挂个监护人的名儿而已。”

不是？

一个美貌绝伦的少女和没有血缘关系的男性“监护人”，其中令人浮想联翩的空间让严峫不由得挑起了眉梢。

“不是，不是，不是您想的那样。”汪兴业夹着烟连连摆手，“我实话说了吧，她爸是我早年在道上混的拜把子兄弟，跟他老婆一块儿出意外死了，也就五六年前的事情。这小姑娘呢，一方面是她爸曾经跟我有些金钱上的牵扯，在我危难的时候给过我钱；另一方面是我看她可怜，怕她走上歪路，所以出钱供她上学，学费、生活费花不了多少，毕业后随便上个学费不太高的大学，我就算仁至义尽了……”

“呦，”严峫弹了弹烟灰，漫不经心道，“您还真是个好人。”

“哎，您这话说的，好人算不上，对得起良心就行。”

“我刚才在外面听了一耳朵，您没接到绑匪的勒索电话？”

汪兴业说：“别提勒索电话啦，连她被绑架我都不知道，早上接到公安局电话的时候我还以为是诈骗呢！”

“怎么，您平时跟侄女儿联系不多？”

“这个倒确实不多……”

“为什么？”严峫来了兴趣，“您这当叔叔的，难道只出钱，平时不关心一下？”

汪兴业抽了几口烟，似乎有点推心置腹的意思，叹了口气说：“您这个话吧，叫我怎么接呢？”

严峫并不搭腔，半笑不笑地打量着他。

“步薇她爹娘刚出事的时候，她也就十二三岁大，这个年纪真是太麻烦了。要是再小点，好说也能当半个女儿，以后给我养老送终；要是再大点，哪怕十八九岁，说不定哄骗着以后能给我当小媳妇。”胖子不尴不尬地一笑，“但十二三岁，两头不靠，眼见着又要进入叛逆期了。我多关心她不要紧，万一别人以为我是个喜欢小女孩的变态，这可怎么撇清呢？”

严峫点头示意他继续说。

“况且这姑娘住校，而我平时在外地搭关系跑画展，想关心也没处下手啊，一两个星期打个电话已经算不错了。”汪兴业两手一摊说，“您说是不是这个道理？”

他这个解释倒确实合情合理。

严峫问：“那您知道步薇这次是跟一个男生同时失踪的吗？”

“那个叫申晓奇的是吧？我刚在外面见到那对夫妻了，哭得是挺惨的。不过说实话……”

汪兴业顿了顿，严峫打了个“请说”的手势：“没关系，这里除了你我没别人，有什么疑虑您尽管跟我们警察提。”

汪兴业胖脸上那种不尴不尬的神情又浮现了出来：“这话我当着那对夫妻的

面不想提，但对您我就直说了。勒索两个亿的电话绑匪只打给了他，说明目标本来就是他家儿子，跟我侄女完全没关系对吧？”

“……”

“也就是说，我侄女从最开始就是个陪绑的，要不是当时跟他儿子在一起，现在根本就不会出事对不对？”

严峫没有肯定也没有否定，只是不吱声。

“虽然不是我亲侄女，但我好歹也养了她五六年，万一小姑娘出了什么事，他家儿子起码得算半个杀人凶手！就这样他们夫妻俩刚才还好意思拉着我借钱，想叫我一块儿凑钱付赎金！他们是怎么想的？！”

汪兴业说着说着激动起来，严峫赶紧熄了烟，息事宁人地拍拍他的肩：“知道这年头赚钱不容易，请相信我们警察……”

“您说做人怎么能那样？别说两个亿了，我连掏二十万出来都难！而且我凭什么帮他家凑赎金？谁知道他家做了什么伤天害理的事情才会招来绑匪，还连累了我侄女？！……”

胖子大概也是精神紧张到了一定程度，那骂人的话匣子一打开就止不住了。严峫边客套安慰，边摸出手机想看看市局有没有传来最新情况，突然只听门被轻轻叩了两下。

他一抬头，只见江停正站在门框边，单手插在裤袋里，脸上戴着口罩，只露出一双乌黑冷静的眼睛：“绑匪来电话了，指名要警方来接。”

严峫微愣，随即立刻反应过来，三言两语摆脱了正准备破口大骂的汪兴业，喝令民警过来照顾好被绑者家属的情绪，随即起身冲出了厨房。

“我苦命的晓奇啊——妈妈怎么办？怎么办啊！”

老远就只听指挥车边传来申父绝望的咆哮和申母声嘶力竭的痛哭，谭爽他们几个学生缩在农家乐大院门口，也“嘤嘤嘤”地抱着哭成了一团。

“谁让他们都挤在这儿的？”严峫一见这场景就邪火上头，拽了个刑警低声呵斥，“把学生们带走！指挥车附近别让那么多人围着！”紧接着大步冲上了指挥车。

市局紧急调派过来的技侦和谈判专家正戴着耳麦坐在车上，个个面色如临大敌。高盼青早就凉透了的盒饭刚吃两口，电话一响就全泼在了指挥车座位上，但此时也顾不得了，凝重地拿着手机：“队长，找你的。”

他刻意没叫出严峫的姓。

严峫接过来一看，这是申父的手机，屏幕赫然显示着通话中。

——这个手机早已被市公安局技侦处实时同步，上百公里之外，黄兴他们正争分夺秒地尝试各种方法进行破解和定位，在茫茫数据海洋中竭尽所能，试图寻找那一丝渺茫的希望。

谈判专家对严峫无声地做了个几个口型：拖延时间——

严峫点头示意自己知道了，随即打开扬声器，沉声道："我是市公安局刑侦副支队长严峫，你想干什么？"

他就这么直接报名字了！

话音未落，高盼青就无声地狠狠骂了一声，用口型怒道：你他妈想死？！

严峫抬手止住了他，那是个极其果断甚至严厉的手势。

"两个亿，"扬声器那边传来呆板无情的电子音，问，"准备得怎么样了？"

严峫望向谈判专家，老教授边分神盯着技侦，边对他点了点头。

"钱不是问题，但我要先知道人质的安危。"严峫顿了顿，口气非常强硬，"两个亿的赎金，人质家属根本掏不起，即便要凑，也肯定是省里甚至部里报批。要是你已经把人质撕票了，国家白出两个亿，到时候即便你们跑到天涯海角，公安部的天罗地网都不会放过你！"

申母发出一声尖锐的吸气声。

几名刑警立刻拥上，什么都顾不了了，把眼见要开始发疯的家属捂着嘴强行拖了下去。

电子音发出轻轻一声，似乎是个嘲弄的轻笑，说："我就在这儿，来抓啊，我等你。"

"抓了你，你还怎么拿钱？"

"拿不到钱，你们就别想要这个小孩的命了！"

——这个小孩。

听到这四个字的瞬间，所有人眼皮都一跳，严峫几乎脱口而出："还有一个女孩子呢？你们勒索的对象是申家，能不能把另一个女孩子还回来？"

电话那边突然陷入了沉默。

严峫和谈判专家四目相对，似乎连后者都没了主意，只能打手势示意他耐心等待。

三秒，五秒，十秒……

严峫感到汗珠随着自己毛刺刺的鬓发往下，滑过脸颊，汇聚在下颌，引发一阵微妙的刺痒。

他几乎是下意识地转移目光望向车外，江停正站在车门边，没有看他，也没有看任何人，半闭双眼，微侧着头。

刹那间江停的侧影让严峫产生了一种感觉，仿佛他正捕捉空气中某种微妙的震动，或者说扬声器中绑匪那边的声音——某种所有人都没听见，或没注意到的，几乎难以察觉的声波。

不知为何，他这种独自隔绝又清醒的姿态，竟然让严峫奇异地生出了一丝安定感。

“那个小崽子运气不好，绑了就绑了。”突然阴森森的电子音再次传来，带着心狠手辣的蛮横，“你们想不花钱就捞回去一个？做梦！”

谈判专家猛打手势，那意思严峫立刻懂了：“准备两亿现金需要时间！我们愿意给你提供交通工具和不连号的钞票，但在明天晚上八点零九之前不可能做到！你必须把时间放宽到——”

谈判专家连打几个数字，严峫紧紧盯着他的手，对电话吼道：“起码三天后的晚上十二点，我们这边的现金才能……”

“距离行刑时间，”手机那边传来的电子音冷冰冰地打断了他，不带任何声调起伏，“29 个小时。”

“最早也要三天后的晚上——”

通话结束。

严峫声音戛然而止，所有人同时看向电脑屏幕，右上角的时间正无声无息变成 3:09PM。

车厢内一片可怕的安静。

——行刑时间，明晚八点零九分。

“我……”严峫想摔手机，千钧一发之际硬生生克制住了，手背青筋直突地轻轻把手机放回了桌面上。

谈判专家满面凝重地对技侦使了个眼色，技侦会意，立刻打电话给市局黄主任询问定位结果。

严峫吸了口气强行镇定下来，掏出烟来点着，狠狠抽了一大口，呼地全吐了出去。袅袅白雾中，他强迫自己闭上眼睛，俊美的面容绷得棱角分明，再睁开时已经恢复成了往日里那个精明强悍、无所畏惧的刑侦副支队长。

“还有时间。”他的声音嘶哑而低沉，“告诉技侦加紧侦查申晓奇的租车公司，抽人去林业局协助追查白尾海雕这条线，另外以‘天纵山’为关键词对人质父母家属、亲戚朋友、学校老师同学、浏览器搜索记录等进行全方位筛查。我不相信这个旅游地点是从天而降掉进申晓奇脑子里的，不论是他还是步薇最先提出要来天纵山的想法，这两个孩子一定被某种信息强烈影响过！”

“是！”

高盼青再顾不得吃饭了，跟着一群刑警迅速奔了出去。

严峫三两口抽完了烟，刚掐灭烟头，突然后肩被人轻轻一拍。

“……”他猝然回头，只见江停不知何时钻进了指挥车，正站在他身侧，说，“录音再给我听一遍。”

“什么？”

“刚才的绑匪电话，技侦应该有录音吧。”江停说，“我刚才突然有个……不成熟的猜测。”

严峫不太明白江停的意思，但他知道传说中的江队的刑侦能力，当即跟那位白发苍苍的谈判专家打好招呼，让技侦调取录音，带着江停一起凑到了电脑前。

“两个亿，准备得怎么样了？”

“我就在这儿，来抓啊……拿不到钱，你们就别想要这个小孩的命了……想不花钱就捞回去一个？做梦！”

“距离行刑时间，29个小时。”

——电流沙沙声停止，录音中断了。

“怎么样？”严峫低声问。

江停没回答，点了重播。

“……想不花钱就捞回去一个？做梦！”

“距离行刑时间，29个小时。”

……

“两个亿，准备得怎么样了？”

“哈。”

……

“非常古怪。”江停突然按下暂停，喃喃道。

严峫瞧着他：“哪里怪？”

两人头贴着头凑在一处，严峫略偏过脸，正巧江停也望过来。两人距离不过咫尺，连彼此的眼睫似乎都紧挨在一起，互相都能看见对方眼底疲倦的红丝。

“绑匪好像是两个人。”江停轻轻道，“或者说，他刻意在警方面前展现出了两种截然相反的人物性格。”

严峫锋利的眉头又拧了起来：“嗯？”

“你信任我吗？”江停突然问。

“……”

几秒钟完全的静寂，似乎连空气都不流动了，指挥车外的喧嚣越来越遥远。

“我把你带在身边，不是因为相信你，”严峫低沉道，“是希望能相信我自己。”

江停漂亮的眼珠注视着他，半晌才说：“那你听着，我接下来的分析，可能会动摇市公安局的整个侦查方向。”

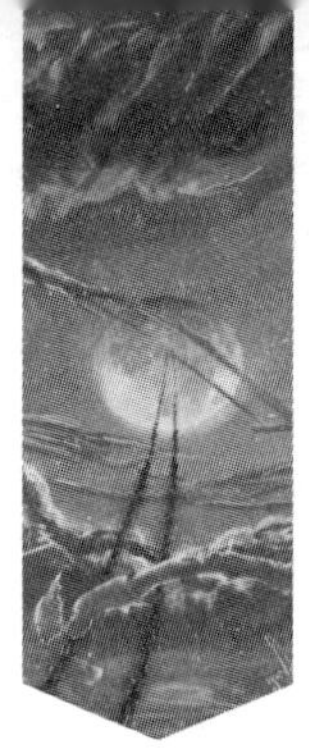

第10章

——在侦破时间只剩最后29个小时，人质生命已进入倒计时阶段的紧要关头，动摇市局的整个侦查方向。

严峫一言不发，似乎陷入了斟酌和思索，缓缓从电脑前站起身。

随着他这个动作，江停也站了起来，两人面对面彼此注视了大半根烟工夫，才听严峫吐出一句："你说，我听着。"

江停伸手给严峫挂上一枚高清耳麦，自己戴上另一枚，从开头重播起刚才那通电话。录音沙沙响起，第一句是："两个亿，准备得怎么样了？"

江停按下暂停："这句话绑匪在跟申晓奇父亲交涉时重复过几次，根据我的记忆，每次重复时的声线都较粗、低，起伏很平，'了'字作为提问句尾字却没有扬声，是个比较机械化不带感情因素的声调。"

严峫点了点头。

"但当你与绑匪开始交涉后，他的语气变化了。"江停取消暂停，耳麦中清晰地传来一声"哈"，紧接着："我就在这儿，来抓啊，我等你。"

"听见了吗？"江停紧盯严峫的眼睛，"他在挑衅前有个非常不屑的冷笑，尾调是明显上扬的，你觉得这说明什么？"

严峫喃喃道："情绪。"

"对，刚才还机械平直的音调突然开始变得富有情绪了，再继续往下。"

"拿不到钱，你们就别想要这个小孩的命了！……那个小崽子运气不好，绑了就绑了……你们想不花钱就捞回去一个？做梦！……"

江停再次按下暂停。

"如果你不知道这起绑架案的背景，再完全刨除浸透鲜血的上衣、白尾海雕、天价赎金和精确的行刑时间等异常要素，光听以上这段录音，你大脑中对绑匪的初步构想是怎样的？"

严峫沉吟道："一个贪婪、凶狠、心狠手辣的传统绑架犯。"

江停颔首赞同："是的，传统且典型。"紧接着第三次点开播放。

随着他的动作，电子音沙沙传出了绑匪留下的最后一句话，冰冷不带情绪："距离行刑时间，29 个小时。"

录音结束。

"现在，"江停说，"清除你脑海中那个贪婪凶狠、心狠手辣的既定形象，只记住这最后一句话；再联系血衣、海雕、天价赎金等，你对电话那头的判断是否发生了改变？还是那个传统典型的绑架犯吗？"

"……"严峫蓦然与他对视。

指挥车内空气一寸寸绷紧。

"不，他变了。"严峫轻轻说，每个字似乎都带着难以置信，"他变成了……行刑者。"

江停神情不变："或者说，一个冷酷无情的刑罚执行官。"

"这个绑匪一直给警方无法捉摸的感觉，是因为他把自己的意图表达得非常矛盾。但如果我们把绑匪的异常行为分割成两部分来看，把他当作两个不同的角色，一切就能解释通了。"

江停后腰抵在座位靠背上，摘下耳麦，对严峫竖起一根食指："首先他绑走了申晓奇，向申家进行勒索，以威胁的方式急切索求赎金，对警方充满恶意和嘲讽。当他以这个角色出现时，'两个亿'和'行刑'等关键词是绝对不会出现的，取而代之的是'你们就别想要这个小孩的命了'——显然更倾向于绑匪威胁撕票时的惯常用词。"

严峫若有所思，颔首不语。

"但当他身为行刑者时，其行为动机似乎跟金钱完全没有了关系。一方面两个亿的现金根本带不走，他也没有向警方要求任何交通工具，甚至连钞票不连号这个基本的条件都没提出；另一方面，他摒弃了凶狠和贪婪等传统绑匪的普遍情绪，一次次冷酷地重复行刑期限，表现出了极其强烈的行刑欲望；同时他对时间的精确程度，似乎有种极强的仪式感。"

严峫突然若有所悟："……仪式感？"

"对。"江停说，"我个人的意见倾向于，这个行为动机与金钱无关的行刑者角色，才是绑匪的真实身份。"

严峫摸出根烟，在手指间下意识地揉搓着，重复道："动机。"

他像是细细咂摸这两个字似的，沉吟了片刻："如果说追求行刑才是他的真正动机，那么绑架只是导向最终结果的一个环节——只有通过绑架，才能达到‘行刑’的终极目的……”

严峫话音停止，用中指关节用力揉按自己紧锁的眉头。某个猜测似乎在脑海中呼之欲出，但又捉摸不定。

“绑架是仪式的一个部分。而‘仪式’，是把个体对某种事物的内心情绪外化出来，具有感情牵引、移置、潜意识图景投射等特征。”江停话音稍顿，说，“通常而言，追求仪式感代表了人们将内心图景投射到现实，并加以纪念、标记和认同的欲望。而绑架作为行刑者的内心图景，同时是满足他刑罚欲的必需途径，说明很可能——”

“这不是第一起绑架案。”严峫猝然接口道。

他猛地看向江停：“——每次精确报时，不断重复的八点零九分，这个行刑者在投射以前发生过的事情！”

江停不置可否，很久后才很轻又很沉地点了下头。

严峫完全没有耽误，立刻摸出手机，拨通了市公安局的号码。

“喂，魏局，我是严峫……搜救没有进展，绑匪完全不接受沟通……听我说魏局，我这里有个新的侦查思路……”

“什么？你说什么？”魏副局在会议室中被一堆电话围着焦头烂额，“都什么时候了，你怎么还要跟我出幺蛾子？！”

“我要集中人力翻查全省范围内过去三年间的类似案卷，”严峫一字一句道，“这很可能不是绑匪第一次作案。”

日头渐渐西去，时间在一分一秒流逝。

高速公路上，三辆警车呼啸而过，冲向晚高峰时繁忙的建宁市。

咣当一声，刑侦支队外间办公厅的门被推开了。

严峫身后跟着一大帮从技侦、图侦、材料处等临时抽调来的人手，边大步往前走边扭头下令：“翻查范围包括过去三年间全省范围内，成双成对被绑的青少年男女，两名人质间存在一定社会关系的列为首要筛查重点，只有一名人质家属接到勒索电话且金额巨大的列为次要重点；优先翻阅未能成功解救人质的陈年旧案，不一定发生在建宁，本省下属市、县、城镇的各级分局派出所可能性比较大……”

所有人跟在后面飞快地记，有个图侦怯生生地举手问：“严副，一次绑俩本来就少见，人质必须是一对青少年男女吗？男男或女女行吗？”

严峫不耐烦道：“行！能找出来就行！这年头孩子干出什么来我都不奇怪了！”

嘭！

严峫突然撞上了什么，差点儿一个趔趄，只听身前传来冰冷的声音：“你才是干出什么来我们都不奇怪呢！”

严峫捂着头一看，只见眼前赫然是隔壁禁毒支队长——方正弘。

方正弘还是那副蜡黄蜡黄的脸色，面上神情非常不善。严峫一眼瞥去便心中微沉，但十多年专业刑侦已经把他磨炼得比较圆滑了，当即也不跟方正弘啰唆，微微笑着点了点头便抽身要走。

谁料刚擦肩而过，方正弘伸手把他拦了下来：“离撕票只剩二十多个小时了，你把人都抽回来翻案卷，是嫌时间多得没处打发吗？！”

又来了。

严峫止住脚步，脑海中思忖了一瞬，但脸上和颜悦色的表情没变：“哦，这事。方队有所不知，魏局认为确实有很大可能性，绑匪并非初次作案，所以我们希望能通过以前的线索，来尝试一个新的突破方向。”

他也不跟方正弘辩解，只把魏副局抬出来当挡箭牌。果然方正弘没继续就这个话题纠缠下去，从鼻腔里哼了声，手机打开微博丢了过来：“那这也是魏副局让你做的？！”

严峫低头一看。

百万粉丝大V发博：“建宁交警闹市鸣笛为豪车开道，热搜无故被撤，豪车究竟何方来头？当地交警不敢正面回应，网友反被渣浪删帖禁言，是何猫腻需要遮遮掩掩？”

配图是打了码的S450在红灯下嚣张而去，底下不出意外，群情激愤，转发六千，点赞过万。

“……”严峫笑道，“这节奏带的，大奔也算豪车了，不知道的还以为开了辆布加迪威龙呢……”

方正弘一把抽回手机：“上了热搜为什么不第一时间找吕局、魏局反映，请市局的官方账号出面澄清？心急火燎地用自家人脉秒撤热搜，反而引起更大更坏的社会舆论，现在谁不说你心里有鬼！”

严峫脸上那半笑不笑的神情消失了，淡淡道：“现在这操纵舆论的手法大家都知道，随便找几个大V买一批水军，热闹不过两三天也就过去了。真要是什么都顾忌网络舆论，案子还办不办了？管水军那么多干吗？”

“你把这话去跟隔壁交警大队说！”方正弘厉声呵斥，“人家交警大队长来市局骂了一上午！现在还没走远呢！”

这是刑侦支队的地方，方正弘可谓是骂得劈头盖脸、丝毫不留情面，不仅办公室内所有人都脸色难看地站了起来，甚至远处走廊外的实习警员都胆战心惊地停下了脚步。

不远处，副支队长办公室内。

江停听到动静，倏然从办公桌后起身，走到门边，透过玻璃侧身向外望去。

方支队平时律下极严且作风勤俭，对手腕略油滑、生活习惯奢侈的严峫看不顺眼，在市局内并不是秘密。但私下看法归私下，表面上两人的工作关系还是要维持住的，这么多年来并没有出过太大问题。

严峫也不知道为什么方支队养个病回来，就跟性情大变了似的，眼见着找了自己几回碴儿，今天又犯病了。但他知道的是，副省级建制的建宁刑侦比禁毒高配半级，理论上说自己跟方支队是平等的；如果在自己的地盘上还被方正弘指着鼻子骂，那他这个副支队以后也就没什么威严了。

“方队，”严峫吸了口气，双手交叉在身前，微微笑着问，“您今儿这是奉哪位局长的意思来质问我？吕局还是魏局？”

“你——”

“这事儿是我办得不妥，但事出突然，也没其他办法。如果吕局或魏副局有意见，那我接受他们的批评，以后一定注意。”

方正弘本来就伤病初愈、毫无血色的面孔变得潮红起来：“别句句都抬着吕局他们出来说事，你自己心里清楚已经有多少件事办得遮遮掩掩了！不用往更远里说，就上次那个制毒案，所有人眼睁睁看着你从现场溜走……”

“我那是去抓捕狙击枪手，并且事后对两位局长都做了说明。”严峫冷冰冰地打断了他，“方队可能是太久不参与行动了，怕是连‘事急从权’这四个字都忘干净了吧。”

方正弘猛地提高了声音：“事急从权？我只怕是你这个副支队办公室里不知道藏了什么鬼！”

严峫气势分毫不让，内心却瞬间一凛。

他是什么意思？

难道他知道什么了？

严峫收回视线冷笑一声，再抬头时，借着这个动作，迅速向不远处自己的办公室大门一瞥。

——他知道江停正站在单面可视玻璃门后，刹那间与自己视线交接。

“瞧您这话说的，”严峫皮笑肉不笑地戏谑道，“让不知道的人听了，还以为我在办公室里养了个小情人儿呢。”

方正弘最看不得他这副模样，当场肝火上头：“我告诉你严峫，天网恢恢，疏而不漏，你……”

突然众人身后传来一道平稳而熟悉的女声：“绑架案只剩二十多个小时了，大家不去翻案卷，在这里围着看什么呢？”

所有人齐刷刷地回头，严峫眼前一亮。

刑侦支队门口，一名五十多岁的短发女警官背手站着，体态瘦削，面容平和，视线所及，众人纷纷不由自主地垂下了目光，办公大厅内远处响起了嗡嗡的议论声。

从方正弘的表情来看，他极其意外，紧接着稀疏的一字眉紧紧皱了起来，似乎怀疑自己看错了：“……余支队？”

严峫刚想上前，但还没来得及举步，就被余支队摆手制止了。

“方队的意见非常对，现在的年轻人不够稳重，确实见了犯罪分子就敢一个人往上追，也不把自己的安全当回事。”余队在众人的避让中走进办公室，抬手隔空点了点严峫，表情有点严厉，“以后一定要多加注意！”

严峫点头应了。

“不过，既然绑架案的时间越来越少了，咱们老一辈人还是要以大局为重，暂时不要分散他们年轻人放在刑侦上的精力。”余支队长声调一缓，笑模笑样地冲着方正弘，“您说是吧，方队？”

虚空中仿佛有根无形的弦渐渐绷紧，所有人都不敢出大气。

方正弘脸上的潮红渐渐褪去了，又变成了那蜡黄发青的脸色。他上下打量余支队，不知道在思忖什么，过了半晌才不阴不阳地哼了声：“你说是什么就是什么吧。”

余支队长和煦地点了点头表示赞许。

方正弘转身就走，走到门口突然脚步顿了顿。他在众人的视线中一回头，似有深意地望向余队长，问了句：“不过，那精力得确实是放在正事上，是不是，余队？”

紧接着不等她回答，他就拂袖而去，径直出了刑侦支队的门。

那根弦这才猛地松了下来，空气中阴沉沉的压力骤然一轻。

“围在这儿干什么呢！还不快去干活！几点了，几点了！”严峫的咆哮响彻办公室，众警察赶紧抱着案卷溜了，分头躲到各自座位上开始狂翻。

“青少年人质！具备社会关系！八点零九分！过去三年间每一宗绑架案、失踪案、疑似诈骗案都给我翻出来！别愣着，快！！”

整个刑侦支队被吼得瑟瑟发抖，所有人都恨不能瞬间学会幻影移形。直到周遭空无一人了，严峫才瞬间变了脸，赶紧迎上前：“余队，我听说您这做了心脏搭桥手术……您今天怎么来了？”

现年五十出头的建宁市公安局刑侦支队长余珠，抬起枯瘦的手按了按自己左心位置，笑道：“老了，终于油尽灯枯了。”

严峫瞳孔微缩。

余支队长拍拍他的肩：“我今天来局里，是来跟吕局谈病退的。”

第 11 章

病退。

虽然所有人都知道有这么一天，但没人能想到，这一天来得这么快。

严峫一时不知该说什么，倒是余珠看着他的样子笑了，起身拍拍袖口："走，去你办公室聊聊这个绑架案。"

紧接着她绕过严峫，直直走向不远处紧闭的副支队长办公室门。

江停还在办公室里！

严峫箭步上前，赶在余珠伸手推门前抢先按住了门把手，笑道："可惜我办公室乱，这阵子都没空好好收拾，怕是要让余队看笑话了……"说着推开门，极有技巧地侧身半步，挡住了余珠的视线。

柜门里传来一声轻微动静，随即悄无声息。

余队走进了办公室。

"这不是挺干净的吗？"余队笑起来，随手拉开办公桌对面的扶手椅坐下，摆手阻止严峫，"不用泡茶了，我现在什么都不能喝，走两步都得听医嘱——我啊，已经是个废人了。"

严峫也拉开转椅，借着空隙飞快逡巡办公室一圈，才笑道："哪儿的话，您为建宁市立过汗马功劳，怎么能这么说自己？"

这话他说得真心诚意，因为确实是实情。

余珠是建宁市有史以来首位女警监，也是本省公安系统地位最高的女性刑侦人员之一。三十多年前，她从外勤实习生干起，做过痕检和技侦，参与禁毒缉私、排爆抓捕各类行动几百次，大小立功十余次。十多年前刑侦正支魏尧下沉至派出所锻炼时，她以技侦处副主任的身份调任刑侦副支队长，统领市局刑侦工作；魏尧回来后不久升任副局长，她便顺理成章地提上了正处级的刑侦正支。

如果不是前两年查出心脏问题，甚至严重到了要做搭桥手术的地步，她转副局级领导岗是没什么问题的。

“好汉不提当年勇，以前的事不用提了。”余珠笑道，“跟我说说这次的绑架案是怎么回事，我听魏副局的意思，你一力主张这并不是孤案，而是系列绑架？”

“哦，是这么回事。”

严峫早有准备，将手头资料递给余珠翻阅，同时把江停的分析简要概述了一遍，着重强调了绑匪异乎寻常的角色分裂感和仪式欲，又补充道：“主要是我们原先的调查思路已经走到绝境，几乎无法往下推进了。技侦调查出申晓奇所雇用的租车公司，是个买朋友圈软文的微信公众号，只说自己案发当晚在景区外没等到申晓奇，其余一问三不知，黑车司机已经被小马他们提到审讯室里逼问了俩小时；关于申晓奇为什么会想去天纵山景区以及是否受到任何外来因素影响的疑点，目前也没什么收获……”

“现场搜救人员也没在山林间发现任何蛛丝马迹？”余珠问。

“痕检、警犬、生命探测仪，能上的都上了，搜救范围已经被推到极限了。”严峫说，“这个季节的原始山林，要找两个孩子的行踪轨迹，不啻大海捞针。”

余珠沉吟着点了点头。

严峫问：“您觉得我们追查连环案的思路有什么不妥吗？”

从余珠的反应看来，她大概是斟酌了下字句，才道：“不能说不妥，反而还很有道理。”

严峫神情微松。

“但有一件事引起了我的注意。”

严峫：“嗯？”

“你擅长的方向是组织和审讯，行为分析对你来说有点太专业了。”余珠上半身微微向前，望着严峫的眼睛，“市局内部是有什么人给了你启发吗？”

只是一两秒的工夫，严峫平静回视对面探寻的目光，脑海中却瞬间闪过了无数个念头。

她在试探什么？

该怎么说？

“哦，这个。”严峫眼睛一眨，不以为意地笑了起来，“确实走投无路，所以打电话问了下我爸。我们家不是投资了家私人医院吗？他应该是去问了几个外聘的心理医师。”

余珠思忖片刻，终于缓缓向后靠在椅背上：“……嗯，确实这么做也无可厚非。”

严峫笑笑不答。

“我身体情况这样，你独立挑大梁是迟早的事。刑侦支队长是公安一线最重要的位置，是直面犯罪的第一道屏障。如果你的判断错误，会有很多人因此受害，同时如果能影响你的想法，也会有很多人因此而得到不正当利益。”

余珠站起身，严峫也随之站了起来，只见她若有所指地一字一顿道：“我希望你的所有决策，都不受任何外界影响，哪怕那影响来自貌似平静的市局内部。”

严峫：“……”

“好了，不打扰你办案了。”余珠看看表，伸手郑重地拍拍严峫的肩，“我去吕局办公室，回头咱们再谈。”

严峫想说什么，嘴唇动了动，但在开口前就被她抬手止住。

余珠背着手，转身离开了办公室。

严峫站在办公桌后目送她离开，眼神微微闪动。半晌，直到余珠的脚步彻底消失在了走廊上，他才终于上前，关紧了虚掩的办公室门。

然后他望向文件柜：“你怎么想？”

身后窗帘一动，江停钻了出来。

严峫猛地扭头看去，只见江停若无其事地活动了下僵硬的肩膀，仿佛浑然没听见刚才余珠的话，只问：“案卷查得怎么样了？”

与此同时，吕局办公室。

门被敲了两下，随即余珠推门而入。

吕局盯在电脑屏幕上的视线连挪都没挪开，只举起手表一晃：“你来迟啦，做什么去了？”

“没什么，半路上跟严峫聊了聊这次的案子。”余珠走到桌前坐下，探头望向屏幕，“您已经开始看了？”

吕局把显示屏往她的方向推了推：“嗯。”

只见屏幕上播放着的，赫然是市公安局内部监控录像，而右下角时间是五月八日凌晨。

胡伟胜吸毒死亡当晚！

昏暗的办公室内只有屏幕亮着幽幽微光，映在两人晦暗的脸上，四只眼眼底映着监控中市局各个角落晃动的画面，半晌才听余队轻轻吸了口气，低声道：“我们建宁市局，终究也要变成下一个恭州了吗？”

吕局瞥了她一眼，突然道："说起恭州，我想起个人。"

"嗯？"

"你跟原恭州禁毒第二支队江停共同指挥过几次行动，对他有什么评价？"

好端端提起这个，余珠微愣："江停？他不是已经死了吗？"

"但一直以来的说法都是，江停是恭州头号黑警。"吕局脸上神情不见喜怒，问，"我想听听你的看法。"

"……"

余队脸上是她一贯克制而谨慎的神情，思索良久，才缓缓道："江停这个人的案情分析确实非常厉害，但除了案情分析之外，任何从他口中说出的话都非常不可信……他有种非常特殊的本事，就是容易令人轻信，甚至连很多经验丰富的刑侦人员都难以逃过。我平生见过的犯罪分子很多，但像江停那样善于隐藏和诱导人心的高手，是绝无仅有的。"

吕局没说话，十指交叉抬了起来。

余队说："我确定当年恭州副市长岳广平和卧底铆钉两人的死，都跟他有关。"

墙上的挂钟分针一圈圈走过去，刑侦支队办公室窗外，落日红霞漫天渐渐变为华灯夜色深沉，香烟和泡面的味道充斥在整条走廊上，充分饱满地浸透了每个人的肺。

马翔有气无力地倚在门框边，象征性地在敞开的门板上拍了两下："不行，严哥，结果不理想。"

严峫坐在电脑后，江停戴着棒球帽坐在案卷堆中，闻言，两人同时一抬头。

"三年间全省范围内报上来的青少年失踪案一共 2864 起，未破的 216 起，确定为绑架的 19 起。19 起未破绑架案中，人质为男性的 11 起，女性 8 起，没有任何一起是双重绑架，更没有出现任何超过二百万金额的赎金。"马翔把资料汇总啪地扔在办公桌上，"至于已破获案件中的双重绑架共有 63 起，大多是十岁以下具有亲属关系的儿童，犯罪嫌疑人不是正蹲在大牢里就是已经吃了枪子儿，更没可能再次犯案了。"

严峫接过材料，刚想翻开，江停冲他一招手。

严峫只得拿着材料过去，江停坐着，他站着，两人凑在一块儿翻看那沓案卷汇总。

"怎么回事，这路又走死了。"严峫弓着身喃喃道，"接下来怎么办？"

"哪有那么容易走死？"

“那你说怎么回事？”

“……”江停刚要翻页，突然动作又顿住了，抬头望向严峫，“这条思路肯定是对的，但筛查方式可能有点问题。”

严峫挑起了半边眉梢，示意他继续说。

“我们再回头捋一遍这个案子。六个学生抵达农家乐后，谭爽带着步薇去捡木头，申晓奇尾随她们，并留下了回程的记号，以便谭爽可以顺着原路返回旅馆。在此过程中，申晓奇处于独自一人的状态。”

严峫点点头。

“我们已经知道绑匪对申家的情况是比较了解的，属于有预谋的跟踪绑架。他在目标落单时却并未出手，而是等到申晓奇救出步薇、谭爽离开后，才动手绑架了这两人。”

“等等，”严峫打断了他，“你是不是想说步薇可能有一定作案嫌疑？”

“在人质尚未被解救出来之前，连申晓奇本人都不能完全排除嫌疑。”江停说，“这点常识我还是有的。”

严峫：“嗯嗯……”

“但我们现在先不提两个人质有嫌疑与否，只讨论常规情况。嫌疑人在以‘绑匪’而不是‘行刑者’身份与你电话交涉时，有一点表现是跟正常绑匪角色相悖的，就是他并未主动提起步薇的存在，甚至没有尝试多向政府索要一份赎金，似乎从表面看来，步薇对他来说只是个可有可无的添头。”

江停话音顿了顿，望着严峫。

“是啊，”严峫被他说得有点莫名其妙，“正因为如此，我们才无法判断步薇到底是不是纯人质。如果她是受害者，为什么绑匪完全不拿她来当作对警方的威胁？如果她不是受害者，甚至是绑匪中的一员，那这种区别对待岂不是更明摆着引起警方的怀疑？这一点跟绑匪高超的反侦查能力太矛盾了。”

他说得很有道理，连不远处疲惫的马翔都听得聚精会神，忍不住把椅子挪近了些。

江停却一摇头说：“你怎么就不明白我的意思呢？”

“……哎，你这人，”严峫反手在他肩窝上一扫，“别搁这儿打哑谜，快点说。”

江停没在意严峫动手动脚的小细节。

他说：“步薇的存在对‘绑匪’这个角色来说是没用的，但她被带走了。会不会因为需要她存在的是‘行刑者’？”

仿佛某种迷雾被拨开，办公室内其余两人眼神都有点变了。

"……公证人，"突然严峫喃喃道，"枪决现场通常需要一名公证人。"

马翔猛地一拍大腿。

"如果行刑者只需要另一名人质作为公证人出现，那么就像现在这个案子一样，另一位被绑者家长根本不会接到勒索电话，即便报警也只会当普通失踪案甚至离家出走处理。也就是说……"

江停摊开双手，严峫立刻把他的话接了下去："也就是说，我们的筛选目标应该是跟绑架案在同时同辖区发生的另一起人口失踪案！"

江停把那沓厚厚的汇总向马翔一扔，马翔"噌"的一下精神百倍地跳起来，转身就冲了出去。

"严哥！严哥！"半个小时后，马翔咣当推门冲了进来，啪的一声将材料摔在了桌面上。

严峫猛然抬头，江停像是早有预感般起身走了过来。

"去年七月十二日，江阳县隆昌镇一名叫贺良的十八岁少年被绑架，绑匪勒索一百万并限时 72 个小时。家长东拼西凑借来一百万，把钱送到绑匪指定地点却没人来拿，第四天家长终于到派出所报案，但为时已晚，警方至今没找到贺良的尸体。"

马翔哗啦啦翻开材料，指着其中几页："这个案子有两点值得注意，一是家长收到了绑匪寄来的血衣，但事后化验证实是鸡血；二是虽然材料中没出现'行刑'这个关键词，但那是因为案子不在建宁，我们的卷宗不完整，缺少接警派出所的详细信息。"

严峫二话没说，冲外间扬声："来个人！"

一名熬红了眼的刑警冲了进来。

"立刻打电话给江阳县隆昌镇派出所，叫他们把去年七一二贺良绑架案的一手笔录传真过来！"

"是！"刑警转身呼啸而出。

马翔唰地抽出另一张打印纸："按陆顾问的推测，同天、同辖区，江阳县 110 接警中心接到过另一名十八岁女生李雨欣家长的报警，称其女儿因学习成绩下降被家人责骂而失踪，怀疑是离家出走。基层警力紧张，7 月 13 日的警情到 24 小时后才立案，但 16 日晚上家人又到派出所撤案，称女儿自己气消了就回来了。"

严峫和江停不约而同对视了一眼。

自己回来了。

“这个李雨欣后来还失踪过吗？”严峫问。

“没有，但她后来因为屡次偷窃而进了看守所。同时值得注意的是我查了下地图，”马翔把印着密密麻麻信息的纸唰地一翻，“李雨欣就读的江阳一中，跟贺良就读的师范附中，俩学校是隔着条马路门对门的关系，地理位置相距还不到两百米。”

同样青春的少男少女，门对着门，上下学基本都混在一起……

所有人脑子里都同时冒出了“知慕少艾”这四个字。

“江阳一中。”突然严峫沉吟道，“虽然我高中时没好好上课……但我记得通常某个地方的第一中学，都是该地区最好的学校之一吧。”

马翔肯定道：“对，江阳一中挺有名的，我刚还搜到他们那儿出过高考状元。”

“那一个考上当地最好高中，会因为学习成绩下降而被父母责骂的女孩子，为什么会因为屡次偷窃进看守所——她以前有过偷窃的记录吗？”

“没有……”马翔也没法解释，“是挺古怪的。”

“可能是偷窃癖。”江停淡淡道。

严峫和马翔同时投来视线。

“偷窃癖通常发生于女性，以十五岁以上、二十岁以下发病较多，其症状大多是心因性的，由外界因素诱发。”江停说，“如果她当过‘公证人’，那么这可能是 PTSD，即创伤后应激障碍症的一种表现形式。”

说到最后几个字时，他神色稍稍有些晦暗，但在深夜的办公室里没人能看清。

“严副，你要的笔录！”刚才去打电话的刑警回来了，举着刚发来还热乎的传真冲进了室内，“我刚收到隆昌镇派出所发来的传真，这是去年七一二案的一手报警信息！”

严峫整个人登时一激灵，劈手接来翻开，只扫了两眼，就指着当中某页示意给江停看。

那是当地民警对贺良父母口述的勒索电话记录——“那个声音说：‘一百万，一分都不能少，距离行刑时间还有 72 个小时。’”

江停说：“就是他了。”

啪！

严峫与江停重重击掌，尽管后者因为猝不及防，被这一掌击得踉跄了半步。

“等老子抓到那孙子，非活活弄死他不可！”严峫充满了喜悦，全然不顾自己因睡眠不足而吼声嘶哑，“马翔，去查李雨欣关在哪个看守所，离建宁多长时间车程！”

马翔说：“这还用您吩咐吗？江阳县看守所，速程快的话单程仨小时，去不去？”

严峫一看表，凌晨一点十四分。

“去！”严峫如狂风过境般抓起证件、制服和配枪，“马翔，把你陆顾问送回家休息，叫个白天没值班的小子来送我去江阳，通知吕局跟当地看守所打声招呼——我要连夜提审那姓李的小丫头！”

突然他的手被人从身后抓住了，严峫一回头，只见江停沉声道：“我陪你一起去。”

“你这身体……”

“没关系，车上睡。”江停回答得简洁利落，“案子重要。”

凌晨一点二十分。

刑侦大楼灯火通明，楼下，大切亮起红蓝警灯，冲出了市公安局大门。

“还是陆顾问厉害，果然这个绑架不是孤案，绑匪的反侦查能力和对时间的精确把握也能从侧面证明他是个老手。”虽然马翔被严峫几次阻止，叫他回家去睡觉，但马大少还是带着案卷材料跟上了车，坐在副驾驶上哗哗地翻，“现在我们只要找到李雨欣，这小丫头肯定知道关于绑匪的信息，至少也跟那变态正面打过交道……”

“不一定。”后座传来江停的声音。

马翔一回头：“啊？”

临走前严峫随手抓了个姓张的小刑警来开车，他自己跟江停两人窝在后座上。深夜车厢昏暗，隐约能见到江停因为疲倦而有些苍白的脸色，但说话还是很沉稳的：“如果李雨欣跟绑匪正面打过交道，甚至见过绑匪的脸，为什么竟然被完好无损地放了回来？这是个目前无法解释的问题。”

“那咱们的思路难道……”

“思路本身没错，但有一点：我们的分析不是建立在事实基础，而是在行为逻辑推理上的。”

马翔“欸”的一声紧张起来。

“不明白？”江停瞅着他无辜眨巴的大眼睛反问。

马翔诚实道：“白天也许能，但我现在的智商只有白天的十分之一……”

严峫从上车起就始终望着车窗外，也不知道在沿途搜寻什么，闻言冷冷道：“你听他扯，他白天的智商也就最多70！”

马翔极其委屈地皱起脸，江停笑了起来。

“警方对嫌疑人做行为逻辑分析，就像传说中神乎其技的心理画像和微表情识别一样，都缺少科学论证，主要依靠的是经验。虽然我们说，刑侦人员海量的实践经验是行为分析的基础，但经验主义到底就是经验主义，如果缺少实打实的证据，犯罪心理画像和行为逻辑分析即便能达到99%的正确率，也无法避免那1%的致命误差。

“比方说，”江停看到马翔认真的模样，难得来了点兴趣，“你想，我们现在对绑架并非孤案的推断依据是什么？”

“嗯……”马翔迟疑道，“七一二绑架中出现了浸透鸡血的上衣，出现了‘行刑’关键词，同时基本符合一男一女两名青少年同时失踪的前提……”

“但我们还是无法确定这两起案子是同一人做的。如果这世上就是有另一伙绑匪喜欢用血衣来威胁人质家属，同时看多了刑侦剧，喜欢用‘行刑’这个词，也具备一定的反侦查手段呢？如果李雨欣的失踪真的只是单纯离家出走，跟七一二贺良被绑案完全只是巧合呢？”

马翔语塞。

“况且还有无法解释的部分，就是为什么申晓奇案中用到了浸透白尾海雕血的上衣，并且绑匪开口就勒索两个亿；去年七一二案出现的却是鸡血上衣和一百万赎金。”江停说，“我们不能否认这世上存在各种巧合，同时无法排除模仿作案的可能性。因此在缺少证据的前提下，所谓的犯罪心理画像和行为逻辑分析，都只是华丽的纸上谈兵而已。”

马翔若有所悟，默默地点着头。

“但陆顾问，”少顷他又忍不住问，“如果就像你说的那样，我们当真遇到了那1%的可能性，所有行为分析和推断都是错误的……”

江停没有给他留下任何侥幸的余地：“那么两个孩子就死定了。”

车厢内陷入了安静，空气微微沉凝，连开车的刑警都忍不住打了个寒噤。

“这在任何案件的侦破过程中都是正常的。”不知过了多久，突然严峫沙哑的声音沉沉响了起来。

马翔从副驾上回头望向他。

“刑侦人员不是神，在对抗犯罪的过程中必然会有力不能及，甚至判断失误的时候。我们会因此付出惨重代价，甚至留下永生难忘的阴影，但那是每个老刑警都难以避免的。最重要的是，我们在下次面对犯罪的时候，还能不能带着伤痕和阴影再一次站起来全力以赴。”

严峫话音微顿。

在他身侧，江停似有觉察，极不引人注意地向他一瞥。

突然只听严峫“哎”了声：“小张，前面靠边停一下。”

开车刑警不明所以，但还是依言打灯靠边，缓缓停在了便利店前。车刚停稳，只见严峫推门钻了下去，少顷，提着一袋东西回来了。

“喏，晚上开车提提神。”严峫把红牛、咖啡和零食递去前排，又往江停手里塞了俩热气腾腾的包子，“晚上就你没吃泡面，都是惯的，赶紧拿俩豆沙包垫垫。”

江停稍稍怔愣。

严峫说：“吃了赶紧睡一会儿。马翔也别看材料了，养养精神。等提审李雨欣的时候，咱们还有一场硬仗要打呢。”

大切闪着警灯在深夜的马路上飞驰，犹如劈开黑海的一叶孤舟。

严峫拢着衣服靠在后车窗边，只听前排开始还传来马翔跟小张有一搭没一搭的聊天，片刻后马翔头一歪，响起了低低的鼾声；而身侧窸窸窣窣的塑料袋声还没断，那是江停在啃包子，后座上弥漫着香甜的豆沙味儿。

又过了几分钟，那猫吃食般的细微动静也没了，身侧渐渐传来温热的重量。

严峫张开半边眼皮，只见江停甜包子吃到一半，人就困得睡着了，正渐渐向自己肩头靠过来……

“……”

严峫的手臂突然如有千钧沉重，他冲动了好几次，终于一动没动，让江停舒服地靠在自己肩上。

长路漫漫似无尽头，车厢微微颠簸，昏黄的路灯从两侧飞速逝去。

城市夜色与万家灯火被遥遥抛在身后，他们出发的市局大楼已经淹没在灯海里了。而云涛诡谲的案情与凶险叵测的未来，似乎都如月光下的退潮，在这一刻猛然退得很远。

整个世界只剩下眼前这片后车座，黑暗、狭小而私密，以及肩头随着呼吸平静起伏的温暖。

严峫睁着眼睛，尽管他也不知道自己在看什么，朦胧间仿佛置身于梦境般的虚空中。

江停身体比想象的软，这有点出乎严峫的意料，严峫印象中的江队应该是瘦削坚硬又十分犀利的，没想到事实是柔软如一片蓬松的羽毛。他的呼吸又轻又均匀，不断后掠的路灯为他乌黑的鬓发铺上点点微光，头发里隐隐散发出好闻的气味，严峫闻了半晌，才确定是自家洗发液的味道。

严峫迷迷糊糊地想，这感觉可真奇怪。

明明只相处了两个月都不到，却像是已经认识了很久很久。车辆还在疾驰，后座有规律地颠簸，前排传来马翔无知无觉的鼾声。不知过了多久，江停身体蜷缩着窝起来，仿佛在睡梦中找到了更舒服、更放松的姿势。

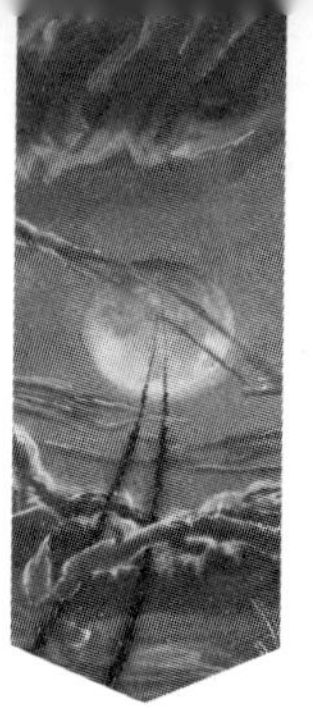

第 12 章

凌晨近五点，江阳县看守所门口，切诺基车窗降下，严峫递出了自己的警察证。

值班人员一看，肃然起敬，挥手让人抬起了安全闸。

不论是严峫还是江停，都对看守所这个地方非常熟悉了。羁押期等待判决的犯罪嫌疑人和剩余刑期不超过六个月的犯人都会待在这里，只有判决书下来后刑期还剩半年以上的，才会被转移到监狱，俗称“上山”。

李雨欣是偷窃被抓，刑期不超过一年，减去取证移送和来回扯皮耗费的几个月，被判时刑期只剩小半年了，所以才会被关在这里。

不过，虽然不是正式坐牢，“山下”的环境却比“山上”要晦涩复杂得多。毕竟现在监狱管理严格化、正规化，死刑犯、重刑犯是分开管束的；但在看守所里，连环杀人、放火、贩毒，甚至军火走私，什么样的人都能见到。

一行人登记完，被看守所值班领导亲自领去审讯室。到了铁栅栏门口，严峫让马翔和小张留在外间等待，只带着江停走进屋，等了十多分钟，民警带着被半夜叫醒的李雨欣来了。

铁门咣当一开，严峫轻轻“嗯”了声。

李雨欣这个女孩子，竟然比照片上好看很多。

她没有步薇那种惊心动魄的美貌，但外貌上天生的细腻和秀丽，经过大半年牢狱折磨和每天十小时的劳役，加上困顿、绝望，再套上粗糙丑陋的囚服，都没能被消磨殆尽。当她被民警按着坐在审讯椅上的时候，她细白的手指痉挛着按在扶手上，连骨节都在发抖，显出象牙般的质地。

严峫的目光从李雨欣明显极力遮掩惊惧的脸上滑过，眉头微皱：“她挨打了？”

两个民警同时否认：“没有，她天天服劳役，回来就去图书馆看书！”

“老实得很，年轻姑娘，领导交代不跟那贩毒杀人的关在一起，上哪儿挨打啊？”

严峫疑虑未解，便示意那两个民警不用给李雨欣上铐，也先别离开，自己上前去轻轻撩起小姑娘的囚衣袖子看了下胳膊，又转到她身后，往头发和后领里望了几眼。

确实没有青紫或瘀血的痕迹，不像挨打的样子。

但不知道为什么，李雨欣似乎更紧张了，甚至全身都在止不住地打战。

严峫不明所以。

这要是在演电视剧，说不定他会怀疑当地狱警不法，小姑娘遭遇了什么。但江阳县看守所从规模和管理上来说都是非常严格正经的地方，要往那方面想的话，除非是在拍猎奇片了。

严峫转回到审讯桌后，边自上而下地盯着李雨欣，边摸着自己的下巴，半晌问：“你是在怕我吗？”

过了好几秒，李雨欣才细若游丝般吐出两个字：“……没……有……”

——那就是“是”的意思了。

严峫心下释然，示意民警可以离开了。哗啦啦几声，铁门再次关上，屋里只剩下了他、江停和李雨欣三人，面对面坐在凌晨黑暗安静的审讯室里。

严峫下意识向身侧瞥去。

江停向后靠在椅背上，双手插在裤袋里，侧面漠然疏离，没有情绪，也没有回视。

“咳咳！”严峫清清嗓子，借此强行集中精神，转向对面的小姑娘，“李雨欣？”

“……”李雨欣紧紧埋着头。

“我是建宁市公安局刑侦副支队长严峫，有个案子想请你提供一些线索，关于去年七一二绑架案中的被害人贺良。”

——贺良。

这两个字落地瞬间，李雨欣的惊恐几乎达到了极致，甚至连肉眼都能轻易看见她全身上下止不住地战栗，仿佛摇摇欲坠的大坝在洪水冲击下濒临决堤。

但紧接着，与这仓皇反应截然不同的是，她一字字清晰流畅无比的回答响了起来：“我不知道，我什么都不知道。我根本不认识这个人。”

严峫和江停对视一眼，两人都有些意外。

“你不知道？那你怕什么？”

“……我什么都不知道。”

“去年七月十二日，贺良在放学途中失踪，同天他父母接到了绑匪勒索一百万人民币现金的电话。转天你的父母来到江阳县派出所报案称你失踪，怀疑是被责骂后负气离家出走；但联系你母亲最后一次见到你的时间，你所谓的出走，跟贺良被绑架，应该是同一时间发生的。”

“……”

“你并不是离家出走，是不是？”

“……”

“你知道贺良发生了什么，但不敢说。”严峫上半身前倾，双手搁在桌面上，盯着小姑娘黝黑的发顶，“你在害怕什么，李雨欣？”

“我不知道！我说了什么都不知道！！”毫无预兆地，李雨欣的尖叫声划破了空气，当即把严峫震得向后一避，“我根本不认识他！我什么都不知道！！你们放过我！！放过我！！！”

啪！啪！李雨欣开始用手打自己的头，拼命撕扯头发，满脸通红。那架势简直就是在自残，铁门嘭地被推开，两名值班民警冲了进来，与此同时，严峫霍然起身，箭步上前，从小姑娘身后一把勒住了她，不顾扭动强行把她两手架在身后。

“别上铐！”江停喝止，“控制得住！”

“两位市局同志，我们必须按规定办事……”

严峫厉声道：“听他的！上铐就什么都不会说了！”

话音刚落，李雨欣竟然变了招数，不要命地把额头向铁桌沿磕过去。咚！一声闷响，小姑娘的额头被江停抢先用手垫住了，他的指关节登时砸在锋利的桌沿上，疼得“嘶”了声。

严峫：“你没事吧？没事，出去！控制得住！你们领导那儿我去说！”

后半句话是对民警吼的，堪称声色俱厉，满心疑虑的民警只得忐忑不安地退出了审讯室。

“你没事吧？”

江停捂着手背，开始疼得说不出话来，少顷，摇头示意不用管自己。

“……”严峫深深吸了口气，强行压下满心沸腾的暴怒。

李雨欣还在扭动挣扎，满脸青紫，眼底闪烁着野兽般走投无路的寒光。她那模样确实有点骇人，严峫反拧着她的手，从侧面居高临下打量她的脸，渐渐地，怒火被某种更敏感的直觉渐渐盖了过去。

“根本？”突然，他重复道。

李雨欣咬牙不语。

“我刚才说希望你提供一些关于贺良绑架案的线索，你说你‘根本’不认识他。这种加强语气通常不用于首次否定，难道之前有人审问过你？”

“……”

“还是说，”严峫冷冷道，“关于贺良案的问答，你已经在内心事先排练过很多次了？”

李雨欣的挣扎渐渐弱了下来，不知多久后彻底停住了，木然又僵直地坐在那里不说话，严峫小心试探着放开她，她也没反应。

“李雨欣，你看着我的眼睛。”

少女视线涣散空茫，没有焦距。

“我们不是来追究你的责任的，”严峫缓和了语气，说，“我们连夜赶来，是因为另一对男女生被绑架了。”

不知是因为那话里诚恳的意思，还是其语义本身，李雨欣黑白分明的眼珠一转，倏然瞥向严峫。

“是的，前天下午建宁市一对姓申的夫妻接到绑匪来电要求两个亿赎金，但他们连十分之一都掏不起。你跟贺良被绑架时是十八岁吧？这次的女生和你一样大，她叫步薇。男生叫申晓奇，绑匪通知我们离他的行刑时间只剩十多个小时了。”

“申晓奇的父母只有他一个儿子，就像贺良的父母只有他一个，你的父母也只有你一个。”严峫顿了顿，背对着审讯室铁窗外凌晨的天光，凝视着李雨欣。半晌他终于问出了那句话：“贺良已经死了，对吗？”

李雨欣一动不动。

“但你还活着，申晓奇和步薇也应该还活着，我们不能放弃任何拯救活着的人的希望，你说是不是？”

“……没用了。”李雨欣突然说。

她刚发过疯，声音喑哑变调，那三个字出口后过了两三秒，严峫才意识到她说的是什么。

“没用了？”

“他会死。”李雨欣幽幽道，“她会变得跟我一样。”

严峫看向江停，正对上后者同样狐疑的目光，瞬间他们都意识到对方对两个“TA”的理解跟自己相同——申晓奇会死，而步薇会变成下一个李雨欣。

李雨欣果然是和贺良一起被绑架的，而行刑者真的在复制连环案！

“你见过绑匪对吗？”严峫脱口而出，“他让你旁观他对贺良行刑，是不是？”

李雨欣古怪地冲着他笑。

“那个绑匪长什么样？他为什么要这么做？他是怎么杀死贺良的？！”

小姑娘那直勾勾带笑的眼睛丝毫没变。

“李雨欣！”严峫控制不住地低吼起来，“有两个跟你一样大的孩子就要死了！只要你愿意提供线索，我保证算你重大立功表现！我保证你立刻就能出去！李雨欣！”

“死了不好吗？”李雨欣带着那古怪的笑容，说话声音轻轻的，就像唯恐惊醒了梦境，“我做梦都想死呢。”

严峫和江停同时微怔。紧接着，以迅雷不及掩耳之势，小姑娘一头狠狠砸向桌面！

嘭——

这次不用江停出手，早有准备的严峫整个人就像闪电般弹射起来，在李雨欣抬起头要撞第二下之前，咣当拽住了她，死死扣在自己臂弯里，全然不顾她求死的疯狂挣扎，头上汩汩冒出的血沾了自己满身。

铁门第二次被撞开了，看守所值班领导、民警等人迅速闯进来，脚步声、惊呼、吼叫等混杂成无处不在的喧嚣。有人在叫医生，有人在打电话，有人在试图把李雨欣铐起来带走……沸粥般混乱的场景中，江停缓缓站起身，目光紧盯着李雨欣的嘴唇。

她满头满脸都是血，顺着鼻翼流到嘴角，当嘴唇一开一合时甚至能看到牙缝中都浸透了猩红。

但那并不影响江停认出她梦呓般的口型。

“仲夏……未央……”

“七月……”

仲夏夜茫，七月未央。①

仿佛迷雾被鬼爪一把撕开，心脏致命收缩，冰冷的血瞬间冲上脑顶。那八

---

①摘自歌曲*Young and Beautiful*中文译版。

个字所代表的时间点将绑架、血衣、行刑、八点零九分……无数似曾相识又晦涩难辨的线索，瞬间全部串在了一起。

江停手一松。

他无声无息地跌回了扶手椅上。

李雨欣被民警们七手八脚捂着头铐起来，紧急往看守所医务室送。严峫跟看守所领导交涉着什么，声色俱厉且音量颇大，几乎有点吵起来的架势，连门外的马翔、小张都闯了进来。

但江停什么都听不清楚。

他就像是在深水中渐渐下沉，一点点远离整个世界，但所有人都站在岸上朦朦胧胧地争吵，没有人发现他不见了。

原来是这样，他恍惚想。

但为什么呢？

从地平线落下最后一缕余晖时开始，这隆重又血腥的演出，到底是为了什么呢？

“……陆顾问……”

“陆顾问！”

……

江停仿佛被唤醒般蓦然抬头，这才注意到不知何时人群已经散去，空荡荡的审讯室内只剩下他们一行人以及面色不善的看守所领导了。

严峫竟然单膝半跪在椅边，握着他的手指：“你怎么了？没事吧？”

“……啊，”江停吸了口气，起身时才注意到自己冷汗已浸透了后背，“没事。”

严峫随之站起身，但没放开他的手：“你受伤了。”

江停一低头。

他的左手刚被重重磕在锋利的铁桌边缘，三根手指关节皮开肉绽，竟然肿了起来，看着颇为吓人——可想而知李雨欣脑门那一下会是什么结果。

严峫一只手托着他掌心，让受伤的指关节抬在半空，另一只手扶着江停的肩。江停神志不如平日里清醒，下意识地跟着严峫往前走，只听他沉声道：“去医务室处理下吧。”

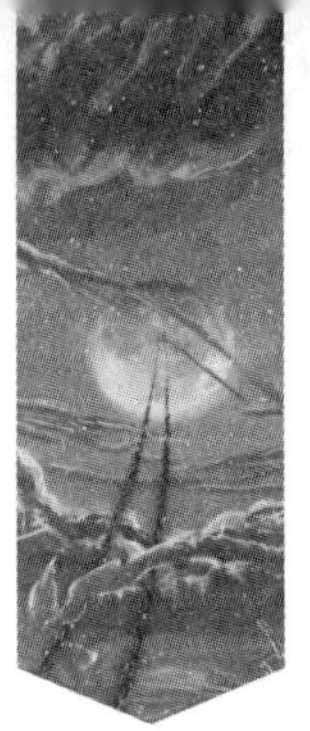

第13章

虽然看守所领导明显很不满，但不好跟严副支队翻脸，还是把市局一行人领到了医务室——行政及工作人员专用的那间，跟李雨欣分开在不同楼层。

“犯人头上受伤很严重，我们已经紧急打报告把她转去医院了……”

“别跟我说这些，我确定她跟现在发生的一起绑架案有关，我必须问清楚！”

“我们有我们的规章制度！你们这样搞，我们看守所真的很为难！”

……

外间传来小声却激烈的争执，透过虚掩的木门，隐隐约约传进充斥着消毒水味的医务室。

江停面无表情，看着自己的手被反复消毒后裹上了一层层白纱布。

“注意在愈合前不要沾水，及时换药，以防发炎——还有，”中年女狱医迟疑了下才说，“注意休息，补充营养。”

江停只点了下头。

严峫裹挟着一身煞气推门进来：“怎么样？严重吗？”

女医生想说什么，还没来得及开口就被江停打断了：“没事，骨头没断。李雨欣被送医院去了？”

严峫冷冷地骂了句：“那丫头在逃避审讯，故意的。我已经打电话给吕局了，让省委刘厅出面施加压力，两个小时内我必须再把她按回审讯室里！”

严峫顺手把江停的左手捞起来，拽着指尖，把关节上的纱布搁在自己鼻端前闻了闻药味儿。

“闻什么？”江停抽回手。

严峫说：“哦，我随便闻闻。你这怎么消毒的？血没洗干净啊。”

女医生立马不乐意了：“我明明……”

江停没有让这莫名其妙的争执再继续进行下去。

“李雨欣对七一二绑架案的逃避不像是单纯的心理问题，但也确实有点自暴自弃的感觉。她那几下撞头不是表演，自残是真的，惊慌和恐惧也是真的，有点像人大祸临头后自我了断的意思。”江停吸了口气，说，“她这个表现，倒让我有点怀疑。”

“怀疑什么？”严峫长腿一撑坐在桌子上，“这绑匪干出怎样变态的事情我都不奇怪了，可能李雨欣不仅仅是‘公证人’，甚至被胁迫参与了行刑过程，所以才如此惧怕警察？”

“如果绑匪为了杜绝李雨欣报警的可能，胁迫她参与了杀害贺良的过程，或将她的指纹血迹印在凶器上，令她产生一种‘如果贺良的尸体被发现，我绝对说不清楚’的认知，那么这是很有可能的。”江停顿了顿，说，“但这还是无法解释我们的悖论：为什么绑匪不直接杀了她？”

“绑匪跟李雨欣有某种情感联系？”严峫接口道，“我刚才已经打电话给江阳县派出所要求筛查李家是否有任何犯罪前科的亲戚了。”

江停说：“有情感联系是一定的，但亲戚倒未必，否则绑匪应该也是步薇的亲戚……”

“不。”严峫有点自得地打断了他。

“……”

“申晓奇和步薇的案子已经是第二起了。连环案犯在后续作案中，对初次犯案的细节特征进行刻意模仿甚至升华，这是很常见的——即便绑匪跟步薇没有任何亲属关系，步薇也可能得到跟李雨欣相同的待遇。”

江停抬头向严峫瞥了眼。

“怎么，”严峫一摊手，“只有你懂犯罪心理分析吗？我好歹也是主办过十多次连环杀人案的人。”

江停却一摆手示意自己没这么想，随即对女医生道：“实在不好意思，劳烦您回避一下。”

他说话时口气淡淡的，但总有种礼貌、吩咐和不可悖逆的感觉。女医生本来正听得入迷，闻言只得应了声，讪讪地出去了。

直到医务室里只剩下他们两人，江停才开口解释道：“我没有怀疑你能力的意思，相反，你刚才的推测很有道理。但关于绑匪为何在贺良案中勒索一百万现金，申晓奇案中却开价两个亿这一点，我现在有个怀疑，跟你的推测恰好相悖。”

“嗯？”

江停坐在严峫对面，胳膊肘分开搭在两侧扶手上，身体轻轻向后靠住椅背。

这个动作让他略微抬起下颌，有种安静沉思的姿态，半晌道：“可能那赎金并不是根据男生家境提出的，而是根据女生。”

“什么？”

“……”

“女生？”严峫确实非常意外了，“凭女生的长相？”

步薇那张惊艳绝伦的脸确实让人难以忘怀。

谁料江停没有立刻回答，而是沉默了很久。

周遭异常安静，清晨医务室里，苍白的墙壁和病床，以及泛着青光的铁架和医疗器械，在晨曦中涂抹出大块大块的冷色调光影。

“……我当警察十多年来，很多案子都是因为站在犯罪人的角度上思考、想象甚至代入，所以才能找到破案思路。但同时作为执法者，我也一直避免太理解犯罪人这个角色，以免因为共情，而出现自身情感和行为上的偏差。”江停吸了口气，轻轻一摇头，“只是这个案子，好像始终在诱导我去探索犯罪者的内心世界似的，让我不得不一直思考他想干什么，他为何要这么做，或者他到底是要实现怎样的内心表达。这种不断的摸索就好像被拽进旋涡里，让我感到非常不适。”

他这话似乎只是某种倾诉，但同时又给了严峫一丝怪异的似乎正被隐隐暗示什么的感觉。

“……不至于的，江停。”踟蹰片刻后，他终于还是说，“刑侦人员经常过度思考，这是普遍现象，但实际上犯罪者不会那么刻意地针对办案警察进行心理诱导，否则这种犯罪也太高级……”

江停说：“不，你不明白。”

他也没有再解释严峫不明白的是什么，只望着空气中细微的浮尘，眼珠黑白分明，目光寒浸浸的，突然道：“光凭长相的话，都是十七八岁的小姑娘，步薇不太可能几百倍地超越李雨欣。除非两名女生在长相之外还有些其他区别特质，上衣所沾染的鸡血和鹰血也似乎在表达这方面的意象。”

严峫皱起眉头。

“但是，”江停喃喃道，“是什么区别特质呢？”

清晨，山林。

四面八方传来鸟叫和断断续续的蝉鸣，第一缕晨光透过密密的树冠，映在少女工笔画一般精致秀美的眼睫上，让那乌羽颤动片刻，终于挣扎着缓缓睁开了。

"……申晓奇……"步薇嘴唇一动，因为缺水而干裂的嘴角就渗出了血迹，但她顾不上疼，踉跄着从树下爬了起来，"申晓奇！"

不远处，申晓奇蜷缩在落叶堆成的草垛里，右臂血肉模糊且角度诡异，明显已经折断了，仅被两根树枝勉强绑着，满脸烧得通红，额头滚烫。

"醒醒，醒醒……"步薇无力地摇晃他，尽管自己也手足无力、虚弱至极。好半天后，申晓奇才从半昏迷中迷迷糊糊醒来，咳了几声，勉强睁开眼睛："步薇……"

少女头发上沾着无数草叶，白皙的脸和手上被树枝划出了数道血痕，因为缺水，连眼泪都流不出来。

"我梦见我死了……"申晓奇嘶哑道，双眼无神地望向头顶——尽管在山林深处，被无数参天古树覆盖的头顶，纵横交错的枝杈和气生根让他们根本看不到任何一线天空，"我梦见我把你也害死了，要不是为了救我……要不是你拼命保护我……"

步薇喘息道："你不会死的，我不会让你死的！"

瘦弱的少女咬牙使力，几乎连吃奶的力气都用上了，竟然硬生生把身高、体重都远远大于自己的申晓奇扶了起来，摇摇晃晃地向前走去："我们一定能活，我们一定能走出去，一定……"

早晨八点。

万里无垠的原始山林，就像是天地间黑洞洞的巨口，很快吞没了他们蚂蚁般渺小的背影。

江阳县人民医院，住院部电梯打开，严峫一马当先穿过走廊，边往前走边摸出手机，向病房外脸色难看的看守所所长一晃，屏幕上清清楚楚拍着省委刘厅的亲笔批条。

严峫向病房玻璃窗内的李雨欣一指："可以进去了吧？"

所长从鼻腔里重重地哼了声："行啊，还是你们霸道啊？我这穷乡僻壤的小地方，今天才算是见识到了什么叫'官大一级压死人'！我这是……"

严峫毫不客气地打断了他："我们整个支队已经连轴转三十个小时了，您的犯人不交代，今晚八点零九分才真的要死人呢。"说着也不多啰嗦，抬脚就进了病房。

江停戴着墨镜和棒球帽，低调地跟在严峫身后，冷不防所长"哎哎"唤了起来："怎么回事？批条上不是说只让副支队一人进去吗？你你你，你这又是……"

严峫把江停手臂一拉，冲着所长："你你你什么呀？这位是我们特地从公大请来的刑侦专家，出场费一小时三千，耽误了他的时间是我出钱还是你出钱？"

"……"所长立马𡱁了，撇过半边脸嘀咕道，"就你们建宁市局有钱。"

李雨欣头上的伤已经被处理过了，包了层厚厚的绷带，边缘还能清楚地看到血迹，反衬出她的脸格外苍白。

大概是被那疯劲儿吓得心有余悸，看守所民警把她两只手都铐在了病床边缘的铁架上，床头的锋利物品也都收走了，连支圆珠笔都没留下，只剩个光秃秃的台面，跟她全无生气的脸相得益彰，不由得令人心生唏嘘。

严峫示意查房护士出去，直到屋里只剩他们三个，才把门咔嗒一关："李雨欣。"

少女目光涣散，直勾勾地望着空气。

"你是不是觉得我们警察都像电视上演的那样没用，只有被开除了才能破案啊？"

"……"

"我给你说个故事吧。"严峫拽了张椅子让江停坐下，然后自己也在相邻的空病床边一坐，大腿跷二腿，说，"真实案例，可能跟你的案子有些相似之处。几年前有个富商和他的司机一起被绑架，绑匪杀了没钱的司机，但为了完全控制住富商，胁迫他拿凶器砍下了司机的头，然后把富商放了，让他回家去拿钱。绑匪以为成了协同杀人犯的富商不会有胆量报警，但出乎他们的意料，富商出去后就立刻自首了。你猜这个案子最后是怎么判的？"

李雨欣的嘴还是紧闭着，但任何有眼睛的人都能轻易看见，她的表情产生了微妙而复杂的，堪称是恐惧的变化。

"富商无罪，出于人道主义向受害者家属赔了笔钱。知道为什么这么判吗？"

"……"

少女的牙关还是紧紧咬着，但严峫不以为意。

"警方查案，除了口供之外，还需要完整的证据链。一起凶杀案必须有动机、物证、书证、勘验、鉴定等完整的环节，从逻辑上环环相扣且无法推翻，才能被检察院采信。在富商司机被杀的案子中，法医能清晰鉴定出尸体脖颈断口上有很多犹豫伤，不符合一般凶手的手法特征，侧面证明富商确实被胁迫；且断颈气管不显痉挛，伤口没有生活反应，说明被砍头时被害人已经是尸体了。我是当时承办此案的刑警之一，我们为了这个案子的取证奋战了几个月，运用了你想象不到的各种刑侦手段，最后才把无辜者从被告席上救了下来。"

严郴向前倾身，因为熬夜而沙哑的嗓音低沉有力：“我们能救他，也一样能救你。不管你做过什么，在犯罪现场，只要是发生过的事情就必然会留下痕证，而我们警方要做的，就是利用这些痕证完全还原事发时的每个细节，让有罪的人受到惩罚，让蒙冤的人沉冤得雪。”

他顿了顿，问：“你想沉冤得雪吗？”

不知过了多久，李雨欣眼珠一动，犹如僵硬的机械娃娃突然被注入一丝生气，咯吱咯吱地扭过头来。

“……有罪的人……”她轻轻道。

“你为什么会想偷东西？”严郴盯着她木然的眼睛问。

“我不知道，”李雨欣声音小小地说，“我不知道，我没法控制……”

“你没法控制自己，是因为偷窃癖其实是一种意志控制障碍，被患者遭受的强烈精神刺激和持久高压所引发。这种疾病是可以被药物治疗的，也就是说你不应该待在监狱，你应该去医院。”

严郴伸手摸摸她的头发，这个举动非常自然，不像警察对待犯人，倒有点像兄长面对一个可怜的小姑娘，让李雨欣肉眼可见地瑟缩了一下。

“告诉我们他是谁，”严郴低声道，“重大立功表现可以让你立刻出狱，还能为你申请表彰。相信我，警方会让那个胁迫你的人付出代价。”

时间一分一秒流逝，但没有人发声，李雨欣仿佛睁着眼睛睡着了，瘦弱的身躯沉浸在某个隐秘的噩梦里。

严郴耐心等待着，余光瞥向江停，谁料后者触碰到他的视线，不知为何竟然轻轻一避。

“？”

严郴内心生出一丝疑云，但还没来得及看清楚，突然只听李雨欣模糊的声音响了起来：“……我什么都不需要……”

严郴和江停同时骤然瞥向她。

“我只要一个人待着，”李雨欣比纸还苍白的脸上满是麻木，嘴唇微微张着，说话时几乎没有任何口型，甚至连丝毫音调起伏都没有，“只要一个人待着……让我一个人待着。”

她慢慢屈起腿，把头埋在膝盖里，不动了。

仿佛这个姿势足以让她以单薄的身躯抗拒整个世界。

严郴愣住了，霎时竟不知道该作何反应。

“李雨欣，”他皱眉道，“你在想什么呢？”

少女就像个蛋——脆弱、无助、徒劳而坚定地固守着那几寸小小的空间，维持着虽然愚蠢，却让人无计可施的沉默。

严峫满口腔都是上火的甜腥，一看表，上午九点半，全身的血都涌到了头顶：“姑娘，你好歹为那两个无辜被绑的孩子想想……”

“我来吧。”突然他被江停打断了。

严峫一抬头，只见江停站起身。

“你……”

“让我们单独待一会儿，严峫。”江停声音十分柔和，有种奇异般让人镇定下来的力量，“我来跟她谈谈。”

这时候离绑匪通告的行刑时间只剩十个多小时，严峫深深呼吸一口，鼻腔中满是滚烫的气，勉强保持冷静站起身，突然勾住江停的肩拉到自己怀里，用力抱了抱：“小心，有情况随时喊，我在外面。”

旋即不等江停反应，严峫转身大步走出了病房。

“……”江停不由自主地目送严峫离开，直到他的身影消失在门外，才回头望向病床。

李雨欣似乎对周遭发生的一切毫无感应，既不听也不看，用封闭自己的感官和思想来顽强抵抗着外界，在所有人面前竖立起了一堵透明的墙。

但江停怜悯地俯视她，只用一句话就让那无形的壁垒瞬间灰飞烟灭了：“——杀人是什么感觉？”

李雨欣如遭雷殛，全身猛僵！

江停用指尖把她冰冷的脸一寸寸托了起来，以至于少女剧烈战栗的瞳孔无所遁形。

他一字字轻声问：“他是如何说服你杀死贺良的？”

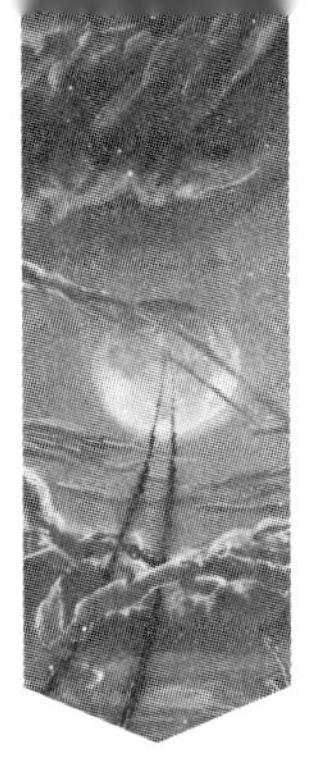

第 14 章

病房里时间似乎凝结了，惨白的墙、病床、玻璃窗，恍惚都变成了扭曲的反光板，折射出光怪陆离的让人头晕目眩的白光。

哗啦——

手铐的金属撞击声打破了死一样静寂的对峙，李雨欣双手不断抖动，整个人仿佛即刻就要散架，过了好几分钟才在牙齿打战声中断断续续吐出了一句话：“……你……怎么……知道……”

“你以为只要隐瞒贺良死亡的真相，把偷窃这几个月的牢坐完，出去后就没事了对吗？”

“……”

江停俯下身，在她耳边轻轻道：“仲夏初茫，七月未央。这句话的意思是，七月中旬傍晚时分，绚丽灿烂的落日于某地八点零九分落下，宣告少年时代结束，刑罚时刻开始，随之而来的漫漫长夜是整个行刑过程——你以为杀死贺良，刑罚就结束了？不，远远没有。你怎么不想想为什么从最开始被挑中的就偏偏是你呢？”

“……”

李雨欣秀丽的脸煞白吓人，刚出声便不住捯气，但随即被江停用力抓住了手。

江停三根手指上还包着纱布，李雨欣的手也在挣扎中受了伤。两只同样洁白修长又伤痕累累的手彼此抓紧，恍惚间竟然给人一种左手紧握右手的错觉。

“告诉我，”他说，“我带你摆脱这个噩梦，否则你一生都不可能从那些人手里逃走。”

“不……”李雨欣急促地小声说，“不偏偏是我……”

“我不是第一个……我前面，还、还有……”

江停目光闪动。

金属链条叮当，那是李雨欣更用力地握住了江停的手指，仿佛从这个举动中获得了难言的勇气："但我前面的……两个人，他们都……都死了。"

死了。

两个人都被杀死了。

仿佛昼夜颠倒，场景置换。病房周遭一切从少女眼前退去，噩梦中重复了无数次的画面渐渐侵占视野，吞噬了所有感官。

那是金红夕阳沉入地平线下，夜幕从荒野尽头升起，被捆绑的贺良哆嗦着跪在地上。

憧憧鬼影围绕在空地四周，握刀的少女腿软得站不住，被人硬生生架起。

"去杀了他。"耳边一个带着笑意的声音说。

"不……不……"

"这个懦夫为自己活命而背叛了你，必须受到刑罚。"

"求求你，放我们走，求求你……"

"去杀了他，否则你也会跟他牵着手躺进地底。"

"我做不到，求求你，求求你！……"

哭喊的少女被人强行扭过头，不远处土坑下，两具腐烂的尸体手牵手互相依偎，他们空洞的眼眶对着天空，白骨中依稀可见发黑的内脏和蛆虫。

"看，这就是做不到的下场。"那声音还是笑着的，似乎总是非常愉悦，说，"你将一起来承受刑罚。"

你将一起承受刑罚——

少女失声痛哭，撕心裂肺的哀号从荒野升上天空，与病房中绝望的哽咽渐渐化为同一道声音："我不想杀人，我不想杀贺良，为什么偏偏是我？

"我们犯了什么错要被惩罚？我不知道，真的不知道……"

"你们没有做错什么。"江停抹去少女脸上的泪痕，低声道，"听着，待会儿我把那个警察叫进来的时候，关于贺良到底如何被杀的那部分，你知道该怎么说。"

"我、我不敢，"李雨欣抽抽噎噎地，"我真的不敢，我……"

江停说："你敢的。贺良确实被你所杀，但他死无对证，在抓不到绑匪的情况下没人能证明你确实被胁迫了。难道你想因为别人的罪行而坐一辈子的牢？"

李雨欣疯了似的摇头。

"那你想不想回去上学，让警方为你申请立功表彰，在所有亲戚朋友老师同学面前恢复你的名誉？"

"……"

李雨欣惨白着脸，随着江停柔和低沉的话音，仿佛被蛊惑般，半晌才无所适从地点了点头。

江停说："那你就知道该怎么做。"

他刚要站起身，突然被李雨欣抓救命稻草般用力拉住了："警官，您……您为什么要帮我？"

江停没有立刻回答，面上不辨喜怒，半晌才扭头望向病床外。

透过玻璃窗，远远只见严峫站在走廊上打电话，不可能听见这里的动静。

"……因为他真正想行刑的对象不是贺良，也不是申晓奇。"江停对着李雨欣冰凉的耳畔，声音小得只有彼此才能听见，"背叛他的人是我。"

李雨欣的瞳孔骤然睁大了。

手机里传出那总是平静从容又熟悉的声音："不是贺良，也不是申晓奇……背叛他的人是我。"

随即身后走廊上咔嗒一声，严峫回过头，只见江停站在打开的病房门口，对他言简意赅："进来吧，她愿意交代了。"

"哦，行。"严峫脸上毫无异状，对手机匆匆道，"继续搜救，保持联系，我这边一有消息就联系你们。"随即摁了某个键，把手机装回口袋，紧走几步上前勾住了江停肩膀："你手怎么样了？"

问这话时他把江停手腕一攥，与此同时，另一只手从江停后肩滑到后腰，从皮带边缘轻轻摘下了某个小东西。

那是刚才离开病房时他借着拥抱别上去的监听麦。

"还好，没关系。"江停脸上有些难以掩饰的疲惫，把手抽了回来，"不用担心我。"

严峫走进病房，倏而扭脸对他一笑。

这笑容其实是有点古怪的，但因为极其短暂，所以谁都不会发现。

李雨欣倚在病床雪白的枕头上，毫无生气的脸上终于恢复了一丝血色，看见严峫进来立刻挣扎起身，说话还非常沙哑："你们真的能算我立功表现，送我回去念书吗？"

江停远远坐在病房另一头的扶手椅上，双手交叠在大腿上，犹如一尊静止又优美的雕像。

严岷向他瞥了眼，旋即收回目光点点头：“是的，我保证。”

他的眼神颇有深意，但李雨欣并没有注意到，她满心注意力都在那句保证上。

“我没有见到那个人长什么样。”少女终于瑟缩着挤出了这第一句话，“我只听过他的声音。”

严岷眯起了眼睛。

“去年七月的时候，我跟……我跟贺良，我们在交往。因为期末考试成绩不好，我爸整天在家骂人，我一气之下就跑了出去，打电话让贺良出来陪我……我们俩沿着马路一直往前走，走到天黑，快出县城了。这时候有辆车开过来要载我们回家。”

李雨欣干涩地咽了口唾沫，严岷立刻问：“什么车？司机长什么样？”

“是一辆银色现代，当时天黑，看不清司机的脸，就是个三四十岁的男的，我们上车后不久就……像被迷晕过去似的，不知怎么的就睡着了。”

严岷没吭声，其实也是没法说什么。

两个手无寸铁的高中生，迷迷糊糊上了黑车，安全防范意识简直低到可怕。

“等我们醒来的时候已经在荒郊野外了，周围什么人都没有，全是山和荒野。我们特别害怕，但叫天天不应，叫地地不灵，只能一直走啊走啊……之后的两天我们都是在树林间度过的。”李雨欣控制不住地啜泣起来，“我们没的吃、没的喝，贺良还摔伤了，我们都在发烧……”

严岷突然听出了不对：“没人绑架你们？”

“我根本……根本不知道我们被绑架了，直到回来后我才听人说，贺良的爸爸妈妈接到了勒索电话。”李雨欣抽抽噎噎地说，“但我们当时真的不知道啊，只是在山里不停地走啊走，头两天根本连其他人都没见过啊！”

严岷似乎明白了什么，但没说出来，就问：“那第三天呢？”

李雨欣的表情就像被人扼住了咽喉似的。

“第三天，我们遇见了……”半晌，她勉强从嗓子眼里挤出几个字来，“那些穿黑衣服蒙脸的人。”

穿黑衣服蒙脸的人？

“多少人？是男是女？你是怎么遇到他们的？”

“我不知道他们是从哪里来的，第三天我们爬到山坡顶的空地上昏过去了，醒来时发现这些人围在周边，贺良被绑起来跪在地上，一直在哀求，一直在哀求……我想跑但被他们抓住了。我拼命地喊救命，求求他们放过我们，但有个人拿着电话举在我耳边……”

李雨欣瞪大了眼睛，似乎过去了那么久，当时的恐怖还深深刻在骨髓里："那个声音在电话里说，贺良是个背叛了我的懦夫，叫我必须杀了他。我哭着求他别那样，但他说如果我不敢动手，就得跟贺良一起被刑罚。就像，就像……"

严峫问："就像什么？"

"……"李雨欣发着颤，少顷，说，"地上有个坑。"

病房里安静得可怕，严峫和江停两道目光都集中在少女浑然不似活人的脸上。

"坑里……有两具尸体……一男一女，手拉着手……

"他说如果我不杀贺良，我就会像坑里的那个女孩子一样……"

严峫的脸色整个变了，他知道李雨欣的话意味着什么：去年七一二并不是连环绑架第一次案发！

在贺良之前，至少还有一对受害人！

"……于是你杀了贺良？"严峫头脑里嗡嗡的，听见自己的声音问。

李雨欣闪躲着避开了他的目光。

"没有，"少女嗫嚅道，"我什么都不知道，我……我晕过去了。等我醒来的时候，贺良他已经……已经死了。"

严峫抬眼看向江停，江停无声地垂落了眼帘。

病房里只听见李雨欣战栗的呼吸和哽咽，很久之后，严峫缓缓一颔首，说："行。"

严峫是这样的人：他办案时很少有废话，能采取行动解决的都采取行动解决。

但只要他肯说，那说出的每个字都是一根钉子，钉死之后就绝不可能被外力所改变。

江停无声地松了口气，但面上没显出来。他仿佛没看见严峫刹那间瞥来的锐利视线，脸上肌肉还是很放松甚至是缓和的，语调平平淡淡地问李雨欣："后来呢？这帮人放你走了？"

李雨欣摇头，开口就听见牙关咯咯碰撞的声音："不、不，没有。他们开了好几辆越野车，把贺良搬到其中一辆车上，载着我趁夜摸黑下山……下山后我被他们喷了点东西在脸上，突然就睡着了。等我再醒过来时已经过去了整整一天，因为又到了太阳落山的时候，我看见越野车停在山坡顶，他们把贺良——把闭着眼睛一动不动的贺良搬下车……"

少女语无伦次，想抱住自己的头，却只能徒劳地晃动手铐："地上挖了个大坑……他们就把贺良放在里面，放在里面……然后他们往坑里填土……啊啊啊……”

她细丝般绷到极限的神经终于断裂了，发出厉鬼般尖锐的哭号。

严峫抬手紧紧按着自己的眉心，凭借这个动作慢慢消化刚才李雨欣话里巨大的信息量，半晌，在少女惨烈的哭号中嘶哑地叹了口气。

“行刑者不是一个人，而是个有着完善机动力的组织。组织领袖的目标是互相爱慕的少年男女，绑架之后丢到荒山野岭，在打勒索电话、寄送血衣及通知行刑时间的同时让两名人质艰难求生，然后在行刑时刻来临时，强迫女生杀死男生，如果女生不敢下手就同时杀死两个人，手拉手埋葬在一起。”

严峫摇着头吸了口气：“这献祭感和仪式感，给人的感觉简直就像邪教，只是不知道所谓‘背叛’和‘懦夫’是什么意思。”

江停没说话。

严峫琢磨了片刻，突然冲他扬了扬下巴：“喂。”

“嗯？”

“我怎么感觉这个组织，跟冯宇光那案子背后的贩毒集团有点相似呢，该不会是同一伙人吧？”

虽然是问句，严峫那极具压迫感的尾音却像是在隐约暗示什么，让江停垂下了视线。

从他微侧的脸颊看去，眼睫尾梢形成了长长的、漂亮的流线，有点生冷不好靠近的感觉。

“其实我在想另一件事。”突然他说。

严峫“嗯”了声。

江停却没理他：“李雨欣？”

少女不知道是哭蒙了还是虚脱了，哀号已经渐渐平息，化作身躯不时地抽搐，闻言抬起狼狈不堪的脸。

“你说绑匪胁迫你对贺良行刑时，边上坑里是两具男女尸体，贺良死后却是被埋葬在距离行刑地整整一天车程的另外一座山坡上？”

李雨欣咬着嘴唇点头。

江停转向严峫：“虽然我想不通他为何要另择地埋葬，但有没有可能，绑匪是要用贺良的尸体来恐吓下一对人质呢？”

这确实太容易联想，江停话没说完，严峫就意识到了：“天纵山！”

“马翔！”严峫摸出手机拨通号码，语速极快地吩咐，“绑匪不是一个人而是团伙，立刻通知市局派人调取去年7月16日中午12点至夜晚12点进出天纵山腹地的所有山道监控，目标是越野车队，查到立刻通知我！”紧接着捂住手机，问李雨欣：“你还能记得贺良行刑所在地的任何地貌特征，以及埋葬贺良尸体地点的任何信息吗？这个至关重要！任何一点细节都必须提供给警方！”

众目睽睽之下，李雨欣打着战，说：“能。”

她突然这么肯定，不仅严峫，连江停都备感意外。

“埋葬贺良的山坡上有一大片火红火红的树，他们逼着我站在空地上，眼睁睁看着土坑被填平，那个人在电话里跟我说——本以为你是个在泥土里打滚的家禽，谁知道你竟然有看到这片凤凰树的命。”李雨欣脸上浮现出讽刺和绝望混杂起来的神色，“那是我这辈子，第一次亲眼看到凤凰树林。”

严峫愕然举起手机：“马翔……”

“是！喂严哥？怎么了严哥？”

“我跟陆顾问在一块儿，好像知道为什么绑匪这次用的是白尾海雕血了。”严峫顿了顿说，“还有，通知省厅和吕局，用航拍勘测整个天纵山，绑匪准备杀害申晓奇的地点是一片凤凰树林。”

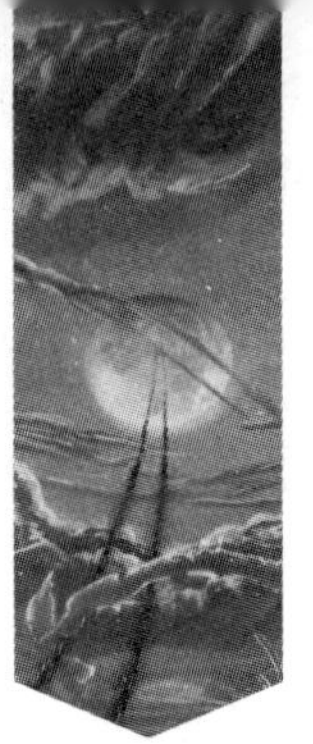

第 15 章

当天下午，三点半。

“成片凤凰树在野外不多见，根据李雨欣的描述，应该位于天纵山上某处高地向阳的地方，具体位置要等航拍和卫星地图出来再详细分析……对，我把李雨欣提出来了，不太合规矩，赶紧帮我催省厅补完报批流程……行，行，我们下午五点到建宁直接去现场，六七点可以上天纵山，直到最后一刻都别放弃搜救！”

大切在县郊河堤公路上飞驰，还是那个小刑警张冠耀在前面开车，马翔坐副驾驶，后面严峫和江停一左一右夹着中间戴手铐的李雨欣。

按规定押运犯人时必须全员保持清醒，还好车里有严峫大声打电话，让人想睡都睡不着，每个人都顶着一双熊猫似的黑眼圈。

“拿到航拍图立刻发给我。还剩最后五个半小时，把所有人都给我动员起来，抓紧！”

严峫终于挂断了跟市局的通话。

“咱们这一趟也算是收获颇丰了，严哥。”前排马翔安慰道，“不仅挖出了去年七一二的案子，甚至发现了贺良案发现场还有两具尸体等着咱们去挖……”

“申晓奇和步薇没救出来，绑匪还没被抓住，以前的案子挖出再多都是空谈，还是活人第一要紧。”

马翔撇着嘴赞同，又忍不住回头：“哎，我说严哥。”

“怎么？”

“万一到了最后，咱们就是没赶得及，你觉得步薇会接受胁迫杀死申晓奇吗？”

“这事可……”严峫刚想说什么，脑海中突然闪过几句话：“他真正想行刑的对象不是贺良，也不是申晓奇……背叛了他的人是我。”

“不好说，主要我们不知道幕后主使口中贺良是个‘懦夫’，还‘背叛’了李雨欣到底指什么。”严峫顿了顿，若有所指地瞥向身侧：“你说呢，陆顾问？”

江停歪在车窗边，视线放空，神情有些恹恹的疲惫。

“陆顾问！”

“……”江停终于嗓音沙哑地开了口，“我怎么知道？我又不是步薇，再说也缺少她的个人信息来做性格侧写。”

“听见顾问的话了？”严峫教训马翔。

马翔莫名其妙地眨巴着眼睛。

江停身体不好，安静下来的时候有种跟周遭事物格格不入的冷淡，身体随着车辆行驶而微微摇晃，突然口袋里的手机嗡地一振。

谁？

这个号码只有严峫和杨媚两个人知道，但杨媚没理由在有案子的时候乱发信息来打扰他。

江停摸出手机一看——严峫。

“……”江停皱眉点开短信栏，只见内容是：“你觉得绑匪口中的背叛，是行刑仪式中的某种象征性暗示，还是具体指代某件事情？”

我更想知道为什么大家都在同一辆车上，讨论案情却要用这种方式？

江停手肘撑在车窗边，盯着手机屏幕看了会儿，到底还是没有开口，抬手简单输入“具体指代”四个字发了出去。

隔着李雨欣，几十厘米外，严峫开始埋头输入什么，少顷，江停手机又是一振：“具体指代什么？”

江停：“……”

严峫：“李雨欣提到第三天她晕过去了，醒来时发现贺良被绑住跪在面前，电话里的绑匪命令她杀了他。”

“如果供词确凿，那么有可能是贺良在李雨欣昏迷期间做了什么，触怒了一直在幕后进行观察的绑匪。”

“也有可能这件事从头到尾与贺良无关，贺良只是幕后主使脑海中某个形象的替代品，所谓‘背叛’其实是主使人自己经历过的某件往事。”

江停：“……”

“你觉得呢？”

消息接踵而至，手机不断地振，半天才安静下来。江停向边上一瞥，严峫浑然没事似的，靠在后座真皮靠背上目视前方。

江停深吸一口气，终于在手机上打了段话，半秒钟后严峫手机亮了：“你离开病房时在我身上装了窃听器？”

严峫失笑。

这人也太敏感了，果然任何试探都有可能导致被全盘识破的结局。

他几乎能感到江停投来的锋利视线，但只佯作没看到，在回复框内输入几句话，想了想，又删了重新输入。

突然前面小张说：“严哥，后面那辆货车好像在跟着我们。”

严峫按下发送，扭头一看：“什么？”

县郊公路相当荒凉，大切正沿河堤行驶，这时候根本没什么车经过，因此显得后面那辆物流货车异常显眼，透过后车窗估算只有二三十米距离。

不知为何，严峫望着那车头的时候，心里突然生出一丝很不舒服的感觉，便吩咐张冠耀：“小张开慢点，看它超不超。”

小张闻言应声，稍微踩下刹车。

与此同时，货车加速逼近，严峫眼底映出了越来越近的车头灯。

“……”严峫突然狂吼起来，“加速！加速！！它没有变道！！！”

货车没变道，它想撞上来！

变故来得令人措手不及，小张根本来不及反应，服从命令的本能就压倒了一切，前后紧咬的两辆车同时把油门踩到了底！

轰——

货车图穷匕见，就像狂吼的钢铁怪兽，狠狠地撞上了大切车尾！

所有人同时猛然前倾，大切被强烈的冲击力带得一头扎向高速公路护栏，小张在惊叫声中狂踩刹车打方向盘，轮胎在地面发出刺耳的摩擦声。

嘭！

大切车头被护栏反弹回来，整个车身失控打旋，中后段被货车发狠猛撞。

咣！

整辆大切被横着推出去，侧面水平撞上金属护栏，巨力让车门和护栏同时发生了可怕的变形！

时间在这一刻被无限拉长，冥冥中严峫似乎预感到什么，竭力向身侧伸出手：“江停——”

但他的嘶吼刚出口就被淹没在了恐怖的天旋地转中。

大切侧出护栏，就像个巨大的钢铁棺材，旋转着滚下河堤，扑通栽进了河水里！

水面迅速淹没车顶，车厢中几道震耳欲聋的叫喊同时消音，取而代之的是咕噜噜的水泡。

水底周遭完全是模糊的青绿夹杂着红丝，分不出是谁的血，根本什么都看不清。

翻车时所有人都瞬间失去意识，但严峫在全身泡进冷水的刹那间就清醒过来了，顾不上检查自己重重砸上车窗的额角，咬牙忍痛解开安全带，伸手发狂地摸索身侧。幸亏这车是他掏钱买了"捐献"给刑侦支队的，平时都是他自己开，对车内细节比较熟悉，咔嗒一下顺利解开了李雨欣的安全带。

江停呢？

跟他隔着一个座位的江停呢？

严峫探身乱摸，手指触到了什么，刹那间他意识到那是江停一动不动的身体！

咕噜噜噜——

气泡伴随着冲力从身后袭来，险些把严峫推向汽车深处。但紧接着他被人从身后抓住了，是马翔和小张。

汽车前挡大量入水时，因为水压极强，玻璃和车门都是绝无可能打开的。直到车厢内灌满水时，内外压强逐渐缩小，马翔和张冠耀才抓住了那短短几秒的逃生机会，强顶着水压打开车门冲了出去，立刻来后座救人。

"嗯……"严峫双手拼命往前挣，随即就被他俩一起用力硬拖出了车厢，马翔从身后把严峫紧紧勒住。张冠耀水性更好点，趁着这个空隙一个猛子扎进车里，从逐渐下沉的大切里又拖出来个人，争分夺秒地双双往上浮。

严峫脑子里轰的一声，张口却发不出声，只冒出一连串气泡。

他知道小张救出来的是李雨欣，江停还在后座上。

江停被安全带卡在越来越往下坠去的汽车里！

理论上人在水下可以憋气最多两分钟，然而剧烈挣扎会急速消耗血氧。这个时候每个人肺里的那口气都已经到达极限，再不浮出水面的话，可能就真的浮不出去了。

但那一刻，严峫脑子完全空白，根本什么都没有想，所有动作都是生死擦肩而过那瞬间的本能——

"！！"

马翔只觉自己勒住严峫的手臂被硬生生扳开了，紧接着严峫俯冲出去，头发和衣摆都逆着水流向后扬起，堪称疯狂地扎进了黑洞洞的河流深处！

马翔失声，发出了没人听见的嘶吼："严哥！！"

大切就像失去了重力的棺椁，在漆黑冰冷的河水中缓缓漂荡旋转。严峫被水流裹挟着扎进后车厢里，这个在陆地上如此简单的动作却变得异常复杂漫长，终于他挣扎着摸索到了什么，那是后座上已经完全不再动弹的身躯。

严峫的心脏血管几乎爆裂，所有意识都集中成了一句话——"别死，求求你别死。"

咔嗒一声，严峫把安全扣打开，手忙脚乱地解开缠绕起来足以致命的安全带，抓住了江停的手。这时他根本无法分辨怀里是个活人还是冰冷的尸体，只能用最后的那点力气拼命蹬脚、上浮，抢在车身彻底陷进淤泥之前，猛然冲出了车！

哗啦啦——

仿佛漫长得没有尽头，终于在肺部炸裂的前一瞬，严峫从身后托着江停腋下，猛地冲出了水面！

"严哥！"

"严副！"

"咳咳咳咳咳咳……"严峫爆发出惊天动地的呛咳，鼻血汹涌而出，流得满脸都是。严峫来不及把气喘匀，发疯般抱住江停用力拍打他的脸，几秒钟后，只见江停猛地一呛，哇地吐出了一大口水来！

刹那间严峫几乎虚脱了，好险没沉下去。

马翔和小张托着气息奄奄的李雨欣，见状也松了口气。马翔筋疲力尽地冲严峫比了个大拇指，示意他们一块儿往岸边上游。

但就在这个时候，突然——

砰！

空气凝固了，刚虎口逃生的几个人都没反应过来。

砰！砰！

枪声震碎空气，严峫等人同时抬头。只见那辆撞翻了他们的货车竟然停在河堤下，从车上跑出来几个人，为首两个掏出枪就开始向他们射击！

砰！砰！砰！

这帮人竟然是打着不死不休的主意有备而来的！

"下水！"严峫爆发出嘶吼，紧接着勒住江停扎进了水里！

马翔同时入水，偏偏张冠耀扶着李雨欣，动作慢了半拍，只感觉少女的身体被某种无形的力量向后猛然一推，紧接着血色就顺着河水弥漫开来。

她中弹了。

马翔从水底猛冲过来，把惊呆了的张冠耀狠命拉下水，但还是太迟了。电光石火间子弹旋转而至，张冠耀身上一凉又一热，栽进河里的同时带出了大股滚烫的鲜血。

浑浊的河面下，马翔眼睁睁望着队友全身裹在血雾里，霎时瞳孔紧缩如针。

同一时刻。

暗流湍急汹涌，严峫一只手竭力泅游，另一只手勒在江停胸前，几乎无法睁开眼睛看清周遭的情况，突然感觉怀里的江停剧烈挣扎起来。

怎么回事?

严峫勉强看去，登时血都凉了——只见江停憋气到了极致，张口就吐出了一长串气泡。

那是肺里的空气被挤压至底，水反灌进去了!

严峫扳起江停的脸，抓着后脑勺头发迫使他仰头，嘴对嘴渡了口气过去。水下江停的嘴唇冰凉柔软，无力地半张着，几乎没有活人的温度，在唇舌接触的刹那间，严峫整个脊背汗毛都立了起来。

不行了，他只有这一个念头，江停熬不过去了。

必须快，必须尽快!

仿佛冥冥之中上天保佑，暗流骤然加快，裹挟着两人轰然撞上岩石又转了个急弯。严峫整个身体护着江停，承受了大部分冲力，霎时喉咙里喷出满口腥甜，随即耳膜被重锤闷然一砸。

哗——

河道陡然变窄，水流托着他们冲上了岸!

混乱中，严峫算不出自己已经游出了多远，再无法观察周围的景象，恍惚只感觉离坠河处已经有相当长的距离了。江停整张苍白的脸浸透了水，双眼紧闭，一声不吭，严峫一摸他脉搏，虽然稳定但极其微弱，当即把他翻过来倒置在自己膝盖上，猛地一按脊背。

“呕——”

江停全身抽搐，进入肺部的水被硬顶了出来，旋即被严峫放倒在地，双手叠起在胸骨下部发狠按压，辅以人工呼吸，再次起身按压。

血水不知从他身上哪个部位涌出来，一滴滴洒在江停脸上、衣服上，洇出大片血痕，但严峫毫无觉察。

他甚至没有任何痛感，也丧失了时间的概念，不知道自己在胸外按压和人工呼吸之间转换了多少次，也没有注意到自己的手已经越来越惨白无力，甚至急剧发抖。

“咳咳咳！”

终于，江停喉咙骤然痉挛，狂喷出混合着血沫的水，在狼狈不堪的抽搐中醒了。

严峫心头一松，支撑意志的那口气就泄了，整个人不由自主地向后坐。霎时他感觉自己要倒，于是条件反射地用手肘去撑，谁料两条胳膊都冰凉绵软得像面条一般，刚触地就颓然摔了下去。

我怎么了？他躺在地上心想。

哪儿来这么多血？

紧接着他看见江停摇摇晃晃地爬起来，踉跄跪坐在自己身边，脸色煞白到发青的地步，十根手指都发着抖地解开衣扣，反手脱下湿透的衬衣，一股脑儿地紧紧堵在了他腹部上。

江停溺水刚醒，力气却出乎意料地大，严峫被他按得简直喘不过气来，迷迷糊糊地问：“怎么……怎么了？”

“别说话，没事的，别说话……”

“怎么了？别哭，”严峫喃喃道，“别哭。”

江停眼眶发红但神情冷静，用力把严峫上半身挪到自己怀里紧紧抱住，让他的心脏保持在比出血口高的水平线上，说：“你中弹了。”

“……”严峫的瞳孔微微张大。

尽管十多年来在各种行动中遭遇过很多危险，有些也确实堪称鬼门关上走一遭，甚至有几次他都做好了可能要“光荣”的心理准备，但在如此猝不及防的情况下近距离接触死亡，那还真是第一次。

就这么中弹了？要死了吗？

可是人质还没救出来，我还有很多话没跟江停说，我还没见我爹妈最后一面呢？

这是不是也太快了？

大地似乎在震动，砰砰砰砰的。他不知道那是远处公路上的车接二连三停了下来，鸣笛声此起彼伏，很多行人在往这边跑。

“别怕，会没事的，别睡过去。你看，救援已经来了，别睡过去……”

严峫听不清江停说什么，甚至实际他连自己在说什么都听不见。他的意识一阵阵模糊，感觉灵魂似乎变得非常轻，几次险些从这具沉重的身体中飘出来，但都被江停的手臂死死锢住了。

“昨天，”严峫蒙昽着喃喃问，尽管自己都听不见自己的声音，“昨天在……在车上，你是不是……”

“我知道。”江停沙哑道，“我一直都知道。”

他潮湿的脸颊贴着严峫的额头，强行让自己发颤的声音听起来镇定有力：“你听我说，严峫，醒着听我说。你上次不是问我有没有兄弟吗？我有的。

“我曾经有很多兄弟，但他们都在三年前离我而去了。

“但你是不一样的，严峫。哪怕有一天我死了，我都会在天上看着你，我会一直看着你好好地活下去。”

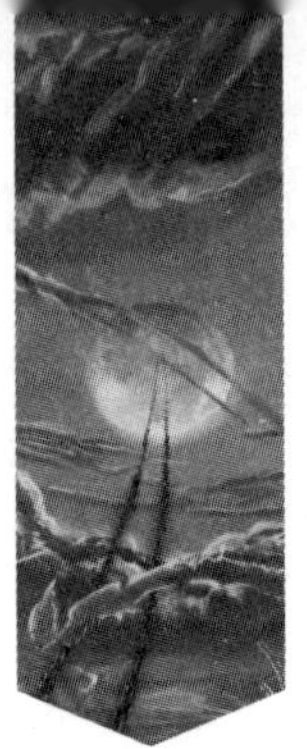

第16章

铁轱辘在光滑的地面上飞速转动，咣当咣当冲过走廊，少顷，急救中的红灯亮了起来。

“需要紧急输血，联系家属，准备签字动手术……”

远处人声喧杂，江停坐在急救室外的走廊上，直勾勾地望着脚下那片泛着亮光的地面，突然护士急切的声音在头顶响起：“请问您是病人家属吗？”

江停隔了两秒才反应过来，一抬头。

护士满面焦急：“请问您是病人家属吗？”

“不。”江停恍惚道，“我是……我是他朋友。”

护士手足无措，正当这时，走廊上有人狂奔而来，一把抓住护士的后肩让她转过身，随即只见马翔摸出湿透了的警察证往护士眼前一亮：“伤者是我们公安局刑侦副支队长，这事已经通知当地派出所了，请立刻实施手术，快！”

护士飞快地跑走了。

马翔也是刚随着救护车一路风驰电掣而至的，此时就像只气喘吁吁的落汤鸡，唰地耙了下还滴着水的头发，一屁股坐在了对面的长椅上：“小张在隔壁抢救。”

“……严重吗？”

马翔一摇头：“不知道。那伙人拿的应该是自制黑枪，小张手臂中弹，出血不多，但难说有没有伤到筋骨。我刚在救护车上的时候已经通知了省厅、市局和当地公安机关，正派人封锁现场以及追查歹徒，建宁市也正紧急调派技侦黄主任他们过来。”

江停点点头，突然又想起什么：“李雨欣呢？”

马翔双手抱住头，十指用力地插进头发，片刻后终于抬起头沙哑道：“我带着她跟小张游了几百米，上岸后才发现是前胸中弹。”

“……”

“人是在救护车上不行的。”

远处明明十分喧杂，急救室外却安静得令人窒息。

“他们的目标就是李雨欣。”不知过了多久，才听见江停一字一字道。

砰的一声，马翔捶在了长椅上：“但还有谁能同步探查案情？有谁能知道我们从看守所里把李雨欣提了出来？什么人吃了熊心豹子胆敢在刑侦支队头上动土？！啊？！”

马翔控制不住地怒吼出声，走廊尽头的急救站那边几名护士同时回头，但向前走了两步，又讪讪地站住了。

“在没抓住那帮人之前，谁都无法洗脱嫌疑……”江停轻轻吸了口气，说，“你、我、严峫、小张，市局所有被通知案情进展的内部人员，甚至连死了的李雨欣自己……我们都或多或少有着可以被怀疑的点。这些疑点在‘五二冯宇光案’中，在胡伟胜吸毒而死的那天夜里就浮出了若隐若现的影子，这次只是更加嚣张和明显了。”

他声音和缓而语意沉重，马翔满腔暴怒被不知不觉地强行压了下去：“您的意思是……”

江停没有直接回答他，短促地扯了扯唇角：“当然，我的嫌疑是最大的。”

确实，所有人都是公安系统内部人员，只有他是个身份不明的外来户，除了“严支队的朋友”之外没有任何来历，甚至在冯宇光案之前全市局没人见过他。

如果案情中真的出现了内线，那么只有这个内线是江停，才算最好的局面。

“但你是严哥救上来的人。”马翔叹了口气，说，“警车往河底沉的时候，我拉着严哥，小张拉着李雨欣，抢着最后一点氧气耗尽前拼命往上挣，当时生死真的就只在零点几秒间。是严哥强行挣脱了出去，硬是赶在汽车彻底陷进淤泥前把你从后座上救了出来。如果当时你的安全带把严哥也缠住，你俩此刻都已经完了。”

“……”

马翔还想说什么，院长匆匆奔出急救站：“警官同志，是你们公安局的电话！”

马翔点头表示自己知道了，站起身来看着江停：

“那么，你到底是严哥的朋友，还是通敌的内线呢，陆顾问？”

他们两人的目光在抢救室外的半空中交汇，半晌，江停缓缓道：“……你们严哥认为我是他什么人，我就是什么人。”

马翔点点头，似乎就这样得到了自己想要的答案，快步走向急救站。

在他身后，江停浸水后毫无血色的脸格外森寒，望向了墙壁挂钟。

这时已经是傍晚六点多，距离那个人预告的行刑时间只剩下不到两个小时。

他刚才没有提醒马翔的是：李雨欣已经把她能交代的都交代了，剩下没交代的部分确实也无能为力了，带她去天纵山现场不过是希望能在搜索方面提供微末帮助而已。如果真是内线通风报信，以至于“那个人”要杀人灭口，那灭她的口还有什么用？

除非，还有人害怕她说出更多东西来。

时间流逝，秒针一格格移动，映在江停黑沉的眼底——以鸡血为意象的李雨欣在被胁迫后杀了贺良，那么以鹰血为意象的步薇会怎么做？

或者说，策划了整起事件的幕后主使，希望看到她怎么做呢？

七点，天纵山下。

“是，我知道。市局老魏带着技侦已经在路上了，到江阳县现场后再跟我联系，另外严副支队跟小张两人的手术一结束立刻通知我。”指挥车内，吕局挂了卫星电话，转向身侧各路十万火急的人马：“怎么，现场情况如何了？”

“报告吕局，搜救已经完全覆盖了行动地图的红区范围，目前为止还没有消息，正在向橙色区域扩散！”

“吕局吕局，卫星地图跟航拍结果出来了，整座山上有记载的成片凤凰树共有四处，观测到的疑似凤凰树共有八处，警犬正在分头行动！”

“吕局！当地医院的救护车过不来，问我们有没有替换方案！”

“吕局……”

电话铃和喊叫声此起彼伏，指挥车内简直就像个大型集市。吕局吁了口气，刚要开口说什么，突然一道极其沉稳又强硬的女声从众人身后响起，霎时压下了所有喧嚣：“安排人手去接应救护车，分散十二支探组带治安联防及当地派出所的人前往任何疑似有生长凤凰树的地点，技侦把附近路段的实时监控同步到指挥车里，剩下的人有什么话一个一个来！”

众人同时回头——是余珠。

余支队在众人注视中上了指挥车，吕局向边上挪了挪，示意她坐在自己身侧，用只有彼此才能听见的声音悠悠道：“严峫出事啦！”

余珠点点头，轻声说：“那天我实在不该当着那么多人的面提病退的事，果然……”

“你知道就好。”

吕局顿了顿，随即恢复了正常音量，还是惯常的不疾不徐："既然来了就一起参加指挥工作吧，离绑匪通告的时间还有一个多小时，技术过来，给你们余队接个台子。现场探组的情况怎么样了？"

与此同时，原始山林。

脚踩在腐烂的落叶层中，每一步都深深陷进细碎尖锐的枯枝里，要很费力才能忍痛拔出来。申晓奇几乎已经失去意识了，只是机械地往前走着，不知过了多久才突然发现远处模模糊糊映出一团火红的云雾。

他视线已经很模糊，重影交叠半晌，才勉强吐出几个字："看……看，凤凰树！"

用尽全力搀扶他的步薇抬起头。

刹那间两人失去了平衡，扑通扑通栽倒在地，就像两具尸体般顺着山坡滚了下去。剧痛伴随着眩晕接连而来，直到"砰砰"两声重重地撞上了石块。

"步薇……步薇！"

申晓奇顾不得疼痛，竭力顺着地面向前爬，摇晃步薇不住抽搐的身体。

"你醒醒，步薇，你醒醒！"申晓奇失声大喊，尽管因为极度缺水声音嘶哑得几乎听不出来，"是我害了你，是我害了你啊！……"

"没关系，"步薇咬牙支撑身体，勉强半爬起来，"没关系……"

两个半大孩子互相依偎着坐在地上，远处山坡顶，火红的凤凰树犹如烈焰，映在他们绝望的眼底。

申晓奇喃喃道："都是我的错，要不是我受伤，我们根本不会迷路，要不是我……"

步薇竭力蜷缩起身体，似乎体力已经不足以支撑神志的清醒，闭上眼睛摇了摇头："没关系，我们一定会活着出去……我会保护你的。"

"但应该由我来保护你啊！"申晓奇失声大哭，一个劲地重复，"要是我们活着出去，我一定会报答你的，我这辈子一定会好好保护你的！步薇，步薇！"

——我一定会报答你的。

这辈子我一定会报答你。

步薇终于笑了起来，仿佛为这句话等待了很久，那笑容在她虚弱的脸上异常满足又愉悦。

"是吗？"她幽幽的呓语听起来仿佛催眠，说，"……那你可一定要记得。"

半山腰上回荡着申晓奇撕心裂肺的哭声，就如同时光逆流而上，回溯着某个陈旧泛黄的誓言。日头渐渐西移，余晖由金转红，血色弥漫了半边天穹；不知过了多久，痛哭声听不见了，少年俯在枯木丛中失去了意识。

没有人看见的是，不远处山坡顶端，死神从树林间悄然显出了身形。

哐当！

急救室门被撞开了。空荡荡的走廊上，江停几乎是瞬间站起身，只见护士穿着带血的白大褂冲了出来："快快快，人呢？开出来的胺碘酮到了没有？"

急救站内另一名护士举着血袋和药盒冲了出来，根本来不及当面清点交接，直接把东西塞进了手术护士怀里，后者扭头就往回跑。

"请问——"

如果换作熟悉江支队的人，应该会怀疑此刻面色灰败、摇摇欲坠的江停根本不是真的，或者是个长得很像的赝品。但这个时候没人看得清这个细节，手术护士已经冲回了抢救室，江停剧烈喘息着死死望向那盏红灯。

胺碘酮，抢救时出现心律失常需要的紧急药。

为什么会心律失常？手术进行到哪一步了？严峫到底怎么样了？！

江停仿佛还置身于冰凉的河底，水从四面八方涌进车里，灌满了肺，淹没了呼吸道，逼出血液中最后一丝氧气。他没发现自己退后了几步，脊背碰上墙壁，膝盖发软，根本站不住。

"……陆顾问……"

有个声音在叫他，但在愣神中听不清楚。

"陆顾问！"

江停打了个激灵，猛地扭过头，这才发现是马翔。

马翔活生生被江停的脸色吓得愣了下，才反应过来："啊，您这是……"

江停一抬手，挡住了他的搀扶，自己慢慢走到长椅边坐了下去。

"隔壁小张手术结束了，医生说还算成功，但要好好恢复，免得以后留下后遗症。子弹卡在了他左臂肌肉里，已经取出来留存做证了，待会儿我要回翻车现场去接应黄主任他们。"

江停说不出话，只点点头。

"陆顾问？"马翔的担忧终于止不住了，"您一个人在这里守着没事吧？"

"……"江停捂着嘴咳了两声，喑哑道，"我没事。"

他看上去实在不像是没事的样子。

毕竟肺里呛了水，到医院后一片混乱，只匆忙找护士处理了下。马翔想劝他去做个详细检查再休息会儿，但看见江停满是血丝的眼睛，那话没出口就硬生生忍住了，转身去护士站要了热饮和干衣服，回到抢救室外放在江停身边，又用毛巾包着几个手机塞进江停怀里。

“陆顾问？”

“……”

“这是你们的手机。”

江停精神不是很好，一时都没反应过来。

“严哥的和你的，刚在急诊室找了个实习护士，拿吹风机吹了半天。你看看还能不能开机，要不赶紧联系下家人或者你女朋友。”

严峫日常用两个手机，市局统一配发的国产机和自己的iPhone，江停那个则是电信大厅里充值送的老年机。三个手机落水后都断电了，也不知道现在还能不能开。

江停接了过来。

他那极高的智商和洞察力给马翔的印象太深刻了，即便现在明显状态不对，马翔也不敢多说什么，迟疑了一会儿才小心翼翼劝道：“陆顾问，生死有命，富贵在天，这是没法子的事情。小张手臂里起出来的弹头我看了眼，应该是没多远射程的土制子弹，想必严哥这次也不会太凶险，您就别太担心了。”

江停低声说：“嗯。我知道。”

马翔不好再劝：“那……我先回河堤现场去了，咱们保持联络。”

江停不吭声地点点头。

马翔一步三回头地离开后，抢救室外又只剩下了江停一个人，闪烁的红灯映在他半边侧脸上，形成一种奇异又狼狈的青红交错。

墙上的挂钟还在走。七点半了。

他想集中精力思考什么，但脑髓仿佛被河水泡成了糨糊，什么都想不起来。甚至有好一会儿，他都算不出现在离八点零九还剩多少时间，头侧拉锯般尖锐地疼。

江停静静坐了会儿，打开了自己的手机。

板砖老年机的坚固程度远非超薄智能机所能比，屏幕在开机画面上疯狂闪烁了数十下，仿佛在生死线上挣扎尖叫半天，突然嗡的一声起死回生，紧接着叮当叮当，垃圾短信热热闹闹、争先恐后地蜂拥而至。

江停直勾勾地盯着屏幕，未读提示栏那里又是一响，闪出了发送人严峫。

……啊，对。

出事前严岬是在跟他发短信来着。

江停食指还带着河水里泥土的冰冷微腥，轻轻点开了那条短信，首先跃入视线的是已发送：“你离开病房时在我身上装了窃听器？”

严岬：“对。有什么事坦诚说嘛，就这么不相信我会帮你？”

空旷的雪白走廊上，江停低下头，一只手捂住嘴，发着抖闭上了眼睛。

——相信，他想，我真的相信。

所以请你不要辜负我的等待和期盼，请你如我坚信的那样睁开双眼，活着回来。

第17章

天纵山。

虚空中无形的分针渐渐指向整点，夕阳在林间缓缓下沉，缥缈的血红透过眼皮涂抹在视野里。

申晓奇的手猛一抽搐，从昏迷中醒了过来。

“……”他想叫步薇，干裂的嘴唇动了动，却没发出声音。过了好半天，意识渐渐清晰，他突然发现自己躺在山坡顶的空地上，头顶密密覆盖着火红的凤凰树，在最后一抹余晖的照耀下就像是要烧起来一般。

怎么会到山顶上来了呢?

申晓奇没有多想，他的注意力被不远处一样绝不可能出现在这里的东西完全吸引住了——竟然是一瓶水。

一瓶端端正正放在地面上的矿泉水!

有好几秒的时间，申晓奇以为自己在绝境中出现了幻觉，但求生本能完全盖住了理智，等他意识到自己在做什么的时候，他已经竭尽全力爬上了陡坡，紧紧抓住了那瓶水，拧开瓶盖时因为过分颤抖甚至洒了几滴出来。

这里怎么可能有水?是谁放的?会不会有毒?

申晓奇已经什么都想不到了。他的全部神志、全部感官都集中于喉咙里甘甜到极致的液体，除此之外根本想不到其他，把整瓶水全部灌进了肚子才停下，恍若做梦地呆在原地，看着手里空荡荡的水瓶。

紧接着，电光石火间，他想起了什么，脑子里嗡地一炸——步薇!

申晓奇猝然扭头，还没看清不远处昏倒在地的少女，所有变故就此发生。

嘭的一声，泥土溅起，他猛然失重，身下地面塌陷，整个人伴随着无数枯草浮灰摔进了土坑里!

“二探组没有进展！”

“一探组没发现目标！”

“六探组正在向周边扩大搜索范围！”

步话机中通报声此起彼伏，无数穿着制服的警察牵着警犬在复杂的原始山林间跋涉，突然汪汪的吠叫声此起彼伏响了起来。

秦川举起步话机：“这里是四探组！有发现！”

警犬在林间狂奔，刑警与搜救人员紧随其后，不多时只听犬吠从土坡后的荆棘丛传来。刹那间所有人喜上眉梢，秦川顾不得自己差点儿踩在坑坑洼洼的泥土中崴了脚，简直是手脚并用地冲到最前，顺手抽出搜救队员配备的弯刀，嚓嚓几下狠狠劈开荆棘丛。

“汪汪！”“汪汪汪！”

搜救队员激动失声：“肯定找到了！”

秦川把砍刀一扔，情急之下顾不得其他，用力拨开了带刺的灌木丛——

“咳咳咳……”

土坑里烟尘弥漫，这一跤摔了起码两米深，差点儿把申晓奇的肺从喉咙里摔出来。

他骨折的左臂已经完全没法动了，幸亏被草木落叶垫着才没出更大的事。过了不知多久，申晓奇才终于止住了带血的咳嗽，用没断的那条手臂勉强支撑着自己，从身下湿漉漉的泥土中爬起来，突然感觉手下触感不对。

他定睛一看，眼前正对着的竟然是半张腐烂的脸，浑浊成灰球的眼珠直勾勾地瞪视着自己。

申晓奇大脑完全空白，全身通电似的打战，想爬开却手脚无力。

“啊……啊……”

似乎过了一个世纪那么漫长，浑不似人的尖叫才终于从他拉开到极致的喉咙中爆发出来：“啊啊啊！！”

恍惚间，那尸体变成了咧开大嘴怪笑的脸，白骨咔啦咔啦抬起，带着血腥禁锢了他的双手。申晓奇发了疯似的连滚带爬地后退，边惨叫边蹬腿，那声调简直是难以形容的瘆人，直到他后脑勺咚的一声狠狠撞上了土坑边缘的石块，终于眼前一黑。

在失去意识前，他恍惚听见头顶传来声音，似乎有人终于赶了过来，停在了土坑边缘。

"……警察追来了，正在搜山……"

"来不及了……"

申晓奇耳朵嗡嗡作响，什么都听不真切，伴随着神志的急速流失而瘫倒在地上。

直到意识消失前的最后一刻，他手里还紧紧握着那个空空的矿泉水瓶。

哗！荆棘丛被徒手拨开，秦川一撑，身体跃了上去，加紧上前几步，突然顿住了。

民警们纷纷跟上来，霎时也纷纷愣在了那里。

几只警犬焦躁地吠叫，来回嗅着什么，而覆盖着荒草的土坡背面却空无一人，别说申晓奇和步薇了，除了这群警察之外，连个鬼影子都没有。

秦川喘息着抬手看表，赫然已是八点零五分——这场生死拔河只剩下最后四分钟了！

"四探组通报情况！""怎么样秦川？""四探组，快通报你们的情况！"……

步话机中此起彼伏全是吼声，现场却凝重而紧绷，没有人回答，甚至没人出声，一张张面面相觑的脸上全是青白交错。一名森林搜救队员忍不住几乎要哭出来了，不停念叨："怎么办啊秦副队？明明什么也没有，狗怎么就叫了呢……"

突然秦川手一扬止住了他，走上前蹲在荆棘中细细搜索半晌，指尖从枯枝上仔细钩出了什么。

"这是……"

"衣服。"秦川紧盯着指甲缝里那几缕旁人根本看不出来的布料线头，"这个染色可能是申晓奇穿的迷彩裤。"

众人登时赶上前，还没来得及细看，就在这个当口，突然远处若隐若现地响起了什么动静，仿佛是一声不清晰的惊叫，紧接着树梢上鸟雀扑棱棱地飞了起来，引得人们纷纷抬头。

"汪汪汪！！"

警犬争先恐后地向动静响起的方向奔去，秦川霍然起身，天纵山各个角落的所有步话机频道中同时响起了他的嘶吼："跟上！"

转过荒野和树丛，几经树林覆盖，眼前猛地豁然开朗，一大片凤凰树林从高处轰然烧了下来。那猝不及防的景象令所有人怔住，随即只见警犬刨着地，疯了般往山坡背阴某处跑去。

"四探组已找到目标凤凰树林，警犬有发现，我们正在跟进！"秦川把步话机往右肩一插，三步并作两步跟上去。

搜救队员在多少年都没人经过的丛林中跌跌撞撞，隐藏在腐殖层下的气生根纵横虬结，让他们走两步就要摔一跤。但在这个时候没人顾得上叫疼，很多人都是凭着意志力爬起来再摔，摔了再爬起来，顶着满头满身的泥土、落叶跟着大部队往前，仓皇中只听步话机里不断传出各种喧杂的嘶吼：

“八点零七！”

“八点零七分四十秒！”

“秦川，”步话机中传来吕局沉稳的声音，说，“只剩不到一分钟了。”

神经在所有人脑海中越绷越紧，几乎濒临极限，冥冥中无形的引线渐渐燃到了尽头——

秦川后槽牙一咬，拔枪向天砰砰两声，暮色中无数鸟雀裹着落叶鸣叫惊飞！

这是向附近可能存在的绑匪进行震慑，跟警车鸣笛是同一个道理，但没人知道对这种丧心病狂的变态绑匪有没有可能奏效。秦川身后的警察们纷纷停下了脚步，对着已经暗下来的天空茫然眺望，除了山谷间鸣枪的回响之外，周遭陷入了绝望的死寂。

搜救时间明明那么短暂仓促，此刻每秒却漫长得仿佛永无尽头。

嘀嗒——

八点零九分整，被脚步激起的浮尘缓缓落回到泥土上。

明明没有声音，却仿佛一记重锤将虚空中看不见的炸弹轰然敲碎，前方响起了警犬的狂吠！

“找到了！”

“在那儿！在那儿！！”

吼叫声撕扯着所有人的耳膜，山谷间各个搜救探组的人同时抬头，半山指挥车上，吕局霍然起身。

“找到了！”秦川向前方几十米远处正聚在一起的几只警犬奔去，连滚带爬摔了多少跤都没发现，尾音尖厉怪异得变了调，“呼叫急救小队！救护车开上来！快！！”

从高处向下望去，步薇与申晓奇静静趴在山坡最底下的草丛间，身体看不出任何呼吸起伏。

树冠中露出的一线天空从苍黄变为深青，黑夜拉开了它恢宏的帷幕。天地间只有少男少女身下汩汩洇出的鲜血，成了最后一抹深红刺目的色彩。

江阳县医院，抢救室外。

红灯倏而熄灭，随即门被推开了，同一刹那，江停猛地站起身，只见医生边摘口罩边走了出来。

“子弹已经挖出来了，手术非常成功，可以说已经脱离了危险。不过虽然没有伤到内脏和主要血管，但怎么会失血那么多？未来一段时间还需要好好静养，小年轻可千万别不知轻重……”

周围天旋地转，医生的声音越来越远，渐渐化作虚无。

“哎，你怎么回事——护士！护士！”

江停眼前发黑，神志恍惚，仿佛感觉到自己被人七手八脚地扶住了。好几秒后他才恢复意识，被医护人员架到长椅上坐下，周遭乱哄哄的都是人声。

“我没事，没事……谢谢。”江停冰块般的双手不住发抖，接过护士匆忙端来的热蜂蜜水，放在唇边喝了一口。

“警察同志，”护士长从人群中挤出来，递上不断振响的手机，“您的电话。”

江停的手机到底没熬住，还是出了毛病，光响铃却不亮屏，也看不到来电显示。他瞟了眼屏幕，接起来放到耳边问：“喂？”

“喂，陆顾问，是我啊，小马！”

江停没力气回答，抬眼望向白墙上的挂钟。

“天纵山现场传来消息，找到人质了，陆顾问——凤凰树林！步薇跟申晓奇都活着，都活着！！”

马翔的咆哮背景音极其喧杂，想必他也是刚刚接到消息。江停收回目光，嗓子眼里吐出的三个字喑哑平淡，听不出任何虚弱的迹象，也没有半点喜怒或激动的情绪，只说：“知道了。”

“秦副队正带人封锁天纵山出入口，争取连夜抓住绑匪。吃了熊心豹子胆，敢对市局刑侦支队下黑手！这次我们连一只苍蝇都他妈的不放过，一定要把这帮孙子连根拔出来！……”

江停摁断电话，将手机轻轻丢到身边。

“您没事吧，警察同志？”护士长担心地打量他那根本不像活人的脸色，“来，你们几个，扶这位警官去病房做个检查，可能有点急性低血压，叫人拿两支葡萄糖上来！”

江停道了谢，被小护士架起来扶着往前走，突然又挣扎着停下了。

“不好意思，”他声音低弱得吓人，要凑得很近才能被人听见，但还是很有礼貌的，“能不能把我安排在里面那个做手术的警察边上，如果不麻烦的话……”

护士长连忙一迭声答应，江停这才点点头，转身被人小心搀扶着走了。

晚上九点，结束检查的江停躺在病房里，手上扎着输液针头，身边是刚刚被推进来安置好的严峫。

主任专家亲自带人布置好各种医疗仪器和监护设备，闹哄哄地忙了半天，直到所有机器和软管都井然有序，医生护士们才陆陆续续地退了出去。随着房门关闭，雪白的病房突然安静下来，只有心率仪发出不疾不徐的嘀嘀声，闪着红绿交错的光。

江停扭过头，望向隔壁病床。

严峫戴着呼吸面罩，侧脸轮廓被遮住大半，但英挺的眉眼还是在支棱的黑发和棱角分明的额头下清晰可见。

“……”江停用力支起身，拔了输液针头。

他的手修长又白，淡青色的血管非常明显，一溜儿血珠随着针头冒了出来，但他仿佛全然没有感觉，扶着床头柜走到严峫身边坐下，长长吁了口气。

严峫的生命体征都非常平稳，随着呼吸起伏，氧气罩微微泛起温热的白气。江停抓起他的手紧紧攥住，感觉那只满是细微伤痕又带着枪茧的手硬硬硌着自己的掌心，甚至到了有点发疼的地步。

那微许的疼痛终于让他确认这个男人还活着，还好好躺在眼前。

江停无声地出了口气，抬手抚平严峫即便在昏迷中都不忘严肃紧皱的眉头，然后细细端详这张英俊的脸，眼底渐渐浮现出一丝连他自己都没发现的温情而悲哀的情绪。

“……白长了一副精明相，”他喃喃道，“傻乎乎的。”

江停疲倦至极，俯身将额头轻轻抵在了严峫结实的手臂上。

山林已经完全陷入了黑暗，风穿过树梢，远处山头上隐约传来野兽的嚎叫。几辆警车开着远光灯围在指挥车边，秦川肩窝架着卫星电话，一边“嗯嗯、是是”，一边两手平伸让苟利帮忙包扎伤痕累累的十指。

“老严脱离危险了？行啊，吉人天相……对对，两名受害者应该是从山坡顶上摔下来的，是不是失足倒不好说，我看，悬。另外山坡顶上土坑里有一具青少年男性尸体，根据李雨欣的供词应该是贺良，已经装好，准备跟大苟一起送往市局了……是，是，知道了，一有情况立刻跟市局联络。”

“秦副，秦副！”高盼青一头钻上车，“快来，有发现！”

秦川两手被苟利逮着涂黄药水，挂不了电话，维持着歪头耸肩的姿势原地转身：“怎么啦？”

高盼青提起手上那只物证袋，明晃晃的车灯下，只见那袋里赫然是个空矿泉水瓶：“这是痕检在埋贺良尸骨的土坑底部发现的，瓶底还有极少量液体残留，另外还有个瓶盖已经单独装起来了。”

矿泉水瓶？

秦川接过证物袋对着光一看，突然“嘶”地吸了口气：“……贺良的尸骨是去年七月被埋葬的吧？”

苟利不解其意：“是啊，都化成白骨了啊。”

“但这瓶农夫山泉的生产日期……是三个月前。”

车厢突然陷入了安静，秦川、苟利和高盼青面面相觑，一丝丝寒意顺着骨髓慢慢蹿了起来。

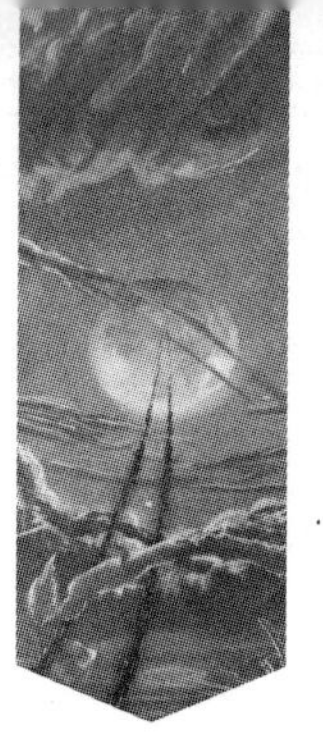

第18章

凌晨，病房里熄了大灯，病床被布帘密密遮挡住，昏暗中只有仪器闪烁着光点。输液瓶中液体一滴滴落下，心跳监护仪有规律地发出嘀嘀声，突然从布帘内传来几乎难以听见的细微呻吟。

江停猛然睁开了眼睛，翻身下床。

果不其然，严峫的麻药劲儿已经过了，第一波痛苦在半昏半醒间悄然来袭，让他迷迷糊糊地辗转反侧，豆大的汗珠顺着鬓发滑下枕头，不停去抓皱巴巴的床单。

江停立刻按铃，主任专家为看护严峫特意换到了今晚值班，亲自带着护士过来测过体征，点头道："总体情况都挺好的，术后疼痛也实属正常。就是这小伙子力气太大了，家属得好好看着，别让他乱翻压到伤口。"

江停看严峫眉头拧得死紧，不住呻吟，脸和脖颈都被汗浸透了，就问："能打个止痛针吗？"

主任还没说话，新来的小护士直不棱登来了句："省会的警察还怕疼呀！"

江停说："警察也是人，是人怎么会不怕疼呢。"

主任瞪了小护士一眼，立刻催她下去拿止痛针上来，亲手给严峫打好。几分钟后严峫果然平静下来，紧攥着床单的手也松开了，甚至发出了均匀平静的呼吸声。

"手术后第一晚总是会比较艰难，家属要随时注意情况，有疑问立刻按铃……"主任又详细交代了几个注意事项，看江停都清清楚楚答应好，才带着小护士离开了病房。

江停回到病床边，困意全无。

严峫的情况看着比刚才平稳多了，脸色也不像刚才那样黄得发青，就是疼出来的冷汗还没完全退去。江停怔怔看了会儿，突然想起什么，起身去拧了个热毛巾回来，仔细抹掉他额角和脸颊的汗迹，又一点点小心擦拭那潮湿的脖颈。

但就在毛巾擦到咽喉部位时，突然江停动作一顿——他的手突然被严峫抓住了。

“……”严峫睁开眼睛，视线还非常涣散，嘴唇动了几下，“……”

“嘘，”江停想把手抽出来，“很晚了，别说话。”

但他一用力，竟然没挣脱开。严峫直勾勾地盯着眼前的江停，目光逐渐有了神采，看上去似乎倒比打止痛针前更清醒了：“你怎么……在这里……”

江停没有回答这个问题，只抽回了手：“睡一会儿吧，你不疼吗？”

“你……是来照顾我的？”

深夜的病房里静静的，江停没吱声。

严峫眼底浮现出一丝几不可见的笑意，说：“但我好疼啊，疼得睡不着。”

江停心说，得，刚才那支止痛针大概是打到狗身上去了。

“你把手给我……给我就不疼了。”

走廊远处传来护士轻轻的脚步，江停轻轻出了口气，尾音里带着连自己都听不出的无可奈何，把毛巾丢在床头柜上，握住了严峫的手，旋即被严峫用力攥紧。

仿佛过去很久很久，病床上的呼吸终于再次恢复了昏沉悠长。

他睡着了。

江停没有动，安静地坐在那里。

一周后。

江阳县街头公用电话亭。

“知道，我没事，早出院住招待所了……找个人过来接我，你就不用来了……”

电话那头杨媚的声音活像是十根又尖又利的指甲狠命刮擦小铁板：“我怎么能不过去？我怎么能不过去？！那个姓严的死鬼会不会开车？怎么就翻进河里了？肇事的抓到了吗？为什么这几天什么都不告诉我？你住在哪里？谁给你做吃的？小刘！小刘开车，我们去江阳，现在就去！！”

江停几次插话都插不进去，听筒那边传来鞭炮般惊天动地的炸响，只得挂了电话。

上午江停出院去买了点中药材，又在医院边的餐馆点了条活鱼，让老板现杀后跟药材一起熬了锅鱼汤，什么味精调料都不放，熬得雪白浓稠又没有一丝腥气，准备带回去给严峫补充营养。

虽然严峫未必需要补充任何营养，住了几天院后，所有医生护士都一致认为，比较需要卧床休养的那个人不管怎么看都应该是江停。

江停左手提着保温桶，右手端着杯热豆浆，刚进医院大门，就听到身后传来一道熟悉的大嗓门：“呦，陆顾问！”

他一回头，果不其然，赶上来的是马翔。

“您这是干什么，煲汤呢？哎哟，我跟您说，严哥根本不需要这个，他壮得跟公狗似的。相反是您，又是惊吓又是落水，真得赶紧补补去。”

江停没搭理这茬儿，顺手把保温桶交给马翔提着：“你怎么过来了？”

“江阳县派出所对案发时段的可疑车辆全部筛查了一遍，已经出结果了，魏副局说我们下午就出发回建宁。这不，临走前我先来跟严哥汇报一声。”

江停点头不语，也没问筛查结果如何。

马翔虽然大大咧咧，但其实粗中有细，这种等级的敏感信息在没获得严峫首肯之前是不会随便告诉陆顾问的，这点他们两人都心知肚明。

“两个人质的情况怎么样？”江停喝了口豆浆问。

马翔说：“嘿，我正要说这个呢。早上步薇醒了一次，又晕过去了，医生说可能精神刺激太大，指不定什么时候能接受警方问话。申晓奇的情况，比较凶险，可能是摔到了头，现在还在ICU里，据说医生也没法估计他什么时候能醒。”

“有变成植物人的危险吗？”

“不好说，我看悬。”马翔叹了口气，“还有个事儿特别邪乎——吕局跟秦副支队亲自带人封锁了天纵山各个出入口，搜了两天都没搜到可疑的绑匪人影，现在全市局上下都快疯了，唉。”

江停皱起了眉，慢慢踱着步穿过医院大楼前的停车场。

他腿长，步子不小，但步速非常稳重缓慢，马翔不得不稍微放慢了些跟着他，半晌，只听江停沉吟道：“这个案子侦破的点还是在申晓奇身上。绑匪到底是什么人，当天是如何出现在天纵山的，之前有没有以任何方式尝试接触过两个孩子，包括跟踪、监视、监听、社交软件聊天私信等。这些信息光指望步薇恐怕远远不够，我还是倾向于从申晓奇身中得到更多线索。”

马翔若有所思地点头答应，突然又想起了什么：“对了，您知道老高在现场捡了个矿泉水瓶吗？”

“你们严哥昨天接电话的时候我听了一耳朵，没听真切。检验出结果了？”

“结果是有，但……瓶身指纹和瓶口DNA的指向是一致的。”马翔明显也十分迷惑，说，“都只有申晓奇碰过这个水瓶。”

江停倏而站住脚步，似乎突然想到了什么，眼神微微惊疑。

这时他们已经走到了住院部大楼门口，两人面面相觑，都没吭声。过了好几秒，江停才反应过来，喝完最后一口豆浆，扬了扬空塑料杯：“等等我，我们上去再说。”说着转身走向远处的垃圾桶。

到了中午探视时间，住院部门口人就多起来了。马翔站在大楼门前的台阶上，提着保温桶往边上避开几步，让过了几大拨医患家属人流，抬头只见远处江停把豆浆杯扔进垃圾箱，转身向这边走来。

“小马！”突然身后传来喊声。

马翔循声回头，与此同时，江停也随之望去。

霎时，江停一僵。

便衣挎包的魏副局提着水果，正从医院大门口走来，边登上台阶边意外地冲着马翔：“我说你怎么大中午的见不到人啦，原来也过来看严峫，早知道我就搭你的顺风车了……站在大门口干吗？”

数米外，江停退后半步，闪身藏进了刚巧路过的一大拨人里。

马翔：“啊，我正在……”

“等人吗？”魏副局顺口问。

马翔余光扫过刚才江停所站的位置，人已经不见了。

“哦，没，”马翔声音略微打了个顿，随即又转回魏副局，“我一个人来的，刚好在犹豫要不要回头多买点水果，正巧就碰见您了。”

说着，他提了提手上那个保温桶：“幸亏我带的是鸡汤，不然医院门口卖的那点香蕉苹果跟您这进口果篮一比，嘿，那可就跌份儿了！”

魏局不由得失笑：“看那猴样，你严副支队还差这口吃的？上去吧。”

魏副局不紧不慢地提着果篮进了大门，马翔转身前一瞬，隐蔽地向不远处望去，正撞上人群后江停的视线。

江停摆手示意他快走，用口型无声地说了两个字——“谢谢。”

马翔点点头，尾随魏副局匆匆离开了。

严峫很不高兴地靠在病床头，每隔三十秒就看一看表。

江停在翌日就出院了，之后每天会过来看他两眼。真的只是两眼，踩着点过来送个午饭就走，让他简直不知道该知足感恩江队亲自洗手做羹汤，还是该指着江停的鼻子骂娘。这就算了，更过分的是今天距离平时送饭的点已经过了十分钟，那个从水里捞上来拍拍屁股就当无事发生的江队却还没出现。

严峫正琢磨着要不要挣扎着去护士站，找护士打个电话问问，突然病房门一开。

“怎么才来？我都等了好几……”

严峫声音一哽，魏副局莫名其妙地站在门口：“啊？”

两人面面相觑，马翔踮脚从魏局身后探出头，不断向严峫做杀鸡抹脖的手势。

病房安静几秒，随即严峫眼睁睁看到魏副局那张臭了几十年的老脸一红，捂着嘴咳了声，挣扎、矛盾、欲言又止和掩饰不住的愧疚等混杂在一起，半晌才憋出来一句：“……不是不想来看你，唉，这几天忙着调查你又不是不知道……你说你这孩子，还撒上娇了。”

严峫：“……”

马翔：“……”

简直像一道天雷轰然劈下，严峫内心惊涛骇浪，下意识地在脑海中搜索了十八个来回——没错，魏尧上次管他叫“你这孩子”大概是二十年前第一次因为打群架被抓进派出所的时候，之后就变成“你这狗 ×”了。

魏副局大概也觉得老脸有点挂不住，赶紧把果篮放在床头，岔开了话题：“恢复得怎么样啊？你爹娘呢？”

严峫直不棱登：“怪不得您提这么一大篮水果，原来是来看我爹妈的？”

魏副局差点儿一巴掌拍他脑门上：“我来看你需要提这么贵的水果吗？你这狗 × 吃水果吗？带碗红烧肉不就打发了？”

“说得好！”马翔鼓掌。

江队没等来，等来了搅局的，严峫满怀怨念无处发泄，有气无力地说：“甭想了，我就没让人通知我爹妈。马翔给带了什么吃的？有肉没？快点，我快饿死了。”

“什么？胡闹！这么大的事怎么能不告诉家里！”魏副局一听急了，立刻就摸手机准备给年老貌美曾翠翠打电话。谁知刚打开通信录，手机就被严峫简洁迅猛一把夺下，囫囵塞进了被子里：“别打别打！”

“你疯了吗？不告诉家里，万一出个三长两短我怎么跟你老爹交代？”

“您要是告诉他俩，回头我妈肯定要么逼我辞职，要么买通一堆十八线小网红排着队跟我相亲，信不信？！”

魏副局：“……”

这真像年老貌美曾翠翠能干出来的事。

魏副局不得不服软了："多大点事儿，你就献身呗，又不吃亏。"

严峫哼哼唧唧地逼魏尧松口答应瞒着家里，等出院后回建宁再自己把这事告诉爹妈，然后才把手机从被窝里掏出来还给魏副局——后者以多年老刑侦的敏锐嗅觉判断出手机被严峫的脚臭味污染了，让严峫拿毛巾擦了两遍才肯接。

"那这几天谁照顾你呢？"

严峫说："哦，您问这事儿。我警校有个姓陆的同学在江阳县，这次提审李雨欣他还帮了忙来着，上星期手术完以后他照顾了我一宿。"

他们市局的下到基层后请当地警察帮忙打招呼、疏通人脉，都是比较常见的事情，魏尧也没在意，看着马翔从保温桶里盛出了一碗雪白的汤递给严峫，顺口问："咦？这不是鱼汤吗？"

严峫没什么食欲地用勺子搅了搅："是啊，怎么？"

"小马刚才跟我说是鸡汤。"

严峫勺子一顿。

"我……我楼下餐馆里点的，"马翔一拍脑袋："记混了，记混了，还是鱼汤好，鱼汤清淡。"

严峫登时反应过来发生了什么，嘴角不受控制地略微一翘，有滋有味地喝了口鱼汤："嗯！不错！确实是鱼汤味道好！"

马翔摸着头讪笑不语，倒是魏副局还真以为这鱼汤特别好喝，疑惑地皱着鼻子闻了闻，奈何没油没盐的，他老人家怎么都没闻出个鲜味儿来。

"怎么着魏局？"严峫赶紧岔开了话题，问，"您今天终于舍得过来看我，应该是搜索有进展了吧？"

魏局被"终于舍得过来看我"雷了一下，但自觉理亏的老头又不好意思嫌弃他，悻悻念叨了两句才说："进展嘛，进展确实是有的。"

"嗯？"

"肇事货车在案发时遮挡了车牌号，但老黄带着江阳县派出所刑侦中队查了两天两夜，终于在江阳县附近的一个国道入口发现了高度可疑的目标货车，甚至还拍到了司机的脸。现在附近路段的交通录像和安全监控都已经被调到市局，我们准备天网锁定肇事车辆的逃逸路线，最多三天就能出准确结果了。"

江阳县的国家安全监控系统建设是比较好的，这种手法低级的犯罪潜逃，逃出刑侦人员掌心的可能性不大。

严峫嚼着鱼骨："那敢情好，赶紧把这几个孙子抓住，十有八九跟绑匪是一伙的。”

“鉴于李雨欣被灭口这点来看，这个可能性确实非常大，但我发现了一个难以解释的疑点。”

“什么？”

魏副局不答反问：“你还记得范正元吗？”

严峫微愣，紧接着记起了这个名字。

范正元，别名范四，在医院追杀江停后逃跑，紧接着被阿杰掐死碾轧成肉酱，惊心动魄地铺在了高速公路上。

“范正元在建宁市三毛街南巷向你开过一枪，现场留下了子弹头，但因为没有膛线，所以无从追查，被技术队作为‘五〇二案’的物证之一保存下来了。”

严峫眨着眼睛，示意魏副局继续说。

“几名犯罪分子向你们射击的土制子弹，包括造成你前后贯穿伤的弹头，因为都遗落在河水里，受条件限制，暂时还没全部打捞上来。所以我只能让人把小张手臂内挖出来的弹头送去做成分检验，发现其金属成分和火药残留，与范正元遗留下来的那颗子弹头完全一致。”

大家都是十多年甚至几十年的老刑警，几乎在话音落地的瞬间，严峫就明白了魏副局的意思。

他的脸色变了。

“黑作坊锻造出的子弹质量是非常不稳定的，如果两颗弹头的金属及火药成分完全相同，那只能说明一点：它们是同一批次的产品。也就是说曾经袭击你的范正元和这次几名犯罪分子很可能有某种联系。”魏副局顿了顿，神情凝重地望着严峫，“甚至有可能，他们真正的目标不是李雨欣，而是你。”

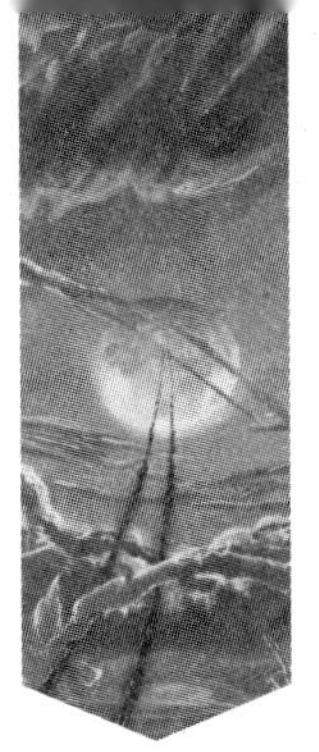

第19章

仿佛闪电劈过脑海，电光石火间，严峫只有一个念头：不，不是我。

是江停！

他们追杀的是江停，这伙人袭警的时候江停也在车上；甚至他自己中弹，也是因为当时正把江停托在怀里。

如果那伙人不是冲李雨欣来的，那他们的刺杀目标就不言而喻了！

严峫全身刺骨发寒，久久不能言语。

他那表情实在太罕见，以至于魏副局还以为他被吓着了，难得连忙放软语气："当然，你也别太惊慌，土制子弹的销售范围难以确定，这伙人跟范正元的联系目前也只是警方的猜测，还是要抓住犯罪分子之后才能往下查。你呢，一定要好好养伤，我已经在医院附近安排了便衣巡逻，等你出院那天，我一定让市局的人开车来接你回建宁……"

"啊，没事，"严峫回过神来，勉强笑了笑，"我刚才走神了。"

魏副局别扭地打量他，拼命想板起老脸来掩饰自己的关切，以至于面部表情有点扭曲。

"真没事，范正元已经死得不能再死了，肇事袭警那伙人也迟早会被抓住，到底是谁背后主使的，到时候一审就能水落石出。"严峫摸着下巴咳了声，说，"我刚才其实是在想步薇和申晓奇那边，他俩醒了吗？还有李雨欣说，在贺良的行刑地她看到了两具尸体，很有可能是系列绑架案的第一起被害人，现在是不是还没找到在什么地方？"

这姓魏的老头终于可以找碴儿骂他两句来掩盖自己快溢出来的怜爱了："你这小子怎么这么能操心呢！肚子上开了口还不闲着？市局破案就靠你一个能人了是不是？"

严峫继续嘣他的鱼骨头。

魏尧悻悻地把步薇和申晓奇的现状、对天纵山案发地区绑匪的搜查，以及现场那个诡异的矿泉水瓶等情况说了，告诉他封锁范围已经扩大到了天纵山周边和恭州交界的部分，虽然提取到了疑似绑匪的脚印和衣服纤维，但还是没找到更有价值的线索。

除此之外，因为李雨欣疑似被灭口，去年她跟贺良正面遭遇绑匪的地方也没能确切定位，也就是说明知道有两具尸体却找不着在哪儿。据吕局说，省委刘厅这几天血压飙升，满嘴上火，简直苦不堪言，喝了整整两斤中药都无济于事。

严峫一边听着，喝汤的动作渐渐慢了下来，脑海中莫名想起了江停的声音：

“仲夏初茫，七月未央。这句话的意思是，七月中旬傍晚时分，绚丽灿烂的落日于某地八点零九分落下，宣告少年时代结束，刑罚时刻开始，随之而来的漫漫长夜是整个行刑过程……

“他真正想行刑的对象不是贺良，也不是申晓奇……背叛了他的人是我。”

严峫沉思着放下了碗。

他隐约感觉到现状的症结就在江停那语焉不详的几句话上，在江停不为人知的往昔岁月中，发生过跟背叛、懦夫等意象密切相关的事，并且那些记忆被幕后主使通过行刑仪式而具象化，演变成了今天的连环绑架。

甚至，连胡伟胜、丁家旺制毒团伙和那个杀死了范四的狙击手，都跟此事有着千丝万缕说不清楚的联系。

但，究竟是什么联系呢？

“得了，你先休息吧。”魏副局拍拍袖子站起身，“好好休养，不要多想。市局有你余支队坐镇，还有秦川也被临时征调过来帮忙，你最重要的任务就是别辜负他们的心意，尽快恢复健康，别留下任何旧伤，啊。”

严峫回过神来：“秦川来刑侦支队帮忙了？”

“那还能怎么着？你余支队那心脏病，谁敢让她加班哪？”

“……那秦川很多事决定不了的，是问余支队还是问方支队？”

两人对视一会儿，魏副局撑不住笑了起来：“呦，你还会打小报告上眼药了？”

严峫说：“方支队平时也没少打我小报告，这不是礼尚往来吗？我也是怕老方在队里给我埋下什么眼线之类的，回去后行动被人盯着，不好办事儿。”

魏副局似乎想说什么，但欲言又止，只叹了口气。

严峫本来还在想案子的事，对市局的人事变动也就是那么一说，看魏副局那样，倒敏感地察觉到了什么：“怎么？”

“你与其担心老方给你埋钉子，不如担心余支队病退之后怎么办。”魏局俯在他耳边放低了音量，“王副局要退休了。”

严峫眉峰一挑。

“车到山前必有路，船到桥头自然直；眼光放长远，没有过不去的坎。”魏副局拍拍严峫的肩，语重心长地道，“年轻人，健康才是一切的根本。”

严峫拧着眉心，终于点了点头，魏副局这才提溜着马翔走了。

魏尧一走，这病房里又恢复了安静，严峫对着床头那保温桶里的鱼汤底儿，脑子里不停地转着各种念头。

分管人事的王副局要退休了，本来也不是什么大事——人到年龄都会退，公安系统除了像江停那种自带光环的天降文曲星，绝大多数警察都是按部就班地一级级提拔，只要不出太大差错，到年龄混个警督总是有的。

坏就坏在，接任王副局的顺位人选是余珠，而余珠刚刚放出了自己要病退的风声。

如果组织上有意跳过余珠，那么在她之下还能提拔的，从资历、声望、功劳和年龄这几方面综合来看，明显最佳人选是方正弘。

严峫自认为跟方正弘没有太大矛盾，除了年轻不懂事刚进市局那阵子，有天去隔壁禁毒支队找秦川玩儿，方正弘看到他戴的腕表，随口夸了句：“你表不错，哪里买的？”二十啷当岁傻不拉儿的严峫当众摘下表说“皇家橡树，也就六十多万，方队喜欢拿去呗”，导致方正弘当场黑下脸来拂袖而去之外，这么多年来其实没闹过其他别扭。

但方正弘这人似乎挺记仇，而且近年来有越发小心眼的架势。这次归队后表现得就更加明显了，连闯进刑侦支队指着严峫鼻子大骂的事情都做得出来，让人不由得怀疑他是否到了更年期，有点控制不住他自己。

严峫呼了口气，强行把这些关于人事方面乱七八糟的东西从脑海中清除，将思考重点放回到案子上。

在他十余年一线干警生涯中，经历过很多情节曲折、恩怨离奇的大案，甚至有些巧合到让人不得不迷信真有亡魂鸣冤这么一说的地步。但像眼下连环绑架这么怪异、吊诡，充满着一层层迷雾似的意象的案子，还真是前所未有。

现在想想江停那天在医务室里说，这个案子仿佛在诱导着他去探索犯罪者的内心世界，让他不得不一直站在犯罪者的角度思考甚至共情，以至于被拽进某种恶意的思维旋涡时，他是想表达什么呢？

作为一个几乎拒绝任何倾诉的人，江停是不是在隐晦地，连自己都没意识到地求救？

“怎么还没来……”严峫又看了眼时间，喃喃道。

他想了会儿，扶着墙咬牙下地，出了病房。

单间病房楼层不像普通楼层那么拥挤，来探病的人也不多，他一路穿过走廊才被护士长发现：“哎哟严警官，你怎么一个人出来溜达了？你家属呢？”

“家属跟人私奔去了！”严峫没好气道，“你们电话呢？借我用用。”

护士长连忙把他引到前台，絮絮叨叨地教训他：“下次你按铃叫护士送个手机进去，别自己乱跑出来。虽然说下床走两步是好事，但万一撞着碰着可怎么办？主任说你起码还得住三天院呢……”

严峫只能“嗯嗯”应付着把她打发走，心说你们这是当我坐月子吧，人家剖腹产的第二天都能下床，我愣躺了一周算什么事？要不是你们非逼我卧床静养，保不准我现在已经飞美国打 NBA 去了！

幸亏护士长不知道他在想什么，否则估计会立刻没收电话，再把他赶回病房去锁起来。

“喂？”听筒里传出江停平稳的声音。

严峫向周围看了眼，附近没人经过，只有不远处前台小护士正斜着眼睛偷觑他，目光一接触，立刻红着脸儿起身走了。

“陆、顾、问，”严峫压低声音，故意一字一顿地问，“我的午饭呢？”

电话那边声音有些喧杂，好像正站在大街上，过了片刻才听江停说：“那桶鱼汤是我让马翔带上去给你的，喝了吧。”

“你人在哪儿呢？”

“手机黑屏了，来买个新的。”

“那你给我也带一个，不用多好的，能随便将就着用两天就行。啊对了，不要充值送的什么蓝色粉色美图手机，给人看了万一以为我是变态可怎么办？”

“……回头你自己来买吧，我就不过去了。”

“什么？什么你不过来了？”

江停的回答还是非常沉稳简单：“我今天过去的时候差点儿碰上你们魏副局，看住院大楼周围多了几个当地派出所的便衣，应该是来保护你的。现在这个局势我不方便露面，就先回建宁了，咱们回头见。”

话音刚落，严峫就感觉到他要挂电话，情急之下撞翻了前台上的装饰花盆，东西立刻砰砰咣咣地翻了一桌：“等等！”

“你怎么了？”

“您没事吧严警官？”刚才跑走的小护士立刻转回来，“哎呀您小心！怎么回事？您快坐下！”

“严峫？”听筒那边江停的声音明显不是很平稳了，“怎么回事严峫，快回话！”

严峫刚要说什么，突然眼珠一转，计上心来，瞬间如同神灵附体般做出了最正确的决定——他根本没回答江停，而是一屁股坐进椅子里，好似身体倒地般发出重重的闷响。

紧接着他咔嚓挂断了电话。

小护士吓呆了：“哎呀严警官，您……”

“没事，”严峫对她森然一笑，“我钓鱼。”

说着他起身拍拍屁股，在小护士莫名其妙的瞪视中溜达着回病房看电视去了。

半个小时后，鱼站在病房门口，一只手插兜，另一只手里还拎着电信营业大厅的购物袋，从绷紧的额角到呈直线状的嘴唇都可以看出鱼的心情不是很好。

“你刚才到底怎么了？”

严峫无辜地盘腿坐在病床上玩电视机遥控器：“没站稳，滑了一跤，咋啦？”

“……”

“哎呀，你看你还急急忙忙跑来，真是。”严峫立马起身从进口果篮里摸出个荔枝来剥了，英俊的脸上满是热乎笑容，“来，吃水果吃水果，特意给你买的。”

江停仿佛没看见那颗莹白的荔枝，从购物袋里拿出个新手机盒扔给严峫：“这大楼里外起码四个便衣，你叫我来干什么？”

严峫接住一看，竟然是最新款的苹果，跟他进水坏了的那个一模一样。

他不由得笑了起来，心说江停果然是江停，嘴里却故意道：“原来你也没那么担心我，瞧，还有心思继续挑手机，可见过来得并不着急嘛。”

江停冷冰冰道：“我又不是医生，再着急赶来也不能给你插氧气管！”

“哎哟，还生气了。”严峫满脸“那我就哄哄你吧”的妥协，“哎呀，这不是刚才魏局来说调查有了新进展，我心急火燎地想跟江神探你商量吗？甭生气了警花，来吃水果。”说着起身把江停拉到病床边的扶手椅里坐下，又亲手剥了个橘子，硬塞进了他手里。

江停有个好处是，因为他吃也吃不多，又总是低血压，所以塞进手里的食物基本都会下意识地吃一点。严峫眼看着他不是很高兴地撕了瓣橘子塞进嘴里，视线在那嘴唇上停留很久，才挪开目光说：“这次袭击我们的孙子，跟范四很可能是同一批人。”

江停含着橘瓣：“什么？”

严峫把魏局刚才的话转述给他，本来不想提办公室斗争那部分，但因为江停目睹过方正弘跑来刑侦支队骂街，因此三言两语带过了市局将有可能发生的人事变动，又道：“如果这次撞车放冷枪的犯罪分子跟范四真是一伙的，或者受雇于同一名雇主，那么他们的目标到底是你、我还是李雨欣都不好说，但你是尤其危险的。”

江停似乎陷入了思索，把刚吃了一瓣的橘子放在了床头柜上。

“不一定。”半晌他突然开口道。

“嗯？”

“子弹成分相同只能说明两批杀手共用一个进货渠道，或者来自同一片地区，并不能确定他们的目标都是我。如果真有人那么想杀我的话，在建宁有很多机会可以动手，没必要非逮着我坐在警车上的时候，这样造成的动静太大，收尾也太困难了，跟正常行为逻辑相悖。”

这个观点确实也有道理。

“是吗？”严峫脸上不动声色，“那你觉得子弹的事只是巧合？”

江停说：“可能吧，也可能两拨杀手恰好用了同一个地下中介，这条线索可以等你回建宁后再追查下去。”

严峫点点头，坐在病床边缘，两手撑着膝盖自言自语：“可惜虽然找回了人质，李雨欣却被灭口，最后还是失去了绑匪的踪迹……要是知道更多线索就好了。”

江停仿佛浑然没听见，站起身说：“目前没有更多线索也是没办法的事。我先走了，你保重。”

“你上哪儿去？”

“杨媚找了人来接我回建宁。”

严峫猛地抬头，却见江停已经站起来，转身往病房门口走去。

就像之前江停自嘲的那样，他一直是两手空空又身无长物，因此来去都非常利索，出现时让人惊喜，离开时又难以挽留。严峫盯着他的背影，眉梢一挑，心知不能让他就这么走了，这段时间经常徘徊在脑海中的各种猜测闪电般运转，突然萌生出了一个极其大胆的试探的想法：“——你明知道那伙人想杀你，还敢离开我单独行动，是指望‘那个人’会像杀死范四那样，再次出手解决问题吗？”

病房里空气似乎凝固了一瞬，紧接着江停转过身：

"……你什么意思？"

"你知道我是什么意思。"严峫紧盯着他乌黑的双眼，从病床边站了起来，"我奇怪的只是，到底是怎样一种关系，能让你一边告诉李雨欣说自己背叛了那个人，同时却又如此相信那个人会保护你呢？"

江停身体半侧着，没有完全转过来面对严峫。他的脸好似被白森森的冰冻住了似的，许久才淡淡道："什么背叛，那是我骗她的。"

严峫硬朗的面部轮廓纹丝不动。

江停说："问讯过程中采取诱供的手段很常见吧，难道你当真了？"

"我不用当真，因为那本来就是真的。"

严峫一步步走向江停，直到站在了他面前："那不是诱供，也不是审讯技巧，是你的确从贺良李雨欣、步薇申晓奇这两对少男少女身上看出了自己过去的影子。所谓'背叛'根本与那两个被害男生无关，是幕后主使跟你之间发生过的，只有你们两个知道的往事。"

严峫虽然受伤没好，但他站起来的时候还是比江停高小半个头，强悍的身体所带来的压迫感，在两人面对面时尤其明显，几乎把江停侧脸笼罩在了阴影里面："都到这一步了，你还不打算说实话，难道是想眼睁睁看着绑架案继续发生吗，江队？"

"你认为什么才叫实话？"江停说，"不用那么麻烦，直接告诉我，我说给你听？"

在这么近的距离下，江停必须稍微抬起下巴才能与严峫对视，但他的姿态还是非常平静，甚至有些如坚冰般无论如何都无法撼动的意思。

严峫略微低下了头，咬着牙，几乎贴在江停耳边："那个被你背叛的人，连环绑架幕后主使，就是胡伟胜家天台上看不清面孔的持枪者，是不是？"

"……"

"他的名字叫黑桃K，'停云'背后的大毒枭。"严峫一字一字轻轻道，"丁当在看守所里全交代了。"

江停的瞳孔在"停云"二字落地时稍微扩大了。

"江停，"严峫抬起头，居高临下盯着他的眼睛，"我不想用威胁的办法逼你提供任何线索，因为我知道凭你的智商轻易就能把谎言说得比真金还真。我希望你心甘情愿信任我、愿意跟警方合作，但要是你坚持维护那个黑桃K，我会对你非常、非常失望……

"如果你冒死救出来的人竟然跟一个毒枭藕断丝连，换成一片真心错付了狗的人是你，你会怎么做？”

江停微微点头，唇角露出一丝冷笑，紧接着那笑容在严峫的注视中越来越明显。

“藕断丝连。”他就带着那样的笑容把这个词重复了一遍，挑眉问，“原来你以为用一个缉毒警的名字给毒品命名，竟然不算极端的羞辱，而是某种旧情未了的证明？”

严峫没吭声。

“还是说，你之所以产生这方面的疑问根本与案情没关系，纯粹是把自己内心不敢说出口的欲望牵强附会到我身上来——”

江停慢悠悠拖长了最后一个字的尾音，带着刻意的讥诮：“严副队？”

刹那间，严峫整个人僵在了原地！

那种无法宣之于口的隐秘感情，心知肚明是一回事，说出口就是另一回事了。何况在现在极度僵持的情况下不计后果地一把撕开，那种巨大的难堪，冲击力是极其猛烈的。

江停眼底浮现出几许彬彬有礼的遗憾，转身就去开门，动作干净利落得堪称冷酷，但就在他指尖触到门把手时，右肩被人扣住了，紧接着发力掀了过来，在来得及挣脱前就被“砰”地顶到了门板上！

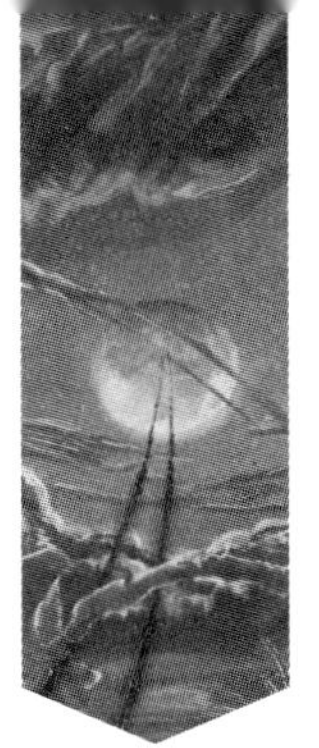

第 20 章

江停头咚的一声，黑发被揉在门板上，霎时眼底是来不及掩饰的惊愕。

这确实太突然了，完全跟江停本来设想的背道而驰，以至于他头脑一片空白，下意识伸手去推，被严峫抓着手臂一下抵在了门背后。仓促挣扎间门板又发出了砰砰几声撞击，随即被衣背摩擦而窸窸窣窣，在充血的耳鼓中听来格外明显。

……会被走廊上的人听见，他脑海中只有这么一个念头。

然后他才模模糊糊地感觉到异样，似乎本来应该是针锋相对的，但实际的发展又不是那样。过了好几秒乃至更久的时间，他才发着抖把严峫推出去了半步。

太不真实了。

眩晕得有点荒唐。

周遭凝固般安静，远处走廊上护士的走动和说话声隐约传来，反衬得两人凌乱的喘息和呼吸异常清晰。

“……”严峫止住胸腔起伏，按着腹部刀口的位置慢慢站起身，问，“怎么样？”

江停拇指紧紧掐着中指内侧指节，才能发出比较正常的声调来：“什么怎么样？想让我夸你吗？！”

尽管他声线竭力压平，但最后一个字音还是上扬得有点过度，连严峫都听出来了。

但严峫没有笑，也没有任何得意、不满或其他情绪波动。

“我不值得你肯定？”他反问道。

——所有夹杂着试探的信任，隐藏着矛盾的合作，危难时毫无保留的援手和遇险时豁出性命的保护，难道这些都不值得肯定吗？

“……我对李雨欣说的话的确是骗她的。”良久后，江停冷冰冰道，“黑桃K是毒枭，我是警察，不论我做什么都谈不上‘背叛’二字。如果你的思维被一个精神变态的疯子带着走，很快就会觉得身边所有人都可能是叛徒。”

他伸手抓住门把手，向严峫略微抬起下巴：“你三十多岁了，冷静点想清楚，别把自己的小命玩死。”

咣！

门打开又关上，江停的脚步渐渐消失在了走廊远处。

严峫慢慢退后，坐在了病床边，十指插进头发里用力摩挲，然后突然像下定某种决心般深吸了口气，一把拿起那个新手机打开插卡。

“喂，爸。”严峫顿了顿说，“我在江阳县出了点事，帮忙叫个大车过来，接我立刻回建宁。”

江停打开副驾驶门，钻了进去，重重扣上安全带。

“走吧。”

杨媚坐在驾驶座上，大概真是一路上心急如焚，连她视若性命的妆都没来得及化好：“江哥……”

“没事，”江停说，“那个中弹进了手术室的蠢货又不是我。”

然而杨媚眼底的忧虑并没有因此减轻，反而更浓重了：“江哥，实在不行，这个案子就别跟了吧。中国那么大，咱们哪里不能躲？先是医院，又是这次，连坐在警车里他都敢动手，那个人简直、简直……”

“你说黑桃K？”

光天化日之下猝然听到这个名字，让杨媚霎时愣住了，紧接着森寒从脊椎猛蹿上来，令她不由自主地打了个哆嗦。

“动手的不是他。”江停对杨媚的寒噤视若无睹，说，“不过难得的是他在这个案子里留下了破绽，所以一定得追下去。”

“……什么……什么破绽？”

江停没有立刻回答她，而是从杂物匣里摸出墨镜和口罩戴上，再把座椅向后仰倒，调整到了一个上高速时不会被监控摄像头拍到脸的角度。

“开车吧，”他说，“我先睡一觉，换手时叫我。”

不夜宫KTV。

上次车停在后门时，还是刚出院的时候。江停钻出车时向远处巷口望了眼，路灯下却没有了那个背着书包、穿蓝色上衣、心虚着慌慌张张避开的年轻男孩。

他收回了目光。

“不用叫厨房做吃的，”江停在杨媚开口前就堵住了她，“我上去看点东西。”

杨媚好不容易提起的粉嫩少女心登时被一瓢凉水浇了下去。

江停关上门，打开台灯。

KTV 楼上这间套房跟他上次匆匆离开时的模样已经不同了，被褥床罩都换了干净的，喝了一半的水被倒掉浇盆栽，玻璃杯被洗得透明发亮，整整齐齐垒在沙发前的茶几上。

唰啦——

江停拉上窗帘，一颗颗解开衣扣，反手将衬衣扔在床上，走进了浴室。

花洒喷出温水，热气迅速蒸腾上来，江停闭上了眼睛。

曾有段时间他觉得告别这个世界最舒服的方式是在温水里溺死，无知无觉、安安静静，犹如回到了他那早已记不清面孔的母亲的子宫。但当他被绑在安全带上沉入河水中时，刹那间脑子里想的却是，我怎么能死？

他永远也不会告诉严峫的是，当进水的车门第一次被打开时，那几秒他其实是清醒着的。

他能感觉到严峫被拽出去了，身侧的小姑娘也被救走了；车厢缓慢地打着旋儿沉入河底，毫不意外地只有他一个人被孤零零绑在后座上，投向死亡冰冷的怀抱。

这就是终结了，当时他想。

他却没想到车门会在巨大的水压下被再次打开，梦中出现过的手伸向现实，将他死死拉住，用力拖向生的彼岸。

江停长长吁了口气，再睁眼时，看见对面模糊的镜子，便随手将水汽一抹。

镜中的人看上去比实际要年轻一些，但也年轻不太多，至少眼角已经有了岁月留下的细微痕迹，不过出于很少笑的缘故，唇角两侧异常平整，并没有他这个年龄的人惯有的鼻唇沟。

他小时候肤色就比其他孩子白，病床上躺了三年，让脸色变得更加苍白，缺少生气，反衬出眼珠有点过分锐利的黑。公大毕业出来那几年，体形还算是比较健康精悍的，现在也毁了，如果不尽力挺直背脊抬起头的话，怎么看都有点孱弱。

那还不是惹人怜爱的孱弱，而是一边满身陈旧伤痕，一边又带着格格不入的疏离和冷淡，让人看了就想敬而远之的感觉。

江停蹙眉盯着镜子，连自己都觉得不是很好看。别说跟漂亮姑娘比，哪怕跟青春有活力的小男孩站在一块儿，都显得格外不可爱。

所以那个姓严的富二代刑侦支队长，恐怕不仅傻，还有点瞎。

江停自嘲地一笑，随手泼了把水在镜面上，不可爱的身影顿时在水迹中扭曲得光怪陆离。

少顷，他披着浴衣走进卧室，随便擦擦还滴着水的头发，从门后抽出白板，然后打开了床边书桌下一只焊死在墙壁上的保险柜，取出几只被线扎好的牛皮纸袋。

纸袋里赫然是无数笔记、旧报纸、几十张照片等，零零散散撒了一桌。

江停从中抽出一张泛黄的黑桃 K 扑克牌，用磁铁钉在白板中心，随即抽出记号笔在其周围画了左右两道箭头。左边箭头指向恭州禁毒总队，随即又分出另一道箭头写上：胡伟胜。

右边箭头指向一个问号，问号下又分出左右，分别写的是范正元，以及江阳县。

他在每只箭头边补上零碎的关键信息，然后退后半步审视这张白板，半晌后再次提笔在空白处写上了两个并排的词组——“绑架”“行刑”。

他将“行刑”指向黑桃 K，“绑架”则迟疑几秒，指向问号。

套房里只亮着一盏台灯，床铺、衣柜等大部分空间隐没在阴影里，只有眼前这方寸之地笼罩着暖橙色的光晕。江停拿笔的那只手撑在唇边，下意识地咬着大拇指指甲，目光从桌面上那摊写着密密麻麻的笔记和一张张熟悉的警察人像照片上扫过。

无数零碎线索从眼前闪现出飘忽的光影，最终定格在了某个遥远不清晰的细节上——一个空空如也的矿泉水瓶。

马翔说：“瓶身指纹和瓶口 DNA 的指向是一致的，都只有申晓奇碰过它……”

这个水瓶之所以出现在现场，到底是失误没带走还是故意被丢下，这点暂时还无法探知。但水瓶本身暴露出了一个敏感又微妙的暗示，足以让江停抓住某个至关重要的疑点——为什么往事重演对“那个人”来说这么重要？

一个人反复去剧院观赏某场演出，可能是因为他喜欢演出内容，心理上有触动或有共鸣。

但如果他从观众席走进后台，亲自编剧、反复诱导，甚至强迫演员一遍遍重新演绎自己的剧本，那么只能说明：他对原来的剧本不满。

他不满，但他又不能穿越回过去涂改已然落幕的情节，那种遗憾和不甘随着时光推移，渐渐发酵成偏执，最终发展成了今天残忍诡谲的连环绑架。

江停眯起了眼睛。

最可怕的犯罪分子并不是天生反社会、复仇型杀人狂或高智商专业人士，而是明知自己精神极度扭曲，又能很好地控制和享受这一点，从而发挥出极高犯罪天赋的人。这种人通常有点类似心理学上对冷血精神病患者的描述，在缺乏正常情绪感受能力的同时，又极其擅长于“模仿”情绪和利用他人的感情。因此，虽然他们大部分情感表现都并非发自内心，但也往往很难识破其虚伪性，同时又避免了正常人因为具有感情而产生的种种心理弱点。

黑桃 K 就属于这方面的典型，甚至因为得天独厚的成长环境，而更加冷酷和难以对付。

江停唇角突然浮现出微许冰冷的弧度。

他刚从昏迷中醒来时，因为身体和精神双重状态极差，心理难以调节，有过这辈子都不可能对付黑桃 K 了的念头。但这个空矿泉水瓶的出现，似乎又让他从绝境中窥得了一丝可乘之机。

那个人对血腥的追求，暴露出了一种强烈、偏执的感情，而感情这种东西必然会让人产生心理弱点。

也就是说，对手并不是无懈可击的。

但如何下手呢？

房间里静悄悄的，江停拔开笔盖，刚要在白板上写下什么，突然只听玻璃窗外响起：

咚咚咚。

他猛一回头。

咚咚！

有人在敲窗？

江停愣了下，旋即迅速把桌面上的文件、材料、照片等收进保险柜锁好，随便几下擦掉白板上的字，差不多收拾掉首尾，才走到窗前，两根手指将窗帘稍微挑开一线，然后就结结实实怔住了：“你……”

窗外扒着排水管的赫然是严峫！

刹那间江停简直以为自己眼睛出了问题，但紧接着严峫第三次敲窗，表情有点痛苦，意思是快点让我进去，撑不住了！

江停："……"

江停打开窗户抓住他的手，严峫借力攀上窗台，"嘿"地跳进了房间，冲力让两人都向后踉跄几步，同时跌坐在了床铺上。

"这里是三楼！"江停起身大怒。

严峫"嘶"地捂住腹部刀口："我开了四五个小时的车……"

你骗谁？你家要破产到什么地步才能出不起那包车的几百块钱？！

但紧接着严峫下一句话把江停的怒斥压了回去。他说："我就想过来跟你说对不起，今天不该那么试探你，这事是我办错了。"

"……"

"还有，我想清楚了。"严峫看着他，低声说，"想清楚后就怎么也待不住，一刻也等不及，很想过来。"

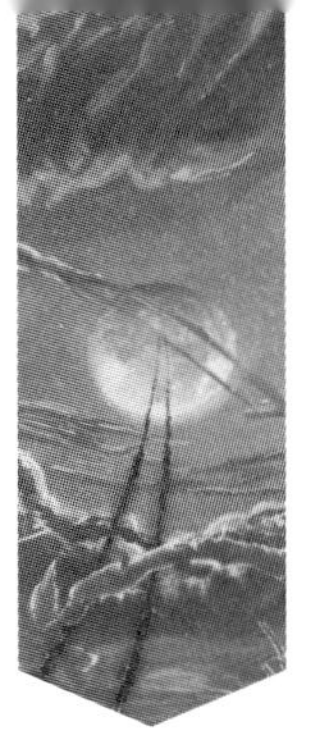

第 21 章

套房隔音效果很好，楼下 KTV 的动静几乎完全被隔绝，只有书桌上那盏台灯散发出晕黄的光，将身侧的被褥枕头，以及他身上干净的浴袍，都染成了浅淡的奶油色。

严峫定定看着江停，眼睛里仿佛闪着深邃的微光。

“……你疯了吗？”江停终于挤出来这么一句，“谁给你办的出院？”

严峫说：“我自己办的，都拆线愈合得差不多了，不信你看。”说着把 T 恤下摆一撩，结实的腹肌上拆线痕迹还相当明显，刀口上贴着一块类似透明胶样的东西。

江停嘴角当即一抽，认出了那是目前还比较先进的术后愈合祛疤生物胶带。这种东西在县城医院不容易搞到，所以严峫肯定是让人从建宁带着医药器材开着车去江阳接他了——什么亲自带伤开了四五个小时的车，纯属扯淡。

“切得漂亮吗？”严峫眼底浮现出戏谑的笑意。

江停并没有接这个话茬儿：“这里不适合养伤，你回家去吧。”

但他一起身，就被严峫拽回了床边：“可我不想走。”

江停那张总是肌肉很放松、懒得做表情的脸，这时是真有点难以形容的复杂了，但他没法一直拢着浴袍维持那个半起不起的姿势，两人僵持了一小会儿，江停忍不住道：“你到底……”

没头没尾的，严峫却明白他想说什么，当即打断了：“我也说不清楚，就是你想的那样。”

江停说：“你这是案情陷入绝境时对旁人产生的盲目信任和吊桥心理。我建议你了解一下情绪双因素理论，生理唤醒和情绪认知应该是两种不同的作用因素，当这两者错误挂钩时，你大脑会自然产生心动或触电般的错觉……”

“不想了解。”严峫眼底的笑意加深了。

江停："……"

这时候门突然被咚咚敲了几下，杨媚的声音传来："江哥！江哥！"

严峫眼皮一跳，霎时站起身。

"你睡了吗？"

把手咔嗒转了下，似乎是她想推门，紧接着江停扬声道："别进来！"

杨媚的动作停止了。

气氛微微凝固，严峫看着江停不断使眼色，后者却只当没看见，走过去站在了门后："什么事？"

杨媚有点期期艾艾地："你不吃饭吗？"

"你自己吃吧，我有些资料要研究。"

"那……我让人煮了粥，给你端进去？"

江停说："行啊。"紧接着伸手就开了门。

严峫没想到他说开就开，连招呼都不打，刹那间在赶紧躲起来避之不见还是大大方方起身打个招呼这两者之间迟疑不定了大概零点五秒，然后条件反射般一弓身，整个人藏在了床铺内侧，随即听见杨媚的叮嘱从门口传来："小心，烫，趁热吃……"

"嗯，你忙你的去吧。"

门咔嚓关上了，江停把粥碗放在书桌上，这才问："人呢？"

严峫猛地站起身："所以我说你跟她到底是什么想推门就推门的关系……嘶！！"头晕目眩瞬间袭来，严峫不由自主地扶住了床头。

江停："你怎么了？"

"……赶着来见你，晚上没吃饭……"

江停好不容易有点紧张起来的面颊肌肉登时就松劲儿了，眼角微微抽动，半晌用勺子叮地敲了下碗沿，说："那你来把这碗粥喝了吧。"

说是粥，其实非常稠，是杨媚让厨师加了鲜虾、鱼肉、扇贝、蛋黄等细细熬成的。从食材的选择上来看，杨媚果然秉承着大众朴素的养生理念：只选贵的，不选对的，越贵越好，越贵越有心理安慰。

谁知严峫只看了一眼，就摇头："不吃，太掉价了。"

江停："……"

"虾不是蓝龙虾，鱼不是黄唇鱼，贝不是象拔蚌，也就蛋黄看着倒挺新鲜的。我从生下来就没吃过这么寒碜的稀饭，还连个配菜都没有，就算了吧。"

江停冷冷道："每天晚上蹲在市局吃桶装方便面的人是谁？"

严峫对答如流："那是我深入基层体察民情。"

两人对视半晌，江停连眼皮都不眨，把勺子往粥碗里一丢："你怎么不活活饿死呢？"

五分钟后。

从敞开的窗口向下望去，严峫顺着排水管道刺溜滑到底，起身拍拍裤脚上的土，站在漆黑的后巷里挥手，压低声音呼唤："江队！别怕江队！我接着你！"

啪的一声，江停面无表情地关上了窗。

"江哥，您上哪儿去？"杨媚惊愕地站在电梯门口，"都这么晚了，怎么还不休息？有什么事儿明天再办吧。"

江停含糊应付了两句，径直往外走，杨媚还不放心地追在身后喊："要不我让人送你吧！"

"没事！"江停匆匆钻出店门，夜色有效遮挡了他逃跑般略显仓促的脚步，"我转转就回来！"

夜市里人流如织，摩肩接踵。大排档明晃晃的灯泡被香辣热汽笼罩着，空气中满是亲切活泼的味道。

"来咯！两碗凉皮四斤小龙虾四斤香辣蟹！啤酒饮料自取，您吃好！"

严峫用随身带的瑞士军刀撬掉啤酒瓶盖，还没来得及做什么，酒瓶被凭空伸来的一只手抄走了，然后另一罐饮料啪地放在了他面前。

"你的蓝龙虾、黄唇鱼和象拔蚌。"江停就着玻璃瓶喝了口啤酒，说，"配这杯八二年的拉菲正好。"

严峫看着"××豆浆"几个字，眼皮直跳。

这要换作旁人的话，这时严峫就已经急了，但江队不愧是江队，严峫眼皮跳了半天，倏而一笑，拧开豆浆瓶盖，就着小龙虾美滋滋地喝了一大口。

香辣蟹用香叶、八角、蚝油、小茴香等炒得汁水淋漓，咸香热辣，用力一掰蟹钳，里面满满是雪白的肉。严峫自己吃得满手是油，还不忘帮慢吞吞剥虾壳的江停挖几筷子蟹肉，摇头感叹道："我还是就想着这一口，住院那几天汤汤水水喝得真是要淡出鸟了。"

江停说："你最好克制点，小心刀口发炎。"

"刀口早愈合了。再说怕什么呀，人生在世能活几十年？如果一个人连口腹之欲都不能满足，那活着还有什么意思？"

江停心说，那你吃吧，多吃点，明天上厕所时菊花自然会教你做人。

严峫看着他，嘴角一勾："再说了。"

他天生长得有点痞，按理说这种面相多少会给人油滑之感，但这么多年的刑警生涯把那点油滑榨干磋磨，炼成了凶悍硬朗的匪气，这么不怀好意地笑起来的时候，是非常英俊又吸引人的。

"告子跟孟子辩论，说食色性也，意思是口腹之欲和情色之欲是人活着最本能的追求。我大难不死，回来后有吃有喝，又有江队你这样的美人在侧，可谓是人生圆满了，还有什么好怕的？"

……这番谬论简直太可怕了，但江停没有发表任何意见。他放下筷子，慢慢喝了最后一口啤酒，才道："明天先别去市局了。"

"怎么？"

"带你去挂个眼科。"

严峫扑哧笑起来，似乎感到非常有趣，笑着摸出烟盒抽了根软中华，叼在嘴里点燃了，然后才递给江停。

江停黑白分明的眼睛一瞥，但脸上任何情绪都看不出来，接过了烟。

"真的，今天你走后我特别后悔，其实我试探你那几句话不是真心的。"严峫自己也点了根烟，说，"但那些疑问在我心里琢磨很久了，所以情急之下就没控制住，也是有点想存心激怒你的意思。"

江停淡淡道："哪句？"

严峫说："停云。"

大排档周围，猜拳罚酒的，大声吆喝的，借酒装疯的……戴着粗金链子打赤膊的男人们，聊天八卦哈哈大笑的女人们，尖叫着跑来跑去的小孩，以及油腻腻的地面、堆满剩菜的桌子、门口马路上的喧嚣，折射出建宁市夜晚最热闹最有生气的一面。

没人知道角落里有两名刑警，一边喝着酒，一边聊着市面上最隐秘、最昂贵，也最血腥邪恶的毒品。

"那种新型芬太尼化合物的名字叫'蓝金'，大部分应该从走私渠道出口东南亚了，也有一部分流到了美国和墨西哥。早年蓝金在国内很少见，主要是因为有一部分制毒原材料不在国家管制化学品名单上，如果在境内大肆销售的话，很有可能会引起国家监管局，甚至是国安部的警觉。"

江停吐了口烟，严峫凝视着袅袅白雾中他沉静的脸："所以你早就知道蓝金的存在？"

“这种新型化合物在我经办的一起吸毒者持械抢劫案当中出现过。”江停说，“但理化报告被涂改了，当时的检验员也被调走了。蓝金的存在被某些我也无法探知身份的人掩盖起来，于是我暗中追查了一两年时间，查到了恭州周边某个废弃村落的地下制毒基地，中间也牺牲了一些线人。”

严峫眼底微微变色。

我暗中追查了一两年，中间牺牲了一些线人。

多少令人毛骨悚然的杀戮与罪恶，都隐藏在这风轻云淡的两句话里面。

“……然后呢？”

“然后被发现了。”江停沙哑道，“那天黑桃 K 刚好就在制毒基地里。”

严峫瞳孔微缩，只见江停垂下眼睫，将烟灰缓缓一弹。

“我之所以问你有没有看到他的脸，不是因为怕你看到了不该看的，从而有被灭口的风险，而是因为我想知道他长什么样。”

“……什么？”

“我没见过他。”江停道，“那天晚上在制毒工厂里，我跟这个人最近的接触是他拿枪从后面指着我的头，说我眼前的这些芬太尼化合物总价值六个亿。”

“六个亿，你看，”黑桃 K 亲昵的呓语仿佛还清晰地回响在脑后，“尘世的快乐就是如此值钱。”

暴雨冲刷着地下工厂，远处卡车尾灯犹如猩红的眼睛，将厂房深处那无数袋幽幽蓝粉映照得光怪陆离。

“……你想杀了我吗？”江停嘶哑地问。

话音未落，他就感到身后的热量靠近了，带着笑意紧贴在了耳际：“或者你也可以与我平分财富与权柄……一名优秀又聪明的警官，总比一具尸体重要得多了，是不是？”

“所以他没杀我，或者说，其实杀不杀我都无所谓。我的私下追查刚刚涉及附近地区，行踪就能如此轻易地被暴露，本身就说明了内部的很多问题。”江停顿了顿道，“除此之外，我当时应该是个杀了会比较麻烦，留着会非常有用，而且不需要太担心我会出去乱说的角色。当然，事后据我所知他们很快把那个工厂废弃了，这可能也是我能保住小命的原因之一。”

严峫一口口抽烟，想了会儿问：“那后来呢？塑料厂爆炸后你失去了行踪，那段时间也没见过黑桃 K 真人？”

江停今晚出奇地配合，面对这个问题却沉默了很久。直到严峫以为他不会再回答这个问题了，才只见他突兀地开口道："我昏睡了三年……那些细节已经非常混乱了。

"我不知道自己那段时间身在何处，也想不起气候、温度、地理特征等有价值的线索。唯一能确定的就是，那段记忆始终是黑暗的，说明我的眼睛一直被蒙着。"他食指点了点自己的太阳穴："后来我试图在大脑里构建黑桃K的面孔模型，但都失败了。人脑毕竟不是电脑，强烈的负面感情会影响感官，这是连我也无可奈何的事。"

江停两根修长的手指夹着烟，又撬了瓶啤酒，金属瓶盖叮当一声掉在满是小龙虾壳的桌子上。

"……所以你后来想抓他的时候，他会觉得你背叛了这个利益联盟。"严峫问，"是不是？"

这其实是非常体面且为他人考虑的说法，基本杜绝了任何让江停难堪的可能，但出乎他意料的是江停摇了摇头："不，从他的思维方式来看，应该是我背叛了他这个人。"

"怎么说？"

"连环绑架是个非常私人化的表达方式，一个男孩、一个女孩，十七八岁感情最纯真的时候，绝境之下的彼此扶持，所有意象都具有强烈的指向性。如果觉得我破坏了权钱利益关系的话，没必要设计出这么复杂又离奇的连环绑架来进行自我表达，否则个人情绪流露得太多了，像黑桃K那种兼具犯罪天分和经验的人，肯定知道感情联系在犯罪过程中越明显，可供分析的线索和破绽就越多。"

严峫微微颔首不语。

其实他也是这么想的，甚至想得还更深入一些。只是经过下午的矛盾之后，他不想趁这会儿跟江停说出来。

"厨房熄火啦！点单最后一拨！香辣蟹小龙虾烧烤烫串点单最后一拨！"

大排档老板的吆喝响起，严峫看看表，温和道："走吧，明天咱俩去天纵山现场看看，也许能找到一些线索。"

江停点点头，把只剩个底儿的啤酒瓶举到嘴边，突然又像想起来什么似的顿了顿，说："这个连环绑架案，等受害人醒来后肯定能抓住几个人，但未必能锁定黑桃K。"

这一点严峫早有预料，倒不是很意外。

现在国内抓住的大毒枭还是以经销商为多，即便有制造商，也多是制造甲基苯丙胺之类的入门级违禁药物。能投入大量资金来自主研制新型化合物并实现工厂量产的，有一个算一个，都是能惊动国安部的级别，潜伏十几年甚至二三十年的都有。

简而言之，在将其爪牙彻底斩除之前，要想一举扳倒正主的难度非常大。

江停脸半侧着，垂着眼帘，这个角度让昏黄的灯光从侧面打来，从额角到鼻梁仿佛铺着一条光带，显得格外棱角分明。

“你也许还心存疑虑，但这个世界上最想置黑桃 K 于死地的人确实是我——严峫。以一个刑侦人员的专业素养而言，你可以对其他任何事抱有疑点，但这一点毋庸置疑。”说完他仰头喝了最后几口啤酒，把玻璃瓶搁在桌上，起身道，“走吧。”

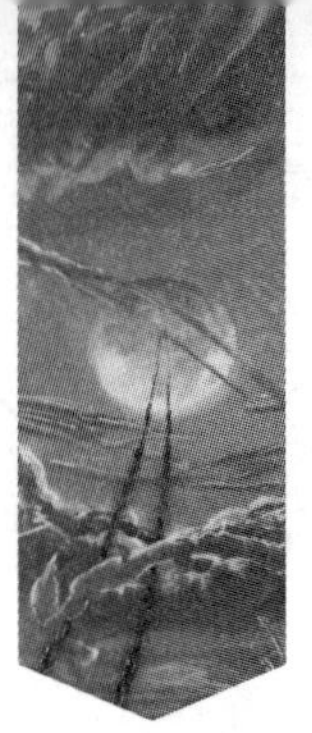

第 22 章

翌日，天纵山。

一辆奔驰大 G 蹦蹦跳跳穿过山路，被沿途锋利的树枝剐出无数道印子，终于轰的一声熄火停在了路边上。

“我靠……”严峫甩上车门，有点肉痛地摸摸车门和引擎盖，把早已被颠得脸色发白的江停搀了出来，“这鬼地方来一趟可真受罪啊。”

江停摆着手说不出话来，突然一捂嘴：“呕——”

刹那间严峫还以为他要吐在自己身上了，随即却发现只是干呕，江停狂咳几声才勉强把翻腾的胃压了下去，接过水喝了几口。

“你看你，”严峫满脸假惺惺的心疼，“怀了别强撑着，怕什么呀。”

江停知道他戏瘾又犯了，根本不搭理，筋疲力尽地梗着脖子把水咽下去：“你知道这荒郊野岭的，把你就地埋了三个月都不见得会有人发现吗？”

严峫：“哟嚯，你还摆上谱了，营养费没给够还是怎么？要不要再给你买俩半斤重的龙凤金镯子挂手上？”

天纵山几处主要公路进出口都有警察盘查，案发地区已经被警戒线围住了，开车上山时还经过了好几道卡点。严峫知道路难走，特地把长期停在市中心蒙尘的 G65 开了出来，但确实越靠近凤凰林就越崎岖难行，最终只能把大 G 往路边一丢了事。

他们两人深一脚浅一脚地互相搀扶着从树林中穿过去，向山头上那片火红的凤凰树林跋涉。

江停一只手扶着石块，另一只手被严峫拉紧，咬牙发力爬上陡坡，趔趄了下才站稳。

“就是你这身体得好好保养。”严峫絮絮叨叨地教训他，“看你这样儿，以后办案别那么拼，没事在家养养狗浇浇花多好，要不逛街喝个下午茶……”

江停扶着膝盖喘了会儿："到了。"

"啊？"

江停扬了扬下巴示意："行刑地。"

严峫回头一看，不远处陡峭的山坡顶上，郁郁葱葱的凤凰木错落分布，空地上用木棍撑住围了一圈黄黑警戒线，其中地面明显凹进去一个深坑。

那就是埋葬贺良，以及步薇、申晓奇遭到袭击的地方了。

"下午茶正等着我呢。"江停唏嘘道，起身踉跄走了过去。

贺良的尸骨已经被起出运走，甚至连坑底的沙石土灰都被刨掉一层，由苟利亲自监督运回市局做检验去了。江停蹲在倒尖锥状的坑边往下望去，严峫走过来站在他身侧，只听他道："这深度起码有一米吧。"

"嗯，确切来讲最深处有近两米，挖出来的土都堆在凤凰林里了。坑底覆盖着厚厚的杂草、落叶、木条等，其中大部分细木条有明显的压断痕迹。"

"陷阱？"

"应该是个手法简单但有效的陷阱，几年前我去非洲打猎的时候亲手做过。首先把土挖空，上面用木条及草堆做个承重层，再堆上浮土及落叶等，放上肉做诱饵；猎物走上来之后把脆弱的草堆木条压断，轰隆一下就掉进坑里去了。"

江停扭头瞥向他："那诱饵应该是水吧？"

"应该是。"严峫说，"根据现场技侦的推测，申晓奇应该是站在陷阱上喝光了那瓶水，其自身重量压塌承重层，然后猝不及防地摔进去压在了贺良身上。"

他俩不约而同地沉默了片刻。

想想那场景也确实蛮瘆人的，脚下地面突然塌陷，直接摔进去跟尸体来个面对面……

江停咳了声："附近的脚印和指纹提取过了吗？"

"脚印是提出了一些，这地面上插着标记杆的都是。不过这儿附近当天晚上下了场雨，现场破坏得一塌糊涂，没有太多的参考价值。"严峫叹了口气说，"目前可以肯定的是，案发时出入现场的犯罪分子不止一个人，这点符合李雨欣的供词，应该是由幕后主使所委派的绑架团伙。"

"团伙都能跑得掉？"

"你自己看这儿周围的地理环境。"严峫无奈地一指，"这山坡、树丛、原始森林——我都不说随便找个山寨子往里一躲，你看满地的草窝都有大半个人高了，隔着十米远的距离都发现不了。"

江停随口道："你得了吧，你们外勤组活儿就是糙。"说着他站起身，结果蹲久了双腿发麻，不受控制地往土坑里倒去。

"哎，小心！"

严峫眼明手快，在江停栽进坑的前一瞬间拉住他，因为惯性冲击，两人都同时向后退了好几步。

"……"

江停整张脸被严峫强行按在肩窝中，表情霎时变得有点僵，慢慢抬起头退了半步，正想浑然无事地说点什么把这个话题岔过去，却发现严峫眼底分明闪烁着狐疑的目光。

"你故意的吧？"严峫如是说。

江停："……"

江停深深吸了口气，强迫自己在脑海中迅速闪回江阳县河底那一幕幕感人至深的情景。半分钟后，他的心理建设和涵养水平都得到了几何级的迅速提高，平静地说："我们还是先把案情再过一遍吧。"

严峫捏着下巴，显然还是很怀疑。

"从现场痕迹来看，绑匪及两名受害人脚印分别来到山坡下，随后受害人脚印消失，几名绑匪脚印痕迹明显加深，应该是把被害人扛上了山坡顶，在这个位置上。"江停走到不远处插着黄色标杆的地方，俯身扒开草丛，观察泥土中已经干涸的痕迹，随即顺着标记走回土坑边，"之后不知道发生了什么，可能步薇处在绑匪的控制中或像李雨欣一样昏了过去，申晓奇独自一人来到陷阱上方拿水，掉进绑匪事先挖好的土坑，随之对贺良已白骨化的尸体造成了极大破坏。"

严峫说："但从贺良的指甲里还是能验出李雨欣的DNA，足够证明杀他的人是谁了。"

"一件事情只要发生过，就必然会留下证据……你看，申晓奇在坑底挣扎留下了明显的痕迹，在这个过程中矿泉水瓶掉进了坑里。"

江停说着又蹲下身，土坑边缘已经被民警搭好了石块作为支力点，他想慢慢地爬下去看看，却被严峫拦住了："太滑，你别下去。"说着他自己身手敏捷地噌的一下跳进了坑里。

江停安然作罢，蹲在上面看严峫窸窸窣窣地到处检查，过了半天才问："有发现吗？"

"没有！你干什么？小心别又栽下来让我接！虽然我不介意接，但同一个把戏不要连玩两次！"

江停："……"

严峫自我感觉很好，呼地站起身，拍了拍沾满了泥土的袖口："那个空矿泉水瓶被技术队拿回去从里到外地验了，连瓶身塑料都被剪下来做了化验分析，基本能确定就是一瓶普通的矿泉水，并没有掺杂乱七八糟的药物成分。瓶口唾液及瓶身指纹指向一致，也就是说如果排除申晓奇口对口喂给步薇的情况，那么整瓶水都是他一人喝的，步薇完全没捞着，符合绑架案中关于'背叛'的意象。"

江停点头不语。

"我们还原一下案发当时的情况，"严峫说，"假设绑匪用追赶、诱导或胁迫的方式令两名受害人来到凤凰林附近，然后在空地上放这瓶水，令求生欲强烈的申晓奇爬过去自己一人喝了，紧接着掉下土坑；最后再将步薇唤醒，像对李雨欣一样强迫她对背叛了自己的申晓奇执行死刑。"

严峫踩着石块爬上地面，蹲下身比画了下："但在这个距离，步薇无论如何都够不着申晓奇，除非搬起石头把他的头砸烂。"

"步薇不见得有搬起大块石头的力气。"江停摇头道，"而且近距离亲手杀人和远距离使用武器的意义完全不同，你从贺良的指甲可以看出来——李雨欣肯定是经过了一番搏斗才用刀把他捅死的。杀戮方式在从古到今的行刑仪式中，通常都是非常重要，而且不可改变的组成部分。"

"所以绑匪又大费周章地把申晓奇从坑里弄上来，只是为了让步薇亲手捅死他？为什么不塞把刀给步薇然后把她弄下去？女孩子体重轻明显更方便啊。"

严峫和江停站在坑边，两人面面相觑，彼此都感觉十分怪异。

突然江停似乎想到了什么："……你觉得有多少可能性，案发当天黑桃 K 就在现场？"

"如果我是毒贩，我肯定不敢在警察封山的时候露头，李雨欣的供词也表明幕后主使是通过卫星手机跟她联系的。但黑桃 K 的话比较难说，主要是因为我们在胡伟胜家天台上遭遇过他一次，这毒枭的行事风格似乎……"严峫皱着眉头斟酌了下用词，说，"有点嫌自己命长。"

江停短促地笑了一下："我倒觉得他不会出现在这里，而且案发当天也没跟现场通话。"

"为什么？"

"指挥车。"

这个回答相当简洁，严峫却恍然大悟。

案发当天好几辆指挥车在附近，任何短波信号及卫星通信都躲不过指挥车的频道监控系统。也就是说，像黑桃 K 那样全程监听李雨欣杀死贺良的人，如果想满足自己对行刑仪式的极端偏执，只能让手下把整个过程录下来！

“荒郊野岭的，不可能扛个摄像机过来，但如果行刑过程在坑底下的话手机又录不清楚。”江停淡淡道，“所以只能把申晓奇拉上来，几名绑匪围着受害人，像李雨欣当时杀死贺良那样……”

“但为什么两名受害人是在山坡底下被发现的？被绑匪推下去了？”严峫疑道。

这个问题确实很难解释。

就算他们用一切现场痕证来尽量还原案发当时的情况，也没法长出天眼，或者令时光倒流，回到现场去目睹受害人到底经历了什么。

江停吸了口气，戴着手套的指尖轻轻摩挲自己的咽喉，过了很久才喃喃道：“或许步薇做出了跟李雨欣完全不同的选择，以至于她也要被行刑……但不管怎么说，摔下山崖确实很奇怪。”

严峫沉浸在案情中，结果目光一瞥，又看见他微仰着头在摸自己那截又修长又直的脖子。

江停突然问：“你怎么看？”

“哦，啊？什么？”

江停：“……”

两人茫然对视，严峫突然咳了声，欲盖弥彰地看了看表：“走呗，这都几点了。再看下去也没什么用，还是等受害人醒过来再说吧。”

的确，目前这个胶着又叵测的局面，只能等步薇或申晓奇醒来才能提供关键性的线索，除此之外很难有突破性的进展。

江停也没办法，这时候已经四点多了，开回建宁市区估计得晚上才能到。他俩只能小心翼翼又摇摇晃晃地顺着陡峭的山坡走下去，严峫不时扶一把快要摔倒的江停，走了很久才穿过树林回到大 G 车上，像坐蹦蹦车似的把性能优越的越野车往山下开。

车厢在坑坑洼洼的山路上颠簸弹跳，严峫摸出烟盒向江停示意，后者脸色青白，有气无力地摆了摆手，表示不要。

“看你这脸色。”严峫自己叼了根烟点着，说，“待会儿回市区请你吃饭，好好补一补。”

江停分析案情时冷静清晰的声音此刻却相当发虚：“再提吃饭小心我吐在你车上……”

话音未落，严峫惊恐望来，刺啦一声踩下了刹车。

江停昏昏沉沉的脑子这才想起人家这是顶配的G65，要真吐在车上的话，估计要被严峫逮着卖身卖肾，连忙坐正身体："没关系，我还能……"

下一秒他哽住了。

严峫没开窗，也没把他赶下车，而是毫不犹豫地、迫不及待地唰啦脱下了上衣，双手捧到他面前说："吐吧。"

江停："？"

江停所有翻江倒海的欲望都在看见上衣标牌的那一刻咬牙忍了回去，但严峫根本不关心这个。他貌似无心实则刻意地转了转身体，充分展示上半身精壮的线条，不胜唏嘘道："这么多年来我心甘情愿被私教骗走的时间和金钱，就是专门为了这一刻啊！"

江停："……"

严峫感慨着发动汽车，赤裸的肌肉在阳光照耀下骄傲地鼓起。在他身侧，江停面无表情地抱着那件肯定比洗车费贵的衣服，一路再没想吐过。

严峫就这么叼着烟，光着膀子，开着拉风的大G一路回建宁，沿途收获了喇叭无数。下高速时他还被前面的美女车主搭讪了，不由得十分扬扬自得。

江停用衣服蒙着脸假装睡着了。

两人到八点多才回到建宁，天色正蒙蒙黑。按严峫的意思，几天来舟车劳顿非常辛苦，这时候应该去找个有情调的餐厅好好吃一顿，实在不行也点个"不寒碜的"海鲜粥外卖，让江停看看什么是正宗的象拔蚌；然而他还没决定好哪家的海鲜粥外卖不寒碜，突然手机响了，是市局的电话。

"喂，老高？"

严峫凝神静听片刻，江停也不装睡了，把衣服一掀露出脸。

"行，我知道了，待会儿去看看。"

严峫挂断电话，然后看着江停叹了口气，深情款款又充满怜爱："怎么我连顿好的都不能让你吃上呢？"

"……"这发九天神雷实在劈得太狠了，江停本来想问他高盼青说了什么，结果瞬间忘了词。

幸好严峫这风抽得点到即止，主动给了他答案："老高打电话来说步薇醒了，精神状态不是很好。"

他顿了顿，满怀歉意问："给你买俩包子行吗？"

第 23 章

医院门口。

大 G 缓缓停在马路边，江停咽下最后一口奶黄包，满足地呼了口气。

严峫熄了火，却不急着下车，眼睛一眨不眨地盯着江停的嘴，直到看他把甜包子彻底咽下去又喝光了最后半杯温豆浆之后，才咽了口唾沫，不自在地别开目光："待会儿办完事出来再带你去吃好的啊。"

江停说："不用了，认识你以来第一次能好好吃完俩包子，挺难得的。"说完浑然无事地下了车。

严峫："……"

建宁前首富家的继承人犹如五雷轰顶，僵坐原地，表情活像刚正面接了一记天马流星拳，脆弱的男性自尊心哗啦一声碎成了无数片。

"……咱们先说清楚，第一次那奶黄包是你自己说凉了不吃扔进垃圾箱的，怎么能算我的责任？！还有上次的豆沙包也是你啃到一半睡着了，那我怎么知道你想留着醒来继续吃呢……"

病房外走廊上，严峫边大步流星边频频回头争论，江停却始终目视前方，双手插在裤兜里，有种视万物为刍狗般的镇定与安详。

"哎，严哥！陆顾问！"高盼青正等在走廊尽头，立刻匆匆迎上来，"你们可算来了！"

"你别说得好像我总不让你吃饱饭似的，我是那样抠门的男人吗？我只不过是……"严峫一回头，满脸埋怨，"怎么啦老高？"

高盼青被吓了一跳："你们这是……你们本来有计划？"

严峫说："你还好意思问！你那倒霉电话打进来的时候我正打算带你陆顾问去吃米其林双人烛光晚餐，得了，全给你搅和了。看，陆顾问闹别扭了吧。"

正直如高盼青的第一反应是：什么，严哥那朋友不帮忙破案了？

“你听他扯。”江停无奈道，“受害人呢？”

高盼青忙不迭：“病房里，来来来。”

“你怎么守在外面？”严峫不满地问。

“唉，我倒想舒舒服服在病房里坐着，问题是人家小姑娘不愿意啊。谁知道她受什么刺激了，一见生人就跟自个儿要被非礼似的，根本没法问话——幸好我今儿穿了警服，不然就刚才那光景，我非得被抓住当流氓扭送公安局不可！”

严峫和江停同时扭头，都用怀疑的目光扫视高盼青。

正巧旁边有个小护士斜着眼经过，老高无辜地一摊手：“瞧见她了吗？就是她刚才问我这身警服是不是在淘宝花二百块买的高仿，你们说我能怎么着！”

严峫：“……”

小护士跟他们擦肩而过，满面狐疑地走了。

步薇这一周来时醒时睡，睡的时候多，醒的时候少。市局急着要问话，只能调来民警日夜看守，然而哪怕步薇醒着的时候精神状态都十分堪忧，经常呓语、哆嗦和惊颤，偶尔挤出两句话来也都毫无逻辑性。

再高明的医生都没法具体解释人脑受到极大刺激后会产生哪些症状，因此这一周来，关于天纵山方面的调查几乎陷入了泥沼。

他们来到病房门前，正巧门开了，一个西装革履的胖子迎面出来，抬头看见他们的瞬间突然肥肉一震：“严、严……严队长？”

——步薇的叔叔，汪兴业。

严峫止住脚步，似乎感觉有点意思：“怎么啦汪老板，看到我很意外？”

“哎哟，真是吓我一跳。”汪兴业搓着手，满脸的肉都笑着挤到了一起，“没想到警察同志能把我侄女儿救回来，真是太辛苦了，这么多天来一直守着——我都没来得及好好感谢严队长……”

“甭谢了，应该的。”严峫向病房里扬了扬下巴，“这几天一直都是您照顾着呢？”

“那还能怎么着，她又没亲没故的。”胖子的脸又苦了下来，“幸亏护士还肯关照点儿，不然我一个大男人可怎么伺候？就算请护工来，这一时半刻的上哪儿去请啊。”

严峫理解地点点头。

“等这事儿过去了，我一定要请各位警察同志喝酒！”汪兴业长长嗟叹一声，“唉，不说了，忙了一整天我还没吃饭呢，我先去吃个饭。”

严峫特别体谅又通情达理地把他送走了。

胖子的身影消失在走廊尽头的人群中，严峫低声问高盼青："那步薇不能见生人？"

"前几天还好，就这两天格外不稳定，医生说什么精神刺激的，专业名词我也不太明白。怎么？"

"那她见了这姓汪的是什么反应？"

高盼青一愣，迟疑道："倒没听说什么异常……至少不像今天见到我一样，吓得跟见了鬼似的，我连病房都不敢待。"

严峫若有所思，但没吭声。

单间病房一色雪白，步薇刚服过药，安静地躺在床上小寐。

十八岁的少女皮肤雪白，眉眼乌黑，满头青丝铺在枕头上，唇鼻脸颊明晰秀丽得就像一幅工笔画。如果有人把这场景画下来取名的话，除了"睡美人"三个字外，应该很难找出更合适的名字了。

江停只看了一眼，就漠不关心地坐在了窗边。严峫则摸着下巴站在病床前，仔仔细细观察了很久，久到连高盼青都有点发毛忍不住犯嘀咕的时候，才突然听他冒出来一句："这姑娘长得……"

高盼青毛骨悚然，心说，严哥我求求您，虽然说十四岁以上就不犯法了，但您要真说出点什么不该说的，我跟陆顾问是装听见还是装听不见啊。

"……整过容吧？"

高盼青猝不及防："啊？"

严峫无辜地抬起头，与目瞪口呆的高盼青对视。

严峫，警察，狮子座，局里公认的重度直男病，坚信这世上的口红只有粉红跟大红两种颜色，美瞳是隐形眼镜的别称，电视上女演员们都纯天然不打玻尿酸，腿长两米的网红们只是会找角度加天生就好看。

当他发出如此疑问的瞬间，高盼青的心被深深震撼了。

"你觉得哪里不像原装的？"高盼青忍不住问。

"不知道，"严峫也很迷茫，"就是感觉长得有点怪。陆顾问怎么看？"

江停端坐在扶手椅里缓慢消化着他的两个甜包子，说："我对医疗美容技术没有研究……"

严峫："？？？"

"而且，"江停委婉地道，"像你刚才那样死盯着一张脸看上五分钟，感觉怪异是很正常的。”

话音未落，严峫突然拔脚走来，一把抓住江停的肩迫使他抬起头，然后定定地盯着他看了好半天。

江停：“……”

高盼青：“……”

病房里充满了安静而诡异的气氛，半晌，严峫终于在老高眼珠快要脱眶的瞪视中放开了江停，看样子有点满意：“不觉得怪嘛。”

然后他补了一句：“还挺好看的。”

从高盼青的脸色来看，他此刻最忧虑的是陆顾问会突然抄起椅子把严峫打出去，或者打 110 要求警察以耍流氓为由把严峫铐走。

病床上发出细微的呢喃声，步薇醒了。

陆顾问没来得及出手揍严队，三个人同时望去。只见步薇的眼睛缓缓睁开，还不太清醒地向周围望了一圈，似乎在寻找什么人，紧接着依次落在了高盼青、严峫、江停的脸上。

“步薇？”严峫确认道。

“……”

“我是建宁市公安局刑侦副支队长严峫，”他从后裤兜摸出警察证一亮，放缓声调说，“关于天纵山上的事情，有些问题我希望能和你交流一下。”

步薇眼珠微微发颤，仿佛某种深入骨髓的怀疑和惊惧正从心底里缓缓复苏。然后她视线从江停脸上移向严峫，仿佛没看到严峫尽量和蔼的表情，对那警察证也视若无物。

“步薇同学？”严峫柔声道，“别怕，我们是警察，你安全了。”

没想到的是话音刚落，步薇一骨碌爬起来，动作敏捷得像是被电狠狠抽了一鞭子！

高盼青：“严哥，等等，这情况不太妙……”

最后一个字没落地，突然步薇双手紧紧抱胸，声嘶力竭地尖叫起来！

这叫声简直太尖锐、太凄惨了，所有人的第一反应都是倒退两步，甚至连江停都从座椅里霍然站起了身。

“啊啊啊——”

“没事了步薇！你已经安全了！冷静点！”严峫还以为发生了什么，强行顶着尖叫低声喝道，想上前按住惊恐不安的小姑娘。但步薇边狂叫边拼命蹬腿向后，睡裙一下被推上去大半，露出了光洁白嫩的大腿根，严峫立刻“嘶”地抽了口气，硬生生站住不敢再往前走了。

走廊上传来轰响，紧接着护士紧张地冲了进来：“怎么回事？怎么回事？发生什么事了？！”

“啊啊啊！！”步薇捂着耳朵，披头散发，把被子蹬得乱七八糟，整个人堪称疯狂。那极具穿透力的锐响撕扯着每个人的耳膜，远远回荡在走廊上，附近病房不少家属都纷纷探出了头，惊愕地注视着这边的动静。

“不要过来！不要过来！！”

“别怕别怕，护士姐姐在这里，没事了没事了……”

“不要过来！啊啊啊——”

步薇那身柔薄的睡裙根本遮挡不住什么，很快就被她自己扯得七零八落，裸露出大片优美雪白的肩膀，肩窝处还有颗嫣红的小痣，顿时吸引来众多目光。护士连忙强行把她抱在自己怀里安慰，好半天少女的嘶叫才渐渐低下去，化作了响亮的抽泣和颤抖。

“没关系的，都过去了，警察不会伤害你的……”护士边低声劝慰，边帮步薇理好睡裙，心疼地抽出纸巾擦拭她脸上斑驳的泪痕。

严峫望着这一幕，从他的角度，正好可以瞥见护士怀里步薇半掩的脸颊。

人昏迷不醒时总是很难看清神韵，但步薇现在醒了，当她不拼命挣扎发疯的时候，那清晰的眉眼和五官突然让他心中微动，蓦然间生出一种隐隐约约的微妙来。

那五官的感觉有点……

有点像……

护士怕步薇继续被刺激，一个劲地示意警察先出去，没想到刚回头就看见严峫一眨不眨地盯着少女，那目光简直就是直勾勾的。

“咳咳！”护士怒了。

“严哥，”高盼青小声提醒，“严哥！喂！”

严峫回过神来，这才意识到自己的失态：“哦，我只是……”

“你们能先离开病房吗？病人该换药了，待会再进来看！”护士板着脸训斥完，又用在场所有人都恰好能听见的音量小声补了句，“什么素质？”

严峫：“……”

“她之前也这样？医生没法解释？”严峫强压着怒火问。

三个警察被迫退出了病房，站在走廊上，周身萦绕着无数道怀疑的目光，附近病房家属的窃窃私语不绝于耳。高盼青刻意又胆战心惊地拂了拂肩章，才小声说：“这我哪儿能知道？小张他们几个只告诉我她发抖说不出话，可没说这姑娘还能尖叫到这个分贝，这分明就是文疯子变成武疯子了啊。”

严峫似乎想起了什么：“妇科检查做了吗？”

“做了！”高盼青放低声音，“没发现破裂。”

这就真的没法解释了。

严峫无可奈何，呼了口气，恰好转脸看见江停戴上了口罩，贴着墙根站在走廊窗下，从露出的上半张脸来看完全辨不清喜怒，倒有点事不关己的冷漠。

“喂，”严峫挪动几步，靠近他身边，难得有点不好意思地为自己小声解释，“我刚才只是……我真的……”

江停勾勾手指。

严副队立马附耳上前，只听江停拿手半掩着嘴，轻轻说：“这是不道德的……”

“喂！！”

严峫差点儿气急败坏，还没来得及辩解什么，病房门又开了。护士冰着教导主任般的脸走出来，不等警察发话便抢先道：“小姑娘精神非常不稳定，这几天除了她叔叔之外，其他任何男性只要一着面就受刺激。你们三个男的挤在病房里她更受不了，我建议你们要取证的话，还是再等等吧。”

严峫冷冷道：“我们能等，破案程序等不了。警察不是为了她才去抓犯人的，案情面前受害人也得给我老老实实地配合调查！”

“那就叫女警来！”护士毫不示弱，“你们没有女警吗？整天一帮大老爷们儿挤在病房里，这到底打的是什么主意？！”

她后半句话严峫懒得反驳，前半句话却把他给问住了。

步薇这个情况，搞不好什么时候醒了就要立刻开始问话，内勤眼下找不出特别合适又有经验的女警人选，而外勤仅有的两名正式女警一个在外地执行押运，一个六个月先兆流产在家保胎——平常把人当牛使就算了，这种时候再给孕妇派任务，不说会不会出事，严峫自己也不太好意思。

他深吸一口气，突然脑子里灵光一闪，问高盼青：“韩小梅呢？”

“啊？”

“我怎么从江阳回来后就没见过她，人呢？辞职了？”

“哦，今天早上请假了。”高盼青为难道，“生理期，痛经，您没看见那脸，白得都吓人。”

“……”严峫难以置信道，“买一盒止痛药是不是就贵死她了？！”

高盼青不敢吱声。

“她要是怀孕生孩子，产假没问题，哺乳假我照批。但生理期我可知道是一个月一次，难道每年给她批 12 次痛经假？那当初招实习生我为什么不听警校的只要男生就行了？！”严峫食指不耐烦地点点手机，示意高盼青，“打电话！把她给我叫过来！”

高盼青老泪纵横，护不住自己手下的实习生，只能懦弱地去了。

“你真是……”江停一手扶额。

严峫余怒未消，笔挺地站在医院走廊窗前，肩宽腿长，单手插兜，就像一棵冷酷利落的白杨，完全无视了护士敢怒不敢言的瞪视，从鼻腔里哼了一声：“不关我的事，想占外勤组的好处，就得给我按外勤组的标准干活。为了她这个实习位置打破头的警校男生多了去了，她要是愿意转内勤，那我也没意见，保证天天朝九晚六,一分钟的班都不用加，甘蔗没有两头甜的道理。”

江停喃喃道：“所以你真是凭实力单身到现在的。”

严峫开始没吭声，似乎忍了忍。两人沉默地在医院窗前站了几分钟，才听他突兀地冒出一句：“不是。”

江停：“？”

严峫貌似在专注地远眺窗外，余光又一眼接着一眼地往他身上瞟，半晌说：“是因为没遇到真正喜欢的人。”

江停：“……”

气氛突然变得有点异样，连窗口拂来的微风都变得格外明显，痒痒地往人脖子里钻。

“……我去趟洗手间，”江停挤出来一句，尽量让自己听起来什么都没发生过似的，低头匆匆走了。

严峫看着他的背影消失在远处，眼睛一眨都不眨，许久才叹了口气。

高盼青还没回来，护士已经离开了。严峫自己站了会儿，突然觉得无聊，便又转回病房门口，透过玻璃窗往里窥去。

步薇已经安静下来，独自靠在床头，垂头盯着自己的膝盖，那模样有种不堪一折的柔弱，也不知道她是在想什么还是纯粹在发呆。

严峫眯起眼睛望着她的侧脸，那种隐约又怪异的感觉又回来了。

但为什么呢？他想。

这种感觉是什么？为何大家都没有觉得不对？

步薇动了动，抬起头怔怔望向前方，片刻后察觉到什么似的猛然一扭头，恰好撞上了严峫打量的视线。

电光石火间两人对视，同时怔住，紧接着严峫脑海中闪电唰啦劈过！

是的，他知道自己为什么总感觉怪异了。

这姑娘侧面的某个角度，尤其当她从下而上望过来的时候，那感觉竟神似江停！

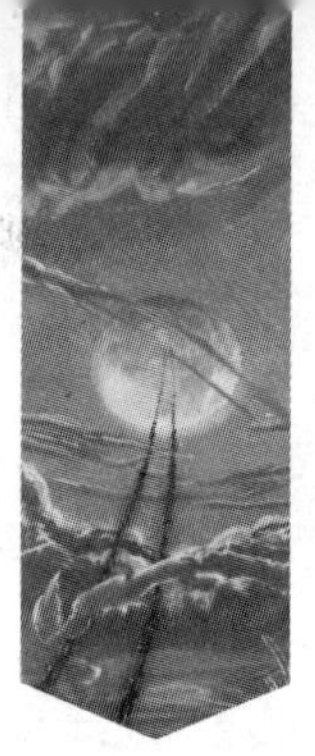

第 24 章

严峫脸色茫然，还没来得及有所反应，一股寒意却已经本能地从五脏六腑中蹿了起来。

“严哥。”

“……”

“严哥！”

严峫一回头，只见高盼青已经打完电话回来了：“您没事吧？”

“……哦，没事，有点累了。”严峫镇定地说，“你那边怎么样？”

其实打个电话还能怎么样，除非韩小梅真想离开外勤去坐办公室，否则肯定是会过来的。严峫这句话不过是心不在焉的习惯用语罢了。但高盼青还是很关心，问：“要不您先回家休息吧？这一天八九个小时开车也够熬人的了，韩小梅待会儿就过来。”

严峫心神不定地点点头，又忍不住透过玻璃窗往病房瞟了一眼。

步薇已经躺回了病床上，冲里蜷缩成一团，只露出清瘦的脊背。

“您是不是看出哪里不太对啊，严哥？”高盼青终于察觉出异常来了，几不可见地向病房里扬了扬下巴，“难道这姑娘有点……”

严峫不欲多谈这个话题，敷衍道：“应该是我多心了。你陆顾问呢？我送他一程。”

正巧这时江停从走廊尽头的洗手间出来，严峫匆匆向高盼青一点头，大步迎上前去，顺手勾住了江停的肩膀，从口型来看应该是边说“咱们先回去吧”，边不容拒绝地带着他往电梯方向走。

严峫最终还是没能履行雄性照顾家小的天职，成功把江停带去吃“真正的”海鲜粥。因为江停清晨五六点就爬起来，一路颠去天纵山案发现场，再一路颠回建宁市区，早就困得不行了，在回家的路上就睡了过去。

G65稳稳停在小区楼下，严峫熄了火，却没立刻叫醒江停。

车顶灯发出微弱的光，映在他疲倦又安稳的眼皮上，睫毛末端随呼吸极其细微地颤动，好似两把不太规整的丝绒小扇。

江停整个人虽然是偏儒雅含蓄的，五官却生得很清楚，眉骨立体，鼻梁窄挺，干净的皮肤在眉骨处微微反光；他清醒思考的时候，面部轮廓有种大理石雕塑般冰冷的气势，睡着时被灯光一晕，就有些水墨画似的俊秀从里到外渐渐渗透出来。

严峫眯起眼睛，强迫自己不带感情地仔细观察。

他现在睡着了，是否跟步薇有任何相像？

为什么在医院的那一瞬间却产生了如此怪异的神似感？

一名被公认为殉职实则昏迷数年的三十多岁刑警，与一个年纪轻轻、山茶花般美貌娇艳的小姑娘，无论如何都不该有任何交集，却在严峫的一瞥中诡异地产生了某种联系。

是确有其事，还是疑心生暗鬼？

"……"江停动了动，迷迷糊糊道，"……严峫？"

那呢喃声沙哑慵懒，严峫咽喉霎时有点发紧，不自在地坐回驾驶座上："到家了。"

江停这才醒来，怔愣了会儿，嗓子眼里发出一声含糊的"嗯"，然后手软脚软地推门下车。

严峫开始把他日常要用的东西一趟趟搬到这座公寓里来，衣服、鞋、表、各种用顺手了的小家电……如同蚂蚁搬家，渐渐把房地产商样板房一般整洁华美的公寓打造得凌乱、热闹、满满当当，连空气中都充满了三十多年单身狗活泼的清香。

相比之下，只有几件换洗衣物的江停堪称"穷困潦倒"，连牙膏都是在严峫浴室里挤的。

江停冲了个澡，出来一看时间，十点。

可能是在车上睡了的缘故，他的困意突然消失得无影无踪，甚至还有点儿饿——江停已经不是早上能睡得着懒觉的年轻人了，如果这时候熄灯的话，指不定明天凌晨就会醒，因此他呆呆地在床边上坐了会儿，还是决定去厨房找点吃的放松放松。

严峫是个在生活习惯方面非常两极化的人。他有非常接地气的一面，比方说手机里存着一百零八种方便面口味花式测评，衣柜里满坑满谷的淘宝、优衣库，浴室里磨出了毛边的洗脸巾，以及满橱柜的国民女神收藏——鬼知道他出于什么心理吃完了洗干净不肯扔的老干妈玻璃罐。同时，他客厅那台连接电视的笔记本硬盘里，“一年级下学期法医鉴定入门”文件夹下赫然是小毛片儿全集。

除掉这些以外，他也有非常正宗的富二代的那一面。

他所有带领子的单衣都是一件抵月薪系列，西装和大衣都是固定裁缝从面料皮毛开始定制，而且热爱腕表收藏。据他自己的说法是，年少轻狂时喜欢外观特征明显的三问和双陀飞轮，三十多岁后就开始追求低调含蓄的双追针了。如果哪天家里破产，他至少还能靠那一柜子的表吃上个几十年，过得滋润不成问题。

鉴于他有过让大厨团队亲自来家做烛光晚餐的先例，所以当江停走进厨房时，内心十分希望严峫在这方面能走富二代的极端，最不济也能有点现成打包好，微波炉一转就能吃的新鲜食材。

然后一打开冰箱，他就意识到了自己的无知和天真。

空荡荡的冷藏室里只有几瓶啤酒、可乐、切成块的柠檬，以及半个早就发了霉的姜。

“……”

江停盯着那半块姜，思考半天都没明白一个从不开火的人买姜是怎么回事，在家自己做生姜可乐吗？

“你干吗呢？饿了？”严峫从身后冒出头问。

这人可能意识到了，就算丧心病狂地光着膀子开车也没什么用，这会儿洗完澡后就老老实实地穿上了背心短裤，短发支棱着往下滴水，黑背心后面被懒得擦干的水珠洇湿了一片。

江停不太愉快：“你家怎么连一点吃的都不准备……”

“你说你这人，吃饭的时候睡觉，睡觉的时候又想吃零嘴，你就是因为这样身体才不好的。甭看了，没零嘴，正好我下方便面，分你一包老坛酸菜口味的。”

江停更不满了：“我不吃方便面。”

严峫说：“那我给你叫个外卖吧，鸡虾小馄饨吃吗？”

“你们家这小区，外卖送来都几点了？”

“哎我说你这人，”严峫板起脸教育他，“怎么毛病这么多呢，以后过日子可不能这样。要不这儿还有半包速冻水饺你煮了吧。”

江停对“以后过日子”这种说法没法评价，也懒得自己动手开火下饺子，就说：“算了吧，我也不是很饿。”

他意兴阑珊地走出厨房，严峫钻进去下方便面，边烧水边不住地叨叨：“什么叫算了吧，算了吧是什么意思？你就是挑嘴，老坛酸菜牛肉面有什么不好，上次小马跟老高为了争最后一包老坛酸菜还差点儿打起来呢……”

江停充耳不闻，坐在客厅沙发里下线上象棋，打算下完一盘就差不多到点儿了去睡觉。

谁知厨房里叮叮当当的，大概过了十分钟，严峫端着两个碗转出来了，把其中一个碗往江停眼前一放：“别玩了，吃吧。”

那碗里竟然是刚煮好的热腾腾的速冻三鲜水饺。

江停愣了下。

“是不是被我出类拔萃的煮饺子水准震惊了？瞧瞧，一个都没破，圆满。知道是怎么办到的吗？”

“……”

“水烧开后先加了点盐。”严峫食指在茶几上点了两下，居高临下道，“怎么样？不知道吧。”

江停差点儿脱口而出“难道速冻水饺不是一般都不会破的吗”，但毕竟吃人嘴软拿人手短，开口前一瞬间又忍住了：“……我以为你从不进厨房。”

严峫不无得意：“但我会百度啊。我是学院派啊。”

江停心说就你还学院派，戏剧学院武打专业吧。

严峫一屁股坐在江停身边，稀里呼噜吃他的老坛酸菜牛肉面。虽然肯定是速冻水饺口味更好，但严峫那有滋有味的模样，竟然把江停看得有点馋，忍不住从他碗里挑了一筷子方便面来吃了。

严峫没吭声，笑了起来。

“你笑什么？”

严峫把嘴里的面条咽下去，才说：“笑你隔碗香，跟个小孩儿似的。”

还是吃人嘴软，江停一时没答上话来。

“看见有好吃的，你才肯给个好脸儿，还主动去洗碗。没有好吃的，就全身上下每个毛孔都散发出拒人于千里之外的高冷气息。”严峫又挑了一筷子面条给他，说，“没事，明天保证带你去米其林餐厅，天塌下来都保证你能吃上大餐。”

“全身上下每个毛孔都散发出高冷气息”的江停吃着饺子，半天也没想到有力的反驳方式，只能有点悻悻地道：“等你到我这个年纪，就明白人不能饿的道理了。”

“说得像你今年多大似的，你就比我大两岁。两岁好吗？”严峫夹着筷子伸出两根手指，“再说咱们是警察，又不是运动员，公安系统里这个岁数还只能算小辈分。不信你看建宁除了吕局跟魏副局，还有谁跟你一样整天抱着个茶缸子，跟保温杯成了精似的。”

“保温杯”这个话题实在太危险了，稍不注意就要联想到严峫柜子里那个莫名其妙就越来越小的茶饼上，江停赶紧夹了两个水饺塞进严峫碗里：“说什么呢，吃你的去。”

严峫赶紧把碗端起来：“不要了不要了。”

“你饺子下太多了，我吃不下。”

“我也吃不下啊，我不控制食量怎么保持腹肌啊？这都大半个月没去过健身房了。”

江停说：“保持那玩意儿干吗？放飞自我吧，你单不单身都跟腹肌没关系。”

结果严峫一听这话，极其自然又理所当然地了句：“我保持单身这不都是为了陪你呢吗？”

江停：“……”

温暖安静的夏夜，汤面的热气袅袅飘散，两人肩并肩坐在米白色舒适的大沙发上，几乎挨在一起，江阳县那落水、中枪的一幕幕和抢救室外的恐慌惊惧，仿佛都成了很遥远的事情。

江停筷子上还夹着半个水饺，也不知道是该吃了还是放下，半晌才道：“你这人说话怎么跟抽风似的，一阵一阵的劲儿。”

“因为我对你的每句话都出自真心，怎么想就怎么说了，不讲究技巧，跟你对我说话可不一样。”

严峫这人嘴欠的时候其实还比较好对付，不理他就完了。但当他顶着这张确实下海一次五万起的脸，深邃的眉眼眨都不眨地看着你，直截了当把话敞开来说的时候，不仅是江停，换作另外任何一个人来都很难招架。

他们就这么面对面地坐在客厅沙发上，膝盖都几乎挨在一块儿。江停垂下视线避开严峫的注视，却看见自己双手还捧着装满水饺的碗——明明是西南地区夏天的夜晚，刹那间他却生出了好似北方夜里在炕上对坐说话的错觉。

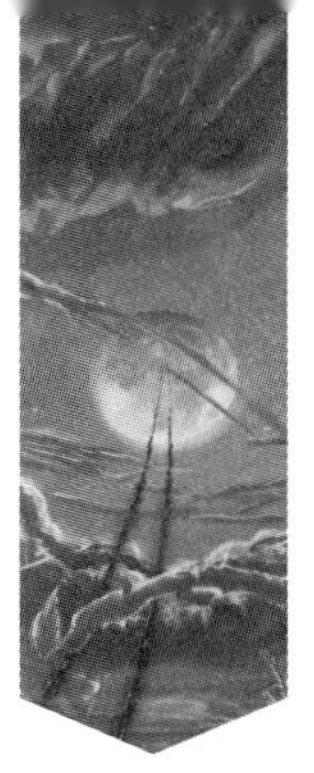

第 25 章

严郴脑中一片空白，似乎都忘了如何反应，只能直勾勾地盯着屏幕，电脑外放中浪荡不堪的声音格外清晰刺耳。

江停打量他的表情，少顷，几不可闻地出了口气。

说不上来这口气是松出去的，还是一声难以听闻的叹息。他舌根有点发苦，便把刚才那咬剩下来的半个饺子吃了，所有复杂、难以名状的感慨都随着那半个饺子咽了回去，随即轻轻放下了碗筷。

人哪……他心里突然冒出这么个念头。

随即严郴的声音响起来："这男的身材不错啊。"

江停："？"

严郴摸着下巴，笑吟吟道："但下面这个演员专业素质不太行，皮肤也不是很好，表情有点矫揉造作，脸跟你比的话就更差远了。总体来说，摄像和后期都还凑合，总分一百分的话可以打到七十五分。"

江停在越来越激烈的外放中一言不发。

他还是一如既往地没表情，但如果仔细观察，就能发现他额角线条有点紧，似乎在强行压制自己抽动的眼角。

严郴笑意更加深了，慢条斯理地把电脑屏幕转向他，同时凑到近前，含笑问："你在想什么呢？"

"……"江停终于开了口，声音细微略哑，"你生日快到了吧，要不送你个东西？"

"哦？送我什么？"

"——送你个棒槌！"江停毫不留情地一把搡开严郴，"快去睡，晚安。"

江停发力推着严郴，打闹在有限的空间里持续了好半天，严郴终于不乏遗憾地妥协了，慢慢撑起了上半身。

严峫的位置比江停高，这时候恰好低着头，突然顺着他的衣襟瞥见了什么，视线倏而一凝！

刹那间，严峫发不出声来，大脑像是冻住了，五脏六腑被沉重的冰块坠得急剧下坠。就在那不超过两秒钟的僵持中，江停已经一只手撑在茶几边缘，绕过沙发，仓皇地钻进了自己的客卧。

咔嗒。

房门关闭的声音传来，仿佛某个开关，严峫猛地一个激灵回过神。

"……"

他都没发现自己在喘气，慢慢翻身坐在了沙发上，猛烈搏动的心脏终于从喉咙口落回胸腔。他不由自主地想：我刚才没表现出异样吧？

应该没有，或者说就算有，刚才的江停也难以发现。

严峫闭上眼睛，却无法压抑住急促起伏的胸膛，短短几分钟前的画面犹如情景回放般重新闪现在大脑中——江停的肩窝。

深陷处有个因为太小而很容易忽略，但确实非常清晰的红点。

那是一颗痣。

建宁市公安局。

"谁让你出院的？谁批准你回建宁的？三十多年过得太顺皮太痒了对吧？江阳县公安领导没人能挡得住你这么个王八羔子是不是？！……"

吕局捧着他的本体——白瓷大茶缸，笑呵呵地走在最前面，对身后的狂轰滥炸充耳不闻。中间是脸红脖子粗的魏副局，时不时回头怒骂，好几次险些把胳肢窝底下的文件夹抓起来甩出去。最后的严峫双手插在裤兜里，头向上扬，目光放空，以完全不care的表情迎接唾沫星子一齐乱飞的狂风骤雨。

"无组织无纪律！枉顾自己的生命安全！你还给我这副表情，啊？你以为你现在长大了，我就不敢告诉你爹妈，你爹妈就抄不起皮带打不动你了是不是？！别给我一脸二五八万的！有胆你就给我点反应！"

话音刚落，严峫突然站定脚步，一捂腹部。

魏副局："……"

"啊！好痛，快来人救命，啊——快叫急救车，我不行了……"

一帮刑警轰隆隆穿过走廊，七手八脚架起满面苍白的严副队："队长！你怎么了队长！""坚持住，白色的明天还在等着我们！""求求你睁开眼睛啊队长！别离开我们！"

严峫颤颤巍巍："我的党费，枕头底下……二百五十块……"

"好的队长！我们一定为你转交给组织，继承你的遗志继续前进！"

魏副局活像生吞了一整个咸鸭蛋，面部表情不断抽搐，眼睁睁看着那帮大小伙子把严峫架起来，飞快地溜了。

"简直无法无天，无法无天……"

"我说老魏啊，"吕局笑眯眯地劝他，一脸大彻大悟般的心平气和，"儿孙自有儿孙福，不用去管这些鸡毛蒜皮的小事啦。他们年轻人主意都大得很，越管越有逆反心理，我们这样的老头子还能怎么办吗？再说你讲他们无法无天，你看看我。"

吕局得意地捋了把泛白的头发："知道我的头发为什么比你多吗？"

魏副局："……"

"因为这种破事我从来都懒得操心。"吕局语重心长道，"走吧。"

魏副局眼皮一个劲地跳，只得无奈地跟着吕局走了。

严峫被一路簇拥到法医室门口，打发了那帮精力过剩的刑警，正巧碰见苟利穿着白大褂、拎着保温桶，从打开的电梯门里走出来："呦，老严，干啥来了？请吃饭？"

走廊外面还有人，严峫不欲说得太清楚，含混地应了声："还惦记着吃？你妈千里迢迢给送来的爱心午餐还不够你吃的？"

苟主任单身到现在，那纯粹是被他妈给坑了。

当年他毕业考公分配到市局时，好歹也算唇红齿白、体形苗条的小帅哥一名，经常收到底下派出所小女警的秋波，连余队都一度坚持认为他年轻时比严峫好看。如果当时苟利踏踏实实找个女朋友的话，指不定现在连孩子都抱上了。

但问题在于，苟利考进市局的那一刻，也就是他爹妈迅速膨胀的开始。

在极端错误的传统思想影响下，他妈犯了严峫他妈曾翠女士犯过的错误——误以为自家儿子连公主都配得上，于是生出了各种挑三拣四、不切实际的幻想；加之苟法医工作确实非常辛苦勤奋，他妈就开始变着法子煲汤狂补，为了做好儿子的后勤，甚至一把年纪还专门跑去学了厨艺。

严峫的幸运在于曾翠女士很快就认识到了自己天大的错误，意识到再多硬件都没法弥补她亲生儿子在软件上的致命缺憾。因此为了在别的方面加分，她狠下心来催逼着严峫一周泡五天健身房，甚至还动过叫他去日本整容的心思，可惜后来被严峫坚定地拒绝了。

但苟利他妈没有严峫他妈的这份觉悟。

苟利他妈一天三顿换着花样狂补，硬生生把他催重了好几个吨位，还天真地拒绝了市局领导好几次做媒，坚信她儿子总有一天能领回个如花似玉、前程似锦的儿媳妇——全市局上下都一致认为，如果她知道现在苟主任的业余时间都跟秦川马翔等人在一块儿打游戏、看少年漫，可能会清醒一点。

“你不请客还跑来干吗？”苟利一边开法医室的门一边不满道，“活儿都堆成山了，好端端弄什么交流学习活动，把我们科好几个人弄基层去指导工作，还见天地把肇事鉴定、伤情鉴定往我们这儿派。那天我还跟魏局说呢，老从我这里调人，是不是琢磨着哪天把我也给派出去讲课啊？再说了，凭什么你们刑侦支队就能有实习生跑腿伺候，一个赛一个勤快，我们法医处就连烧个水都得自己来？不像话，啥时候也给我们从基层调几个人上来使唤，地主家都没余粮了好吗？”

严峫说：“你收个徒弟呗。”

“上哪儿收去啊？你知道这年头法医多荒吗？我上学那阵子，省厅招人还要求什么研究生以上学历，嘿，现在连大五都抢着要了，每年校招那阵子我就得亲自出马去抢学生，这还是在咱们建宁跟恭州都有法医系的情况下——要不我看这样，大家都是一家人，一笔写不出两个建宁公安，干脆你们刑侦爸爸友情赞助一下，把马翔调来给我们使唤得了。”

严峫跟着叨叨不止的苟利走进法医室内，随口道：“你饶了马翔吧，他连打太平间门口经过都不敢。”

“怕什么？在我这里待半年，保证他连高腐、皂化、巨人观都能下饭吃喽。”

苟利边拉开椅子坐下，边打开保温桶想要吃饭，冷不防被严峫敲了敲桌子：“你等等，找你可不是来唠嗑的。”

“干吗？”苟主任立刻警惕起来。

“李雨欣的尸体已经从江阳县殡仪馆送来了吧？”

李雨欣抢救无效后，尸体被放置在江阳县殡仪馆解剖室，很快魏副局带着黄兴等人去江阳现场接管调查工作，以建宁市局设有全国一流解剖鉴定实验室为由，让当地刑警中队把小姑娘的尸体送了过来。

“尸检报告还没出来呢，你想干什么？”

严峫说：“给我看看。”

苟主任拿着勺子，怀疑地上下打量他，严峫不耐烦地加重了语气：“就看一眼！”

“我靠，你怎么专挑人午休的时候找事儿呢！”苟利嘀嘀咕咕地起身，也没什么办法，只能含着勺子，带严峫来到解剖室门口，半天才从白大褂兜里翻出那把系着红线——法医们认为驱邪的钥匙开了锁。

李雨欣静静地躺在解剖台上，颅骨与腹腔还未完全缝合。正常没解剖完的尸体都不会把白布盖那么严实，但可能因为惋惜这个花季年华的小姑娘，苟利出门前把白布给她拉到了下巴颏儿上，如果忽略青白僵化的脸色的话，她看起来就像是陷入了一场邈远黑甜的长眠。

“喏，多可惜。”苟利叼着勺子说，“我本来早上就能弄完，但想着要不给她缝好看点儿，下午再慢慢弄吧……哎，你干什么？”

只见严峫向尸体微微一欠身，紧接着跨上前，二话不说掀起白布。

雪白的灯光下，李雨欣右肩窝处，一颗红痣在尸斑中格外清晰刺眼。

严峫没听见苟利在说什么，甚至感觉不到自己的呼吸。他指甲攥进掌心里，牙关紧紧咬着，好像只要一开口，怦怦搏动的心脏便会从咽喉里疯狂地跳出来。

昨天医院里步薇滑落的睡裙肩带，深夜里江停线条分明的肩膀，解剖台上李雨欣布满尸斑的上身……三颗几乎完全相同的小小红痣，不断地在严峫眼前交错闪现。

李雨欣仿佛活了，她抬起腐烂的手指，抚摩着肩窝那殷红如血的痣，向严峫露出了一个诡秘的微笑。

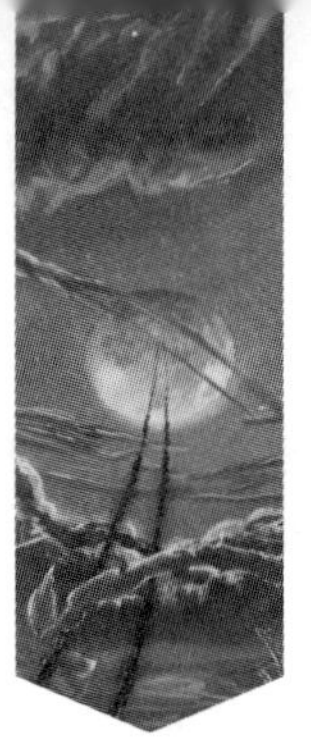

第 26 章

严峫攥着手机，大步走出法医室，少顷接到他电话的马翔果然从楼下刑侦支队匆匆赶上来："怎么了严哥，你说什么痣？"

"绑匪并不是随机选择女孩子当行刑者，而是有筛选机制的。"严峫往自己右肩下靠近手臂的地方点了点，面色异常阴鸷，"李雨欣和步薇右肩窝处都有一颗红痣，这是她们的共同点。而这个位置不论穿吊带还是一字领都很难露出来，十七八岁的女孩子也不见得会穿裸肩礼服，也就是说能知道她们这个位置有红痣的，排除更衣室及公共浴室等偶然情况，只有父母姐妹、同寝女生、有亲密关系的男朋友，此外基本不会有别人了。"

马翔听得目瞪口呆，不过他已经算很有经验的刑警了，很快就镇定下来："步薇和李雨欣都不住校，两人处女膜都完整，根据步薇同学的口供也基本能排除其他边缘性行为的情况。难道最大的可能性是父母？"

严峫突然脚步一顿："步薇的父母是怎么死的？"

马翔立刻："我们这就去查！"

"步薇和李雨欣的父母、姐妹、女性亲戚、来往密切的闺蜜同学及邻居……一个都不要放过，立刻开始筛查摸排。红痣没那么常见，这两个女孩子一定有某些我们还不知道的联系！"

严峫再次举步向前，没人能透过他冷静的脸看出他的大脑此刻仿佛被分裂成两半，一半有条不紊地向马翔吩咐各种摸排指令，另一半却反复闪现出江停那柔软浴衣内温热瘦削的肩膀。

各种错乱的猜忌、疑问、惊惧和不真实感，在那半边大脑里横冲直撞。

那不是错觉，步薇从下往上抬头的那一瞬间神似根本就不是错觉，是刻意被筛选过后的结果。

而黑桃 K 心中真正的行刑者，从最开始就是江停！

"韩小梅还在医院里看着步薇？"严峫突然问。

马翔正飞快记下严峫吩咐的各项摸排先后顺序，闻言头也不抬："是啊，哪敢放着她不管？怎么着？"

"通知韩小梅，让医生立刻去检查一下步薇脸上是否有任何整形过的痕迹。"严峫顿了顿，又沉声道，"我要亲自过去一趟。"

步薇的情况竟然真的比昨天好多了。

住院部楼下的花园里，韩小梅推着轮椅散步，穿着棉白睡裙的步薇静静地坐在上面，细白的双手交叠在大腿上，油亮的长发被编成麻花辫，柔婉秀气地垂在身侧。

那头发很显然是韩小梅闲来无事给她编的，这些女孩子间的情趣可能把步薇脆弱敏感的神经安抚住了，她再次见到严峫的时候，只明显向韩小梅身边瑟缩了一下，并没有像昨天在病房里那样立刻丧失理智尖叫起来。

"你还认识我吗？"严峫站在轮椅前俯视着她问。

"……"

步薇垂着头，只露出乌黑的发顶，半晌才一点点抬起脸，极其细微地："……警察。"

严峫裤袋里的手一把掐住掌心——是的，就是这个四十五度斜侧脸颊、从上往下望过去的角度，眉骨与眼尾简直跟江停一模一样！

但严峫沉静的脸色没有丝毫变化："是的。你还记得申晓奇吗？"

步薇紧紧拉着韩小梅的胳膊，就像随时准备拉着这根救命稻草逃之夭夭似的。这种战战兢兢的模样在一般人身上出现都不会很可爱，但在少女那张浑然天成的脸上，竟然有种让人不敢正视的风韵。

严峫没有错开目光，紧紧盯着她，许久才听她挤出三个字："申晓奇……"

紧接着她纤长的眼睫一扑，桃红色如颜料般晕染开来，泪水顺着脸颊毫无预兆地滚滚而下。

"哎，怎么哭了？"韩小梅当即大惊，连忙掏纸巾给她拭泪，"没事没事，申晓奇他会好的，都过去了！……"

严峫一把抓住韩小梅的手，纸巾僵在了半空。

"申晓奇不会好了，一切也都没过去。"严峫俯身盯着步薇楚楚动人的泪眼，一字一顿道。

步薇瞳孔猛然收紧。

“申晓奇已经昏迷了快两周，医生说脑死亡或变成植物人的可能性非常大，也就是说那个给你送花的男孩子从此就是一具只会呼吸的尸体，他再也不会醒来了。”

“当然，这还是比你的前辈们要好点的。”严峫目光锐利得几乎要穿透那泪雾，直刺进她眼窝甚至脑髓里去，“毕竟那个叫贺良的少年，也就是你们在天纵山上看见的尸体，已经烂得连他亲妈都认不出来了。还有李雨欣，跟你一样在绑匪胁迫下杀死了贺良的‘行刑者’，你以为她回来后就逃过一劫了吗？不，她的尸体现在正躺在离这里半个小时车程的市局法医解剖台上，她曾经像你一样天真地以为只要什么都不说，杀戮便会成为只有死人和她自己才知道的秘密。

“相比之下是不是成为植物人倒还好一点，嗯？”严峫注视着拼命摇头挣扎、试图捂住耳朵的少女，低沉的声音极具穿透力，那听起来简直都有点冷酷了，“但你未必有申晓奇那份好运，能平平稳稳地当个植物人在床上躺一辈子。你更有可能的下场是像李雨欣一样，蝼蚁般死在未来某天，然后为我们警察那摞厚厚的陈年旧案增加微不足道的一页——你看着我，步薇！你不想为申晓奇报仇吗？啊？！哭有什么用？！”

韩小梅简直连牙关都在发颤：“严……严队！……”

“我不知道，我真的不知道，求求你……”步薇哭得喘不过气来，抖得全身骨头都咯吱作响，屈起膝盖用力蜷缩成一团。她那样真是惊人的楚楚可怜，怕是连铁石心肠的人都会不忍：“求求你，求求你，我真的害怕，呜呜呜……”

哭泣一声声回荡在严峫耳边，与江停的面容渐渐重合，以至于恍惚间他以为是江停在他面前绝望饮泣。

那瞬间她终于刺中了严峫心中唯一的软肋。

严峫吸了口气，缓缓站起身。

“再给她几天时间，医生说她正在恢复。”韩小梅压低声音恳求道，“毕竟谁也不知道她在天纵山上遭遇了什么，如果在这种状态下强行逼问的话，可能她对绑匪的描述也不会很准确……”

严峫抬手制止了她，旋即走开几步，示意她跟过来。

“医生怎么说？”

韩小梅：“啊？”

严峫不耐烦：“我让马翔通知你叫医生检查这小姑娘脸上有没有动过刀子！医生怎么说？”

韩小梅缩缩脖子：“大……大夫说初步可以排除假体填充，但要是检查骨头的话，得先拍个片子。”

严峫似乎在琢磨什么，韩小梅期期艾艾的：“削骨的恢复期可长了，那她岂不是十四五岁就得去整容，可能性也太小了吧……”

严峫不置可否，原本就锋利的眉眼更紧压成了一条线，半晌轻轻冷笑了一声：“果然纯天然的值钱。”

韩小梅：“？？？”

严峫没有解释这句话是什么意思，话锋一转问：“申晓奇怎么样了？”

“申晓奇——”韩小梅没明说，但摇了摇头，“昨天高哥亲自跟院长约谈了一次，说醒来的可能性越来越小了，就算醒来也有各种不可预测的脑损伤，比方说失忆、痴呆或偏瘫等。在提供绑匪线索这方面，估计够呛能记住什么，而且就算记住也很难让检察院采信，毕竟人已经这样了。”

严峫摸出烟盒，点了根软中华，呼地喷出一口白雾。

韩小梅隐蔽地撇了撇嘴，趁他不注意，小碎步向后挪了二十厘米。

严峫说：“上星期我在江阳，没顾得上这头。回来后我跟你陆顾问上次住的那家医院打了个招呼，让他们把从德国借来的那套设备暂缓两天再还，然后想办法再进口一个疗程的配套药物，待会你去跟申晓奇他爹妈聊聊，问他们愿不愿意让孩子去试试。”

韩小梅眼前一亮！

“死马当作活马医。”严峫沙哑道，“费用方面，设备费就别跟他们算了，算也付不起。但私立医院的住院费和那套药物的费用是要他们承担的，叫申家父母考虑好。”

“嗯！嗯！”韩小梅开心地点头。

严峫夹着烟看了她一眼：“你那么高兴干吗？对申晓奇不一定有效，症状都不一样。”

“毕竟是希望嘛！申晓奇说不定也能得救的，毕竟江……陆顾问当初那样都救回来了。”

韩小梅险些咬到了自己的舌头，但出乎意料的是这次严峫没骂她，甚至都没说什么，只用烟头指了指：“外人面前不要说漏嘴。”

韩小梅不敢多问，一个劲儿地点头。

“我上次跟你说陆顾问的事情……”

严峫一句话没说完，突然只听身后——哗啦！

“哎，步薇！”

只见步薇刚才试图站起来，但整个人太哆嗦，不知怎么竟然把轮椅翻倒了，自己也被绊得摔倒在地。韩小梅立刻上前想扶，但她也不是力气很大、身手很好的姑娘，加之步薇在精神恍惚之际，不住抽泣发抖，瑟瑟抓住韩小梅的手，一时半刻竟然很难扶起来。

严峫眉头一皱，叼着烟大步上前，弯腰把步薇抱了起来。

严峫长得凶，爱抽烟，个子太高，正常情况下既不讨姑娘喜欢，也不讨小孩喜欢，他家那几个小侄女小外甥女就没一个亲近他的。但步薇可能在混乱之际把他当作新的救命稻草了，一边哭一边死死勾着严峫的脖子，抽抽噎噎地把脸埋在他颈窝里，含混不清道："对、对不起……我错了……对不起……"

少女柔软的身体像条小蛇，简直不要命地整个往严峫怀里贴。

但这个动作的确太不合适了——她毕竟那么好看，哪怕是用最苛刻的眼光来衡量，都有种跟年龄极不相称的巨大吸引力。

此刻换作其他任何一个男人，哪怕是警察，也难免会有点本能的心驰神荡。

严峫得避嫌，用眼神示意韩小梅赶紧把轮椅扶起来，想把她放回轮椅上。但刚一有动作，步薇就像预感到自己要被放弃一般，抽泣着把他脖颈搂得更紧了，哭得就像个小孩："我错了，我错了好不好？求求你，求求你！……"

严峫眉梢微挑，跟韩小梅对视一眼，两人眼底都有些心照不宣的惊愕：难道她要说出什么来了？

"要不您先把她送回病房？"韩小梅小声问。

严峫犹豫片刻，点点头，打横抱着步薇转过身，霎时整个人一僵！

花园尽头不远处，医院大楼的侧门口台阶上，江停和杨媚正站在那里。

江停戴着棒球帽，飞行员太阳镜下露出的小半张脸凛然森白，毫无情绪。他与严峫短暂对视，随即目光转向他怀里背对着自己的步薇，脑子里不知道在想什么。

虽然根本看不出来，但严峫刹那间感觉到，江停的眉心微微地蹙紧了。

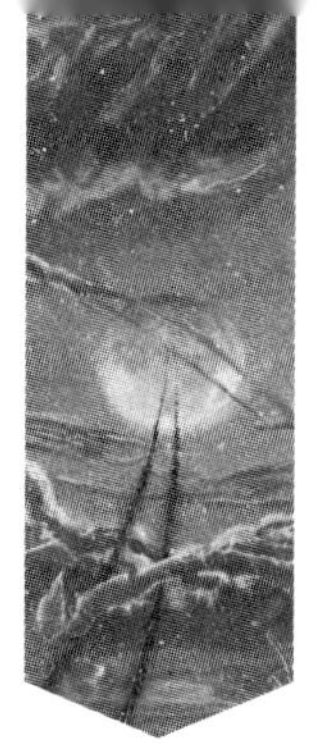

第 27 章

病房。

韩小梅一边心惊胆战地搓手，一边温顺无比地俯耳听护士教训。步薇不断抽泣，勾着严峫的脖子，被他弯腰放到病床上。

那瞬间她晶莹剔透的凤眼一抬，目光隔着泪雾，与病房门口的江停短暂相碰。

那对视比电光石火还快。

紧接着严峫背对门口，站直身体挡住了她的视线，冲韩小梅招招手："我去找申晓奇父母聊聊，你留在这照应一下受害人。"

"哦，是！"

严峫转身径直出了病房，视火冒三丈的护士为无物，连半秒钟都没耽误，三步并作两步冲过走廊一把抓住了江停的手："等等！"

"呦，这不是严副队吗？"江停还没来得及出声，杨媚嘶哑着嗓子抢先开口了，"我们今天'偶尔'来趟医院，'这么巧'就看见严副队在关心受害人，可见您平时还真挺日理万机的。既然如此，像我们这样的'外人'，还是不要打扰您继续跟受害者沟通案情了吧？"说着她盈盈一笑，抓起江停另一只手就要往前走。

严峫箭步上前，一把拽回了江停的手："呦，杨老板这是流感吧，流感可不能到处乱走乱摸啊，万一传染给别人怎么办？"

杨媚不甘示弱，蹬着她的 YSL 字母高跟鞋——感冒发烧走不稳，穿不上她新买的恨天高，当场把江停左右两只手都拽了回来："这您就不用担心了，江哥跟我是什么朝夕相处的关系？我得的是不是流感他心里能没数？"

严峫："我说你……"

江停硬生生把自己两只手给拔了出来，先揉着手腕冲杨媚："你得的就是流感。"然后在杨媚噘嘴不服气的瞪视中转向严峫："司机已经给她挂了号，我们先过去了，你忙你的去吧。”

他那永远镇静从容、连肌肉都懒得提一提的脸，愣是把严峫镇得没说出话来。

杨媚就像一只翘起尾巴的大狐狸，神气活现地冲严峫飞了个吻，抽着稀里哗啦的鼻子一扭一扭地跟江停走了。

“……”严峫站在原地，半晌才回过神来，匪夷所思道，“我只不过正常接触受害人而已，怎么反而搞得像犯了什么错似的？”

“为什么陆顾问要来这家医院看病呢？”

严峫循声回头，只见身后一个毛茸茸扎辫子的脑袋——韩小梅不知何时凑了过来，满脸你们直男为何还不懂的表情。

严峫：“你说什么？”

“这个医院离市局近，离媚媚姐的不夜宫 KTV 可不近啊。陆顾问为什么舍近而求远，专门跑来这家医院呢？”

两人面面相觑，几秒钟后严峫回过味来了，嘴角止不住地往上翘。

“嘿，我说你这丫头办案不牢靠，这方面倒挺机灵的。”严峫赶紧控制住面部表情，严肃教育，“下次心思要用到正事上去，知道了吗？”

韩小梅嘴角撇得跟姨娘似的，但严峫这时候根本无心留意她大胆的忤逆，教育两句就匆匆忙忙跑了。

半个小时后，杨媚拎着一大塑料袋的药，抽着鼻子走出了大夫办公室。

“多喝水，多睡觉，注意开窗通风，别去人多的公共场所。”杨媚苦着脸重复医嘱，“说下周不好再来复查，然后就把我打发出来了。”

江停说：“你也得注意，老大不小的人了。”说着就从走廊上等待区的长椅上站起身。

“哪里有老大不小？我今年也才……”

杨媚猝然停住。

江停那闻名恭州公安系统的大脑没意识到危险迫近，还维持着那个半张着嘴好像要说什么的姿势，莫名其妙盯着她。

两秒钟后，杨媚打了个惊天地泣鬼神的喷嚏。

“对不起江哥，我真的没反应过来，对不起，我真不是故意的……”

杨媚差点儿当场哭出来，而江停长长吁了口气，仰着脸拿消毒湿纸巾仔细擦拭下巴、咽喉和脖颈部位，仔细观察的话会发现他真的满面超脱，似乎背景音乐《大悲咒》一响他就要立地成佛去了。

一张纸巾擦完了，杨媚忙不迭又抽了一张双手奉上。然而江停刚伸手去接，刹那间又一声鬼哭狼嚎的："阿——嚏！！"

杨媚的鼻涕差点儿冲出来，手忙脚乱用纸巾捂住了鼻子。

"你坐着休息会儿吧，"江停悬空着那只一级污染警报的手，无奈道，"我去卫生间洗洗。"

杨媚眼冒金星，可怜兮兮地坐在长椅上擤鼻子，擤得脸红脖子粗，还要注意别擦掉了鼻孔周围的粉底，真是惨不忍睹。

医院男洗手间，江停仔细揉搓肥皂泡，然后打开了水龙头。

哗啦啦——

洗手间突然又闪进来一个人，径自贴在他身边，也开始洗手。

江停目光一瞥，竟然是严峫。

严峫衬衣挽在手肘上，剪裁考究的衣料包裹住挺拔结实的身材，在哗哗水声中旁若无人地哼着小调。看他那样子，江停眼角就开始微微抽搐，但俊美无俦的严副支队似乎全然没发现，目不斜视地冲着手。

周遭其他人都完全没发现这边的暗流涌动，少顷边上最后一个外人甩甩胳膊走了，卫生间里只剩下他们两人时，严峫那张痞帅痞帅让人恨不能拿鞋底板子照着抽的脸上才浮现出笑影，问："你干什么呢？"

江停关上水龙头，抽出纸巾擦手："你干什么呢？"

"别送杨媚回去了，待会儿咱们出去给你吃好吃的。"

"案子办完了？"

"没办完也不能亏待了咱们江队的嘴啊。"

江停鼻腔里轻轻哼了声，把擦完手的纸巾扔了，冷不防严峫突然凑到近前，把江停顶在瓷砖壁上，迫使后者的头向后仰起，用力拉开那几厘米的距离，前者却一个劲不讲道理地往前凑。正当挣扎之际，突然只听跟洗手池隔着半堵墙后传来卫生间门被推开的声音，又有人来上厕所了。

说时迟那时快，严峫一把勾住江停，拽着他闪身躲进隔间，咣当关上了门。

外间小便池那里窸窸窣窣，然后放水声响了起来。

"？"

江停被结结实实压在隔板上，嘴被严峫的掌心捂住了，稍微一动就会发出声响，只得用目光不断使眼色，那意思是咱俩又没在女厕所，干吗躲进来？

外间的动静突然变得格外清晰，只听那人又窸窸窣窣地穿上裤子，开始放水洗手。

“喂，老婆，我在医院呢，今天不值晚班，等我回家吃饭……什么，老加班不陪你？哎呀，你又不是不知道咱们院里搞的那个评分考核……不生气啦乖宝，今晚老公好好陪你……”

严峫扑哧一下，险些没笑出声来。

江停：“……”

外面那医生丝毫没注意到隔间里的动静，洗完手挂好电话，高高兴兴地出去了。

“哈哈哈——”严峫抑制不住闷头大笑，肩膀一耸一耸的，差点儿没喘过气来，“哈哈哈小医生还挺有生活情趣……”

江停几乎是从齿缝间一字字轻声问：“你笑完了没？”

严峫笑容满面：“生什么气啊江队，难道这又是我在调戏你——哈哈哈哈！”

江停：“……”

如果人的心情能具象化的话，此刻江停头顶一定冒出了无数纠缠的黑线，无奈地从严峫和卫生间隔板之间挣脱出来，只能板着脸站在那里：“严峫！”

“嘘，嘘，不生气不生气……”严峫利用身高体重的优势把江停摁在隔间角落里，粗糙的拇指腹不住抚摩他肩窝，倏而像发现了什么似的“咦”了一声。

“你又怎么了？”

严峫嘴角含着笑，小声问：“你肩窝这里有颗痣是红色的，你知道吗？”

江停沙哑着嗓子：“不知道，谢谢你告诉我！”

江停用力把严峫推开，他那微侧着脸的姿态，从严峫这么近的距离看去，一根根细密的眼睫和眼梢上挑的弧度都异常清晰，像是最好的狼毫蘸着徽墨，在雪白的宣纸上描绘出来的。

严峫脑子有些乱，用力闭上了眼睛。他感觉仿佛有两壶水同时对着心底最深处的地方浇，一壶是冰冷刺骨的怀疑，一壶又是浓稠滚烫的情愫，将整个心乃至胸腔都刺激得紧紧蜷缩了起来。

“出去。”江停小声斥道。严峫没动。

“快出去！”江停语气声音略微急了些，“你不办案子了吗？你没想清楚……”江停低声道。

“想清楚了，不信任也不坦诚的人是你。”

江停没说话。

严峫像暗示什么似的，每个字都在唇齿间意犹未尽地缭绕着："总想隐瞒的人……是你。"

江停目光一动，但他只能看见对方坚实有力的脊背，无法从微表情上窥得分毫端倪。

"不信任什么？"江停心念电转，开口时是纯粹调侃的语气，"不信任你单独跟那受害人小姑娘讨论案情？"

"哈哈哈——"严峫失声笑起来，戏谑地一拍江停后腰，"得了，吃醋了。"

"醋你妹。"江停难得爆了句粗口，终于强行摆脱了刚才着魔般意乱情迷的气氛，使力把严峫推开，"办你的案子去，我还得……"

叮咚！

严峫手机接到了一条新短信。

严峫滑开屏幕锁，立刻"呦"了声："好家伙，你看看。"

江停正低头快速整理衣襟袖口，闻言凑过头来，荧光幽幽映在他们眼底，只见短信内容是一张几年前的交通事故鉴定书照片。

紧接着第二条短信也来了：

"步薇父步自珍、母李萍死于长途车交通事故，尸检结果显示两人毒驾，二乙酰吗啡阳性。"

江停蓦然抬头与严峫对视，但他还没来得及说什么，短信提示音第三次响了起来：

"李雨欣生母吸毒离异，贺良案发时，李家已是再婚夫妻家庭。"

"去查步薇父母及李雨欣生母的毒品供应上线，"江停立刻反应过来，"我们有希望找到第一对被害人了！"

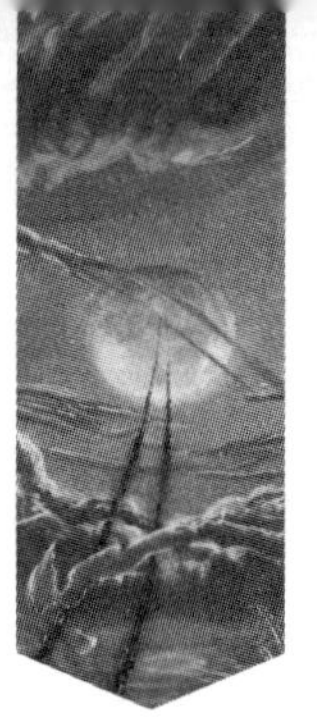

第 28 章

“喂，老高，消息看到了，想个法子追查一下李雨欣生母以及步薇父母生前是否有共同的购毒上家……什么，他们都不在一个地方？废话，我当然知道他们不在同一个地方，你先把李雨欣生母抓了，审出上线再顺藤摸瓜，难道还找不到这两个地方毒贩网络的交叉点吗？”

高盼青的声音从手机那边传来：“行吧严哥，那我现在就通知江阳县派出所抓人去。”

“连环绑架案的第一对被害人很有可能跟这个贩毒网络有关，务必记住，江阳那边一有消息就立刻通知我。”严峫刚要挂电话，突然又想起什么似的，“喂喂，老高，别挂。告诉江阳的弟兄们好好办事，办成了绝不亏待他们，别到时候说我们省会城市的大哥穷酸寒碜，光知道赶着马儿跑，又不知道给马儿喂草。”

咔嗒！

一名医生推门走进卫生间，恰好听见他以“江阳的弟兄们”为开头的最后一句话。

“知道！”市局配发的国产机让高盼青的回音格外响，“老规矩，绝不让为大哥办事的小兄弟们吃亏！”

严峫满意地“嗯嗯”几句，摁断通话，抬头一看。

医生：“……”

严峫：“……”

此刻在医生眼里场景是这样的：

一名身高近一米九，衬衣袖口卷到手肘，露出的手臂线条紧实无比，满脸匪气且神似古惑仔的大哥，正一边叼着烟一边跟手下打电话吩咐事情，不知道今晚准备集结人手去砍哪个场子。

严峫夹着烟的手指僵在了半空，身边“禁止吸烟”四个大字格外醒目。

严峫：“不好意思不好意思……”

医生：“大哥你抽大哥你抽……”

严峫呆若木鸡，眼睁睁看着医生飞快地跑了。

“扑哧……”严峫回头一看，江停在隔间里捂着嘴，一见他转身，立刻清了清嗓子恢复面无表情，“那什么，走吧。”

“你笑什么啊？”严峫指指门口医生逃窜的方向，“这就是刚才那放水的，没听出来声音是一个人吗？就这尿急尿频尿不尽的样子，一看就知道肾够呛，能跟我比？”

江停：“行行行……你先出去。”

“干吗啊？”

“我过两分钟再走。”

“不是，你想干吗？”

两人彼此瞪视，半晌江停终于败下阵来，迸出两个字：“杨媚——”

严峫瞬间明白过来。

刚才他溜进来的时候没撞见杨媚，但万一杨媚此刻还在外面等着，瞧见他俩同时出来，再一联想两人在男洗手间足足待了二十分钟……

严峫一乐，说：“行啊。”

江停摆手示意他快走：“别给杨媚碰见。”

严峫摁熄烟头，刚准备走，突然想起遗漏了什么似的，又转回来，强行凑在江停衣领间嗅了嗅，然后把他后脑勺被隔板压得翘起来的头发用力抚平，才冲他一笑，转身出了卫生间。

门开了又关。

江停微微出了口气，活动活动颈椎，试图凭借这个动作平息内心失落、放松和迷惘等种种难以形容的滋味。正当他无坚不摧的心理堡垒刚要重新建立起来时，突然只听门外走廊上传来严峫响亮的声音，犹如一百台蓝翔推土机轰轰而过，刹那间把他的心理建设稀里哗啦推了个干净：“呦，这不杨老板嘛！”

江停：“……”

“严副？”杨媚瞬间警惕起来，“你在这里干什么？江哥呢？”

严峫暧昧一笑。

此刻不仅是厕所里的江停，连杨媚一见这笑容都陡然生出了脱下高跟鞋照他脸抽的冲动。他慢慢重复："你江哥？"

说着他顿了顿，嘴角上挑："那你得问他去呀。"

杨媚："……"

严峫双手插在裤兜里，在杨小姐的瞪视中优哉游哉地走了。

杨媚莫名其妙呆立半晌，怀疑的目光在越来越远的严峫背影和男卫生间门之间来回游移，终于忍不住冲着洗手间，小心翼翼地叫了句："江哥，江哥？你在里面吗？"

她江哥此刻正抬头望天，默然无语。

"江哥你没事吧？"

正当杨媚的脑回路如脱缰野马，光速发散到某些不可言说的画面上时，突然手机嗡的一声，只见江停来了条短信："我在楼下停车场等你，人呢？"

"停车场？"杨媚丈二和尚摸不着头脑，"江哥什么时候离开的？"

但纵使有满腹疑虑，江停就是有某种让周围的人都懒得动脑子的魔力，杨媚一边嘟囔一边离开了男卫生间门口，兴冲冲地往电梯走去。

江停听见高跟鞋噔噔噔地越来越远，终于松了口气，气定神闲地走出门——他来的时候就已经注意到了，这座医院楼下有东西两侧停车场，如果杨媚待会儿打电话来问怎么找不见他人，他只要说自己走了错路，刚才在另一个停车场等她就行了。

运筹帷幄的江队摁下电梯键，对着金属门整整衣襟，下一刻电梯厢从上而下停住，门向两侧徐徐打开。

江停："……"

杨媚："……"

空气陷入了一片安静。

"刚……刚才电梯出了故障……"杨媚结结巴巴说。

江停一只手抚额，半晌道："刚才我的脑子也出了故障。"

惨白毫无生气的病房里，步薇涣散的视线久久凝视着浮尘。

刚才一番挣扎哭闹，让她头发和睡裙都扯得乱七八糟。韩小梅仔细把灰拍打掉，又把她的麻花辫儿解开，用梳子小心翼翼地梳通头发，重新绾了个漂亮松散的小荷苞。

"你的头发可真好看，要是我头发有你一半柔顺软亮就好了。"韩小梅顺手拿起镜子，笑道，"这个发型满意吗？"

步薇毫无焦距的视线终于慢慢集中，看向镜子里满面苍白的自己。

片刻后，韩小梅突然发现，少女嘴角缓缓浮起了一丝几乎称得上是微笑的弧度：“姐姐……”

这是从昨天到现在韩小梅第一次听她主动开口，立刻提起了全部的注意力：“嗯？”

步薇说：“你也很好看。”

“你说我呀？我可不行，从小就糙。”韩小梅捧着脸笑道，“实习以后就更糙了，每星期三次晚班，昼夜颠倒，成天上火起疱，才进市局没多久，皮肤跟老了三岁似的，哈哈哈……”

步薇细声细气地问：“你的上司很凶吗？”

韩小梅立刻意识到她指的是严峫。

这是个好现象。在谈判审讯中有非常重要的一环，就是跟问讯对象拉近距离，消除警察身份给人带来的天然戒备，一旦对方从心底对你放下戒备，就能以主动的姿态配合问讯，也更有可能提供更多线索。

“你说严队吗？他只是看着凶，其实人可好了，经常自掏腰包给我们买吃的，带我们实习生也尽心尽力。”韩小梅余光偷觑着少女的神情，想了想又故意道，“他表面上严厉只是因为不会跟女孩子相处，实际上可害羞啦，据说出去相亲都是别人拒绝他，到现在都没交上女朋友呢。”

步薇嘴角勉强挑了挑：“我有点怕他，但是……”

韩小梅敏锐地察觉到了那丝欲言又止：“但是什么？”

步薇抱着自己的膝盖，眼圈又微微红了。

她天生有种特别能激起人怜爱之心的神韵，不仅对异性如此，甚至对同性也非常明显。韩小梅一看她那含水的眼睛，心立刻软了大半，抱着她的肩头劝道：“没事的，告诉姐姐，我不告诉别人。”

“……从来没人抱过我，我爸只会打我，一喝酒就打我出气……从没人像那样，像大哥哥一样抱过我……”步薇发着抖吸了口气，把脸埋在韩小梅臂弯间，“那种、那种安全感，我真的从没有过那种安全感……呜呜呜……”

步薇毕竟没有到讲风情的年纪，就像完全意识不到自己的美貌似的，一哭起来就像个号啕的小孩。但也正因为如此，她的哭声才格外触动人心肠，韩小梅不断拍抚她纤瘦的背，愤怒地想：如果我有这么漂亮的妹妹或女儿，我天天疼她都来不及，怎么这世上会有人舍得打她呢？

“你、你千万不要跟别人说，我真的很害怕，我会好好配合的，我真的会好好配合的！……”

“好好好，不说不说。”韩小梅一边拽着袖子给她擦眼泪一边赶紧哄劝，“姐姐保证不告诉别人，来，姐姐给你剥个橘子吃。”

步薇抽抽噎噎得双肩一抖一抖，仰起脸来可怜地望着韩小梅：“我能不能……”

“能不能什么？”

少女在韩小梅鼓励的眼神中用力咽了口唾沫，才好不容易鼓起勇气，说：“能去看看……看看申晓奇吗？”

她这个要求对警方来说简直求之不得，哪怕像韩小梅这样初出茅庐的小实习警员都很清楚，主动与被害人接触往往是证人愿意站出来帮助警方的第一步。

“好，没问题！”韩小梅喜出望外，随即突然反应过来，“但我没权限带你去重症病房——你等等！我这就回来！”说着风一般掠出了病房，站在走廊上匆匆拨通了电话：“喂，严队？”

“我不管李雨欣她爸是什么态度，抵触反抗也好，非暴力不合作也好，他闺女现在躺在我们市局法医解剖室里，要是他再不主动跟江阳县派出所沟通线索的话，别怪我亲自去江阳把他铐来建宁！……什么，不合规矩？我去他的规矩，破案才是我们刑侦人员的第一条规矩！！……哎马翔你等等，韩小梅那丫头正在给我打电话。”

严峫 hold 住马翔，接通韩小梅：“怎么着了你又？”

随着手机那边传来的急切话音，严峫的面部表情渐渐发生了非常古怪的变化：“……我让她有安全感？”

“她从小被她爸家暴，姓汪的那胖子也不像是什么正经人，可能她长到现在都没接触过靠谱的成年男性。现在她想去看看申晓奇，我觉得这是个难得的机会，是受害者想对警方开口的重要征兆！所以如果严队你领她去重症病房的话，也许对她的主观意识有很大推进作用……”

刹那间严峫思维出现了短暂的空白，而在意识深处，一幕相似的画面渐渐浮现出温暖的光影。

那是某天深夜安静的公寓，烛光发出噼啪声响，江停坐在餐桌对面仔细吃他那份意面，眼睛都惬意地眯了起来。那样子真是又精神又好看，在严峫眼里甚至还有一点点可爱——当然，严峫知道，江停都没注意自己已经偷偷地斜觑了他好多眼。

“谢谢你。”

“谢我什么？”

“我也不知道……也许是你总让周围的人感觉到安全。”

严峫凶巴巴惯了，那是第一次被人说有安全感，像是猫爪在心里最痒的那块软肉上挠了一记，余音袅袅地回味到现在。

“行吧，”严峫打断了韩小梅，“你先回病房等着，我这就上去。”

韩小梅踌躇满志地：“是！”

申晓奇跟步薇的情况不一样，虽然在重症病房里待着，只能靠仪器维持呼吸，心急如焚的申家父母和亲戚却天天来准点报到，病床前从没缺少过人。

受害人的状况到了这一步，其实绝大多数人都放弃了，只有父母还不甘心地拼命祈求着最后那点希望。所以之前当严峫以私人身份询问他们要不要转去私立医院、尝试国内还没正式引进的全新治疗方法时，申家夫妻毫不犹豫就答应了，甚至感激得差点儿当场掏钱来强塞给严峫——他们急晕了头，没听清楚严峫说“那私立医院是我爸出钱投资的”这句话。

现在他们唯一等待的就是那批德国药顺利进口，之后就可以安排人事不省的申晓奇转院了。

严峫亲自领着步薇来到重症病房楼层，对看守在门外的便衣民警点点头，后者心领神会，没惊动病房里的人，悄无声息地退到了远处。

“喏，就在那儿。”严峫拍拍步薇清瘦的肩，“是不是已经认不出来了？”

步薇突然抱住了严峫的手臂。

“……”随着她这个动作，严峫眉梢微挑，低头瞥去——但少女似乎完全没意识到自己的动作，她紧紧盯着玻璃窗内的病床，张大了眼睛。

申晓奇本来确实是个英气勃勃的少年，但现在一次次开颅治疗和输液让他全身浮肿、多处青紫，甚至已经有点难以辨认了。从病房玻璃窗外望去，他大半身体都淹没在各种软管中，除了仪器还勉强显示着心跳外，几乎很难让人察觉到他还是个活人。

步薇似乎在轻微地发抖，半响后仰起头，望着严峫。

这个角度让她脸颊看上去就像颗莹润的珍珠，严峫眉头拧起：“怎么？”

出乎他意料的是步薇喑哑地问：“……我是个坏孩子吗？”

严峫略一思忖，迎着她期盼的注视摇了摇头：“害申晓奇到现在这个地步的真凶不是你，没必要苛责自己。你的义务只有配合警方尽量提供线索，剩下抓犯罪分子的任务，以及保护你们这些受害者的责任，都是我们警察的。”

"……"少女一动不动地站着，良久后向他绽放出了一个极轻又极美的微笑。

就在这时候，背对病房窗口的申母恰好一回头，立刻放下手中的热毛巾站起身："严警官——"

下一刻她认出了步薇，脸色瞬间阴沉下来，立刻打开门有点踉跄地出了病房。

严峫瞅着她神色有点不对劲，抢先咳了声："印女士，这位同学是绑架案的另一个受害人，警方认为她很有可能提供一些关于绑匪的……"

"她为什么在这里？"申母发着抖尖声问。

步薇吓坏了，像只无助的小动物，拼命往严峫身后躲："对不起！阿姨对不起！都是我的错！……"

"我们不希望在这里见到她！"活生生、好端端的步薇简直把申母本来就濒临崩溃的神经推向了深渊，"抱歉严警官，我们接受不了，真的接受不了！求求你别带她来这里！"

"是我的错！阿姨，呜呜呜……"

"走开，走开！你快走！求求你别过来看我儿子！"

哭声、叫声、尖厉的嚷嚷声，以及循声而来的各种议论，就像无数把利刃来回切割着严峫的耳膜。失去理智的申母想把步薇拉走，后者却惊慌失措地抱着严峫的胳膊，严峫甚至头疼地感觉到自己手臂已经快贴上少女的胸脯了，但在混乱的局势中怎么也没法挣脱开。

"行了，印女士！冷静点！"严峫一边招呼便衣民警赶紧把围观群众疏散走，一边压低声音吼道，"这个同学也是受害者，你儿子被绑架不是她的错！"

"我不知道是谁的错，但总之求求你快带她走！"

"对不起阿姨，求你别生气了阿姨！……"

严峫强行分开两名纠缠在一起的女性，还好有机灵的小警察冲上来帮忙，赶紧把满眼通红的申母拉住了。严峫这才逮到机会把自己的手从步薇怀里抽出来，筋疲力尽道："印女士，我们非常需要这位同学提供线索来协助警方抓到绑匪，真正害申晓奇的人才应该受到惩罚。再说你儿子被绑架不是她造成的，活着回来更不是她的错……"

"不……是、是我。"

步薇强行压抑又极度惊惧的语调实在太尖锐了，所有人同时望了过去。

"是我，是我干的。"众目睽睽中，步薇嘴唇不住哆嗦，甚至能听见她牙关打战的咯咯声，"是我……把申晓奇推下山坡的。"

周遭完全静止了一瞬，紧接着轰地就炸了！

申母疯狂往上扑，民警根本控制不住，又冲上来两个警察才狼狈不堪地抓住她；步薇号哭着跪倒在地，谁拉都不起来，周围几个医生护士都完全傻眼了。

“步薇，你看着我步薇！”喧闹中严峫强行扳过少女泪迹纵横的脸，厉声喝道，“你知不知道自己在说什么？那天山坡上到底是怎么回事？你见到了几个绑匪？”

步薇恓惶地摇头，哽咽得说不出话来，好半天才像遇到溺水浮木似的，死死抓住了严峫的手：

“……我叔叔……

“绑匪就是……我叔叔，他威胁要卖……卖掉我……”

严峫用力喘气，旋即霍然起身，手机打开微信按住了语音键：“马翔听着，步薇指认了汪兴业，立刻出动探组把人给我抓回来！”

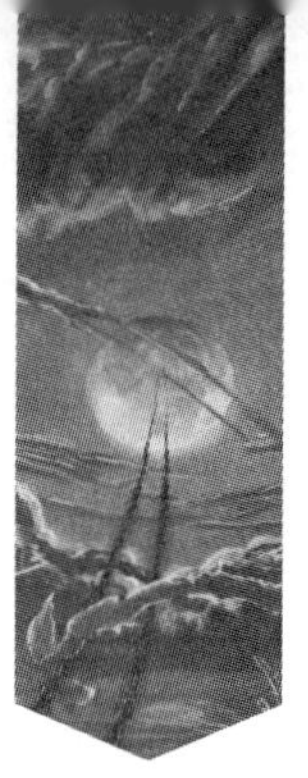

第 29 章

“步薇几乎全部都交代了，汪兴业根本不是她父母的朋友，而是卖散碎白粉的上线，也就是个拆家。步薇父母去世后，这个姓汪的收养了她，前两年倒还好，后来她长大了，从去年开始，汪兴业渐渐不规矩起来，两个月前一次趁酒醉差点儿强暴了她，被步薇拼命反抗逃出来，事后准备报警。但汪兴业利用自己在黑道上的势力威胁她，最后两人达成协议，只要步薇帮他办成一件事，他就给她一笔钱并再也不来纠缠。”

严峫夹着手机，摁了好几下电梯键，再一看数字始终停留在楼上，索性不再等了，转身直奔楼道。

韩小梅飞快地小跑着跟了上去。

“严哥，也就是说那小姑娘是绑架协同犯？”手机那头传来马翔的声音。

“可以这么理解，汪兴业让步薇协助绑架申晓奇，威胁她，如果不配合就把她卖掉，步薇答应了。几个学生去天纵山郊游这个主意也是步薇最先提出的，即便申晓奇没有策划出那个脑残英雄救美的把戏，她也会想个办法把申晓奇引出去然后故意迷路，然后在绑匪的暗中指引下把他带到凤凰林所在的位置。”

马翔立刻问：“绑匪有几个？她能提供相貌信息吗？”

“跟李雨欣的描述一致，全都是穿黑衣服蒙脸，四个，汪兴业不在现场。从叙述中我们很难确定这四名现场绑匪跟汪兴业的关系是上下属还是合作，步薇的口供录音我已经发给市局技术队了。”

通话另一头立刻响起马翔的小声吩咐：“去找黄主任要严哥发来的录音，快！”

“严哥，”马翔重新举起手机，“那也就是说申晓奇是她推下山坡的？她知道自己要杀受害人？”

“步薇的说法不是这样。”严峫风一般刮过楼道口，韩小梅亦步亦趋地跟在后面，慌得简直恨不得多长出八条腿，偏偏她听见严副支队说话还是那么紧迫沉稳，“根据她的口供，直到最后一天抵达凤凰林之前她都以为汪兴业只是想勒索申家的钱。”

“啊？”

“抵达凤凰林的时候，她像李雨欣一样昏迷过去，醒来时看见了坑里贺良的尸体，而申晓奇已经被几名绑匪按在了地上，对方要求她对申晓奇行刑。这个时候她才知道自己是要杀人的，经过反抗后她被四名绑匪同伙制住了，对方要求她必须亲自动手把申晓奇推下山坡，否则就杀了她。”

“然后她就……？”马翔小心地问。

严峫和韩小梅一前一后冲出楼道，穿过医院大楼正门，大步向停车场走去。

“步薇的精神状态太不稳定了，口供录得颠三倒四，但大概意思应该是这样。”严峫顿了顿，又道，“申晓奇掉下去之后，她听见那几名绑匪说警察快来了、没时间了，她哀求他们给自己一条活路，然而随即被绑匪重重推下断崖，之后就什么都不知道了。”

马翔怒道：“这不是灭口吗？！”

严峫“嗯”了一声，在停车场上找到自己那辆辉腾，示意韩小梅上车。

“哎，等等，严哥。”马翔突然意识到什么，“步薇经历的一切都跟李雨欣高度重合，但有一点怎么截然不同？”

严峫说：“电话。”

“对！电话！”

李雨欣被黑衣蒙面的绑匪——现在看他们的打扮和作用，倒更像是行刑仪式中的“公证人”——围起来要求杀死贺良时，一名绑匪拿着卫星电话贴在她耳边，通过这种方式，黑桃K与李雨欣发生了直接的对话。

但步薇案里没有。

黑桃K仿佛神隐了一般，从头到尾完全没在这个案子中出现！

“我不知道。”严峫坐进驾驶座，后视镜中映出了他锋利紧锁的眉心，“但我感觉不能放过这个细节，它有可能是解开整个案情的关键。”

严峫挂了电话，发动汽车，副驾驶上韩小梅怯生生地问：“我们……我们现在立刻回市局吗，严队？”

“不然呢？”严峫顺口问。

“……”

严峫突然警惕起来：“你有约会？”

从他的表情来看，韩小梅觉得如果自己敢答一个“是”，下一秒就会被活活勒死在副驾座上。

“不不，只是马上七点了，我我我们要不要先先先买点晚饭……”

“干外勤的别那么早找男朋友！”严峫劈头盖脸训斥道，“你今年才几岁？二十一？二十二？年轻力壮的不想着赶紧转正拼事业，趁还能跑还能跳的时候多挣几个功劳好把警衔职位提上去，找什么男朋友？人能依靠的永远都是自己的事业和钱！”

韩小梅：“我妈说趁年轻才好找……”

“有钱有事业是你挑男人，没钱没事业是男人挑你，懂不懂？！”

辉腾箭一般急转汇入车流，韩小梅的宽面条泪在空中飘飞：“懂，然而我并没有男人……”

“没有就对了！没有就跟我回市局抓那姓汪的去！”

韩小梅虚弱地道：“但是……严队……咱们还没吃晚饭呢……”

红灯亮了，严峫猝然急刹，差点儿把韩小梅一下勒吐出来，只见他如醍醐灌顶：“啊对，晚饭。”

韩小梅偷觑街道两边林立的美食酒家，心中熊熊燃烧起无限的希望，只见严峫迅速摸出手机拨通了电话：“喂，老胡，上次那受害人家属感谢我的两只石鸡是不是还养在你那儿？嗯嗯，对对，他家开正规饲养场的，我今晚值班不回家，你帮我把那俩傻鸟逮起来拔了毛，配上你们店里的好花胶，加陈皮、红枣、枇杷花，连肉带骨头酽酽实实炖好了汤……”

韩小梅难以置信，口水都要流下来了。

“然后送到我家去。”严峫继续道，“有个姓陆的会给你开门的。啊，对了，别放太多盐，他不能吃太咸。”

韩小梅：“……”

严峫心满意足地挂了电话。

韩小梅嘴边的口水都化作了眼底的泪水，哽咽半晌发不出声来，严峫这才注意到她泫然欲泣的表情，愕然道：“怎么了？就这么被我感动了吗？”

“……”韩小梅觉得这题简直超纲了。

严峫心中暗喜，谆谆教导：“所以说找男朋友就要找我这样的，知道疼人。”然后他一踩油门，向市局方向嗖地飞了出去。

建宁市局。

“打起来啦？然后怎么处理的？……哎哎，好好，江阳县的兄弟们干得漂亮！……给李雨欣她妈点儿钱让她妈带着你们去买毒品，顺着供应她妈毒品的拆家，一路往上顺藤摸瓜，全部抓住以后全给我连夜铐回建宁。这里边有大案子，咱们严哥要亲自审……”

严峫大步走进办公室：“怎么着？谁打起来了？”

马翔挂了电话，噌地起立：“严哥！”

平时大家闲着的时候，严峫进门往往能受到小弟们纷纷起立请安的待遇，但队里有大案子时就不一样了，大家都各自忙得飞起，只听电话铃声、吆喝声、匆匆奔过走廊的声音此起彼伏。

严峫把左右手拎着的两大袋香肠卤蛋方便面放到办公桌上：“李雨欣她妈招了？”

“一开始还不肯招，您让派出所把她爸找去协助审问，结果前夫妻俩在民警面前打起来了，派出所所长亲自出马才拉开了架……总之就是现在李雨欣她妈老实了。我打算今晚让江阳县禁毒中队配合设伏，由她妈引出当地的毒品拆家，再拔出萝卜带出泥，把江阳县当地的地下贩毒网络一网打尽。这帮人跟姓汪的那胖子肯定有点儿联系，具体情况得等抓到以后再由严哥您亲自出马提审了。”

严峫转身招手：“韩小梅！过来。”

韩小梅一进办公室门，就被迎面塞了一大堆材料，是刚才江阳县传真过来的这两年跟毒品相关的案件信息。她正满头乱麻地蹲在那儿查，突然蒙主召唤，立马颠儿颠儿地奔了过来。

“看看，看看，”严峫一只手端着方便面，另一只手指着马翔教训她，“跟你小马哥学学，看看人家是怎么办案子的。刚毕业的小姑娘，不想着多学点东西，成天净惦记找男朋友。”

马翔一捋头发，变戏法般从抽屉里捧出绫波丽手办：“纸片人的爱情，你值得拥有！”

韩小梅委屈得都说不出话来了。

“老严！老严！”秦川端着方便面碗，风风火火破门而入，“我刚从窗口看见你的车开进来，怎么半天都不见人，掉茅坑去了？——哎你们队有卤蛋，给我两个。”

“秦哥没蛋了，给秦哥两个蛋。”严峫顺口吩咐完，问他，“你怎么了，急赤白脸的？”

“汪兴业跑了。”

严峫立马高了八个声调：“什么？！”

秦川摆摆手，勉强喘过一口气来："别嚷别嚷，我也是刚才得到的消息，看我这面都没泡熟呢。你们队的老高跟我们队的老杨联手分出六个探组，带着三个独立线人去抓汪兴业，不知道是哪个线人嘴大走漏了风声，姓汪的那孙子连证件都没拿就跑了。我已经在紧急提审线人，另外追加了三组人马，分散追查姓汪的画室、画廊、艺术展、经常去的浴足店，还有各路炮友……你赶紧发协查通告，别让这孙子跑出建宁。"

严峫不等他说完就捧着方便面冲了出去："给我接魏局！把建宁火车站、汽车站、高速公路收费站接进来！"

一骑烟尘滚滚而去，马翔拎着俩卤蛋："……秦哥还吃不？"

"吃吃吃。"秦川立刻伸碗，"人是铁饭是钢，蛋还是要吃的……"然后嘴里塞着半个卤鸡蛋，同样捧着方便面追严峫去了。

汪兴业就算是个胖子，也是个极其灵活、狡猾如蛇的胖子。

他最后一次出现在医院是昨天晚上，不知道从步薇越来越反常的态度中嗅到了什么异常，今天上午突然联系道上的其他拆家，紧急出脱了手中的全部"白货"，换到大量现金，置办了一套假证件。

晚上警方开始追捕他时，他在建宁常驻的几个窝点都已经人去楼空了。

"汪兴业经常跑画展、艺术展，行踪遍及西南地区，一旦让他跑出建宁再想抓回来就很难了。所有人给我听着，把协查通告发到各交通枢纽及高速公路收费站，只要发现可疑人物立刻就地扣押盘查，今晚大家都别回家了！接警平台、指挥中心、交警大队、治安监控、十二支探组给我轮流倒，四个小时一轮班！明白了吗？"

"明白！"

严峫站在刑侦支队大办公室内，一只手用力揉按自己隐隐作痛的眉心，身边乱糟糟的所有人都在忙碌。突然他眼前多了杯热气腾腾的咖啡——韩小梅。

"呦，什么时候这么有眼力见儿了？"严峫意外地接过咖啡，还没来得及多夸两句，韩小梅诚实地把手机一亮，屏幕上赫然是一个来自陆顾问的微信红包："今晚要加班吧，拿去给你跟你严队买两杯咖啡。"

"……"严峫深邃的双眼皮扑闪着，脸色有点可疑地发红，半晌才硬邦邦蹦出来一句，"他关心你干什么？"

韩小梅老老实实问："那红包我给陆顾问退一半回去？"

严峫有点不好意思了："没叫你退，拿着买点心吃吧。"

“热咖啡！”秦川在隔壁禁毒支队开完会，闻着味儿就来了，“队里有小姑娘就是贴心，太好了太好了，快给我倒一半……”

严峫怒道：“滚去自己买！”

“哎呀，不要这么小气，这个点星巴克都要关门了，快快快……”

秦川拿了个纸杯，强行倒走一半热咖啡，喜悦得如同重获新生，还主动掏了根烟给严峫，两人各自捧着咖啡站在窗前，面对面地吞云吐雾。

“连着两个大案子都跟毒品有关，这事儿不对。”严峫若有所思道。

窗外黑夜浓得如同墨汁，玻璃窗上只映出两人烟头忽隐忽现的红点。秦川长长吐了口烟圈，反问：“胡伟胜在咱们市局吸毒过敏死亡那次，不就已经看出不对了？”

这事属于敏感话题，虽然吕局没把话放到桌面上来说，但所有人都心照不宣——这个“巧合”总有一天会被翻出来彻查。

严峫轻轻叹了口气，说：“咱们都心知肚明就好。”

白雾袅袅上升，一时两人都没有说话，不知道各自在琢磨什么。

“哎，”严峫猛地想起了什么，“今年咱们建宁有派出所搬迁吗？”

“哎呀放心吧，我都盯着呢！”说起这个话题，秦川立刻胸有成竹，给他掰起了手指头，“警界玄学、各路风水、八大吉八大凶，只要上警校时老师耳提面命过的，每条每款我都盯着他们吩咐下去了。派出所搬迁一律不准放鞭炮，所有分局全都强制养金鱼——都是前辈留下的经验。”

两个人抽完烟，已经是凌晨快两点了，再结伴去各个办公室巡查一圈，出来时正好两点半。各个交通卡点和高速收费站都反馈说没见到可疑人物及车辆，交警和治安监控暂时也没新的消息。严峫给守在医院的便衣打了个电话，说步薇半天情绪波动过大，晚上吃了安定片，早已经睡着了。

“后半夜估计也就这样了，你先回家睡一会儿吧。”秦川看看时间，说，“我今天早上起得晚，还能再熬一会儿，你早上七点来接我的班就行。”

“行吧，那我先回去睡几个小时。”说这话的时候，严峫下意识地挪开了目光，“那什么，万一有事第一时间叫我啊。”

秦川没注意到严峫隐藏在平静表面之下的躁动，挥挥手示意自己知道了。

严峫就像个十八岁的小伙子，揣着车钥匙三步并作两步冲出市局，开着车一路回家，好似每个车轮胎底下都裹着一团轻飘飘、晃悠悠的祥云。从车库上公寓的电梯格外悠长缓慢，直到站在熟悉的防盗门前，他才感觉扑腾扑腾的心

落回了胸腔。

他推开门，下意识地放轻了动作，在看见客厅情景的同时微微一愣。

沙发边的落地灯调到了最暗，散发出懒洋洋的光晕。裹着干净浴袍的江停斜倚在沙发上，一只手还支着头，但人已经睡着了。

他没穿鞋，光脚垂在地毯上，整个人既放松又柔软。而沙发前的茶几上放着满满一碗饭、一盅石鸡炖花胶汤，崭新的筷子和调羹焕发着微光。

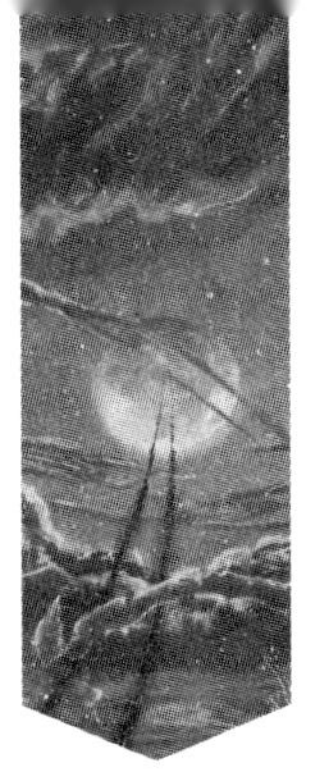

第 30 章

严岬一步步走上前，用指尖拨了下江停的头发，江停眼睫颤动，紧接着迷迷糊糊地醒来了。

“……回来啦，吃了吗？”

江停挣扎着刚要起身，被严岬按了下去：“你睡你的。”

他起身去热了汤，微波炉叮的一声，温暖浓郁的肉汤气味就飘了出来。

严岬也不就白饭，只喝汤吃肉。那石鸡肉炖得既烂且嫩、鲜甜无比，加了花胶的汤也又浓又醇厚，浮油被撇得一星不见。虽然外面不是冬夜，天气也并不寒冷，但这热滚滚的一大碗汤连肉带药材下去，足以让人从肠胃到心肝都被安抚得妥妥帖帖。

“怎么这么晚回来？”江停横躺在沙发上，用手臂遮着眼睛，声音里还带着浓重的困意。

严岬含着一小块肉骨头，把案情详细说了，又道：“已经发了协查通告给各级交通治安部门，随时都可能有情况汇报上来，天亮我就得赶紧回市局。”

沙发边上的灯光已经开到最暗了，但还是有点扰人。江停伸手凭空摸索了几下，掏出沙发深处的靠枕——曾翠女士为配货拿包买了无数个枕头，严岬沙发上起码堆了十个——一下捂在了自己脸上。

严岬扑哧一声。

但他还没来得及戏谑两句，就听江停道：“也就是说，在江阳县灭李雨欣口的那帮人，很可能是汪兴业指使的？”

严岬原本的话被结结实实堵了回去：“对，可能性非常大。李雨欣在行刑地见到的绑匪都黑衣蒙面，难以指认外貌特征，但她通过吸毒的生母可能见过汪兴业的面。如果她来建宁后见到步薇的这位‘叔叔’，一定会察觉出异常，所以汪兴业有必要灭她的口。另外，汪兴业是怎么知道我们已经查到李雨欣这条线

索的，以及是用什么方式买凶杀人的，这些疑点暂时还没法解释，我已经让人对汪兴业的资金流动和社会关系进行全面排查了。”

江停在靠枕下闷了一会儿，喃喃道：“……但没理由啊。”

“什么没理由？”

“他为什么想杀我？”

严峫的筷子顿了一下。

是的，范四。

但紧接着他若无其事地夹起汤里一朵枇杷花：“你不是说范四跟江阳县那帮肇事杀手很可能不是同一名雇主指派的吗？”

“我就随便那么一说，你随便听听得了。”

“所以你承认当时就没说实话呗？”

江停把靠枕掀开一条缝，从缝隙里瞪着严峫：“你要是记性这么好，没事怎么不多记记案情？”

严峫说：“呦——还会顶嘴了！果然登堂入室以后就有底气了，在杨媚 KTV 见面那次你咋那么温顺乖巧呢？”

江停也笑了起来：“别贫嘴，好好说话。”

严峫喝了最后一口汤，起身去洗碗洗手刷牙，在哗哗水声中扬声道：“之前步薇没招认的时候，我那点捕风捉影的感觉没法作为凭证去调查汪兴业，所以目前掌握的线索太少了，暂时不能做出可靠的判断。等明天经侦和技术队配合，把汪兴业的老底给我翻出来，我们才能知道他在黑桃 K 的贩毒集团中到底是什么样一个角色，跟范四到底有多少联系。

“总之呢，你先继续乖巧懂事地待在这儿，最好别一个人出门溜达，溜达也一定要开我的车。”严峫甩着手走回客厅，说，“不管想买凶杀你的是不是汪兴业，那种等级的角色是不敢在建宁地界上招惹我的，多一层保障多一份安全吧。”

江停“嗯”了声，头重脚轻地坐起来。

严峫笑着起身走进了浴室，片刻后传来花洒的水声。

仲夏夜晚，星空明亮。远处马路上的车灯透过窗帘缝隙，在天花板上映出转瞬即逝的虚影，就像水鱼从长河中倏然摆尾，又一闪而过。江停一动不动地躺在大床上，鼻端是枕套尚未散尽的阳光味，他睁眼望着黑暗中跳跃的空气分子，道了一声：“晚安。”

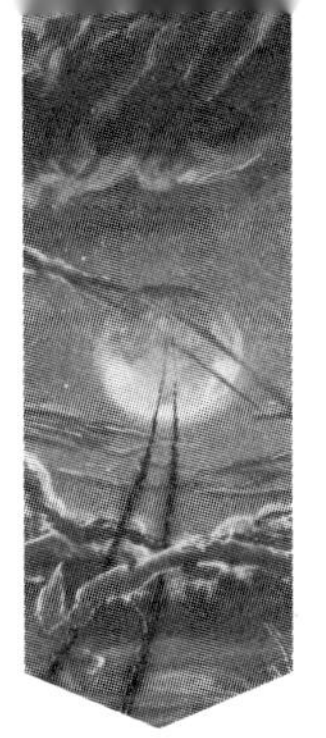

第 31 章

翌日早晨，阳光从窗缝中洒进卧室。

手机铃声骤然炸起，严峫触电般一个哆嗦，噌地坐起身："秦川！"

下一刻耳边响起秦川阴森森、鬼幽幽，如同午夜十二点贞子从电视里爬出来的声音："你看现在——几点了——"

严峫揉着惺忪睡眼一看，床头闹钟心惊肉跳地跳动着八点半。

"咱们昨晚说好的是什么，嗯？"秦川如同被冷落深闺一整夜的怨妇，怨念几乎要化作实体顺着通信信号爬过来，"谁一口答应的早上七点来接班？谁假惺惺叮嘱有事立刻打电话叫你？昨晚波多野结衣老师又敲你家房门了对吧？滚哪个小美人的被窝里逍遥快活，忘了苦守寒窑十八年的秦宝钏？！"

江停昏昏沉沉地翻了个身。

严峫立刻捂着嘴压低了声音："哎呀，瞧你这话说的，我能是那样的人吗……"

"你不是？！"

两人隔着手机大眼瞪小眼，僵持几秒后自知理亏的严峫认输了："……我还真是。"

要是秦川在这里，这时肯定已经扑过来拼命了。

"好了好了，我请你吃一周的饭还不行吗？是我的错，是我的错……但你六点半也没打电话叫我啊，那我犯下抛弃革命同志的错误，难道革命同志自己不需要承担一半的责任吗？怎么能全怪我呢？"

"有个隐藏了半年的拆家今早七点突然上线，我在禁毒支队忙到现在！"秦川怒道，"我的心好痛！我要猝死了！我死了建宁市广大单身女青年的幸福可怎么办？！你还不赶紧来接班？！"

严峫一边翻身下床一边连声答应："我起了我真起了……你们方队呢？今早不该他值班吗？"

“谁知道方队在哪，他那旧伤三天两头犯，一犯就到处找不见人——快点！半个小时内不到市局，你就永远失去你的秦宝钏了！”

啪的一声，秦川狠狠挂断了电话，严峫立刻蹦起来冲进了浴室。

十五分钟后，餐桌边的烤面包机噌地跳出两片吐司，江停慢条斯理地拿起一片，仔细涂上满满的肉松和沙拉酱，再合起来递给已经洗漱换装完毕、正往手上戴表的严峫。

“你买零食吃怎么没从我账上划钱啊？”严峫狐疑地问。

这是严峫以前相亲老失败的重要原因之一——对常人注意不到的细节疑神疑鬼，还经常发问，特别招人烦。江停撩起眼皮瞥了他一眼，说：“杨媚。”

“不是，你说你跟杨媚在财务上纠缠不清是什么意思？你俩到底是什么关系？”

“前警察跟前线人。”

“那也不能在财务上跟线人不清不楚的吧？”

江停的肉松吐司举到嘴边，却没送进去，终于叹了口气：“理论上不夜宫KTV有我25%股份，是早年未雨绸缪所进行的投资。当然KTV能开这么大主要是杨媚的功劳，所以我只象征性地领个基本分红……”

“别领那分红了，有什么好领的！”

“知道了，知道了，”江停敷衍道，“上你的班去吧，有案情记得联系。”

严峫充满威胁地隔空冲他一指，赶紧出门解救苦守寒窑十八年的秦宝钏去了。

早高峰马路上。

车窗外熙熙攘攘全是车，车厢内蓝牙铃声此起彼伏。

“严队，严队，昨晚建宁火车站治安监控的技术甄别结果已经发给了技术队，黄主任叫我打个电话给您提醒一下……”

“严哥，哎，总算接通了，严哥，各大汽车站及私人租车公司的问询结果出来了，您待会儿到市局后……”

“喂，严副！经侦从各个银行调出了汪兴业本人及名下所有参股资产长达半年的资金流动详细水单！严队，您赶紧来看看！”

……

只要案情有进展，严峫的电话就格外热闹，活像三宫六院的绿头牌被呈给皇帝遴选，各色美人都纷纷拥上来争相请安，恨不能拉着胳膊把陛下拽进自己的闺房里去。

奈何严皇虽有宠幸后宫的心，却被早高峰硬生生堵在了半道上，又因为不断接电话而错失了几次超车的机会，眼睁睁看着时间爬过了九点半，平时上班很方便的市局却还如隔山望海，遥遥无期。

突然又一通电话响起，严峫一看来电显示，竟然是张冠耀。

姓张的这小子因为经历了江阳县警车落水的生死瞬间，又遭枪袭受伤，回建宁后一举成为被众人嘘寒问暖的小红人儿，铁板钉钉要收获自己职业生涯中的第一次个人三等功了。因此这几天他全身上下干劲十足，活像血管里流的都是红牛，今早接马翔的夜班，吊着胳膊就跑出去查汪兴业的个人资产，乐颠乐颠的，谁都没拦住。

“喂，严队！”小张在不断响起的车喇叭声中扯着嗓门儿嚷道，“我们一大早搜查了汪兴业的住所和他名下的蕴和画廊，没发现什么可疑线索，电脑、平板和其他写了字的纸张都封存起来送去技术队了！您现在在市局吗？”

前车亮起红色尾灯，严峫无奈地踩下刹车，点了根烟：“没呢，等我到了一定看。”

“那您别去市局了，来我们这儿吧！”

“怎么了？”

电话那头，张冠耀蹲在居委会楼道口，歪头用吊着的那边肩膀夹着手机，另一只手对光举着张旧名片：“我们从汪兴业家抽屉拐角里搜出来半盒旧名片，是几年前印的，上面蕴和画廊的公司地址和现在的地址不符，是‘建宁市琥珀山庄九区二栋 346 室’，应该是公司搬迁过。我立刻联系琥珀山庄辖区派出所来核实这个情况，结果查到九区二栋 346 室的户主名叫尹红兰，是个九十多岁的孤寡老人，现在住在养老院里。”

绿灯亮了，前车缓缓向前，严峫却沉浸在案情里，一时没想起来踩油门：“孤寡老人自己做主把住房租出去的可能性不大，尹红兰跟汪兴业是不是有亲属关系？”

嘀嘀！车后愤怒的喇叭声响成一片。

“是的！”小张兴奋不已，说，“我让居委会在故纸堆里翻了半天资料，基本可以证实，尹红兰是汪兴业的表姨妈！”

严峫猛地打灯变道，顶着无数骂娘声组成的枪林弹雨，强行杀向琥珀山庄。

“立刻联系物业查九区二栋 346 室的水电单，如果汪兴业仍然把这个地方作为窝藏据点，那么水电应该都在用，但用量很少，同时因为不开火做饭，煤气用量趋近于无。你先别回市局，待在琥珀山庄等我，二十分钟就到！”

琥珀山庄属于建宁市第一批高档住宅区，由此可见尹红兰老人当年的经济状况不错。但近二十年来，建宁市经济势如破竹，噌噌往上蹿，全市兴建起了多处高档豪华楼盘，光严峫他亲爹投资的就有好几处；昔年令人称羡的琥珀山庄在众多房地产开发商的争奇斗艳之下，渐渐被市场经济所遗忘淘汰，以至于如今变成了明日黄花。

老小区的停车规划就是有问题，严峫咬牙强行把辉腾插进一辆奇瑞QQ和一辆金杯面包之间，连车门都没法全打开，咬牙屏气吸着肚子下了车，只听小张的声音从头顶响起："严哥！这边这边！"

"来了！"

这时微信叮咚一下，秦川来了条新消息："你人呢？？？"

严峫心说，哎哟，忘了他那茬儿。刚要回复，秦川又来一条："别回来了，平贵。我看隔壁老黄不错，已经收拾收拾改嫁他家了，跟你的公主好好过去吧！"

"……"严峫摁着语音键，情真意切道，"钏，是夫君对不起你啊！钏，祝你幸福！"然后把手机往裤兜里一丢，三步并作两步进了楼道。

"就是这儿。"几名刑警围在三楼楼道里，张冠耀吊着胳膊，指着一扇锈迹斑斑的铁门，"没有出租记录，没有煤气用量，水电账单倒是有从尹红兰老人的个人账户上定期划走。刚让居委会叫了半天门，也没个人应，我们正打算踹门进去呢。"

居委会大妈在边上频频点头做证。

严峫打量那门锁片刻，说："哎，踹门那么暴力，万一回头被人投诉怎么办？"

"那您说怎么——"

小张的疑问戛然而止，只见严峫早有准备地从裤兜里摸出几根发卡，开始蹲下捣鼓，动作无比熟练。

所有人："……"

大妈："你们这位队长可真能干，小伙子长得也好看。多大年纪啦？有对象没有？家里几套房？想找个什么样的姑娘？我们小区有十八个未婚姑娘，个个儿条顺盘靓，小同志赶紧给我留个电话号码……"

严峫聚精会神地开锁，只听小张笑呵呵地说："没呢！我们队长单身！"

严峫心说我待会儿开完锁再教育你。

"家里有钱！不知道为什么就是找不到！"小张特别热情，"要是严队撬开女人心门的本事能跟撬犯罪分子家门一样，现在早就已经开起后宫啦！"

铿锵。

铁门应声而开，严岬回过头，拍拍小张的肩："你的个人三等功没了。"

小张："？"

木门一打开，陈旧与发霉的味道裹在灰尘里迎面扑来。

"咳咳咳……"严岬穿上鞋套，小心翼翼地走进房间，示意手下拉好警戒线，又把小警察刚拔出来的枪按了下去，"通知技侦过来。"

老式住房狭小的客厅内放着一张四四方方的木头餐桌，盖着塑料桌布，桌布上还压着玻璃。一台由玻璃瓶、过滤装置和吸管、锡纸等组成的仪器放在桌面上，过滤瓶里还残存着浑浊的水。

墙皮剥落，地砖开裂，木头窗框早已变形锈死，空气中弥漫着若有若无的氨水臭味——典型的吸毒分子失乐园。

严岬让所有人围住警戒线，在狭小的楼道里等技侦过来，自己戴着物证手套，摸索着从客厅进了卧室。

说是卧室，明显汪兴业不会在这里过夜，一张明显已经很有历史的藤条床上没有床单，老式五斗橱、盖着绿布的缝纫机和木箱堆积在各个角落。严岬站在房间中环视周遭，提起裤腿半跪在满是灰尘的地上，也不在意自己手工定制、有款有型的长裤，反手往床板背面摸索了一会，果不其然在床沿处摸到了一块被胶带贴住的硬物。

方形，钞票大小，上面有一块块疙瘩凸起。严岬隔着手套感觉了一会儿，心中有数了。

那是被包住的药丸。

他没去动这包毒品，只打开现场勘察箱，往地上放了个红色的三角标，然后站起身，逐一打开木箱和五斗橱的抽屉。

箱子里基本都空空如也，即使有也是老太太陈旧泛黄的衣物，严岬从那些杂物底下又翻出了几包摇头丸之类的东西，但没拿出来，只关上木箱做了标记，尽量保持现场不变。五斗橱抽屉里也都是年纪比严岬还大的瓶瓶罐罐，生锈的饼干盒跟麦乳精桶散发出腐朽的气味，整整齐齐地摆放在那里。

严岬这辈子就没喝过麦乳精，随手拿起铁罐晃了晃，突然"咦"了一声。

那罐子里沙沙的，似乎有纸张摩擦的动静。

铁盖已经锈住了，光凭指甲抠不开，幸好严岬口袋里还有支圆珠笔，"嘿"地咬牙撬开了铁罐。果不其然，里面是个小本子，看样子还挺新，绝不像是老太太的东西。严峫掏出来翻开一页，整个人猛然愣住。

那是一张二寸免冠照。

李雨欣在大红背景前，冷漠而无生气地盯着他。

照片贴在笔记本内页里，下面写着一排钢笔字，开头是——李，十八。紧接着是李雨欣的家庭住址和其母的联系方式，落款日期是去年一月。除此之外，并无其他。

严峫的心跳加快了。他迅速翻到第一页，随着纸张跃入眼帘的竟然是步薇。

同样是大红背景二寸免冠照，更年幼稚嫩一些的步薇却不像李雨欣那么面无表情，甚至跟严峫在天纵山案发现场第一次看见的她的照片不同，完全不平直呆板，嘴角还有点含羞的笑意，显得整个人都非常生动，像朵柔美清新的山茶花。

步，十五。家庭住址之后是两年半前的落款，时间是十二月。

严峫突然预感到什么，猛地翻到下一张，果不其然。

一个陌生的女孩子在照片上望着他，脸颊绷得紧紧的，呈现出拘谨又紧张的模样。这种放不开的姿态有点影响旁人对她外貌的评估程度，但如果仔细观察的话，她的五官和脸型，都很有些未来长成美人的苗头——如果她还能有机会长大，而不是已经跟一个不知名的男生手拉着手埋葬在某处荒野，渐渐化作两具枯骨的话。

滕，十八。

没有家庭住址，落款时间为前年二月。

严峫紧紧盯着那言简意赅的几个字，却再也没法从字里行间琢磨出除姓氏和年龄之外的其他线索了。

整个笔记只有这三张纸上贴了照片，严峫仔细从首页翻到末页，都没再找出任何一张有写过字，或被撕毁过的痕迹。但不知为何，他心里始终有种古怪的感觉挥之不去，似乎遗漏了什么，第六感暗示的不安和惊惧越来越清晰，越来越深重。

他死死盯着那个貌似平平无奇的笔记本，突然动手把 PVC 材质的封皮拆了下来。

下一刻，一张夹在封皮和扉页间的照片晃晃悠悠飘出来，轻轻落在了地上。

严峫半跪下身——年轻的江停正走出恭州市局大门，略微低头望着脚下的台阶，头发乌黑，眼神明亮，五官俊秀清晰，即便在偷拍的角度上都挑不出丝毫瑕疵。深蓝色警服外套披在他肩上，随风向后扬起，清楚得连肩章上四角星花都能看见纹路。

严峫手指不住发抖，从地上捡起了那张照片。

第 32 章

“严哥？”

……

“严哥！技术队来了！”

陈旧发霉的房间里，严峫猛然回过神。那瞬间他也说不清自己是怎么想的，迅速把江停的照片塞进怀里站起身，回过头，果然只见穿着蓝鞋套的黄兴带着几名痕检钻进了屋。

“呦老严，有发现啊？”黄兴没注意到严峫脸上稍纵即逝的异样，向地上的红色箭头标记牌扬了扬下巴，“那是什么？”

“哦，用胶带粘住的毒品摇头丸之类，让他们把床板整个翻过来小心取证，应该有指纹。”严峫转身向黄兴一晃笔记本，“我刚刚在看这个。”

“什么呀这是？”黄兴接过来一看，立刻问了声。

“这汪兴业应该是个掮客，有很大可能性他在借着贩毒网络，为绑匪搜集符合特定条件的小女孩。这些小女孩有非常鲜明的共同特征：十三到十八岁之间，长得好看，李雨欣和步薇两人肩窝处都还有一颗红痣。如果结合姓滕、红痣、十八岁以及失踪时间为综合线索的话，应该有希望能找到第一名受害人。”

黄兴反复翻看三个小姑娘的照片，不可思议道：“道理我都懂，但目的是什么？说是绑架又不为钱，难道纯粹就是为了变态取乐？”

严峫眉眼微动，浮现出不仔细观察都很难注意到的冷笑：“我们没必要了解一个精神变态的疯子的想法，真想知道的话，等抓住罪犯之后再审就行了。”

黄兴若有所思地点着头，严峫把笔记本抽回来装进了物证袋。这时小张从门外探进一个头：“严哥，高哥问你这边什么时候完事，完事以后回不回市局。”

“怎么？”

“江阳县派出所以李雨欣她妈为饵，昨晚连夜行动抓住了几个‘零售商’，现在已经送到市局了，不知道要不要等您回去一道审？”

严峫匆匆抓起装着笔记本的物证袋：“告诉老高，等我回去！”

建宁市局。

严峫匆匆推开审讯室外小房间的门，技术人员立刻打招呼：“严队来了。”

“这就审上了？”严峫接过技术递来的蓝牙耳机，一边别上一边问。

透过单面玻璃可以看见审讯室内的情景，高盼青和另一名负责记笔录的民警坐在铁桌前，审讯椅里铐着个有气无力的小青年，模样还相当嫩，松松垮垮的跨栏背心下露出一双花臂，头发被东一撮西一撮地染成奶奶灰和酷炫紫。

“没呢，高哥只走了个开场流程，戏肉等您回来再上。”技术按下麦克风：“喂高哥，严队回来了，开始吧？”

高盼青点点头，转向花臂小青年，开口冷冷道：“把你跟江阳县派出所交代的内容再跟我们重复一遍。”

花臂小青年蔫蔫地靠在椅背上，闻言满脸“你们为什么不相信我”的表情，手铐咣咣地撞击桌面：“各位政府，能交代的我真的都交代了，你们又不是没有笔录，哪怕叫我重复一百次我也想不出什么新内容啊，是不是？那胖子我也是昨晚上才第一次知道他姓汪，我们那块以前都管他叫狗哥，因为他老戴一狗头金……”

高盼青边翻笔录边不耐烦道：“说重点！”

“我能知道什么重点呀，我就是一跟着大哥进点散货的，K粉、软仔、摇头丸……那胖子是我上头的上头的上头，连我大哥都只能从他的下线那儿进货，所以我们平时见不到这么大的人物。就我能想起来的呢，他本人大概来过江阳两次，去年年底跟今年年初，大哥带我陪他在KTV唱过歌——您说这都快大半年了……”

高盼青刚开口，只听耳麦中传来严峫冰冷的声音：“找小姐了没？”

“光唱歌？”高盼青立刻眯起眼睛，貌似怀疑地打量那小花臂，“歌舞厅里叫酒，还能没有小姐？”

花臂立刻恭维：“哎哟，我说这位您可真懂，一看就是内行人儿……”

“咳咳！”

“找……肯定也找啊。”小花臂悻悻道，“那大老爷们儿光唱歌有什么意思呀？我以为我是被缉毒缉进来的，敢情您各位还兼扫黄……”

“老高，”严峫对着耳麦低声道，“直接把李雨欣的照片给他看。”

“这个小姑娘，”高盼青直接把照片推向审讯椅，“认识吗？”

小花臂看到照片，整个人一愣：“认识啊。”

“汪兴业找过她？”

小花臂两手都举起来抓了抓头发，金属链条声铿锵作响，少顷，迟疑道：“这我……可怎么跟您说呢。我们那块都不大瞧得上狗哥，就因为传说他老喜欢跟人打听幼女，据说还特别喜欢老实上学的那一种。这个小姑娘吧，她妈妈是我们的熟客，按你们的话说，也是个‘以贩养吸’的主儿，不知怎么的，狗哥就听说了她有这么个女儿……”

高盼青紧紧盯着他：“然后呢？”

“然后……然后好像也没发生什么呀。唉我都竹筒倒豆子跟您说了吧。”小花臂无可奈何道，“今年年初那阵子，狗哥来江阳县，我们大哥就设宴请他吃饭。吃到一半的时候，狗哥突然跟我大哥说让他把这小姑娘找来。开始我还以为他想干什么，谁知过了会儿她妈领她来了，狗哥现场掏了点好货给她妈，然后让人把这小丫头拉到一边去……”

小花臂顿了顿，脸上浮现出想笑又忍着，因此有点怪异扭曲的脸色：“您猜他想干什么？”

高盼青刚想说“你是来坦白从宽还是来说单口相声的”，只听耳麦里严峫淡淡道：“拍照。”

“拍照？”

刹那间小花臂几乎跳了起来：“哎呀我的哥！您可真是神人哪！”

高盼青：“……”

老高莫名其妙被毒贩夸奖了两次，心情不是很美妙。

“那胖子现场找服务员要了块红布，支在小丫头身后当背景，正儿八经拿相机拍了几张证件照。拍完以后那胖子就挥挥手让小丫头的妈带着她走，哈哈哈——我们几个当时都看傻了，我大哥还问他：‘狗哥，您这是干吗？跟电视里的古装剧似的，给宫里采选秀女是吧？’”

高盼青没有笑：“汪兴业怎么说？”

“他说他也是听上面的吩咐办事，已经一年多没干其他的，光到处去找小姑娘了。麻烦的是找起来还不容易，年龄、相貌、性别都得对，肩膀那儿得天生有个痣，还必须长得特别漂亮、性格刚烈强硬——听着跟准备作法养小鬼似的。”小花臂耸耸肩，“谁知道他是不是瞎扯？也许就是个喜欢小女孩的变态也说不定。”

高盼青不由自主向单面玻璃望去。

窗外，严峫双手插在裤兜里，眉宇间凝聚着阴云。

"听上面的吩咐，"高盼青转回小花臂青白瘦削的脸上，慢慢道，"汪兴业有没有说过他上面是什么人？"

"哎哟，这位大哥，我都说多少遍了！"小花臂的模样恨不得剖心表白，两手哗啦哗啦地拍着胸脯，"我就是个跟在他们屁股后头捡点肉汤喝的马仔，别说我了，连我大哥见了那胖子都得恭恭敬敬的。确实姓汪的那货上头肯定还有人，但谁知道是什么人？那种大人物像我们这样的小角色也接触不到哇，您说是不是？"

高盼青还想说什么，突然审讯室的门开了。

小花臂还挺机灵的，一见严峫走进来那气势，以及其他警察的表情变化，就立刻知道来人是个头儿，赶紧身体也坐直了、双手也放下了："这位大哥，您好您好……"

严峫按住笔录警察的肩示意他不用起身，同时解锁手机，调出一张照片，冲小花臂面前一亮："这个人认识吗？"

小花臂定睛一看。

高清像素治安监控即便被手机翻拍之后还是非常清晰，图片上是一名司机坐在白色货车驾驶室里，留平头、穿黑背心，五官被拍得清清楚楚。

高盼青斜眼一瞥严峫的手机，心中了然，认出这是江阳县故意把警车撞进河底又持土制枪灭李雨欣口的那帮悍匪。当时虽然没把这帮亡命徒现场抓住，无处不在的"天网"却记录了他们的逃跑路线，最终在高速公路入口，拍下了嫌疑人之一的正面照。

"这个……"小花臂眯起眼睛，吸了口气。

严峫问："这是你们江阳县当地人吧？"

小花臂想了想，突然"嘿嘿嘿"笑起来，脸上浮现出一股世故的机智油滑。"我就说嘛，大哥，我们倒腾那几袋K粉的破事儿不至于让省城的警察连夜问到现在，该不会是姓汪的搞出了其他案子，政府需要我们配合提供线索吧？"

没有人吭声，几名警察沉默地盯着他。

小花臂明显感受到了空气中无声的压力："那，你们看我有问必答、乖巧听话，是不是可以给我争取个从宽减刑的机会？哎呀我真的就是个马仔小弟，那些坏事儿都是上面人非要干的。现在我迷途知返了，愿意配合警方揪出隐藏在群众当中的犯罪分子，坚决保障人民生命与财产安全，社会总得给我个重新做人的机会是不是？”

高盼青怒道：“你先给我老实交代，再……”

“我们会告诉检察院你入行那年不满十八。”严峫冷淡道。

小花臂一愣，随即大喜：“对对对，我还小，我只是……我只是长得老！”

其他警察哭笑不得，都不知该跟这活宝说什么。

“这人我不熟，但见过，人称袋哥——‘袋子’的‘袋’。”小花臂加倍殷勤，指着严峫的手机屏幕说，“这人开始跟我们家对面清风岗的刘老大混，后来我们大哥经过艰难的谈判和火并，成功将清风岗吞并成了咱们的地盘——呸，您瞧我这狗嘴，清风岗明明是中华人民共和国领土不可分割的一部分——然后刘老大的手下全散了，他自己也金盆洗手，退隐江湖，从此告别了腥风血雨、刀头舔血的生活。”

严峫：“……”

所有警察：“……”

严峫问：“然后这个叫袋哥的就转去投了汪兴业？”

“对，据说他有个老牛 × 老有出息的本家哥，在那姓汪的胖子手下做事，就把袋哥也提携了过去。姓汪的第二次来江阳的时候呢，我们大哥请他吃饭，这袋哥就陪在边上，所以您这照片一拿我就认出来了。”

严峫慢慢收回手机，眼睛锐利地眯了起来：“袋子这个外号不常见，他本名叫什么？”

“哎哟，您可问住我了！”小花臂说，“我们这一行混的都讲究起个花名，不然出去干架的时候，互相把真名一报，那多寒碜人呀！”

严峫转身向外走：“写他入行那年整十八。”

做笔录的警察点头应“是”，小花臂立刻哭爹喊娘地急了：“不不，大哥，您容我想想，我再想想——对！我想起来了！他外号叫袋子是因为他姓范！”

严峫脚步顿住，回过头：“……范什么？”

“我真不知道他本名叫范什么！”小花臂满脸皱着，恨不得举手发誓，说，“您不吓我，我都想不起来了，我只无意中听人喊过一次，应该是还有个诨名叫范五，可能是他在家排行老五。”

严峫呼吸停止一瞬，沉黑沉黑的眼珠盯着小花臂，令他本来就形状狭长的眉眼更加冷酷。半晌他在小花臂畏惧的注视中缓缓勾起嘴角，那笑容浮在眼底，映着审讯室中唯一那盏台灯，令人心下悚然。

“范五。”他就带着这样的笑意重复道，仿佛发现了什么很有意思的事情，突然问，“你知道他那个特别牛 × 有出息的本家哥哥范四，最后怎么样了吗？”

小花臂被吓得不敢说话。

“被二三十辆卡车碾成肉泥铺在高速公路上，心肝肺全搅烂混在一起，整个人最后只凑出半桶。”严峫古怪的笑容更加深了，“待会儿把现场照片拿给你欣赏欣赏。”

严峫在小马仔惊恐万状的注视中走了出去。

“经犯罪嫌疑人交代，我们有充足理由怀疑汪兴业跟持枪袭警的范正元，以及肇事袭警、灭李雨欣口的范五等人有关。马翔，你带人去江阳县清风岗调查范家这对兄弟，一摸到范正元的线索立刻通知我。同时再发一轮协查通告追捕范五等袭警团伙。老高你们几个，”严峫大步穿过刑侦支队大办公室，把笔记本塞给高盼青，“这是在汪兴业一处窝藏据点里发现的，这个小姑娘姓滕，十八岁，在两年前的第一起绑架案中被害。你赶紧跟接警中心联系一下，抓紧时间确定受害人身份。”

高盼青差点儿跳起来：“是！”

严峫走进自己的办公室，砰的一声关上门。

“……”

他维持这个动作，许久才放松了衬衣下没人注意到的绷紧的肌肉。

办公室隔音效果甚好，将外间的喧嚣忙碌隔离在外，有效营造出了一种短暂虚假但格外令人安心的寂静。昨晚离开时拉上的窗帘还维持着密密实实的状态，天光从缝隙间穿过整个办公室，投射出笔直倏而曲折的光带，正好穿过严峫面前，让他能清清楚楚看见空气中上下飞舞的浮尘。

严峫终于放开了紧紧抓着的门把手，一步步走到办公桌后坐下，从裤袋里摸出了那张照片。

年轻的一级警督江停在空中盘旋，随即无声无息地落在了他面前。

“他也是听上面的吩咐办事，已经一年多没干其他的，光到处去找小姑娘了……”

“年龄、相貌、性别都得对，肩膀那儿得天生有个痣，还必须长得特别漂亮、性格刚烈强硬……”

刚烈强硬，这就是黑桃 K 对江停作为一名警察的评价？

严峫向后深深靠在椅背上，眉头紧锁，望着虚空中飘浮的光点。

如果一名毒枭对缉毒警的评价是这四个字，那起码能说明这个警察没有做出背叛自己职责的事情。但如果是这样，为何他要以江停为原型，来一遍遍重演关于背叛和行刑的剧本，尤其江停在他心目中还始终是被背叛的一方。

严峫慢慢摸出一根烟，打火机咔嚓蹿出淡蓝色的火焰。

他突然想到了另一种可能。

直到现在警方都认为李雨欣所目睹的两名受害者来自第一起连环绑架，但这其实是毫无依据的。如果那只是一次手段生涩的模仿作案，那么是否可能在之前还有一起不为人知的绑架，而江停是首批两名受害人之一？

如此一来，黑桃K对行刑时间的精确执着，以及充满了致敬和复制感的仪式，就有顺理成章的解释了！

不过，谁是另一名受害者？

是铆钉吗？

昏暗空旷的办公室内，烟头红光明明灭灭，烟灰从指间落下，但严峫毫无觉察。记忆就像书页般哗啦啦往前翻，他的视线回到那天深夜废弃公路上，狙击手肆无忌惮地面对着枪口大笑，说："你不是枪法很好吗？来，对我开枪，就像你杀死铆钉那样！"

铆钉仿佛江停的某个禁语，是他血腥过去中浓墨重彩的一笔，是某种在冥冥中令他再也无法扣下扳机的力量。严峫几乎能想象黑桃K是怎么威胁江停的："如果不杀了铆钉，你们就要一起死在这里！"或者，"手枪里只有一发子弹，你想杀死他还是杀死你自己？"在极端生死的情况下，人无论做出什么选择都不足为奇。

但——某个奇异的声音从心底缓慢生出，阻止了严峫的思考。

江停没有选择杀死铆钉，那声音说。

没有任何证据，也缺少缜密的推理，所有判断根据都来自他对江停的日常观察和直觉，除了"我觉得"三个字外，没有丝毫力量足以扭转刑侦人员出于理性的判断。

严峫呼了口气，试图把铆钉放到绑架案的另一名被害人立场上，以此作为基点再次展开思考。

但就在此时，他感觉到一丝若有若无的怪异，无论如何都挥之不去。

如果铆钉是另一名被害人，那么他冒死为警方提供的情报是正确的，他背叛江停什么了？

更关键的是，黑桃K的目标自始至终是两名彼此爱慕的少男少女，而铆钉作为警方卧底，有多少可能性以这种暧昧的立场参与到绑架案里？

严峫一只手夹着香烟，目光闪烁，脑海中渐渐浮现出一个隐约而骇人的猜测——也许在这一年一度固定重演的血腥戏剧中，被行刑的那个背叛者角色，从最开始就不是铆钉。

是黑桃 K 他自己。

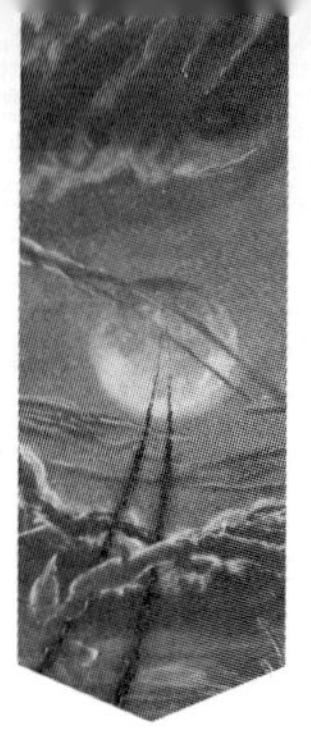

第 33 章

滕文艳，女，十八岁，小学文化，S 省陵州市某三流美容院的洗头妹。

那么大的城市里，不知道有多少家没证没照没资质，装几个洗头池、两张按摩床就敢自称美容院的小作坊开在大街小巷，多少个漂泊在外无根无基的小青年背着行囊，辗转在各个车站间来去匆匆。在流动频繁的低端群体中，失踪个把小姑娘时有发生，连贫民窟左邻右舍的注意都没法引起，更别提报警了。

两年前滕文艳的失踪，却在派出所里记着一笔。

因为她是跟隔壁理发店小工一起失踪的，而小工失踪前向老板预支过半个月工资——八百块钱是理发店店主在派出所耗了大半个下午做笔录的主要动力。

“除了‘滕文艳’三个字之外找不到其他任何信息，甚至连滕文艳都未必是真名，因为美容院老板娘已经找不到她的身份证复印件了——谁知道当初有没有要过身份证复印件？”高盼青拿着陵州市局刚传真过来的材料，有些唏嘘，“那个叫王锐的理发店小工倒有真实身份信息可以往下查，我们已经跟当地警方打好招呼了，两条人命的案子，让他们抓紧办。”

严峫、秦川两人头靠着头，后者因为连续熬了三十多个小时，眼底布满了通红的血丝。

“我看这样吧。”秦川夹着根烟，沙哑道，“王锐、滕文艳两人都属于社会底层流动人口，是极易被犯罪分子盯上的高危目标，户籍那边查起来太耗时间了，对案情也没什么帮助。不如我们集中力量从陵州市那边入手，调查两人失踪当天的行踪轨迹，争取早日找到埋骨地，也就是贺良的行刑地。老严，你觉得呢？”

严峫双手抱臂，面沉如水。

秦川和高盼青两人眼睁睁瞅着他，半晌才听他突然说：“不，必须查出滕文艳的背景来历。”

“为什么？”

严峫心说，因为只有她不是女学生。

江停提示过，仪式通常是内心图景的外在投射，也就是说黑桃 K 选择小姑娘的时候，是严格以江停为原型来挑选替身的，反倒是对男生如何没有太多要求，纯粹只是个寄托行刑情结的工具。

步薇和李雨欣都是女学生，而且还都是传统意义上乖巧保守、成绩比较好的那种小姑娘，符合江停少年时代的学生特征，只有滕文艳小学毕业就辍学打工去了。也就是说，滕文艳与江停的相似点在其他方面，很有可能就是她的来历背景。

她出身于一个怎样的家庭？是否颠沛流离、饱受欺辱？

她重合了黑桃 K 心中江停的哪一个侧面呢？

严峫手机忽振，收到一条新消息：“忙吗？我在市局门口，出来吃饭。”

秦川四十五度倾斜身体：“谁啊？你谈恋爱了？！”

“没有，警校一老朋友。”严峫回了“马上出来”四个字，匆匆把手机放回口袋，向高盼青手里的资料点了点，“滕文艳的身份背景可能跟她和汪兴业怎么认识的这一点有关，如果她身边有人吸毒，保不准又能拔出萝卜带出泥，掏出一窝贩毒的来。”

高盼青满脸恍然大悟的表情。

“总之先通知陵州市局摸排走访，我去吃个饭就来。”严峫话音未落，人已经冲进了电梯，“有事打电话给我！”

身后两人面面相觑，半晌秦川终于忍不住问：“他这是谈恋爱了吧？”

高盼青：“……”

秦川活像被注入了一剂名为八卦的强心针，所有疲劳一扫而光：“来来，来瞅瞅！”

刑侦支队大办公室朝南窗口，百叶窗被撑开一条缝，两个脑袋争相往前凑，秦川连金边眼镜被高盼青挤歪了都没发现。几分钟后只见严峫的身影匆匆出了市局大门，在两人激动的注视中快步穿过车流，向马路对面一辆银色SUV走去。

“我去……”高盼青喃喃道，“奔驰 G65，所有已婚男人的梦中情人，灵魂小老婆……”

秦川拍拍他的肩：“准备红包吧。”

“啥？”

“能开小老婆的只有正房夫人，”秦川一推眼镜，反射出睿智的光，“你们严哥八成有对象了。”

副驾驶车门关闭声响起，驾驶位的人才从线上象棋中抬起头：“这么快？”

严峫扣上安全带，抬头冲江停一笑。

严峫这人是这样的，只要他愿意，当他笑起来的时候，所有工作上的高强度压力和情绪上的阴沉暴戾，全都可以隐藏得滴水不漏，当然也包括两个小时前才凝聚心头的冰冷又沉重的怀疑。

“这不是怕你饿着吗？”严峫顺口道，“想吃什么？别太远。”

江停熟练地发动汽车，打灯掉头：“喝点粥吧，吃完了把你送回来加班。”

“到前面路口换我来开呗，你开车行吗？”

“有什么不行的？”

严峫舒舒服服地往副驾座上一靠，绿灯亮起，大 G 随着车流开始缓缓向前移动。江停开车跟严峫很不同。严峫是个字面意义上的老司机了，开车时整个人姿态放松，完全向后靠在椅背上，经常只有右手搭在方向盘下端，除了急转之外很少用到两只手。江停却上半身向前倾，坐姿挺直，双手扶着方向盘，头微微抬起，以约十秒一次的频率抬眼看后视及侧视镜，驾驶动作标准得能直接拿去驾校当教学范本。

仅仅两个多月前，他还是个无意中目睹车祸而被诱发 PTSD 症状的病人，很多出过惨烈车祸的人几年甚至一辈子都开不了车，但他只用这么短的时间就迫使自己克服了心理障碍。

严峫看着江停，心想，他内心应该有种强大的，无时无刻不逼迫着自己修正行为的力量。

但这种力量到底来源于何处呢？

严峫终于干了自己心心念念好几天都没干成的事——让江停吃到了“真正的”海鲜粥。

江停无奈道：“别点了，待会儿吃完了还回去加班呢，你非逼着人往海鲜粥里放象拔蚌是什么意思啊？逮着吃我一顿的机会照狠了宰是吧？”

严峫把菜单还给小女服务员，直到年轻漂亮穿绸缎旗袍的姑娘走了，才冲江停一勾嘴角：“你这说的什么话，我能让你掏钱吗？而且我要真敞开了吃你也受不了啊。”

江停哭笑不得，严峫摸出市局配发的国产机，调出相册里的最近几张照片："这案子今儿有进展了，正是指望你提供线索的时候呢，赶紧帮我看看——喏，今天早上在汪兴业的秘密据点之一琥珀山庄发现的，原件已经上交市局技术队做处理了。"

手机屏幕上是汪兴业那本笔记的前三页。

三个女孩子在一色一样的大红背景里瞪着江停，每个人都有着稚嫩却精致的五官，睁着一双黑白分明的眼睛。她们来自不同的地方，有着不同的姓氏，截然不同的经历和背景；除了都是受害者之外看上去毫无联系，但只有严峫知道，在隐秘的衣襟下方，她们肩窝处都有那颗诅咒般的红痣。

如果三个女孩子肩并肩躺在一块儿，可能她们红痣相差的距离都不到两寸。

江停端详着手机，脸上看不出任何情绪，只微微眯起了瞳孔，良久后他终于用大拇指敲了敲屏幕："这个姓滕的女孩子怎么没有地址？"

这时他们要的粥上来了，严峫一边用白瓷勺搅拌价格四位数的粥，一边把老高调查出的滕文艳的信息，以及小花臂交代的情况都避重就轻说了，并没有提在笔记本中发现江停照片这一细节："现在的调查重点是滕文艳的身世背景，争取查出她和汪兴业之间的联系。汪兴业是大毒枭的掮客和联络人，以他为中心辐射出了一张牵涉贩毒、绑架、买凶杀人等罪行的网络，我们不能仅仅局限于这个绑架案，而是要把整个犯罪网都打下来。"

江停看了他一眼："汪兴业的犯罪网络明显超出S省范围，你一建宁市的警察想把他全歼？这么有干劲？"

严峫若有所指："不干活怎么把汪兴业犯罪团伙彻底打掉呢？不彻底打死姓汪的，怎么顺藤摸瓜地接近黑桃K，把这个毒枭团伙的所有秘密都大白于天下？"

不知是不是严峫的错觉，江停动作略顿了顿。

"怎么了？"严峫不给他任何反应时间，紧追着问。

江停双手还维持着拿餐巾的动作，只露出上半张脸，一双黑眼珠清冷地向严峫一瞥。正当严峫等着他找借口来掩饰的时候，却只见他向手机相册扬了扬下巴，放下餐巾，整张脸上神色如常："我在看这个女孩子。"

是步薇。

"看她干什么？"严峫似笑非笑地问。

江停皱起眉，似乎完全没有感觉到严峫话音的异样，说："感觉她跟李雨欣和滕文艳都不太一样。"

确实不一样，毕竟步薇是唯一在长相上与他神似的，被黑桃K叫出两个亿身价的小姑娘。

他发现了？严峫脸颊肌肉不由自主微微绷紧。

然而下一刻，却只听江停轻声道："因为只有她在笑。"

三张二寸免冠照上，李雨欣面无表情，冷漠地盯着镜头——那是因为在汪兴业按下快门的刹那间，她知道她妈妈吸毒，也知道给自己拍照的是什么人，那冰冷表情之后是对生母的怨怼和疏离。

滕文艳拘谨而畏惧，肩膀小心翼翼地缩着——那是因为她只有小学文化，早早出来打工，知道讨生活的艰难滋味。不管汪兴业是以什么手段接近她并拍下这张照片的，她感到紧张畏惧、害怕得罪汪兴业是很正常的事情。

只有步薇在笑。

那笑意光看嘴角动作是绝不明显的，但除了嘴角之外，有种很难描述的神采从少女眼底一层一层地、挡也挡不住地渗透出来，就像深海珍珠即便被放置在昏暗中，也能散发出人造珍珠绝不能有的温柔光晕。

汪兴业是在什么情况下给她拍下这张照片的？

拍摄时相机后有什么，让她笑得那么开心？

"我看到了。"严峫边吃饭边头也不抬道，"但这个情况比较复杂，首先步薇被拍下这张照片时她父母已经去世一段时间了，汪兴业是以领养人而不是迫害者身份出现在她生活里的；其次她年纪最小，还不是知事的年龄，跟十七八岁的滕文艳、李雨欣都不同。"

江停紧盯着手机屏幕上少女微笑的脸，闭了下眼睛，几秒钟后才睁开，把手机还给严峫："她笑得我不太舒服。"

"嗯，我原本是打算明天一早再去医院跟她聊聊的。你来吗？"

"干吗叫我去？"

严峫没吭声，也没提在医院里步薇几次有心无意的奇怪表现。他从炒牛河里挑出八角丢在桌上，笑着向江停挑了挑眉："你放心让我一人去拜访女受害人吗，还不得赶紧跟着？"

江停深吸了口气："严副支队，我必须……"

话音未落手机响了，是马翔。

严峫竖起一根食指，微笑而不容置疑地示意江停闭嘴，满脸都写着"我说了算"四个大字。

“喂，马翔，什么事？你干什么呢？江阳县那边有线索了？”

“没有！”

“你——”

“两个月前办丁家旺、胡伟胜制毒案的时候，行动当晚有个狙击手引爆了缉毒现场，事后综合弹道复原、治安监控、目击者证词以及现场血迹DNA等线索，您让技术队重建了犯罪嫌疑人面部3D图，交给省厅做数据追查……”

严峫打断了他：“不是说省厅完全查不出来，只能上交部里？”

“部里给了个匹配结果，刚一层层下到咱们市局。”马翔顿了顿，卖了个关子，“您猜先前省厅为什么查不出这个人？”

严峫手机贴着耳朵，皱起了眉头。

他能感觉到江停的视线从侧边紧盯着自己，但他就像没看见似的，中指轻轻敲击桌沿。沉吟片刻后，某个猜测在脑海中渐渐清晰，他不由得吸了口气：“……他是外籍？”

“对！”马翔无奈道，“搞了半天那龟儿子根本不是中国人，他是缅甸华裔，因为杀人走私在缅甸留过大量案底，是个职业惯犯！”

“把他的案底资料发过来。”严峫当机立断吩咐，紧接着仿佛纯粹顺口般带出一句，“正好你陆顾问在，可以让他帮我们看看，说不定他知道其他线索。”

江停搁在桌面上的手指极轻微地一缩。

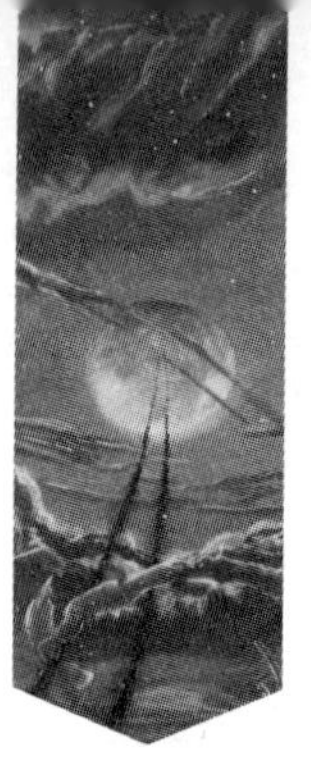

第 34 章

几分钟后严峫手机振动，一张阴沉、凶悍而又年轻的脸出现在了屏幕上。

金杰，男，缅甸籍。名字不确保真实，年龄也不详，约二十六到二十九之间。少年时代即混迹当地黑帮，多年来辗转于多个帮派，光是证据确凿的罪行就有在黑市拳赛上收钱杀死对手、非法持枪、走私象牙、参与枪战杀死军警、贩卖大量毒品等。

五年前武警在中缅边境缴获了一批海洛因，交火中绝大部分毒贩都当场毙命，另有两名犯罪分子被生擒。但那场围剿并不算百分之百的圆满收工，因为毒贩中有一人神出鬼没，在被五六个武警战士包抄的情况下，竟然重伤两人、全身而退，武警连队在丛林中地毯式搜索了整整三天都毫无所获。

事后据毒贩交代，这个年轻人是“上面”派来监督押运的，作用是万一在运输过程中有人胆敢藏匿货物或黄金，他负责实施枪决。而整支走私队伍中没有人知道他的真名，平时都按华裔的习惯叫杰哥，或按缅甸人的习惯敬称“波杰”；只有一次运输队的头领尊称过一句“方片 J”。

从那次之后，这个人就渐渐在缅甸境内销声匿迹了，据缅方军警称他已经死在了缅中边境。

现在看来这个人不仅没死，甚至还偷渡来了中国。

“方片 J——”严峫摩挲着下巴说，“要是按扑克牌顺序来排，这人应该算黑桃 K 贩毒集团的第三号人物了吧？”

五星级酒店餐厅里琴声雅致，空气芬芳，侍应生偶尔来回却不发出任何响动，远处传来杯盏极其细微的叮当声。

江停用勺子轻轻搅拌还剩小半的海鲜粥，垂着眼睛说：“应该吧！”

严峫却轻轻“嘶”了声：“不对啊。”

“……”

“跨国犯罪集团的头号老板和第三号人物，两人单枪匹马跑到胡伟胜家天台上去搜一包蓝金，是胆子太大了，还是嫌命长？其中该不会还有些其他原因吧。”

江停说：“那我怎么知道？”

他抬起头，两人目光在半空中彼此注视，半晌，江停无奈地摊开双手：“你现在假设这些都没意义，你怎么知道这两人只是胆子大？废弃公路那天晚上警方救援赶到的时候，表面上也只有两个摩托车手出来救援方片J，但其实远处还埋伏着一整支毒贩车队，真打起来，警方能不能全身而退都难料……”

“事后我回忆过很多遍，”严峫打断了他，“我觉得在天台上那次，他们两人不像是带着后援。”

周遭一片安静，江停无语片刻，终于道：“那我们只能推测，当黑桃K和方片J两人登上胡伟胜家天台的时候，他们是非常确定不会有警察赶来的。”

——他们有内线，对警方的调查进展了如指掌。

换句话说，江停带着严峫出现这一点，对他们来说才真是意外。

“会不会胡伟胜藏匿的那包样品跟黑市上流通的蓝金不是同一种东西？”严峫突然道，“所以他们必须立刻带走销毁这包样品，甚至不能假以他人之手？”

话刚出口，他就意识到这个假设不成立，丁家旺制毒团伙的供词已经互相佐证了，这包样品就是胡伟胜从大货里偷的，其化学成分不该有任何特殊之处。

严峫的思维不由得稍微发散了一下——如果那包蓝金样品的重要性不是体现在化学成分上，而是其他方面呢？

他竭力回忆起天台上发生的一幕幕，穿过记忆的迷雾看清当时江停拿在手里的那包毒品，正当某个不同寻常的印象快从脑海深处隐约浮现的时候，思维却被江停中断了：“你现在问这些，是想证明这个缅甸华裔不是方片J还是怎么着？”

“嗯？”

江停指了指手机屏幕，说：“他就是。”

严峫回过神来，眉梢一跳。

“你记得我之前说过，发现新型芬太尼化合物蓝金的存在后，我独立调查过这个庞大的贩毒集团吗？好几个不同的线人向我提起过这个缅甸人的存在。我猜测可能因为都具有反社会人格，同时年龄也相近，黑桃K对这个小弟兼保镖非常信赖，但我不能确定他是黑桃K之下的二把手还是三把手——换言之，不知道他是Q还是J。”

江停终于放下了白瓷勺，示意侍应生上前把最后只剩了个底的粥碗收走，然后用茶水漱了漱口，继续道：“我既然想破坏这个集团，首先就必须弄清楚它的内部结构。但这件事花了很久的时间，因为黑桃 K 和缅甸人的行踪都太难以确定了，我甚至无法得到任何图像资料……直到后来有一名代号铆钉的卧底，终于成功打进了集团内部。”

提到铆钉时，江停话音猝然停顿了片刻。

严峫从侧面紧紧注视他的眼睛，没有出声催促。

“铆钉的情报帮我确定了红心 Q 另有其人。”片刻后，江停终于用力吸了口气，沙哑道，“概括来说，他们的分工是这样的，黑桃 K 遥控所有决策，红心 Q 负责一部分计划得以执行，方片 J 则确保所有人忠诚不贰地将黑桃 K 的命令执行到底，同时拥有监督、善后、刑罚灭口等权力，很多血腥犯罪幕后都有他的身影。”

“照这么看，红心 Q 的参与度似乎是最低的？”严峫突然发问。

江停一挑眉：“因为铆钉说过，她是个女人。”

严峫没想到这个，愣住了。

“铆钉是个非常出色、非常勇敢的卧底，曾一度做到红心 Q 的直线联络人，很多传递给警方的线报都是从她那里窃得的。”江停嘴角一挑，那虽然是个笑的模样，但看上去并无丝毫笑意，“包括三年前，恭州塑料厂爆炸时的那起毒品交易。”

恭州塑料厂爆炸案！

严峫脸色微微一变。

侍应生之前端上来的那壶浓茶已经很冷了，江停却像感觉不到苦涩似的，一口口喝干了杯子里碧绿的残茶。他们两人彼此沉默了一分多钟的时间，严峫才终于理出头绪，问道：“三年前铆钉传出的线报是错的，还是有内奸向红心 Q 通风报信，才导致你的……警方的行动全军覆没？”

话刚出口，他就意识到自己刚才问了江停这辈子最敏感的问题。

江停掌心按压着咳了几声，摆手示意严峫没事，然后才抬起头看着他，眼神中闪烁着一丝讥诮：“我要知道内奸是谁，现在还会耐着性子坐在这里？”

那讥讽不像是冲着严峫，倒像是针对他自己。

严峫一时不知该说什么，只听江停好似自言自语般道：“不把他俩彻底弄死，怎么能把这个贩毒集团的所有秘密都大白于天下呢？”

严峫手机短信响起，打破了这魔障般的寂静。他滑开一看消息，起身道：“我该回去了，视侦终于在治安监控里发现了汪兴业的线索。你猜这胖子是怎么逃出警方天罗地网的？”

江停一抬头，只见严峫咬牙切齿道：“我靠，蹬自行车！”

"……"江停抓起G65钥匙，"我送你回去吧。"

但他还没起身就被严岍摁着肩膀按回去了："你刚喝了冷茶，对肠胃不好，要暖一下。"紧接着招手叫来侍应生："你们有熬粥用的好汤底，拣温热清汤不带油的上一小盅来，另外账单拿给我签了。"

江停遂作罢，问："你今晚还通宵加班吗？"

严岍扭头冲他不正经地一笑："你自己睡不着啊？"

"……"

侍应生正巧一回头，当场嘴巴张成了"O"字形。江停面无表情地扶住额头，严岍签完单，潇洒地打车回市局去了。

直到他的身影完全消失在店门外，江停才缓缓放下手，盯着眼前鲜美清澄的热汤，冷静的面容在氤氲热气中有些朦胧不清。

侍应生远远站在雅座外，偷眼看这名看不出年纪的俊秀男子。

江停察觉到好奇的视线，却懒得予以反应。

就像电影按下快退又重放，他脑海中闪过刚才的每一幕画面和每一句台词，灵魂仿佛被剥离身体，悬浮在半空中，以外人的角度将最细微的光影与音调变化都反复琢磨打量，直到确定没有任何不完美的地方。

不知道过了多久，侍应生无聊地研究着窗帘上精美的流苏，突然瞥见那个好看的客人动了——他拿起被静置已久的汤勺，终于慢慢喝了口早就没了热气的汤。

"先生，请问要帮您换一碗热的吗？"侍应生慌忙上前询问。

谁知那客人只一摇头，连个"不用"都没说，就这么一勺勺喝完了冰冷的汤。

深夜十二点。

乌云滚滚，风声呼啸。一道闪电倏然划过恭州的夜空，几秒钟后，闷雷滚过天际，倾盆暴雨哗然泼了下来。

公寓楼顶天台，铁门哗啦一声被推开了。

一个穿墨绿雨衣的矮胖男子身影踉踉跄跄，灌满了水的胶鞋踩进泥泞中，发出咯吱声响。但他对满身的狼狈毫不在意，紧紧抓着早已反折的折叠伞，在被暴雨浇灌的天台上摸黑前行半晌，终于找到一处勉强可以藏身的避雨之地，蜷缩身体坐了下去，重重抹掉脸上的汗和水。

"小婊子，小娘皮……"他脱下胶鞋来，倒出里面的积水，嘟嘟囔囔骂道，"搞死你，等老子搞死你……"

轰——

又一轮闪电伴随滚雷惊天动地而下，世界瞬间雪亮。

汪兴业的动作突然顿住了，全身血液刹那成冰，脸色青白得像个活鬼。

在他面前的空地上，不知何时站了七八名全身黑衣、兜帽遮脸的人，脸和手都隐藏在雨披后，就像趁着雨夜爬出坟墓的僵尸，直挺挺地把他包围在中间。

“……不，不，”汪兴业痉挛着手脚往后爬，全身肥肉一齐剧颤，“走开，你们不敢在这里动手，你们不敢……走开！走开！！”

一道低沉悦耳的声音从人群身后响起：“为什么？”

“僵尸”们纷纷侧身，天台中央，阿杰右手拿枪，左手撑一把黑伞，伞下有个黑衣黑裤看不清面孔的男子，似乎带着笑意望着汪兴业。

汪兴业眼珠在触及对方的刹那间就不会动了，紧接着颤抖得差点儿脱眶，语调抖得难以成句：“不可能……饶了我，饶了我……不可能……”

“为什么不敢在这里动手？”黑桃K很文雅地，甚至称得上彬彬有礼地重复了一遍。

“饶了我！”汪兴业声嘶力竭地尖叫起来，“我没有想杀那小丫头！真的没有！江阳县撞警车的事是我的错，但那也只是为了自保！去年那姓李的丫头见过我！求求您饶命！饶命！”

汪兴业连滚带爬，匍匐在地上，就想去抱黑桃K的大腿，被阿杰重重一脚踹翻在了泥水里。

黑桃K缓缓蹲下身，望着打滚忍痛吸气的胖子，笑问：“你看到那个警察了？”

汪兴业像死了般满面灰白，半晌战战兢兢地点点头。

“有什么看法？”

姓汪的那胖子没想到他竟然这么问，过了好几秒才反应过来，嘴巴滑稽地一张一合，不知道能说什么：“我……看法……警察……我不知道他是……”

“你看，”黑桃K遗憾道，“你连句奉承话都不会说，让我有什么理由饶你呢？”

黑桃K在胖子惊恐的号啕声中站起身，举步向前走去，几名“僵尸”立刻上前架住了满地打滚的汪兴业，强行拖向天台边缘的栏杆。

阿杰撑伞快步赶上，低声问：“怎么处理，大哥？”

“畏罪自杀。”

阿杰立刻转头使了个眼色，手下会意离去。

“那大哥，其他收尾的事怎么办？”

黑桃K穿过夜雨冲刷的天台，来到黑洞洞的楼道口，毫不在意地一拂肩上雨水："警察会帮我们料理清楚的。"

阿杰点点头。

"让合适的人来干合适的事情，比凡事都亲自动手要方便保险得多。"黑桃K笑起来，说，"走吧。"

几分钟后，伸手不见五指的公寓大楼下，两人前后出了楼道，走向不远处一辆静静等候的黑色轿车，阿杰抢步打开后车门。

黑桃K俯身钻了进去，就在那一刹那，两人耳后风声呼啸，一个人影从楼顶直摔下来，顷刻间变作了四溅的骨肉和血花——

砰！

车门关闭，鲜血泼洒在车窗上，旋即被大雨冲刷成淡红色扭曲的水雾。

轿车发动，驶向远处的马路，红色尾灯消失在夜幕中，良久后，路灯终于一盏接着一盏地亮了起来。

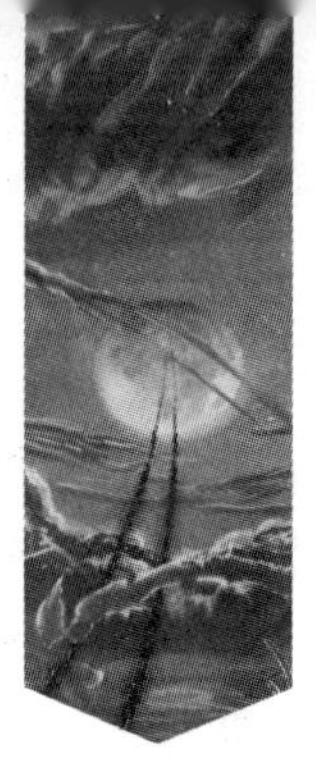

第 35 章

翌日中午。

恭州。

空地周围绕着一圈圈警戒线，却挡不住广场舞大妈大爷们的探头探脑和窃窃私语。公寓楼上，家家户户门窗紧闭，居民站在楼道里，个个儿冲楼下指指点点，有些脾气急躁的已经开始骂人了。

“夭寿啊，作死的在这里自杀，有没有替别个考虑过，我们省吃俭用买房子容易吗？！”

“我跟你们说，城南洋婆子作法算命最有效的了，赶紧请她来看看，不然晚上闹起来可怎么办？”

……

“让一让！让一让！”严岉穿过人群，向守线的民警亮了下证件，后者立刻主动抬起警戒线让他穿了过去。

“严哥！”马翔迎上前，递给他手套、鞋套，“您总算来了，这儿法医正收拾着呢！”

严岉摘下墨镜，满地血肉已经被昨晚那场大雨冲刷得七七八八，但土里依旧散发出浓重的血腥味。苍蝇嗡嗡飞舞，沾在水泥地面上的碎肉已经干了，隐约能看见森白碎骨和凝固的不明痕迹，那应该是摔出来的脑浆。

现场出了三四个恭州法医，已经把尸骸收拾得差不多了。

严岉紧了紧手套：“这从哪儿摔下来的能确定吗？法医的初步论断怎么说？”

两人顺着楼道一层层爬上天台，马翔连忙抽出随身记录案情的笔记本：“基本可以确定是从楼顶天台上摔下来的，天台周围护栏以及沿途楼道都提取出了死者汪兴业的脚印及指纹。因为大雨对案发现场造成了极大破坏，目前没有提取出除死者之外其他人在天台上活动过的有效证据，因此恭州刑支及法医的初步论断都是畏罪自杀。”

“畏罪自杀？”严峫哼笑一声，只是那笑意令人心头发寒，“早上市局方支队也这么说。”

马翔瞅瞅四周，小心问：“您怎么看？”

“能在警方刚展开抓捕时就闻风而逃，又在所有人眼皮子底下蹬自行车跑出建宁，这么神通广大的一个人，施展出浑身解数，竟然就是为了连夜赶去外地自杀？”严峫淡淡道，“你要告诉我这栋楼里曾住着他有缘无分的初恋情人或八代单传的亲生儿子，那我就礼节性地相信一下这个弱智的结论。”

他们正巧经过楼道里正做问询笔录的恭州民警，马翔思量半晌决定暂不回应，毕竟强龙不斗地头蛇，万一被人堵住打一顿就不好了。

“就这扇门，”严峫推开楼道顶层通向天台的铁门，冷冷道，“只提出了汪兴业一人的指纹？真当咱们人傻好糊弄呢。”

铁门一开，霉坏的空气伴随着雨后特有的咸腥扑面而来。

恭州的现场痕检人员正在天台各处做最后的收尾工作，早上跟马翔一同先行赶到现场的高盼青正侧对着他们，跟一名穿深蓝色警服外套、身量中等、约莫四十岁的男子交谈。大概是一直在注意这边的动静，严峫刚推门露头，高盼青就立刻迎上前来：“严队，您来了！”

“来来来，这位是我们建宁市局刑侦支队目前主持工作的领导，严队。”高盼青转向那男子，又对严峫笑道，“这位是恭州刑侦第一支队的齐支队长，我们正在这儿商量案子的事呢。”

严峫目光微闪，从高盼青格外加重语气的头半句话里听出了端倪，但没说什么，微笑着跟齐队握了握手。

然而刚上手，他就感觉到了不同寻常。

对方手凉、无力，掌心偏绵软且光滑，加之一身制服笔挺，表面看上去很有气势，不像个成熟老练且身经百战的外勤刑警——至少外勤没有整天穿警服的。

“严副的大名在S省那可是家喻户晓，我怎么能不知道呢？久仰久仰。”齐队说话中气也不很足，笑容却很真诚，“当年恭州、建宁联合行动，咱们还打过照面，只不过短短几年物是人非，严副现在今非昔比，越来越有威仪啦！”

这话里的意思，好像隐约在说严峫当年只是个小喽啰似的。

电光石火间，严峫明白了为什么刚才老高要格外强调他“目前主持支队工作”，不由得就笑了起来，抓着齐队的手没松：“确实是物是人非啊。当年联合

行动是恭州禁毒第二支队出的人吧？当时你们的支队领导是……”

“啊，对，江停！瞧我这记性。”严峫迎着齐队陡然变淡的笑容一拍额角，“当年您也是在江队领导下的吧，哎呀，你们江队可是了不起啊，年纪轻轻就晋了一督，可惜后来牺牲在了缉毒第一线。齐队就是那时候从禁毒二支队调去刑侦口，然后步步高升到现在的？”

齐队的笑容已经淡得快看不见了：“往事不用再提，往事不用再提。”说着用力抽出手，“来，我带严副看看案发现场吧。”

案发现场其实已经没什么好看的了，确实大量痕证都被暴雨破坏，浸透雨水的毛毡、沥青和水泥地上根本提不出脚印来。几名痕检在护栏周围尝试提取毛发、指纹等证据，齐队指指他们，说：“这里就是死者跳下去的地方，刚才第一批检材已经送回局里了，等出结果后我会通知建宁方面的。”

严峫不置可否，就问：“跳下去？”

齐队没吭声。

“这护栏得有一米三四吧，汪兴业身高一米七五左右，体重得有个小200斤，能爬得上去吗？”

齐队慢条斯理地说：“理论上是可以做到的，如果求死欲望特别强烈的话……严副，你做什么？！”

他变了调的话音没落，只见严峫已经走到护栏边，双手一撑，脚底离地，同时右脚钩住了护栏顶端，向外探出上半身，稍微再往前一点，整个人就掉下十多层楼了。

齐队拔脚往前冲，还没够到严峫，就见他哈哈一笑跳回地面，拍了拍满手的灰尘：“我觉得实际上做不到。”

“你！”

严峫一拍齐队肩头，亲亲热热地在他挺括的制服上留下了半个灰手印：“齐队，你看，这人要想爬过护栏跳下去，脚下不垫东西的话，起码要先做个引体向上。我这样的体形随便做几十个不成问题，至于汪兴业嘛，这胖子真不是被人抬起来硬扔下去的？”

齐队边拍自己肩膀边皱眉道：“没有任何现场物证支持这一点！”

“那这儿附近的治安监控呢？”

“这栋大楼本来就属于监控死角，昨晚又暴雨停电，连路灯都灭了，根本没有什么侦破线索。我们的视侦人手本来就紧张，再把监控反复看个几遍也没什么用！”

马翔忍不住插了句嘴：“既然这样，我们建宁视侦人手多，不如调几个人来帮忙看看？”

“不好意思，做不到。”齐队摇了摇头，话说得很客气，态度却很坚决，“案子既然是发生在恭州辖区内的，就理应是我们恭州主办。你们的人就算想看一眼视频，那也是跨省插手办案，先拿部里的正式批文再来说吧！”

马翔登时一怒，还没来得及说什么，就被严峫按住了。

出乎齐队的意料，严峫已经不是五年前那个大闹两省公安厅的刺儿头了，竟然完全没恼，甚至还好声好气地说：“那依齐队的看法，这案子应该算畏罪自尽了？”

齐队沉吟几秒，点头道：“确实没有证据能证明他不是自杀。”

连高盼青那么老成的人都险些脱口骂娘——哪个有病大半夜跑到这儿来自杀？不是睁眼说瞎话吗？！

但严峫没发火，甚至没吭声，从口袋里摸出两根软中华来，齐队犹豫片刻后还是接了，道了声谢。

“咱们刑侦的兄弟整天办案，也确实是辛苦啊。”严峫边帮他点烟边叹道。

齐队吐了口烟圈，脸色稍微缓和了些，示意痕检人员继续干自己的活儿，旋即招手让严峫一行人跟着他下楼。

“严老弟，”齐队夹着烟叹道，“有些事儿不是我一个人能做主的，你明白吗？”

严峫只笑着不说话。

“我也听说了你们S省这两年来的连环绑架案，据说汪兴业这王八蛋还胆大包天到买凶袭警是吧？那只要不是弱智，都应该知道被抓以后只有死路一条，检察院跟法院是不会放过他的。这么一个罪大恶极的犯人，自觉已经死到临头，畏罪自杀不是很正常、很顺理成章的事情吗？

“再说了，我跟你说句掏心窝子的话。”齐队边下楼边半侧着身，叹道，“这个人一死，省了你们建宁市局多少麻烦？口供、卷宗、证据链、民事赔偿、跟检察院来回扯皮……我要是你，晚上蒙着被子都要偷偷乐出来。本来十多个人要加大半个月班，嘿！现在好了，可以结案了！”

确实，主谋汪兴业死了，从犯范五等人又跑不了多远。等把那几个袭警的孙子抓回来之后，往死里打一顿，说不定还能审出他们买枪买子弹的地下黑作坊。

而汪兴业作为死人，又没法开口说话，不论最后结案卷宗上严峫怎么即兴发挥、尽情涂抹，他都只能老老实实配合警方的工作。

所谓省心省事，简直再圆满不过了。

“话是这么说，”严峫笑道，“可我们还有一对被害人的尸体没找着埋在哪儿呢。”

“哎呀……”齐队刚要说什么，突然声音顿了顿。

他们四个人前后顺着楼道往下走，这时正经过七楼。严峫敏锐地眯起眼睛，他分明看见齐队转身时，极不引人注意地向右手边的住家望去，似乎在刻意留心什么。

严峫眼角一瞥。

走廊尽头某住家的门开着，隐约有穿制服的刑侦人员身影一闪。

“那边怎么回事？”严峫貌似随口问，“发现了目击者？”

“哦，没有没有。”齐队连忙说，“前两天那家人报了个入室抢劫，正好今天出现场，一道看了。”

严峫目光一定，只见齐队扶在楼梯扶手上的指尖颜色微变，像是狠狠用了下力。

这常人难以注意到的细节，直接把那家住户的房号用力烙进了严峫心里——701。

“入室抢劫？这么巧就赶在这两天？”严峫跟着齐队，步伐不停，边下楼边漫不经心道，“那可得好好查查啊，万一跟汪兴业坠楼案的内幕有关呢！”

齐队打着哈哈，没说话。直到一行人出了楼道，来到警戒线外的建宁警车边，眼见周围没什么人了，他才拍拍严峫的肩：“严老弟，我就直说了吧，这案子真没内幕。”

严峫脸上微微笑着，洗耳恭听的模样。

“如果汪兴业不是死在了这个小区，甚至只要不是这栋楼，那我们是可以尝试冒险再往下查的。但现在看来，这个案子定性为畏罪自杀，不仅对你、对我、对上头好，对整个大局都是利大于弊的。”

严峫目光一凝。

他身后的马翔和高盼青也都愣住了。

“这楼里有什么？”严峫立刻问。

齐队摇摇头，没说话。

沉默的空气在周遭缓缓蔓延，不远处穿过人群，几辆写着恭州公安的车围住了空地，隐约可以看见法医提着黑塑料袋来来去去。

“齐兄要是有难言之隐，那不说也罢。”严峫微微一顿，话锋一转，“但就算我理解齐兄的苦衷，我上面还有建宁市局乃至省厅的那帮老头子，回去后怎么跟他们交代呢？到时候我们吕局要是亲自过来询问案情，那齐兄可就难兜住了啊。”

他这话软中带硬，直接抬出了在整个西南地区公安系统都十分棘手的老狐狸吕局来当挡箭牌，可以说很有水平了，但谁知齐队只哈哈笑着摆了摆手：“吕局？没关系，这正是你们吕局的意思。”

说着，他在严峫狐疑的目光中打了个电话，少顷，接通了，只听他“喂”了声：“吕老，欸，是我小齐。跟您吩咐的一样，严副在我这儿呢，来，您亲自跟他说吧。”

严峫皱眉接过手机，果然只听吕局心平气和的声音响起：“严峫？”

“喂，吕局，我正在恭州看汪兴业坠楼的案子……”

“畏罪自杀。”

严峫瞳孔瞬间缩紧。

“看过了情况就立刻回来吧。”吕局缓缓道，“好好记着现场细节，让马翔多拍几张照片，如果有检材能带就带回来。其他的事目前不用想了，不管发生了什么，留着线索以后再说。”

“但……”

吕局打断了他：“汪兴业死得太是地方了。”

严峫怔住。

“立刻回建宁，队里还需要你主持工作。”

手机对面声音戛然而止，吕局挂断了电话。

“严老弟，你呢，确实是条过江猛龙，但可能有些事情，建宁上边也没跟你说清楚。”齐队笑吟吟地拿回了自己的手机，唏嘘道，“总之，汪兴业的身后事就交给我们收拾了，你们也可以早点儿结案，对大家都好——啊，就这样吧。”

齐队又像模像样地跟高盼青寒暄两句，恰逢法医来找，便顺势告辞而去。

他这边一走，那边马翔立刻沉不住气了：“严哥！我们现在……”

严峫抬手制止了马翔，抬起头，深深吸了口气。这个动作让他所有沸腾的情绪都被强行压平，紧接着他转向马翔和高盼青，面色平静，看不出丝毫异常：“那我就先回建宁了。”

马翔欲言又止。

“多拍点照片，机灵着些，地上要是看见什么毛发、指甲、血迹一类能捡就捡起来带走。”严峫向身后看了眼，旋即压低了声音，“另外，趁没人的时候，去看看那栋楼的 701。”

马翔没反应过来，年纪大些的高盼青却立刻懂了，递给他一个明白的眼神。

严岘点点头，大步走出空地，钻进了远处停靠在路边的那辆银色 G65。

车门重重关上，驾驶座上的韩小梅立刻担忧地回过头：“严队，您……”

砰！

严岘再也克制不住情绪，一拳砸在副驾驶座后背，旋即咬牙又是一拳。

下一秒，他的手腕被江停凭空攥住了——啪！

“就算你再砸一百遍，哪怕现在把这辆车拆了，”江停抓着他的手平淡道，“又有什么用？”

严岘的拳头终于一点点松开，狰狞铁硬的指关节青白交错。

“开车。”江停吩咐。

韩小梅不敢停在原地，赶紧发动了越野车。

“我连尸体都没见到。”严岘终于开口道，声音低沉沙哑，“今早出来的时候，方正弘说是畏罪自杀，我还顺口讽刺了他两句，没想到几个小时的工夫，连吕局都咬定了汪兴业是自己跳楼……对大家都好？是啊，一个死刑犯自己坠楼死了，但这就是对大家都好？！”

韩小梅在前面不敢吱声，甚至不敢往后视镜里看。

江停坐在后座下线上象棋，也没有回答。

严岘终于转向他：“那个姓齐的孙子是什么人？”

“齐思浩，当年恭州禁毒第二支队队员，表现不突出，能力比较平庸，经济条件不太好，上班下班都按部就班地踩着点。”江停走了个马，说，“不过也正是因为这个性格，二支队重组后他被提拔去了刑侦口做副支，大概优点就是听话吧，半年前支队长退休，他才被扶正上了位。”

严岘突然问：“你怎么知道？”

“稍微打听打听就能知道的消息，为什么我不知道？”

江停放下手机，与严岘互相对视，街道边层层叠叠的楼房和高架桥从两侧车窗飞速掠过。

“……”严岘看着他问，“吕局说汪兴业死得太是地方了，姓齐的也说如果他不是从那栋大楼上掉下来的话，这事是可以冒险往下查的——那栋公寓楼里发生过什么？”

“……”

“是不是跟住户 701 有关？”

韩小梅能感觉到后座的空气好似被一台真空机抽干了似的，低压逼得人血疯狂撞击耳膜，让她连眼珠子都不敢转。

半晌，她终于听见江停，不，陆顾问的声音响了起来，尽管这话活像是点燃了炸药上的引线：“在质问之前，为什么不先想想别人的隐瞒可能真是因为时机未到呢？”

砰！

副驾座后背传来的震感是如此明显，连韩小梅都差点儿惊跳起来！

与此同时，铃声突然响起，尖锐的国产手机铃犹如无形的尖刀，同时刺进了韩小梅可怜的耳膜。

所幸下一刻后座岌岌可危的火山并未爆发，严峫强自忍耐的声音响起：“喂，吕局？”

“在路上吗？”

“在，我……”

“好。”吕局心平气和道，“我就是来确认一下你确实离开现场了。”

“701……”

嘟——嘟——嘟——

电话挂断了，严峫的问题活生生卡在了嗓子里。

严峫一刻都没耽误，紧接着就拨了回去，然而这次铃声自动挂断了。

要是往常可能严峫也不会那么冲动，但此刻齐思浩明目张胆的讥嘲、恭州上下一气的隐瞒，以及办不了案的怒火都结结实实横在严副支队心头——他毕竟是个名副其实的超级富二代，看在当地税收和各种人才引进、投资、扶贫项目的分儿上，别说市局省厅了，连省委都要给几分面子，骨子里的脾气是日常再低调随和都磨灭不了的。

这下他当场就横上了，一连打了五六遍局长办公室直线座机号，直到第八遍还是第九遍时对方终于接了起来：“喂……”

“为什么不能查这个案子？！”严峫怒吼，“我不管那栋楼里发生过什么，现在我的犯罪嫌疑人死了！我必须拿到部里的批文彻查下去！”

“什么彻查下去？”手机那边传来魏副局莫名其妙的回答，“吕局去省厅了，我看他办公室电话老响，就路过接了一下。”

严峫：“……”

“你这小子吃枪药了吗？赶紧给我回来，今儿下午我们还得——”

严峫摁断了电话。

车厢里没人出声，韩小梅心惊胆战。正在这时，导航声适时响起：“前方一公里处右拐至衡水路出口，下高架桥……”

江停蓦然道：“等等，别转弯。”

韩小梅刚要打灯换线，闻言一愣，只听他说：“直行，过五公里后在广智路右拐上高速。”

“可是这样会绕一段，而且交通也不太……”

江停的语气微微加重了：“直行。”

江停平时说话慢条斯理，总是十分从容，但语意稍微一重，就透出了上位者不容拒绝的强硬气息。韩小梅吓得立刻扳回右转灯，然而还没往前开，突然只听严峫冷冰冰道：“右拐！”

“这——”

“我叫你右拐！”

韩小梅偷觑后视镜，只见江停皱起眉头：“我知道这段路，你听我的，往前开。”

“可是严队……”

江停不等严峫开口，冷冷地说：“往前开！”

导航再次响起：“前方三百米处，右拐至衡水路出口，经过烈士陵园持续往北行驶二十三公里——”

“我叫你右拐你听见没有？！”严峫倏然起身，“打灯！”

韩小梅手足无措，不住往后偷瞄。

“前方一百米处衡水路出口——”

“看什么看！打灯右转！！”

手忙脚乱的韩小梅在最后一刻扭转方向盘，G65风驰电掣，呼啸着连越两条道，在身后怒火冲天的喇叭声中头也不回地冲下了衡水路出口。

“前方一点五公里，烈士陵园，持续往北行驶二十三公里。”

韩小梅心脏怦怦狂跳，好半天鼓不起勇气回头。正当她哆哆嗦嗦地想偷窥后视镜时，突然后肩被人一拍：“……啊！”

江停平静道：“靠边停一下。”

韩小梅不明所以，慢慢靠边停在了高架桥下，车身尚未完全停住，门就被打开了，紧接着江停头也不回地走了下去。

“陆陆陆、陆顾问？！”

韩小梅猛地降下车窗，紧接着双目圆瞪——她瞅见严峫也紧跟着冲了下去，三步并作两步追上了江停，一只手抓在他肩膀上，强迫他转过了身，两人面对面站在桥下空荡荡的阴影里。

严峫一字一字地问："你就那么害怕去面对前面陵园里的十多个骨灰盒吗？"

高架桥上的车流，喇叭，地铁轰轰经过的震响，巨大城市的世俗喧嚣，都被空荡荡的桥洞隔离在外，成为这一幕模糊的背景音。

前夜才下过雨，桥洞下混合着沙土的泥水到处流淌，汪着起伏不平的地面板砖。

过了很久很久，江停说："是的。"

昏暗中，他稍微抬起头，脸颊苍青发冷，眼底闪烁着微光："你满意了吗？"

严峫脸颊肌肉狠狠地抽了一下，沉默持续了好几分钟，含混的声音才响了起来："抱歉，不该冲你发火，我不是故意的。"

江停呼了口气，半晌才从严峫裤袋里摸了根烟，勾勾手指。

严峫便掏出打火机给他点上，两人面对着面站着。

"……"江停长长吐了口白雾，那张清晰冰冷的脸终于有了一丝错觉般的缓和，沙哑道，"我还不到能回去面对他们的时候。"

这话说得其实非常不祥，严峫向边上瞥了他一眼。

"在来恭州的路上，我心里就对汪兴业的死法有些猜测，但因为无法确定，所以没说出口。直到刚才听你说了吕局和齐思浩的态度，再结合我对这个小区周边隐约的地形记忆，我才真正能确定这件事。"

江停捂着嘴咳了两声，严峫警觉看去，小心拍拍他瘦削挺拔的背，但随即被江停摆手示意没事。

"你这个人脾气太急了，但猜得没错，"他就这么咳嗽着说，"是701。"

第 36 章

“701 里是发生过灭门凶杀还是千古冤案？”严峫的第一反应是这个。

江停夹着烟，扫了他一眼，似乎有点无奈：“什么都没有。”

“那……”

“首先你要知道为什么有些事情虽然看上去那么简单、那么无关紧要，但别人就是不愿意告诉你，尽管不论从任何角度来看，它都是个尽管泄露也无伤大雅的答案。”江停顿了顿，说，“因为真相总是盘根错节的。这个社会的真相就像犯罪一样，只要掀开了一丝小角，经验丰富的刑侦人员就能顺藤摸瓜地深挖进去，把无数个环环相扣的内幕从十八层地狱里挖出来，尤其是你。

“一个以强大资本力量为背景，主持着省会城市公安刑侦工作，同时本身有强烈破案欲望的一线刑警——以上三个条件具备任一都非常麻烦了，何况你三点齐备？谁能保证你的状态就十分稳定、不会犯病？万一你像个熊熊燃烧的坦克一样在战场上横冲直撞起来，谁能控制得了局面？”

严峫被这几个反问句弄得有点发怔，旋即指指自己：“我看上去像个随时会犯病的人？”

江停挑起眼皮瞧着他，叹了口气。

“嘶——”严峫不相信地吸了口气，“那你跟我说说 701 里发生过什么，为什么齐思浩不敢继续查汪兴业坠楼事件，我保证不打破砂锅问到底。”

江停低头弹了弹烟灰，这个动作非常细微，随即他道：“这件事不是我查出来，而是我打听到的，告诉我这件事的人也冒了很大的风险，因为它是发生在三年前恭州塑料厂爆炸后。”

严峫瞬间愣住了。

竟然是那个时间点？

那江停又是怎么打听到的？

“那次行动失败后，厅局方面成立了调查组，首要任务就是调查卧底铆钉冒险传递给警方的那封关于毒贩交易地点的线报到底是否真实。在行动开始前，警方确定这封线报是红心 Q 经过某种加密方式联网传递给铆钉的，铆钉牺牲后，调查组拿到了他的电子设备，经过一系列复杂的解密、追踪和定位，最后技术队把范围缩小到了这个小区，继而是这栋楼，最后排查出是 701 室。也就是说，如果铆钉收到的消息确实源于红心 Q，那么它最早是红心 Q 坐在这个公寓楼的 701 室里发出来的。”江停忽然在烟雾袅袅中望向严峫，“接下来你是不是觉得，如果能从监控中锁定出入这片小区的各类人口，就能排查出红心 Q 来？”

按常理确实是这样。现代刑侦工作 80% 都依赖于各类监控摄像头，因此经常导致海量的摸排任务，也从一个侧面上说明了现实中刑警日常破案的枯燥乏味。

但严峫知道他既然这么问了，就代表当初恭州调查组没能顺着这条路走下去。

“因为调取监控后发现，这座其貌不扬的小区内出入的车辆，有些注册在私人企业名下，而这些私人企业竟然跟不同级别的官员家属有千丝万缕的关系：有些是牵强附会，但也有些是暧昧不清。如果再把监控时间拉远了查的话，小区内竟然还出入过好几位大佬级别的前辈，甚至包括当时刚退下来的恭州副市长——岳广平。”

岳广平——严峫突然想起了他是谁。

魏副局说过，岳广平是爆炸案后唯一坚持江停没死，甚至可能被毒贩劫持，因此一力主张牵头营救行动的人！

江停没有去看严峫变幻莫测的脸色，他叙述的语气总是很平淡：“这些人和车都有各自进出小区的理由，比方说探亲访友或者纯粹路过等，可算是不幸中的万幸。但即便如此，调查也很难进行下去了，如果审查范围涵盖整个小区的话，还不知道会有多少敏感微妙的关系暴露在光天化日之下；但如果只针对那栋楼和 701 室的话，当时的监控条件又做不到。

“当然，三年前的调查组还有很多其他线索，并不一定非要顶着重重压力去查这一个小区。”江停话锋一转，说，“知道内情的人本来就少，因此这条线索逐渐不了了之，你们吕局应该是参加过调查组外围的某些工作，才能得知其中关窍的。”

“……那又是谁告诉你这些内情的？”严峫终于忍不住问。

江停沉默片刻，说：“岳广平。”

“你们是什么关系？”

江停似乎感觉有些好笑，尽管脸上没有丝毫笑意：“他是一手提拔我的老上

司，是在爆炸后把我从黑桃 K 手里救出来的人，你觉得我们应该是什么关系？”

严峫心念电转，紧追不舍：“如果当年调查组确实把你救出来了，为什么官方没有留下任何记录，档案里写的是你在爆炸中尸骨无存？”

江停那根烟除了开头吸了两口之外就没碰过，基本是自己渐渐燃到尽头的。他把幽幽闪烁的红点摁在垃圾桶上熄灭了，笑道：“你刚才是不是保证自己不会打破砂锅问到底？”

严峫略有点语塞。

“不管汪兴业是自己爬上那栋楼，还是被胁迫上去的，他都已经死了。”江停把烟头丢进垃圾桶，懒洋洋道，“我们都知道杀他的必定是黑桃 K，但现场偏偏处理得没人能抓到任何线索往下查……我想汪兴业自己临死前也没想到，黑桃 K 那个心理变态，真的敢在那栋楼顶上动手杀人吧。”

韩小梅想下车又不敢，一个人待在大 G 驾驶室里，真有点如坐针毡的味道。

严队为什么突然发火？陆顾问为什么针锋相对？表面看上去只是因为汪兴业坠楼的事无法往下查，实际上连她都能看出来，两人争执间暴露出的真正的矛盾，可远远不止于此。

陆顾问——不，她纠正了自己脑海中的人称——江支队长。

内网上几乎已经查不出那个人了，即便系统内部还流传着只言片语，也不外乎是指挥失当殉职的队长，或有隐约背叛嫌疑的内线。前者是愚蠢，后者是耻辱，不论真相如何，都足以令高层讳莫如深。

韩小梅却感觉不是那么回事。

一个指挥失当葬送了队友性命的蠢货，不会在狙击发生的第一时间冲出现场锁定嫌犯，紧追不舍上百公里都没跟丢目标车辆。一个投靠毒贩背叛公安的内奸，不会在撞击发生后性命攸关的时刻，命令她这么一个无足轻重的实习警员待在车里，独自出去面对穷凶极恶的歹徒，为严队赶到争取时间。

就算大家众口铄金，至少我可以偷偷保留一点自己的想法，她心想，只要我不说出来就好了。

突然后座上响起特别熟悉的铃声——严峫刚才追下去的时候没带手机，吕局给他回电话了。

韩小梅刚才还很坚定的革命意识瞬间魂飞魄散，猛地扭头看后座，又拼命伸头望窗外，短短三秒钟在“放任电话响着直到断掉”和“握着电话下车去找严队”两者间冲突了一百八十个来回，然后才意识到这两个选择分明殊途同归，都是等电话断掉后，严队回来暴跳如雷，把她撕成一片片的小鱼干。

“喂……喂，”韩小梅在铃声自动挂断的前一瞬间终于颤颤巍巍接起了电话，“局长您好，我我我是严队的实习生生生……”

对面吕局淡定地“哦”了一声问：“你严队呢？”

韩小梅福至心灵，说：“上厕所去了！”

“你们快到江阳县了吧？”

从恭州回建宁确实是要经过江阳县的，但他们现在还没出恭州呢。韩小梅哪儿敢跟局长撒谎，只得含含糊糊道：“嗯，快……快到了，但严队他一直在厕所里，那个……上了好半天……”

手机对面沉默片刻。

“行吧。”吕局不动声色，说，“但江阳县那边对范正元的调查有进展了，要不你跟严峫说让他先憋着，到江阳县继续拉？”

十分钟后，继续向前飞速行驶的奔驰大G上。

“经排查，范四老家在江阳县下属某村落，案发前还回去过一趟，现安排当地警方及治安主任陪同我们去进行搜查？”严峫疑道，“你确定是范四不是范五？”

韩小梅边开车边一个劲点头。

严峫探过上半身，狐疑地盯着前排韩小梅：“你可千万听清楚了，范五那帮人可是有枪支子弹的，万一正面撞上这帮人，我带着你们这一车老、弱、病、残，”然后他转向江停，“孕，可怎么打啊？”

韩小梅：“……”

江停沉浸在象棋的世界中，头也不抬道：“他说反了，我是老弱病残。”

“可我也不是孕啊！”

江停说：“那你可得注意点儿，我看你最近腰围似乎粗了得有一寸。”

韩小梅委屈：“……”

严峫突然收到一条新短信，他拿起来看了眼，有些不解：“吕局刚在刑侦群里发青壮年男性久蹲马桶易患痔疮的科普文章是为什么？”

韩小梅立刻缩回头，装什么都不知道去了。

所谓江阳县下属村落，实际离江阳县城还有相当长一段距离。因为天高皇帝远，乡镇派出所要管几座广阔的山头，所以每村又单独设立了不在编制内的

治安主任，其对内的作用是解决今天东家的狗咬了西家的鸡、明天南家的羊吃了北家的草这种小事；对外的作用则是当“大事”发生时，利用当地人的优势来配合派出所民警进行工作。

像这种搜查，对严峫来说是顺路兼举手之劳，对当地派出所和治安主任来说，就真是几年难得一遇的大事了。

吕局已经跟江阳县打好招呼了，大概特意叮嘱过“时间紧急，尽快让我们的刑侦副支办完事回来主持工作”这种话，所以当严峫他们赶到乡镇派出所的时候，所长已经亲自领着一名干瘦的中年民警诚惶诚恐地等在了大门口。

见面也没多寒暄，更没时间喝酒，严峫给一人塞了两包软中华，告别了所长，把乐得见牙不见眼的民警带上车，再一路颠着往村子里开。山路极其不好走，等到村口，天已经黑了下来，当地治安主任正从自家瓜田里收完西瓜，坐在拖拉机上等他们，一边摇着大扇子一边抠脚。

严峫让江停上副驾驶，自己跟瘦民警坐后座，一路东拉西扯，已经聊熟了，就拍拍他说：“你去告诉这位大爷，就说我知道大半夜带路辛苦，也不让他白忙活，赶紧把我们带到范四家去，他那车西瓜我全都买了。”

瘦民警乐得做人情，打开车窗用当地话对那个泥腿子主任说了。结果主任一听十分高兴，连声地称“好”，立刻从后腰摸出了雪亮的长刀。

严峫：“？！”

严峫条件反射地伸手摸枪，民警忙不迭拦住他：“您等等，您等等，他是要给您切瓜吃！”

严峫哭笑不得：“吃什么吃？天都黑透了！跟他说别切别切——哎哎，要不就切一块，我们这位身娇肉贵的陆顾问晚上到现在还什么都没吃呢。来，陆顾问吃块瓜解解渴……”说着接过治安主任亲手切的又甜又红的西瓜，在韩小梅垂涎欲滴的目光中递给了江停。

“想吃吗？”江停低声问。

韩小梅眼巴巴点头。

“开车去，”江停吩咐，“等办完事出来我切给你吃。”

韩小梅受到了无穷的鼓舞，发动G65跟上了前方治安主任的拖拉机。

村里一到晚上就熄了灯，山路上是真正的伸手不见五指，就算车头俩大灯照着，也穿透不了太远的距离。这时候当地人的优势就显现出来了，拖拉机吭哧吭哧地不知道绕了多少圈，终于绕过九曲十八弯，在某个土坡前停下来，治安主任回头冲大G吼了几声。

“开不过去了，得靠人走。”民警给严峫翻译，“后面就是范四当年在村里住过的房子。”

“行，麻烦他把我们带过去。”严峫从钱夹里抽出钞票，昏暗中也没具体数是多少张，摸摸厚度差不多就一股脑儿塞给了民警，示意他转交给大爷：“韩小梅在车里等，陆顾问跟我走，记得把勘察箱带上。”

专业瓜农、业余兼职治安主任卖了整整一拖拉机西瓜，不由得神清气爽，脚步格外轻快，一马当先地带着其他四个警察爬过土坡，又绕了一长段弯弯曲曲的田埂路，才来到一座破围墙围起来的砖瓦房边，示意就是这家了。

“没人吧？”严峫又确认了一遍。

治安主任哇啦哇啦地一个劲摇手，民警又翻译：“他说范四好多年前就离开村子了，前段时间回来了一趟，行色匆匆，见了人也不打招呼，就待在他那小破后院儿里，转天又走了。这村子根本不大，要是出现新面孔的话不到半天整个村都能知道，范四不可能在没人知道的情况下又偷偷溜回来的。”

严峫心说，我当然知道范四不可能偷偷溜回来，他都死得不能再死了，即便回来也是鬼魂，但这年头，鬼远远没有人可怕，他就算变成厉鬼回来索命也是去找黑桃K，关警察什么事？

于是严峫打发了治安主任，摸黑跟江停穿好鞋套、戴上手套，让瘦民警待在院子外守着，跳墙进了屋。

这是典型的乡村自家建筑，玻璃破破烂烂，墙壁抹着水泥，手电筒往周遭一照，只能用家徒四壁来形容。严峫推开吱呀作响的木门，用胳膊肘捣了江停一下，低声笑道：“喂。”

“干吗？”

“怕鬼吗？”

“……”

“怕的话，喏，给。”

江停盯着伸到自己眼前的那条结实有力、肌肉分明、一看就在健身房里消耗过不少金钱和时间的男性臂膀，不知怎么的，又低头看看自己消瘦一圈的手臂，若有所思地眯起了眼睛。

严峫大肆嘲笑：“我说你这学院派就别在那儿不自量力……”

话音未落，江停突然把手电筒举到自己下巴尖，让光芒从下而上映着自己

煞白的脸，冲严峫阴森森一吐舌头。

严峫："……"

然后江停面无表情地转身走了。

三间砖瓦房就像它展现出来的一样，空空荡荡，一目了然，并没有刀斧、毒品、枪支子弹或任何足以成为物证的东西。

但这肯定是不对的。范正元多年没回过老家，偏偏在刺杀江停前回来了一次，按正常刑侦逻辑来分析的话，他要么是来取东西，要么就是来藏匿东西，总不至于是闲着没事白跑一趟。

严峫在堂屋里转了几圈，琢磨着钻出屋，只听后院窸窸窣窣，旋即江停的声音传来："喂！"

"喂什么喂……"严峫打着手电，深一脚浅一脚地绕过砖瓦房走到后院，只见江停背对着他，蹲在杂草丛生的土地上，似乎正用力从地上抬举什么。

"哎哟，你这姿势……这是什么？"

"……"江停不知道是不是因为用力过度，声音怎么听都有种咬牙切齿的感觉，"地窖……"

严峫一怔。

"愣着干什么？快来帮忙！"

地窖上盖着石板，严峫把手电筒往裤腰里一插，伸手撑起了石板另一端，却不立刻用力把它彻底抬起来，维持着那个动作冲江停一勾嘴角："要帮忙吗？"

"……"

江停不知从哪儿爆发的小宇宙，双手发力一起，轰隆！把石板结结实实掀了起来，露出了底下仅容一人通过的地道。

第 37 章

尘土飞扬，缓缓飘落，严峫愣了半天才冒出一句：“这潜力可以啊……”

“当年我也曾经，”江停拍拍手站起身，还有点喘，“擒拿格斗，拿过系里的前三名，呼、呼……”

严峫斟酌半晌，问：“管理还是刑科？”

话音未落，他就接收到了对面江停的死亡射线。

地窖挖得并不深，上下只有两人高，底部用乱七八糟的油布盖着空荡荡的架子，有点像北方人家的菜窖，只能勉强容两人面对面站立，连转身都有些勉强。严峫率先爬了下去，用手电照着四处翻检了会儿，江停蹲在他的头顶问：“有发现吗？”

“……”严峫突然招手，“快下来！”

“怎么了？”

“没时间解释了，快下来！”

江停不明所以，顺着脚手架下到地窖里。严峫举起手电筒半蹲下身，掀开一堆乱七八糟的防水布。只见架子上有一团黑黢黢的东西，裹得严严实实，拿出来拆开一层又一层之后，才露出一摞被白纸袋包住的方方正正的硬物。

江停上手一拍，就知道这砖头似的东西是什么了——现金。

“有点分量，”严峫示意他来看，“上面有字。”

江停低下头，手电光芒中，赫然只见白纸袋上用黑笔淡淡地写着四个字——“贰拾伍万”。

交错的光束中两人脸色都有点晦暗不清，半晌严峫才突然问：“通常杀手都是事先结一半，得手后再结一半对吧？”

江停说：“我怎么知道？我又没当过杀手。”

严峫蹲在地上，江停站在他身后，碍于空间有限，两人靠在一起。严峫回

头看向江停，脸色因为强忍笑容而显得有点怪异，慢慢说：“没想到你在汪兴业眼里那么便宜，才五十万……”

“快滚吧。”江停终于忍不住笑骂，用膝盖一顶他的背，“收拾收拾赶紧上去，这一趟也算有发现了。”

严峫站起身，抓着脚手架往上爬出了地窖。

夏夜清新的空气迎面而来，他人还没出地道，深深吸了口新鲜空气，刚回头想让江停把那二十五万现金递上来，突然瞥见了什么，动作当即顿住。

前方后院墙根上，月光清楚地映出了几个鬼鬼祟祟的影子，一个已经下来了，有两个扒在墙头准备往下爬，还有个领头的正拿着手电扫射周遭，光束照到半身探出地面的严峫，登时也是一僵。

紧接着：“有人！”

“谁？！”

这一变故发生得实在太突然了，千钧一发之际，严峫竟然瞥见对方手里有枪，立刻猜到了来人的身份，脱口而出：“范五？”

范五正是那领头提着手电的，本来正准备扑上来，猛然听见自己名字被叫破，条件反射地就趔趄了下。在那百分之一秒的空隙中，严峫把身后的江停死死按回了地道，随即就地打滚摸出手枪，厉声警告：“不准动！警察！”

再亡命的歹徒，听到警察的第一反应都是掉头逃跑，墙头上那两人当即就想往外蹿。但他们还没彻底蹿出去，前屋脚步声骤近，只见乡镇派出所那个瘦民警猝不及防冲了进来，一见后院这阵势立刻就吓呆了：“有、有枪？！”

严峫突然反应过来，现在绝大多数基层民警出警都是不带子弹的，最多也就带把空枪装装样子，但这瘦子竟然连样子都没敢装，直接就叫出来了！

“跑！去叫救援！”严峫脱口而出。

同一时间，范五也反应过来了：“条子只有一个人！别怕，想要钱的上！”

墙上那两人应声跳了下来，后院顿时多了四个歹徒。瘦民警没等严峫说第二遍，顿时夺门而出！

人做选择往往只有几秒钟时间，有时甚至几秒都算多的，真正当事情发生的时候，做主的只有潜意识而已——至少当严峫事后回忆时，他只能想起脑海中的一个念头：如果我跑了，地窖里的江停怎么办？

江停没有枪，也跑不了，更要命的是他还守着那二十五万赃款。这帮人绝不会因为江停把赃款双手奉上就饶过他的命，他们可是连警察都敢杀的亡命之徒！

严峫心一横，闪电般贴地躲过了对方的子弹，同时疾步上前砰的一枪，弹头贴着对方的脚底擦出了闪亮的火光。那光芒转瞬即逝，就在它消失的同一瞬间，严峫已经冲到了为首的范五面前，二话不说，当胸踹去！

范五也没想到这个刑警竟敢单枪匹马跟他们四个硬抗，当即大骂一声，仓皇中近距离开枪不中，土枪被严峫又准又狠地踢进了草丛。这时另一名歹徒扑上来支援，刚沾衣就被严峫反手抓住手臂，一记利落至极的过肩摔重重掼地，“咔嚓”就势拧断了对方的手腕骨！

“啊啊啊——”歹徒惨叫声响起的同时，范五用手电筒当武器没头没脑地猛挥，那铝制的手电刚巧撞在严峫额角，温热的液体当时哗啦就下来了。

但格斗中根本没有痛觉，血腥味反而更刺激了严峫骨子里的凶悍，夺过手电就往身侧发狠砸了数下，直把另一名冲上来的歹徒打得头破血流！

范五愤怒嘶吼：“上！弄死他！”

夜幕里同时拥上两三个人，就来夺严峫手里的枪，这要是在外面，仅仅试图夺枪这一个动作就足够每人蹲上十年大牢，但此时金钱的诱惑和被捕的恐惧让歹徒丧失了理智，混乱中严峫感到自己被人从身后箍住，同时握枪的手指被强行扳开，血登时冲上脑顶，牙一咬，抬手就猛扣扳机！

砰！

砰！

“血、血……啊啊啊！有血！”

昏暗中有人跪下，微微摇晃，紧接着尸体颓然倒地，发出扑通闷响。

那声音不能算重，却像是一记重锤砸在所有人心头，整个局势瞬间都僵住了。空气凝固两三秒，范五突然反应过来，平地爆发出一声变了调的尖吼：“快，下了他的枪！！”

严峫抽身退后，却在三人夹击中失去平衡，一个踉跄，九二式脱手落地，立刻有歹徒扑上来抢。但严峫反应也快，飞起一脚就将九二式踢得打着旋没了，紧接着他被范五拽起来迎面几拳，打得喷出了一口带血的唾沫。

“我靠！”

严峫从来都是只有他打人，没有人打他，这几下挨打把他所有凶性都激发出来。当即两名歹徒都没能把他拉住，只见他当头扑上去撞倒了范五，两人激烈扭打在一处，突然严峫不知道摸到了什么东西，顺手抄起来用尽全身力气狠狠一掼——铿！

金属与人颅骨撞击，竟然发出了阵阵回音。

范五双眼大睁，犹自维持着那个握拳的动作，眼眶里却迅速浮起鲜血，狰红顺着脸颊滚滚而下。紧接着血从他鼻腔、嘴角乃至耳孔中争相汩汩冒出，眨眼工夫他整个头就变成了血葫芦。

“袋、袋哥……”一名歹徒发着抖后退了半步，“你、你的头……”

范五肩膀一震，带得半边身体抽搐，似乎是想摸摸自己凹陷了小半边的颅骨，但明显已经做不到了。他喉咙中冒出急剧倒气的“咳咳”声，瞠目欲裂地盯着严峫，似乎充满了无数怨愤和不解，紧接着直挺挺摔到了地上。

“袋哥死了，他把袋哥打死了……”

严峫看看手里沾满鲜血的铝制手电筒，也有些回不过神——明明刚才这玩意儿也在他自己脑门上敲了一下，怎么就把人颅骨打折了？

“快，快跑……”一名小个子歹徒疯了般发着抖咆哮起来，“他们的后援要来了，快跑！”

小个子跳起来往后跑，严峫拔腿就追：“站住！”

月光从云层中乍然闪现，与此同时，另一名圆寸头歹徒猛地瞥见不远处某物反光。他想也没想，当即扑过去一把抓了起来，刚上手就心中狂喜——果然是被严峫踹飞的范五的土枪。

他的理智已经消失殆尽，当即举枪对准严峫：“站住，给我站住！”

话音未落，严峫飞身扑倒小个子，翻滚起身，一记右勾拳，打得嫌犯根本来不及反抗就口鼻喷血。随即他从后腰抽出手铐，三下五除二把小个子两手反拧，还没来得及铐住，就听耳边——

砰！

灼热擦耳而过，严峫猛然抬头，登时瞳孔缩紧。

他正对着圆寸头黑洞洞的枪口！

短短半秒却像是时间凝固，圆寸头双手举枪对着严峫，双眼充血，凶光迸射。

如果他还有半分正常人的思维，这时候就应该揣着枪转身逃跑，跑得越远越好；但这时候孤注一掷的凶狠、败局已定的怨恨，以及被鲜血刺激出的赌徒心理已经占据了全部心神，他只觉耳朵里嗡嗡作响，后槽牙一咬，对准严峫就扣下了扳机——

砰！

子弹旋转着刺破夜空，带起一长溜血花。

“啊……啊……啊啊！”

惨叫声断断续续响起，圆寸头抱手倒地不停翻滚，土枪早已飞出了墙外。严峫难以置信地顺着枪响看去，夜色中只见江停站在几步之外，单手持枪不住喘息。

月光清楚地映在他侧脸上，被冷汗浸透的皮肤反射着微光，嘴唇完全是一色青灰。

他的眼睛竟然是闭着的。

小个子不知哪儿来的力气，挣脱了措手不及的严峫，疯了似的往后院墙外跑。说时迟那时快，墙头嗖地蹿出另一个人影，凌空落地，快步上前，跳起来就一记飞踢，当场把小个子踹得连连后退；紧接着小个子还没爬起来，迎面就是金属手铐裹挟厉风，嗖嗖两下抽得他差点儿喷出门牙来，痛得嗷嗷叫唤。

来人杀气腾腾，一脚把小个子歹徒踩在地上，咔嚓上了铐，这才抬头叫道："严队！陆顾问！你们没事吧？"

那果然是被瘦民警叫来的后援——韩小梅。

严峫刚要应声，只见江停像是从噩梦中惊醒似的，脚步仓促地向这边走来。

严峫也不知道自己是怎么想的，可能单纯只是脑子抽风，或者刚刚经历的生死瞬间给了他潜意识中某个灵感迸发的契机，那句"我们没事"突然被咽了回去，旋即他一声不吭地躺在了地上。

"……严队？"韩小梅不明所以，"您怎么了？"

江停脚步一顿。

"严队？"

江停脸上本来就不剩几丝的血色唰的一下褪得干干净净，几乎是跌跌撞撞地赶上前半跪下身，月光下只见严峫双眼紧闭，大半张脸都被血糊满了。

"……严峫，"江停去试他的鼻息，自己都没注意到自己手指在剧烈发抖，"你醒醒，严峫？"

"……"

"严峫！别开玩笑！"

江停尾音瞬间就撕裂了调，手足无措，只能抱起严峫上半身用力去堵那额角伤口。明明血是热的，但他自己全身都像浸透在冰水里一样打着战，每个字都带着牙齿打战的咯咯声："严峫，醒醒，求你醒醒……叫救护车，叫救护车！！"

韩小梅也慌了，手机刚摸出来就啪嗒掉在了地上，她又扑通跪在地上疯狂摸捡。

严峫意识涣散："江、江停……"

"别睡，别睡过去！"江停耳膜轰鸣，自己都听不见自己在喊什么，"严峫，你看着我！看着我！别睡过去，求求你！"

严峫略微抬起头，似乎想说什么，江停立刻低头靠近，只听他在耳边气若游丝道："所以你说我……到底……帅不帅……"

江停的表情一下变得特别空白。

"噗哈哈哈哈哈哈——"严峫终于撑不住大笑起来，没笑两声就牵动了伤口，疼得一边吸气一边拍地大笑。

江停愣住了。

韩小梅也愣住了。

"哈哈哈哈，哈哈哈哈……嗷！"

那丧心病狂的大笑戛然而止，只见江停单手拎起严峫衣襟，狠狠一拳砸在那张英俊的脸上，随即在严峫的抽气声中起身，头也不回地走了。

十分钟后，奔驰大G车上。

"我错了，我错了还不行吗？不是故意的，真不是故意的，当时确实有点儿晕……哎哟，还生气啊？要不你再揍我一拳？来，照这儿，揍狠点。"

严峫八爪鱼似的往江停身上靠近，然而江停猛地一转身，只留给他一个冰冷的脊背。

韩小梅蹲在车门边稀里呼噜地吃西瓜，呸地吐出俩子儿，狠狠道："该！"

"哎，我说你这孩子怎么这样呢？大人吵架都不知道劝劝，还在边上煽风点火？"严峫立刻掉转矛头，一下下拍韩小梅的后脑勺教训，"吃，吃，吃，就知道吃。刚才那后院里都什么情况了你才赶到，你怎么不等我跟你陆顾问都自然凉了，再慢悠悠去走个过场？"

韩小梅满嘴塞着西瓜："我一听那民警大哥叫救命就立刻跑去了！这大半夜的又要爬坡，又要绕路，找到现场容易吗？！"

那个"叫救命的民警大哥"正跟治安主任一个抬头、一个抬脚，把两具犯罪嫌疑人尸体从后院抬出来，又把戴着铐子的圆寸头和小个子押上车，闻言讪讪笑着搓手，幸好黑夜遮挡了他通红的脸。

"没事兄弟，不怪你。"严峫用毛巾捂着自己满是鲜血的额头，说，"你们不配枪，确实不能硬抗，是这丫头太虎了。"

瘦民警赔着笑："我、我去收拾那后院里的赃款和子弹头……"然后赶紧捂着发热的老脸溜了。

外人这边一走，那边严峫立刻故态复萌，不顾自己还满脸是血，就笑嘻嘻、热乎乎地把江停往车门边挤："哎哟，让我看看我们气鼓鼓的江队，江警督……

我错了还不行吗？下次再也不敢了还不行吗？嘘嘘嘘……”

江停终于忍不住怒道：“严峫！”

严峫立刻：“欸？”

江停白皙的眉心微微抽动，少顷，终于从牙关里挤出几个字：“……你是怎么长到现在还没被人打死的？”

严峫得意扬扬：“我长得帅啊！”

“严队，严队！”瘦民警抱着二十五万现金气喘吁吁跑来，“我搬来了，您的赃款！”

严峫立刻放开陆顾问，浑然好像什么都没发生过似的：“什么我的赃款？瞧你这话说得——别放车后备厢了，后备厢里俩死人呢。来，把赃款放副驾驶上，待会儿回去的时候让陆顾问抱着他的赎身钱。你们派出所的车已经在路上了吗？”

瘦民警不懂赎身钱这个哏，呆呆“哦”了声：“在了在了，我们所长已经通知了上级单位，待会儿就亲自跟车过来。”

韩小梅蹲在驾驶室门边吃完西瓜，随便把黏腻腻的手往裤子上擦了两把，伸长脖子上下打量那被纸包住的二十五万，啧啧有声道：“实不相瞒，我这辈子还没亲眼见过这么多现金哪。”

严峫说：“那你可真是太可怜了，严哥决定不能让你这么可怜下去。这样吧，回去后咱们从银行里随便提个一二百万现金，或者三四百万也行……”

“然后呢？”韩小梅充满期待地问。

“然后给你合完影再存回去。”严峫微微一笑，“不然你想干吗？”

韩小梅差点儿翻出一个惊天大白眼。

“……”突然，后座上的江停探过身，皱着眉头，用力把现金拎到后座。

“欸？”韩小梅不明所以，“怎么了陆顾问？”

“把手电给我。”

江停接过严峫翻出来的手电，对着光看那白纸袋正上方的四个字。“贰拾伍万”，笔画潦草，应该是匆匆写就的，字迹是非常淡的浅棕色；如果真极尽目力一点一寸观察的话，落在纸上的浅棕色痕迹，倒有点像蜡笔。

“你化妆吗？”突然江停问。

韩小梅意外道：“不太……偶尔化，怎么了？”

江停食指尖在“贰拾伍万”上一叩，皱眉道：“我总感觉这四个字，有点像你们小姑娘用的眉笔写的。”

第 38 章

“……微晶蜡，小烛树蜡，氢化蓖麻油，氢化棕榈仁油，氢化棕榈油，铁离子化合物。”

严峫头上贴着纱布，把分析检验报告往餐桌上一拍。

严家投资的那家天顶旋转餐厅香气芬芳，钢琴声袅袅。包间门一关，门外低微的笑语交谈被完全隔绝在外，只有落地玻璃窗上方被推开一条缝隙，高空的风中传来声声鸟鸣。

他们凌晨快三点才回到建宁，严峫直接被分局送上了救护车。得知副支队长遭到范五等持枪歹徒夜袭之后，大半个市局领导层都轰动了，吕局半夜三更奔赴医院，赶到急救室时还穿着家里的拖鞋，连他的本体大茶缸都没来得及拿。

接警中心没把话说清楚，所有人都以为严峫受了濒死重伤，谁知严副支队不愧是号称怪物级别的男人，额角硬挨了那么几下，却只破皮流血，愣没伤到脑子。他坐在急救室里边挂水边跟吕局汇报对犯罪分子范正元家的搜查结果，递交了二十五万现金赃款，然后按他们路上商量好的那样，把一枪打飞绑匪土枪的功劳安到了韩小梅头上。

韩小梅十分忐忑不安，还好吕局只打量了她几眼，点点头，没多问什么。

严峫应对了狡诈如狐的老局长，又应付好闻讯赶来的爹妈，在医院一觉睡到第二天中午才被活生生饿醒。满血复活的严副支队洗漱一番，刮了个胡子，换上用料考究、剪裁精良的衬衣西裤，犹如国产八点档穿越到美剧犯罪片的精英男主角，从里到外焕然一新，然后才拿着技侦报告，溜达着出去找江队吃饭。

江停已经吃过了，面前放着热气腾腾的咖啡和下午茶蛋糕，皱着眉接过报告：“化妆品？”

“对，化妆品成分。”严峫狼吞虎咽地干掉一盘意大利龙虾面，长长吁了口气，“技侦老黄说检验结果跟他们科室小姑娘的推管式眉笔一模一样。”

江停点点头，端起咖啡喝了一口，冷不防严峫突然狐疑地问："可是你怎么知道？难道你用过？"

江停捂着嘴呛了几下："杨媚用过。"

"你俩到底啥关系啊？整天不是卷发棒，就是画眉笔，你俩该不会还共用同一瓶洗面奶吧？"

"……"江停无奈道，"杨媚在恭州做线人的时候，有一次在夜店里紧急传递线报，手边没有笔，用的就是眉笔和口红。后来她大概中了谍战片的毒，每次都用眉笔和口红，还根据线报的可靠程度换不同色号……"

严峫严肃道："下次别这样了，根据我十多年刑侦工作经验来分析，她是想勾引你。"

"……"

两人大眼瞪小眼，半晌江停终于点了点那份报告："我姑且承认口红那部分，但眉笔不一定，最多只能说明把这笔钱交给范正元的可能是个女性。"

严峫眯起了眼睛："红心 Q？"

江停正要说什么，包厢门被敲了两下，紧接着一个年轻小伙子满脸"打扰了"的表情探进头。

"马翔！"严峫有些意外，"你怎么在这儿？"

江停招手示意他进来："我叫他过来的，东西带了吗？"

"带了带了，我还专门找了台电脑。"马翔放下双肩背包，毫不见外地叫来侍应生点东西吃。反正是他严哥家投资的餐馆，他也不是第一次来了，点菜点得放心大胆且轻车熟路。点完单，他让侍应生出去，又严严实实关上门，才在严峫疑惑的视线中从包里掏出了硬盘和电脑。

严峫问："你俩这是干啥呢，背着我鬼鬼祟祟的？"

"我让马翔找你们技术队，从汪兴业的电脑里拷了些东西出来。昨晚从江阳县开回建宁的路上我当着你的面打电话吩咐的，韩小梅可以做证。"

"我怎么没印象？"

江停冷冷道："你当时正发着烧胡言乱语……"

江停打开电脑，插入硬盘，少顷，屏幕上跳出了密密麻麻一整面的文件夹。

马翔点的菜来了，跷着腿坐在餐桌另一头大吃大喝，严峫便搬着椅子凑到了江停身后。只见屏幕上满满当当，充斥着日语、英语、繁体中文和无意义字符夹杂起来的标题。江停滑动鼠标往下，飞速掠过耸动的 A 片标题，随即突然一顿，点开了一个"画展相关"文件夹。

“这姓汪的也是奇怪，他专门放毛片儿的文件夹里还塞着画展资料，平时找起来也不嫌烦？”马翔边吃边含混不清道，“还是说他特别注意劳逸结合？”

江停说：“不。”

画展资料文件夹下全是数码相机导入的图片，江停点开第一张，放大，紧接着出乎严峫意料，一双女性的脚以一种极具冲击力的姿态展现在了他面前。

“这是汪兴业的私人画展，”江停把图册一张张往下翻，不断变换的屏幕图像在他眼底发出幽幽的光，“是汪兴业不能宣之于口，只能藏在电脑里暗自欣赏的独特爱好……”

他顿了顿，说：“恋足癖。”

显然马翔在拷贝时并没有真正点进文件夹里看过，当场就跟严峫一起愣住了。

“你怎么知道他有恋足癖？”严峫惊诧地反应过来。

江停叹了口气：“还记得汪兴业逃跑的时候，你们外勤搜查他在建宁的住处，结果搜出了一堆各种颜色材质的女式袜子吗？”

马翔愣愣道：“后来我们对他的几个炮友进行问话，那几个女的分别把所有袜子都认领完了……”

“你以为他保留这些袜子只是出于炫耀心理？”江停一句反问就把马翔镇住了，“不，收集穿过的鞋袜是恋足癖的典型外在特征之一，不过当时引起我注意的倒不是这个，而是另外一点：那几位女性的年龄都集中在三十四岁到四十岁。”

严峫捏着自己的下巴：“我当时也注意到了，但我觉得那只是因为他作为中年人，比较喜欢成熟点的异性……”

“不是喜欢，是性癖。你注意看他所有的画作，”江停重复点击下拉键，屏幕上难以计数的双脚不断闪现，“这些脚都有非常鲜明的共同点：涂着艳丽的指甲油，并不纤细瘦小，甚至偏向于丰满和成熟感。一个人的性癖形成后极难改变，对于小众性癖者，只有满足心理需求才有可能引起生理冲动，也就是说，只有成熟、丰满和涂着指甲油的女性，才能诱发汪兴业的生理欲望。你们还不明白我想说什么吗？”

周遭陷入了安静，马翔连食物都忘了，一块切好的牛肉在叉子上半天没送进嘴。

“……步薇。”严峫喃喃道，“步薇说汪兴业长期性骚扰她，还曾经差点儿强暴她……”

江停说：“这是不可能的。汪兴业本身的道德水准相当低下，如果对她有那么强烈的执念，他肯定会去偷她的鞋袜，但马翔刚才也说，他家所有女士收藏品都被认领光了，并没有步薇那一份。”

马翔失声道：“那小姑娘在撒谎！”

“我看到‘贰拾伍万’那四个字的时候就觉得太秀气了，不像是汪兴业能写出来的，但那也仅仅是一种感觉。后来看到那笔迹的油蜡质地太细腻了，不像蜡笔而像眉笔，就隐约有了这个猜测。”

江停合上电脑，咔嗒一声，旋即抬眼盯着严峫：“范正元被杀的原因我们大概能揣测到，但这里有个悖论：如果范正元的被杀是惩戒性的，为什么雇用他来杀我的汪兴业却安然无恙，没有受到任何惩罚？唯一的解释是汪兴业跟此事无关，范正元接的是一位女性雇主的私活。”

马翔在边上莫名其妙：“什么？雇用他杀陆顾问？”但谁也没理他。

“……这个女性雇主可以接触到汪兴业手下的人，可以绕过汪兴业跟杀手私下接触……”严峫脑海中无数隐约的疑点终于影影绰绰，连成了一条完整的逻辑线，“难道是……”

江停冷淡地说出了那两个字：“步薇。”

包厢沉寂片刻，马翔叉子上的牛肉啪嗒一声掉回了盘子里。

严峫突然抓起手机站起身，绕过餐桌，站在落地窗前，拨了个电话：“喂，韩小梅，你昨晚是不是说今天下午要去医院陪步薇？”

对面韩小梅不知道回答了什么，严峫沉声道：“你听着，别问为什么，现在立刻去帮我做一件事情。”

医院走廊。

韩小梅挂了电话，深呼吸几口，转身推开了病房门。

阳光很好，从干净的玻璃窗外投射进来，少女的脸颊白皙幼嫩，几近透明。听见推门声时她从手里的画册书中抬起头，冲韩小梅笑了一下，粉红色的嘴唇弯成一个非常好看的弧度：“姐姐，你来啦。”

韩小梅也笑起来，尽量让自己平视着步薇的眼睛：“我刚从办公室那儿过来，正巧碰见医生，关于后续治疗费用的事情……”

步薇放下了画册，有点忧虑的样子：“大夫怎么说？”

“别担心，你是受害者，基本费用都是可以报销的。”韩小梅赶紧道，“不过有一点我们不能替你拿主意，就是后续疗养和住院观察这段时间的用药，大夫说有好几种方案可以选择，当然每套方案的价格肯定也不一样——你懂的，医院嘛。”

步薇细声细气地说：“我没有太多钱，现在就出院也可以……”

“大夫说最好还是跟你的监护人谈谈。”韩小梅定定望着她，语调却十分自然，“我跟他说你暂时没有监护人，但已经是个有主见的大姑娘了，可以自己找主治医生咨询之后做出决定。你觉得呢？”

步薇清澈明亮、形状微长的眼睛落在韩小梅脸上，看了好一会儿，似乎有些放下心来，说：“嗯……我自己可以吗？”

“如果不行的话，我只能让局里尝试去通知你其他亲属了。你父母生前有其他联系人吗？姑舅表亲也可以。”

果然不出意料，一听这话，步薇就立刻放下画册：“姐姐，那我还是自己去吧，我自己可以的。医生是不是在办公室里？”

韩小梅点点头笑了一下。

不知道为什么，也许是心理作用，明明前两天还是个令人心生怜爱、可以自然相处的小姑娘，突然间却仿佛发生了语言难以形容的变化，一举一动都能抽走病房内原本就很稀薄的氧气，让人加倍难以呼吸起来。

“就是平常查房的那个医生，你认识的，姓李。”韩小梅望着步薇走出病房，突然又补了一句，“你过去后直接找他就可以。”

少女回过头，向韩小梅认真地道了声谢，推门出去了。

咔嗒。

韩小梅维持着那个动作，整个人定在原地。

三秒钟后，突然就像接通了某个开关一样，她疾步上前把门打开一条缝，探出头，确定步薇正向走廊尽头的护士站走。然后她立刻关好病房门，拉起门框玻璃上的布帘，转身扑向被锁住的床头柜，从警服裤子口袋摸出两根发卡，对着锁眼捅进去咔咔绞了几下。

咔嗒轻响，锁芯弹开。

床头柜里静静放着步薇的红色书包。

韩小梅的每下心跳都狠狠牵扯着嗓子眼里的肉，她一边不断回头注意病房门口的动静，一边颤抖着手拉开包链翻了几下，未几，终于摸到了严峫交代她要找的东西——一串房门钥匙。

“李医生有个手术，大概要到下班才能回来，你找他有事吗？”

护士站里人来人往，步薇还穿着白色碎花睡裙，双手礼貌地交叠在身前，闻言，脸上表情似乎突然变了下。

“是有什么问题要问医生吗？”护士长关切地望着她，“要不我给你打个电话？”

“……”步薇向后退了半步，但那也仅仅是半步而已。紧接着她像是控制住了情绪，脸上微微笑开来，对护士长点了点头：“没什么事，谢谢姐姐，那我等明天再说吧！”

“哎，你……”

护士长还想问什么，少女已经转过身，快步穿过走廊。她来到病房门前，伸手毫不迟疑地用力推开门，力道之大甚至令门板在空气中发出一声——呼！

一道挺拔、消瘦而安静的身影背对着她，坐在病床前的扶手椅上，将手中画册轻轻翻过一页。

步薇的瞳孔突然扩大了。

“你好，我是建宁市局的陆成江顾问。”江停合上画册，回过头，“希望你配合回答几个问题。”

江停的目光与少女隔空对视，这个从下往上的侧面角度，让他们彼此眼底都映出了与对方最神似的半边轮廓。明明是盛夏时节，空气却似乎凝结成了最刺人的冰碴儿，从尾椎骨一寸寸顺着脊椎爬到后脑。

步薇的呼吸变得有点急促，江停却仿佛毫无觉察，望着她向病床微微偏头示意，说：“坐。”

与此同时，医院楼下。

韩小梅狂奔下台阶，气喘吁吁地扶着膝盖，刚抬头左右张望，一辆辉腾从人群中无声无息地停在了她的面前。

副驾驶车窗降下，露出了严峫冷峻的脸：“上车。”

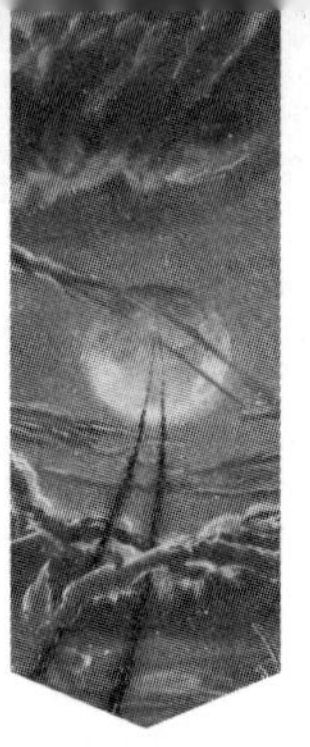

第 39 章

步薇就像河底摇曳的白色水藻，半晌，终于举步踏进病房，反手关上门，走到病床前，直挺挺地坐了下来。

这个角度让她和江停彼此平视，面对着面——仿佛冥冥中某个诅咒被无声无息解除，终于挣脱了那个自下而上侧对的角度。

她问："您想让我回答什么？"

"虽然是前天晚上发生的，不过我想警察还没来得及告诉你。"江停顿了顿，说，"汪兴业死了。"

步薇脸色空白，像是白板上还没来得及想好填什么情绪，好几秒后才迟钝地慢慢浮现出惊讶、意外和一丝害怕："……什……什么？"

"从恭州某个小区居民楼上摔下来，第二天清晨才发现尸体，警察目前初步认定是畏罪自杀。"

江停上半身深深倚在扶手椅靠背上，姿态自然从容，和少女僵硬到有些刻意的挺直坐姿截然相反。过了半天，步薇才好似勉强消化掉了这个称不上悲伤的噩耗，发着抖沙哑道："……太突然了，我没想到……"

"真的？"

步薇声音顿住，看着江停，后者在她的视线中又重复了一遍："真的没想到？"

"……我不明白您是什么意思。"

"我以为你早就预料到了汪兴业会死，当你在严峫面前说出'绑架犯是我叔叔'这句话的时候。"江停慢慢地道，"或者更早，当你听到严峫他们私下商量说申晓奇苏醒过来的概率其实很大，因此决定抢先一步，把汪兴业抛出来转移视线时……"

"我不明白您在说什么？"步薇有点尖锐的声音打断了江停，"是绑匪胁迫我把申晓奇推下去的，我据实交代有什么不对？"

“没什么不对。”

“……”

“但唯一能证明这点的汪兴业死了。”江停眼底浮现出笑意来，尽管那笑意中完全没有友善和亲切，“也就是说，现在没人能证明你是被胁迫杀人，还是积极配合，或者是协同从犯，甚至……从一开始就积极主动地，要求杀死申晓奇。”

步薇的表情有点怪异，像凶狠瞪视和柔弱无辜这两种相反的表情里外渗透、交错混合，以至于开口时声音都有点扭曲：“警官叔叔，我只是个穷学生，有哪里得罪过你吗？”

“别多想，刑侦角度的正常逻辑推测而已。”江停的表现平淡多了，“对了，可能他们忘了告诉你，你不是第一名受害者。我们在汪兴业某个窝藏据点里发现了一本笔记，确切说是档案，上面记载了前两名少女滕文艳和李雨欣，你听说过这两个名字吗？”

步薇警惕地摇了摇头：“……不知道。”

“我想你大概也不知道。滕文艳是汪兴业五年前在陵州市发现的，两年前的七月中旬，她和另一名叫王锐的少年一同被绑架杀害；李雨欣是汪兴业四年前在江阳县发现的，去年七月中旬，她和另一名叫贺良的同学被绑架，随后贺良被杀，李雨欣得了严重的创伤后应激障碍。说起来也挺有规律可循，你们都是被收养了三年后才遇到这种事情，感觉三年就像是某种新鲜感消磨殆尽的保质期一样，保质期一过，就没价值了。”

说着，江停似乎感觉很有意思，望着步薇微微一笑。

但步薇白嫩的脸在得知还有其他两个女孩子存在时陡然变得十分难看，随着江停的最后几句话，甚至变得隐隐有些发青。

“噢，对，滕文艳是陵州市的一个洗头小妹，李雨欣则是随着吸毒生母出去‘应酬’的县城丫头。”江停眼底的微笑越发有深意起来，“所以你看，没什么好难过的，至少你并不是那么……怎么说呢，独一无二。”

同一时间，疾驰的辉腾车内。

“保质期一过，就没价值了……至少你并不是那么……怎么说呢，独一无二。”

车载蓝牙同步播放出江停的声音，韩小梅疑惑地皱起眉，偷偷打量严峫好几眼，还是忍不住开口问：“严、严队？”

严峫打灯变道转向，视线紧盯着车前方，点了点头示意她说。

“那个……为什么陆顾问说滕文艳和李雨欣都被收养了三年呢？您在汪兴业

家发现的笔记本里不是那么写的啊？”

严岈说：“瓦解对方的心理防线。”

“啊？”

“步薇的处变不惊源于她内心深处某股底气，虽然我们不知道来源是什么，但肯定跟她这个人的某种特性有关。你陆顾问刻意歪曲对前两个受害人的描述，对步薇身上的各种独特性进行全方位的模糊化、统一化，是一种针对她心理防线的釜底抽薪的手法。”

似懂非懂的韩小梅强行把这番话记在脑子里，反复琢磨着。

确实，步薇身上有种与年龄极不相符的灵巧、轻柔和楚楚可怜，这种独特的气质，在很多阅历丰富的成年女性身上都不多见。

但这些独特性在她面对江停的时候突然变得格外脆弱、难以维持，似乎无坚不摧的利器，遇到了天性中的克星。

“汪叔叔平时基本在外地，我不知道他都在做什么。”步薇视线垂落，盯着自己搁在自己大腿上的细白的手，“我不知道警察叔叔你想说什么，是要抓我吗？我能请律师吗？”

“没人要抓你，我说了只是找你配合回答问题。”江停还是那个很舒适的坐姿，左手按着大腿上的画册，右手插在裤袋里，突然话锋一转，“你知道幕后主使为什么要连续三年设计三次绑架吗？”

步薇声音轻细：“我已经告诉严警官叔叔了，我以为汪叔叔只是想要钱。”

“要钱不至于先养你们三年吧，况且凭他自己也养不起你才对。”

步薇不吱声。

阳光从她身后的玻璃窗投射进病房，即使逆着光，头发都柔软油润得像绸缎，皮肤晶莹雪白好似在微微发亮；她仅仅是穿着睡裙坐在那里，全身上下就透出了无形的精致、幽雅和芬芳。

女性不管年纪多小、天生资本多优越，这种艺术品般的芬芳都不可能完全源于先天，后天还得有无数财力花在人眼看不见的细节上才行。

“汪兴业只是个掮客，”江停淡淡道，“他背后还有一名幕后主使，一个真正享受编写剧本、演绎剧情，并且只有绑架案才能满足其内心欲望的人；你是他的演员，但不是唯一的那个。”

步薇直挺挺坐在病床边，脊椎仿佛有根棍子撑着：“……我不知道你说的幕后主使是谁。”

也许是空气太过凝滞，也可能在这种僵持下江停过分舒展的姿态刺激到了她。几秒钟后，步薇终于忍不住再次挑衅般抬起头：“但就算绑架案只是场戏，难道还真有所谓‘唯一的’演员？”

“当然有了。”江停态度还是很平淡，仿佛完全没感觉到少女话音里小小的针刺，“不过事情都到了这一步，你还用得着跟我装什么都不知道吗，小姑娘？”

“……”

江停一只手把刚才那本名为《星空美术》的画册轻轻丢到了床头柜上：“你平时钻研天文挺刻苦的吧。”

那本画册是步薇的，随着书籍边角跟床头柜撞击发出咚的一声，少女的心也突然向深渊中狠狠一坠。

“我就不一样，我最讨厌星象、星座这种既不实际又没道理的东西。如果有人敢拿这些玄乎其神的学问来跟我卖弄，基本都只会遭遇冷落，甚至被置之不理。”江停微笑道，“看，这就是我跟你的区别。”

某居民区楼下，辉腾急速停止，严峫戴着耳麦跨下车，突然脚步顿住。

韩小梅和马翔见状都停在他身后，两人焦灼的目光集中在严峫身上。只见他一只手按着同步监听耳麦，半晌才狐疑地喃喃道：“……星象？”

病房弥漫着令人窒息的消毒水味，天花板与墙壁一色惨白，反射出大片朦胧又没有温度的光。

如果说刚才步薇的表情还只是不好看，现在就足以称之为冰冷和阴沉了。不知过了多久，她才像生锈的机械突然被赋予生命般，“咔”地一扭脖颈，森森地盯着江停：“所以呢？”

“……”

“所以你现在想干什么，陆、顾、问？”

江停从最开始就插在裤袋里的右手终于拿了出来，手指间竟然捏着一个微型同步监听器。他随便找了支笔，笔尖咔嚓一撬，就把监听器后面的机盖打开了，紧接着卸下了电池，往步薇面前一晃。

数公里外，耳麦中声音突然消失，严峫蓦地愣住，随即手机传来新消息的振动。

消息来自江停：“没电了。”

“……”严峫心中惊疑不定，犹豫两秒后输入：“我立刻让人赶去医院？”

对话框显示正在输入，持续片刻后消失，然后又出现正在输入。

随之而来的江停的回复却只有一个字：“好。”

“离警察赶到大概还有半个小时。”病房里江停收起手机，随便放回裤袋，“想聊聊吗，小姑娘？”

总是温水一样柔婉的步薇突然冷硬地迸出了一句：“你是不是不知道我叫什么名字？”

“知道啊。”

“那为什么总是叫我小姑娘？”

江停备觉有趣地望了她一眼：“因为名字是人作为独立个体的代号，具有特殊的寓意、希冀，以及独一性，而你明显只是个批量生产的提线木偶而已。你不是第一个，也不是最后一个，这世间不会因为你的离去而出现任何缺憾，对我来说不过是少了个影子。所以你叫什么名字，又跟我有什么关系呢？”

步薇搁在大腿上的手突然握紧，手背青筋倏地暴出！

“我们来猜猜好了。”江停似乎没看见她闪烁着冰冷火焰的眼睛，懒懒散散地道，“你是三年前遇到那个人的，是不是？”

步薇略扬起头，满脸“我倒要看看你知道多少”的神情。

“你从小父母吸毒，因而家徒四壁、生活窘迫，可能还经常因为各种小事而挨打。十三四岁的时候，父母双双毒驾去世，本来就不太幸福的童年更是雪上加霜，你可能被送进了福利院，或者是寄人篱下，不管哪种经历都足以让一个孩子过早地尝尽世间冷暖。你以为这种绝望又不公平的生活会一直延续到成年，却没想到很快迎来了做梦都想不到的转机——十五岁那年，你遇见了一个成年男人，非常有钱、有礼貌，可能还有点所谓的绅士风度，让你过上了童话故事中小公主般的生活。

“自然而然地，当你情窦初开时，你爱上了他。”

江停风度翩翩，搭在两侧扶手上的掌心往外一摊。

而步薇贝齿紧紧咬着下唇，十指痉挛地绞在一起。

“过人的美貌，过度的早慧，童年时期的各种家庭阴影，以及对残忍、暴力、犯罪、权势等负面事物的盲目崇拜，这些因素造就了你极度敏感偏激的性格。所以当你发现自己只是个影子的时候——当时你可能都没想到自己并不是唯一的影子——与其深陷于自艾自怜，变成可怜兮兮的废物，不如主动抓住命运反戈一击，于是你找上了范正元。”

江停上半身微微向前倾，盯着步薇颤动的眼珠：“如果你再大一些的话，可能会接触到更多难以对付的精英杀手，他们冷血、残酷、出价昂贵，同时也训练有素。但你到底还是太小了，你这个年纪，这个身份，范正元已经是你能接触到的上限了，尽管在我们成年人眼里他拙劣得不堪一击，事情败露也不出意料。”

“……那又怎么样？”步薇也不由自主地向前倾，迫使自己强硬地顶着江停的注视，“事情败露只是我运气不好而已啊，我下次吸取教训，会进步的，陆——叔——叔。”

江停对她的称呼不以为意：“一次胆大妄为就够你被惩戒了，哪里来的下次？”

“什么惩戒？我根本不知道你说的是什——”

“你知道的，小丫头。”江停向后靠上扶手椅背，表情波澜不兴，“否则为什么滕文艳和李雨欣这两起绑架都发生在七月中，只有你是六月末？”

步薇不明所以，但她毕竟是个心思敏锐、智商极高的女孩子，江停的话让她本能地感觉到了一些非常不好的东西。

“……六月末又怎么样？”

“所谓的仪式，或者说那个人对你们这些小女孩的考验，只会发生在每年七月中。因为这一切纪念的都是很多年前七月中旬的某一天，故事从八点零九分太阳落山的那一刻开始。

“你以为只要完美复制当年发生的每个细节、每场对话，就能通过这场考验，从可怜的影子变成正主？不，你所经历的这些不是考验而是惩罚，是每年正式剧幕拉开前，提线木偶在后台进行的一场无足轻重的彩排表演。”

江停陈述时沉稳沙哑的声音非常好听，但在步薇听来，比最恶毒的诅咒还令人惊怖：“……我不相信……”

“八点零九分。”江停戏谑道，唇边的笑容加深了，“如果放在七月仲夏，是白昼将尽、长夜开端，代表无忧无虑的少年时光被黑暗漫长的刑罚所取代。但放在六月末是什么？天已经黑了，编写这剧本的人已经走了，你真以为他会关心你为通过这场所谓的‘考验’付出了多少心血和努力？考验本来就不是为你准备的，你已经是个被放逐的棋子了。”

“我没有被放逐！不可能！”步薇霍然起身，但物理位置上的提高并没有让她占据上风，相反，恍惚间她仿佛正急速向冰冷的深渊坠下，“不要胡说八道，你又算什么？！你只不过是个……”

江停一句话就把神经质的少女钉在了原地：“那为什么自从被警方发现住院后，你就再没收到过来自那个人的任何指令？”

“……”步薇双眼瞪得大大的，脸上血色褪尽。

“他不理你了，你被抛弃了。”江停微笑望着她，似乎有一点怜悯，“这就是对替代品妄图抹杀正主的惩罚。”

破旧生锈的防盗门被推开，带着浓重灰霉味道的空气迎面扑来。

“小心点，咱们没证。”严峫拉了韩小梅一把，“马翔守在外面，回头要是搜出来什么，你回局里去补个搜查证。”

这是一套典型的老式布局住宅，进门左侧便是堆满杂物的厨房，穿过小小的玄关，进入低矮的饭厅套厕所，再穿过一道木门才是支着钢丝床的厅堂。那钢丝床差不多可供成年人蜷缩侧卧，可想而知是步薇小时候睡觉的地方；厅堂东面连接着大人的卧室，旧书桌、木板床、油漆剥落的大衣柜，墙上挂着几十年前照相馆里劣质背景的结婚照，背景颜色都已经褪光了，一对新人的脸都被水彩笔涂得乱七八糟，凌厉杂乱的笔触分明闪烁着来自孩童的恶意。

“这地方……应该是步薇小时候她父母的家吧，好像已经很长时间没人住过了。”韩小梅低头小心穿过卧室门，眯着眼睛左右张望着，“奇怪，为什么她还随身带着钥匙呢？”

严峫的声音从外屋响起：“因为她最近回来过。”

“欸？”

韩小梅循声出屋，只见严峫蹲在厅堂中的录像放映机前。

这屋里所有东西都蒙着灰，只有放映机稍微新一些，且有明显被擦拭过的痕迹。严峫打开电源，屏幕蓦然闪现出荧光，紧接着光碟匣嗡的一声，自动把上次断电前没取出的碟片退了出来。

“这是什么？”韩小梅好奇道。

严峫没有回答，而是把光碟插进放映机，戴着勘察手套按下了播放键。

老房子采光不好，屋里陈旧阴暗，只有屏幕上幽幽荧光将严峫的脸映得晦暗不清。首先出来的是劣质光碟在数字量化时产生的雪花、色彩带，随即画面闪现，倏而一清，被放大到整个屏幕的手指出现在了严峫和韩小梅眼前。

“管用吗？”屏幕里有人说。

“不太好使。”

“扣子别不住，忒费劲了……”

画面不断摇动，紧接着聚焦拉远。

背景竟然是某个公安局办公室，一个身穿浅蓝色制式衬衣、肩章领带俱全、袖口随意卷到手肘上的年轻人，正坐在宽敞的办公桌后，在镜头扫过来时敏锐地抬起头，紧接着伸手挡住了自己半边俊秀的侧脸。

“走了江队！”画面后有人喊道，“车在楼下等咱们！”

年轻人整理好案卷资料，起身拎过椅背上的警服外套。有可能是制服裤子笔挺的原因，他走起路来显得腿很长，经过镜头前时微微皱了下眉头；那瞬间洁白的脸颊，乌黑的鬓发，甚至连随着皱眉这个动作显得越发浓密的眼睫都在屏幕上清清楚楚：“先关上，开始行动再拍。”

韩小梅张着嘴，已经说不出话来了，踉跄跌坐在沙发上。

而严峫直勾勾地盯着屏幕，紧咬牙关，就像只要稍微开口，剧烈搏动的心便会从喉咙里跳出来一样——

这录像是当年恭州支队的某个执法记录仪拍下的。

步薇曾躲在这破旧的老房子里，一遍遍观看模仿更年轻时候的各种动作和神态的江停！

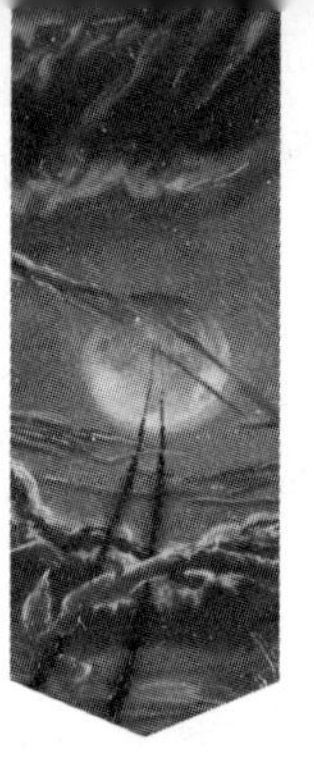

第40章

“好的，严哥，是是……我们已经在去医院的路上了，到了给你打电话。”

高盼青挂了电话，涂着“建宁公安”标志的车一个急转，向医院方向疾驰而去。

“我不相信你的鬼话……”病房里，步薇全身上下止不住地发抖，尽管她自己都没意识到，“这不是什么惩罚，我才是被寄予厚望的，我才是……”

江停却轻轻地摇了摇头：“对你寄予厚望的是汪兴业吧。”

“才不——”

“你和汪兴业都以为这场仪式的最终目的是挑选出最后的替代品，但其实你们都误会了。他只想设计出一个百分之百完全复原当年的场景，然后把你们这样的孩子放到这个境地里去，看你们在绝境下遇到各种选择时，会不会做出跟当年一样的反应。”江停沉默了会儿，突然问，“你让申晓奇对你发那个誓了吗？”

黑暗天空倾覆，凤凰树如火焰般熊熊燃烧。面临生死之际，少年撕心裂肺的痛哭言犹在耳：“要是我们活着出去，我一定会报答你的！”

“我这辈子一定会报答你，会好好保护你！”

……

步薇胸口起伏，缓缓点了点头。

江停说：“但很多年前，这句誓言是说给我听的。”

虽然早就知道这个事实，但亲耳听见的时候，少女的手指还是止不住地狠狠拧了下，骨节发出清脆的咯吱声。

“绑架，勒索，血衣，逃亡，绝境中的保护和宣誓，双双濒临死亡直到得救……汪兴业应该把他能打听到的全告诉你了。那家伙大概以为，如果你顺利通过‘考验’，他也能跟着鸡犬升天。”江停嘲弄般一笑，说，“但可惜，有一个细节汪兴业至死也打听不出来，因为那个人绝不肯让别人知道。”

“……”

江停在步薇直勾勾的瞪视中轻轻道：“是背叛。”

少女美丽的眼瞳里夹杂着难以掩饰的错愕和怀疑。

不就是那瓶矿泉水吗？她心想。

“不，不是。当年绑架的所有细节都被完美复制了，除了矿泉水，因为从来就没有过这瓶水。

“是救援最终到来的时候，他为了率先抓住登山绳，把我往外推了一把。”

带着消毒水味的空气仿佛变成了某种液体，黏稠冰冷地爬过鼻腔、呼吸道，乃至每个肺泡。

“其实本来我已经忘了这个细节，直到现场勘察的警察告诉我发现了一个空矿泉水瓶，只验出了申晓奇一个人的DNA。那瞬间我突然意识到，原来二十多年过去了，那一推的力道至今没有消失，反而随着岁月流逝越来越狠、越来越痛，让他甚至不想再回头审视自己的懦弱和背叛，只能臆造出一瓶从未出现过的矿泉水，来勉强充作背叛意象的替代品。”

江停终于坐直起来，十指交叉撑在下巴上，饶有兴味地打量步薇：“就像你是我的替代品，一块遮羞布而已。

“你只能做你自己，永远都无法取代任何人，哪怕那个人死了也一样。”

步薇的脸色像是她已经死了，肤色僵冷苍灰，连胸口都没有起伏。

江停看了眼时间，口气仿佛很惋惜：“我要是你就乖乖在这里待着等警察赶到，好好配合调查，争取个从轻判处，毕竟你已经被抛弃，出去也孤立无援，不会再找到他了。”

他撑在扶手上，似乎要站起身。但就在那时候，突然面前投下一片阴影，紧接着步薇的声音就阴冷而清脆地在头顶响了起来：“你也想让我在这里等警察吗？”

江停唇角闪过不易察觉的弧度，抬起眼皮。

两人近距离对视着，步薇抬起手，指尖从江停脸侧一抚而过，随即低头在他耳边轻声说：“你确实知道很多，可我也知道一些关于你的事……是不是，538号病床醒来的‘陆’叔叔？”

医院走廊上，几名便衣突然强行挤出人群，在众人纷纷侧目中直奔病房，

嘭地推开了门！

下一秒高盼青顿住了。

周遭空空荡荡，病床上被褥摊开，吊瓶兀自悬挂在半空中——没人。

那名美貌惊人的少女已经消失得干干净净，仿佛从来没存在过一般。

“她跑了？”居民楼下，严峫挂着车把手，动作骤然停住。

“嗯。”江停坐在医院茶水间里，一只手拿着电话，另一只手闲适地捂着掌心半杯温水，“她突然开始尖叫大闹，脱光衣服，我只能立刻从病房里退出去找护士……就那几秒钟的工夫，是我的疏忽。”

对面久久无声，只有隐约的呼吸。

“知道了。”严峫的声音再次响起，微微有些发冷，“我们在步薇旧家发现了一些线索，现在立刻通知局里实施抓捕，你在医院别走，等我消息。”

通话中断。

江停将手机搁在茶水间桌面上，然后从手里那半杯浓盐水里拿出了电池，放到自来水下冲掉盐分。他抽了张纸巾，把外侧水迹擦得一干二净，这才从容不迫又一丝不苟地把电池装回了同步监听器里。

建宁市局刑侦支队，警察们纷纷起身，严峫的吼声由远而近：“立刻加派人手去文艺路私立医院保护申晓奇，另外还有长途汽车站、地铁站、高铁动车站，治安大队巡特联防，各大商场广播和周边交通监控全都调出来！”

“一个长得显眼又穿着睡裙的小姑娘跑不远，医院附近肯定有目击者，立刻散出人手去给我摸排！”严峫站在大办公室中央，声音和表情都阴沉得仿佛能一把拧出水，“步薇很可能是要去见一名非常危险、配备保镖和火力的犯罪分子，即连环绑架案的主谋。所有外勤探员必须申请配枪，发现目标后立刻用无线电联系请求支援，绝不允许擅自行动，切记！”

无数急匆匆的脚步奔出走廊，严峫转身出了办公室，摸出手机快速给高盼青发了个微信：“陆顾问在哪里？”

少顷，手机嗡地一振，高盼青的回复来了。严峫还没来得及点开，突然脚步顿住，抬起头，险些撞上了前面的人：“哦，吕局——”

吕局摆手示意没事，缓缓道：“你从步薇家搜出来的光碟我看了。”

严峫表面毫无异状，实际心里却非常意外。

像这种暂时算不上物证的线索性物品，提回局里后只要在行动备案里记一笔，然后存放在刑侦支队就行了。支队内部的管理其实不那么严格，有时可能就往主办刑警的抽屉里一丢，到案件侦破写结案报告时才会急急忙忙找出来。

那么吕局怎么会特意去看那张光碟？他都不该知道这张光碟的存在。

难道他一直在关注这起案件的所有行动记载？

吕局那张脸总是圆乎乎的，不温不火，眼睛本来就不大，上年纪后越发小了，虽小却很聚光，往严峫身上一扫，问：“你现在对这件事是什么看法？”

严峫反应过来：“哦，我暂时还想不明白步薇这个小姑娘……”

吕局一只手端着飘出热气的大茶缸，另一只手背在身后，慢悠悠道：“哪儿想不明白？”

严峫开口就打了个磕绊：“就是……谁把执法记录拿给她的？为什么她要看已经死了的恭州缉毒支队长江停？难道她跟江支队之间有什么亲戚关系？我想是不是等抓到步薇后，再从这方面入手深挖一下……”

严峫从不知道自己信口胡说八道的本事这么过硬，真真假假，掺得他自己都差点儿信了。只见吕局边听边点头，似乎还挺认真，伸手扶了扶快滑下鼻梁的老花镜。

“总共就这么多，其他的暂时也没什么想法。”严峫吸了口气，又说，“至于步薇到底是被害人、从犯甚至是主谋之一，现在暂时还不好下定论，只有等范正元家那笔现金的指纹和笔迹鉴定结果出来再说了。”

吕局颔首不语，似乎在整理琢磨严峫的思路，未几又点了点头：“很好，很老练。”

严峫谦虚谨慎地笑笑。

“我本来担心你为汪兴业坠楼的事赌气，在恭州一通横冲直撞，到时候得罪了人，还得我或者老魏去亲自捞你出来，所以通话的时候本想提醒你两句。但当时用的是齐思浩的手机，所以我不好多说。如果我估计得不错的话，汪兴业应该是被灭口的，只是因为那栋楼701室的事情，因此恭州方面不好继续往下查。”

严峫则眨着眼睛，适当地做出惊愕之情：“什么701室？”

吕局喝着枸杞菊花茶，从大茶缸沿抬起层层叠叠的眼皮：“秦川知道点儿，他没跟你提过？”

“秦川？”严峫疑道。

吕局似乎意识到什么，摆了摆手：“禁毒口的风言风语，说是三年前恭州缉毒行动现场爆炸后，上面成立了个专案组，结果查出贩毒集团的一道电子指令是从那个小区居民楼的701室发出去的。后来专案组全面侦查这个小区，却发现跟上面很多人有联系，尤其从 701 室搜集来的各种痕迹物证中，还发现了一枚印在门框内侧的指纹，属于当时的恭州禁毒支队长江停。”

仿佛一道闪电从脊椎打进五脏六腑，严峫霎时呆愣住了：“……江停？”

那天在恭州高架桥下的马路上，江停手里夹着根烟，视线自然垂落在半空中：“如果再把监控时间拉远了查的话，小区内竟然还出入过好几位大佬级别的前辈，甚至包括当时刚退下来的恭州副市长——岳广平……”

他没有提起 701 室内的那枚指纹。

是他不知道专案组已经查到了那里，还是他根本从一开始就打算隐瞒自己进出过 701 室的事实？！

“嗯，再往下查就乱套了，所以最后放弃了这条线索。”吕局喝着枸杞茶，突然发现了什么，狐疑地打量严峫，“你怎么了？”

“……”

严峫表情止不住地有些难看，吕局举手在他眼前晃了晃：“你没事吧？怎么提起江停支队长，你就跟丢了魂似的？”

严峫一个激灵回过神来，掩饰地揉了揉鼻根：“没什么，就是有点累了，一时没反应过来……”

吕局疑惑地点点头，算是接受了这个解释：“总之汪兴业的事情暂时被定性为畏罪自杀，但所有线索和案卷都被存档了，如果以后有契机，还是要彻底翻出来调查的。步薇这个小姑娘非常重要，等抓住她之后一定要彻底挖出所有口供，我有预感，她在这一连串案件里面扮演着非常重要的角色，甚至有可能，跟绑架和贩毒的团伙有某种不为人知的联系。”

他在说，严峫在“嗯嗯”地听着。

“我们干公安工作的，身体是革命的本钱。即便仗着自己年轻力壮，也不能提前透支了以后几十年的资本。”吕局思忖片刻，又叮嘱，“等这个案子移送后你跟几个主办探员都休息休息，好好把这一身的伤也养彻底，啊。”

严峫勉强笑了笑。

吕局一只手端茶缸，另一只手背在身后，慢悠悠地转出刑侦支队，向他自己的办公室走去。

严峫落后几步才跟出去，只见远处走廊尽头，有一道熟悉的身影正略微焦灼地等在那里，见到吕局后快步迎了上去。

那是秦川。

严峫内心生出一丝本能的怀疑，但没多想什么，边快步从另一侧走道下楼梯边摸出手机，只见刚才来自高盼青的未读消息是："我们正调取医院监控，刚才好像看见陆顾问在病房茶水间。严哥有什么吩咐？"

严峫调出高盼青的号码，按下了拨出键。

江停的指纹出现在公寓楼 701 室。

根据铆钉收到的毒贩情报反向定位，可得出红心 Q 的指令曾经从公寓楼 701 室发出。

这中间看似诡谲复杂、实际上又简单粗暴的逻辑关系，就像一条咝咝作响的毒蛇，在严峫貌似冷静的外表下，一圈圈缠紧了他的五脏六腑。

"严队。"

"严队还没走啊。"

"严队……"

一路上很多人向他打招呼，严峫沉着地颔首致意，从表情上看不出丝毫端倪。

"喂，严哥？"这时电话终于被接了起来，高盼青在喧杂忙碌的背景中大声道，"刚才我们在医院这里看监控，暂时没有突破性发现，市局那边有没有查出步薇的线索？我们接下来是……"

"把陆顾问带过来。"

高盼青以为自己没听清："什么？"

"我在市局对面等你。"严峫一个字一个字地重复道，"别告诉别人，你亲自把陆顾问给我带过来。"

第 41 章

严峫没有等很久，一辆警车从远处驰来，唰地停在他身侧。

高盼青最大的好处就是忠实地、抠着字眼地执行严峫的每条指令，严峫叫他“亲自”带来，他就真的自己一个人载着江停来了，车还没停稳就降下车窗：“严哥，我刚才听台子里说红星路地铁站附近有个公共电话亭，发现疑似步薇的小姑娘在那儿打了几个电话，那我们现在是不是……”

哗啦！严峫用力拉开车门，拽着江停的手臂把他拉下了车，转手塞进自己开的那辆辉腾里。

“你们先去探探情况，重点巡查申晓奇的医院、学校，步薇平时自己住的地方、她那几个好朋友家。”严峫的吩咐简洁明了，“一旦发现线索，随时电台联络，不要擅自行动。”

高盼青应了一声：“是！”还没全落地，就只见辉腾轰然远去，原地只留下一片袅袅的尾烟。

江停没来得及扣上安全带，就被车辆启动时的惯性推得向后一仰。随即只见严峫目视前方，左手把方向盘，右手却伸过来探进了他裤袋里，准确地摸出那个同步监听器，长按打开。

小小的指示灯闪烁几下，重归沉寂。

浓盐水浸泡过的电池确实是耗光了。

江停这才咔嗒扣好安全带，揉了揉自己因为暴力拖曳而有些发僵的肩并语调波澜不惊：“怎么了？”

“步薇在哪里？”严峫不答反问。

江停说：“我又不是步薇，我怎么知……”话音未落，整个人猝然前倾，是严峫猛地靠边踩下了刹车！

嘀嘀——后车按着愤怒的喇叭扬长而去，但严峫似乎没听见般，平静地转向副驾驶：“步薇在哪里？”

傍晚六点半，夕阳渐渐西斜，将半侧苍穹染成橘红。下班、放学的洪流冲刷着城市中心，深色车膜隔绝了任何窥视，但从车内仍然能清楚地看见外界。

背书包的学生、步伐匆匆的主妇、手拉手的情侣从人行道经过，向这辆看似普通却格外宽敞的黑色大众投来好奇的目光。

江停垂下视线，少顷，抬头反问：“你不会以为我把那小姑娘藏起来了吧？”

严峫脸上的情绪看不出丝毫喜怒，但每个字音都充满了压迫性的力量：“你是故意的。你不想让她对警方说出更多事情，所以设计好了——你就是要放她走。”

手机在杂物匣里不断振动，各方各界的情况实报不断传来：交警、巡特警、治安大队、市局视侦……但没有任何突破性的确定消息。茫茫人海中布下了无数张大网，然而那穿着白色碎花睡裙的小姑娘就像一尾小鱼，转瞬就消失不见了。

所有人都焦灼忙碌，所有人都在找她。

没人注意到城市角落里这场剑拔弩张的对峙。

“你想让我怎么办呢，严峫？”江停终于摊开掌心，仿佛有一点无奈，“步薇知道我是谁，也知道自己是什么身份。就算放她走，她也不可能再激起任何风浪，因为对黑桃 K 来说这已经是个弃子了；但如果把她交给警察，你知道她会说出多少不知真假也没法验证的谎话？换作你是我，你会怎么做？”

严峫每个字都像是淬了冰：“所以你把她交给黑桃 K 去灭口？”

“不会。”江停断然道，“从她落到警方手里那一刻起，黑桃 K 就从她的世界中完全、彻底地消失，再也不会出现了。当然步薇本人可能还没发现这一点，所以她刚刚才会在地铁站附近打那几个注定不会有人接听的电话。”

严峫的眼眯了一下，似乎在极其苛刻严厉地衡量他这话有多少真实性，半晌缓缓道：“为什么你这么了解黑桃 K？”

江停刚开口发声，突然严峫竖起食指，那是个简洁有力的噤声指令。

“还记得我们在胡伟胜家天台上遭遇黑桃 K 的那次吗？”

“……”

“你把那个叫阿杰的杀手撞进楼道后，我爬上天台，看见黑桃 K 持枪跟进了楼道。事后在医院里，我告诉你我看到了一幕无法解释的场景，但你当时只关心我有没有看到黑桃 K 的脸，却没问那场景是什么。”

严岘略微探身，这么近的距离，两人都只能盯着对方的眼珠。

“那场景是什么呢？”江停不动声色地道。

严岘伸出右手，慢慢解开江停衬衣的第二、三颗纽扣，然后拉下一侧衣襟，露出了消瘦板直的肩膀：“你摔下楼梯时，左手的脱臼不是事后去医院处理的。”

他顿了顿说：“是黑桃 K 给你接上的。”

江停面色似有变化，抬手想制止严岘，但刚一有动作就被按了回去。

“从在江阳县审问李雨欣开始，你就知道那几个‘行刑者’只是你的替代品。而后来你对我说，站在黑桃 K 的角度来看，你不是背叛了整个组织，而是背叛了他这个人——这点也完全是在撒谎。事实是在他看来，他背叛了你。

“那么你跟黑桃 K 这个人，乃至这个贩毒集团，又到底是什么关系呢？”严岘拇指摁着江停肩窝上那颗红痣，直视着江停的眼睛，“……进出过红心 Q 待过的 701 室，甚至在门框内侧留下过指纹的江、队、长？”

江停眼底突然闪过一丝惊疑，不顾阻拦强行抓住了严岘的手腕：“你说什么指纹？”

“……”

“谁跟你说我进出过 701 室？”

江停怀疑的表情不似作假，但严岘还没回答，突然无线电响了：“全体注意全体注意，视侦确定在东坪地铁站附近发现目标。重复一遍，视侦确定在东坪地铁站附近发现目标！”

严岘断然抽回手，抓起无线电：“我现在就过去。”紧接着拉手刹踩下油门。

但紧接着，他的手再次被江停一把抓住了：“来不及的，她明显是打完电话以后就坐地铁转乘了！”

江停上半身向前探，这个动作让他和严岘凝视彼此，空气在僵持中发生着微妙的变化。他没有放手，而严岘也没有丝毫妥协的迹象。就这么默不作声了几十秒，江停终于抬头长长呼了口气：“从红星路地铁站到东坪地铁站往下沿线，底站名叫三里河，附近有个叫嘉园的社会儿童福利院。步薇从父母去世到被汪兴业找到，中间有一段过渡期，应该就是在这家福利院度过的，那里也是她第一次遇到黑桃 K 的地方。”

严岘磐石般冰冷坚硬的面部轮廓终于动了动，但并未减少分毫怀疑：“你怎么知道？”

“……因为当年我也是这么遇到黑桃 K 的。”

夕阳从车前窗照射进来，江停半边侧脸几乎在光芒里，另外半边却是冷峻幽蓝的昏暗，迎着严峫的注视笑了笑，尽管那意思有点自嘲：“不用怀疑。都到这一步了，如果我还敢继续隐瞒你，是等不及你把恭州警方找上门吗？”

嘉园社会儿童福利院是个连百度地图都搜不出来的地方，因为它地处市郊，实在是太远、太偏僻了。从建宁市中心沿三号线经过城乡接合部，到底站三里河再往下，这个门面斑驳生锈的福利院隐藏在菜市场的边边角角里；傍晚收摊的小菜贩们留下满地烂菜叶、水果皮、鸡鸭屎毛，挎着菜篮的人流也纷纷散去，然后才能显出角落中不显眼的铁栅栏。

褪了色的“嘉园福利院”五个字和拙劣的动物图画印在招牌上，映着最后一抹夕阳的余晖，无限破败苍凉。

“来过，来过。”门卫老头眯起眼睛，指着严峫手机里步薇的二寸免冠照，含混不清地说，“刚才还没收摊的时候，看这个小姑娘远远走过去，还往门里看了好几眼。她有没有在这院里待过？那我可不知道，这福利院里头的房子早租出去了，就留个门面儿还在。”

严峫一时没控制住，声音都变了调：“吃国家财政支出的福利院把房子都私下租出去了？那院里的小孩呢？”

门卫浑浊的老眼往严峫身上一瞥，警惕地向后缩了缩：“小孩？我平常可不接触小孩儿。”

严峫还想说什么，一只手从身后抓住了他的肩膀，用力把他向后带去，随即只听江停轻声在他耳边道：“别问了。”

严峫没理他，用力呼吸了口臭鱼烂虾味的空气，才勉强平息快要沸腾的情绪，转身摸出手机：“喂，老高，通知三里河辖区交警大队，给我调取嘉园路菜市场一带的监控录像，步薇半个小时到一个小时前来过这里！”

老高虽然迟严峫半步，但现在也赶到三里河派出所了，因此现场配合工作非常迅速，不多时就把电话打了回来：“严哥，你们现在是不是在嘉园路附近？”

“怎么，有消息？”

“步薇的手机刚开机了，微信刷出去十几块钱，收款方是个开黑车的。我们这边已经让交警拦住了那个司机，他说确实载过这么个小姑娘，十分钟前在三里河坝靠近和旭路大桥边下的车。”

严峫一踩油门：“让技侦老黄继续定位步薇的手机，我这就过去！”

晚上八点，西山垂暮。

河岸两侧原本是工业用地，现在很多工厂因为污染排放超标被治理了，废弃的厂房围墙半塌着，大片空地荒草丛生。严峫远离河堤边的马路，专拣偏僻荒凉的小路往下开，到和旭路桥附近时天已经快黑了；空旷的鸦青色天空笼罩着大地，河水从暮色尽头而来，轰然冲过铁桥，又向着视线尽头的平原奔涌而去。

哔！哔！

严峫骤然停车，发泄般重重拍了两下喇叭，双手深深插进头发里。

“……你这样鸣笛是没用的，”江停坐在副驾驶上，淡淡道，“万一她不想见你，听见动静跑了怎么办？”

严峫压抑的声音充满了愤怒：“那你说怎么办？！”

江停没回答，从杂物匣里拿出烟盒，抽了根烟点上，火苗在脸侧一闪即逝。

“呼……”

车厢里弥漫着尼古丁淡淡的芬芳，严峫看着他，突然意识到这是江停第一次主动抽烟。

以前江停都是看到他抽，才会开口要一支，而且在烟头慢慢燃尽前只会抽几口。

江停头深深向后仰起，吐了口烟，白雾弥漫中看不清他是什么神色，只见从鼻梁、嘴唇到下巴的线条侧对着天际最后一点光，纤瘦修长的脖颈一路延伸到衣襟里，锁骨凹陷出深青色苍冷的阴影。

“她就在附近。”突然江停低沉道。

“什么？”

话刚出口，严峫内心就有些后悔，因为他感觉到自己声音不像刚才那么冰冷强硬。但江停似乎毫无觉察，他的心思甚至好像不在这里，只偏头对严峫短促地笑了下：“跟我来。”

江停率先下车，迎着风大步走向河堤，严峫迟疑了一下，也甩上车门跟了上去。

这时太阳已经完全下山了，远处路灯一盏接着一盏，延伸向地平线尽头昏沉的暮霭。更遥远的方向，广袤天穹苍茫无际，只有长庚星闪烁着明亮的光晕。

江停夹着那根烟，每一脚都踩在柔软的荒草里。他看见虚空中小男孩的身影穿过田野，沿着相似的河堤向前奔跑，乌黑的头发在半空中飘扬，背对着他向冥冥中某个既定的前方奔去。

“我今天来晚啦！我要帮忙干好多活！”

风中传来无忧无虑的孩童声音。

“没关系。”

“我们今天玩什么呢？你想游泳吗，还是我们去摘枣子吃？”

“都可以。”

“你拉琴吗？我可以听你拉琴吗？”

……

“江停。”

“……”

“江停！”严峫一只手环抱过他的肩，几乎把他整个人强行摁在了怀里，“醒醒！”

江停脚步猛然收住，这才发现自己已经走到了河堤边缘。

脚下落差数米，河水在夜色中奔腾着冲过急弯，反射出粼粼光点。前方不远处，一个穿白裙的女孩子披散着头发坐在河堤边，面对着河水，赤裸的双脚悬在半空中。

那是步薇。

少女听见声响，转过了头，眼珠直直对着他二人，苍白的脸上突然古怪一笑：“你来干什么？不是答应放我走了吗？”

严峫看向江停——江停的脸色不比她好看多少：“你告诉我的是你会拿着钱继续南下。”

“……南下。”步薇梦呓般喃喃道，“可是我又能去哪里呢？我什么都没有了……什么都没有了。”

她坐在河堤高处，晚风猛烈，吹得头发四散，连笑声都是破碎不清的：“我打电话给他，但那个号码成了空号，他真的不要我了。难道我确实做错了什么吗？我明明一直是按照他希望的那样去要求自己的呀，难道我表现得还不够好吗？”

江停眼底渐渐浮起一丝悲凉，似乎想说什么。

但严峫握着他的手轻轻一紧，那是个阻止的暗示。

“那个姓汪的告诉我要接受‘考验’，我就把申晓奇他们引去了天纵山。我假装不知道那几个小孩幼稚的把戏——管他们干吗？我跟那些蠢货从来就不是一个世界里的人，就算他们不自作聪明，我也有办法把申晓奇勾引到山里去。可笑那小子还带着我在树林里七绕八绕，被我瞅准机会一推，就掉进坑里摔断了胳膊，我趁机把他的惨叫都录了下来……”

刹那间，严峫明白过来，怪不得申父申母接到勒索电话时，听见了申晓奇仿佛受到毒打般尖锐的惨叫声，果然就是步薇录下来交给绑匪的！

“我想尽办法才把他带到凤凰树林下……真辛苦啊。”步薇笑起来，略带自得和狡黠，“但我知道当年的剧情就是这么辛苦的，所以我也该还原这一切，因为‘他’希望看到的是重演！果然，申晓奇说他要报答我，连这句誓言都完全复制了原来的剧本，难道我做得还不够好吗？”

当年的剧情，原来的剧本。

短短几句话，突然让严峫眉梢不轻不重地一跳。

“都怪警察来得太快，都怪汪兴业带的那几个人又狠又蠢！”突然，步薇语调变得格外尖厉，“他们应该拍下行刑过程，让‘他’见证我杀死申晓奇，但那几个小喽啰竟然说时间根本不够，还说警察快要来了！匆忙中我只能把申晓奇推下山坡——只要他死，我就算顺利通过了考验，我是真正能取代你的人！”

最后几个字尖锐得简直刺耳，步薇一骨碌从又陡又窄的河堤上爬了起来，狠狠瞪着江停。

“……”江停微微摇头，张口仿佛想说什么，又不知该从何说起，半晌才苦笑一声，“可你根本不知道我是什么样的人……”

“闭嘴！我差一点就成功了，只差一点！”步薇的怒吼堪称歇斯底里，“都怪那几个杂碎懦弱胆小，闻到警察的气味就吓得魂不附体，竟然不敢带我走，甚至还把我也从山坡上推下去，想灭我的口！如果不是他们，我怎么会完不成行刑？！我怎么可能被抛弃？！”

在那咆哮声中，严峫终于明白了天纵山绑架扑朔迷离的真相。

步薇本来应该是像李雨欣那样，从黑袍蒙面人手中接过刀捅死申晓奇的。然而当时秦川已经带人搜到了凤凰树林附近，越来越近的警察让绑匪有了紧迫感，于是决定简化行刑过程，仓促中步薇只得把申晓奇推下了高处，甚至没来得及检查他是否真的已经气绝。

步薇以为她已经完成了所谓的考验，会被同伙接走送到黑桃 K 身边，却没想到那时绑匪连自己全身而退都没把握，遑论带着虚弱无比的她一起逃跑。

于是可能手下擅自做主，或许黑桃 K 给了默许甚至暗示，总之他们没有冒险从警方的眼皮子底下带走步薇，而是试图当场将她灭口，简单粗暴地将她推下了断崖。

所以，当警察终于赶到凤凰树林下的时候，步薇和申晓奇都摔在山坡底部，而绑匪其实已经利用对地形的熟悉逃之夭夭了。

江停艰涩地道："他抛弃你了，你也要抛弃你自己吗？"

河堤上没有护栏，只有石礅，每两座石礅之间连着一根铁链，如此沿着河道向前。步薇站的地方高，铁链只能拦到她小腿的位置，少女摇摇欲坠的身影在晚风中脆弱又疯狂："你闭嘴！你懂什么？！我本来就什么也没有，这世上都是些烂人！烂人！如果我不靠自己动手去赚，我就永远都什么也没有！像那些又穷又没本事、没前途的烂人一样！

"但你呢！就那么轻易夺走了本该属于我的东西！如果不是你的话我已经成功了，我已经顺利回到他身边了！"

"步薇，"严峫突然出声，"别站在那里，往里面靠近点。"

那铁链的高度根本不足以拦住她，只要步薇不小心，随时有可能摔下去。但严峫的提醒没有起到任何效果，少女眼珠一转，倏然望向严峫，挑起了一丝堪称妩媚又充满挑衅的笑容："不用你说，假惺惺，你们只是想抓我回去交差罢了。"

严峫的回答却很平静："你的人生还很长，远远没有完，还是站近点吧。"

步薇的笑容却突然扩大，弧度满溢出深深的恶意："我的人生还不算已经完了吗？"

严峫眉头一紧。

"是啊，在你们这种伪善又无用的大人眼里看来，只要没死都不算完，对吧？"步薇情绪低落下去，垂着头，从下而上死死盯着江停，"所以'他'抛弃了我，在你们眼里是不是也不算什么？所有本该属于我的东西都被你这个卑鄙小人偷走了，是不是也不算什么？"

"那些本来就……"江停颤抖道，"那些犯罪的事情，染血的钱，变态的勾当……本来就不该属于任何人……"

严峫猛然看去，惊愕地发现江停真的在发抖。

"步薇，"他张了张口，尾音夹杂着明显的战栗，"你看看我，根本不像你想象的那样好吗？别当任何人的影子，就做你自己，光明正大地活下去不好吗？你还那么年轻，甚至不知道他灌输给你的想法其实都是错的……"

江停根本无法掩饰语无伦次，只能住了口，用力掐住自己眉心，借此勉强平息情绪。

"骗子。"步薇冷冷道，"你这个骗子。"

她向外挪了半步，这下真是连脚后跟都悬空了，重心惊心动魄地向外倾斜着，严峫猝然上前两步：“步薇！”

“我已经死啦。”步薇似乎自言自语般说，“他都抛弃我了，我留在这个恶心的世界上还有什么意义？”

随即她阴恻恻地抬起头，望着严峫笑了一下，眼神分明闪烁着娇俏的恶意：“但就算这样，你们也休想抓住我。”

严峫眼眶骤然缩紧——少女裙角在半空中画出弧线，整个人向河堤下倒去！

简直比闪电还快，甚至都不是人眼能看清楚的速度了。事后不论严峫再怎么回忆，都想不通为什么自己竟然还慢了半步。

江停像离弦的箭，电光石火间，飞扑在半空中抓住了步薇的胳膊——

砰！

江停重重撞上地面，惯性让上半身滑出河堤，惊险地悬在了半空。

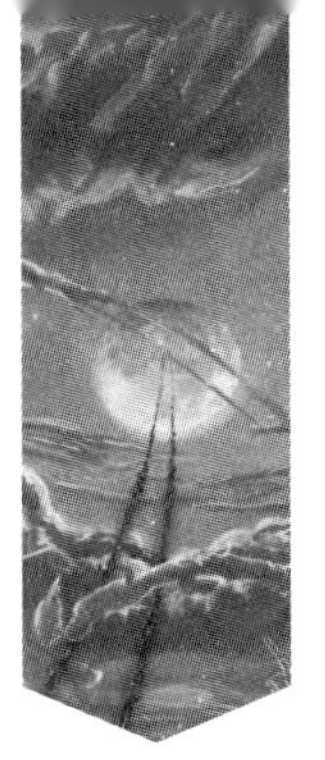

第 42 章

严峫脱口而出："小心！"

变故发生得太快了，他只来得及飞身摁上江停脚踝，同时抱住石礅，刹那间止住了江停继续往外滑的趋势。

不过眨眼工夫，本来都在河堤上的三个人就有一个半悬在了空中，所有重量都系在严峫抓着石墩的那只手上，在千钧一发的时刻，凝固了。

"我是个骗子……但只有一句话骗了你。"步薇下坠的分量让江停不堪重负，每个字音都是从牙关中费力挤出来的，"就是那句'你叫什么名字对我来说没有意义……'不是这样的。从最开始，你在我眼里就只是你自己，跟我没有关系，也不是我的影子。"

步薇扬起头，她仅有一个手肘被江停右手紧紧抓着，几十公斤的重量让江停青白的指甲深深掐进了她的皮肉里。

"黑桃 K 是骗你的，不论他跟你说过什么，那都是骗你的。你还太小了，还来不及看到真相就已经被他扭曲了很多观念，但只要你上来……"

江停感觉到自己的重心正一厘米一厘米地向外倾斜，冷汗从鬓角斜斜滑过脸颊，因为咬牙太过用力而面孔青紫："只要上来我就告诉你，步薇，这些年来发生过的所有事情，所有——"

步薇终于有了反应，风中传来她轻轻的笑声："你不如等到了下面，再一起告诉我。"

这时平衡已到了强弩之末，步薇另一只手猛地抓住江停臂膀，使出全身力气把他向下一拽！

严峫失声："住手！"

江停受力向外猛滑，刹那间严峫的心几乎停跳，大脑一片空白；等反应过来时他已经死死抓住江停脚腕，大半身体探了出去，在千分之一秒的时间内，堪堪止住了失重的势头——紧接着，步薇就像断了线的风筝，从数米高的大坝上直直摔进了河里！

扑通！

水花溅起，倒映在江停瞳孔深处。

他腰部以上已经完全悬空，河面狂风呼啸，吹得人根本无法取得平衡，甚至连河堤上凸出的石块都够不到。江停倒立着喘息两口，突然扬声吼道："严峫！放手！"

严峫咬牙大骂："你他妈……"

"放手！"江停吼声嘶哑变调，"对不起……我不是故意要隐瞒你的！"

严峫一愣，江停突然发力把他手蹬开，就在那比眨眼还仓促的空隙中，整个人随着步薇坠进了河里！

"我靠！"

严峫这句痛骂是发自肺腑的，简直比24K真金还真。他一骨碌爬起来，两下扒了长裤蹬掉鞋，脑子里什么都没有想，越过河堤，纵身向外一跃！

河水扑面而来，瞬间重重拍进耳膜。

严峫吐着气泡浮出水面，深深吸了口气，又一个猛子扎进河里，顺水奋力向前游。

还好是盛夏时节，夜晚河水并不太冷，严峫的泅游速度又非常快；不多时他便感觉到前方水流紊乱，于是加紧几步冲上前，果然伸手碰到了一个人。

那手感身形分明是江停。

严峫小时候虽然浑，但再怎么说也是首富家独子，为防止遭遇绑架这种狗血剧情，还是正经接受过潜泳、飙车、野外生存等必备技能训练的。江停游泳技术不差，但水性肯定不如严峫这种半专业人士那么好，三两下就从身后被勒住了，水花四溅中挣扎着靠了岸。

"呼……呼……"严峫湿透的衬衣紧贴在胸肌上，随着喘息剧烈起伏，强行把江停拖到河堤下一片石子滩上，捏着他的下巴就对着脸左右开弓拍了好几下。这力道不算重，但也不轻，江停忍了忍没忍住，终于喷出了咽喉里的好几口水来。

"咳咳咳……"江停伏在粗粝的石子滩上，满脸是水，狼狈不堪，被坐在他对面的严峫用力裹进了怀里。

"你疯了吗？这种水域也敢大半夜往下跳？！"

"我刚才在水里抓到她了，"江停呛咳着沙哑道，"只差一点就，只差一点就……"

严峫用力一下下拍他的背。

“她自己有笔钱，跟我说打算南下去打工。我猜她以后还要跟黑桃K联系，虽然肯定联系不上，但说不定能通过她钓出金杰和更多底下的同伙……我没想到她居然直接就……”

不知是情绪激动还是心有余悸，江停全身又湿又凉，颤抖得厉害。严峫紧紧抓住他的掌心，让他把大半重心都放在自己身上，几乎是以半抱半搂的姿态坐在河岸边，只听风裹挟着水声向河道远处咆哮而去，消失在遥远的平原尽头。

“没用，救不回来的。”严峫在他耳边简洁有力地道，“水中救援需要被救者配合，但她只想拉着你一起去死。”

江停发着抖点头，许久后才勉强渐渐平息下来。

“黑桃K，”突然江停毫无征兆地开口道，声音还是带着浸水过后的嘶哑，“他特别善于诱导这种本性中有点反社会倾向，或者心智没发展完全，容易被权力所蛊惑的年轻人。这是他天生的，从小就有这方面天赋，不仅对步薇，对我也……也……”

“我知道。”严峫沉声说，“你和黑桃K才是真正的连环绑架案第一对受害人，是不是？”

江停沉默良久，点了点头。

“哪年发生的事，也是十七八岁？”

“……不。”

严峫略低头，正对上江停的视线，只见他没什么血色的嘴角短促地笑了下：“是我十岁那年，第一次遇见黑桃K的时候。”

严峫心内略微讶异。

他能猜出这两人认识得很早，但没想到竟然那么早！

“我从小被遗弃在福利院门口，不是这个福利院，”江停无力地向远处嘉园路方向扬了扬下巴，“是外地。那年月大家生活条件普遍不好，又是穷乡僻壤，不像现在那么时兴领养小孩，我在福利院里长到十岁大，也没怎么念书，没事就漫山遍野疯跑着玩。直到有个夏天的傍晚，我在小河岸边遇到了一个看上去差不多同龄的小男孩，穿着特别考究，对着水面拉小提琴……”

初夏傍晚红霞满天，一个穿着得体的小男孩站在乡下的小河边拉小提琴。

这一幕如果交给大导演去拍，肯定会是个非常浪漫有诗意，说不定还很唯美的场景。但不知为何，可能是知道后来发生了什么，这画面竟让严峫心底感到了一丝怪诞的寒意。

“我从来没在附近乡镇上见过这个小男孩，心里就觉得很稀罕，猜测他可能是个有钱人家的小少爷。后来偷窥得多了，我发现他经常在废弃剧院里拉琴，琴声很好听，于是偷偷从福利院里溜出去，跑好几里路来到剧院，藏在二楼幕后偷听他的演奏。

“一来二去就交上朋友了——当时真以为是朋友。”江停自嘲地笑笑，“都怪我命犯太极，从小好奇心强，总管不住自己犯贱的手。”

严峫在他手背上打了一下。

“当时黑桃 K 怎么跟你介绍他自己的？”严峫问。

“十岁的小孩子，用得着什么介绍，我后来连他编出来的假名字都记不清了……应该是叫凯凯或柯柯之类的。反正当时也没想很多，有了个新朋友，每天都傻乎乎、兴高采烈地偷偷溜出去玩，偶尔福利院吃不饱饭，饿肚子的时候，他还带些零食点心之类的请我吃。”江停局促地抬手挡住自己的脸，“别看了。”

严峫却温柔而强硬地拿开了他的手，直视着那张苍白的面容：“所以在遇到绑架时，你才会尽心尽力去保护自己的小伙伴？”

江停埋下头，片刻后点了点。

“黑桃 K 不是那种白手起家的毒枭，相反，他的家庭出身集中了钱、背景和犯罪这三大要素。我也是到后来才知道，原来当时他被送到乡下就是因为家族卷进了几个大毒枭的互相倾轧，其实是来躲灾的，但没想到最终还是没逃过被绑架的命运，还捎带上了我。”

“……整个绑架过程跟步薇和申晓奇是一样的吗？”严峫低声问。

江停头埋在胸前，从严峫略高的角度，只能看见满头还在滴水的黑发，以及一小片白皙的脸颊，微微反射出远方路灯的光。

“是的。”半晌，江停艰涩地道，“当时我们被困在山谷里，他还发着高烧，我只能到处去找水，自己渴得快咳血了都不敢喝……其实也没想很多，就觉得如果我死了，应该也没什么人会在意吧。但他肯定是个有父母、有亲戚，有人爱的小少爷，跟神仙似的，如果真的只有一个人能活的话，还是他活下来比较值得吧。”

一个十岁的孩子在濒临绝境时，脑子里竟然是这样的想法。

严峫从小就糙，没细心留意过所谓的贫富落差或阶级门槛。在这一刻，二十多年前来自山沟里一个孤儿的自惭形秽和小心翼翼，却呼啸着穿越时光，重重砸在了他心头。

“申晓奇跟步薇发誓说等出去后一定报答她，这个细节跟当年是一样的，因为黑桃 K 也这么说过。可能他的原话比申晓奇还重，什么发誓这辈子永远是兄弟之类的……跟电视剧台词似的，不过过了二十多年，我也记不清了。”

江停苦笑一下，错开了对视，望着粼粼的河水。

那瞬间严峫却心有灵犀般感受到了江停在想什么——他没有记不清，相反，他一直记得很清楚。

正是因为太清楚了，所以他才更不愿意提。

“后来你们还是得救了？”严峫温声问道，“那所谓的矿泉水是……”

“什么水，根本没有那瓶水。”江停讥诮地摇摇头，“黑桃 K 所谓的背叛是隐喻另外一件事——我们被困了好几天之后，脱水高烧受伤，几乎已经到极限了，黑桃 K 他们家的伙计才终于追踪到了山谷里。那个时候我的意识已经不太清楚了，只隐约感到有人在头顶上叫‘抓住绳子’，我下意识伸出手，但黑桃 K 动作更快，突然从后面推了我一把，抢先抓住那根救援绳，我就看着他被拽了上去。”

“他们把你抛下了？！”

“这倒没有。”江停顿了顿，说，“但确实是又过了好半天，连太阳都下山了……才有人把我拉上去。”

现在说来轻描淡写，但对一个严重脱水又濒临死亡的小男孩来说，那迎来希望的喜悦和转瞬落空的绝望，以及独自等待几个小时的煎熬，是很多成年人都无法想象的。

严峫嘴唇动了动，却不知道该说什么，半晌才挤出一句：“那伙人当时……”

“不太想救我。”江停轻轻地说，“我知道。”

淡薄的月光穿过云层，映照着河水、平原，以及更远处的山川之巅。江停无声地闭了闭眼睛，再睁开时他仿佛看到一个相似的夜晚，也是同样苍冷清寂的月光，越过乡镇医院简陋的毛玻璃窗——

他躺在小小的病床上，睁开了眼睛，看见熟悉的身影逆着光站在床前，怀里抱着一小捧野果。

两个小孩都没有说话，过了好一会儿，站着的小男孩才突兀地问：“我推了你，你还记不记得？”

“……”小江停点点头。

“你恨我吗？”

江停思索片刻，摇摇头。

“为什么？”

高烧让小江停说起话来微弱嘶哑，他细声细气地说：“因为那是你的家人呀。他们先救你，也是应该的吧。”

“……”

“我又没有家人。”

小男孩终于动了。他把怀里那捧野果小心地放在病床头，然后踮起脚，附在小江停耳边，声音一字字地轻柔又坚定：“我是你的家人。从今以后，你与我平分财富、地位和权柄，你就是我唯一的兄弟。”

风从天穹深处席卷大地，穿过山川河流、平原铁轨，以及城市浩瀚缥缈的灯火，吹着尖锐的哨子，旋转飞舞直奔地平线尽头。

江停微微打了个哆嗦，随即被严峫掌心用力按着他脑后潮湿的黑发。

“所以后来你是跟黑桃 K 一起长大的？”

虽然是疑问句，严峫语气却是和缓的陈述，实际上他已经做好了接受任何答案的准备。

出乎他意料的是，江停摇了摇头：“不。还记不记得我告诉过你，早几年我追查新型芬太尼化合物蓝金时，在一个已经废弃的村庄制毒基地遭遇过黑桃 K，还被他拿枪指着头？”

严峫当然记得，那是他们从江阳县回到建宁当晚，江停被他爬窗强行拉出去喝酒的时候说的，只是真实性尚待商榷。

“那是真的。”江停仿佛看穿了他的心思，眼底微微浮起苦笑，“那是绑架事件过去整整二十年后，我第一次遇到成年后的黑桃 K……

“所以现在你知道，秘密调查行动暴露后，他灭了那几个线人的口，却同意放我走，甚至许诺可以合作的原因了吧。”

工厂门外暴雨滂沱，黑暗深处闪烁着无数淡蓝色幽灵，看不到尽头的微光充斥视野，仿佛鬼火在十八层地狱中翩翩起舞。

“二十年过去了……但我一直没有忘记你。”

远处大雨中传来模糊的撞击，砰的一声，一声，又一声——那是枪响。

江停垂落在身侧的手指止不住地发颤，但他迫使自己镇定，略微抬起头，尽管这个动作有可能牵动太阳穴上冰冷的枪口：“那你现在是想要杀了我吗？”

“不。”他听见黑桃 K 笑了起来，“你是我唯一的兄弟，一直是。我的财富、地位、权柄，尘世间所有光怪陆离的一切，都可以与你分享……

“就像二十年前你我分享山林间的泉水、野果，以及后来那根救命的绳索。”

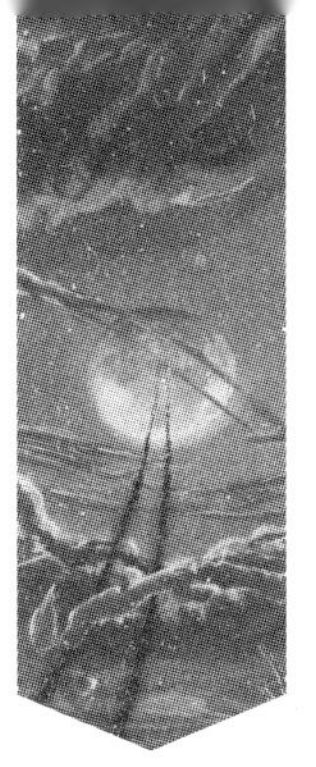

第 43 章

“……江停，”严峫有点犹豫，但思忖片刻后还是决定说出来，“那二十年来没见，也许只是你没见过他，他却一直在注视着你。”

江停一抬头：“什么？”

“我们在步薇她父母的旧家里发现了一张光碟，里面是一些关于你的片段……”时间紧促，严峫只能把光碟内容简单描述了下，又道，“执法记录仪这种东西国内在七八年前才开始陆续投入使用，从视频中的对话来看，恭州警方用得还不太熟练，可能是刚刚接触这种设备。而非事件档案性的执法记录保存有期限，通常在六个月到一年，超过这个时限备份就会被销毁。”

也许是因为落水后情绪动荡，加之长久回忆往事，导致思绪混乱，江停一贯清晰敏捷的思维有些凝滞，半晌才反应过来：“……也就是说，那段影像很早就被录下来了？”

“对，我不知道这段录像备份是怎么泄露出去的，但它落到黑桃 K 手里的时间一定比你二十年后再次遇到他的时间早。”

两人一时都没说话，只听夜虫声声长短不一，从远处的草丛间传来。

二十年的漫长时光，那个小男孩是如何成长为一个手段残忍又隐藏至深，令胡伟胜这种小毒贩闻风丧胆的大毒枭的？

他又是以一种什么样的心态，在暗中注视着江停一步步成为缉毒警的呢？

“其实我早有点感觉。”江停出神地盯着严峫颈侧湿透的衣领，突兀地说。

“怎么？”

“因为那次绑架，我在医院住了小半个月。出院那天黑桃 K 在门外等我，说如果我发誓永远不背叛他，就带我离开这个小地方。”江停笑了笑，“从记事起，我在福利院的生活就不能称得上是吃饱穿暖……所以他这么说的时候，我都高兴疯了。”

严峫突然想到刚才在嘉园福利院门口，江停拉住自己时，确实说了句“很多地方都是这样的”。

那应该不是一句空洞的安抚，而是他幼年亲身经历的吧。

“没过多久我就被人领养到了大城市。那是我这辈子第一次踏上恭州的土地，被送进了一所公立小学。但当时我并没有监护人，所谓的领养不过是一种说法，我还是独自住在学校边的老式筒子楼里，连续两年生活费都是以现金的形式按季度出现在家门口。上初中后那栋筒子楼拆了，我就一直住校，直到高中毕业。

“年纪小的时候不感觉哪里不对，等上了公大，才隐约琢磨出这里面的蹊跷非常多。等公大毕业我被分配到分局，有能力通过各种手段调查自己档案的时候，我才发现所谓的‘领养人’其实不存在，筒子楼的户主已经失联多年了，只要当年公大政审再严格点，就会发现我其实基本是个黑户。”

虽然当年政审可能不如现在这么严格，但就算再宽松，黑户在毫无察觉的情况下安然过审的可能性也非常非常小，背后应该是有人帮了忙。

严峫一手按在江停背后，像是传递着温热的安抚：“如果你当初没有坚持调查蓝金，没有找到那个制毒工厂的话，你觉得黑桃 K 还会出现吗？”

“……我不知道。”良久后江停疲惫道，“但假设这些没有意义，因为只要蓝金在市面上流通，就总有一天会暴露出蛛丝马迹，而我肯定会顺藤摸瓜地往下调查……不管早几年或晚几年，重新遇到黑桃 K 都是注定的事情。”

从江停进入公大的那一刻起，宿命就已经定好了这诅咒般的轨迹。

严峫微微皱起眉头：“你有没有想过，黑桃 K 是故意让你成为警察的？”

江停鼻腔里轻轻哼笑一声，带着淡淡的讥诮和无奈：“当然想过，尤其当我发现恭州公安系统内部有人不干净的时候。”

严峫低头看他：“怎么说？”

“重遇黑桃 K 这件事发生后，我仔细考虑过要不要向上级坦白这一切，但我最终还是不敢说出自己跟黑桃 K 之间的联系。怕说不清楚是一方面，另一方面也是怕因此招来措手不及的杀身之祸，让所有线索就此中断。因此考虑过后，我选择性地告诉上级那个村庄可能隐藏着一个地下制毒工厂，警方应当对此采取围剿行动。

“然而不出意料的是，行动展开得非常不积极，甚至可以用拖拉来形容，中间还有几次险些走漏风声。看到这个情况我心里就渐渐明白是怎么回事了，果真等围剿时那座工厂已经被废弃，除了制造苯丙胺类毒品的废料之外，没搜出任何关键性线索。

“从那次起我就知道，上层有人被渗透得非常深，而黑桃K与我寻求合作其实是一种非常客气的说法。因为就算我不想合作，也必须按上级的指令来做事，对黑桃K来说结果都是一样的。”

严峫脸上并没有显露出心底蹿起的一丝凉意：“但你不是那种坐以待毙的人……”

江停动了动，略微抬起头，在月光下对严峫露出一个极其轻淡的笑意：“对，我不是。”

“所以你策划了塑料厂的那次围剿，想出其不意地给他个狠的？”

江停身材本来就比一般人瘦，但因为保养和健身，属于有力道和韧性的劲瘦。后来经过三年昏迷，他的健康基本已经被毁了，现在的消瘦已经没了年轻时紧绷的肌体感，只是单薄和虚弱而已。

那不甚强壮的躯体中，却撑着一股难以言喻的钢筋铁骨般难以折断的力量。

“我用了很长时间来策划那次围剿，包括反向渗透、窃取信息、秘密调查，等等。我知道行动一旦曝光，黑桃K就会立刻知道我并不是个听话的合作对象，等待我的下场是什么自然也不言而喻；所以既然要做就得做一次彻底的，如果顺利的话，甚至有可能把黑桃K也拉下马。

“在漫长的反向渗透工作中，我渐渐接近了恭州禁毒总队的几名卧底，其中有一名长期内围我至今都不知道他叫什么，只知道本名姓闻，他的代号叫铆钉。”

——铆钉。

严峫脸颊肌肉微微发紧，他知道自己终于渐渐触碰到了这个名字。这个在江停心底最深处，浓墨重彩狠狠留下了一笔的卧底警察。

“禁毒口的渗透工作高度绝密：外围实行轮值抽调制，具有相当大的随机性；而每个内围则固定对应一名直接联络人，内围的名字、背景、亲属关系都不显示在公安系统里，只有其对应的联络人知道。这种保密机制，造成很多在卧底工作中牺牲的警察要等到几年甚至十几年之后才能公开身份，可以说是个纯奉献型的群体，而铆钉就是其中之一。

“相对于其他卧底来说，铆钉身上有种我非常欣赏的特质，就是专业级别的谨慎——也许在外人眼里看来是懦弱。他的自我保护意识极其强，对情报的处理弹性非常大，有时甚至宁愿放过一部分犯罪，也不肯冒丝毫被毒贩怀疑的风险。当然了，这不是我们公开鼓励的素质，但我个人还是比较……”

江停欲言又止，严峫对他一点头，示意自己明白。

“所以后来好几名卧底都疑似暴露了，只有铆钉一直潜伏得非常好，甚至有机会接触到了红心 Q。三年前的 1009 专案——塑料厂缉毒现场爆炸的那个案子，是由红心 Q 策划的一起大宗毒品交易，其关键性线报就是铆钉传递给警方的。”

严峫心中一动，想起了魏副局曾经告诉自己的部分内情：“铆钉向警方发出过加密邮件，解码后是生态园基地内藏匿的毒品和非法武装？”

江停垂下视线，点了点头。

严峫心中闪过了无数种猜测，他知道这个问题非常残忍，但还是问了出来：“……那你为什么要在行动开始前临时把警力抽调到塑料厂？”

铆钉传递出的线报说得很清楚，真正的毒品交易地点在生态园，塑料厂只是个精心伪装的陷阱。

只要江停还有一丝理智，就不该把队友亲手送进这埋藏着几吨烈性炸药的死亡地狱。

黑夜浓浓笼罩着天空，弯月隐匿在阴云深处，石滩远处芦苇摇曳，就像无数飘摇在暗夜中的怪诞的鬼影。

“……警力不是临时抽调过去的，而是本来就在塑料厂，生态园基地那边的指挥车只是虚张声势。”江停沙哑的声音终于响了起来，“因为我不相信这份情报的真实性。”

严峫悚然一惊。

“在行动开始前，我通过各种渠道确定，铆钉已经被内部人员出卖给了毒贩。”江停上半身向后，与严峫拉开了点距离，把脸深深埋进掌心里。他青白的指甲尖在月光下反射着水光，黑夜挡住了细碎的颤抖：“铆钉暴露的事情发生后，我紧急制订了相反的计划，带着精锐警力全面布控塑料厂交易现场。但行动开始的同一时间，我突然得知生态园交易现场发现了八十多公斤毒品，那一刻我才意识到……我才意识到……”

风吹过芦苇地的沙沙声，河流奔涌声，远方火车通过铁轨的声响……与逆着时光回溯的喧嚣缠绕在一处，与现场急促的脚步声，以及耳麦里传出的叫喊混杂在一起。

“……两拐幺点 B 组准备就绪，重复一遍，两拐幺点 B 组准备就绪……”

“A 点狙击组就位，视野条件良好……”

“现场火力全部就位，指挥车指挥车！是否突入？”

“指挥车请回话，是否突入？！”

……

不，千万不要突入，全部撤回——

快全部撤回——

江停十指深深插入头发，连头皮都感到指甲带来的刺痛。但再强烈的悔恨和痛苦，都无法扭转记忆中已经发生过的既定轨道，以及血肉横飞的惨烈事实。

他听见自己的声音对着麦克风说："B 组破门突入，行动！"

接下来所有细节都在噩梦中无数次重演，甚至连电话响起的时间都精确到秒。江停的灵魂飘浮在半空中，他看见三年前戴着无线耳机的自己坐在指挥车内，皱眉瞥向卫星电话，随即接了起来——他甚至还能回忆起自己当时在想什么：这种关键时刻，生态园那边有什么要紧的消息要报上来？

是的，当时他还不知道那铃声其实是魔鬼降临的歌唱。

所有的悲剧与罪恶，都是在那一刻才掀开了真正的高潮。

"江队！好消息！生态园基地现场行动结束了！"电话那边有人兴奋地说，"我们缴获了大批毒品，正分类称重，准备运回市局！"

啪——

卫星电话脱手而出，摔在了地上。

但江停什么都听不见，也感觉不到。他肺部所有空气仿佛被瞬间抽空，有好几秒他不知道自己有没有发出声音，等意识到的时候，才发现自己咽喉已经喊得完全嘶哑了："行动取消，全部撤退——"

"撤退！！"

但已经太晚了。

嘶吼通过无线电响彻塑料厂的同一时间，火光冲上天空，气浪掀翻房顶，爆炸将现场周边所有警车轰然推翻！

"江队回来！"

"快拦住他！"

"不好了，江队冲进去了！"

……

着火的墙壁坍塌倾覆，四面八方熊熊燃烧，甚至连眼珠都感觉到灼热。江停站在看不到边际的火海中，仿佛从那一刻开始，他就再没能走出这撕心裂肺的炼狱。

警笛声声尖啸，由远而近。

……

“江停，”严峫抓着他的肩膀，低声喝道，“清醒点，江停！”

远方铁路尽头，夜幕中隐约闪烁着变换的红蓝光点，警笛在河流汹涌水声中若隐若现。

沿河两岸搜索的建宁警方终于赶到了。

“我从爆炸现场被……被绑走，之后几个月时间一直蒙着眼睛，被关押在某个制毒据点。我能闻到附近化学制品的气味，但没法分辨出地理环境，也不知道外面的情况到底怎么样了……有好几次我以为自己会死在那里。”江停急促地吸气，强行平息激荡的情绪，两个手腕被严峫强行抓住挪开，露出了通红的眼眶，“直到某天黑桃K说，他们抓住了试图逃走的警方卧底，我就知道铆钉最后也没逃出去。”

严峫紧盯着他低声道：“当时岳广平正在外面组织警力营救你们。”

“不，是救铆钉。”江停苦涩地纠正，“我在他们眼里是个叛徒。”

“……”严峫想安慰什么，但一个字都说不出来。

江停苍白地笑了笑：“对我来说其实无所谓，但可惜一件事，就是警方来得太迟了。在外面的营救行动正式开始前，黑桃K把我带到关押铆钉的地方，给了我一把枪……”

严峫几乎能猜到接下来发生了什么，不由得微微变色。

“……他说只要我杀了铆钉就可以离开，否则就和铆钉一起死。”

江停深深吸了口气，竭力仰起头。

他有很多话都没说出来，严峫能感觉到。但就算是心性最坚定强硬的人，也有不能触碰、不堪回首的伤疤，鲜血淋漓地刻在灵魂深处，除了让时间慢慢治愈之外，别无他法。

严峫伸手勾着他后颈，用力揉搓那冰冷发青的脸颊：“你扣下扳机了吗？”

江停哆嗦着摇头。

“你杀了铆钉吗？江停，看着我。”严峫扳着他的脸，迫使江停与自己对视，“没关系，不管发生了什么都没关系，是你杀死铆钉的吗？”

仿佛空气凝固成冰后又一丝丝破裂，江停的回答终于战栗着渗了出来：“……不……不是我……不是……”

“是你杀了他。”黑桃K含笑的呢喃从耳边响起，“记住，他是为你而死的。”

“牢房”对面角落里，那身影蜷缩佝偻着，但眼睛发着骇人的光。尽管江停不想看也不想听，但他确实看见了，那双注视着枪口的眼睛里清清楚楚写着两个字，口型不断重复的也是同样两个字——“开、枪。”

开枪，江队。

开枪——

剩下所有都只残存在记忆里，江停一咬牙扭转枪口，但还没来得及对准自己，他的手被人强行抓住，硬生生扭回前方，紧接着食指被按动扣下了扳机！

枪声响了。

“他是为你而死的。”那声音在大脑深处一遍遍重复。

“再没人会相信你，没人愿意听你说任何一个字，迄今为止的罪行和判决在故事最开始就谱写好了——

“所有人都希望你来当叛徒，否则正义哪来的用武之地？”

警笛越来越近，手电筒摇摆的光束在河对岸明明灭灭。

“所有一切都没法跟人解释，因为这本身就说不清楚。当年把我从福利院带出来的领养人，中学几年的学费、生活费，考公大时的政审材料；我是怎么从贩毒集团逃出来的，为什么没有被杀，为什么杀死铆钉的子弹检验与我的枪管痕迹完全吻合……这无数的疑点没一个能解释清楚，我的档案乃至整个人生，处处都能查到与黑桃 K 千丝万缕的联系。

“所以如果我是你，严峫，上面这所有的话我一个字都不会相信。”

江停发白的嘴角略微往上弯，尽管眼底满是血丝：“岳广平死了，铆钉死了，1009 塑料厂爆炸案后发生过的所有细节，除了黑桃 K 之外只有我自己知道。而就算你愿意听我解释，我也说不清为什么自己的指纹会出现在 701 室的门框上。如果我是你，最稳妥的做法是把江停这个人交给警察。”

几束手电光芒渐渐逼近，搜索人员的喊叫隐约传来。

严峫眉峰剧烈一跳。

我该怎么办？严峫心想。

我相信他吗？

江停从严峫怀里挣脱，身形有点摇晃，但还是咬牙勉强站了起来：“江阳县医院那次你问我为什么不肯说真相，其实我对你说的全都是实话，只是隐瞒了一部分内情。之所以隐瞒也并不是因为怕你卷进这潭浑水，而是因为我不相信你。”

严峫低声怒道：“我——”

但紧接着他被江停打断了：“我不能让自己相信你，因为我现在已经什么都没有，只剩下这条苟延残喘的命了。如果有朝一日你把我转手卖出去的话，这条命可能都坚持不到回恭州的那天。”

江停不由得苦笑起来：“但我还是很有必要活着的，不然那么多人平白枉死，指望谁来讨这笔血债呢？”

警犬的吠叫随着风越来越近，远处大桥尽头，路灯下隐隐约约出现了同事们匆忙的身影。

严峫向后远眺，随即果断去拉江停，想让他蹲下身降低可见度，但江停强行抽回手腕，向后退了半步。

乌云从远方覆盖夜空，河岸边腥咸的水汽越来越重了。他们就这么一高一低，两相对望，江停面孔苍白又毫无表情，在浓墨般的夜幕中勾勒出清晰的剪影。

终于严峫开口问：“那现在是怎么回事？是什么迫使你总算愿意相信我了？”

“……”

“是怕我真的不分青红皂白把你告发出去，所以不得已而为之，还是你终于愿意稍微睁眼，看看我为你所做的一切了？”

许久后江停缓缓说：“……你做过的一切我都能看到……”

他的眼神还是沉着的。他总有办法在极短的时间内强行压抑住所有虚弱、悔恨、悲伤和痛苦，让淋漓鲜血沉淀在心底，让那根支撑灵魂的脊梁伤痕累累却难以折断，永远一往直前。

“我从未拥有过来自父母手足的亲情，不曾体验过男女之间的爱情，甚至没交过什么朋友，连友情都相当匮乏。如果说曾有人最接近我心里那个位置的话，那个人是你。”

他顿了顿，望着严峫，“但我无法放任自己回应……我不想骗你。”

严峫指甲攥紧掌心，低微急促地喘息着，他听见了不远处警犬奔跑的呼哧声。

“所以严峫，”江停冷硬地一字字道，“要不要把我交出去，你自己决定。”

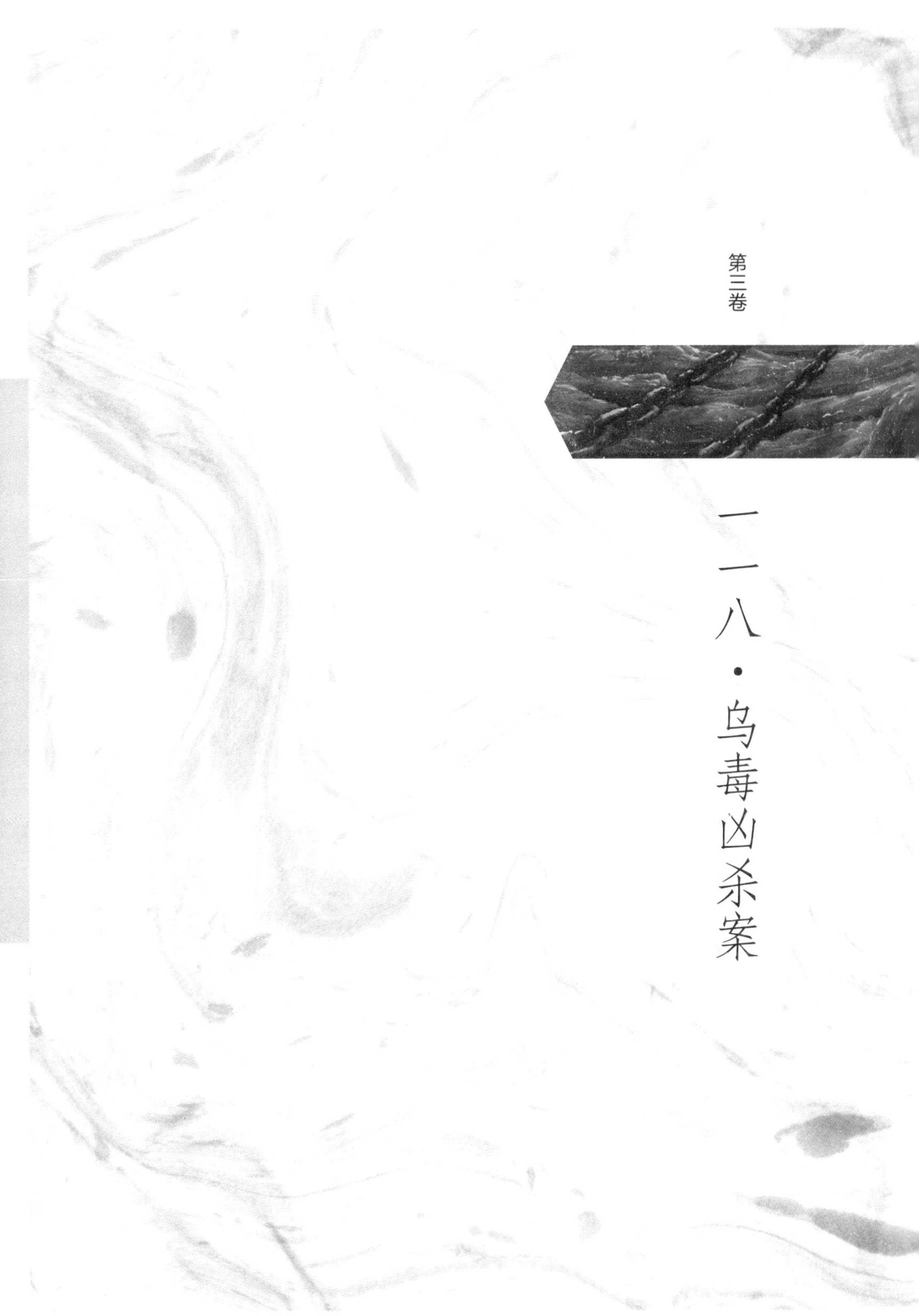

第三卷

一一八·乌毒凶杀案

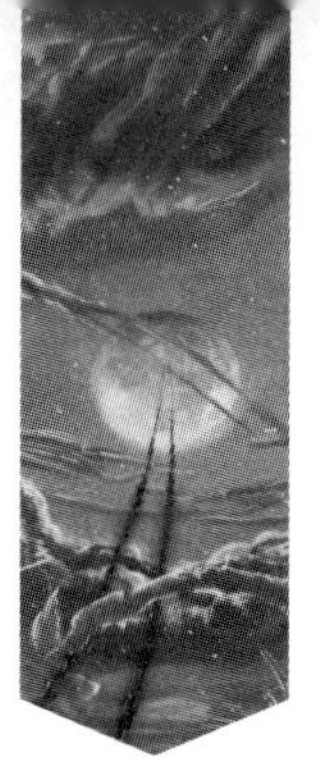

第1章

建宁市局。

“她说‘警察休想抓住我’，然后就跳了下去。我早防着她寻短见，扑上去就抓住了她的胳膊，谁知她反而把我往河里拽，我哪能被她那么个小姑娘拽动？一看她掉进河里，只能跟着跳进水里实施救援……”

几名省厅专家坐在长桌后，每人面前都放着纸笔和茶杯，领导们一张张神色各异的脸在香烟雾中朦胧不清。

“救援？”魏尧作为直属负责人坐在长桌最中间，正面对着严峫，冷冷地道，“从犯罪嫌疑人落水后到搜索人员抵达，这中间一个多小时你都呈失联状态，救援需要这么长时间？”

屋子正中靠背椅上，严峫少见地穿着淡蓝制式衬衣，全套警服挺括如新，肩上扛着三级警督的四角星花，腰带上露出锃亮的警徽钢印。与此形成鲜明对比的是他的脸已经几天没刮胡楂了，虽然坐姿端正，但表情显然没那么恭敬严肃，甚至有点无所谓的态度。

“我说很多遍了，魏局，真的就是需要这么长时间。您知道三里河水多急吗？游惯野泳的人都未必敢去，再加上暗流情况复杂、河道地形曲折，被救援者又不配合，大晚上的水温那么低，您真当我是下游泳池来回游个五十米折返再轻轻松松上岸哪？”

魏副局砰地一蹾茶缸子：“你这小——”

省厅专家：“咳咳！”

“兔崽子。”魏尧温柔可亲地接完了后几个字，咬牙切齿道，“那你在河堤边发现步薇时为何不第一时间汇报指挥中心？下水前为什么不先通过无线电申请支援？”

“我是真的来不及啊，领导！”严峫满脸的诚心诚意，说，“步薇被发现的时候情绪非常激动，所以我只能尽快稳住她，如果汇报指挥中心的话，说不定她连案情都不会交代，直接就跳了。之后我看她跳河，慌慌张张地脱裤子蹬鞋子下水救援，确实没时间回车里拿对讲机……归根结底是我的错，我太不经事、太慌张了，愿意接受组织的教育和处分。”

魏副局怒道：“现在教育你还有什么用！早说过不准一个人单独办案，不准一个人单独办案！你自己算算在这个案子里你违反了多少条规定，还教育得过来吗？！”

另一名省厅专家开口和稀泥了：“哎，老魏，你别打燃火嘛。规定是这样没错，但咱们也都知道一线办案实际上是个什么情况……”

严峫整个人放松地靠在椅背上，趁几名省厅领导低头或看别处时，迅速偷偷地向魏副局做了个鬼脸。

“你！”魏副局简直被这个胆大包天的小兔崽子气晕了。

“我知道我知道，”严峫立马从善如流地跟上，“我违反了纪律、触犯了规定，我愿意接受一切调查、一切处罚，啊。”

魏尧深吸一口气，还要继续唱黑脸，突然房门被打开了，端着大茶缸的吕局和另一名头发花白的老领导走了进来。

“刘厅来了，”几名省厅专家纷纷肃容站起身来，“刘厅！”

“哎，刘厅！……”

如果说刚才还有人在心里犯嘀咕的话，现在可就真服气了——怪不得建宁市局这姓魏的老头雷声大、雨点小，三堂会审都搞几轮了，半个字儿的处分都不提。会投胎就是好啊，首富家独子，违反个纪律都能把省委刘厅亲自请下来……

“回去说，回去说，改天哥儿几个一起去喝酒。”吕局笑眯眯地把几位专家送到门口，又用眼神示意魏副局去送送他们，随即关上了门。

咔嗒一声，整个小会议室只剩下了严峫、刘厅和他自己三个人。

“说吧。”吕局慢悠悠地转回来，道，“你爸跟刘厅说你这两天在家写了万字检查，一丝不苟，熟读背诵。来，背给咱们听听。”

严峫不敢懒洋洋靠在椅背上了，连忙起身：“刘厅、吕局，真是不好意思，我办案的时候无视了组织纪律和各项规定，我在危急时刻的不当处理体现了平时对风纪学习的不到位……”

“得，得，得。这就背上了。”刘厅苦笑着摆手让他停下，“小严啊，你年纪轻，可也是办十多年案子的刑警了，怎么就犯了这么低级的错误呢？”

严峫赔笑不提。

“幸亏这案子还没向社会公布，步薇又没家属，否则在校学生参与绑架畏罪跳河，又没个执法记录仪，这事儿的舆论可不好控制。要是碰上更难缠的情况，被人往犯罪嫌疑人是未成年少女，严峫又是个单独出警的单身男警察这方面一引导——嘿，”刘厅冲着吕局，手指在空中重重地点了两下，“那可就烦人了！”

吕局立刻指向严峫，毫不客气地点了两下——刘厅不好直接痛骂严峫，只能通过吕局中转，三人构成了一个完美的剪刀、石头、布的关系。

“幸亏我们有完整的证据链。”吕局接口说道，“范五跟他的同伙交代了两个犯罪事实：一是被汪兴业雇用，企图杀害受害人李雨欣灭口；二是在警方追捕下走投无路，知道其族兄范正元家里藏匿着雇主所付的二十五万现金，于是冒险回来偷拿，结果被严峫他们正好撞见。另外从范正元家那包现金上提取出了步薇的指纹，笔迹鉴定也完全对得上，可以佐证范五对范正元被雇用杀人这件事的口供……”

“老吕做事就是严谨得很。”刘厅边听边点头，赞道，“这个卷宗哪怕是送到检察院去，他们也都没的说了。”

吕局连连摆手。

“但我还有个事不明白，”刘厅琢磨着皱起眉，“你们说那个小姑娘把二十五万给范正元，是要刺杀谁呢？”

严峫蓦然一抬眼。

果不其然，吕局沉沉地点了点头：“不好说。在范正元一系列罪行中，我们实实在在掌握在手里的，只有他持枪袭击严峫，随后被人灭口掐死，暴尸碾轧在高速公路上。但如果根据这点就得出步薇或汪兴业指使他来行刺严峫这个结论，又似乎牵强了些。”

当然不是行刺严峫。

步薇嫉妒杀人的对象是江停。

严峫满脸写着晚辈特有的谦恭懂事，实际掌心里已经捏了把汗，只听刘厅也摸着下巴赞同：“确实牵强，尤其他紧接着就被人灭口了……小严哪！要不是我相信你爹的人品，这事儿搁谁都得以为是你爹把范正元宰了，还挺干净利落的呢。哈哈哈……”

严峫：“……”

刘厅大概也意识到这句俏皮话并不好笑，略显尴尬地摸了摸鼻子：“这样，老吕，这事还是要从范正元跟汪兴业的联系上入手，追查汪兴业作为毒品拆家的上线。我们有理由相信，汪兴业跟早年活跃在边境的一个贩毒集团有密切联系，回去咱们写个计划报去部里，争取立个专案组，把线索再往深里跟一跟。”

吕局深以为然，连连应声。

他们两人在那儿你一言我一语地寒暄，严峫目光迅速地在两位老领导一圆胖、一干瘦的脸上转悠，咳了一声举起手：“那个——专案组承头的事我可以来办，今晚回去就写个详细的计划书请领导批阅，我还可以……”

“你？”刘厅望着他，扑哧一乐，“你知道这个跨境贩毒组织是什么级别的？”

严峫搓着手。

“这可不是一般的跨境毒枭，你们上个案子缴获的新型芬太尼化合物，不仅在我国西南边境和缅甸、越南等东南亚国家泛滥，甚至连美国和墨西哥都报出了相关案例。就算成立专案组来办这件事，那也是公安部亲自督办的重案要案。”刘厅拍拍严峫的肩，笑道，“你的话呢，还是老老实实给我写个检查交到厅里，该通报批评通报批评，该停职审查停职审查——不管怎么样，流程是要走的。你爸说了，坚决配合组织的处理意见，放你一个月的假回家配……相亲去。”

严峫愕然道：“停职审查一个月？”

吕局笑呵呵地向他比了个一的手势。

“不是，我们余支队的身体，还有魏副局年纪也大了——”

“老魏没有意见，老余可以推迟病退时间。”吕局慈祥道，“回家检查反思配种去吧，看你下次还敢不敢违反纪律了。”

严峫：“……”

“哦，对了，”吕局似乎又突然想起了什么，“待销毁违禁品仓库的审计核查工作正进行到一半，你要是闲着没事干呢，就抽空帮他们搬箱子去，免得白白浪费了一膀子力气。”

“哎，可是我……”

严峫的争辩还没完，刘厅大手一挥：“那，就这么定了！”

停职审查在严峫的刑警生涯中可算是个新鲜东西，就算在五年前，他跟市局因为个人二等功的问题闹得水火不容时，都没遭受过这种处分。

原因无他，刑侦缺人。

这年头哪哪儿都缺人。法医处稍微有点技术的法医都得三天两头出差讲课，每年毕业考公的医学生又越来越少；技侦那边需要资历和文凭，然而每年能考

出来的技术类刑警就只有那么多人。在不了解情况的外人看来，刑侦应该是个不那么饥渴的岗了，但实际上基层警察轮转刑侦口，也是轮转派出所和分局，上不到市局来。再加上这两年余队的心脏每况愈下，里里外外所有工作都是严峫一把抓，魏副局之下还能主持工作的就只有他了。

人到中年，满地狼烟，上要扶持老的，下要照顾小的——代换一下就是严峫的日常工作状态。

“行吧，”他说，“老子就当放假了呗。”

严峫一只手抓着警服外套搭在肩上，左右袖口随意卷到手肘，露出紧实的小臂肌肉和手表，另一只手随便抽出墨镜戴上那张英俊的脸。他整个人走到哪儿都像是带着美剧犯罪片的BGM，龙卷风似的从市局大门台阶上刮下来，啪地甩上车门。

G65轰鸣启动，神乎其技地汇入了晚高峰车流。

咔嗒——高档公寓的指纹门锁自动打开了。

“不吃西餐，吃什么西餐啊。叫个厨师过来下两碗牛腩面，要肥瘦适中的新鲜好牛腩，多放些香菜；上次你们大厨亲手腌的嫩笋干儿不错，还有清凉爽口的小菜拣不太辣的装四碟子来……”

严峫把外套往玄关衣架上一挂，边对着电话叨叨边转过身，突然就愣住了。

餐厅饭桌上摆着碗筷，一盘新鲜碧绿的蒜蓉炒油麦菜、一碗热气腾腾的土豆炖牛腩，在空气中弥漫着温暖的芬芳。厨房里正传出抽油烟机和开水咕噜噜的动静，活泛又亲切，好似正要往锅里下面条。

“少东家？喂？”对面的餐厅经理在电话里喊，“你还要什么吗？我这儿记完了没啊？”

“……不用，什么都不用了。”严峫梦游般喃喃道，“有人亲自下厨了。”

严峫挂了电话，探进厨房一看。

江停穿着居家长袖T恤、棉质长裤、拖鞋，侧对着他站在炉灶前，手里拿着一把挂面，正要往锅里下。

“回来了？洗手准备吃饭。”江停头也不抬道，“今晚吃西红柿鸡蛋面。”

严峫掐了自己一把，愣没感觉到疼，有好几秒的时间几乎确定了自己在做梦。

“愣着干什么？”江停抬起头，有些诧异地上下打量他，随即发现严峫今天穿的居然是警服，视线不由得定住了两秒，随即微微一笑，又低下头望向锅里。

严峫鬼使神差地问：“……你笑什么？”

“没什么。”

“不对，你刚才笑了，你笑什么？”

江停用筷子把挂面划散：“跟你说了没什么。”

“你明明是看我……”

“拿碗筷去，”江停呵斥道，“别以为你可以什么都不干就坐那儿等吃的。”

严峫“呦”了声，悻悻道：“还挺会使唤人。”然后放下包，换了衣服、鞋，钻进厨房从消毒柜里拿碗筷勺子，贴在江停耳后小声说，“不承认也没用，我知道你就是看我帅才笑的……嗯！”

江停盛了碗面放到桌上：“吃你的饭去。”

西红柿鸡蛋面，先用新鲜西红柿划十字刀，下水煮软，过凉水去皮，用少许油翻炒出浓浓的酱汁；半生半熟的鸡蛋倒进去一块儿炒，鲜嫩的蛋块吸饱了西红柿酱汁，放少许盐、糖、鸡精，然后再加水下面，用碎碎的小葱苗和香菜来调味，最后再淋几滴香油。

鲜红的西红柿，明黄的鸡蛋块，碧绿欲滴的葱花香菜，最后成一碗色泽明艳、口感鲜香的面条。

严峫吃饭就像风卷残云，就着肥嫩的牛腩稀里呼噜干掉了一大碗面，好吃得连话都来不及说，起身又去厨房添了满满一碗，回来时郑重其事道：“值了。”

“什么值了？”江停一勺勺喝着汤问。

“全系统通报批评，加停职处分一个月。”严峫食指在空气中晃了一圈，指指面前的海碗，“全在这面里了。”

江停笑了起来，夹给他一筷子牛腩，问：“后悔吗？”

江停眼窝深，眼梢长，鼻梁挺直，嘴唇削薄，从面相上来看有点不近人情，很多人对他的印象都是个理智专业，但又冷冰冰的刑侦专家。因此当他穿着居家衣服，坐在饭菜氤氲的热气中，头发还带着刚洗过吹干的蓬松气息时，巨大的反差就产生了一种难以言喻的魅力。

严峫一眨不眨地盯着江停，突然不答反问：“你的人生因为美色而得到过任何好处吗？”

“没有。整天想什么呢？”

严峫吃着那块牛肉笑道：“那你现在有了。”

严峫工作后离家独自生活，之所以到现在还好端端活着，自身钢铁般的肠胃固然占了大部分原因，上门厨师和保洁阿姨的辛劳也功不可没。

不过按江停的意思，仅仅两个人在家吃了顿便饭，用了几个碗，就不用麻烦保洁员上门来洗了，堆在水池里过夜看着还烦。因此一级警督江队亲自把油腻的碗碟抱去了厨房清洗，严峫规规矩矩地拿了擦碗布，站在他身边，洗完一个就接过来一个擦干，再放进消毒柜去整整齐齐垒好。

这时外面天已经黑了，厨房里亮着灯，两人肩并肩站着，只听见客厅里电视热热闹闹的，不知道在上演什么综艺节目，眼前这方空间只有流水哗哗作响。

“你做饭怎么那么好吃啊，”严峫小声说，“以前有没有专门学过？是不是打算做给谁吃？嗯？”

江停往边上避了避：“我一个人生活，不学做饭难道天天吃外卖啊？”

“骗我呢吧。”

“你这人，”江停洗完一个随随便便都要四位数的手绘大瓷碗，强行塞给严峫，“说假话你生气，说实话你又怀疑是假的……”

“别动，水都溅到袖子上了，来，好好擦擦。”

“不擦，放手，小心把碗打了……”

“擦一擦嘛，擦擦又没什么。”

水还开着，洗了一半的筷子散在水池里。严峫余光突然瞥见了正在洗碗的江停手腕内侧不明显的伤痕。

如果是割腕，伤口应该是一道道平行或纵横交错的，确实不会留着那么清晰的噬咬痕迹。

严峫眉梢剧烈一跳，但脸上分毫不露。

江停没注意到他的神色，把洗好的瓷碗放进消毒柜，脸颊有些不易察觉的微红，冷冷道：“你刚才差点儿把碗打了！”

灯光从严峫身后照射而来，他眯起眼睛，一眨不眨地盯着江停的唇角，突然没头没脑地低声道：“我爸妈明天过来做客。”

江停略微愣住，心内突然生出一股难以言说又不太妙的预感。

两人静静对视片刻，外间电视里的综艺节目不知演到什么环节了，刻意的掌声和欢笑变得格外突兀又令人尴尬。

“严峫，”江停硬生生别开目光，平淡道，“你要不要再……”

“我说你在想什么呢！”严峫突然放开他，转身一边走向水池一边大笑起来，“我爸妈来是因为后天就是我生日了，哈哈哈——”

江停真愣住了，只见严峫大笑着抓起那把筷子，在水龙头底下冲洗，满脸揶揄的神色。

“……”江停反应过来，不由得哭笑不得，用手狠狠指了严峫两下。

“放心，我已经跟他们打过招呼了，说有个警校的朋友因为刚调动工作来建宁，宿舍没准备好，所以借住几天。他们平时工作也忙，过来吃顿午饭就走。”严峫戏谑地挑起剑眉。

江停顺手抄起洗碗布，凌空扔给严峫，甩甩手回卧室去了。

严峫注视着他的身影消失在客卧门里，手上哗啦啦地搓着筷子，脸上笑容未消，但眼底神情已经一分一分地沉了下去，直至变成深潭般的冰冷。

半晌，他终于关上水龙头，站直身体，不知道在思考什么，浓密的眉心紧紧锁了起来。

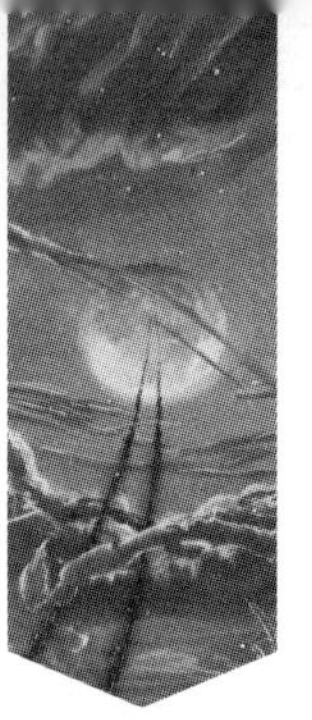

第 2 章

翌日早上，小区门口。

“老公，我看上去怎么样？”

严父瘫在后车座上，第十八次打了个长长的哈欠，有气无力道：“美美美……”

年老貌美曾翠翠——曾翠女士对着镜子顾盼再三，终于决定好额头上落下来的那绺刘海儿是撇到左边还是右边，然后又从化妆包里掏出口红抿了抿，拉远半米审视自己，终于满意了。

“走走走，别迟到了。”严母用胳膊肘捣捣严父，拎着给儿媳妇的见面礼，乐颠颠地下了车。

早上六点就被老婆活生生扇醒的严父，使出浑身力气才勉强爬出后车座，望着东方天际那一轮朝阳欲哭无泪：“我记得我们明明是去吃午饭的……”

“哎呀你懂什么，第一次见儿媳妇哪能让人等？礼多人不怪！”严母挥别了司机，只觉全身毛孔无一不舒坦、无一不精神，清早起来让保姆蒸汽熨烫了十八遍的真丝连衣裙连镶边都平平整整，让她仿佛凭空年轻了十岁，甚至连脚步都轻快得要舞蹈起来，“再说了，我可攒了一肚子的话要跟我三十多年未曾谋面的儿媳妇说，什么时候订婚？年底能不能扯证？婚礼在哪儿办？什么时候生孩子？生几个孩子？月嫂看好了吗？孩子上哪所小学、初中、高中？以后出国念书是哈佛还是牛津？我能整整说个三天三夜，提早三个小时到算得了什么！”

严父哭笑不得：“你儿子只说现跟人同居，到底是不是那个开 KTV 的姑娘都没说，你就连儿媳妇都叫上了？”

“我生的儿子我还不明白吗？越高调越不靠谱，就是这样欲盖弥彰的态度才真有问题。”严母哼地白了老公一眼，止不住地扬起满面笑容，“我看哪，他八成是怕我们看不上姑娘，不敢开口直接说，所以才先跟我们遮遮掩掩地打个埋伏。不信你就等着瞧吧！”

严父嘿的一声，只见老婆亲手拎着她精心挑选的一双男女对表，美滋滋地扭着小狐步，钻进了公寓大厦电梯。

与此同时，公寓顶层。

第一缕阳光穿过窗帘缝隙，投在客卧凌乱的大床上，仿佛在被褥间延伸出了一条淡金色的光带。

严峫闭着眼睛咂巴咂巴嘴。

外屋突然传来门铃——叮当！

严峫猛地抬头。

叮当！叮当！

门铃不屈不挠，叮当！！

手机突然振响，大有“你不接我决不罢休”的架势，严峫呆愣几秒，终于绝望地骂了句，从床头柜上抓起手机一看，来电果然是：妈。

“儿子！”电话那边传来曾翠女士热情洋溢的声音，“我们到了！开门！”

十分钟后。

房门在沉重到几乎凝固的空气中缓缓开启，露出了严峫头发凌乱、叼着牙刷的面无表情的脸。

母子二人隔着门框对视半晌，曾翠女士冷冷道：“十分钟。”

严峫嘴里咕噜吐出了一串牙膏泡沫。

“大清早的我等个门整整等了十分钟。”曾翠女士点点手表，一字一顿道。

严父满脸“儿子我救不了你”的表情躲在后面，严峫翻了个克制的白眼。

严母没管那么多，一巴掌推开严峫，激动万分又小心翼翼地跨进房门，连高跟鞋都来不及换，就伸长了脖子往玄关里望去，开心得尾音都有点儿抖了：“哎呀，我的儿媳妇，快让我见见我的宝贝大儿媳……妇？！”

客厅里，已经火速刷完牙洗完脸、换好衬衣长裤的江停，正弯腰把一盘水果放到客厅茶几上，措手不及撞上了严母慈爱到像要满溢出来的目光，然后两人动作同时凝固了。

严母：“……”

江停：“？”

“你、你是……”严母颤颤巍巍道。

“哦，严伯母吧。”江停放下水果盘，起身礼貌地一点头，“我姓陆，刚调来建宁工作，是严峫的舍友，不好意思叨扰了。”

严母的手在空中无意识抓了两把，然后一下扶住随后进来的严父，夫妻二人脸上都是同一副如遭雷劈的表情，安静的空气中只听严峫一下下吸牙膏沫的刺溜声。

江停终于感觉到了一丝怪异：“严峫？”

严母难以置信地回头问：“……儿子？”

“咳咳！”

严峫含着牙刷，顶着他爹、他娘、他江支队长的三道如炬目光，低头闪身钻进浴室，少顷，传来了疯狂漱口洗脸的哗哗水声。

难以言喻的气氛再次笼罩了客厅，江停此刻也隐隐约约感觉到了什么不太妙的东西，但还是若无其事地咳了一声，试探着向沙发做了个请的手势：“严伯父、严伯母，两位要不要……泡点茶？”

严母：“不用麻烦，不用麻烦……”然后往死里狠狠一掐老公。

严父如梦初醒：“不用麻烦，不用麻烦……”

夫妻俩万分小心地绕过茶几，坐在沙发上，两人姿势都正襟危坐得不太正常，直勾勾地盯着江停的脸，仿佛要从他脸上活生生看出一朵花儿来。

江停也不知道该说什么好，只得坐在茶几对面，刚习惯性地交叠双腿，又突然感觉到不太合适，忙假装调整坐姿放下脚，双手规规矩矩交叠在大腿上，专心致志地盯着果盘里的那串香蕉。

三分钟过去了，客厅里鸦雀无声。

“……”严母大概终于没法忍受这葬礼般沉重的气氛了，思虑再三后，终于鼓起勇气，抬手扯了根香蕉递上去，迎着江停疑惑的目光，露出一个谨慎友好又极有保留的笑容，“小陆吃……吃香蕉。”

江停条件反射地推让：“您吃，您吃。”

“哎呀，别客气，你吃你吃……”

“不不，您吃您吃……”

“妈！他不吃！”光着上身的严峫从卧室方向探出头，“他不吃除橘子、杧果、黄桃这三种之外的任何黄色水果！不吃苦瓜！不吃茄子！不吃胡萝卜！他身体不好，你别乱喂他！”

那瞬间尴尬的空气几乎爆炸，江停唯一的想法是立刻冲进屋去堵住严峫的嘴，或者凭空跳进地缝里去。

“哦哦，这样。”严母仿佛做错了事情的阿姨，讪讪笑着放下香蕉，善解人意地为彼此找了个台阶，“不吃好，不吃好，香蕉含糖量太高，吃了不健康。”

江停立刻：“对，对，确实。”

沉默再次笼罩了这方小小的空间，所有人都不约而同在心里想：为什么我要与第一次见面的人讨论香蕉的含糖量？

“咳咳！”严父生硬地清了清嗓子，强行挤出他自以为很和蔼其实有点扭曲的笑容，“小陆，你是哪儿人哪？”

江停迟疑半秒，迅速回答：“江阳县。”

严父尴尬地指指卧室：“那你们是怎么认识的来着……”

“哦，我们是警校同学。”

“你今年……”

“比严峫大两岁。”

严父严母同时无声地做出“哦——”口型，内心思想活动却是：看着不像啊？！

江停诚恳道：“是真大两岁。”

夫妻俩异口同声：“成熟点好，成熟点好。”

江停：“……”

“那，”严父试探着问，“你家里父母是做什么的？”

夫妻俩目光炯炯地看着江停。

江停虽然觉得这个问题非常怪异，但还是照实回答：“我从小父母都不在了，是在福利院长大的。”

严父严母再次同时无声地：哦——

江停的目光在严家夫妻俩脸上轮转，内心的疑惑几乎要压抑不住了。正当他忍不住想旁敲侧击解释一下的时候，严峫终于洗完脸洗好头，边用毛巾擦头发边走回了客厅，大大咧咧往江停身边一坐：“爸！妈！”

瞬间三道目光同时刺来，眼神中各种丰富的含义在空气中摩擦碰撞，迸溅出闪亮的火光。

严峫尴尬地捂着嘴咳了声，装作什么都没看见，伸手拉过他妈拎来的礼品袋：“呦，这是什么？我的生日礼物？”

严母阻止不及，她那讨债鬼儿子已经手贱地把对表表盒掏了出来——一个是给儿子的生日礼物，另一个是给儿媳的见面礼。

众目睽睽之下无法转圜，霎时严母只觉得头都大了。

“这、这是……”严母尾音有点儿虚浮，“正好去年拍的两块表能凑成一对，我想第一次见媳……第一次见小陆，也没什么能拿出手的，所以就……”

江停看着木制对表盒上的卡拉卓华十字LOGO，面部肌肉有点僵。这种表情出现在他脸上相当罕见，但此刻他已经没心思去掩饰了，脱口而出：“不，等等，严伯母，这里面可能有点误会，你先听我解释——”

“我可以解释！”严峫迫不及待地打断。

所有人齐刷刷望来，严峫表情无比镇定，脚却在茶几下用力一踩江停，冲厨房努努嘴，递了个“我的爹妈我来搞定”的坚定眼神。

江停一向条理分明的大脑混乱无比，心说这是什么情况？你父母为啥要给咱俩对表？你到底跟家里说了什么？

严峫几不可见地点点头，那意思是你别管了，交给我！

严父严母眼睁睁看着他两人暗流涌动，终于，江停再也受不了了，匆匆丢下一句“我去烧水泡茶”就闪身逃之夭夭，尴尬得连头都没回。

结果他前脚进了厨房，后脚曾翠女士就一把拽过她儿子的衣领，咬牙切齿道：“严峫！”

严峫用力握住她的手：“妈！”

“你再跟我说一次你俩是什么关系？！”

“妈你听我解释！”

看曾翠女士杀气腾腾的表情，如果江停不在场的话，估计下一刻严副支队就要被亲妈抄皮带揍进医院了。

“这个小陆到底是做什么的？！”严母从牙缝里冷飕飕问道。

“哎呀，你快别问了——人家是公大下来的刑侦顾问，早好几年就是一级警督了，说是调来建宁工作，其实只是暂时协助一段时间，怎么你还当人家是犯罪嫌疑人啊？”

谁料严母的神色没有像他以为的那样放松下来，反而更凝重了：“职位比你高？”

严峫郑重其事地点点头。

“……”严母忧心忡忡，“不是你被潜规则了吧？！”

严峫差点儿喷出来。

“那个，请问，”这时江停从厨房探出头，小心地插进来一句，“红茶还是绿茶？”

严母早已光速放开了死命揪着儿子衣领的手，娴静优雅地坐在沙发上，恍若刚才无事发生："不用麻烦，不用麻烦，我们喝什么都行！"

江停看上去还是疑窦未消的样子，蹙着眉心点点头，转回了厨房。

严峫边整理衣领边抱怨："妈，你这人真是……"

"我告诉你个兔、崽、子。"严母眼明手快，再次狠狠拽住严峫的领口，一字一顿地警告道，"你要是敢卖身求荣，我就剥夺你的继承权，百年后你爹妈所有财产都捐给慈善组织，让你下半辈子滚出家门去喝西北风……"

到底还是爱子心切的严父："咳咳咳！"

"你有意见？！"严母悍然怒道。

严父屈服了："没意见没意见……"

"没有潜规则，妈，你想哪儿去了。"严峫不满地道，"就是普通舍友，昨晚他还给我做炖牛肉和西红柿鸡蛋面吃呢。"说着唰地摸出手机点开相册，把昨晚吃饭前加了滤镜拍的照一亮。

严母眼底满满的怀疑终于暂时按捺住了，跟老公头凑着头，一同打量着图上那碗土豆炖牛腩。

"伯父，伯母。"江停端着茶盘从厨房出来了。

严峫立刻咬牙冲他爹妈比杀鸡抹脖子的动作，然后转身迎上前，不由分说从江停手里接过了沉重的茶盘，偷偷传递了一个"我搞定了"的眼神。

趁着严峫背对沙发的短暂空隙，江停压低声音问："到底怎么回事？"

"是他们自己多想了，没问题。"严峫手在茶盘下比了个 OK 的手势，"解释清楚了！"

江停点点头，稍微放松了些，心说严峫的终身大事对他爹妈来说估计已经是心病了。

"呵呵……"

"呵呵呵……"

严父严母大概做梦也没想过自己期待的第一次喝到儿媳妇茶竟然是这么个乌龙情景，两人脸上的笑容都有点扭曲。所幸曾翠女士不是个一般的中老年妇女，她是个生意场上见过大世面的人，尽管内心澎湃又复杂的感情已经几乎要满溢出来了，表面上还是强撑着笑问了句："我说儿……我说小陆啊，在这里还住得惯吗？"

江停不疑有他："啊，住得惯，承蒙严峫照顾了。"

严父一口茶叶呛在喉咙里，梗着脖子硬生生咽了下去。

"住得惯就好，住得惯就好。"严母搓着手，又顾虑重重地问了句，"你俩平时还好吧？”

“……”这话问得江停眼皮一跳。

“确实还好。”江停顿了顿，加重语气正色道，“虽然我们只是警校期间的老同学，而且已经五年没见了，但彼此的友情一直是不错的。”

严母笑了笑：“感情好就好，感情好就好，啊。”

严父强行把茶杯塞进她手里：“喝茶，喝茶。”

严家父母肩并肩坐在沙发上，动作一致地喝茶——不是那块老同兴普洱茶，老同兴普洱茶饼已经被江停掏得只剩下指甲盖那么大的一点儿了。

“这个，”江停斟酌着开了口，问，“我听说为了庆祝严峫生日，中午这顿饭好像应该是……”

他刚想说我们是不是现在该出门了，不然这气氛也太尴尬了，紧接着下面的话就被严峫一脚踩了回去：“对对，中午我们在家吃。欸，你昨天不是说要亲自做饭露一手的吗？”

严父严母同时抬头，整齐划一。

江停：“……”我什么时候说过这话？

“他俩老人大老远来一趟也不容易，别上外头了，又热又挤的，咱们自己人在家吃得了。正好我给你打下手。”严峫一把抓住江停的手，“都说儿女的生日是父母的苦日，自己动手做饭多有意义啊，你说是不是？”

江停在对面两道期待的注视中赶紧抽出手：“其实我也不会做什么菜……”

“没事，做多做少都是心意，最重要的是我趁机向你学学做饭，以后也好孝敬老人，你说是吧？！”

严父严母仿佛突然打开了新世界的大门，迫不及待地赞同：“对对，还是在家吃好！”“在家吃健康！”

江停：“？”

江停莫名其妙被严家父母欣慰、赞赏、感动的目光砸了个满怀，嘴唇颤动两下，愣没好意思当着长辈的面把反对的话说出口，紧接着就被严峫死拉活拽着进了厨房。

“我说严峫你这到底是——”

江停没来得及质问就被镇住了。

只见严峫从橱柜里拎出一件围裙，兜头套在了自己身上，顺手抓住江停下巴强行扳正，紧贴着耳朵低声说：“你做饭，我打下手。”

江支队长猝不及防，拿惯警枪的手里被强塞了个锅铲，满脑门问号。

第 3 章

江停的厨艺水平，如果等量代换的话，差不多就跟韩小梅同学作为刑警的业务水平一样——理论知识丰富，实践机会较少；虽然有闪光点，但独当一面做出满汉全席是不可能的。

还好严峫并不需要他以五星级大厨的精湛技艺艳惊四座，所以："昨晚那个土豆炖牛肉不错，再炖一次，我这就让他们把做刺身用的雪花和牛送来。油爆大虾好吃，我打电话问问他们新西兰深海小龙虾还有没有，拣最高档的送两斤。啊，西红柿炒鸡蛋！我跟我爸都爱吃！家里那盒鸡蛋扔了吧，我叫人另外送土耳其进口鸡蛋上门，你赶紧去烧水准备烫西红柿，快！"

江停："……"

半小时后门铃响起，严峫如同战士听到了冲锋的号角，弹跳起来冲向大门，一趟趟来回把箱子搬进厨房，里面全是各色各样的高档食材。

江停望着满厨房足以供应酒店的原材料，嘴角微微发抽，一个字都说不出来。

严峫用实际行动再次证明了：钱能解决的事都不叫事，实践过程中的任何弱项或短板，都能用砸钱来解决。

"不对啊，江停，你不是叫我把牛肉过水去血吗？我看教程上写牛肉最好连洗都不要洗，否则会损失风味的啊！"

江停手上翻炒大虾，连头都没抬，夺过严峫的手机，把他新下的厨艺教程 APP 里"炭烤牛排"那页翻到了"炖牛肉"那页，再塞回他怀里。

"哦哦……"严峫茅塞顿开，热泪盈眶，继续奋力剁洋葱。

严峫烧水、洗菜、切辣椒、挑虾线，就像只嗡嗡嗡扇动翅膀的勤劳工蜂，一会儿飞向水池，一会儿飞向炉灶。这辈子没下过厨的严父严母在厨房门口探头探脑，只见锅台前的场景无比和谐美满，浑然好似电视里放的太太乐鸡精广告，一时不由得感慨万千。

“你把高压锅那气儿放了，待会儿拿碗盛炖牛肉出锅。”江停边给油爆大虾淋最后一遍酱汁，边吩咐严峫，“西红柿炒鸡蛋端出去，米饭再焖几分钟，回来给我带瓶水，渴了。”

严峫的眼珠子几乎要掉在那锅红彤彤、香喷喷的大虾上，一步三回头地把菜端去外间餐桌，回来果然带了瓶冰镇矿泉水，趁江停抬头时眼明手快地抓住他下巴，喂了进去。

“嗯……”

江停猝不及防被偷袭，锅铲一下扬起了个大虾仁，在空中画出抛物线，啪的一下砸在严峫身上。身手敏捷的严副支队果然没被吓着，当场一把抓住那个虾仁吞进嘴里，烫得直抽气。

江停手忙脚乱地捂住嘴，太阳穴直跳：“……好吃吗？”

“嗯，好吃。”严峫含糊道。

江停：“……”

严峫在江停空白的表情中得意扬扬，亲手把油爆大虾铲出锅，哼着小调端了出去。

少顷，严峫亲手盛饭摆盘，望着一桌热气腾腾的菜，犹如一家之主般威严宣布：“开饭！”

严父严母养了这废柴儿子三十多年，今天第一次吃到儿子亲手做的饭，心内齐刷刷地老泪纵横：“好吃！好吃！”“好手艺！”

严父望着筷子间的那块炒蛋，不胜唏嘘：“翠翠啊——你看这色泽，这香气，我这辈子还没见过这么好的西红柿炒蛋呢！”

曾翠翠女士感慨万千，心潮起伏，甚至都没意识到这话里满溢出屏幕的无数的槽点。

江停眉梢不住抽搐，只得佯装撑额，抬起一只手挡着脸。严峫得意地瞅了江停一眼，然后起身去酒柜提了瓶酒，亲手给他爹倒上。

“从今以后你就是个大人了，”感动的严父如此对严副支队长说，“要努力工作，好好过日子，明白吗？”

严峫举杯郑重道：“明白。”

严母拉着江停的手：“两个人同住一屋檐下，要好好相处，不要吵嘴打架，明白吗？”

江停心想，我又打不过严峫，再说哪有白吃白住还打人家屋主的？于是也点头应了句："明白。"

不知道是不是江停的错觉，他分明看到曾翠女士眼底闪烁着复杂欣慰又慈爱的目光，仿佛倚在产床上的母亲看着自己刚拼死拼活生下来的二胎。

"来来来，喝酒喝酒。"严父拍拍儿子的肩，又站起身亲手给老婆和江停各倒上浅浅半杯红葡萄酒，心满意足地环视全桌，"四角俱全，和和美美，好！好！"

大家一齐举杯，饭桌上洋溢着和谐亲热的气氛。

严父被老婆禁酒已久，终于找到名正言顺的理由跟儿子"相对小酌"，父子俩一顿饭没吃完就对吹了一瓶茅台。严峫这个被五条禁令约束的警察已经很久没有好好喝过了，酒量远不如他爹，半瓶下去立刻上脸；意犹未尽的严父还想找江停对吹，被老婆穿着高跟鞋狠狠一踩，登时清醒了大半。

严峫双手推着他爸："不行不行，五十多度呢，他身体不好不能喝，我来我来。"说着不由分说地抢过酒瓶一饮而尽。

"你也不能再喝了，真是有其父必有其子！"曾翠翠女士嫌弃地拽着老公的后衣领子，一把拍下酒杯，又按住了作势要起身收拾的江停，打电话叫在楼下等候的司机上来收拾残局。严父还嚷嚷着要再跟"小陆同志"喝两杯谈谈心，被老婆拎着耳朵往门口拖："谈个屁，你儿子都喝成这样了，你想把他俩都放倒吗？！吃完了就回家！"

江停立刻起身穿鞋，说："我送送伯父伯母吧。"

严峫瘫坐在椅子上大口大口灌冷茶，满脸通红说："我、我也去，我没、没喝多！"

严母哭笑不得，啪地赏了儿子一巴掌，拉着江停的手转身出门去了，留下父子俩互相搀扶着跟在后面。

这座物业费昂贵、管理严格的小区下午路上没什么人，严家的车停在大门外面，一路上就只听严峫在后面喊："哎——妈，你拉着他干什么？你拉我爸去！哎，你拉我爸去！"说着把酩酊大醉的老爹塞老妈手里，一把夺回江停，强行哥儿俩好地勾肩搭背着。

严母刚打开车门，忍不住回头一指头戳在老公通红的脑门上，咬牙道："我怎么就嫁了你这么个牲口？！"

严父大着舌头，紧紧攥着老婆的手："孩子他妈，今儿我心里高兴……你嫁给我这么多年……”

严母忙不迭挣脱，又一指头戳严峫脑门上：“我怎么就生了你这么个孽障？！”

“走了走了，”严峫歪歪斜斜地站在马路牙子上，一只手插在裤袋里，另一只手撑在江停肩上，无所谓地看着他青筋乱迸的妈，“赶紧回家，路上别耽搁，不用常来看我，回家别骂我爸，啊。”

严母怒道：“养你不如养头猪！小陆啊，让你费心了，回头我再来看你，咱们没事多唠唠嗑儿，以后记得来咱家玩儿啊！”

江停怕招出严峫更多话来，只能礼貌地点头应承，送严家爹妈上了车。眼睁睁看着汽车发动，突然后车窗又降下一条缝，露出了严母欲言又止的脸。

“妈，你想说什么？”

严母犹豫再三，拿出手机迅速发了条短信，严峫手机叮当一响。

“待会儿记得看我的消息！”严母谆谆叮嘱，又转向江停：“小陆啊，今天谢谢你啦！下次一定要记得来看我跟他爸！”

“……”江停眼皮再次不由自主地狂跳起来，刚忍不住要重申一遍自己跟严峫坚固的纯友情，汽车就轰然扬长而去，原地只留下了袅袅一阵尾烟。

“伯母到底给你发了什么？”

严峫摸出手机打开，屏幕显示出来自年老貌美曾翠翠的最新微信：“好好过日子，彼此扶持信任！你妈。”

严峫捧着手机，手忙脚乱装作晕倒道：“嘘，嘘，我头晕，我喝多了……”

严峫醉醺醺地靠着江停，顺着长长的小区林荫路往回走。他就像个散发着酒气的人形沙袋，每走一步都拖着脚。江停冷冷道：“你从最开始就是故意把他俩找来的？”

严峫：“哎呀，那倒也没有……”

“你还胡说八道了些什么？”

严峫得意扬扬，刚想夸下海口，结果一眼瞥见江停的脸色，立刻抱头呻吟：“我喝多了我头痛，啊我走不动了，救命……”

严峫早年警校毕业分配到派出所，各路打架滋事出丑的醉汉见得多了，练就了一身出神入化的精湛演技，满面痛苦的表情逼真无比，连路过的小学生都回头奶声奶气喊道：“妈妈！你看那个长腿叔叔他愁眉苦脸的，他生病啦！”

是的，这个长腿叔叔脑子的确病了——江停一把拽住严峫的手，沉着冷静，大步流星，在严影帝将装病推到演技的巅峰之前强行把他拉回了家。

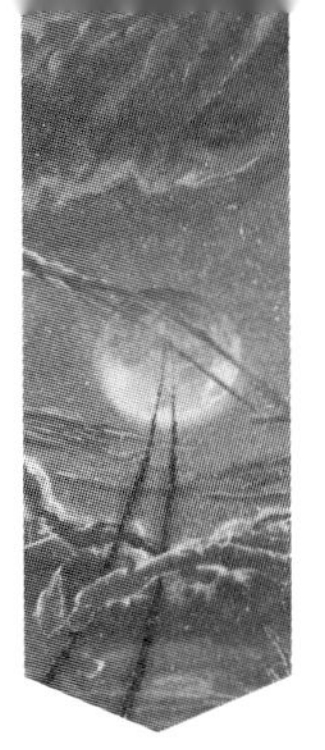

第 4 章

昏沉。

江停睁开眼睛，好半天才从醉酒的不舒服中恢复清醒，涣散的视线渐渐聚焦到床头柜闹钟上——1:45PM。

第二天下午了。

江停翻身坐起，他换了件宽松的短袖白 T 恤作为睡衣，柔软的质地散发出阳光的气味。江停轻轻闭上眼睛，一动不动地坐在床上。

江停以前的体质是从熟睡到备战状态不超过三十秒，但现在明显不行了，需要足足十分钟才能勉强从低血压的眩晕中恢复正常。许久，他终于再次疲倦地睁开眼睛，起身走到洗漱间洗了把脸。起身时他对着镜子注视自己水淋淋的面孔，目光深处有些疑惑，似乎非常不明白。

半晌他自嘲地摇摇头，一转身，猝然撞见了正抱臂静静倚在门框边的严峫。

“……”两人相对片刻，严峫那张英俊的脸上慢慢浮起笑容，“早呀，江队。”

这话里戏谑的成分简直明显到欠揍的地步了。

“下午了。”江停头也不抬道，用毛巾擦了脸。

严峫嘴动了动，缓缓道：“江停……”

江停正以为他要说什么的时候，却只见严峫突然又收住了，一笑：“我做了点吃的，来吧。”

严峫这何止是“做了点吃的”，简直是把五星级酒店的广式早茶搬进家门了，餐桌上的皮蛋瘦肉粥、凤爪、鲜竹卷、各式虾饺等琳琅满目。也不知道他是什么时候起来打电话订餐的，粥还温温地热着，正是可以入口的温度。

“太多了吧？”江停扬声道。

严峫在厨房里拿碗碟：“你先吃点，待会儿还要出门！”

江停无声地呼了口气。

“好不容易给个停职审查，我都要怀疑是不是吕局洞悉未来，提前给我放的婚假了。”严峫端着碗出了厨房，亲手给江停盛了皮蛋瘦肉粥，唏嘘道，“尤其是今天上午醒来的时候，我还以为局里得有十多个未接来电或者大大小小百八十件事等着，嘿，谁知道只有马翔那不长眼的东西打了个电话来，还只是问结案卷宗。”

“因为你们余队去上班了吧。”

“嘿，余队每天就上半天班，马翔说剩下的工作都是吕局亲自主持。”

江停的勺子在碗边缘上微微一磕。

严峫坐在旁边那张椅子上，目不转睛地盯着江停吃东西，突然问：“不合口味吗？”

广式早茶和川式火锅一样，都是既能打天下又能坐江山的王牌中国美食，在人类范围内几乎不存在不合口味的问题。江停回过神，摇摇头说：“没有，味道挺好。”

“那这椅子你坐着舒服吗？”

“啊？”江停没反应过来。

严峫认真道：“椅子不会太硬了吧？”

“……”

江停夹着半只鲜竹卷的筷子停在半空，面无表情地瞪着严峫，下一秒又把他筷子上那个绿莹莹的韭菜虾饺打掉，往他碗里塞了一块蒸鱼肚：“少吃韭菜多吃鱼，多补补脑吧！”

严峫惋惜地摇摇头，又瞥着那块鱼叹道：“算了，你夹给我的什么都好吃。”然后用担忧的目光往江停腰上瞅了一眼。

江停一个曾昏迷过三年的重病患，才懒得跟严峫做这种口舌之争，径自低头喝了大半碗粥，就放下了小白瓷勺，感觉胃里已经有饱胀感了。严峫看他今天脸色也还好，就不再逼迫他吃更多东西，边收拾碗筷边说：“待会儿你跟我出去一趟，晚上回来。”

“怎么？”

“生日。”严峫笑起来，“虽然我觉得男人过了十八岁后生日就没什么太大意义了，但每年还是有一大家子亲戚要聚到一起，除了名义上帮我庆祝之外，当然还有些其他的……毕竟我爹妈就生了我一个嘛，生意摊子又铺得那么大。”

可能因为严峫平时的表现都太朴素接地气了，无法让人联想到任何狗血的豪门恩怨上去，所以他说这话时，江停不由得意外地打量了他两眼。

严郴怕他误会，赶紧解释："不过我的任务只是过去亮个相，表示我还活着，号召亲戚们团结友爱、和谐相处，然后吃吃喝喝就散场回来了。你跟我一起，他们不会多问的，只说你是我朋友就完了。我爸妈也不会乱说什么，放心吧。"

江停在严郴挡不住的热切的注视中迟疑了几秒，慢慢说："但……我今天还挺累的，要不下次再说？"

"我们可以只去转一圈就回来，十分钟也行。"

江停还是摇了摇头："你家的亲戚平时一定交游广阔，我现在这样，还是避免这种人多的场合比较好，算了吧。"

严郴眼底似乎有些失望。

但严郴作为一个三十多岁成年人的好处在于，很快就能控制住情绪，于是若无其事地点头答了句："倒也是。"然后甚至还笑着摆了摆手说，"那你在家里休息吧，我一定早点儿回来。"

严郴说一定早点儿回家，可是他根本就没有早点儿出家门。他磨磨蹭蹭地收拾了碗筷，把江停拖到主卧衣帽间去，打开了前相亲专用装备衣柜，掏出每件衬衣在上半身前不断比画，反复征询江停的意见："帅吗？这件怎么样？"

江停说："帅，帅。"

"那这件呢？"

江停双手插在居家长裤口袋里，无奈道："也帅，都帅。"

严郴闻言不干了。他赤裸着上半身，多少年来一线工作加坚持锻炼保持的体形是完美的穿衣显瘦、脱衣有肉，充满威胁性地低头咬牙问："怎么这么敷衍？"

"……"江停还是很镇定地说，"你的好看跟穿什么衣服没关系。"

严郴本来正准备给他点教训，却没想到江支队嘴里能说出这话来，当时倒愣住了。

"所以别穿衣服，光着去吧，"江停忍俊不禁道，"然后所有人都知道你是天底下最厉害的啦。"

严郴还没来得及动手，早有准备的江停已经贴着墙角溜了出去，正三步并作两步冲向主卧大门，就被反应过来的严郴飞扑上前，一把捞回来，几下把手脚都制住了："你给我回来！我看你往哪儿跑？！"

"我错了我错了……"江停边挣扎边笑着讨饶，"行行行，你穿什么都好看……"

两人扭打了好一会儿，最终以江停不断讨饶并声称"疼疼疼"才结束。

严郴只好进了衣帽间，少顷终于换好衣服，随便抓了把头发就出来了。他果然不是诚心要好好打扮去见亲戚的，只换了普通的 Polo 衫和牛仔裤，手上戴了个精钢表，这么一看倒显得比穿正装要年轻，眉眼间有股挡也挡不住的毛躁小伙子的气息。

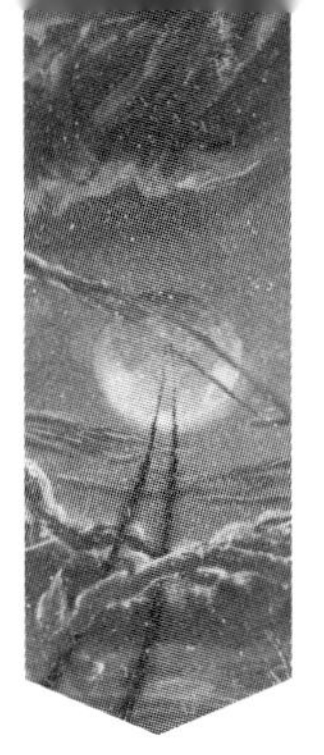

第5章

每年严峫的生日都是回家过，那天他整年都未必能见两面的叔叔婶婶、姨妈舅舅、堂兄弟姐妹、表兄弟姐妹等都会过来吃饭，林林总总三四十个亲戚，楼下带花园要分三张长餐桌，放眼望去，堪称壮观。

严峫开车进门，车还没停稳，打扮得如同年轻了十岁的曾翠翠女士就捏着祖母绿鳄鱼皮的KELLY手包快步迎接上来，第一句话就是："小陆呢？"

严峫下了车，没什么表情，随口道："哦，他身体不舒服，不来了。"

严母吓了一跳，小心翼翼地问："吵架啦？"

"哪儿有，想哪儿去了！"严峫这才笑起来，随手把从家里带来的红酒往他妈怀里一塞，"你儿子魅力这么大，谁吃了熊心豹子胆敢跟我吵架？"

曾翠女士翻了个克制的白眼，只见严峫一溜烟进了门，脚步都没停，一边胡乱喊着"舅舅好""表弟乖""二婶又年轻啦"，一边旋风般穿过人群刮上了二楼储藏室。曾翠还以为他要找什么玩意儿，片刻后只见他又旋风般再次刮下楼，手里攥着个红木盒，脚步不停地往外走。

"你个败家玩意儿！"曾翠追在后面喊，"你又掏了你爸的宝贝收藏走是不是？"

严峫头也不回："我爸说了，他的一切最后都是我的！"

曾翠女士双手叉腰，刚要骂儿子，只听严峫又远远补上了一句："除了他最爱的老婆！"

"……"曾翠女士俏脸一红，满肚子叫骂登时全忘了，半晌才悻悻地呸了句，"一老一小都不正经。"然后暗自窃喜着回屋找她老公去了。

严峫把装着四块茶饼的红木盒放进副驾驶下的杂物匣里，拍拍手关上车门，心说这起码能让江停魂牵梦萦上一整年——不过按江停的行事风格，一时半刻肯定舍不得拆开第二饼，估计要先拿其他便宜茶叶喝几个星期，然后才会在某

个夜深人静的晚上，偷偷背着他小心地把老同兴拆开来喝，满足地舔舔嘴巴，然后装作什么都没发生。

“三叔三婶好！”

“哎，谢谢姑妈！”

“嗯嗯，堂弟又长高了，期末考试考了多少？”

……

每年都是固定流程，严峫已经应对得很熟练了。

严家真正管事的是严峫爹妈，他自己完全不参与生意，将来注定是个请职业经理人的甩手掌柜，各种利益纠葛和生意往来几乎都牵扯不到他身上。他每年在家宴上亮相的主要目的也就是宣告下自己还活着，既没有殉职，也暂时没因为是大龄剩男被父母扫地出门，这就够了。

三姨从餐桌另一头探过身，语重心长道：“严峫又长了一岁，年纪不小了，要注意成家立业了啊！”

严峫笑着称是。

“看你二表弟已经找上女朋友了，你大堂妹马上都显怀了，你怎么还单着？工作危险就更应该早点儿成家，男人要后方安稳才能专心拼事业，懂吗？”

严峫：“是是是……”

往年每到这个时候严峫都是被一众长辈数落的命，偏偏今年严父跟连襟吵过两次架，突然梗着脖子把碗一放，理直气壮地插了句：“谁说我儿子成不了家？我儿子已经谈对象了！”

一石激起千层浪，三姨吓了一跳。

“对象也是市局里的，工作特别好，年纪也相当！昨天还在家里烧饭给我们吃呢！”严父在周遭众位亲戚的目光中镇定自若地炫耀，“不信你们问翠翠，是吧翠翠？”

严峫：“……”

严母在人前从来不掉严父的面子，立刻在周遭震惊的目光中摸出手机，打开相册，调出昨天在严峫家拍的油爆大虾、土豆炖牛肉、西红柿炒蛋、排骨汤等加了十八层滤镜的图，满桌亲戚依次传阅，纷纷捧场，各种礼节性赞叹不绝于耳。

各种复杂滋味从严峫心底汹涌而出，说不上来是好笑还是感慨。在这一瞬间，满地尖叫乱跑的小堂妹小表弟、隔壁桌襁褓里嗷嗷大哭的小侄女儿，以及连认都认不全的远房未来妹夫弟媳妇们，都让他心底蓦然生出一丝陌生的向往和惆怅，尽管他自己都说不清那迷茫从何而来。

严峫悄无声息地站起来，退出厅堂，站在后院门廊边点了根烟，拿着手机愣了很久，终于打开了微信。无数未读信息叮叮当当地排列出红点，那是市局同事们发来的生日祝贺，魏副局、苟利、秦川、技侦黄兴、马翔、高盼青……

严峫点开"姓陆的"，迟疑良久，几番输入又删除，才最终按下了发送键："在哪儿呢？"

江停没有立刻回复。

劝酒声，吆喝声，大声谈笑和互相揶揄的声音从厅堂方向传来，尽管私下也有各种龃龉和不愉快，但聚在一起时还是热热闹闹，像一大家子。

严峫拿着手机，漫无目的地顺着门廊往下走。这时天色已经晚了，门廊上亮着灯，花园里睡莲飘来轻微的芬芳，夜虫伏在草丛间长长短短鸣叫；不知何时严峫走到后厨门口，透过玻璃窗，只见圆桌上放着精心准备好的三层蛋糕，漂亮的裱花宛如工艺品，新鲜奶油在灯光下泛着微微的橙黄。

严峫心中一动，拿起手机拍了张照，发给江停。

谁知这时江停的回复正好过来："在家呢。"

灯光下的三层大蛋糕成功发送后，只过了三秒，严峫手机再次一振——

姓陆的："生日快乐。"

"以后年年生日，都要平安喜乐。"

严峫心头一烫，那瞬间五脏六腑都被熨平了，说不出的舒坦从全身上下每个毛孔中咝咝地冒出来，过电般的酥麻从脚心一路升到头顶，在脑海中激起无数喜悦的烟花。

他匆匆把手机往怀里一揣，转身就奔回了热闹的厅堂。严母正四处寻找儿子过来敬酒，迎面只见严峫大步流星走来，俊美的脸上还带着笑，映着满屋灯火熠熠生光，不知怎么竟然亮得她都愣了一下；紧接着她就被严峫拉住了，在喧闹的背景中喊道："妈，你们先吃着，我回去了！"

严母愕然问："蛋糕还没切，你上哪儿去？给我把蛋糕切了！"

严峫随便想了个借口："市局临时有事……"

"再有事你也给老娘把蛋糕切了，你以为那玩意儿便宜吗？！"

严母一迭声招呼他的表弟表妹堂弟堂妹们帮忙把蛋糕从厨房推上来，拽着儿子的手，摁着他的头在周遭的生日歌中一块块切好，装进满摞银色的小碟子里。小孩们这边刚捧着蛋糕一哄而散，那边严峫就立刻把刀一放，把点缀着樱桃的蛋糕塞给他妈：“我走了！”

严母嘿的一声，只见严峫冲上去拥抱了下他爸，兜头就往外走。严父都被儿子突如其来的热情搞蒙了，还没来得及发问，就见他头也不回地冲出了大门。

“你这孽障！”严母跟在后头追到门口，哭笑不得地吼道，“你到底要去哪儿？大晚上的开车小心！”

“我知道！”严峫发动汽车，漂亮地三角掉头，从车窗里探出头笑道，“妈，我爱你！回头见！”

大奔轰鸣一声扬长远去，严母莫名其妙地站在台阶上，而前院只留下了一溜儿尾烟在路灯中缓缓飘散。

晚上十点，市中心车流稍微有所缓解，商业区灯红酒绿，半开的车窗中飘来大都市夜晚特有的阵阵香风。

大奔在红灯前缓缓停下，严峫随意瞥了眼后视镜，从车门侧边摸出手机，给“姓陆的”发了条语音信息：“猜猜我在什么地方。”

屏幕上方显示输入中，少顷又停下了，江停发回的也是语音：“回家路上？”

严峫嘴角笑容加深，还没说什么，突然余光瞥见路口对角一家灯火通明的蛋糕店，刚到嘴边的话就转了个弯：“嗯，我还给你带了生日蛋糕。”

他几乎能想象出江停在那边啼笑皆非的神情，未几，果然听见那个人似乎带着笑意的回答：“行吧，开慢点，不急。”

红灯转绿，前车开始发动。严峫收起手机，迅速向左右张望了一眼，趁着右转车道尚空的几秒钟飞快打灯变道，大奔一个漂亮的穿插，呼啸着开上横向街道，然后再U形转弯开回路口，稳稳地停在了蛋糕店门前。

几分钟后他托着特意用白纸袋包好的切块蛋糕走出店门，把纸托盘放到副驾驶座上，正要发动汽车，突然从侧窗外瞥见了什么，动作一顿。

刚才他临时变道过来的路口红灯下，一辆普普通通的银色现代停在路边，既没有前行也没有开双闪，像是在等什么人似的。

严峫心中突然生出了一丝奇怪的感觉：我刚才是不是在后视镜里见过这辆车？

这个想法其实是有点无稽的，建宁市街道上这样的家用代步车极其常见，长得几乎都一个样，不细看车牌的话根本分不清谁是谁。但严峫毕竟当了这么多年刑警，对某些事物有种说不清道不明的敏感，像是什么阴影从心底最深处快速地掠了过去。

嘀嘀——

后面响起喇叭，严峫皱了皱眉，踩下油门右转。

他刚才这一停顿，也只是几秒钟的事情，任何人都看不出异常。严峫也有意不表现出什么异状来，再次上路后便时刻注意后视镜和侧视镜，不多时只见左侧车道隔着几十米的距离，再次闪现出了一辆银色车身的影子。

严峫眉峰微挑。

是那辆现代。

这么巧？

严峫这人活了三十多年，最不相信的就是一个“巧”字。

他脚踩着油门略微往下，被改装过引擎的S450发出沉闷的轰鸣，陡然加速变线，绕过前车飞驰过红绿灯；在下个明明应该继续往前行驶的路口，他却打灯往右一拐，同时瞥向侧视镜。

不远处那辆银色车果然亮起右转灯，显然要跟上来！

有人在刻意跟踪！

什么人大胆到敢追踪刑警副支队长的车？

“找死的孙子……”严峫低声骂了句，刻意降下车速，单手把着方向盘，同时看都不看地摸出手机拨了个电话：“喂，马翔？还有人在局里吗？”

“严哥生日快乐！”对面传来马翔热情洋溢的大嗓门，“我在呀，我在局里，正准备下班跟苟哥秦哥他们开黑呢。哎哟几天不见，我们可想死你了……”

“我被人跟踪了。”严峫打断了他，面沉如水，“我现在在工人大道以东近金稻路出口，跟踪者是一辆银色现代伊兰特轿车，暂时看不清车牌号。我现在立刻给你发定位，你去找交警大队锁定目标车号并反追踪，快！”

手机对面，马翔兴高采烈的神情渐渐被凝重取代，待严峫说完最后一个字时，他已经起身匆匆冲出了办公室的门，只丢下一句简短有力的：“是！”

工人大道转眼就到尽头，越远离市中心商业区，路上的车辆就越稀少。S450车窗两侧，路灯和树木平稳而飞快地向后掠去，严峫抬眼紧盯后视镜，只见车前灯再次闪现，那辆银色轿车又跟上来了。

是什么人？

想干什么？

他平时不太开这辆S450，谁能知道这是他的车？

表面上的种种疑问很快沉寂下去，心底更深处，某个可怕的猜测隐约浮出了轮廓。

但严峫没有任何惊诧，或者说他早就在潜意识里做好了心理准备，到事情真正发生的时候也并不感到一丝一毫的意外，很快就领着那辆伊兰特连续冲过了三个绿灯，直到马翔的电话再次响起："喂？严哥，我刚联系上了交警大队，附近交警及巡特警马上就出动进行拦截。你注意别离开现在这个分局辖区，也不要降低或提高车速，我们待会儿就到！"

严峫吐出一个字："好。"然后挂断电话，转到微信，点开最上面那个对话框，靠近嘴边道："我突然想起有个材料落在办公室了，要顺路去趟市局，可能要晚点才到家。"

同一时刻，公寓沙发上，手机屏幕荧光映出了江停微微拧起的眉头："你到底……"

但旋即他又把这话咽了回去，重新发了条语音，这次只有简单利落的四个字："开车小心。"

开车小心。

语气并无任何波动的短短四个字，却不知为何让严峫心中一悸。

刚才发现被跟踪时，甚至在以前某些更危急惊险的情况下，严峫心里都从没有过这种失重般的心悸，似乎江停已经感觉到了什么一样。

他没再多解释什么，关上微信回到通信录，边继续向前飞驰边再次拨通了马翔的电话，与此同时抬头望向后视镜，几秒钟后他瞳孔骤然一缩——跟踪者消失了。

他所处的地方恰好是一段双车道直行路的中央，前后平坦明亮，可视条件极佳。后视镜可以毫无阻碍地望见身后起码二百米，但除了寥寥一两辆的士和小货车之外，并没有那辆银色现代车的影子。

"严哥！"这时电话接通了，马翔急切地问，"你还在金稻路上吗？我已经从市局出发了！"

"……他不见了。"

马翔没反应过来："什么？"

S450放慢速度，平稳驶过长街，在亮起的红灯下徐徐停住。不远处，另外车道上的货车和的士陆续停下，再往后空旷平坦，那神出鬼没的跟踪者已悄然失去了踪影。

严峫语音中夹杂着一丝森寒，低沉道："他突然放弃了。"

远处亮起红蓝警灯，附近的警用摩托车正迅速向金稻路靠近。而马翔那边背景喧杂，响着转向灯的嗒嗒声，想必也正匆匆往现场赶。

与这喧嚣相对应的，是他们二人长久沉重的静默。

跟踪者手段拙劣、技术生涩，甚至不能很好地掩藏踪迹。来人却偏偏能在警方出动的同一时间选择果断放弃，其嗅觉之敏锐、时机之精准，令人刚一深思，便觉胆寒。

"……别担心，严哥，"不知多久后，蓝牙终于传来马翔刻意压低了的声音，隐隐含着一丝担忧，"我这就通知交警大队调取工人大道上的监控，不管对方是什么人，一定能把车牌号查出来。"

严峫吸了口气，都市夜空璀璨的霓虹灯穿过车窗，照亮他半侧硬朗的脸颊，于唇角落下一道阴影，另外半边则隐没在车厢内深沉的黑暗里。

"这件事别让太多人知道，尤其是吕局跟魏副局。"顿了顿，严峫又道，"办事小心。"

随即他挂了电话。

四十分钟后，公寓楼小区。

S450 驶进小区大门，还没进车库就远远看见一道熟悉的身影站在路灯下，严峫立刻停车降下侧窗："你怎么等在这里？"

江停右手插在裤兜里，左手抓着手机，也不知道已经站了多久。他的表情始终很冷静，没什么变化，但不知为何，严峫看到他的同时，感觉他似乎极轻微地松了口气。

"随便下来走走。"江停习惯性地活动了下肩膀，关节发出长时间绷紧后骤然松弛的咔啦声，但他似乎没在意，"你没事吧？怎么耽搁到这么晚？"

确实有那么好几秒，严峫看着他，油然生出了一种将所有和盘托出的冲动，但短暂的冲动突然就被更强大的力量摁了回去，转瞬间烟消云散。

严峫从车里看着江停，慢慢微笑起来，然后带着这样的笑容从车窗里伸出手，用力握了握江停微冷的指尖。

"没事。"他温和地道，"在办公室里找不到材料，所以耽误了一会儿。"

江停半边眉心还微微拧着。

"来，上车，给你带了蛋糕。"严峫探身打开副驾座的车门，示意他上来，"走，回家。"

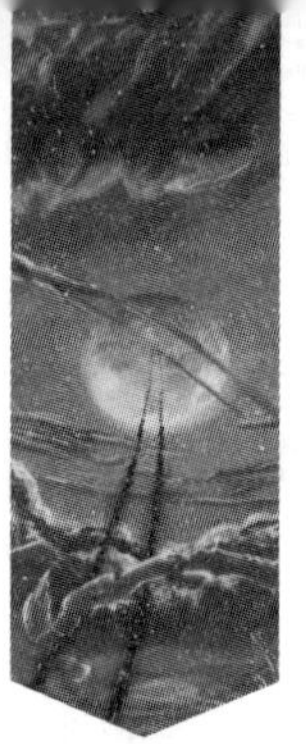

第6章

公寓顶楼门口，马翔站在一看就很豪华的大门前，好奇地上下左右端详半晌，刚想伸手按铃，突然又想起什么，赶紧缩回手去摸出手机，拨通了严峫的号码。

十秒钟后，门被打开了，严峫光着上半身探出头。

“哎哟，严哥，我可想死你——”

“嘘！”

马翔戛然而止，活像被人迎面往喉咙里塞了个生鸡蛋。只见严峫食指竖在嘴唇前，随即往客卧方向指了指，严厉道：“轻点！你陆顾问在睡觉！”

马翔：“……”

“东西带了吗？”

复式公寓二楼，严峫坐在露台的藤椅上，往马翔面前放了罐刚从冰箱里拿出来的可乐，又摸出根烟自己点燃，深深抽了一口。

马翔从后腰解下枪，握着枪口递给他：“一共五发子弹，登记的是我的名。您可千万悠着点，这里边哪怕只有一发子弹的去向说不清楚，我这身警服就该脱下来走人了。”

“没事，”严峫接枪拆开，当着马翔的面清点了五发子弹，叼烟笑道，“你要是丢饭碗了，严哥养你跟你的纸片人后宫一辈子。”

马翔感动得瞬间鼻头一酸：“严哥……”

“去去去。昨天晚上跟踪我的那孙子车牌号查出来了？”

马翔打开文件袋，说：“都在这里边了。银色现代伊兰特家用轿车，车牌号建C66RT3，不出所料是个假牌照。我把工人大道上的交通监控录像调出来做了锐化，但跟踪你的那司机做了一定程度的伪装，没拍下有价值的面部影像，仅仅那一段视频没法查出更详细的线索。”

这倒不出严峫意料，他翻看着文件袋里打印出来的监控图像，问：“那他的逃跑路线呢？”

“监控时间显示，交警及巡特警出动后仅仅两分钟，这辆伊兰特就突然变道开上了工人大道以东的高新技术园区。园区内部道路复杂、监控不全，我怀疑他对地形非常熟悉，很快我们就再追踪不到这孙子的逃逸路线了。”

严峫的动作停住，盯着一张图像。

那是锐化后又放大了几倍的监控图，角度非常巧妙，拍下了司机的小半张脸。因为隔着挡风玻璃，那张戴着墨镜、口罩的脸看不清晰，但盯着模糊的脸部轮廓看了足足半分钟后，严峫心里蓦然生出了一丝难以言喻的微妙感。

我见过这个人吗？他不由得冒出这么个想法。

刑警有一项重要的专业素养就是观察人脸。像严峫这样经常跟形形色色嫌疑犯打交道的一线刑警，脸盲那根本是不存在的东西，储存在脑海里的人脸没有上千也有八百，很多重点在逃通缉犯那都是隔着老远距离就能一眼认出来的。

他盯着图像上的那个司机，却无法确定自己是疑心生暗鬼，还是真的莫名觉得有点眼熟。

“这人有点反侦查技能吧。”严峫皱眉道。

“确实。”马翔喝着可乐说，“但跟踪技术不咋地，一下就被您发现了。”

严峫摇摇头，心说未必。

他昨晚能发现这个人，纯粹是因为临时起意变道去买了块蛋糕，如果不是因为机缘巧合，他是很难注意到这名跟踪者的，毕竟这个颜色的家用轿车实在太常见、太不起眼了。

换言之，他甚至都无法确定自己到底被跟踪了多长时间。

“我说严哥，虽然咱们警察肯定结下过不少仇家，但罪犯家属报复寻仇的事情可很少听过，这孙子敢在光天化日之下驱车跟踪刑侦副支，胆子显然已经不小了。要不你还是把这事跟魏副局他们汇报一下吧，有备无患，至少心里也有个底，啊？”

严峫沉默片刻，收起手枪和文件袋，摇头道：“先不用说。”

“为啥？”

马翔在疑惑中又有点本能的不安，严峫打量他两眼，夹着烟头随意点了点，皱眉道：“因为你严哥心里自然有数！该什么时候告诉老魏我说了算，懂？他先把老子的停职审查取消了再说！”

“哦——”马翔似乎明白了什么，小声揶揄嘀咕，“但你还不是在家里待得很爽……”

严峫站起身，顺手往他小弟头上敲了个毛栗子。

“还有这件事不准告诉陆顾问，免得他担心。陆顾问晚上已经很累了，我们白天尽量让他休息，不要有事没事就去打扰他，记住了吗？”

马翔头顶瞬间冒出一排弹幕。

严峫笑骂：“记住了就快滚回去上班！”

马翔简直无法直视严峫，尤其当他看见严峫背过身去，假装无意露出脊背肌时，他第一反应就是仰头望天宽面条泪。

“刚才马翔来了？”

江停不知什么时候已经醒了，正站在浴室里刷牙，一只手撑在洗脸池边，含着牙膏泡沫的声音还非常沙哑。

严峫一听那嗓音就立马凑过去，不想却被江停一胳膊肘敲在肋骨上，“嗷”的一声捂着肚子痛苦得说不出话来，半晌才咬牙切齿地挤出一句：“江队，你也太黑寡妇了……”

江停居高临下瞅着他：“我怎么不知道原来你这么娇弱，严副队？”

严峫能拿影帝的演技再一次得到了认可，终于满意了，直起身来谦虚道：“好说，好说。”

“马翔来干什么？”

“哦，也没什么，我有几本陈年案卷，想趁这段时间在家好好研究一下，叫他给我送来。”

江停低头漱完口，扯过毛巾擦了擦嘴，才道：“跟你昨晚在路上耽搁那么久有关系吗？”

江停这个人，作为刑侦专家来说确实非常厉害，严峫几乎立刻就注意到他的用词是“昨晚在路上耽搁”而不是“昨晚在市局办公室耽搁”，其中微妙的区别不言而喻。

“这不是昨晚没找到材料，所以今早叫他送来吗？”严峫若无其事地笑道，“怎么，查岗？”

江停莫名其妙地瞥了严峫一眼，转出浴室，径自去喝他那瓶每天早上都谨遵医嘱的高钙奶。

严峫还穿着松松垮垮的睡裤，双手插在裤袋里，一边肩膀靠在冰箱门边：“你说你这人，一点紧迫感都没有。万一哪天我不幸光荣……”

话没说完，江停突然站住回头，严峫差点儿没撞上他，只见他眼神已经沉了下来：“你在胡说八道什么？”

“……”

两人对视半晌，严峫眨巴着眼睛，终于讨饶般举起手：“行行行，我错了我错了……”

江停沉着脸钻进卧室，严峫还没来得及跟进去，啪的一声，门板就在眼前重重拍上了，险些撞上他挺拔的鼻子。

严副支队长把停职审查过成了长假，一晃三个星期过去了，除了每天晚上对着旧案卷宗例行学习之外，其他时间都花在休假、睡觉、睡觉和睡觉上，连以前一放假就兴冲冲出门飙车、打球、打游戏等娱乐都没兴趣了。

江支队长深深觉得睡觉这种低俗趣味不能发展成长期爱好，首先，年轻人应该把剩余精力奉献给社会主义精神文明建设；其次，他虚弱的身体情况也接受不了。江支队长是个做事很讲究策略的人，打定主意后就成天要求在家吃饭，要求两人一块儿在厨房做饭，终于温水煮青蛙，一步步开发出了严副支队长在烹饪方面的兴趣。

“不要这盒鸡蛋，从里面拿，里面的新鲜。”严峫推着购物车指挥，“对对，里面那盒。”

江停问：“今晚还吃西红柿炒鸡蛋？”

严峫满意地点点头。

“今晚蒸条鱼吃？”江停问。

严峫立刻：“蒸蒸蒸。”

江停挑了尾鲈鱼，严峫险些被鱼尾溅上一脸水，慌忙避开了，推着车继续跟在后头。

超市外停车场里，严峫拎着大包小包的购物袋，差点儿连车后备厢盖都打不开。江停扑哧一声笑了起来。

他那张面部肌肉总是自然放松、平时表情冷淡疏离的脸，一笑起来眼角就弯了，他三步并作两步转到了车身另一侧。这时严峫已经把几个购物袋放进后备厢，笑嘻嘻地起身瞧他，夏末的夕阳穿过停车场大楼，映得他们瞳孔深处都闪烁着微光。

“我说你这人……”江停刚要笑骂什么，突然严峫手机响了。

“哎哟，中头彩了。”严峫一看到来电号码就立刻认了出来，略微走远了两步，按下接听键，首先咳嗽一声，清了清嗓子：“吕局。”

建宁市局物证办公室，技侦主任黄兴坐在仪器前，略带忐忑地皱着眉头。吕局站在他身后，手里拿着一个透明物证袋，声音除了沉郁之外听不出丝毫其他情绪：“你现在在哪里，严峫？”

“在家附近。怎么了吕局？”

“明天早上七点来局里一趟。”

手机对面，严峫微愣，脑子里的第一反应就是，难道三个星期前那天晚上遭遇跟踪的事情被发现了？

然而紧接着吕局低沉的声音就响了起来：“我们从六一九连环绑架案里发现了一些新的重要线索，经鉴定后发现，可能跟你有关。”

严峫瞳孔骤然缩紧！

“明早过来后，直接来我的办公室。”吕局吩咐完这一句，没再多说什么，径直挂了电话。

办公室再次陷入安静，黄主任似乎还有点疑虑，斟酌再三后还是忍不住道：“吕局，您看这件事情……”

但他话没说完就被吕局一个噤声的手势打断了，淡淡道：“这个线索暂时不要对任何人说。”

“……是！”

吕局转过身，背着手，一言不发地出了物证办公室。黄兴出了口气，眼睁睁目送着他带着那个装着一枚子弹壳的物证袋越去越远，消失在了电梯里。

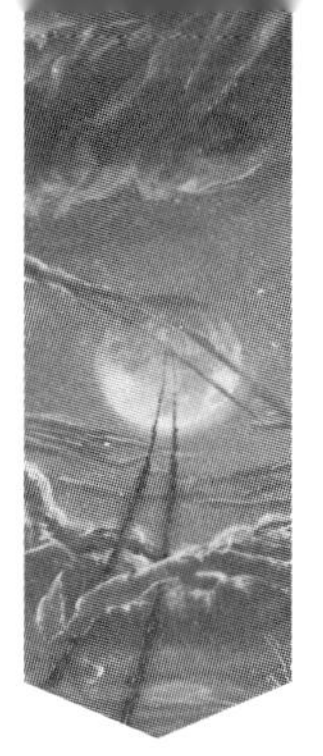

第7章

翌日清晨，七点。

建宁市公安局。

啪！

局长办公室里没有拉开窗帘，天光暗淡模糊，彻夜未熄的台灯却还亮着，映照出被扔在桌面上的两只透明物证袋。

严峫久违地穿着浅蓝色制式衬衣，三督肩章，深蓝警服长裤和皮鞋，罕见地有种严肃的气质，伸手拿起那两只物证袋皱眉端详着。

那是一只略微生锈的弹壳和一个扭曲的子弹头。

“能认出它来吗？”吕局背着手站在办公桌后，声音沉缓地问。

刹那间，严峫心中掠过了无数个念头，犹如电脑CPU瞬间过滤大批数据，最终画面定格在了数月前江阳县下属村庄那个深夜，范五等亡命徒即将扑来的危急关头，江停毅然决然扣下扳机的那根食指。

“……认不出来。”严峫抬头回视吕局，平静地吐出四个字。

台灯能照亮的空间有限，吕局站起来的时候，上半身几乎是被笼罩在昏暗里的，圆乎乎的脸上那双眼睛格外明亮，定在严峫瞳孔深处：“连你都认不出来？那我提醒你个地点，江阳县——有印象了吗？”

严峫放下物证袋，似乎有点歉意地笑了下：“实不相瞒，吕局，您说这话我确实听不懂。可能是我当年在警校成绩一般吧，枪械子弹的理论知识这两年已经还给老师了，实在是……”

“我还以为这世上哪怕只有一个人能认出这颗子弹，这个人就一定会是你呢。”吕局打断他，终于呵呵地笑了起来，恢复了往日笑面弥勒佛的模样，“六一九连环绑架案中你们去江阳县提审李雨欣，在回来路上遇到范五那群人持枪袭警，你、

小张和李雨欣都中了弹。事后老魏亲自带黄兴他们去现场勘察，这枚九毫米鲁格弹壳就是当时带回来的物证之一，也是现场八枚弹壳中唯一底火与撞针痕迹都与其他弹壳完全不同的。”

严峫表情微微发生了变化。

“而弹头则是江阳县派出所民警从河底起出警车后，从车后座缝隙里找到的。初步弹道分析显示，弹头在击中目标后入水，恰好钻进破碎的车窗，卡在了后座里——如果它没有被打进车厢内部，也许警方一辈子也没法从河底淤泥中打捞出这枚弹头，但因为这个巧合，它竟然能被我们发现，也算是天网恢恢、疏而不漏了。”

“……难道这枚弹头有什么特征？”严峫谨慎地问。

“有两处。”吕局顿了顿，说，“第一，它有膛线。”

膛线？

制造专业枪管需要国家管控的高端装备，因此弹头是否有膛线，是辨别土枪及制式枪的关键依据之一。范正元、范五那批人用的土枪土子弹都是没有膛线的，而现在物证袋中的这发子弹有膛线，这说明什么？

——那天现场出现过一把制式手枪，甚至有可能，是军警枪！

“第二，”吕局盯着严峫，缓缓道，“这枚弹头上验出了你的血。”

严峫耳膜轰地一响，有好几秒时间乱糟糟的，一动不动地坐在椅子上。

“经过审问范五，供词证明了我的猜测，现场这发子弹并不是从他们的枪管中射击出的。也就是说当天现场除了被汪兴业雇用前来灭李雨欣口的范五等人之外，还有另一批——或者说另一个持枪者，这个人只开了一枪。”

办公室里鸦雀无声，还不到早晨上班的时间，市局大楼尚笼罩在宁谧之中。

吕局的声音终于打破了这一死寂：“这一枪的目标是你。”

严峫紧抓着物证袋的手缓缓松开，向后靠在椅背上，半晌终于低沉道：“那天我完全没注意到……”

“刑警工作可能会结下很多仇家，但敢往副省级公安支队领导身上报复的犯罪分子，我从警这么多年来还真没见过几个。当然，少并不代表就不存在，你出身好、底气足，平时行事风格就非常硬，做过什么导致别人恨你欲死是有可能的，自己心里有什么猜测吗？”

严峫沉默很久，说：“我不知道。”

他说这四个字的时候别过了目光，吕局似乎从这下意识的微动作中看出了什么，眯起眼睛问：“确实一点线索也没有？严峫，你不是那种做了招人恨的事情，自己心里还没数的人哪。”

严峫沉声重复：“我不知道。”

他连语调都没有变。

吕局点点头，似乎知道严峫嘴里不会再多说一个字，便不再就这个问题追问下去：“从江阳县回来后，你生活中是否发现过任何异常，例如被人窥视、跟踪、监听等？”

刹那间，严峫眼前浮现出那辆鬼魅般出现又消失的银色现代伊兰特，但这个念头刚一产生，就被他自己谨慎地按了回去，说：“这个暂时也没什么发现。”

吕局不置可否，“嗯”了一声说：“你自己务必小心，如果能证实这发子弹来自某支制式枪，甚至是公安系统内部登记过的警枪，那情况就会变得相当复杂——话说回来，我已经让老黄去对比膛线数据了，凡是军警枪支都必然有膛线记录，到时候看看有没有发现吧。”

严峫点点头，勉强笑了一下，指指那两只物证袋：“我能拍几张照片吗？”

吕局示意他自便。

其实这基本没什么用，弹头已经扭曲得不行了，膛线及弹道分析也是要借助电子显微镜来做的，但严峫还是摸出手机拍了数十张图片，尽量把图像的每个细节都放大，仔细拍得清晰可辨。

“江阳县枪击这件事情，我会让他们再次进行广泛摸排，争取找到现场那个神秘持枪者的线索。在此之前你的人身安全并不是百分之百能保证的，依我看，你还是从明天起就回来上班吧。”吕局用余光瞥了严峫一眼，突然哼笑一下，慢悠悠地端起大茶缸，“我总有种感觉，你在家待的时间越长，惹出来的祸就越大！”

严峫霎时一愣，敏锐地从吕局这话中察觉到了某种若有若无的暗示。当他抬头望去时，却见吕局已经喝起了茶，大茶缸挡住了那张圆圆胖胖的脸，完全看不清表情了。

是吕局真发现了什么，还是自己心虚？

“去吧，”吕局放下茶缸，摆了摆手，“这件事我会去跟老魏解释的，你就不要跟任何人提起了！”

严峫迟疑数秒，起身点点头，迫使自己平稳注视着吕局，随后转身走出了办公室。

“第一，它有膛线……”

“这一枪的目标是你。”

“你在家待的时间越长，惹出来的祸就越大！”

……

严峫打开手机相册，目光沉凝，注视着物证袋中那枚穿透过自己腹腔的弹头。

弹头上的血迹已经无法用肉眼辨别了，只有扭曲的形态透出一丝狰狞，隔着屏幕都能感受到黄铜沉重冰冷的分量。严峫已经不记得子弹穿体而过时的痛楚，他当时甚至都没发现自己已经被击中了，如今闭上眼睛再次回忆，所有能浮现在脑海中的印象都不外乎两个字：混乱。

他冒死从河底救出的江停，濒临窒息到最后一刻的新鲜空气，惊呼、尖叫、枪响、恐惧……所有混乱的细节乱麻般纠缠在一起，构成了鲜血淋漓又光怪陆离的画面。

当时凶手隐藏在何处？

他的枪口到底指向谁？江停还是自己？

如果这事放在三个星期以前，严峫会毫不犹豫地认为，对方很可能来自公安系统内部，而意图趁乱除掉或者说灭口的对象是江停，整起凶杀案不外乎是三年前高速公路上车祸的延续。

但自从那天深夜被跟踪后，严峫突然意识到了另一个恐怖的可能——江阳县袭警案发生的那天，在他湿漉漉钻出水面的那一刻，子弹从暗处飞来，枪口却并不是像他想象的那样对准了江停。相反，正因为江停近距离贴在他身旁，杀手为避免误伤才不得不偏移枪口，致使子弹没能当场贯穿原定目标——严峫的心脏。

黑桃 K 并不想杀江停，他的目标很明确，自始至终都是严峫！

严峫的瞳孔一点点紧压成线，突然只听身后道：“你在看什么？”

严峫拇指一动，手机屏幕在江停目光投来的同时转到时事新闻：“哦，这个。”

建宁市年中房价骤涨，疑似与外地炒房团有关——江停目光一扫，又打量严峫片刻，没说什么，似乎觉得他会看这种新闻挺有意思。

江停习惯于晚饭后喝普洱茶，但第一只老同兴茶饼已经在过去的四个月中被他蚂蚁搬家似的一点点掏光了。跟严峫预估的完全相同，他果然没好意思立刻拆第二饼，而是每天装模作样地泡一袋普通普洱茶，据严峫观察应该是从小区门口的茶叶行买的。

严峫也不催，像头暂时还能耐下性子的猛兽等待猎物慢慢走近，等江停哪天熬不住了，主动跑去偷偷拆开第二饼媳妇茶。

“今天吕局叫你去市局做什么？”江停坐在沙发上，喝了口茶问。

是了，严峫想，这要是老同兴，他喝下第一口之后绝不会那么快开口说话，而是有个连他自己都未必能注意到的眯眼动作，隐秘又享受，像一只猫科动物回味最美味的小鱼干。

“没什么，就是对嫌疑人步薇跳河的事要写份报告放进结案卷宗里，叫我去签个字。”严峫似乎不经意地把手机塞回裤袋，同时在沙发上挪了挪，紧挨着江停打量他。

江停已经洗过澡了，头发乌黑柔软，侧脸上隐约残存着水迹，像是水把皮肤浸透了似的。他双手捧着热气腾腾的茶杯，指尖略微发红，被严峫近距离毫不掩饰的目光看得有点不自然，略微向后仰头拉远了一点距离：“你看什么？”

严峫突然紧紧盯着他的脸，说：“我今天下午接到医院的电话，申晓奇醒了。”

江停没想到他突然冒出这么一句，没什么反应，但眼底浮现出微许欣慰：“醒了？”

“虽然现在还没法说话，但脑部扫描显示应该没有太大后遗症，如果后续治疗得当的话，很快就能恢复正常智力和行动能力，三个月到半年内应该就能回去上学了。”

“那就好。”江停轻轻呼了口气，说，“虽然这孩子横遭不幸，但现在至少也算是不幸中的万幸了吧。”

“人生中的意外和不幸是很多的。”严峫看着他道。

这话听起来非常古怪，尤其当严峫说这话的时候，目光定定地锁着江停漂亮的眼珠，似乎要透过那瞳孔看进脑髓里，让江停不由得又回避了一下，微微笑问：“你到底怎么了？”

“我们当刑警的也是，日常工作危险性大，各种意外情况更多。”

“……”

“如果哪天我遭遇不幸了怎么办？”

“严峫，你这是……”

“要是我不在了，殉职了……”

“严峫！”江停强行抽回手，挣扎中热茶洒在了沙发上，“你这是犯了什么病！”

严峫却抓着他的手不肯放，力气大得近乎固执。

“你先放开我！”江停从沙发上站起身，皱眉道，“好好说话！”

严峫置若罔闻，紧抓着江停的手背青筋暴起。这力道就近乎粗暴了，江停想强行把手挣脱出来，但仓促中茶水哗啦全部泼了出来，洒在江停光裸的脚和地毯上："放手，你烫着我了！严峫！"

客厅一下恢复安静，严峫粗重地喘息着，眼底光芒如同困兽，在静默中死死盯了江停半晌，手臂精悍的肌肉绷起。

"……"

江停拧着眉头回视他，不知过了多久，严峫终于像勉强克制住自己那般，松开了铁钳般的手，然后掉头径直进了主卧。

仅仅数秒后，只见严峫走出卧室又进了厨房，从冰箱中取出冰块，回到客厅里来，半跪在江停面前的地毯上，用包裹着冰块的毛巾一点点擦拭他烫红的脚背。

江停不太习惯这个姿态，想抽回脚坐下来，刚一动作就被严峫抓住了脚腕："别动。"

江停僵硬地站在那里，眼睁睁望着严峫把他烫到的皮肤冰敷完，松开毛巾。

不知时间过了多久，短短片刻却漫长得像过了一生。

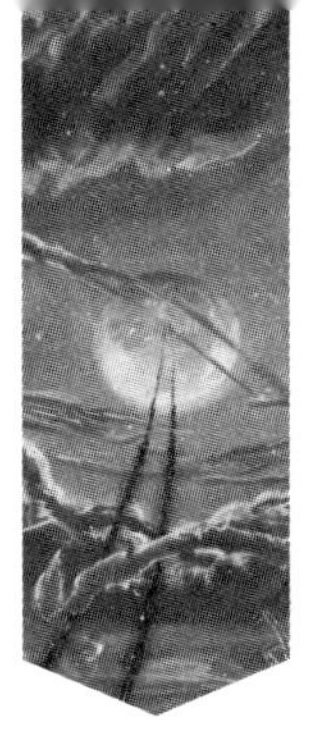

第8章

气氛艰涩紧绷，江停打量严峫片刻，突然问：“你是不是遇到了什么危险？”

江停在逻辑思维方面的敏锐简直是压倒一切的，严峫背肌僵硬一瞬，随即矢口否认：“没有。”

但江停拧着的眉心没有放松：“听着，严峫，这不是开玩笑的，今天吕局把你叫到市局到底是因为……”

“你是因为怕把我拖下水吗？”严峫压低了的怒吼震耳欲聋，在客厅反复回荡，连凝固成冰块般的空气都为此久久战栗。

半晌，江停才轻轻呼了口气，摇了摇头：“……我没法跟你解释。”

如果仔细听的话，他每个字都说得很勉强，似乎那话里隐藏的含义让他内心深处有些难堪，只是暴怒让严峫忽略了这一点：“江停，我劝你最好别自以为是。”

江停这人的涵养在于，就算情况再艰难窘迫，表面上都能把情绪克制得非常好，直到严峫风卷野火般的暴怒发泄出来之后，他才静静地道：“是我的错。”

“江停，你！”

江停表情麻木，嘴唇动了动，似乎想说什么，但力气被抽干了似的一个字都说不出来，半天才苦笑了一声：“是我的错。”

他绕过直挺挺站着的严峫，脚步竟然还控制得很平稳，一步步走进客卧去反手关上了门。

直到凌晨严峫都没完全睡着。恍惚间，他做了很多光怪陆离的梦，大多数没有具体的画面或色彩，但平时压抑在内心深处的某种负面情绪被无限放大了，甚至生出了暴戾的触角，导致他只要一进入深层睡眠，便会立刻汗流浃背地清醒过来。

凌晨五点，严峫几乎是用意志力把自己从阴暗的噩梦中硬生生拔出来，猛

然坐起身，粗喘了片刻，翻身下床。

镜子里映出他轮廓俊朗坚硬的脸，头发焦躁地凌乱着，下巴上已经星星点点冒出了胡楂。严峫挑剔又不是很满意地打量自己，深吸一口气，内心默数了十秒才彻底呼了出来，终于感觉到那种火烧火燎般的焦躁被摁回了心底。

“江停？”严峫敲了敲门，客卧里没有回声，他按捺着脾气沉声道，“江停？开开门，咱俩好好聊聊。”

严副支队成熟世故又收放自如的脾气可不是从小养成的，他十八岁上警校前，那就是个三天打架没见血就要犯病的主儿。多亏警校毕业参加工作后这十多年来，各个犯罪分子彼此密切配合，给予了他全方位的严厉打击，到了三十多岁时，严峫已经修炼得好似活生生换了个人，除了他自己以外，已经没谁能记得他当年有多凌厉粗暴了。

“江停？”严峫终于感觉到一丝不对，“你在里面吗？”

咔嗒一声，严峫推门而入，霎时太阳穴直跳，只见客卧床上被褥整齐、空空荡荡，昨晚不知什么时候江停竟然已经离开了。

砰！

主卧门被撞在墙上反弹回来，刹那间严峫已经闪身大步而入，拔下了床头柜上正充着电的手机，直接拨通了一个号码。

铃声响到第三声时被接了起来，对面传来江停标志性沉着的声音：“喂。”

“你在哪儿呢？！”严峫劈头盖脸道。

“……”手机那边传来开车打转向灯的嘀嗒声，少顷江停说，“杨媚在我旁边。”

话刚落地，严峫连个顿都没打，直接转身换衣服穿鞋抓车钥匙，就要出门去追。

“你别过来，来了我也不见。”江停就像长着千里眼一般稳稳提出了警告。

他语气中竟然完全没有一丝嘲讽或无奈，像是经过了非常谨慎的思考，紧接着他一把摁断了电话。

车辆在清晨的公路上疾驰，杨媚隐蔽地斜着眼睛望向身侧。只见江停面无表情，一只手握着方向盘，另一只手将结束通话的手机丢进杂物匣，那瞬间她似乎看见他的小拇指在微微发抖。

——但这不可能，是自己看错了？

这念头刚从杨媚心里生出，突然江停像再克制不住似的猛一咬后槽牙，狠狠踩下了刹车！

吱呀——橡胶轮胎与沥青地面猛烈摩擦，尖锐的声音撕扯着耳膜，杨媚猝不及防前倾，紧接着被惯性啪地拍在副驾驶座椅背上，失声道："江哥！"

江停望着前方，衬衣下的肩背、腰椎绷紧好似岩石，半晌毫无血色的双唇里才吐出几个字："不好意思。"

这时候太早了，省际公路上根本没几辆车，杨媚前后看看，心惊胆战地问："江哥，你……你昨晚是不是一夜没睡，要不要换我来开……"

江停抬手用力抹了把脸，说："你来开吧。"随即推门走下了车。

少顷，车辆穿破清晨蒙蒙的雾霭，换上了平底鞋的杨媚边开车边忍不住不断往副驾驶上看："要不你休息会儿吧，江哥，看你这脸色，昨晚是不是整晚上都没睡？"

她说这话的时候语气有点酸溜溜的，江停上半身深深倚在副驾座背上，脸色确实苍白憔悴，出乎她意料地摇了摇头："我只是心情不好。"

像江停这种情绪内敛的人，外人可能一辈子都未必能听见他坦白自己心情不好。杨媚连咬牙都克制不住满舌根的酸味了："是因为那个姓严的？"

江停没有直接回答这个问题，反而问："在你眼里我是个怎样的人？"

杨媚没想到他突然冒出这种问题，倒呆了呆，险些错过一处转弯，慌忙打灯变道急转："江哥，你这话说的……在我眼里你当然无所不知、无所不能了，那姓严的整天凶巴巴又一肚子坏水，两个眼睛吊起来跟煞神似的，怎么能跟你比？"

江停一哂。

"真的。"杨媚怕他不信，语调格外认真道，"你还记得当年第一次见到我的时候吗？可能你没印象了，但我一直记在心里，这么多年来从没忘记过。那是我被他们抓去关在分局的第八天，所有人都做证说是我用酒瓶砸了那个姓赵的头，包厢监控又那么'巧'地说坏就坏了。我哭着说我真的什么都不知道，但他们只会摆着一张官老爷的脸叫我坦白从宽，叫我最好老实点别跟有钱人斗，否则就给我点颜色看看……直到我最后快要扛不住的时候，才突然听人传说有个大队长出差回来了，直接去了我的案发现场。我当时都不敢相信，只以为这是他们想出来的新招数。怎么会有大队领导级别的人物为了我专门跑现场呢？"

江停不太耐烦听她老提这个："我在大队的时候一年跑二百来个现场，你这算得了什么……"

"对你来说可能只是最不起眼又微不足道的二百分之一，对我来说，却是二十年也忘不了的事情。比如我到现在都记得你提着那个物证袋，里面装着一块比绿豆都大不了多少的酒瓶碎片，对姓赵的那几个人说：‘这世上的事情只要发生过，就必然会留下痕迹和线索；你们几个花再多钱都不可能把谎言变成证据，因为我才是证据。’”

江停不知想起了什么，神情微微有些愣怔。

“那是我第一次见到你，可能是被你那种不论在任何难题、任何困境面前都堪称压制性的底气影响了，”杨媚偏过头回视他，感慨地笑了笑，“你说这话时的语气和神态，我到今天都记得，也许就是从那时开始喜欢你的吧。”

道路两边的树木飞速向后掠去，江停闭上眼睛，过了会儿突然问：“那你知道我第一次遇见那个凶巴巴的、跟煞神似的严峫，是什么情景吗？”

杨媚面上浮起微许困惑。

“五年前的恭州、建宁合办缉毒大案，由我担任指挥，前期侦查和准备工作持续了两个月之久。到展开正式抓捕行动的那天，我坐在指挥车里接通了三个通信电台，正争分夺秒监听实时情况，突然听见行动现场传来紧急汇报，说有个目标毒贩得到了风声，现正携带武器，迅速前往交易地点准备通风报信。

“警方好不容易才摸到交易地点，如果让毒贩团伙得到消息的话，整个抓捕行动就功亏一篑了。事至如此，别无他法，我正准备冒着失败的风险强行下令提前开火，却突然又听人说，现场有个建宁市局的小刑警擅自行动，尾随那个报信的毒贩冲出了埋伏点，现在已经失去了联络。

“我当时冷汗就下来了，完全无法摸清这个小刑警是想干什么。我应该立刻派人去阻止他吗？但这样一来警方就必定暴露无遗了。但如果按兵不动的话，万一他死了怎么办？他单枪匹马，为了防止暴露还不能开枪，怎么可能干得过全身绑着自制手榴弹的亡命徒？”

杨媚不由自主暂时忘了对严峫的反感，不假思索道：“凭我对江哥你的了解，应该会立刻派人去阻止他吧。”

“如果是现在我会的。”江停淡淡地道，“但五年前的我还算比较年轻，我对自己说，先给他一分钟光荣立功……或者是光荣牺牲的机会。”

杨媚诧异地挑起了眉梢。

“那大概是我这辈子心理斗争最激烈也最煎熬的六十秒。第六十一秒，频道中突然传来了现场狙击手的汇报，那名尾随毒贩冲出去的小警察跑回来了，满脸都是血，一边狂奔一边疯狂向观察点打成功的手势。他用路边捡的空酒瓶把毒贩打了个后枕骨凹陷，当场颅脑出血死亡。”

江停没什么讲故事的天分，他叙述事情的语调总是平稳得堪称寡淡。但从那寥寥数语中，杨媚眼前浮现出了当年那个剽悍凶狠、一腔血勇、做事完全不计后果的严峫。

“因为毒贩没能成功通风报信，那次围剿最终按计划进行，获得了干净漂亮的胜利。行动结束后我去指挥车外和上级通电话，突然感觉到什么，转过身一看，两名警察扶着一个踉踉跄跄的年轻刑警从现场走出来，周围乱糟糟的，前面还有人拿着执法记录仪；那个年轻刑警满身沾着泥土和鲜血，分不清是毒贩的还是他自己的，浓重的煞气和桀骜不驯从全身上下每个毛孔中冒出来，锐利张狂令人无法直视，但他经过指挥车时倒刻意往里张望了两眼。

“我挂了电话，问边上的人他是谁，他们告诉我他叫严峫。”

天渐渐亮了起来，连绵无际的荒野随风向后，化作灰色的平原。

“后来不知怎么的我琢磨了很多次，那天那个叫严峫的警察往指挥车里看什么，难道想找我？想进行年轻人鲁莽高调的炫耀，还是满心热切地期待上级口头表扬？”江停懒洋洋的，有点自嘲地笑了笑，“我不擅长表扬别人，如果那天没离开指挥车的话，可能给他的也只是一片沉默吧。但不知道为什么，第一次见到严峫的场景就那么清晰地印在我脑海里，包括从他额角上流下的鲜血，那挑衅似的表情，甚至无时无刻不在跃跃欲试的、充满了攻击性的眼神。也许你当年第一次见到我是什么感觉，我第一次见到严峫就是什么感觉吧。”

“……江哥……”杨媚鼻根有些发酸。

“所以你问我心情不好是不是因为严峫，”江停别过目光，车窗中朦胧映出他伤感的笑意，“不，是因为我自己。”

白色凌志车飞速驶过高速公路，前方雾霾深处，“恭州 24KM”高悬在半空中，勾勒出模糊的绿影。

第 9 章

夏暑未退，秋雨就下起来了。霏霏雨线忽大忽小，淅淅沥沥，反反复复，屋檐下、人行道，到处是混合着车尾气的水洼，空气中总有股咸腥潮湿的气息挥之不去，让人心烦。

“我说你这人脑子怎么就转不过弯来呢？”

严峫撑着把黑伞，蹲在房顶上，剪裁考究的裤腿已经被脏水打得透湿，一滴滴往皮鞋里掉，他的表情却充满了超脱般的佛性与祥和。

小伙子站在楼房护栏外摇摇欲坠，满脸鼻涕眼泪雨水混在一起：“你别劝我了，我不活了！我就要死给那水性杨花的女人看，让她知道什么叫失去了才后悔，那个有钱人总有一天会甩了她！甩了她！！”

楼下围观群众熙熙攘攘，“怎么还不跳”“到底跳不跳啊”的议论声不绝于耳。消防员早已赶到现场架起了云梯和气垫，而楼层夹角中挤着三四个特警，个个表情凝重，紧张地盯着严峫。

“我说你别耽误时间了，下来吧，小兄弟。”严峫叹了第一百零八口气，沧桑道，“你看我一副处级支队领导，天天跟贩毒、走私、连环凶杀打交道，今儿都蹲在这儿跟你废话整整俩小时了。不就是被女人甩了吗？哪个男人没被甩过啊？怎么大家都能收拾收拾坚强地站起来，就你一人寻死觅活的！你丢不丢我们男同胞的脸啊？”

耳机里外同时传来两道撕心裂肺的怒吼，特警大队长康树强被几名队员七手八脚地拉着：“姓严的我求求你！不会说话你就别说了行不行？”

小伙子把铁栏杆晃得咣当咣当响：“胡说八道！只有我这样没钱没势的穷屌丝才会被甩！那些有钱人个个开豪车搂美女，这个社会哪管我们屌丝的死活？！”

“此言差矣。”严峫对耳机里康树强的咆哮恍若未闻，伸出食指摇了摇，心平气和地问，“小兄弟，你知道我一搞刑侦的今天为什么会出现在这里吗？”

小伙子："？"

"因为我姓严，就是建宁贻泽投资集团的那个严，你脚下这个楼盘是我家开发的。只要你这边一跳，那边整栋楼的凶宅就卖不出去了，你知道我的损失是多少钱吗？"

小伙子："……"

康树强不挣扎了，痛心疾首地蹲在地上捂着脸："我要是他，就先把姓严的推下去一起死……"

"你是不是以为像我这样的就不会被甩了？天真。你被甩好歹还能灌两瓶黄汤，约几个朋友唱K，喝多了就鬼哭狼嚎往屋顶上一蹲，立马招来一堆110、119楼上楼下地守着劝你。而我呢？我可是既被骗财又被骗色，付出了真心到最后还人财两空。我像你一样哭着嚷着要跳楼了吗？"

"你、你骗人！"小伙子脸上写满了怀疑。

"我骗你干吗？你自己过来看这两天我打了多少电话。"严峫摸出手机，苦笑着晃了晃。

"我要是像你一样二十啷当岁，擦擦眼泪就当无事发生了，谁年轻时没遇上过几个'渣'呢？但小兄弟你看我都三十多了，别人家像我这么大的早抱上孩子了，就算我现在想一刀两断继续往前走，这个老大不小的年纪上哪儿再找一个去？"

严峫蹲在地上，满目沧桑地叹了口气，闻者伤心，见者流泪。

"大哥你……大哥你别这样。"小伙子似乎生出了一丝同病相怜的感情，"那个女人骗你，你就应该再找一个！果断地把她甩了！"

"甩不了，不想甩啊。"严峫情真意切地抹抹眼角，抽了抽干燥的鼻子，"曾经沧海难为水，除却巫山不是云，弱水三千我只取一瓢饮……不好意思，我爸以前当过语文老师。总之就是这么个意思，虽然所有人都眼睁睁看着我长出了满头的青青绿草，眼见着就要发展成呼伦贝尔大草原……但我还是得继续等啊。"

小伙子颤声道："大哥……"

"实不相瞒，这三天来我就没睡过觉，就这样白天还得上班，跑现场，审问犯人，整理卷宗，没事还得来劝你这么个被女人甩了要跳楼的瓜娃子。你以为我不想跳吗？啊？你知不知道其实我也想跳下去一了百了，让那个现在还在跟别人卿卿我我的人后悔去？"

"大哥，你别说了……"

严峫似乎终于下定决心，把伞一丢，霍然起身，捋起袖子往护栏走去："算

了，反正活着也没什么意思，干脆咱俩黄泉路上做个伴，来吧。”

小伙子大惊失色：“哎呀，你别过来，你要干什么？！”

“当个屁的警察，连老婆跟人跑了都没办法，我跟你一起跳吧！”

“不不不，等等！”

“反正绿帽子已经戴结实了，我看咱俩都没必要活下去了，我先跳，你跟着！”

“大哥，大哥，你好好说话，不要激动！大哥，你干什么！！”

严峫抓住护栏，就要翻身往外。小伙子情急之下忘了要自杀的事，手一松就来抓，电光石火间被严峫一把揪住，轰然拖过护栏，冲击力令两人同时摔倒在了大楼房顶。

“上！”

康树强一马当先，特警们蜂拥冲出，有人按手，有人按脚，三秒内把要轻生的小伙子结结实实摁在了地上！

“报告，报告，平湖小区跳楼群众已被成功解救，平湖小区跳楼群众已被成功解救……”

步话机中一片喧杂，楼上楼下爆发出响亮的欢呼。

一小时后。

警车转弯时溅起一大片水花，严峫手肘搭在副驾驶车窗边，摩挲着自己下巴上星星点点的胡楂。雨天车速不快，马路又拥挤，好不容易开到市局附近才顺畅了点儿。严峫脱下湿漉漉的衬衣，从后座上随便翻了件不太脏的黑色短袖T恤囫囵套上，淋湿的头发支棱起来，显得越发桀骜不驯。

市局闸门缓缓打开，警车开进去又溅起了一汪水。阴冷的湿气往人骨头缝里钻，让严峫腹部曾经被子弹穿透的地方隐隐作痛，应该是还没全好的关系。

这倒也很正常，毕竟腹腔曾经开了前后俩洞口，哪怕在严峫这样身强力壮的鼎盛之年，也起码得半年一年的，才能把血气养全。

车停在台阶下，严峫也不撑伞了，直接拉开车门跳下去，冷不防“哎哟”一声。

“怎么啦怎么啦？”马翔从驾驶座那边转过来，只见严峫捂着后腰，登时乐了，“呦，严哥，您这腰，可得注意保养啊……”

“你懂个屁，”严峫骂道，“这是刚才那自杀的傻×摔到地上给我撞的！”

马翔满脸“哎哟”的表情，上下抛着车钥匙，跟严峫上楼去了。

最近建宁邪门似的没有大案子，几个重点分局辖区报上来的抢劫勒索、凶杀贩毒等，也都不连环、不涉枪，死亡人数不超过三个，也就不到要市局亲自出面主办的级别。

因此这段时间没加班，大家都上午九点来，下午五点走，刑侦支队处处弥漫着紧张中难得的闲适气息。

“呦，老严，你这腰是怎么了？”

严峫龇牙咧嘴地捂着肩膀经过茶水间，突然被一道熟悉的声音叫住了。他站住脚步扭头一看，秦川正烧水泡速溶咖啡，向他扬了扬下巴，脸上带着熬夜后淡淡的疲惫。

“欸，我说，怎么人人都这么关心我的腰呢？”严峫吸了口气，叉着腰问，“老实说吧，大家兄弟一场，你觊觎我诱人的肉体有多久了？”

秦川嗤之以鼻，反手敲了敲身后的玻璃窗：“哪边凉快你上哪儿待着去，我是刚才眼睁睁看着你从楼下一路扭腰走上来才问的。怎么，被人骗财骗色还骗虚了肾哪？”

真是好事不出门，坏事传千里，这下严副支队被人欺骗感情惨戴绿帽的事可算传遍神州大地了。

“你滚蛋，老子的肾虚不虚你来试试就知道了。”严峫气得都失笑了，“你这满身什么味儿？”

“什么什么味儿？”

“就是你这个……你喝酒了？”

秦川对着自己的袖口闻闻，恍然大悟地“哦”了声：“没有，这几天下雨下得我有点儿风湿，刚才方队帮我擦了些药酒，别说，还挺管用的。你也来擦擦？”

严峫跟方正弘不和，就算刚才有去禁毒支队串门儿的心，听到方队的名字也懒得过去了，随意挥挥手说：“算了吧，刑侦那边也有医药箱，你这把老身子骨就别妄想我年轻英俊的肉体了。”

“德行！”秦川端着咖啡走出茶水室，在身后笑骂道。

早先用药酒的习惯还是严峫带到刑侦支队的，有时候数九寒冬行动回来，整个人冻得都透了，喝两口药酒活血暖胃，可以在很大程度上降低发烧感冒、头疼脑热以及得风湿的概率。

严峫回到刑侦支队大办公室，离下班还有半个小时，左右也没什么事，便从柜子里翻出了医药箱，拿出去年用过的药酒来倒了小半杯，自己先喝了一口，剩下的端进副支队长办公室去，对着镜子全抹在后腰上了。

“嘶……”

那闹着要自杀的小伙子看起来明明干巴巴的，从护栏后猛砸下来的分量却相当重，严峫当场就被他撞得仰天躺在砖头地面上，后腰磕出了好大一块紫红，眼见着泛出了青红交错的瘀血点。

如果江停在家的话，就能让他用热毛巾帮忙敷一敷了——严峫心中突然冒出这么个念头。

他会惬意地趴在床上，看着江停仔细调好热水，用毛巾浸透了，叠成方方正正的一块按在他后腰上。然后江停会双手交叠着一下下进行推拿，虽然力气不大却很认真，按一会儿之后累了，说不定还会歪着头跟他说说话……

严峫不知不觉停下了动作，怔怔地望着桌上的手机。

三天了。

这三天来他们之间的对话寥寥可数，江停和杨媚两人离开建宁的当晚，严峫主动发了条信息：“你在哪儿？”

江停的回复只有两个字：“扫墓。”

“扫谁的墓？什么时候回来？”

“明早。”

第二天严峫派出去监视不夜宫 KTV 的手下回来说，果然有符合特征的一男一女开着白色凌志车停在了 KTV 楼下，女的倒还好，男的神色异常疲倦，脸上隐约有些苍白的病气，两人举止并不亲密，一前一后进了 KTV 的门，就没再出来过。

得知这个消息后，严峫半秒钟都没等，立刻又发了条微信：“回来了？”

谁都不知道他打出这平静的三个字时，连拇指都在微微发抖，整颗心就像是被放在火上翻来覆去地烤，紧接着他就看见对话框顶上江停的状态变成了“输入中”。

他会怎么回我？他去做什么了？

严峫紧紧盯着那个“输入中”，如果目光有温度的话，那一刻手机屏幕估计已经被熔化出了两个洞。

但少顷输入状态凭空消失，严峫脸上还没来得及勃然变色，几秒钟后再次显示输入中，随即又消失了。

江停再也没回复过他。

——为什么不回答我？把我当什么？

严峫今年三十多，早就过了年少气盛又不理智的年纪。但就算他再能沉得住气，一个男人在被人冷落的时候，都多少有点控制不住地气急败坏。

这口气硬撑着他又过了一天，到江停离开的第三天时，窗外秋雨惨惨戚戚，办公室里四下无人，他终于又管不住自己的手，咬牙切齿地拿起了手机，艰难地对着镜子拍了张瘀紫的后腰的照片，正想点击发送，突然手机毫无预兆地振了起来。

来电人：江停。

严峫立刻伸向绿色接听键的手硬生生停住了，心说凭什么我问你的时候你不回我，你打电话我就必须第一时间立刻接听？

嗡嗡嗡——嗡嗡嗡——

手机还在振响，发出幽幽荧光，在昏暗的办公室里映着严峫青绿交错的俊脸。几秒钟后严峫深吸了口气，到底还是把青涩的赌气按捺回去了，按下接听键沉声道："喂？"

"出来吃饭吗？"

"……什么？"

建宁市局大门外，隔着一条车水马龙的街道，大奔G65停在人行道边的树荫下，江停戴着棒球帽和口罩，一只修长白皙的手搭在手刹上，透过单面车窗望着外面淅淅沥沥的世界："有件事想找你商量。"

车载蓝牙中杂音沙沙作响，只听严峫问："什么事？昨天给你发信息为什么不回我？"

江停一愣，后视镜中映出他深黑的瞳孔。

"问你话呢！"严峫尾音略微挑高，冷静中带着迫人的压力，"前天跟杨媚上哪儿去了？昨天为什么不回我？"

副支队长办公室，突然门被咚咚敲了两下，紧接着应声而开。一道熟悉的声音抬高了问："跟谁说话呢？谁不理你？"

严峫一回头。

魏副局。

"我领导来了，不跟你说了。"严峫毫不慌乱，稳稳迎着魏尧的目光，同时有些不耐烦地对手机斥道，"吃什么饭，不吃。你跟那姓杨的事儿先掰扯清楚吧。

就这样，不说了，我还有工作，回头再联系吧，啊。”

魏副局本来还有些心痒痒要盘问的心思，那也是老年人对后辈感情生活的正常指导欲望。不过严峫这番夹枪带棒的暗示，把他那颗蠢蠢欲动的说教心一下堵了回去，倒不敢问了，眼见严峫似有些怒气地挂了电话，才试探性地“呦”了声：“吵架？”

“……”严峫一摆手，仿佛正克制着烦躁，勉强笑了笑，“魏局找我有事？”

这是谈恋爱了吗？找了哪家姑娘？这年头的小同志谈恋爱，怎么都不跟组织交流交流思想、谈谈心什么的？

魏副局一边嘀咕一边“哦”了两声，说：“老吕已经上上下下找你这小子半天了，怎么也没个人通知你？有个要紧事儿，是关于江阳县的，你赶紧跟我过来一趟。”

又是一件“要紧事”。

严峫表面毫无异常，那根敏感的神经末梢却微微一跳，似乎突然隐约感觉到了什么。

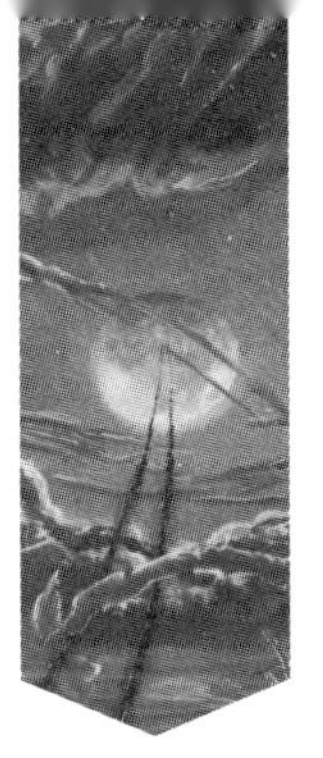

第10章

建宁市局大门口，严峫匆匆奔下台阶，黑色外套下摆随着脚步在雨中扬起。

“严哥，你上哪儿去？”马翔追在后面大声问，“要不要我一起？喂，严哥！”

严峫钻进警车，头也不回地摆了摆手示意不用，脚踩油门冲了出去。

“经鉴定，这颗九毫米鲁格弹上的膛线、底火和撞针痕迹，都能确定为九二式军警枪所发射，但本省公安系统范围内却没找到与之匹配的膛线记录。这说明了两种可能性：第一，这把手枪属于军枪，但军械数据是从来不对外界公开的，自然也无从查起；第二，它并非出自本省公安系统，也就是说，可能是外省公安干警丢失的警枪。

“对于第一种可能性，老魏已经托他在军队的老同学帮忙检查了，目前看可能性非常地小。至于第二种情况呢，我们已经往公安部打了报告，准备从全国的失枪数据库中，进行统一的筛查和检验。”

警车前灯穿透雨雾，雨刷反复画出两道弧线。

方才局长办公室内吕局的声音还回荡在耳际，严峫乌黑如剑般的眉头锁着，警车猛然驶过水洼。

“江阳县袭警现场周围的道路监控已经被筛查了几次，都没发现那名枪手的踪影，对范五等人的审讯也没有头绪。但是老魏把周围商家的摄像都调出来了，经过海量的摸排和走访，终于锁定了一名案发时匆匆出入现场的可疑男子，还是个有过抢劫、偷窃、‘卖零包’等案底的前科人员。”

“已经实施抓捕了？”严峫立刻问。

吕局一点头，少顷，又缓缓摇了摇。

“您这是……”

“嫌疑人死了。”

严峫脸色瞬变：“死了？”

吕局呼了口气。

“国道734，交通肇事逃逸，一直被交警中队当成无名尸体冻在当地殡仪馆里。”吕局顿了顿，低沉道，“直到今天中午当地派出所查到尸源，我们才得到这个消息，也错过了最佳侦查时间……推算嫌疑人‘交通事故’死亡日期的话，应该在你中弹后的第十一二天。”

……

放在副驾座上的手机突然响起，铃声打断了严峫纷乱的思绪。

“喂？”

“跟你说了跨辖区调查要省厅批手续，不要擅自行动，怎么小马说你已经跟龙卷风似的刮出市局了？”魏副局简直被这个不省心的兔崽子气了个半死，“你人在哪儿？先别慌慌张张的！老吕已经派了侦查员和法医去协助你，你先停车去吃个饭，他们待会儿就到！”

“都什么时候了？还吃什么饭啊！我刚从市局带出来俩面包吃了。”严峫开着车，不耐烦地瞥了眼公路上方的指示牌，“我现在正往江阳县去，五分钟后上高速，让法医他们跟在我车后面，江阳县殡仪馆会合吧。”

魏副局正要习惯性叨叨两句好好吃饭养生的重要性，闻言突然大怒：“谁跟你殡仪馆会合？不会说话就不要说！毛头小子不知道轻重，当刑警的最需要讨口彩了，跟你说过多少遍别整天乱说话——”

电话那边隐约传来吕局头疼的劝解：“老魏你啊，你的肝火也别那么大……”

严峫不由得失笑，心说老头子还挺迷信，随手挂断了通话。

谁知也是邪乎，他手机刚丢回副驾座，突然又响了起来，这次是江停。

严峫手一顿，表情似乎发生了微妙的变化，但还是接了起来：“喂？”

“你在哪里？”

严峫眸光闪动，随即漫不经心地哼笑：“呦，真奇了怪了。短短仨小时内竟然能接到江支队长两个电话，我这是中头彩了吗？”

从通话背景音来看，江停应该是深吸了口气。

“你在哪里？为什么不回家？”

尽管知道不可能，但出于心虚，严峫还是下意识扫了眼后视镜和侧视镜。这时候天色已晚，雨越下越大了，周遭能见度非常低，高速公路入口汽车来去，前后都没发现熟悉的影子。

"我？你管我在哪儿，怎么啦，今儿没去找你那姓杨的？"

江停显然不会回应这种既挑衅又没意义的问话，手机那边他的语气略微加重了："你在开车。你要去哪里？"

严峫突然从这话中听出了江停的意思：今晚他要从 KTV 回家。

高速公路入口，标着"建宁公安"的黑蓝色警用 SUV 飞驰而下，破开了灰蒙蒙的大雨。少顷一辆银色 G65 尾随警车开上高速，车尾灯在夜色中泛出蒙蒙的红光。

严峫单手搭在方向盘底部，沉吟片刻，说："跟马翔私奔。"

江停："……"

"不跟你开玩笑了。下班前分局突然报上来一个案子，应该是特大入室盗窃，老魏叫我回家前先去看看现场，可能待会儿还要去分局跟刑警大队开个会。我现在在富阳区分局附近，今晚也许得熬通宵，你先回家去吧。"严副支队果然不愧他建宁奥斯卡第一影帝的名号，短短几句话说得轻松平和自然，听不出丝毫异样。顿了顿，他又突然想起来什么似的，哼道："要是让我发现你回建宁以后还不老老实实待在家，偷偷跑出去跟杨媚私会的话，你就给我小心……喂，喂？"

江停俊秀的脸上毫无表情，紧盯高速公路前方一闪即逝的警车尾灯，突然一脚油门踩下去。

轰——

G65 就像头性能怪兽，闪电般发出嘶吼，瞬间蹿出了黑暗的掩护！

"喂？"严峫突然感觉不对，丢了手机往外一看。

黑夜大雨中，一辆熟悉的银色幻影冲破浓雾，紧挨着警车左侧并驾齐驱，路灯在雨幕中勾勒出了标志性的方正车型和 Biturbo 标志。

紧接着车窗降下，驾驶座上露出了江停清晰冰冷的侧脸。

严峫："……"

两辆车以完全相同的时速飞驰在高速公路上，如同在茫茫黑夜中破开惊涛的小舟。严峫就像活见鬼似的隔着车窗瞪视江停，可能是一惊一怒的关系，突然太阳穴发着抽地疼了起来："你怎么在这里？"

手机外放中响起江停冷漠的声音："为什么不告诉我你要去江阳县？"

"我……"严峫语塞。

"江阳县发生了什么？是不是上次范五那帮人袭警的案子出了新线索？严峫！如果你周围发生了什么你必须告诉我！"

江停一贯从容平缓的语气罕见地带上了怒火，严峫一口气上不来，突然只觉胸闷异常，怪异的肝火不由自主地蹿上了后脑："我凭什么告诉你？！"

"你没意识到这件事的严重性……"

"你是什么都告诉我的吗？！你对我隐瞒了多少？！凭什么到了我这边，我就得事无巨细都告诉你，你是我什么人啊？！"

高速路上车子飞快，这时他们已经开出建宁市，两辆车同时冲上了盘山公路，前方路灯映照下的路面就像无数弯曲的蟒蛇，光怪陆离地缠绕在一起。

不对，严峫大脑昏昏沉沉的，突然一丝冰凉的触感爬过脑髓。

这种感觉不对。

"我来找你就是想告诉你一些事情，但现在说这些没意义……"江停的声音从手机里传出来，但不知道为何忽近忽远，听着像是隔着海水般模糊不清，"你的安全对我来说很重要，如果江阳县的案子出现了新情况，或者你身边发生了任何事，你必须在第一时间告诉我……"

严峫急促喘息，感觉眼前阵阵发黑，心脏在胸腔中急促颤动。全部血液都被失序的心跳压到四肢末端，以至于手脚发麻，喘不上气，所有景物都在疾驰的挡风玻璃后扭曲成了斑驳的色块。

我这是怎么了？他想。

这个情况不对，要刹车，快刹车——

但他的脚像灌了铅似的无法移动，一点点将油门踩到了底。他的双手迅速发青、发紫，即便用尽全力，也只能慢慢滑落方向盘。

"江停……"严峫用尽全身力气，却只发出细若蚊鸣的喘息，"……江停……"

失去意识前他最后最强烈的念头是：你快离我远点，我要撞车了——

严峫闭上眼睛，双手彻底从方向盘上滑了下去。那一瞬间警车失控，呼啸着冲向立交桥护栏！

江停失声喝道："严峫！"

雨天路滑，失去了控制的警车根本抓不住地面，打着旋就向左侧冲过来！

严峫右侧靠着公路盘山的山壁，左侧车道上是江停开的G65，再左就是隔开山坡的护栏了。虽然护栏看似很结实，但警车失控前的速度已经达到了惊人的一百三，巨大的冲撞力足以令车身翻越护栏，一头栽进山谷里去！

暴雨、高速公路、翻滚的车身、天旋地转和惨烈撞击……所有相似的细节犹如血色大网，从视野每个角落铺天盖地地席卷而来，全数没进江停猝然缩紧的瞳孔。

是的，他经历过。

那场导致他昏迷三年的车祸，永远不曾消失的梦魇，直到今天还不时出现在脑海深处的恐惧投影……

刹那间江停脚尖已经碰到了刹车踏板，只要踩下去，G65 出类拔萃的制动性能会立刻令整个车身戛然而止，他会停留在安全地带，眼睁睁看着警车从前方咆哮冲向深渊。

——只要踩下刹车。

下一秒，江停几乎是闭着眼睛，一脚油门决然到底！

轰——

原地只留下 G65 的一线残影，转瞬间它已冲到警车左侧，就像头出闸的钢铁野兽，硬生生挤进了越来越近的警车和护栏夹角间！

警用 SUV 已经彻底失去了控制力，在可怕的惯性作用下急速向左，飞驰挨近山谷；G65 则与它齐头并进，仗着强悍的越野车身把警车往山壁那边顶，江停在剧烈颠簸中猛打方向盘，手背连同手臂都暴出了青筋！

刺啦——刺啦——

两车侧边摩擦，爆发出灼目的火花。就在这时，“哗”一声，G65 巨震，江停方向盘险些脱手，余光瞟去，霎时全身所有毛孔都张开了——警车已将 G65 逼至山道边缘，护栏后黑漆漆的山谷就紧挨在车轮下。

护栏金属承受不住两辆车的沉重压力，在迅速变形的同时，硬生生将 G65 的左侧视镜挤成了齑粉！

时隔三年，粉身碎骨的阴影又一次降临到江停头顶，他甚至再次听见了死神在自己耳畔的呓语。但就在这千钧一发之际，他心里却前所未有地清明冷静下来。

别怕，严峫，你不会摔下去。

我不能让你摔下去——

江停猛拉手刹，打方向盘，顶着左侧护栏和右侧警车的双重绞杀，一寸一寸地将沉重的车身往公路上推，两车轮胎摩擦发出撕扯着耳膜的尖响。G65 左右车门同时擦出了骇人的电火花，就在那刺啦声中，仪表盘上的时速节节攀升，一百三、一百五、一百六、一百九……

生死时速令 G65 爆发出了更大的推力，警车被一分一分地硬挤向公路，终于颓然远离护栏，一头扑向山壁！

“严——”

江停只来得及发出这一个字。

即便是性能怪兽 G65，也扛不住江停走钢丝般的极限驾驶，终于在警车扑向公路的那一瞬间，彻底失控了。

银色的钢铁车身在暴雨中疯狂旋转，后轮扬起扇形的沙石泥土，在暴雨中射向四面八方。完全失去抓地力的车头咆哮着撞上山石，侧窗碎成无数片，铺天盖地地泼进了驾驶室！

嘭！！

最后的撞击声仿佛远在天边，又好像穿透耳膜，直接炸在了脑髓里。

过了不知多久，江停感觉不到全身的存在，也丧失了对时间的概念。他眼前所有东西都变成了重影，恍惚只感觉到鼻腔发烫，口腔乃至喉咙都充满了黏腻温热的液体。

困……

好困……

他感到眼皮很重，有种无形的力量拽着他坠向温柔的深渊。那里黑茫茫一片，既没有痛苦也没有恐惧，悲伤与怀念都被抽离，只有他一人孤独地漂荡在万顷深海。

——那严峫怎么办？他迷迷糊糊地想。

如果我走了，严峫会去哪里？

黑暗的驾驶室中，江停手指一抽，喉头痉挛，猝然喷出满口血！

“咳咳，咳咳咳，咳咳咳——”

江停剧烈呛咳着，不知道哪儿来的力气，发着抖推开了车门。

G65 不愧山路霸王的名头，换作一般越野车可能现在整个车身都拧成麻花了，它只是车头保险杠变形，车门凹陷进去个大坑，外加挡风玻璃碎裂半边而已——也幸亏如此，江停这种虚弱的体质才能在如此剧烈的撞击中，侥幸捡回了一条命。

江停拖着自己下了车，刚一接触地面便全身发软，支撑不住跪了下去，双手下意识地往地面上一撑。

他已经感觉不到疼痛了，霎时只觉掌心湿润发热，却没反应过来那是满地车窗玻璃碎片割出的血。

“呼……呼……”

江停勉强起身，顶着大雨踉跄着走向警车。

严峫这人天生的红运在此刻得到了淋漓尽致的展现——原地高速打转的警车一屁股狠狠撞上山壁，后半截车厢都扭成了钢铁废材，前半段却神奇地完好无损。江停用力打开变形的车门，抓着严峫的手臂扛在肩上，咬牙把他从安全气囊中拖到地上，拍着他冰凉的脸："严峫……咳咳咳咳！严峫！"

没有回应。

严峫脸色青紫，呼吸微弱，江停没时间擦自己嘴角咳出来的血沫，跪在地上探了探他鼻息，又按在颈动脉上一试脉搏，霎时后背发冷——严峫的心律严重失常，光用手摸都能感到明显的忽快忽慢，这样下去会引发室颤！

这是怎么回事？！

嗡——嗡——

滂沱暴雨中突然传来振响，霎时江停循声抬头，是手机！

"喂，严哥？"马翔坐在警车后座上，一边连着耳机通话一边飞快打手游，扯着大嗓门儿乐呵呵的，"我跟狗哥带着几个实习小碎催下高速啦，你到哪儿了？找个地方吃晚饭，顺便——"

"是我，陆成江。"

"哎哟，陆顾问？"马翔既意外又欣喜，"我听严哥说你俩吵架来着，那个……"

"严峫出事了，车撞在盘山公路中段。"

马翔猝不及防，手机啪嗒摔在了地上："什么？！"

哗哗雨声中传来江停发颤的喘息，尽管能听出冷静，但嗓音嘶哑得像每口呼吸都含着血："立刻联系最近的医院和救护车，我们被困在雨里了，严峫的情况可能是被投了毒。"

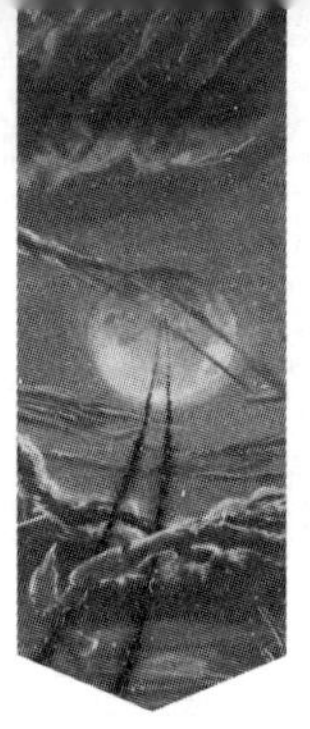

第 11 章

深夜，医院。

急诊室里灯火通明，江停全身半湿，苍白的侧脸和病床一个颜色，坐在椅子里歪着头，被护士拿镊子一点点夹出额角肉里的碎玻璃碴。

走廊上传来急匆匆的脚步声，马翔带着两个实习警员一头扎进灯火通明的急诊室："陆顾问！"

护士手一抖，刚想呵斥，被江停抬手礼貌地止住了，旋即转向马翔："严峫怎么样？"

"严重心律失常，血压降低，迷走神经亢奋。大夫说幸亏送来得及时，已经脱离了生命危险！"

马翔神情间是抑制不住的兴奋，他原以为江停也会表现出激动，谁知陆顾问那张天生不会做表情的脸还是淡淡的，只问："是中毒？"

"对，是某种生物碱，待会儿检测结果就出来！我已经报到局里了，血样和胃容物全部存档等检验，这次一定……"

江停点点头，后背轻轻靠回椅背上，示意护士继续。

白炽灯下，江停乌黑的眼睫微微闭合，在鼻翼两侧覆下憔悴的阴影。他白衬衣解开了三个扣，锁骨、后肩、手肘乃至腿上都有不同程度的伤，双手被割得血肉模糊，掌心朝天平摊在椅子扶手上。

护士小心翼翼地从他额角拔出玻璃碎片，大概心有恻隐，忍不住道："疼，您就哼哼两声吧，要不我还是给您上点儿麻药？"

"不用。"江停说，"快点就行。"

他语调平常，似乎真不觉得这是什么大不了的事情。看那张常年如一日纹丝不动的脸，马翔怀疑就算现在护士要缝线，针穿进皮肉里，他都不会觉得那叫疼。

看不出来陆顾问还挺男人的……马翔心中暗自嘀咕，对实习警员挥了挥手："你俩先出去吧，守在急救室门口，万一有什么情况立刻来叫我。"

俩小警察应声出去了。

马翔随便拣了张椅子，也没玩手机，就直挺挺地坐着等在那里。护士终于把江停的伤口清洗完，上药包扎好，再用消毒巾擦去他脸颊上干涸的血迹，才退后半步叮嘱："您这几天注意别沾水，按时服用消炎药，待会儿我再把CT结果拿来给您！"

江停微闭着眼睛，颔首不语。

小护士瞅着他那张脸，耳朵有点发红，转身出去了。

马翔刚才不愿意当着外人的面说太多话，直到盯着小护士关门离开，急诊室里只剩下了他们两人，才关切地开口问："您真没事吧陆顾问？"

江停疲倦地摆了摆手，示意不要啰唆这个："严峫到底是怎么回事？"

"我靠！肯定是被投毒了，但具体是通过什么方式、什么时候中的毒还要等检测结果出来才能确定。"马翔鼻腔里重重出了口炙热的气，说，"已经打过阿托品和升压药了，现在还在急救室里密切观察，医生说只要几个小时内不再呼吸抑制或心跳衰竭的话就没问题了，最多今晚再打一针阿托品。"

他又想起了什么，把屁股底下的椅子挪近了些，真心诚意地搓着手："陆顾问，这次真多亏了你。要是警车冲出护栏翻下去的话，在这种雨天里根本神不知鬼不觉，就算我们开着警车路过都未必能发现。而且刚才外面还有个护士说，如果再晚送来半小时，哪怕是大罗金仙下凡都难救……"

"不至于，"江停打断了马翔的咬牙切齿，"上救护车的时候我看了下心跳仪，比刚撞车那会儿好。"

马翔不明所以地点点头，补了句："总之，您真厉害！"

江停没作声，眼底浮现出一丝苦笑般的神情。

"严哥以前跟我们说，钱这个东西，别看它经常害人，但真有事儿的时候也能救命。就拿今儿来说吧，要不是您开着严哥那辆改装过的大G，那一撞肯定当场就报销了。四百多万换两条命，还是很划得来的……"

急诊室的门被敲了敲，刚才被打发出去守手术室的实习警员探进头："马哥！"

马翔瞬间启动了屁股底下的那根弹簧："怎么了怎么了？！"

"不不不，没事，我就告诉您，高哥打电话说市局的人已经在路上了，待会儿就到！"

神经过度紧绷的马翔这才呼了口气，把实习警员打发走。

被实习警员一打岔，马翔也没那心思接着感慨了，捏着自己的下巴琢磨着：“欸，您说，是谁恨我们严哥到这个地步？”

江停目光晦暗，没有吱声。

“如果是通过食物投毒的话，我今儿整天都跟严哥在一块儿，中午我俩是在警局食堂吃的饭，足以排除投毒的可能。但如果是晚上的话呢，我就记得他临走前从市局拿了两块面包，不确定他中途有没有停车下来买吃的……”

“没有。”

“啊？”

“我一直跟着他，没有。”

马翔眉头一皱：“那难道是面包？”

“生物碱是含氮的碱性有机化合物，绝大多数存在于植物中，也就是土药或中草药上。像吗啡、咖啡因、龙葵碱，或者是前段时间冯宇光中毒案里的东莨菪碱，都是比较常见的有毒生物碱，也是日常生活中比较容易接触到的部分。”

江停大概有点受凉，说话带着喑哑的鼻音，但不妨碍他叙述声调的沉静平稳。马翔不知不觉听得入了神，问：“可严哥平时不会接触这些东西啊？要说吗啡中毒的话，整个市局能拿到吗啡的地方只有法医室，总不能说是苟哥他……”

“严峫从市局出来前跟我通过一次电话，然后上高速下高速，再经过盘山公路直到毒发撞车，大概共有三个小时。吗啡毒发不会这么慢，应该是其他东西。”

马翔不由得连连点头，摸着下巴在那儿琢磨，突然只听江停问：“对了，你们为什么要连夜赶去江阳县？”

“欸？您不知道？”

江停明显不欲解释太多：“我跟你严哥发生了一些不愉快，撞车时正在电话里争执……”

“哦——”马翔聪明机智且善解人意，立刻觉得自己领悟了，“其实是这样的，当初咱们提审李雨欣的时候，在江阳县路上遭遇袭警，范五那伙人向河面持枪射击，事后咱们却从现场提取出了一颗九二式手枪发射的九毫米鲁格弹。”

江停猛地一抬头。

“现在暂时没法确定涉案枪支来源，只基本确定是外省的警枪，枪手跟范五也不是同一拨人。我们这次连夜去江阳就是为了调查这事儿的，但具体细节我也不能再跟您透露太多了，要不等严哥醒来后您再去问问他？”

可能是病房墙壁反光的关系，江停的脸格外苍白，甚至都有点透明的感觉，连嘴唇上的最后一丝血色都消失了：“那天在现场还有一个枪手？”

马翔点点头。

“……那颗子弹打中的是不是严峫？”

“这您都能知道？！”马翔真的震惊了。

江停胸腔微微起伏，脸颊全然冰似的白，握着扶手的指尖极不引人注意地发着抖。

原来是这样……

吕局口中所谓连环绑架案的新线索，从市局回来后严峫一反常态的偏执，以及生日宴那天夜里诡异的晚归……

种种不合理都得到了顺理成章的解释，因为严峫早就已经成为了目标。

江停最可怕的猜测，终于在此刻得到了证实！

“陆顾问，”马翔终于发现了不妥，立刻起身上前，“您没事吧，陆顾问？”

“我没……”江停堵在咽喉里的那口气一下喘不上来，霎时胸腔发紧，当场捂着嘴咳了起来！

他身体是真的不好，今晚撞车中毒这一系列变故，导致惊怒和积郁垒在心里，一咳就惊天动地地停不下来，到最后喉管都呛出血星来了，满口腔都是腥甜铁锈的味道。

马翔吓得脸色都变了，以为他撞坏了哪儿到现在才发现，连滚带爬地冲出去叫来了医生。医生慌忙赶来一看，立刻给打了针镇静类的东西，少顷，江停才慢慢缓下来，靠在椅背上，连乌黑的眼睫上都带着冷汗凝成的水汽。

从CT结果看，除了一些软组织挫伤之外，倒没有血气胸、脏器损伤的迹象。但医生看江停那样子就知道这人属于高危群体，不敢让公安人员在医院里出事，立刻叫护士专门去腾出了一间病房，准备让他留院观察。

“陆顾问，我还是扶您去休息吧？”马翔小心翼翼地弓着腰，仿佛伺候一朵昂贵的高岭之花，吹口气都有可能把他给吹散架了，“等明早严哥醒了您再去看他……不，我看你俩这情况估计是他先恢复，然后马不停蹄地过来探望您，怎么样？”

江停脑子里跟拉锯似的痛，摁着自己的眉心，挥手不让马翔扶，起身走出了急诊室。

这时已经是深夜了，江停在衬衣外随便裹了块干燥的白浴巾，经过走廊时抬眼望向急救室大门。门上代表抢救中的红灯已经熄灭，那是严峫已经脱离危险，正处在观察期的意思。

马翔随口说：“您别担心陆顾问，严哥不会有事的。我看他认识您以后就一直在走红运，提正也快提了，连着几个大案子都侥幸逃生，今天这么危险的情况都能——"

"马翔。"

"欸？"

江停似乎迟疑了几秒，才缓缓道："待会儿建宁市局的人赶到后，有件事我需要你帮忙。其实你可能有猜测了，但我不知道严峫有没有把具体情况告诉你……

"我不太方便直接跟你们市局的人对话，最好也别让人发现我的存在。刚才在盘山公路上的时候我已经通知了杨媚，她现在正在赶来的路上，如果有任何人问起，你都说开 G65 的人是她。"江停站定脚步，在明亮的医院走廊上，他瞳孔沉沉的，如同一潭深水，平和的语气让人脊椎上猛然蹿起一股寒意，"你们建宁市局有内鬼。"

马翔瞳孔瞬间一缩！

"哎，警官同志？"马翔猛地打了个寒噤，来不及说什么，回头只见穿白袍的医生胳膊下夹着文件从办公室那边大步走来，"哎呀，警官，正找你们呢，护士说你们去住院部了——毒物检测报告出来了，喏，在这里。"

马翔思绪混乱，目光还有点恍惚，顺手接来报告翻了两页，只见满眼拗口的专业名词："那么我们严队到底是……"

"迷走神经强烈兴奋，节后纤维释放出大量乙酰胆碱，使心肌内异位节律点兴奋性增强，才导致各种心律失常。所幸摄入量很少，所以才能迅速脱离危险。"医生顿了顿，解释道，"具体来说呢，就是摄入了剧毒的乌头碱。"

空气霎时安静了一瞬。

紧接着马翔和江停的声音同时响了起来：

"乌头碱？从哪儿能——"

"……是药酒。"

马翔："啊？"

马翔被手臂上冰冷的力道一激，下意识噤了声，只见江停手指死死捏着自己胳膊，没想到看似弱不禁风的陆顾问力气竟然这么大，每个音节都带着北风呼啸般的森寒："生乌头泡酒只能外敷，一旦进口就比氰化钾还毒[①]。严峫临走

①只有炮制过的川乌、草乌能做药内服，生乌头中剧毒的乌头碱易溶于乙醇，只能用来外敷，内服的话有剧毒，会导致心脏室颤甚至死亡。所以使用中药材一定要谨慎，要谨遵医嘱，尤其不能喝来路不明的自制药酒。

前是不是喝过市局的药酒？用的生乌还是制乌？！”

“……”

马翔哆嗦着摸出手机，拨通了一个电话：“喂，高哥？立刻让人把咱们支队柜子里的那半瓶药酒锁起来，让技侦现在就去验指纹，快！”

建宁市局。

大半夜被临时打电话叫到局里的黄兴看不出丝毫疲态，带着几名技侦匆匆走出电梯，步伐间带着掩饰不住的紧张和肃杀。值夜班的警察不知道发生了什么，惊异地目送这帮人快速穿过走廊，径直进了刑侦支队的大门。

值班刑警慌忙起身：“高哥？黄主任？”

高盼青脸色铁青，连句话都来不及说，走到大办公室的柜子前直接“哐当”拉开，戴上物证手套搬出了医药箱，当着所有技侦的面打开了它。

下一秒气氛凝固了。

“药酒呢？”高盼青的嗓音直接就变了调，几乎是吼了起来。

值班刑警：“高哥……”

“咱们支队这瓶药酒呢？！来人！查监控！敢从刑侦支队眼皮子底下偷物证，现在就给我连信息安全处！给我通知吕局跟魏局！”

“药药药、药酒吗？”值班刑警被这阵势吓得都结巴了，“刚刚刚刚才隔壁秦哥过来借走了啊，别生气高哥，发生啥事了？我这就去给您要回来？”

如果说刚才空气只是凝固的话，现在高盼青和黄兴等人的表情，就像是空气中多了根嗞嗞作响的引线，马上就要爆炸了似的。

“……谁借走了？”

高盼青声音异乎寻常地平静柔和，但小警察险些给吓尿，他不懂平时“隔壁秦哥”这么清晰的称谓，为何在这一刻所有人都不懂了似的：“秦哥啊，隔壁禁毒支队的秦哥——秦川啊。到到到到底怎么了这是？”

高盼青和黄兴对视一眼，两人不约而同地掉头冲了出去！

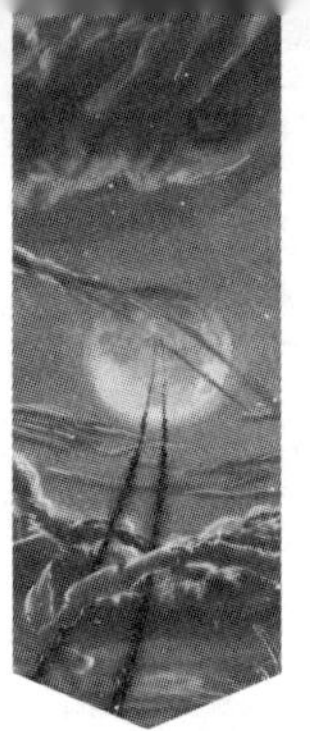

第12章

“我不知道，你说什么？严峫到底出了什么事？”

凌晨的审讯室只亮着一盏白炽灯，秦川身上还穿着睡衣——一件宽大的短袖T恤，从被窝出来后连眼镜都没来得及戴，眼底写着毫不掩饰的怀疑，盯着铁桌后的审讯员。

单面玻璃外，吕局、魏局、黄兴、高盼青等人挤在小黑屋里，数道目光的主人神情各异，集中盯在审讯室中秦川疑惑的脸上。

审讯员没有直接回答秦川的问题：“秦副队，麻烦您再回忆一下。昨天下午五点直到晚上离开市局，这段时间内你说过什么话，见过什么人，发生过哪些细节？”

都是公安系统内部人士，这套流程已经很熟悉了。秦川揉了揉眉心，深吸一口气，借此勉强克制住了内心的焦躁。

“我前天晚上值班没睡好，昨天下午趴在桌子上睡了一觉，快五点的时候醒了。我早年埋伏剿毒的时候受了凉，近几年来有些风湿，昨天那种阴沉下雨的天气就感觉很不舒服。正好方队在办公室里，拿了药酒说要帮我按一按……”

药酒。高盼青神色瞬变，连吕局和魏局都互相对视了一眼。

“药酒对风湿管用？”审讯员貌似不经意地问了一句。

秦川说：“管用，跌打损伤，活络经脉，是早年严峫推荐给我的。方队给我在手肘、颈椎的地方推了一阵，我感觉好多了，想到晚上可能还要加班，就去茶水间泡了杯咖啡，正巧烧水的时候遇见严峫淋着雨从外面回来。”

审讯员精神稍振：“你们说了什么？”

其实秦川和严峫之间的对话已经在过去的两个小时里重复三次了，但审讯员还是要问，秦川还是得复述，甚至连单面玻璃外的所有人都没有一丝一毫的不耐烦。

因为这是审讯中的基础技巧。

不断重复的机械性问话，打乱次序问，挑着词句问，正正反反问……人只要撒了谎，就必然会有破绽，只要有破绽，一定能在一遍遍的复述中露出端倪。

秦川当然明白这个，更确定自己已经成为了怀疑对象，不由得烦躁地吸了口气："到底严峫出了什么事？我从市局离开后就直接回了家，不信的话你们可以调我的行车和通话记录……"

"秦副，真的不好意思。"审讯员冷冰冰地打断了他，"请配合我们的工作。"

"……"秦川呼地吐出那口气，紧了紧后槽牙，再次把自己跟严峫在茶水间里的对话逐字逐句重复了一遍，甚至连当时严峫的语气都学了出来，末了咬牙道，"然后我就回到了办公室，这下行了吧？"

审讯员唰唰记下笔录，问："下班前你为什么要去刑侦支队借那瓶药酒？"

这是个关键问题，审讯室外的高盼青和黄兴同时绷紧了神色，上半身不自觉地向前倾，比他们老辣多了的吕局和魏局却只微微摇了摇头，并无其他反应。

果不其然，秦川简直要觉得莫名其妙了："借药酒？那瓶药酒怎么了吗？"

审讯员说："您只需要回答我的问题。"

秦川一摊手："因为禁毒支队的药酒用完了啊！不借难道我临时去药店买？"

果然很有道理，连审讯员都一怔。

"从刑侦支队借来药酒后你做了什么？"

"我的手肘和肩膀关节都非常不舒服，但方队已经不在办公室，我以为他回家去了。当时也不想麻烦别人，我就涂了点药酒在手肘上揉按了一会儿，按摩完之后瓶子里药酒还剩最后一点，我看也就两口的量，就想把它喝了。"

审讯员记笔录的动作一顿："您想喝？"

秦川点点头。

"有些药酒不能内服是公安人员的常识吧，您为什么毫不犹豫就敢喝进嘴？"

"因为严峫经常喝，我们都知道啊。"秦川似乎感到很无奈，"不过最后我也没喝进嘴，因为前脚刚倒进杯子里，后脚方队就进了办公室，立刻阻止了我——"

审讯员神色一凛："方支队阻止了你？"

这回审讯室外的所有人脸色都变了。

生乌泡酒剧毒，严峫是因为摄入量极小，才没造成不可挽回的后果。但如果当时秦川把整整两口都喝下去的话，估计现在已经凉了！

是什么让方正弘在千钧一发之际阻止了秦川？

"是的。"秦川肯定地点了点头，说，"方队看见我要喝药酒，不知怎的，情绪突然有点激动，上来就把杯子从我手里夺了过去……”

时间倒退十个小时，禁毒支队办公室。

哗啦！猝不及防中药酒被泼在地上，秦川惊得一跳，回头却只见方正弘脸色都变了，劈头盖脸呵斥：“你不知道药酒是不能随便乱喝的？”

“可这是……”

“你懂什么？你知道乱喝药酒会造成什么样的后果吗？万一变质有毒怎么办？”

“不至于吧，这是我从严峫那儿……”

“你少跟那个姓严的混，他从骨子里就不是什么正经人！”方正弘似乎还想说什么，硬生生憋回去了，训斥道，“知人知面不知心，你怎么知道他当面跟你热乎，会不会掉过头来就要害你？！”

秦川被他说愣了，半天才反应过来，只觉又好气又好笑。但他还没来得及劝说方正弘，就被后者蛮不讲理地打断了：“给刑侦支队送回去！他们的东西以后少沾！”

“这个，我说老方。”秦川为难地拎着空药酒瓶：“看您这话说的，我都给人家用完了，难道还一瓶子药渣去不成？要不我……”

方正弘却充耳不闻，一边在嘴里抱怨什么，一边转身回了支队长办公室。秦川无奈地摇摇头，顺手把空药酒瓶放到自己的办公桌上，收拾东西准备下班。

但就在这个时候，方正弘也拎着包从办公室里钻出来了，大概是正打算回家，一看到秦川桌上那瓶醒目的药酒，登时又怒了：“你怎么还没——”

秦川立刻双手投降，方正弘瞪了他一眼，干脆利落地上前拿起空药酒瓶，大步走出了办公室的门。

“然后我就下班了，不知道他把那个空酒瓶扔在哪儿了。”

审讯室内外一片死寂，惊愕、愤怒、难以置信等种种情绪在每个人眼底闪烁着光芒。只有秦川不明所以，终于谨慎又警惕地问出了那个问题：“所以……难道药酒真有什么问题吗？老严怎么样了？”

吕局抬手向魏副局轻微地招了招，沙哑道：“叫方正弘过来接受问话。”

就在这时门被打开了，站在门边的高盼青一回头，条件反射地立正：“余队！”

余珠没有回答，甚至没有将目光投给这房间内的任何一个人。她的脸颊肌肉绷得极紧，径直走到吕局身边，低声道：“对值班同事的问询结束了，有人看见方正弘离开市局时，把一个形似酒瓶的空玻璃瓶扔进了楼下垃圾桶。”

吕局猝然抬头：“扔了？”

医院。

“咳咳咳咳……”

睡梦中突如其来的咳嗽让江停惊醒，下一刻他的头被人托了起来，温水顺着咽喉咽下去，很快平息了痉挛的气管。

江停微微睁开眼睛，病房里关了灯，连绵整晚的大雨不知什么时候已经停了，借着从玻璃窗外倾斜而入的月光，他皱了皱眉心，轻声问：“严峫？”

严峫靠在病床边，黑暗中眼睛却熠熠发亮。

“你怎么来了？”

严峫没有立刻回答，手臂勾着江停的肩膀，又往单人病床上挤了挤，才小声说：“刚吊完水，听护士说你有点发烧，来看看你。你救了我？”

“不，”江停说，“我害了你。”

大概因为他语调太过沉着笃定，严峫一时也想不到什么话来反驳，过了会儿才佯作轻松地“嘿”了一声：“你害我什么了？药酒不是我自己要喝的，还是你摁着我硬灌进去的不成？”

江停活动了下一边肩膀：“到底谁下的手，你自己心里有猜测吗？”

严峫沉思片刻，摇摇头：“不好说。那瓶药酒是我从自己家带去市局的，一般就放在大办公室的杂物柜里，除了我也没别人用，最后一次用它大概是今年开春的时候，中间不清楚是否有其他人动过。至于生乌头泡酒喝了会死这点我当然知道，但我确定那瓶药酒用的是炮制乌头，内服是不该有问题的。”

江停问：“酒瓶是什么样的？存不存在有人往里泡生乌头的可能性？”

严峫这个身高接近一米九的人，蜷缩在半边病床上有点费劲，便侧屈起一条腿，说：“如果是生乌头的话，往黄酒瓶那么窄的口里塞是挺费劲的，不仅很难做到隐蔽快速，而且容易在玻璃瓶周边留下药渣，成为日后调查的证据。所以我比较倾向于下手的那个人溜进刑侦支队办公室，用一瓶泡着生乌头的药酒调换了我本来的那一瓶，反正从外观看都黑乎乎的，分不出来。”

说着他拧起了两道乌黑的剑眉，一手摩挲着自己的下巴胡楂，发出沙沙的声响：“这事如果能查监控，那肯定一下就水落石出了。但问题在于市局监控镜头只包括走廊、楼梯、谈话室，具有机密性质的业务支队办公室属于灯下黑，不见得在监控范围内……”

“嘶……”江停突然抽了口气。

“怎么了你？”

江停思考得太入神，一不留心蹭到了额角受伤的地方，痛得一时说不出话来。严峫见状立刻撑起上半身，拨开他的头发露出纱布，心里有两只小爪子在抓似的酸楚，一迭声问："还疼吗？叫护士来看看？会不会留疤啊？"

江停不耐烦地："你别乱动。"

严峫只穿一件短袖T恤，道："警花这回要破相了，怎么办哪……"然后他大概琢磨了一会儿，不知突然领悟到了什么，语气带上了微妙的满意，"……破相就破相吧，破相也挺好。"

江停无话可说，心想自己一个正常人，果然不能领悟到公安系统金马影帝的内心世界。

"江阳县袭警现场那枚九二式手枪发射的子弹是怎么回事？"

严峫肌肉一僵，好几秒才慢慢放松下来，咬牙切齿地挤出几个字："我就知道叛变革命的一定是马翔！"

江停冷冷道："马翔那两招要是能瞒过我，他就能去公安大学讲课了。到底怎么回事？"

严峫瞒也瞒不住，只能把从吕局那里得到的信息，包括疑似枪手的犯罪嫌疑人神奇死在国道上、目前子弹还找不到匹配枪支等事和盘托出，又翻身从病床头摸到自己的手机，当着江停的面打开相册："就是这颗子弹，喏，幸亏弹头卡在大切车后座里，也算是冥冥之中自有天意了。"

江停瞥了几眼，突然坐起身，拿过了手机。

"怎么？"

话音刚落，啪的一声，江停拧开了灯，眉心锁出一条深深的细纹。

严峫察觉有异，不由自主地坐直，只见江停紧盯着相册里的一张图片，顺着他的目光望去，只见图片非常清晰，是弹壳底部的金属刻字和银色底火杯。

严峫语调有点变了："怎么了江停？"

"……"江停眼神闪动，不知道在观察什么。足足过了半支烟工夫，他才把手机还给严峫，沉声道："我这次去恭州……"

严峫太阳穴当即一跳。

"说是扫墓，其实是为了印证我在胡伟胜制毒一案中，对于那包新型芬太尼化合物的某些推测。如果你有印象的话，我们从胡伟胜家天台上搜到这包毒品后，就被阿杰现身劫走了。而我从恭州回来后找你，是因为成功证实了这些推测，所以想把整个线索都告诉你。"

江停伸手掐了掐自己的鼻根，冷静的侧脸轮廓映着台灯，似乎在斟酌语言。

少顷他伸手指指严峫怀里的手机，沉声道："我见过这发子弹。"

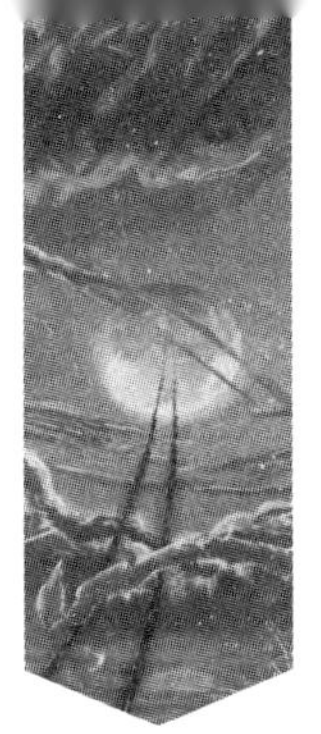

第 13 章

“我见过这发子弹。”江停顿了顿，又道，“确切地说，是我见过这一批次的子弹。”

严峫有点意外：“什么？”

江停向手机扬了扬下巴，问：“你知道弹壳底火杯外的金属刻字代表什么吗？”

这倒不是个很难的问题，严峫的警校理论课虽然一般，但男人天性中对枪支弹药的喜爱让他没有忘记这部分知识：“兵工厂代号和生产年份啊，怎么了？”

“这发子弹的刻字为 421、04，即在 2004 年时，由代号 421 的西南弗陵集团生产。西南弗陵集团曾是中国最早的兵工企业之一，以前主要生产各类子弹和炮弹，改革开放后，因为政策变化，就像当时的绝大部分兵工企业一样，慢慢转化成了汽配、摩托等制造企业。

“直到 21 世纪初，弗陵集团又开始承接一些军工项目，生产的枪支子弹大多供应给了供需部门整顿后的西南军区，少量供应公安系统。大概在 2003 年，弗陵集团为响应国家军工政策而进行内部调整，开始将一部分种类的枪械子弹由全黄铜弹壳改成铝制镀铜，2004 年春节后生产的九毫米手枪子弹全部变成了镀铜。”

严峫突然明白了什么。

他拍下来的弹壳明显是全铜，也就是说，生产日期只可能是 2004 年 1 月 1 日到春节前这短短的二十天！

“对。”江停不用看就知道他想什么，“除去元旦假期，实际开工时间应该只有十几天。再估算弗陵集团的总生产能力和其他类型子弹的生产量，市面上编号为 412、04 的全黄铜九毫米鲁格弹，应该是非常稀少的。”

严峫立刻问：“那只要调查这批子弹的去向，不就能锁定怀疑对象了吗？”

——话刚出口，他就意识到了自己的荒唐。

人家兵工厂是不可能乖乖让他调查的，从子弹这个角度入手，比向公安部打报告申请对比全国警枪膛线数据还不靠谱。

但江停没有取笑他，相反，一点头："确实是这个思路。"

严峫："……"你这是在变相地给我找台阶下吗？

江停似乎没发现严峫的表情，或者是发现了但懒得理会——以江停崇尚极简的作风来看，后者的可能性比较大。

"我说过，我见过这个批次编号的子弹，那还是几年前在恭州禁毒支队的时候。如果它的产量非常非常稀少，而且曾经在恭州公安系统内存在过的话，那么根据兵工企业产品分配的一般原则，很可能这整批黄铜九毫米鲁格弹都是供应给恭州的，不太可能把一个本来就产量稀少的批次拆散了再运到更远的外地去。"

江停的叙述平稳沉静，严峫呆愣少许，才问："……你确定？"

"大概率吧。"

江停说大概率，那基本上就是确定的意思了。

"可你怎么知道弗陵集团生产子弹的内情，还能记住几年前的子弹编号？"

江停笑了笑，灯影下那笑意不明显，像是只淡淡地扯了扯嘴角："我一向比较关注这个。再说我国生产子弹黄铜改镀铜的事，稍微关注军事新闻的都知道吧。"

这明显就是在敷衍了。

应该是看到了严峫眼底的微妙，江停难得又补了一句，这次苦笑的意思已经掩盖不住了："全铜子弹和镀铜子弹的价格不一样……我还要继续解释下去吗？"

严峫半张着嘴，无声地"啊"了片刻，拍拍江停的肩，笑道："你当年在恭州也是个到处刺探情报的主儿啊。"

江停平淡地反问："你以为一般人在恭州系统内打怪升级容易吗？从建宁市局的平均专业水准来看，恭州副本的难度差不多是你们的乘十再平方吧。"

严峫倒没在意江停对建宁市局的惯常嘲讽，反正已经被嘲讽习惯了，他比较关心的是："可我们现在怎么确定呢？警用手枪的膛线数据只有当地公安厅自己才能查，但恭州……"

按流程上报公安部再一层层查下来，从理论上来说是可行的，但连严峫这么个曾经的理想主义者都很清楚，很多事从"理论可行"到"实际可行"中，往往隔着肉眼看不见的天堑。

等个一年半载的膛线对比出来，指不定严峫的坟头上草都长到半人高了。

江停张了张嘴，似乎有些欲言又止，片刻才轻轻呼了口气："有办法的。"

严峫眯起了眼睛，只听他吐出三个字："齐思浩。"

齐思浩，当年缉毒二支队警察，江停的手下，现恭州刑侦总队第一支队长。

一个小心思颇多，还有点滚刀肉式的欺软怕硬，在面对严峫时特意穿上挺括制服来撑直腰杆的男人。

严峫从未见过手掌绵软冰凉的一线老刑警，甚至连久居领导岗的魏副局，手掌上的伤疤和老茧都是消不掉的，偏偏齐思浩是第一个。

“他身上有突破口？”严峫坐直了身体，正色问。

“有。”

严峫斜觑江停的神色，突然反应过来：“你这次跟杨媚去恭州，就是为了确定这个？”

可能因为江停已经暖和过来，苍白发青的脸色已经恢复了正常，白透得很均匀，因此显得头发和瞳孔都异乎寻常地黑，甚至有点黑沉沉的意思：“你还记得我们从胡伟胜家天台上搜出的那包芬太尼化合物吧。”

严峫当然记得，江停见到那包蓝色粉末的第一眼，就试图把它藏起来带走。

江停说：“我当时把它带走，其实并不是因为想吸毒……”

“我知道。”严峫打断了他，眼底掠过一丝不明显的笑意，“你是为了包毒品的那个透明袋。”

江停没想到他竟然知道答案，意外地挑起了眉梢。

“我后来想过为什么你想藏匿这包毒品，如果只是因为毒品本身的话，胡伟胜一落网，新型芬太尼化合物被警方发现是迟早的事，国境线上有那么多蓝金交易，警方想要拿到样本只不过需要多花点时间而已。也就是说，你费尽心思想藏的不是蓝金本身，而是其他线索。”严峫微微靠近了，盯着江停黑白分明的眼睛，含笑道，“是那个密封透明袋上的……手写标签。”

——C 组九箱 7704。

密封袋右下角，泛黄标签上的手写字迹略有褪色，清晰地浮现在了江停眼前。

江停稍微向后一仰，眯起眼睛上下打量严副支队英俊的脸，半晌从鼻腔中哼了一声：“虽然你的反射神经弧迟钝了整整五个月……”

严副支队当作夸赞谦虚地接受了。

“……但你是怎么反应过来的？”

“哦，其实是前两天吕局叫我去违禁待销仓库帮忙做审核，看到禁毒支队送去的缴获赃物，里面有一箱海洛因被整理成了小包，每包密封袋上都贴了条做标记。”严峫狡黠地眨眨眼睛，“我之前只管搜查毒品，从不知道毒品进了待销仓库之后会被怎么处理，直到看见这一幕后，才意识到你当初藏匿那袋蓝金，是因为发现了它右下角的待销编号，从而确定了胡伟胜那包蓝金是曾被缴获的赃物——但你是怎么确定它来源于恭州，而不是其他地方公安？”

江停瞳孔压成一线，在昏暗中隐约闪烁着锋芒。

“因为那个待销编号，”他冷冷道，“是我的笔迹。”

——怪不得他的第一反应就是藏匿！

严峫又无声地“哦——”了会儿，琢磨道：“所以胡伟胜醉酒后跟人夸耀，说他这袋蓝金是从黑桃K那里偷的，这话应该是撒谎。真相应该是恭州系统内部有人在私下贩卖已被缴获的待销毒品，机缘巧合之下，这一袋蓝金流到了胡伟胜手上？”

江停点了点头：“应该是。”

“嘶，”严峫摩挲自己的下巴，思量半天，感慨道，“贵副本果然是个人才辈出的风水宝地啊……哎！又打人！”

严峫笑嘻嘻攥着江停的手，问：“你怎么确定那个私下贩毒的就是齐思浩？”

江停维持着这个上身略微倾斜的姿势，手也不抽回来，说：“我不确定，只是怀疑。各省公安厅对缴获毒品的集中销毁通常是一年一次，通常还有废品处理专业人士和省公证处的人参与，如果其中有作假的话，绝不是一两个人就能办到的，其中应该有一整条利益链。而齐思浩身为支队长，是打掩护开绿灯的重量级角色，说他没参与绝对不可能。”

这话倒确实很有道理。

“而且，”江停顿了顿，眼底渐渐浮起阴郁的神情，“我这次去恭州，确定了一件事情。”

严峫的神情专注了起来。

“我列出了三年前塑料厂爆炸案的幸存缉毒警名单，发现这些人家里现在的情况都不太好。有一些病退了，一些调走了，还有几个下沉去了派出所，可能是因为不想再干禁毒了。”江停仰起头，严峫看不清他的神色，只见他喉结上下一滑，似乎是用力咽了口唾沫，再开口时他已经抑制住了声音中的沙哑，取而代之的是一片森寒，“只有齐思浩升官发财，出入豪车，据打听，还刚把孩子送出国留学。”

严峫神色微微一动，安抚般拍拍江停的肩。

“我没事。”江停嘶哑道。

不知为何，严峫心底突然掠过一丝不为人知的庆幸。

三年前那场爆炸是江停心中永远的刺，刺得他日日夜夜不得安寝，刺得他心底永远有个地方在溃烂流血。但有人可以恨总是件好事，不至于到最后一天，环顾四周，发现所有的罪孽都归于自己，唯一能恨、能报复的对象只有自己。

对江停这样的幸存者来说，有人可以爱和有人可以恨，都是支撑他活下去的盼头。

江停这个人，基本不会在别人面前暴露出消极情绪，哪怕在严峫面前失态也是很短暂的，很快就深吸一口气，重重搓了把脸："三年前策划行动时，齐思浩只是个普通缉毒警，就算跟黑桃K手下的人有些勾结，泄露关键性情报的可能性也不大。不过他当上支队长以后，在私下贩卖待销毒品这方面，算是暴露出了能让我们抓住的致命把柄。"

江停和严峫对视时眼神总是亮的，但当他勾起唇角时，那俊秀面孔上的微许笑意，就有些冷酷的意思了："你说，要是黑桃K知道齐思浩曾经参与私下贩卖蓝金，他会怎么做？"

建宁市公安局。

"我什么都不知道，严峫出了什么事跟我有什么关系？你们到底想怎么样？！"

方正弘激动的吼声隔着玻璃都清晰可闻，根本用不着戴无线耳麦。余珠皱着眉头把耳机拿远了点，叹气道："老方这几年真是……"

吕局胖胖的身影背着手，站在她身侧，玻璃上倒映着他纹丝不动的面容。

"老方，你冷静点，咱们都是多少年的老人儿了，你也知道程序是必须走的，是不是？"魏尧坐在问询室的铁桌后，自觉已经劝得苦口婆心了，"咱们公安局的刑侦副支，很大可能性是在市局里出的事，你说我们能不来问你吗？我们不仅问了你，我们还……"

方正弘不耐烦地打断了："你们现在唯一的怀疑对象就是我，行了吧！"

这一刻魏尧真心怀念起了严峫的好脾气。虽然这个混小子吊儿郎当且越骂越皮，但跟方正弘比起来，首富家的宝贝独苗反而好处理多了……

"我们不仅怀疑你，我们还怀疑秦川，还怀疑刑侦支队的每一个人，任何有动机、有条件作案的人都在嫌疑范围内。"魏尧屁股在椅子上挪了挪，尽量让自己听上去更加语重心长，"老方，如果局里真有幕后黑手存在的话，我们是一定要把他揪出来的，不然这次被害的是严峫，下次又会是谁呢？可能是你，可能是我，可能是更多无辜的同事。所以我们不会放过任何疑点，一定要彻底清查，杜绝后患，绝不能一床锦被盖过去就当没事发生……"

魏副局的絮叨不知第多少次被方正弘打断："怎么就不能一床锦被盖过去了？"

魏尧眨巴着老眼。

方正弘森冷道："那不是最简单高效的处理方式吗？"

可能是问询室光线暗的原因，方正弘原本就青白蜡黄的脸色在灯光下越发病态，两颧泛着激动的虚红，眼珠又有些浑浊，直勾勾盯着人，竟然给魏尧一种难以形容的阴森感。

"……"魏副局愣了会儿，终于问，"老方，你是不是对组织有什么意见？"

玻璃窗外的余珠摇了摇头，有点啼笑皆非："这个老魏，怎么能把问询搞成这样？"

"因为关心则乱。"吕局沉声道。

余珠一怔，却见吕局推门走进了审讯室。

"能交代的我都交代了，你还要我说多少遍？这么抓着我不放不就是因为已经把我定罪了吗？！是，姓严的是建宁首富家公子哥，出什么事你们都要从重从快调查，但老魏我告诉你，我方正弘可是自己一手一脚凭功劳从底层挣上来的，我抓过的犯人比他严峫见过的都多！这么多年来我问心无愧……"

魏副局正听得头疼，只见吕局进来，立刻站起身："老吕，你看这，唉——"

吕局摆摆手，示意魏副局出去，然后拉开椅子坐在了审讯桌对面："老方。"

吕局那张端庄圆胖的脸上，一丝笑影也没有，那重若千钧的分量沉沉压住了方正弘，让他唾液四溅的呵斥不知不觉低下去，直至悻悻挪开了视线。

吕局说："你看着我。"

"……"方正弘一咬牙，梗着脖子抬起脸。

吕局问："是不是你干的？"

魏副局正走出审讯室，余珠还没来得及跟他打招呼，两人就同时听见了这句问话，齐刷刷诧异地回头望向玻璃窗。

方正弘硬邦邦甩出三个字："你说呢？！"

"他他他，你说他这是什么态度？"刚碰了一鼻子灰的魏副局登时怒了。

余珠赶紧摆手把他安抚住。

吕局却像是完全无视了方正弘耍赖似的态度，平和冷静地问："如果不是你，为何你要在明知药酒来自严峫的情况下阻止秦川喝它，并且在事后扔掉了空药酒瓶？"

审讯室里只能听见方正弘粗哑的喘息，他的脸色青红发紫，过了一根烟工夫才冷冰冰道："我有我的理由，我不想说。"

——不想说？

这不是明着在打滚抵赖吗？！

这回不仅魏副局，连余珠脸色都是一冷，两人同时向单面玻璃窗走近了半步。

但出乎他们两人意料的是吕局并没有任何反应，稳定有力的声线也没有丝毫改变，终于问出了他进入审讯室以来的最后一句话：“我还能相信你吗，老方？”

这次方正弘沉默的时间比上次还长，直到魏尧等人都觉得他不准备回答，或者已经无话可说的时候，才见他面皮一抖，浮现出了一个阴不阴、阳不阳，让人看了心里油然生出不适的笑容。

他从牙关里吐出了一个字：“能。”

吕局点点头，起身走出了审讯室。

门开了又关，余珠迎着吕局快步上前，刚缩紧眉头想说什么，吕局手一抬挡住了她未出口的问话：“我相信方正弘。”

魏副局脱口而出：“什么？”

两人神情都惊疑不定，但吕局没有看他们任何一个人，冷淡地道：“投毒的人不是他。”

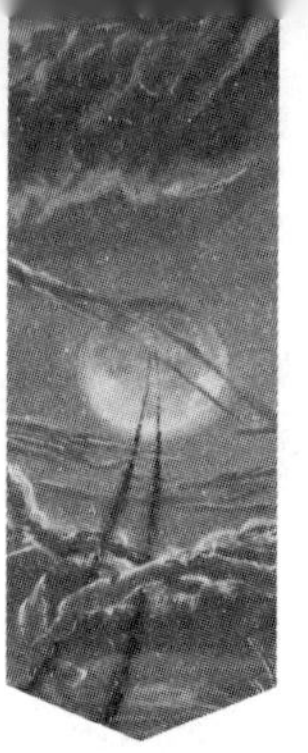

第14章

冼升荣，男，四十岁，曾因流窜各地盗窃、贩卖药丸等罪名入狱，出狱后来到江阳县打工。

江阳县附近省道边某个小超市的防盗摄像头，拍下了冼升荣匆匆离开现场时留给人世的最后一个背影。几个小时后，魏尧、黄兴等人从他站立的地方提取到了一枚九毫米鲁格弹壳；半个月后，在六十公里以外的国道某处发现了他已经开始腐烂的尸体。

死因，交通肇事。

“鬼知道是肇事还是故意，反正都已经撞得稀烂了。”车载蓝牙中传来苟利呼噜呼噜吃面条的声音，说，“哎，老板，再给我来个卤蛋，加点儿辣子，谢谢……初步尸检报告看不出任何异常，二次尸检也没查出个卵。总之呢，交通肇事是最难鉴定的故意杀人手段之一，我们法医的活儿已经干完了，我建议你还是回去继续跟监控相爱相杀吧。”

汽车在高速公路上飞驰，严峫坐在副驾驶上，一手下意识地抓着自己今早出院时没来得及抹发胶的头发：“你可是法医主任哪，二次尸检什么都没查出来？你跟县城法医一个水准哪？”

苟利坐在面馆里吃得很香，耳朵上挂着一只耳机，闻言轻蔑地哼了声：“少来这套，当年就是你一个劲怂恿加撺掇，害得我连轴加班了半个月，一人解剖了整个系列投毒案的尸体——我可告诉你，这么多年过去，激将法已经不管用了，甭想让我回去做三检！”

“行吧，把二检报告发给我瞅瞅。”严峫无奈而宠溺地道，“真拿你没办法。”

苟利被恶心得一个哆嗦，失手挂断了电话。

少顷手机嗡的一声，二次尸检笔记发了过来。

江停淡定地开车，严峫坐在副驾驶上，翻看苟利的笔记。

本来按严峫的说法，只要还剩一口气，都绝不能让江停来开车，这事关地位和尊严。但因为他刚出院，江停不放心他开两个多小时回建宁，便称自己现在对坐严峫开的车有了心理阴影——上升到了 PTSD 的高度——强行把他驱赶到了副驾驶上。

严峫深觉自己受到了挑战，但转念一想，他早上出院时既没来得及洗头洗澡换衣服，也没来得及刮胡子做发型，个人形象已经由下海挂牌五万起价降到了包夜八百买二送一，于是欣然答应。

“冼升荣曾经上过体校攻读射击专业，怪不得会被聘请为杀手。”严峫对着手机沉吟道，“不过死得也挺惨的，背部肌肉及肋骨严重磨损，软组织挫伤，肺部体积变小，直接死因为气血胸导致的呼吸困难及失血过多……”

“典型的肇事拖拉致死。”江停握着方向盘道。

严峫点点头：“应该是被拖行了相当长一段距离，但因为尸体发现得晚，地方交警中队对现场的保护意识不强，导致无法精准确定案发路段。说实在的，这是我最讨厌的交通肇事案了，第一没有具体时间，第二没有精确定位，监控要看到猴年马月去？”

江停问：“那冼升荣的社会关系、收入状况、家属朋友等都排查过了吗？”

“据说是排查过了，平时跟他交往的那些狐朋狗友嘴里没问出什么情况来，银行流水也没有异常，只有家里存着五万块钱现金旧钞。”

——旧钞。不论是谁雇用的冼升荣，这个人的反侦查能力都已经相当强了。

“……才五万。”江停喃喃道。

严峫调侃地瞅着他：“怎么，命比你便宜，你感到很骄傲？”江停挥手似乎想给他一下，被严峫当空抓住。

“别闹。”江停立刻把手抽回来把住方向盘，白皙的侧脸貌似一本正经地专注望着道路前方，“我只是在想怎么会这么便宜，不符合我对……不符合常理。”

严峫叹了口气。

正巧这时下高速路口红灯，江停缓缓踩下刹车，古怪地瞥了严峫一眼。

“如果给我一个机会买凶做掉黑桃 K，而且几乎能百分之百确定成功的话，我也不会花个几百万把国际一流杀手请来，五万块多一分都算给黑桃 K 脸了。你懂这种心理吗？杀鸡用牛刀本身就是对鸡的抬举，实际上这种蝼蚁般的小角色甚至都不该劳动我抬脚踩下去，结果我还在他身上浪费几百万？拿着几百万我随便干点什么不好？”

江停一脸莫名其妙。

“所以说，”严峫怜爱地道，“这种微妙仇视心理你是完全不懂的啊。”

“……”江停心想这是什么反科学的理论？根本就是你在胡说八道吧？

严峫晃晃食指，满脸高深莫测，俨然一个经验丰富的情感问题专家。

这时绿灯亮起，江停踩下油门，随着下高速的车流缓缓开上了通向建宁市区的高架桥。

“我对这个贩毒集团的内部结构了解不多，但曾经留心观察过。”江停拧着眉头说，“黑桃 K 手下应该有一支专门负责善后灭口的人手，在做一些无法避免留下线索的案子时，杀手会选择自尽来保护雇主。这批敢死队是从缅甸非常贫穷的地方募集的，酬金也是付给他们在缅甸的家人，所以即便国内警方追查到已经自尽的杀手身上，也很难再循着国外资金流向查出杀手与黑桃 K 之间的联系，是非常完美的杀手机制。”

说着江停又瞥向严峫，似乎感到有点狐疑：“那么为什么这次用了冼升荣这么个‘外人’呢……”

用“外人”暗杀严峫，事后还要费事将冼升荣灭口。虽然“交通肇事”做得就像当初阿杰在高速公路灭范四口一样干净利落，是典型的黑桃 K 风格，究其本身却不是效率最高的优选方案。难道真像严峫说的那样，杀鸡焉用牛刀，在黑桃 K 眼里严峫这条命多一分钱都是浪费？

“你跟我都不是变态，不会理解黑桃 K 那种精神病的思维。”严峫拍了拍江停的大腿，说，“最快的切入点还是冼升荣用的那把九二式警枪吧。”

江停思考很久，点头认同道：“对，还是要先追查那把枪。”

严峫满脸认真严肃，问：“打算什么时候去恭州找齐思浩？”

“夜长梦多，事不宜迟，万一黑桃 K 提前开始调查蓝金流出的事就来不及了。”江停想了想道，“我大概就是这两天动身。”

严峫点头不语，汽车穿过建宁市城区，市公安局刑侦支队大楼门前熟悉的景色迎面而来。江停拿出墨镜和棒球帽戴上，照例没有把车停在正门口，远远隔了一个街区就把严峫放下了，让他自己走去市局。

“我去局里签个到就回来，等我带你去吃晚饭。”严峫刚转身要走，突然又停住了，打量周围没什么人注意这边，对着江停低声说，“别自己吃饭，你自己肯定就随便吃点什么打发了，对身体不好。”

然后不待江停回答，他就笑起来，倒退着挥挥手，转身顺着人行道走向了建宁市局。

“严哥！”

“严队！”

走廊上同事们纷纷打招呼，严峫脚步生风，人还没进刑侦支队大办公室，就见迎面黑影纵身飞扑，马翔犹如乳燕投林般当空而下：“呜呜呜，我的严哥，我们都以为再也见不到你了，呜呜呜……”

严峫机灵地一闪身，抓住马翔后领直接提起来，一掌推开他嗷嗷大哭的脸：“你给我得了，前两天是谁哭着闹着非要立马回建宁，说再睡医院硬板床就要得腰椎间盘突出了？”

刑侦支队的小弟们纷纷对大哥表达了诚挚的祝贺和炽烈的思念——据说是因为严峫不在的这个星期，天天都是余珠亲自坐镇支队，在余队那张严肃慈爱的面容下，众小弟连偷蹭市局 Wi-Fi 打副本都不敢，更别提花办公室小金库买烟撸串吃薯片了，日子过得好生没有滋味。甚至连一贯见了严峫如老鼠见猫的韩小梅，都磨磨蹭蹭地过来赠送了她的出院礼物——一盒韭菜炒鸡蛋便当。

韩小梅是这么说的：“听说您撞了车，住了好几天医院，我担心您身子虚，觉得您可能需要好好补补……”

“……”严峫面无表情地盯着韭菜看了半晌，温柔道，“十分感谢你。”

韩小梅不明所以，还挺得意，乐滋滋地走了。

严峫把那盒韭菜炒鸡蛋放在桌子上，突然只听办公室门被轻轻敲了两下，高盼青正站在门口，脸色有些不引人注意地紧绷：“严哥，吕局找你。”

“哦，”严峫反应过来，“是对药酒的调查有进展了？”

高盼青欲言又止，向身后看看走廊没人，便反手关上了办公室门，走到严峫身边，附耳轻轻说了几句。

“方正弘是这么说的？”少顷，严峫微抬语调低声问道。

高盼青点点头，把当日吕局亲自审问方正弘的前后经过，以及出来后表示信任方正弘的话都一五一十复述了一遍，又道：“虽然吕局不相信方正弘有嫌疑，但余队非常反对吕局的做法，两个人争了半天，最后魏副局出来打圆场，商定结果是暂时将方队停职调查了。”

严峫眼底的亮光微微闪动，突然问：“方正弘什么反应？”

“没什么反应。”

严峫问：“方正弘接受问话时态度那么激烈，被停职反而没反应？”

高盼青也有点疑惑，但还是肯定地点了点头。

严峫颔首不语，又问：“那局里现在是什么风声？”

“风平浪静，没什么议论。”高盼青解释道，“吕局想要控制舆论，你中毒的事只有几位局长，还有技侦的黄主任、苟法医，以及我跟小马等寥寥几个人清楚，方队成为嫌疑人的事就更没人知道了。而且本来方队就已经因伤病停职了这么长时间，再停一段时间不上班，大家也都不会怀疑什么。”

——这个处理结果对严峫，乃至对整个刑侦支队，都明显是不太有利的。

“行，我知道了。”严峫脸上不动声色，起身拍拍他的肩，“你先回去吧，我去找吕局。”

高盼青显然非常担忧，但他已经在市局待了很多年，不是马翔、韩小梅那样年轻的刑警了，知道凭自己的身份现在没法做什么，只得点点头退出了办公室。

“哎，严队，”局长办公室外走廊上，秘书正好抱着材料出来，迎面撞见严峫，便指指办公室做了个打电话的手势，“吕局正忙着呢，刚接上省厅的线，要不你等几分钟？”

——这么巧？

严峫眼神只凝了一瞬，随即也微笑起来，点点头道：“没事，我就站在这里等吧。”

英俊有钱脾气又好的严副支队在市局人缘那真不是盖的，秘书也挺热情：“站这儿多累啊，要不你来秘书处坐坐？”

“没关系，我开一路车了，站一会儿松松筋骨。”

秘书也不坚持，笑着打过招呼便走了。

严峫站在走廊尽头的玻璃窗前，深秋下午的阳光映照在白墙上，背景暖黄明亮，他逆光的眼神却深不见底。他想起高盼青的话，方正弘把唯一能作为物证的空药酒瓶扔了，却给不出任何借口……

“我有我的理由，我不想说。”

也许是长年刑侦工作带来的第六感，从方正弘堪称诡异的反应中，严峫敏锐地感觉到了一件事：尽管吕局信任方正弘，方正弘却并不……或者说极不相信吕局。

为什么呢？

严峫揉揉眉尖，呼了口气，隐约又杂乱的猜测让他抓不到头绪。作为刑侦人员，严峫习惯性不让自己的大脑空着，站了会儿后就打开手机，又点开了苟利发给他的二次尸检笔记。

按规定严峫这个直接受害人是应该回避调查的，但苟利十分讲兄弟义气，虽然没直接给他发签字报告，还是把详细的手写记录拍照发了过来，跟最后总结留档的报告文书也不差什么了。

冼升荣，男，四十岁，流窜盗窃、贩卖违禁精神类药物……

短短一段尸体介绍已经烂熟于心，严峫一目十行地看下去，突然心中一动，感觉到了某处不对。

死亡时间。

冼升荣的尸体被发现时已经开始腐烂，道路积水又影响了尸体，加之地方刑警中队的法医设备水平有限，只能把死亡时间确定在八个小时的区间内。

然而苟利不同。到底是阅尸无数的市局主任法医，苟利根据现场线索和一次尸检拍照，把死亡时间锁定在了案发凌晨的三点到清晨六点间，大大缩小了嫌疑车辆范围。

严峫心中突然闪过一个不知从何而来的念头：冼升荣死的那天深夜，我在干什么？

是了，那天他在医院里探望步薇，小姑娘眼泪汪汪供出了汪兴业参与绑架的事实，随后市局紧急实施抓捕，汪兴业却连夜逃脱。为了把协查通告发到各大火车站、汽车站，那天晚上严峫在市局待到凌晨，整个人实在困得不行，于是跟秦川商量好了换班回家睡觉——

对，到家后他发现江停为了等自己，倚在沙发上睡着了。

严峫眯起眼睛，逻辑式的记忆链继续往下延伸：第二天上午他被秦川的电话叫醒，匆匆忙忙往市局赶……等等，他为什么要那么匆忙？

因为答应清早去跟秦川换班，但他睡过头了。

不对啊，秦川作为副支队值了晚班，早上不该支队长去接班吗？

……

“有个隐藏了半年的拆家今早七点突然上线，我在禁毒支队忙到现在！”

“他那旧伤三天两头犯，一犯就到处找不见人，谁知道方队在哪里？……”

严峫耳边再次响起那天上午电话那边秦川气急败坏的声音，仿佛一道惊雷，瞬间劈开了重重迷雾——冼升荣被杀当晚和第二天，方正弘都“旧伤发作”没出现在禁毒支队！

他为什么没来？

案发时他人在哪儿？

严峫用力掐住掌心，掌纹中已渗出了微微潮湿的冷汗。

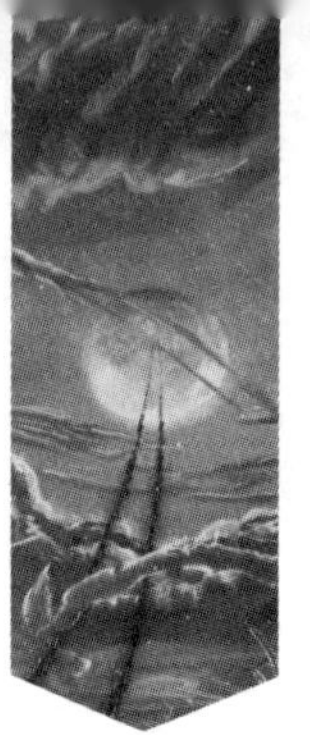

第 15 章

办公室门被“咚咚”敲了两下，随即严峫走了进来。

吕局大概是刚打完电话，正低头喝茶，头也不抬地向办公桌后的椅子指了指，示意他坐下。

然而严峫没有坐，近一米九的挺拔身形站定在那里，沉声道：“您找我，吕局？”

吕局是何等的人精，只这么一个细节，就差不多领会到了严峫所暗示的态度，沉吟着放下了保温杯，半晌才问：“关于方队的事，你都知道了吧？”

严峫淡淡道：“方队？”

“嗯，方正弘支队长搅和进了跟你中毒有关的案子里，你没听说？”

严峫说：“我刚回市局，还什么都不知道。”

吕局对严峫滴水不漏的反应完全不惊讶，从善如流地把对秦川的问讯，以及对方正弘的调查都叙述了一遍，前后经过跟刚才高盼青通风报信的内容几乎没有出入。由此可证，高盼青的确是刑侦支队的骨干前辈，在这方面是十分缜密的，连吕局当初的语气都学了个八九分像。

“因此现在方正弘支队被停职在家，也算是配合市局的调查工作吧。”吕局缓缓道，“如果有结果的话，市局会立刻通知你的。但要取得一个水落石出的清晰结果，在目前来看估计会比较困难，你要做好心理准备。”

办公室里再次陷入安静，严峫轮廓清晰深刻的眼底，似乎有些晦暗难测的神情，许久后突然一笑：“既然目前困难的话就以后再说吧。”

——以后再说？

面对一个在暗处伺机要取他性命的投毒者，严峫竟然能如此泰然处之？

吕局意外地抬起眼睛，果然只见严峫笑着，英俊硬朗的脸上隐约透出一丝匪气：“我听说苟主任去江阳县给那个叫冼升荣的杀手做了二次尸检，不知道结果如何，听说是已经确定死亡时间了？”

吕局一怔。

“既然如此，查一下方队在案发时的不在场证明，不就能证明他的清白了？”

吕局久久望着严峫，后者眼底强硬的精光却没有丝毫改变。足足过了半支烟工夫，吕局才终于呼出了一口气，说：“你知道你在指控一名三十年的老刑警，一个警衔一督的正支队长犯下杀人罪吗，严峫？”

严峫的回答不为所动：“不，吕局，我只是在提供一种调查思路。”

“可你这种调查思路……”

“并不是在做有罪推定，而是合情合理地推测。”

严峫这人是这样的，平常他展示出来的都是自然、随便、接地气，堪称非常温和的一面。但如果惹出了他的真怒，或者触及了他的底线，他就会变得非常强硬甚至蛮横。

那种骨子里的底气是任何人都动摇不了的。

“……既然你这么肯定，那我会调派人手去调查方队当天晚上的不在场证明。”沉默之后，吕局终于道，“不过，鉴于你是直接被害人，该回避的地方还是要回避，否则程序上的任何错漏，也有可能会影响到最终的调查结果。”

严峫稳稳当当地：“我明白。”

“你去吧。”吕局摆了摆手。

严峫掉头走向门口，几步之后突然又停了下来，回头望向吕局。大办公室是老式装修，墙上挂着山水画，靠墙一排书柜里整整齐齐垒着各类专业书籍。吕局坐在他坐了十多年的大办公桌后，像一尊圆润扎实的雕像。

“……”严峫终于开口问出了那个问题，“您为什么那么相信方正弘？”

吕局老花镜后的目光深深盯着他：“因为方正弘并不是你们所知道的那种人。”

严峫无话可说，只能点点头，转身走了出去。

吕局向后靠在椅背上，肚子挺着，头发花白，良久长长叹了口气。他摘下老花镜认真擦拭，直到确定镜片干干净净，连一丝肉眼可见的浮尘都没有了，才重新仔细地戴了回去，用力眨眨眼睛，仿佛要借助这个动作，去更清楚地看周遭的所有事情，以及所有人。

虚掩的门又敲了两下，秘书在外面问：“吕局？”

吕局扶了扶眼镜：“进来。”

张秘书抱着一沓材料走进办公室，放下几张等待盖章的信件。吕局拿在手里一看，白纸黑字的标题是：“安全监控视频资料调阅通知”。

“哦，是严副支队在盘山公路上撞车的那回事。”张秘书笑道，“这不正在调查嘛，咱们局里图侦需要看撞车时的监控录像，我们得先发个公函才能去调江阳县辖区的安全监控。这是发给江阳县派出所的，您盖个章，我就能发走了，图侦那边还等着继续调查呢。”

吕局的手刚伸上前，突然在半空中稍顿。

“你放这儿吧，”他指指桌面，“我再想想。”

秘书愣住了，什么叫再想想？

吕局对秘书不加掩饰的疑惑视若无睹，也根本没有要解释的意思，突然话锋一转：“我刚才想起一件事来。方正弘先前停职养病，那段时间禁毒支队的工作都是秦副支队主持，对吧？”

“对，没错，您这是……”

“刑侦的余队长病休，严岈被任命为代正职领导，这个委任是咱们局里正式下过内部文件的。禁毒那边虽然一直是秦川临时承担工作，却缺少正式委任，很多文件材料都签得名不正言不顺，给禁毒支队的日常管理带来了很多不便。我看这次方正弘停职，干脆就把秦川的代正职委任文件也一道下了吧。”

秦川作为副职管理禁毒支队，和严岈作为副职管理刑侦支队，这两者都是在特殊时期代行正职权限，没有任何实际意义上的不同。但如果出了建宁市局的大门，有没有那张正式文件的区别就会变得很明显，比方说严岈去恭州见齐思浩的时候高盼青可以直接介绍“这是我们严哥，目前主持支队工作的一把手”，但秦川要是出去办案的话就不能这么介绍了。

所以下达这个委任文件对秦川来说其实是件好事，张秘书立刻一口答应：“好、好，这个简单，我立刻就去办！”

吕局点点头，又像想起来什么似的，仔细叮嘱他：“虽然秦川已经代行正职一段时间了，但按规定只有发下委任文件，才算他正式负责禁毒支队工作的开始。很多管理工作可能他还不熟悉，告诉他凡事要多请示、多询问，让他每项工作都多来问问我吧。”

这也是题中应有之义，张秘书一一记下，看吕局没什么其他吩咐了，才指指桌面上那封调阅监控资料的公函，又请示了一遍：“那个，吕局，您看这个盖章……”

不知道是不是办公室光线暗的原因，有那么几秒钟时间，他突然觉得吕局的表情有些微妙。

那种感觉说不上来，但肯定跟平常笑呵呵的吕局长大相径庭，以至于张秘书的第一反应是自己看错了。

“这个，”吕局粗圆的五指在公函上按了按，平淡地道，“再说吧。”

怎么个再说吧？从此以后都不提了吗？

那严副支队中毒的事还怎么调查？难道直接跳过这一块不去管它？

张秘书有些怔愣，但不知怎的被压得不敢多说，下意识赔着笑应了。

吕局老花镜后的眼皮耷拉着，仿佛没看到秘书的疑惑。直到张秘书的身影消失在门外，办公室再次只剩下了他一人，他才缓缓拿起那封公函，拉开抽屉，将它扔了进去。

嘭！

办公室里恢复了静寂。

江停手里的汤勺顿在半空中：“你们吕局是这么说的？”

虽然严峫立下了雄心壮志，晚上要带江停去吃好吃的，但实际上最后两人还是回了家。炉灶上煲的大骨头汤咕噜咕噜冒着热气，富含胶原蛋白的骨髓将汤色炖得发白，嫩豆腐不断上下翻滚，在深秋夜晚的厨房里散发出温暖的气味。

严峫搬了个小板凳，守在汤锅边择小葱，闻言沉声道：“吕局还是很相信方正弘的。”

江停说：“你们吕局以前……”

严峫敏锐地发现了他语调中的欲言又止：“怎么，以前打过交道？”

“行动中碰过面，庆功会上说过几句话而已，倒没有什么深交。不过吕局在西南地区的公安系统挺有名，都说年轻时非常厉害，老了也是只老狐狸。”江停把汤里炖得烂烂的大骨头翻了个面，笑道，“应该是个很聪明的人吧，只是有时太滴水不漏了，反而让人感到不太舒服。”

严峫下意识“嗯”了声，紧接着尾音蓦然抬高：“什么？”

“什么什么？”江停漫不经心瞥来。

他们一站一坐，两人目光在半空中交汇，电光石火间，严峫脑海中冒出一段相似的对话，那是在胡伟胜制毒贩毒案结束后，在建宁市局宽敞空旷的局长大办公室里——“吕局，您觉得江支队长是个怎样的人呢？”

“年轻，果敢，智商高……可怕地高。”

“这点让我个人感到很不舒服。”

……

几乎完全相同的对话，以角色调换这么巧合的方式重演，一丝难以言喻的异样和荒谬从严峫神经末梢传进大脑，让他一时说不出话来。

“严峫？”

“哦，没什么。”严峫定了定神，“就是感觉你对吕局评价不怎么高的样子。”

江停不以为然：“这倒没有。再说人家是广受尊敬的前辈，用得着我评价？”

在热汤的水汽蒸腾下，他脸色似乎有些红晕，因为家里温度高，很少穿短袖的江停把长袖居家衬衣的袖口卷到了手肘上。严峫在旁边思忖片刻，按下内心微妙的异样不再提，一抬眼就看见他正往汤里撒盐，抬手的时候露出了右腕内侧发白的齿痕。

“哪天去做个除疤呗。”严峫随口道。

“啊？”

严峫扬了扬下巴，江停顺着他的目光看见了自己的手腕，动作微顿，旋即把衣袖往下放了放：“再说吧。”

“干吗再说啊？现代医学这么发达，说不定吃顿饭的工夫就完事儿了，为什么不去做？”

江停又把袖口往下扯，被严峫起身捉住，江停把右手背在身后，啼笑皆非道：“家里没香菜了！你还不快去买！”

“怎么弄的啊？做个除疤呗。”严峫不无遗憾，“这样，我掏钱给你做，怎么样？”

江停哭笑不得，半个身子探出厨房，从鞋柜上的零钱碗里摸了几个硬币，顺手塞进严峫怀里：“先把香菜买了吧，别在这儿啰唆了。”

英俊多金、十项全能的严副支队于是数了数钱，不满地把手往围裙上一抹，说：“才五块，不够，再给点。”

“买两根就行了，煲汤用不了那么多。”

“谁两根两根地卖啊？楼下超市那都是精装小盒冷藏出售，你知道一盒多少钱吗？”

江停怀疑地挑起眉。

“干吗？你那是什么表情？人家超市开在这儿，摆明了就是宰这小区里人傻钱多的业主们。”严峫唏嘘道，“这年头养家糊口容易吗？像我们这样的油腻中年，整天朝九晚五上班受气……”

江停失笑道：“买不起就偷偷摘两根回来吧，去，看好你。”

严峫嘴里念念叨叨地又从零钱碗里抓了一把，决定买香菜的同时再买两包薯片。所幸小区门口新开了家超市，步行几分钟就到，临走前他还悻悻接受了“顺手把垃圾袋拿下去扔掉”的任务。

自我感觉已是油腻中年的严峫脱了围裙，一身居家服，换上人字拖，一手攥着硬币，一手拎着垃圾袋，从电梯里钻出来。这时已经晚上七点多了，远处马路上车辆来去，小区内漂亮的树丛在黄铜色路灯的映照下微微摇曳，发出沙沙声响。严峫一边哼着小调，一边拍打拖鞋，啪嗒啪嗒走向小区大门，突然只听身后隐约咔嚓一声。

“？”严峫回过头。

这声音换作别人，那是根本不可能听见的，或者有所感觉也只会当成耳误。但严峫多少年监听监控练就的听力跟没受过训练的普通人不一样，几乎在瞬间就站住了。

身后小路空无一人，远处越过灌木丛，好像有几个年轻人在公共花园中夜跑。

……是小猫吧。

严峫也没怎么多想，继续往前走去。走了一段突然想起什么，心说不对啊，这个小区因为前段时间发生了流浪猫狗扑小孩的事故，物业怕得罪有钱有势的业主们，集中清理了一批流浪动物，这么快就又有小猫出现了？

他不由自主地站定，心想，垃圾袋里应该还有刚从冰箱倒掉的剩排骨，就在这时突然前方不远处的绿化指示牌微微一亮，转瞬即逝，快得令人难以捕捉。

“？！”

严峫瞳孔缩紧，他突然意识到了这是什么——闪光灯反光。

有人跟在他身后。

番外

建宁男团出道记（上）

故事发生在一切尘埃落定之后。

那是个貌似风平浪静的深夜，当韩小梅执行完押运任务、抓捕完毒贩、审完连环变态杀人犯，又整理好笔录之后，好不容易拖着疲惫的身躯回到家，匆匆填了几口饭，洗完澡、吹好头、敷了个面膜，躺进被窝，还没来得及打开平板电脑，开始舒舒服服追自己最心爱的《霸道警官爱上我》第十八季，这时放在床头上充电的手机突然响了。

屏幕上幽幽显示着来电人备注——皇后娘娘千岁千岁千千岁。

韩小梅一个激灵接起电话："喂，江哥？"

电话那头传来江停的声音，乍听之下十分冷静，细听却能从尾音中发现一丝风雨欲来的味道："'建宁市公安系统第一届男团选秀'是什么东西？"

韩小梅瞬间一个激灵："您从哪儿看到的？"

"杨媚的朋友圈。"

我就知道媚媚姐又忘了对你屏蔽她的朋友圈！

"这个……这个是我们私底下瞎捣鼓的投票。"韩小梅清清楚楚听见了自己牙关打战的声音，"技术队的王姐说，每年年底聚会都是吕局上台唱《难忘今宵》，实在是太辣耳朵了，今年我们女同志来搞个公安男团选秀，送前五名在年底晚会上出道，所以……"

手机对面一片令人心惊胆战的沉默。

"海选范围非常大，只要是公安系统在职男性，不论年龄、不论级别，只要有美色就可以入选接受投票，但只有……只有一点限制，"韩小梅虚弱地咽了口唾沫，"为了避免票数过于分散，只有出身建宁内部的男警察才有入选资格。所以如果江哥您没在投票榜上看见自己，那绝不是因为您光辉的形象受到了置疑，要知道您在我们广大小碎催心中英明神武、风流潇洒、高山仰止、智珠在握……"

"我知道。"电话那头江停冷冰冰地打断了韩小梅的三千字彩虹屁，"我只有一个疑问。"

一股不祥的寒意顺着韩小梅的脊椎刺溜蹿起。

江停缓缓地、一字一顿地问："我们严峫为什么就排倒数第八？"

"……"韩小梅张口结舌，啪嗒一声面膜从脸上掉了下来。

建宁公安男团选秀入围选手一共五十名，当之无愧的票选第一名是秦川——秦副队现年三十出头，风流倜傥、一表人才，是公认的建宁市妇女之友。

候选人照片上的他站在警车边，面容俊美，身材高挑，金边眼镜后是一双似笑非笑的桃花眼，一手按着肩上的对讲机，一手握住腰间的配枪，精悍强硬中又有几分温文尔雅，仅凭一张抓拍就夺得了高达816张票数，底下的留言更是热情澎湃："秦副队给我冲！"

"腹黑雅痞我天菜啊！"

"我儿你看看妈妈呀！你看看妈妈！！"

……

第二名是特警大队长康树强。这位大哥充分代表了现代社会女性审美的多样化和包容性——脸一般可以，肉体能打也行。照片上的康大队长正在特警大队训练室里挥汗如雨，麒麟臂、人鱼线、八块腹肌，样样俱全，连背部肌肉都充满了爆发力。之所以能得到这么高清的照片，应该是托了特警队女顾问的福，大家纷纷在留言中表达了赞美："这腹肌下饭我能再吃三大碗！"

"姐妹还有吗还有吗？"

"姐妹好人一生平安！"

……

第三名是交警大队新来的毕业生，阳光青涩，运动感十足，二百多张选票大多数是慈爱的妈妈粉和姐姐粉给投的；第四名是省厅法医大主任，虽然年近五十，但保养极佳、知性儒雅，获得了以余队为首的大批中老年女警官鼎力支持；第五名是（十年前还没"月半"的）市局法医苟利，大家纷纷在留言里表达了对"岁月是把杀猪刀"的惋惜和谴责；第六名……第七名……第八名……

江停闭上眼睛，深吸了一口气，鼠标停下了。

市局刑侦副支队严峫。

照片里的严峫正大步走向犯罪现场，看表情应该是在对人吆喝着什么，红

蓝警灯映着他的侧脸，剑眉星目、鼻梁挺直，每一寸面部线条都英俊到了嚣张的地步，从这个角度看他腿长得简直没道理。

照片底下显示排名——倒数第八。

“有些人表面上仪表堂堂，实际他正逼着新来的韩小梅用筷子捡碎尸块。”

“有些人表面上器宇轩昂，实际他20块的T恤上还残留着三天前的方便面汤。”

“严队，虽然你注定当不了男团偶像，但你可以去当男团金主啊！”

这辈子从来没在任何考试、竞赛、投票选举中低于前三名的江停啪的一声重重合上了电脑。

你们的眼光呢？眼光呢？？

严峫是最英俊的，没有之一。

严峫一人就抵一支男团！

江停回眸一瞥，目光冷厉如刀——只见外面客厅里严峫正抱着遥控器打游戏，下海五万起的俊脸上表情如痴如醉，上身是一件标价8000块的奢侈品牌新款T恤，精良剪裁勾勒出媲美男模的身材肌肉；下身是一条荧光粉四角大短裤，淘宝清仓十五块五，皱皱巴巴的裤脚上残留着去年泼上去洗不掉的红烧牛肉面汤。

一模一样的短裤还有八九条挂在衣柜里，赤、橙、黄、绿、青、蓝、紫，都是前年“双十一”时严峫批发回来的战利品。

江停面沉如水，呼地打开了严峫那尘封已久的相亲专用衣柜。

“走走走走走……哎呀！跳跳跳跳跳——”

屏幕上的小人刚嗖地蹦起来，严峫眼前一黑，被一套从天而降的西装结结实实砸到，紧接着就听见音响中传来小人一蹦落空的“Game over”声。

“死了死了——干吗呢，江老师？”严峫手忙脚乱地把西装从脸上扒下来，还没来得及恼，就只听咚的一声，江停迎面把一双锃亮崭新的Berluti皮鞋扔进了他怀里。

“裤子脱了，去做个头发。”江停那张冷淡的脸不容置疑，“明天给我穿这套西装去上班。”

严峫：“……”

翌日，窃窃私语传遍了整座建宁市局：“你们看见严哥了吗？”

“严哥今天吃错药了吗，打扮得那么正常？！”

“原来严队正常起来是那么帅的啊，我感觉我又可以了！”

严峫一身考究西装勾勒出挺拔精悍的身材，早上出门前江停甚至强迫他打了发蜡、刮了胡子，奈何他完全不明白江停此举是何用意，对身后的无数惊叹赞美更是一无所知。他就这么一路雷厉风行地从法医科转进太平间，又从太平间冲进审讯室，群众热情洋溢的议论声跟着他的脚步，长翅膀一般飞遍了整座公安局。

唯有幕后主使江顾问如一尊金身大佛，端坐在顾问办公室里喝了口茶。

很好。既然严峫很帅，就务必让所有人都知道他帅。

江停安然拿起手机看排行榜，正准备迎接严峫势如破竹地冲高登顶，结果一刷新，赫然只见倒数第八的严峫纹丝不动，票数只堪堪增加了可怜的三四张。

“？”江停立马坐起身，“投票系统坏了？”

“江……江哥。”正侍立在身后听江老师补课开小灶的韩小梅终于忍不住了，颤颤巍巍地从案卷后探出两只眼睛，搓着手说，“您可能不太了解咱们市局女同志的实际情况，其实严队的长相没人质疑，他票数低是因为、因为……”

“因为什么？”

韩小梅心一横牙一咬：“严严严哥的脾脾脾脾气……”

空气陡然安静。

韩小梅度秒如年，活似足足十八年后，终于响起了江停充满了困惑的声音：“——你说什么呢？严峫那么随和亲切、柔情似水，难道他的脾气还不够好？”

“轰”一道当空巨雷，瞬间把韩小梅打蒙了。

柔情似水……

柔情……似水……

韩小梅的嘴巴张开又闭上，张开又闭上，重复数次后终于听见自己的声音颤抖着问：“江哥，您实话告诉我，在您眼里严队他有任何一丝的缺点吗？”

江停沉思片刻，坚定道：“缺点？严峫怎么可能有缺点？严峫整个人就是完——”

“脑子里成天想什么呢？你、你，还有你！学都上到狗肚子里去了！！”

办公室外的走廊上突然传来咆哮，紧接着嘭的一声巨响，只见严峫把硬壳

报告夹重重甩在地上，纸页四散一地，被点名的三个女实习生如初生的鹌鹑般窝在一起瑟瑟发抖。

“公安局办案是平时上学吗？录音辨听鉴定是交作业吗？我要的是分析！结论！不是你们交上来的这两大卷录音带！指望我花三天三夜亲自听完再奖励你们一朵小红花是不是？啊？！”

严峫的咆哮响彻大半条走廊，两侧办公室所有人龟缩发抖。就在这死一般的静寂中，突然严峫眼角一瞥，正巧看见探身出来的江停，登时如获至宝地一指：“你们看看江哥！啊，看看人家江老师！要换作江老师，这案子三天就结了！就你们还号称是我亲手挑出来的优秀实习生呢，一个个的都这么没用！没用！！丢人！！！”

被严峫一手指着的江停：“……”

三只抱团惊恐的鹌鹑崽：“……”

严峫余怒未消，不容拒绝地抬手一划：“滚回去重做！不做完谁都别下班！去！”

“随和亲切。”韩小梅在身后幽幽地说。

江停：“……”

“柔情似水。”韩小梅贴着他耳朵又幽幽地说。

江停：“……”

严峫打发了这一窝饱受蹂躏的鹌鹑崽，在四面八方战战兢兢的目光中冷哼了声，整整袖口，昂首挺胸向江停走来，瞬间如变魔术般换了副面孔：“江老师——”

江停一掌推开韩小梅，另一手拉住严峫的领带，三下五除二把他拽进办公室，砰的一声关上门，从牙缝里说：“严副队。”

严副队脊背贴着门板，眨巴眼看着江停，一脸“霸道警官爱上你”的表情。

江停唰地举起手机，亮出投票榜，一根食指在倒数第八上叩了叩，凝重道：“咱们来聊聊送你出道的事。”

图书在版编目（CIP）数据

破云．2 / 淮上著．-- 南京：江苏凤凰文艺出版社，
2020.6
ISBN 978-7-5594-4268-0

Ⅰ．①破… Ⅱ．①淮… Ⅲ．①长篇小说 - 中国 - 当代
Ⅳ．① I247.5

中国版本图书馆 CIP 数据核字 (2019) 第 268020 号

破云．2

淮上 著

责任编辑　张　倩　王　青
特约编辑　蒯　欣
封面设计　46 设计
出版发行　江苏凤凰文艺出版社
　　　　　南京市中央路 165 号，邮编：210009
网　　址　http://www.jswenyi.com
印　　刷　河北鹏润印刷有限公司
开　　本　700mm × 980mm　1/16
印　　张　26
字　　数　446 千字
版　　次　2020 年 6 月第 1 版　2021 年 1 月第 7 次印刷
书　　号　ISBN 978-7-5594-4268-0
定　　价　49.80 元

江苏凤凰文艺版图书凡印刷、装订错误可随时向承印厂调换